Iny Lorentz

Töchter der Sünde

Roman

KNAUR

I.

Kardinal Taddeo Foscarelli blieb stehen, hob den Kopf und lauschte. Hatte er nicht eben hastige Schritte hinter sich vernommen? Sein Herz schlug jedoch so hart und schnell, dass es in seinen Ohren widerhallte und alles andere übertönte. Weiter!, befahl er sich selbst, lief ein Stück die Ruinen entlang und schlüpfte hinter einen Vorsprung. Im nächsten Augenblick vernahm er Stimmen.

»Dort vorne muss er sein!«

Sie waren ihm auf der Spur! Foscarelli überlegte angestrengt, was er tun konnte. Leider schien der Mond so hell, dass man ihn sehen würde, sobald er aus dem Schatten der Mauer trat. Auch war ihm klar, dass er selbst dann in Gefahr schwebte, wenn es sich bei seinen Verfolgern nur um lumpige Räuber handelte. Allein das juwelenbesetzte Kreuz, das er unter dem Wams trug, war mehr wert, als ein Handwerker in drei Jahren ehrlicher Arbeit verdienen konnte.

»Nimm dich zusammen!« Hatte er das gesagt oder nur gedacht? Im Grunde war es gleichgültig, wer hinter ihm her war. Der Dolch eines Räubers war ebenso scharf wie der eines Meuchelmörders, beide brachten den Tod.

»Ich hätte besser aufpassen müssen!« Sich im schmalen Schatten der Hauswände haltend, schlich er weiter bis zur Einmündung der nächsten Gasse. Da vernahm er vor sich hastige Schritte und bog nach links ein.

»Dort drüben ist er!«, rief jemand.

Foscarelli begann zu rennen. An Räuber glaubte er nicht mehr, denn so viele Banditen, wie in seiner Nähe lauern

mussten, kümmerten sich gewöhnlich nicht um einen einzelnen Spaziergänger.
»Jetzt haben sie Meuchelmörder auf mich angesetzt!« Diesmal vernahm er die eigene Stimme und schalt sich einen Narren. Wenn er so weitermachte, brachte er diese Schurken selbst auf seine Spur. Er hetzte weiter, bog erneut ab, weil vor ihm Geräusche aufklangen, und sah dann zur linken Hand die im Mondlicht bleich schimmernden Säulen eines alten Tempels in die Höhe ragen. Rechts von ihm rauschte der Tiber. Also war er schon recht weit vom Weg abgekommen.
Um sich in Sicherheit bringen zu können, hätte er die entgegengesetzte Richtung einschlagen müssen, aber als er nach einem Schlupfloch suchte, durch das er ungesehen in die Stadt käme, sah er im Mondlicht zwei Männer die Straße entlangkommen. Räuber waren es mit Sicherheit nicht, denn einer trug die Tracht eines Edelmanns. Die Maske, die der Mann sich um das Gesicht gebunden hatte, bewies, dass er keine guten Absichten hatte. Er kam Foscarelli bekannt vor. So oder so hatten sie sich ihm gewiss nicht aus Vergnügen nach Mitternacht an die Fersen geheftet. Damit sah er nur noch einen Ausweg: Er musste einen Bogen schlagen und versuchen, seinen Verfolgern über die Tiberbrücke nach Trastevere zu entkommen. Der Priester der dortigen Kirche Santa Maria war nicht nur sein Freund und Verbündeter, sondern kannte auch einige kräftige Handwerksburschen, die seinen Feinden einzuheizen verstünden.
Der Kardinal schlich im Schatten einer halbverfallenen Häuserzeile weiter, bog dann in eine Seitengasse ein, die zum Tiber führte, und stand auf einmal dem Edelmann gegenüber. Obwohl dieser lächelte, musterten die Augen hinter der Maske ihn kalt. An diesem falschen Lächeln erkannte Foscarelli seinen Gegner.

Der Maskierte zog seinen Dolch und trat auf den Kardinal zu. »Ich dachte mir doch, dass Ihr dieses Schlupfloch wählen würdet.«
Foscarelli versuchte zurückzuweichen, hörte aber hinter sich Schritte und begriff, dass sein Weg hier zu Ende war. Ich hätte klüger sein und ein paar Leibwächter mitnehmen sollen, dachte er. Sein Auftrag war jedoch so geheim gewesen, dass er auf jegliche Begleitung verzichtet hatte. Dennoch musste etwas durchgesickert sein, sonst hätte man ihm nicht auf dem Rückweg auflauern können. Mit dem Gefühl, versagt und seine Verbündeten enttäuscht zu haben, blickte er dem jungen Mann ins Gesicht.
»Warum wollt Ihr Eure Seele mit dem Mord an einem Mann der Kirche belasten, Signore C…«
Weiter kam er nicht, denn der Edelmann stieß ihm mit einer beinahe lässigen Bewegung die Klinge in die Brust. Der Kardinal riss den Mund auf, brachte aber keinen Laut mehr hervor, sondern sank langsam zu Boden.
Sein Mörder zog den Dolch aus der Wunde und wischte ihn an Foscarellis Umhang ab. Dann schob er ihn wieder in die Scheide und spuckte vor seinem Opfer aus. »So wie dir wird es jedem ergehen, der sich uns in den Weg stellt, notfalls auch dem Papst!«
»Sagt so etwas nicht, Signore«, wandte ein junger Mann ein, der mit seinen Kumpanen den Kardinal seinem Herrn zugetrieben hatte wie ein Stück Wild.
»Ein Kardinal unterscheidet sich weniger vom Papst als so ein Knecht wie du von mir«, antwortete sein Befehlsgeber spöttisch. »Kommt nun! Oder wollt ihr von den Wachen bei der Leiche gefunden werden?«
Mit diesen Worten reichte der Maskierte seinen Helfern ein paar Münzen, tippte mit zwei Fingern an seinen kappenartigen Hut und ging mit raschen Schritten von dannen.

Hinter ihm blieb der Leichnam des Kardinals zurück. Einer riss dem Toten das juwelengeschmückte Kreuz ab, zwei weitere beraubten ihn seiner Kleidung und warfen den Leichnam in den Tiber. Lautlos verschwanden die Männer in den tintenschwarzen Schatten der Nacht.

2.

Etliche Wochen später saß der Würzburger Fürstbischof Gottfried Schenk zu Limpurg auf seinem Ehrenplatz und starrte düster auf die Ritter, die sich auf dem Anger zum Buhurt versammelten. Seine Gedanken befassten sich jedoch mehr mit der Nachricht, die er am Vortag erhalten hatte. Sein alter Freund Taddeo Foscarelli war in Rom ermordet worden. Nun gab es immer wieder Streitigkeiten in der Heiligen Stadt, und nicht selten kam blanker Stahl ins Spiel. Gottfried Schenk zu Limpurg bezweifelte jedoch, dass Kardinal Foscarelli einem simplen Raubmord oder einer nachrangigen Streitigkeit zwischen Adelsfamilien zum Opfer gefallen war. Immerhin hatte sein Freund den Besuch Friedrichs III. in Rom vorbereiten sollen. Dort wollte der König seine erwählte Braut heiraten und sich vom Papst zum römischen Kaiser krönen lassen.

Es gab genug Menschen, für die allein die Tatsache, dass der deutsche König die Heilige Stadt aufsuchen wollte, Grund genug war, alles daranzusetzen, sein Kommen zu verhindern. Würde Friedrich III. von Seiner Heiligkeit, Nikolaus V., empfangen, wäre das ein Zeichen für den ganzen Erdkreis, dass die Zwistigkeiten zwischen dem Reich und dem

Heiligen Stuhl endgültig der Vergangenheit angehörten. Und die Kaiserkrönung würde Friedrich weit über die anderen Könige der Welt hinausheben. Schon der Gedanke daran mochte für einen ehrgeizigen Herrscher wie Karl VII. von Frankreich nur schwer zu ertragen sein. Diesem war bereits Friedrichs geplante Heirat mit Eleonore, der Schwester König Alfons' V. von Portugal und Enkelin Ferdinands I. von Aragon, ein Dorn im Auge.

Leises Zischeln der Damen, die unweit von ihm auf der Ehrentribüne dem Turnier zusahen, beendete den Gedankengang des Fürstbischofs. Er blickte auf und erkannte, dass er das Signal zum Beginn des Buhurts überhört haben musste, denn die Ritter sprengten bereits gegeneinander. Noch während er sich fragte, was den Damen missfallen mochte, streifte sein Blick Bruno von Reckendorf, der ein Stück entfernt von ihm saß und das Geschehen mit einem Ausdruck höchster Befriedigung verfolgte.

Der Fürstbischof rieb sich nachdenklich über die Stirn. Bis zum Vortag hatte Reckendorf als der beste Turnierritter Frankens gegolten. Dann aber hatte er Falko Adler auf Kibitzstein, jenen jungen Mann, dessen Ruhmesstern zu steigen begann, noch vor dem eigentlichen Turnier zum Zweikampf gefordert. Zur Überraschung aller hatte der Kibitzsteiner seinen Gegner mit einem derben Lanzenstoß aus dem Sattel gehoben.

Eigentlich hätte Reckendorf der Verletzung wegen, die er sich beim Sturz vom Pferd zugezogen hatte, das Bett hüten müssen. Doch er hatte sich auf die Tribüne gequält, um sich den Buhurt anzusehen.

Obwohl Gottfried Schenk zu Limpurg sich um den Sohn seiner Base sorgte, vergönnte er ihm die Abreibung. Bruno von Reckendorf war überheblich geworden. Da der Junker nach dem Zweikampf vor Wut über seine Niederlage geschäumt hatte, bereitete das erwartungsvolle Grinsen auf seinem Gesicht dem Fürstbischof Sorgen.

Er blickte nach vorne auf die Kämpfer, die ihre Lanzen bereits gebrochen hatten und sich nun im Schwertkampf maßen. Vier Ritter, die der Fürstbischof anhand ihrer Wappen als Freunde des Reckendorfers erkannte, drangen unter Missachtung aller Regeln auf Falko Adler ein. Noch verteidigte sich der Kibitzsteiner verbissen, doch da lenkte einer seiner Gegner das Pferd um ihn herum, um ihn von hinten anzugreifen.

Das Tuscheln der Damen wurde lauter, und der Fürstbischof sah, dass auch Falkos Mutter Marie Adlerin das Geschehen mit besorgtem Gesicht verfolgte. Die Schwestern des Kibitzsteiners schienen außer sich vor Wut über das unritterliche Vorgehen der vier Männer.

Verärgert wollte der Fürstbischof dem Herold das Zeichen geben, den Buhurt zu beenden, da packte etliche Pferdelängen entfernt ein Mitstreiter seinen Gegner mit der gepanzerten Faust und riss ihn aus dem Sattel. Noch während dieser zu Boden fiel, spornte der Kämpe sein Pferd an und eilte Falko Adler zu Hilfe.

Es handelte sich um Peter von Eichenloh, Herr auf Fuchsheim und Magoldsheim und Schwager des Kibitzsteiners. Zwei gegen vier war immer noch ein schlechtes Verhältnis, dachte der Fürstbischof gerade, da drängte ein weiterer Ritter einen von Falkos Feinden ab und deckte ihn mit einem Hagel von Schwertschlägen zu.

»Bravo, Hilbrecht!«, rief Lisa von Henneberg, die Ziehschwester des jungen Kibitzsteiners, und forderte ihren Ehemann Otto auf, ebenfalls zugunsten ihres Bruders einzugreifen.

Doch das war nicht mehr nötig. Der Ritter, den Hilbrecht von Hettenheim angegriffen hatte, sank aus dem Sattel, und die Zuschauer konnten erkennen, dass seine Rüstung sich rot färbte. Auch Peter von Eichenloh hatte einen der Feinde seines Schwagers zu Boden geworfen, während Falko selbst innerhalb weniger Augenblicke die beiden restlichen Gegner niederkämpfte. Als Letzter sank Siffer Bertschmann, der Kastellan auf Reckendorfs Stammburg, aus dem Sattel und blieb rücklings auf der Erde liegen.

Da sich weitere Freunde von Reckendorf zusammenrotteten und Falkos Parteigänger sich um diesen sammelten, forderte der Fürstbischof den Herold auf, den Buhurt abzublasen.

Für Augenblicke sah es so aus, als würden Reckendorfs Anhänger das Fanfarensignal missachten und trotzdem angreifen. Dann aber ließen sie die Schwerter sinken, doch es war nicht zu übersehen, wie aufgebracht sie waren.

»Das geschieht ihnen recht!«, hörte der Fürstbischof Marie Adlerin rufen und begriff, dass diese Worte den vier am Boden liegenden Rittern galten, die nun von der Kampfbahn getragen wurden. Der Leibarzt des Fürstbischofs eilte zu ihnen und befahl, den Rittern die Rüstungen abzunehmen. Als er sich über sie beugte, wirkte seine Miene besorgt.

Auch wenn Gottfried Schenk zu Limpurg hoffte, dass keiner der Männer das Leben verlor, hielt er die Hiebe, die sie erhalten hatten, für voll und ganz verdient. Immerhin hatte er zu diesem Turnier geladen, um seinen Gefolgsleuten und den Gästen die Gelegenheit zu geben, sich im ritterlichen Zweikampf zu üben, und um sich mit ihnen zu beraten, wie sie sich zu dem immer unverschämter werdenden Auftreten des Ansbacher Markgrafen Albrecht Achilles stellen sollten. Einen so blutigen Kampf und unehrliches Handeln hatte er nicht erwartet, insbesondere nicht von seinen engen Gefolgsleuten.

Mit zorniger Miene erhob er sich und stieß seinen Bischofsstab auf den Boden. »Der Kampf ist für heute vorbei. Ich fordere die Herren auf, anschließend ohne Ausnahme beim Bankett im Festzelt zu erscheinen. Dort werde ich mitteilen, was ich von diesem Buhurt halte. Wer sich weigert oder gar das Fest vorzeitig verlässt, wird auf fünf Jahre aus dem Herzogtum Franken verbannt.«
Zwar trug Gottfried Schenk zu Limpurg als Würzburger Fürstbischof aus alter Tradition heraus den Titel eines Herzogs von Franken, doch seine Macht reichte kaum über das Hochstift hinaus. Dennoch war eine solche Strafe schmerzhaft, denn die meisten der hier versammelten Ritter verfügten über Besitz und Verwandte im Würzburger Land, die sie in einem solchen Fall fünf Jahre lang nicht aufsuchen durften. Daher war der Fürstbischof davon überzeugt, dass alle ins Festzelt kommen würden, auch wenn sie so verletzt waren, dass man sie tragen musste.

3.

Falko streckte die Arme aus, damit sein Knappe Frieder ihm die Rüstung abnehmen konnte, und grinste seinen beiden Schwägern und Hilbrecht zu.
»Das war Hilfe zur rechten Zeit! Lange hätte ich mich nicht mehr gegen Bertschmann und seine Kumpane halten können.«
»Du hättest mir wenigstens einen davon überlassen sollen«, beschwerte sich Otto von Henneberg. »So sieht es aus, als hätte ich gezögert, dir beizustehen. Da werden einige gleich wieder die alten Kamellen aufwärmen.«

»Wenn wir heute zusammensitzen und den einen oder anderen Becher miteinander leeren, wird keiner den Schwätzern Glauben schenken«, antwortete Falko lachend, umarmte zuerst Otto, dann Peter von Eichenloh und zuletzt Hilbrecht von Hettenheim. »Ich danke euch allen dreien! Nun lasst uns zum Festzelt gehen. Kämpfen macht durstig.«

»Meine Kehle ist auch schon ganz ausgedörrt«, stimmte Hilbrecht ihm zu.

Seine beiden Schwäger aber sahen die Angelegenheit nicht so locker.

»Du solltest den Vorfall nicht auf die leichte Schulter nehmen. Immerhin hast du Bruno von Reckendorf gestern nicht nur die Knochen gebrochen, sondern auch seinen Stolz verletzt. Das wird ihn weitaus mehr schmerzen«, warnte Peter von Eichenloh, und Otto von Henneberg stimmte ihm zu. »Die vier sind nicht aus Spaß auf dich losgegangen, und ihre Niederlage wird Reckendorfs Zorn nur noch mehr anheizen. Auf die eine oder andere Weise, so fürchte ich, wird er versuchen, dir zu schaden.«

»Wenn er so scharf darauf ist, hole ich ihn mir vor die Lanze! Und dann werde ich nicht mehr so zart mit ihm umspringen wie gestern.« Bestens gelaunt hängte Falko sich bei Hilbrecht ein und verließ mit diesem zusammen das Zelt, das ihnen während des Festes als Unterkunft diente.

Peter von Eichenloh sah ihm kopfschüttelnd nach. »Der Junge ist leichtsinnig! Ich weiß leider allzu gut, welcher Ärger uns aus dieser Sache erwachsen kann. Geht es hart auf hart, dann kommt es zu einer offenen Fehde mit Reckendorf und seinen Freunden, und die wird in kürzester Zeit halb Franken erfassen.«

»Ich glaube nicht, dass der Fürstbischof dies dulden würde. Aber komm jetzt! Mir ist es lieber, wir sind bei Falko und können ihn bremsen, wenn er den Mund zu sehr aufreißt.

Was er Bruno von Reckendorf vorwirft, nämlich dessen Aufgeblasenheit, trifft teilweise auch auf ihn zu. Er bräuchte wirklich einmal einen Gegner, der ihm zeigt, wie es ist, vom Pferd gestoßen zu werden.«

Beiden Männern war klar, dass dies nicht leicht sein würde, denn sie hatten Falko in den letzten Jahren ausgebildet und ihn zu einem Kämpfer heranwachsen sehen, dem kaum einer das Wasser reichen konnte, vielleicht nicht einmal mehr sie selbst.

Als Peter von Eichenloh und Otto von Henneberg nach draußen traten, sahen sie Falko und dessen Freund fröhlich durch die Zeltgasse gehen. Diener und Edelleute winkten ihnen zu, und so manche Matrone schob ihre heiratsfähigen Töchter nach vorne, in der Hoffnung, sie würden dem Junker ins Auge stechen.

»Frau Marie sollte dem jungen Narren möglichst bald eine Frau besorgen, sonst grast er noch auf fremden Weiden«, brummte Peter von Eichenloh ungehalten.

»So wie du?«, spottete Otto von Henneberg.

Es war allgemein bekannt, dass man seinen Freund Peter in jungen Jahren mit einer Nichte des Fürstbischofs im Bett entdeckt hatte, und es hatten viele Jahre vergehen müssen, bis dieser sich wieder im Würzburger Land hatte sehen lassen dürfen.

Peter von Eichenloh wollte möglichst nicht mehr an diese Sache erinnert werden, denn er war seit mehreren Jahren verheiratet und Vater eines prächtigen Sohnes. Daher drohte er Henneberg nicht ganz spaßhaft mit der Faust. »Willst du eine Beule?«

»Ich meine nur, dass wir alles tun sollten, um Falko von Dummheiten abzuhalten. Er hat sich mit Reckendorf und dessen Freunden schon genug Feinde geschaffen. Weitere kann er wahrlich nicht brauchen.« Otto lachte leise und schlang den Arm um die Schulter seines Freundes.

Dieser zuckte zusammen und stieß einen Schmerzenslaut aus.

»Was ist mit dir?«, fragte Otto besorgt.

»Ein Schwerthieb gegen die Schulter – und zwar feige von hinten! Wenn ich könnte, wie ich wollte, würde ich dem Reckendorfer und seinen Freunden selbst zu einem Tanz aufspielen, bis ihnen der Atem vergeht. Aber um Falkos willen müssen wir beide uns beherrschen.«

Mit diesen Worten betrat Peter von Eichenloh das Festzelt und wurde sofort von einem Diener empfangen, der ihn und Otto an die für sie vorgesehenen Plätze führte. Zu ihrer beider Bedauern saßen Falko und Hilbrecht etliche Schritte von ihnen entfernt und näher am Hochsitz des Fürstbischofs, der noch nicht erschienen war.

Dieser Umstand verschaffte Peter Zeit, sich im Zelt umzusehen. Die meisten Damen fehlten noch, doch weiter unten am Tisch entdeckte er seine Schwiegermutter. Sie schien in großer Sorge. Immer wieder streifte ihr Blick Falko, und für einen Augenblick sah es so aus, als wolle sie zu ihm hinübergehen. Dann aber ließ sie sich wieder auf die Bank zurücksinken und wandte sich ihrer Stieftochter Hildegard zu, die neben ihr saß.

Ein Fanfarenstoß kündete das Erscheinen des Fürstbischofs an. Gottfried Schenk zu Limpurg trug den Ornat des Reichsfürsten und deutete seinen geistlichen Stand nur durch ein silbernes Kreuz auf der Brust an. Mit harten Schritten, die seine Vertrauten als Ausdruck seiner schlechten Laune zu deuten wussten, ging er zu seinem Stuhl und wartete, bis alle Anwesenden sich erhoben hatten. Dann nahm er Platz. Eine große Lücke an der Tafel machte ihn darauf aufmerksam, dass Bruno von Reckendorf und dessen vier Freunde noch nicht erschienen waren. Dagegen waren andere Ritter, die sich beim Turnier Blessuren

zugezogen hatten, längst von ihren Knechten und Knappen hereingeleitet oder gar getragen worden. Obwohl diese Missachtung ihn ärgerte, gab sie ihm zumindest die Gelegenheit, noch ein wenig über die Situation nachzudenken.
Sein Verwandter Reckendorf würde den Gesichtsverlust, den er erlitten hatte, nicht einfach hinnehmen, insbesondere, da seine Abneigung gegen Falko Adler einen weiteren Grund hatte, von dem der Kibitzsteiner nichts ahnte. Gottfried Schenk zu Limpurg biss die Zähne zusammen, um seinem Ärger nicht laut Ausdruck zu geben. Der junge Narr, wie er Bruno von Reckendorf im Stillen nannte, hätte sich in seine Pläne fügen sollen, statt Falko Adler herauszufordern. Jetzt herrschte offene Feindschaft zwischen beiden Sippen, und es würde schwer für ihn werden, sein Vorhaben doch noch in die Tat umzusetzen.
Der Blick des Fürstbischofs blieb auf Falko haften. Ein prachtvoller Bursche, dachte er. Zwar war der junge Ritter nur etwas über mittelgroß und schlank wie eine Tanne, aber ein geschickter und schneller Kämpfer. Allerdings hatte er ein arg hübsches Gesicht, das viele Männer dazu verführte, ihn für weibisch zu halten und daher zu unterschätzen. Gerade das durfte man bei diesem Kampfhahn nicht.
Gottfried Schenk zu Limpurg war froh, Falko ebenso wie dessen Schwäger Peter von Eichenloh und Otto von Henneberg unter seinen Gefolgsleuten zu wissen, denn der Appetit, den sein Nachbar Albrecht Achilles von Brandenburg-Ansbach auf neue Ländereien entwickelte, war schier unersättlich. Dazu strebte der Ansbacher mit aller Macht nach dem Titel eines Herzogs von Franken, der seit alters den Würzburger Fürstbischöfen vorbehalten war.
Mit diesem gefährlichen Nachbarn an seiner Flanke war es für den Fürstbischof unerlässlich, in seinem Herrschafts-

bereich für Frieden und Ruhe zu sorgen. Mit beidem aber würde es schnell vorbei sein, wenn die beiden jungen Ritter ernsthaft aneinandergerieten und ihre Freunde und Verbündeten in den Streit hineinzogen.
Mit einem Mal entstand am Zelteingang ein solcher Lärm, dass Gottfried Schenk zu Limpurg aus seinem Grübeln gerissen und darauf aufmerksam wurde, dass es seinem Verwandten Reckendorf beliebte, samt Begleitung zu erscheinen.
Die langen Mienen der fünf jungen Männer verdüsterten sich noch mehr, als Falko und sein Freund Hilbrecht ihnen herausfordernde Blicke zuwarfen. Dem Fürstbischof war klar, dass die Jünglinge spätestens am nächsten Tag erneut aufeinander losgehen würden. Dann mochte es zu Schlimmerem kommen als zu ein paar Prellungen und verletztem Stolz. Ein Toter aber würde unweigerlich zu einer Fehde führen, die auch er nicht mehr unterbinden konnte.
Gottfried Schenk zu Limpurg überlegte verzweifelt, wie er diese Angelegenheit bereinigen konnte, ohne dass eine der beiden Gruppen ihm Parteinahme vorwerfen konnte. Dabei drängten weitaus schwerwiegendere Probleme: Sein Freund Foscarelli war ermordet worden, und er befürchtete, dass dahinter die Absicht stand, König Friedrichs Pläne zu sabotieren. Da der Tod des Kardinals ihn jener Person beraubt hatte, die ihn über die Lage in der Heiligen Stadt auf dem Laufenden hielt, benötigte er dringendst neue Augen und Ohren am Heiligen Stuhl.
Ein junger Priester, der unten an der Tafel saß, wie es sich für einen nachrangigen Kleriker gehörte, brachte den Fürstbischof auf eine Idee. Zuerst glitt sein Blick zu Eichenloh, doch als dieser sich mit schmerzverzerrter Miene an die Schulter griff, richtete er seine Aufmerksamkeit auf Falko. Es wäre nicht die schlechteste Lösung, den jungen Adler

vorerst aus dem Würzburger Land zu entfernen. In der Zeit seiner Abwesenheit konnte er Reckendorf dazu bewegen, sich seinen Plänen zu beugen.
Zufrieden mit der Entscheidung, die er gerade getroffen hatte, nahm Gottfried Schenk zu Limpurg seinen Pokal von einem Pagen entgegen und trank seinen Gästen zu.

4.

Ich weiß nicht, was Reckendorf mehr schmerzt: sein Rücken, wo er sich gestern beim Sturz vom Pferd verletzt hat, oder sein Stolz«, raunte Hilbrecht von Hettenheim Falko zu.
Dieser ergriff grinsend seinen Becher und trank einen Schluck Wein. »Ich glaube, das eine nicht weniger als das andere. Den Stoß, den ich ihm verpasst habe, wird er so rasch nicht vergessen.«
»Er wird ihn dir auch nicht vergeben!« Hilbrecht wies auf die zornbleiche Miene des jungen Ritters, der in sichtlicher Erregung seinen Weinbecher zusammendrückte. »Wenn der könnte, wie er wollte, wärst du ein toter Mann!«
Falkos Blick galt jedoch weniger Reckendorf als dessen Freunden. Die vier hatten ihn beim Buhurt gegen alle Regeln gemeinsam angegriffen, und das würde er ihnen nicht vergessen. »Morgen beim Tjost werde ich mir jeden Einzelnen von ihnen vornehmen. Am liebsten wäre es mir, Reckendorf könnte ebenfalls wieder auf seinen Gaul steigen. Aber dazu ist er wahrscheinlich zu feige.«
»Ich habe einiges über Reckendorf gehört, und nichts davon deutet darauf hin, dass er das Wort Feigheit überhaupt

kennt. Er trägt nicht zu Unrecht den Ehrentitel des besten Ritters von Franken«, wandte Hilbrecht ein.
Falko stieß einen Laut aus, der an das Knurren eines gereizten Hundes erinnerte. »Er trug diesen Titel, Hilbrecht! Nicht zuletzt mein Lanzenstoß gestern hat allen gezeigt, dass er dieser Ehre nicht wert ist.«
»Trotzdem solltest du dich jetzt nicht selbst für den besten Ritter im Frankenland halten. Denke nur an deine beiden Schwäger. Peter von Eichenloh ist der tapferste Krieger, den ich kenne, und Otto von Henneberg steht ihm kaum nach.«
Hilbrechts Warnung war berechtigt, dennoch stieß Falko ein Zischen aus. »Jeder von uns, dich eingeschlossen, ist besser als dieser Ritter Aufgeblasen!«
Da er seine Stimme diesmal nicht mäßigte, hörten etliche Männer am Tisch seinen Ausruf, darunter auch der Fürstbischof und Reckendorf. Der Junker wollte aufspringen und Falko zur Rede stellen, sank aber mit einem Aufstöhnen auf seinen Stuhl zurück und musste die Zähne zusammenbeißen, um nicht vor Schmerz zu schreien. Der Sturz vom Pferd hatte ihn schwerer verletzt, als er sich eingestanden hatte. Dem Arzt zufolge stand eine Heilung auf Messers Schneide, und er konnte von Glück sagen, wenn er nicht zum hilflosen Krüppel wurde.
Mit äußerster Selbstbeherrschung zwang er sich eine gleichmütige Miene auf und trank einen Schluck Wein. »Ich werde morgen nicht aufs Pferd steigen können«, sagte er leise zu Siffer Bertschmann. »Aber dann wird dieser Lümmel da drüben mir Feigheit vorwerfen, und viele Narren werden es nachplappern. Der Teufel soll den Kibitzsteiner holen!«
»Ich glaube nicht, dass Satan in eigener Person morgen früh gewappnet und gespornt erscheint, um dieses Jüngelchen herauszufordern. Das müssen wir schon selbst erledigen«, antwortete Bertschmann.

»Wenn Ihr den Kerl in den Dreck stoßt, verspreche ich Euch eine meiner Burgen als Eigenbesitz und werde außerdem dafür Sorge tragen, dass Ihr meine Schwester nach deren Rückkehr von ihrer Pilgerfahrt nach Rom heiraten könnt.« Mit diesen Worten streckte Reckendorf Bertschmann die Hand hin, die sein Kastellan ohne Zögern ergriff.
»Das ist sehr großzügig von Euch, Junker Bruno! Dafür verspreche ich Euch, dass die Knechte Falko Adlers Überreste hinterher mit dem Besen zusammenkehren können.« In seiner Freude legte auch Bertschmann seiner Stimme keine Zügel an und war daher im ganzen Zelt zu hören.
Reckendorf grinste trotz seiner Schmerzen. Da er seinen Freund kannte, wusste er, dass dieser alles in seiner Macht Stehende tun würde, um Falko Adler zu demütigen. Obwohl Bertschmann aus einer ritterlichen Familie stammte, verfügte er über keinerlei Besitz und war gewiss nicht der Mann, dem er seine Halbschwester unter normalen Umständen zur Frau gegeben hätte. Doch nun brauchte er einen Ansporn für seinen Kastellan, damit dieser den Kibitzsteiner in den Staub warf. Zudem würde Margaretes Hochzeit mit Bertschmann gewisse Pläne des Fürstbischofs vereiteln.
Gottfried Schenk zu Limpurg spürte die Spannung, die sich zwischen den verfeindeten Lagern aufgebaut hatte, und beschloss einzugreifen. Auf einen Wink von ihm trat sein Herold vor und forderte die Anwesenden auf zu schweigen, da Seine Durchlauchtigste Hoheit das Wort an sie richten wolle. Das Murmeln und Zischeln im Zelt erstarb, und alle sahen erwartungsvoll den Fürstbischof an. Dieser ließ seinen Blick noch einmal über seine Gäste schweifen, die bereits zu einem guten Teil Partei für eine der beiden Seiten ergriffen zu haben schienen, und klopfte dann mit der flachen Hand auf den Tisch.

»Ich habe die Ritter und edlen Herren zu diesem Fest eingeladen, um ihnen die Gelegenheit zu bieten, sich im ehrlichen Zweikampf zu messen. Einige der Teilnehmer haben es jedoch gewagt, gegen die Regeln zu verstoßen und zu viert gegen einen einzelnen Mann anzureiten.«
Gottfried Schenk zu Limpurg legte eine kleine Pause ein und sah Falko Adler und den jungen Hettenheimer grinsen. Sie schienen zu glauben, er würde nun ihre Gegner bestrafen. Doch so einfach, wie die beiden Heißsporne es erwarteten, ließ sich das Problem nicht lösen.
»Um zu zeigen, dass ein solches Verhalten eines fränkischen Ritters unwürdig ist, habe ich beschlossen, die daran beteiligten Ritter einschließlich der Herren Bruno von Reckendorf, Falko Adler zu Kibitzstein, Hilbrecht von Hettenheim, Peter von Eichenloh und Otto von Henneberg die weitere Teilnahme an diesem Turnier zu untersagen!«
Kaum hatte der Fürstbischof das gesagt, sprang Falko voller Zorn auf.
»Das ist ungerecht!«, rief er. »Die haben mich zu viert angegriffen. Wären meine Freunde mir nicht zu Hilfe geeilt, hätten sie mich hinterrücks erschlagen. Diese Männer müssen bestraft werden. Nicht wir!«
Hilbrecht nickte heftig, und Otto von Henneberg war ebenfalls versucht, sich lauthals zur Wehr zu setzen. Dann aber sah er Peter von Eichenloh an, der wegen seiner Verletzung am nächsten Tag nicht in den Sattel steigen und kämpfen konnte, und schwemmte seinen Ärger mit einem kräftigen Schluck Wein hinunter.
»Es ist ganz gut, wenn der Junge morgen zusehen muss. Dann lernt er wenigstens, sich zu beherrschen«, sagte Eichenloh zufrieden.
Seine Schwiegermutter schien ebenso zu denken, denn sie zwinkerte ihm zu. Seine Frau Trudi hingegen sah so aus, als

würde sie am liebsten selbst das Schwert ergreifen und auf die Gegner ihres Bruders losgehen.

»Ich bin es nicht gewohnt, in meiner eigenen Halle oder in diesem Fall meinem Zelt kritisiert zu werden«, antwortete Gottfried Schenk zu Limpurg scharf auf Falkos Einwand. »Wenn ich eine Entscheidung treffe, habe ich meine Gründe dafür. Merkt Euch das, Falko Adler! Und jetzt setzt Euch und benehmt Euch, wie es einem Edelmann gebührt.«

An dieser Zurechtweisung hatte Falko zu schlucken und blickte unwillkürlich zu seiner Mutter hinüber. Maries Miene verriet, dass sie dem Fürstbischof am liebsten für ein paar Heller die Meinung sagen würde. Nur Peter von Eichenloh war erleichtert, und das nicht nur seiner geprellten Schulter wegen. In seinen Augen hatte der Zwist zwischen Falko und Reckendorf bereits Formen angenommen, deren Folgen nicht abzusehen waren.

Gottfried Schenk zu Limpurg sah Falko immer noch tadelnd an. »Ich hindere Euch nicht am morgigen Kampf, weil Ihr mich erzürnt habt, Kibitzstein, sondern, weil ich einen Auftrag für Euch habe. Ihr werdet meiner Nichte Elisabeth auf ihrer Reise nach Rom Geleit bieten. Dort soll sie in Zukunft als Äbtissin der frommen Damen von Tre Fontane wirken. Der brave Priester Giso wird sich Euch anschließen, denn er muss in Rom Botschaften für mich überbringen, und Junker Hilbrecht mag ebenfalls mit Euch reiten, wenn es sein Wille ist.«

Falkos Miene hellte sich auf, und er versetzte Hilbrecht einen Stoß. »Du kommst doch mit, oder?«

Erst dann dämmerte es ihm, dass Herr Gottfried eine Antwort erwartete. Rasch stand er auf und verneigte sich in Richtung des Fürstbischofs. »Ich bin Euer ergebener Diener, Durchlauchtigster Herr!«

»Wenigstens teilweise«, schränkte Gottfried Schenk zu Limpurg ein und spielte damit auf die Tatsache an, dass der Kernbesitz der Kibitzsteiner Sippe als reichsfreie Herrschaft galt. Allerdings besaß die Witwe auf Kibitzstein, wie Falkos Mutter genannt wurde, einige Ländereien und sogar ganze Dörfer im Hochstift Würzburg und war ihm für diese dienstpflichtig.
Marie Adlerin nickte beifällig. Nicht umsonst hatte sie in der Vergangenheit hart für ihre Rechte und die ihres Sohnes gekämpft und dabei auch dem Fürstbischof die Stirn geboten. Mittlerweile war ihr Verhältnis zu Würzburg eher entspannt zu nennen, denn Gottfried Schenk zu Limpurg hatte sich als angenehmer Lehnsherr erwiesen. Daher haderte sie auch nicht damit, dass er ungefragt über ihren Sohn verfügte, denn auch sie war der Meinung, dass es für den Frieden im Hochstift besser war, wenn Falko die nächsten Monate außer Landes verbrachte. Bis dorthin, so hoffte sie, würde sich der Streit zwischen ihm und Reckendorf erledigt haben.
Im Gegensatz zu den Kibitzsteinern und ihren Freunden, die mit dem Spruch des Fürstbischofs zufrieden waren, haderte Bruno von Reckendorf mit Herrn Gottfrieds Entscheidung. Er empfand Falkos Bestallung zum Reisemarschall der zukünftigen Äbtissin des Frauenklosters von Tre Fontane als weiteren Schlag ins Gesicht. Während der Kibitzsteiner bei diesem Auftrag Ruhm und Ehre erwerben konnte, waren seine Freunde und er selbst als Turnierstörer gebrandmarkt und würden bei späteren Veranstaltungen Spott und falsche Verdächtigungen über sich ergehen lassen müssen. Vielleicht würde man sie sogar auch von der Teilnahme an anderen Turnieren ausschließen, bis Gottfried Schenk zu Limpurg sie wieder zu einem der von ihm abgehaltenen zuließ. Das konnte bis ins nächste Jahr hinein dauern, und so lange würde er mit diesem Makel leben müssen.

5.

Während es Bruno von Reckendorf gelang, seine Gedanken für sich zu behalten, vermochte Siffer Bertschmann sich nicht zu beherrschen und drohte Falko mit der Faust. »Das wirst du mir noch bezahlen, Wirtslümmel!«
Im Zelt wurde es so still, als hätte ein Zauber alle Geräusche erstickt. Die Menschen wussten, dass Falkos Vater vor mehr als zwanzig Jahren von Kaiser Sigismund das reichsfreie Lehen Kibitzstein erhalten hatte, doch über dessen Jugend war wenig bekannt. Gerüchte, Michel Adler wäre als Sohn eines Bierbrauers geboren worden und Falkos Mutter gar eine Hure gewesen, gab es zwar, doch selbst jene, die mit den Kibitzsteinern im Streit lagen, wagten es nicht, diese Verdächtigungen offen zu äußern. Immerhin hatte Frau Marie in Peter von Eichenloh einen Schwiegersohn, der seine Abstammung auf deutsche Könige und römische Kaiser zurückführen konnte. Auch ihr zweiter Schwiegersohn Otto von Henneberg zählte zu einem uralten, hochadeligen Geschlecht.
Selbst Falko, der seinen Vater früh verloren hatte, war die Herkunft seiner Eltern nur andeutungsweise bekannt. Aber das zählte in dieser Situation nicht. Zuerst stand er starr. Dann wurde er leichenblass, und er griff zum Schwert. »Ich pflege meine Schulden sofort zu zahlen, Bertschmann. Daher werdet Ihr mir umgehend Genugtuung geben!«
»Ihr beide gebt jetzt Ruhe!«, peitschte die Stimme des Fürstbischofs durch den Raum.
Falko drehte sich mit flackernden Augen zu ihm um. »Durchlauchtigster Herr, ich lasse mich nicht beleidigen!«
»Bertschmann ist betrunken! Bringt ihn hinaus, damit er seinen Rausch ausschlafen kann. Morgen mag er sich bei

Euch entschuldigen. Tut er es nicht, wird er Euch nach Eurer Rückkehr aus Rom zur Verfügung stehen.«

Gottfried Schenk zu Limpurg war es leid, immer wieder Frieden zwischen den Streithähnen erzwingen zu müssen, und er nahm sich vor, ein ernstes Wort mit Reckendorf zu sprechen. Fast bedauerte er es, dass er ihn nicht auch mit einem Auftrag wegschicken konnte. Doch der Arzt hatte ihm mitgeteilt, dass sein Neffe noch einige Wochen an den Nachwirkungen des Sturzes leiden würde. Sobald Junker Bruno genesen war, würde er dafür sorgen, dass zwischen Reckendorf und Kibitzstein Frieden geschlossen wurde, und wenn er die beiden Streithähne so lange in einem Kerker nebeneinander anketten lassen musste, bis sie sich vertrugen. Wahrscheinlich wäre es am besten, wenn er Bertschmann und Hilbrecht von Hettenheim mit ihnen einsperrte. Nun, darum würde er sich später zu kümmern haben. Er wandte sich Falko zu.

»Meine Nichte wird in fünf Tagen in Würzburg erscheinen und am nächsten Tag unter Eurem Schutz weiterreisen. Euch bleibt daher genug Zeit, nach Kibitzstein zurückzukehren und Euch auszurüsten. Ich erwarte Euch spätestens am Abend des fünften Tages von heute an.«

»Ich werde zur Stelle sein!« Falko begriff durchaus, dass der Fürstbischof ihm einen Vorwand bot, während des weiteren Turniers nicht Zuschauer spielen zu müssen, und war ihm dankbar. Es wäre ihm schwergefallen, auf der Tribüne zu hocken, während andere Ritter sich auszeichnen konnten.

Da sich der Fürstbischof gerade seinen Weinkelch füllen ließ, wandte Falko sich an Hilbrecht. »Die Reise wird ein Heidenspaß! Wir werden Italien sehen, das Juwel in der Krone der Welt, und vielleicht sogar vom Heiligen Vater selbst die Absolution erhalten.«

»Du hast es ja auch nötig, um Vergebung zu bitten«, spottete sein Freund, der sich nicht weniger als Falko auf diese Reise freute.
Gottfried Schenk zu Limpurg bemerkte den Überschwang der jungen Burschen und hoffte, dass ihre Vorfreude die beiden nicht dazu verleitete, unvorsichtig zu sein. Dann aber schüttelte er den Kopf. Man konnte Falko Adler auf Kibitzstein vieles nachsagen, doch bisher hatte der junge Mann es noch nie an der nötigen Umsicht fehlen lassen. Dennoch beschloss er, ihm einen Trupp erfahrener Reisigen mitzugeben.
»Trinkt, meine Gäste! Die Knechte sollen nun das Mahl auftragen. Kämpfen macht hungrig, und ihr wollt morgen ja nicht entkräftet vom Pferd fallen.«
Lachen antwortete auf die launigen Worte. Selbst Falko schmunzelte und zwinkerte dann seinen Schwestern zu. Trudi winkte kurz, während Lisa fröhlich lächelte. Sie mochte Falko, auch wenn dieser den Worten ihres Mannes Otto von Henneberg zufolge noch wie junger Wein war, der erst gären musste. Hildegard hingegen blieb still neben ihrer Stiefmutter sitzen. Als einzige von Maries Töchtern war sie noch unverheiratet und hatte bereits den Wunsch geäußert, als Nonne ins Kloster zu gehen. Zwar hielten ihre Schwestern nichts davon, doch Marie wollte Hildegard die freie Wahl lassen.
Marie blickte ebenfalls zu ihrem Sohn hinüber, der den Ausschluss vom Turnier und die Zurechtweisung durch den Fürstbischof überwunden zu haben schien, und machte sich ihre Gedanken. Gerne ließ sie ihn nicht auf diese Reise gehen. Immerhin würde sie in weniger als zwei Jahren sechzig Jahre alt werden, und da konnte es dem Herrgott jederzeit gefallen, sie abzuberufen. Doch sie wollte nicht sterben, wenn ihr Sohn in der Fremde weilte.

Sie wusste jedoch selbst, dass sie die Entscheidung des Fürstbischofs nicht rückgängig machen konnte. Falko war als Besitzer etlicher Herrschaften auf Würzburger Gebiet dessen Lehensmann und musste für Bischof Gottfried solche Dienste leisten. Außerdem mehrte es seinen Ruhm, wenn er die Äbtissin unversehrt in ihrem römischen Kloster ablieferte.

Sie nahm sich vor, Falko ins Gewissen zu reden, damit er Vorsicht walten ließ. Zudem würde sie, sobald er zurück war, darauf drängen, dass er sich ein Weib nahm. Zwar unterstützte Hildegard sie auf Kibitzstein, doch über kurz oder lang würde ihre Stieftochter entweder ins Kloster gehen oder vielleicht doch heiraten. Dann benötigte Kibitzstein eine Herrin, die das Gesinde anleitete und die Wirtschaftshöfe überwachte. Bei ihrem letzten Besuch in Würzburg hatte der Fürstbischof bereits anklingen lassen, er werde ihr bei der Suche nach einer passenden Braut behilflich sein. Dies war ihr recht, denn eine von Gottfried Schenk zu Limpurg gestiftete Ehe bedeutete nicht nur eine Verbindung mit einem eingesessenen Adelshaus, sondern auch eine stattliche Mitgift, die den eigenen Reichtum angenehm mehren würde.

Zufrieden mit diesen Aussichten wandte Marie sich ihren Töchtern zu. Trudi hatte im letzten Jahr ihren ersten Sohn geboren und führte als Peter von Eichenlohs Ehefrau ein glückliches Leben. Für ihre eigene Tochter hatte der Himmel wahrlich gut gesorgt. Doch auch bei Lisa konnte sie nicht klagen. Zu ihrer und wohl auch aller Überraschung hatte ausgerechnet Otto von Henneberg um sie geworben. Er war ein tapferer Ritter aus gräflichem Geschlecht, der zudem hoch in der Gunst des Fürstbischofs stand. Ohne die weiße Narbe, die sich quer über sein Gesicht zog, wäre er ein hübscher Mann gewesen. Ihrer Ziehtochter Lisa gefiel er

so, wie er aussah, und sie selbst fand ihn nach anfänglichen Bedenken recht sympathisch. Genau wie Peter von Eichenloh war auch er stets bereit, ihr beizuspringen, wenn es Probleme gab.
Marie hätte zufrieden sein können, doch als sie kurz zu Reckendorf hinübersah, überkam sie ein ungutes Gefühl. Der Mann zerfraß sich vor Rachsucht, und das nur, weil er in einem ehrlichen Stechen aus dem Sattel gehoben worden war. Diese Haltung hielt sie für verderblich, und sie nahm sich vor, alles zu tun, um ihren Sohn vor Schaden zu bewahren.
Bei dem Gedanken lachte sie über sich selbst. Falko war gewiss in der Lage, auf sich selbst aufzupassen. Zwar nannte sogar sein Freund Hilbrecht ihn einen Tollkopf, doch er hatte früh gelernt, was Gefahr hieß und wie ihr zu begegnen war. Außerdem würde er während der nächsten Monate fern von hier weilen, und bis zu seiner Rückkehr mochte Bruno von Reckendorfs gekränkte Eitelkeit vergessen sein.

6.

Da er von der weiteren Teilnahme am Turnier ausgeschlossen war und Gottfried Schenk zu Limpurg ihm Urlaub gewährt hatte, hielt Falko nichts mehr auf dem Fest. Am nächsten Morgen ließ er sein Pferd satteln und machte sich auf den Weg zu seiner heimatlichen Burg.
Hilbrecht von Hettenheim begleitete ihn. Als Jüngster von vier Brüdern hatte er nicht viel Erbe zu erwarten und war daher froh, in das Gefolge des Fürstbischofs aufgenommen

zu werden. Nun grinste er übermütig und wies mit einer unbestimmten Geste nach Süden.
»Das wird eine schöne Reise werden, Falko. Ich habe viel von Italien erzählen hören. Es heißt, es gäbe kein schöneres Land auf dieser Welt. Die Sonne scheint das ganze Jahr über warm, das Obst ist süß und saftig und der Wein traumhaft gut. Und dann erst die Mädchen! Sie sollen schön und feurig sein, nicht so schamhaft wie unsere Frauen.«
»Nicht jede ist schamhaft«, spottete Falko und dachte dabei an die Ehefrau eines schon älteren Ritters, die ihm bei seinem letzten Aufenthalt auf der Feste Marienberg schöne Augen gemacht hatte. Nur mit Mühe war es ihm gelungen, ihren Avancen auszuweichen, ohne sie zu beleidigen. Allerdings reiste er seitdem seltener nach Würzburg, denn er wusste, dass die Schöne ihr Vorhaben zwar aufgeschoben, aber nicht aufgehoben hatte. Er mochte ihren Ehemann jedoch zu sehr, um ihm Hörner aufzusetzen. Auch wenn er es für eine Dummheit hielt, sich mit fünfzig ein um über dreißig Jahre jüngeres Weib zu nehmen, wollte nicht er derjenige sein, der in diese Ehe einbrach.
»Es ist wirklich gut, dass wir jetzt nach Rom reisen«, sagte er nachdenklich.
»Es fällt dir wohl schwer, weiterhin den Ritter Tugendsam zu spielen?«, spottete Hilbrecht, der seine Gedanken gelesen zu haben schien.
»Das musst du gerade sagen! Wenn du eine junge, hübsche Dame vor dir siehst, fängst du zu stottern an und bringst kein gerades Wort heraus.« Falko versetzte seinem Freund vom Sattel aus einen leichten Stoß und trabte an.
Hilbrecht schloss gleich wieder zu ihm auf. »Es kann nicht jeder so ein geschmiertes Maul haben wie ein Pfaffe. Wenn ich da an Giso denke! Der kann den ganzen Tag predigen, ohne auch nur ein Mal Atem zu holen.«

»So schlimm ist Giso auch wieder nicht«, verteidigte Falko den jungen Priester. »Auf jeden Fall ist es schön, dass er mit uns kommt. Mit ihm wird es gewiss lustig. Außerdem kann er neben seinem Latein auch ein wenig von diesem welschen Gebrabbel, das man in Italien spricht. Ich wäre da vollkommen verloren.«

»Das glaubt dir doch kein Mensch! Ich wette mit dir, wenn du eine Frau in Italien nur anschaust, bringt die dir alles bei, was du dir nur wünschst ...«

Obwohl Falko sein bester Freund war, schwang Neid in Hilbrechts Stimme mit, und er wünschte sich, ebenso unbefangen auftreten zu können. Zu seinem Leidwesen aber hatte es ein hübscher Bursche mit himmelblauen Augen leichter, die Herzen anderer Menschen zu gewinnen. Er selbst war etwas kleiner als Falko, dafür um einiges wuchtiger gebaut und mit einem kantigen Gesicht geschlagen, das er in trüberen Augenblicken sogar derb nannte. Seine Augen waren so nichtssagend braun wie seine Haare, und seine Schüchternheit und sein Hang zum Stottern machten es ihm schwer, auf Leute zuzugehen und sie für sich zu gewinnen.

Bevor er jedoch weiter mit sich und seiner Erscheinung hadern konnte, klang Falkos Stimme auf. »Reden wir von etwas anderem.«

»Und wovon?«

»Von der Dame, die wir nach Italien geleiten sollen. Schätze, sie wird über vierzig sein, eingetrocknet wie eine Weinbeere und bei jedem derben Wort zusammenzucken. Wir werden uns zusammennehmen müssen, mein Freund, damit sie uns nicht zu einem Ave-Maria nach dem andern verdonnert, um all die Sünden abzubüßen, die nur in ihrer Einbildung bestehen.«

Falko brachte diese Zukunftsaussichten so drollig hervor,

dass Hilbrecht hellauf lachen musste. »Dann halten wir uns eben an Giso. Der verträgt es, wenn man ehrliches Deutsch mit ihm spricht.«
»Du sagst es! Trotzdem müssen wir auf die Äbtissin Rücksicht nehmen. Am besten ist es, du reitest neben ihrer Sänfte her. Da du sowieso kaum ein Wort zwischen den Zähnen hervorbringst, kannst du sie auch nicht erzürnen.«
Diesmal versetzte Hilbrecht Falko einen Stoß und war weg, bevor dieser sich revanchieren konnte. Während ihres weiteren Rittes spotteten sie immer wieder über die Nichte des Fürstbischofs, und Falko begann schließlich, mit künstlich hoher Stimme so geziert zu reden, wie er es sich bei der Dame vorstellte. Hilbrecht bog sich vor Lachen, und als sie zu Mittag beim Wirt in Schnepfenbach einkehrten und sich ein Stück saftigen Braten schmecken ließen, hatten sie ihren Streit mit Bruno von Reckendorf und dessen Gefährten vergessen. Stattdessen weilten ihre Gedanken in einem paradiesischen Land, in dem aus den Brunnen Wein statt Wasser floss und wunderschöne Mädchen tapferen Rittern Blumenkränze flochten.

7.

Nach dem Abschluss des Turniers ritt Gottfried Schenk zu Limpurg zurück nach Würzburg und ruhte sich von den Anstrengungen des Festes aus. Am dritten Tag ließ er Giso rufen.
Der junge Priester trat zögernd in das Schlafgemach des Fürstbischofs, der mit aufgerichtetem Oberkörper in seinem Bett saß und in einem Stoß Papiere blätterte. Den ho-

hen Herrn anzusprechen, wagte er nicht, und so blieb er an der Tür stehen.
Es dauerte eine Weile, bis Herr Gottfried ihn zu bemerken schien. »Komm näher, Bruder in Christo!«
Die freundliche Anrede verwirrte Giso. Immerhin entstammte Gottfried Schenk zu Limpurg einem uralten Adelsgeschlecht und trug zudem den Titel eines Fürstbischofs von Würzburg und eines Herzogs von Franken. Dazu nahmen viele seiner Verwandten hohe Ämter ein. Er hingegen war der Sohn eines schlichten Freibauern, und nur die Gunst der Herrin zu Kibitzstein hatte es ihm ermöglicht, zu studieren und Priester zu werden. Nun trat er zwei weitere Schritte auf das Bett zu und blieb erneut stehen.
Gottfried Schenk zu Limpurg musterte ihn kurz und wies dann auf die Weinkanne, die auf einer Anrichte stand. »Du kannst mir einen Becher Wein einschenken und den zweiten Becher für dich nehmen.«
Giso wusste, dass der Fürstbischof selbst Bürger und Leute von Adel empfing, ohne diesen einen Trunk reichen zu lassen. Bei einem einfachen Priester wie ihm war ein solches Angebot daher verwunderlich. Doch er griff, ohne zu zögern, zu, um den hohen Herrn nicht zu verärgern, und reichte Herrn Gottfried den vollen Becher. »Auf Eure Gesundheit, Euer Durchlaucht, wenn ich so sagen darf.«
»Du darfst!« Auf den Lippen des Fürstbischofs erschien ein Lächeln, dem es jedoch an Fröhlichkeit fehlte. »Du wirst dich vielleicht gefragt haben, weshalb ich ausgerechnet dich nach Rom schicken will?«
»Nun, Herr, ich … Es steht mir nicht zu, Eure Entscheidungen zu hinterfragen«, antwortete Giso.
»In diesem Fall solltest du es aber tun. Ich schicke dich nämlich nicht zum Heiligen Stuhl, um dir einen Gefallen zu tun

oder dich zu protegieren, sondern um jemanden dort zu haben, der Augen und Ohren für mich offen hält. Das muss ein Mann sein, der den Kopf nicht allein deswegen auf den Schultern trägt, um einen Hut darauf zu setzen.«

Herrn Gottfrieds unverblümte Worte überraschten Giso, und er wusste nicht, was er darauf erwidern sollte. Der Fürstbischof schien keine Antwort zu erwarten, denn er trank einen Schluck und fuhr dann fort. »Es geht um eine sehr wichtige Angelegenheit, mein Freund. Komm näher, damit ich nicht so laut reden muss!« Gottfried Schenk zu Limpurg winkte Giso nahe heran, dass dessen Ohr beinahe seinen Mund berührte.

»Du wirst in Rom ein Natternnest vorfinden! Verrat und Mord sind an der Tagesordnung, und jeder sucht seine Vorteile auf Kosten der anderen zu mehren. Die Franzosen spielen dort munter mit, dazu noch weitere Intriganten, die ich nicht kenne. Du wirst herausfinden müssen, wer unsere Feinde sind, und deren Einfluss bekämpfen. Es geht um sehr viel! König Friedrich III. will zu Beginn des nächsten Jahres nach Rom reisen, um dort seine Braut in Empfang zu nehmen und zu heiraten. Außerdem ist geplant, dass Seine Heiligkeit, Nikolaus V., ihn zum römischen Kaiser krönen soll. Dies gefällt sehr vielen nicht, und daher werden diese alles daransetzen, um die Zeremonie zu verhindern – notfalls auch durch Friedrichs Ermordung.«

Giso fehlten die Worte. Weshalb schickt der Fürstbischof ausgerechnet mich nach Rom, einen kleinen Priester ohne jede Verbindung zu wichtigen Leuten?, fragte er sich. Die Aufgabe, die ihm gerade gestellt worden war, schien ihm unerfüllbar. Doch ein Blick in das verbissen wirkende Gesicht seines Herrn ließ ihn von jedem Widerspruch Abstand nehmen.

»Die beiden jungen Ritter, die dich und meine Nichte nach Rom begleiten, sollen bis zu Friedrichs Besuch dort bleiben und dich unterstützen. Es ist notwendig, dass du Männer bei dir hast, die auf deinen Rücken achtgeben. Ein Freund von mir, Kardinal Foscarelli, wurde vor einiger Zeit ermordet. Es war bekannt, dass er die Sache des Königs am Heiligen Stuhl vertrat und an der Einigung zwischen Herrn Friedrich und dem Papst an wichtiger Stelle beteiligt war. Finde seine Mörder und führe sie ihrer gerechten Strafe zu, mein Sohn! Ich werde es dir reichlich lohnen!«

Foscarellis Mörder zu finden und richten zu lassen war der letzte Dienst, den Gottfried Schenk zu Limpurg seinem ermordeten Freund erweisen konnte. Da die Schurken ganz gewiss auf der Seite der Feinde des Königs zu finden waren, würden Giso, Falko und Hilbrecht irgendwann auf sie stoßen, und dann war es gut, wenn seine Abgesandten vorgewarnt waren. Der Fürstbischof erteilte dem jungen Priester noch einige Ratschläge, klopfte ihm zuletzt aufmunternd auf die Schulter und forderte ihn auf, ihm noch einmal den Becher zu füllen.

»Übrigens ist meine Nichte Elisabeth bereits gestern Abend in Würzburg eingetroffen. Hier kann sie sich noch ein wenig erholen, bevor sie mit dir und den beiden jungen Rittern nach Rom weiterreist. Ich lasse dich zu ihr führen, damit ihr euch kennenlernt.« Der Fürstbischof nahm die Glocke, die auf dem Tischchen neben seinem Bett stand, und läutete.

Kurz darauf erschien ein Diener, der zu wissen schien, was sein Herr von ihm wollte, denn er verbeugte sich und forderte Giso auf, mit ihm zu kommen.

Der junge Priester erinnerte sich gerade noch rechtzeitig daran, dass auch er sich vor dem Fürstbischof zu verbeugen hatte. Dann folgte er dem Diener, bis dieser vor einer Tür stehen blieb und sie für ihn öffnete.

Als Giso eintrat, sah er sich zwei älteren Nonnen in dunklen Gewändern gegenüber und überlegte schon, welche von ihnen die Äbtissin sein könnte. Da fiel sein Blick auf eine Dame, die auf einem bequemen Stuhl saß und ihm interessiert entgegensah, und er musste schlucken. Er wusste nicht, welche Vorstellungen sein Freund Falko sich von der Nichte des Fürstbischofs machte, doch auf jeden Fall stand diesem eine faustdicke Überraschung bevor.

8.

Im fernen Rom saß am gleichen Tag Francesca Orsini an einer reich gedeckten Tafel und unterhielt sich angeregt mit ihrem Tischnachbarn Antonio Caraciolo. Dabei ignorierte sie die mahnenden Blicke ihrer Mutter ebenso wie das immer dunkler werdende Gesicht des jungen d'Specchi, der seine Eifersucht kaum mehr zu verbergen wusste.

»Darf ich Euch noch ein Stückchen von diesem Schwan vorlegen?«, bot Antonio ihr eben an, obwohl genug Pagen und Lakaien bereitstanden, um die Gäste ihres Vaters zu bedienen.

Da Schwanenfleisch nicht zu Francescas Vorlieben zählte, schüttelte sie den Kopf. »Nein danke, ich ziehe ein Wachtelbrüstchen vor.«

Sofort schoss Cirio d'Specchi hoch und spießte eine Wachtel auf. Doch als er sie quer über den Tisch auf Francescas Teller legen wollte, rutschte ihm der Vogel von der Fleischgabel und fiel ihr in den Schoß.

Einen Augenblick lang saß sie wie erstarrt da. Dann aber durchbohrte ihr empörter Blick den jungen Mann. »So etwas Ungeschicktes! Ihr habt mein Kleid ruiniert.«

Cirio d'Specchi starrte die junge Frau an, die nach dem Willen ihres und seines Vaters sein Weib werden sollte, und schwankte, ob er sich entschuldigen oder ihr klarmachen sollte, dass nur ihr unziemliches Turteln mit Antonio Caraciolo dieses Unglück herbeigeführt hatte. Sobald sie verheiratet waren, würde Francesca sich anders verhalten müssen, dafür würde er sorgen.

»Ihr schweigt? Seid Ihr ein Bauer, der nicht weiß, wie er sich in der feinen Gesellschaft zu benehmen hat?«

Francescas Worte waren eine weitere Ohrfeige für den jungen d'Specchi. Da er in Anwesenheit ihrer Eltern nicht laut werden wollte, biss er die Zähne zusammen und tröstete sich mit dem Gedanken, dass er Francesca am Tag nach ihrer Hochzeit mit dem Lederriemen beweisen konnte, wer ihr Herr war. Mit einer fahrigen Bewegung griff er nach seinem Weinpokal – und stieß ihn um.

Das Lachen seiner Verlobten klang hell durch den Raum. »Ihr solltet in den Spiegel schauen, Signore Cirio, dann würdet Ihr tatsächlich in das Gesicht eines Bauern sehen.«

Diese herbe Beleidigung traf Cirio d'Specchi doppelt, weil Francesca auf die Tatsache anspielte, dass seine Ahnen keine Adeligen, sondern Spiegelmacher gewesen waren. Diesmal hielt ihn nur ein mahnendes Räuspern seines Vaters davor zurück, um den Tisch herumzulaufen und die Spötterin vor ihren Eltern und allen Gästen zu züchtigen.

Unterdessen war ein Diener auf Francesca zugetreten und tastete auf ihrem Schoß nach der Wachtel. Nach Ansicht des Hausherrn verweilten seine Finger zu lange an dieser Stelle, und er klopfte mit der flachen Hand auf den Tisch.

»Francesca, es ist das Beste, du gehst auf dein Zimmer und ziehst dich um.«

Der Diener hatte inzwischen die Wachtel ergriffen und wollte nun die Soßenflecken mit einem Tuch abreiben. Das

ging Francesca jedoch zu weit. Sie schob ihn mit einer scheinbar beiläufigen Bewegung beiseite, stand auf und verneigte sich vor ihrem Vater. »Ihr habt wie immer recht, mein Herr. Ich werde tun, was Ihr mir angeraten habt.« Im Stillen sagte Francesca sich, dass sie so viel Zeit mit Umziehen verbringen würde, bis die Festlichkeit so gut wie zu Ende war. Sie hatte wenig Lust, sich mit Cirio d'Specchi zu unterhalten, auch wenn sie den Mann nach dem Willen ihres Vaters in einigen Monaten heiraten musste. Mit diesem Vorsatz verließ sie den Festsaal und stieg die Treppe zu ihrer Kammer hoch.
Ihre Zofe Annunzia erwartete sie bereits oben am Treppenabsatz. »Was denkt Ihr Euch nur dabei, Signore Cirio so zu behandeln? Er ist ein stolzer Mann und wird es Euch, sobald Ihr sein Weib seid, vergelten lassen.«
»Er soll es probieren«, antwortete Francesca mit einer verächtlichen Geste. »Und jetzt komm mit! Ich will dieses Kleid ausziehen. Der Geruch der Wachtelsoße, den ich diesem Trottel zu verdanken habe, widert mich an.«
»Euch sollte eher Euer ungebührliches Benehmen anwidern!« Da Annunzia Francesca kannte, seit diese an der Brust ihrer Amme gelegen hatte, nahm sie kein Blatt vor den Mund. Zwar hätte auch sie ihrer Herrin einen vornehmeren Verlobten gewünscht als den Sohn des dem niederen Adel angehörenden Dario d'Specchi, doch es war nun einmal der Wille ihres Vaters, das Bündnis mit dieser Familie durch eine Heirat zu bekräftigen. Das hatte politische Gründe, die keine Rücksicht auf die Befindlichkeit der Braut nahmen, doch auch in so einem Fall hatte ein Mädchen seinem Vater zu gehorchen.
Das sagte sie Francesca auch, als sie hinter ihr in die Kammer trat und begann, ihr das Kleid auszuziehen. »Ihr könnt froh sein, wenn Conte Ercole Euch für Euer Verhalten nicht

den Stock kosten lässt«, mahnte sie. Damit konnte sie Francesca jedoch nicht ängstigen.

Diese wusste, dass ihr Vater es bei ein paar tadelnden Worten belassen und sie stattdessen dazu auffordern würde, in den nächsten Tagen in sämtlichen großen Kirchen Roms die Messe zu besuchen. Da es recht kurzweilig war, den Predigten der Priester zuzuhören und den Liedern der Chorknaben zu lauschen, war ihr das sogar recht. Außerdem bot sich bei San Pietro, San Giovanni in Laterano, Santa Maria Maggiore und San Paolo fuori le Mura gewiss die Möglichkeit, Freundinnen zu treffen und mit ihnen zu schwatzen. Vielleicht konnte sie dabei sogar eine Begegnung mit ihrem Verehrer Caraciolo herbeiführen und sich weitere Komplimente anhören.

Annunzia ahnte, dass die Gedanken ihrer Herrin sich mit ganz anderen Dingen beschäftigten als mit ihrer Heirat, und räusperte sich. »Ihr solltet Euch tummeln, damit Ihr wieder in den Festsaal kommt.«

Da Francesca genau das nicht wollte, setzte sie sich in ihren Unterröcken auf einen Stuhl und verlangte, dass ihre Zofe ihr ein Glas mit Fruchtsaft brachte, der mit Eis aus den Albaner Bergen gekühlt wurde.

»Ich habe Durst!«, betonte sie, als Annunzia nicht sofort das Zimmer verließ. »Unten wird nur Wein gereicht, und ich will keinen schweren Kopf bekommen.«

Das war zwar auch im Sinne ihrer Zofe, dennoch dachte diese nicht daran, das Getränk selbst zu holen. Sie rief eine Dienerin herein, erteilte ihr diesen Auftrag und wandte sich wieder ihrer Herrin zu. »Und jetzt ziehen wir uns wieder an!«

So hatte die Zofe mit Francesca gesprochen, als diese noch ein kleines Kind gewesen war. Die junge Dame dachte nicht daran, ihr zu gehorchen. Stattdessen streckte sie die Beine aus und stöhnte. »Mir tun die Füße weh! Der Schuster gehört ausgepeitscht, denn er hat meine Schuhe viel zu eng gemacht.«

»Aber als Ihr sie vorhin angezogen habt, haben sie doch gepasst«, rief Annunzia aus, nahm einen der Schuhe, die Francesca abgestreift hatte, und steckte ihn auf deren linken Fuß.

»Also, mir erscheint er nicht zu eng!« Diesmal lag ein tadelnder Ton in der Stimme der Frau, und Francesca stellte sich bereits auf eine Predigt ein. Sie beschloss, den Vortrag bei einem Ohr hinein- und dem anderen wieder hinausrauschen zu lassen. Bevor es jedoch dazu kam, klopfte es an der Tür, und die Dienerin kehrte mit einer Karaffe und einem Becher zurück. Ihr auf dem Fuß folgte eine von Cirio d'Specchis Schwestern. Celestina war vierzehn Jahre älter als ihr Bruder und mit einem Notar der Stadtverwaltung verheiratet. Nun war sie bestrebt, Cirios Verlobung mit Francesca zu ihrem eigenen Aufstieg in der Gesellschaft zu nutzen. Sie trat in das Zimmer, ohne dazu aufgefordert worden zu sein, blieb vor Francesca stehen und stemmte die Fäuste in die Hüften. »Ihr benehmt Euch schamlos, meine Liebe! Fast könnte man meinen, Euch wäre eine Ehe mit meinem Bruder zuwider. Dabei ist er voller Nachsicht mit Euch. Mein Gemahl Goffredo würde solches Verhalten bei mir nicht dulden.«

Francesca zog eine Augenbraue hoch. »Ich kann Euch nicht ganz folgen, meine Liebe. Habe ich Eurem Bruder die Wachtel auf sein Gewand fallen lassen oder er mir? Es liegt an ihm, sich bei mir zu entschuldigen.«

»Ihr habt ihn einen Bauern genannt!«, schäumte Celestina Iracondia auf.

»Wenn er sich wie einer benimmt, darf er sich nicht beschweren, wenn er so genannt wird«, konterte Francesca scheinbar gelassen. Doch in ihr kochte die Wut nicht weniger hoch als in ihrer Besucherin. Seit ihre Verlobung mit Cirio d'Specchi beschlossene Sache war, versuchten die vier Cs, wie sie seine Schwestern Celestina, Clementina, Concettina und Cristina insgeheim nannte, ihr vorzuschreiben, wie sie sich zu verhalten habe.

»Mein Bruder benimmt sich nicht wie ein Bauer«, schrie Celestina ihre künftige Schwägerin an. »Ihr hingegen führt Euch auf wie eine Hure!«

»Ich glaube, der Familienname Eures Mannes färbt auf Euch ab, meine Liebe, denn ich erkenne unzweifelhaft Anzeichen von Jähzorn an Euch«, spottete Francesca.

»Ihr werdet es noch erleben, wohin Euer Hochmut Euch führt! Doch glaubt nicht, dass ich Mitleid mit Euch haben werde, wenn mein Bruder Euch mit der Rute züchtigt.« Diese Drohung war das Einzige, das Celestina noch einfiel, doch auch damit erreichte sie bei ihrer zukünftigen Schwägerin keinen Sinneswandel.

»Euer Bruder verkehrt wohl oft im Hause Eures Ehemanns, weil auch er so vom Jähzorn gepackt zu sein scheint«, antwortete Francesca herausfordernd.

Celestina war kurz davor, ihr ein paar Ohrfeigen zu versetzen. Nur der Gedanke, dass Francescas Vater Gewalt gegen seine Tochter zum Anlass nehmen könnte, die Verlobung aufzukündigen, hielt sie davon ab. »Ich habe Euch gewarnt«, fauchte sie Francesca an und verließ wutschnaubend das Zimmer.

Diese sah ihr nach und drehte sich dann zu Annunzia um. »Wenn das der gewohnte Umgangston im Hause d'Specchi ist, werde ich wohl darauf bestehen müssen, dass die Schwestern meines Verlobten so selten wie möglich zu Besuch kommen. Bei Gott, in der Zeit, in der Celestina hier herumgebrüllt hat, hätte ich mich dreimal anziehen können.«

Der letzte Satz war in Annunzias Augen eine Frechheit, denn nichts deutete darauf hin, dass ihre Herrin umgehend in ein anderes Kleid schlüpfen wollte.

Francesca ließ sich von der Dienerin ein Glas mit dem Fruchtsorbet füllen und trank in kleinen Schlucken.
»Wisst Ihr, dass Ihr selbst einen Heiligen zum Weinen bringen könnt?«, fragte die Zofe düster.
»Wirklich? Das muss ich morgen gleich in Sankt Peter ausprobieren. Wenn die Statue des heiligen Apostels in meiner Gegenwart Tränen weint, werde ich vielleicht sogar selbst zur Heiligen ernannt!«
Während es Annunzia angesichts dieser Blasphemie die Sprache verschlug, wurde die Tür erneut geöffnet, und Francescas Mutter trat ins Zimmer.
»Du solltest längst wieder unten bei den Gästen sein«, tadelte Contessa Flavia ihre Tochter.
Auf Francescas Antlitz trat ein schelmisches Lächeln. »Liebste Mama, ich wäre längst wieder unten, wenn nicht diese unsägliche Celestina hier erschienen wäre und mir Vorwürfe gemacht hätte. Dabei habe ich mir die Wachtel gewiss nicht selbst in den Schoß fallen lassen.«
»Ich gebe zu, es war reichlich ungeschickt von Signore Cirio. Aber deswegen hättest du ihn nicht einen Bauern nennen dürfen.«
Wie gewöhnlich gelang es Flavia Orsini auch jetzt nicht, sich gegen ihre Tochter durchzusetzen. Sie war schon froh, dass Francesca sich nun dazu bequemte, das Kleid auszusuchen, in dem sie wieder vor die Gäste treten wollte, und sich von Annunzia hineinhelfen ließ. Dabei musterte Flavia ihre Tochter und fand, dass es nur wenige Mädchen in Rom gab, die sich mit ihr messen konnten.
Francesca war einfach vollkommen. Dem makellosen Gesicht verliehen hochsitzende Wangenknochen einen Hauch von Exotik. Die vollen Lippen waren blass geschminkt, und die großen, graugrünen Augen wirkten wie klare Bergseen, die von den schmalen Bögen der ausgezupften Augenbrauen ge-

krönt wurden. Nur die Farbe ihrer Haare deutete auf ihren Charakter hin, denn diese waren von einem so intensiven Rot, dass sie in der Sonne wie lodernde Flammen wirkten. Das Mädchen war zwar nicht jähzornig, setzte aber seine verbalen Pfeile mit einer erschreckenden Treffsicherheit ins Ziel.
»Du wirst dich ändern müssen, wenn du Signore Cirio geheiratet hast. Im Hause d'Specchi wird man dir gewiss weniger Freiheiten zubilligen, als dein Vater dir durchgehen lässt.«
Nicht zum ersten Mal versuchte Contessa Flavia ihrer Tochter ins Gewissen zu reden, doch Francesca zuckte nur mit den Achseln. »Sobald ich verheiratet bin, werde ich es tun. Doch ich denke nicht daran, mich bereits jetzt in ein so dummes Huhn zu verwandeln, wie Isotta d'Specchi es ist und ihre vier Töchter noch viel mehr!«
Diese Antwort verschlug ihrer Mutter die Sprache, und sie war erleichtert, dass Francesca sich endlich als angekleidet betrachtete und ihr nach unten folgte. Dort benahm sie sich halbwegs manierlich, wenn man von kleinen Spitzen gegen Cirio d'Specchis Schwestern absah.
Contessa Flavia gefiel der spöttische Blick nicht, mit dem Francesca ihren Verlobten von Zeit zu Zeit bedachte, auch wenn sie insgeheim Verständnis für ihre Tochter aufbrachte. Obwohl die d'Specchis zum römischen Adel zählten, waren sie doch eher jener Schicht zuzuordnen, die der Stadt und dem Heiligen Vater als Notare und Beamte dienten.
Dario d'Specchi und sein Sohn waren jedoch voller Ehrgeiz und drängten danach, höher aufzusteigen. Sie und ihr Mann waren gegen eine solche Heirat gewesen, aber der Herzog von Gravina, das Oberhaupt ihres Zweiges der Orsini-Sippe, bestand darauf, dass die Verbindung geschlossen wurde. Im Grunde war diese Ehe für Francesca eine Mesalliance, und sie konnte verstehen, dass ihre Tochter darüber nicht erfreut war.

9.

Falko Adler und sein Freund Hilbrecht kehrten am fünften Tag nach Würzburg zurück, und zwar zu einer so späten Stunde, dass ihre Reisegefährtin Elisabeth Schenk zu Limpurg bereits zu Bett gegangen war. Da sie unterwegs ein wenig gebechert hatten, waren sie bester Laune, als sie einem der Diener des Fürstbischofs in jenen Raum folgte, in dem sie die Nacht verbringen sollten.

»Wünschen die Herren noch etwas zu essen?«, fragte der Lakai.

Die beiden hatten auf ihrem Weg gut gespeist und winkten ab. »Nein danke! Für heute haben wir keine Wünsche mehr. Aber morgen früh kannst du uns ein kräftiges Mahl servieren. Der Weg nach Rom ist nämlich lang«, antwortete Falko.

Der Diener sah ihn mit einem missbilligenden Stirnrunzeln an. »Auch Ihr werdet ihn nicht an einem Tag bewältigen können, Junker Falko.«

»Das will ich auch nicht«, gab Falko zu. »Aber ich möchte die Reise auch nicht hungrig antreten. Wer weiß, wann diese Klosterschwester – Verzeihung, ich meine natürlich die ehrwürdige Mutter Äbtissin – Einkehr zu halten gedenkt.«

Im Gegensatz zu Falko und Hilbrecht kannte der Diener die Nichte des Fürstbischofs und schätzte diese nicht als frömmelnde Jungfer ein, der nur an ihren Gebeten lag.

»Ihr werdet unterwegs schon nicht verhungern«, antwortete er daher und bat, sich zurückziehen zu dürfen.

»Du darfst, aber erst, nachdem du uns die Stiefel ausgezogen hast!« Falko streckte ihm ein Bein entgegen. Der andere stellte sich rücklings zu ihm hin und zerrte am Stiefel. Doch erst als Falko seinen anderen Fuß gegen die Kehrseite des

Bediensteten stemmte, ging der Stiefel ab. Beim anderen Bein war es genauso.
Nachdem der Diener auch noch Hilbrecht aus den Stiefeln geholfen hatte, verließ er den Raum nur zu gerne, denn die beiden jungen Herren schienen an diesem Tag noch übermütiger als sonst.
Hilbrecht wartete, bis sich die Tür hinter dem Mann geschlossen hatte, dann warf er sich in voller Kleidung auf das Bett und sah lachend zu Falko auf. »Heute können wir noch reden, wie uns der Schnabel gewachsen ist. Aber morgen gilt es, auf die hochheilige Mutter Äbtissin Rücksicht zu nehmen. Ich glaube, das wird mir schwerfallen. Daher solltest du dich um sie kümmern.«
»Sonst noch was?«, schnaubte Falko. »Die Dame hat gewiss ihre eigenen Dienstleute. Sollen die sich doch mit ihr plagen. Ich sorge nur dafür, dass wir den richtigen Weg einschlagen und an den Abenden in den besseren Wirtshäusern übernachten.«
»Da wird dir der Schnabel wohl sauber bleiben. Als Äbtissin wird die Dame in den Klöstern logieren wollen, auf die wir unterwegs treffen. Wir dürfen dann froh sein, wenn wir eine Strohschütte im Stall als Bett erhalten. Oder glaubst du, die lassen uns in ein Frauenkloster hinein? Das würde doch glatt die Tugend der Damen in Gefahr bringen!« Hilbrecht endete mit einem wiehernden Lachen, während Falko ein schiefes Gesicht zog.
»Daran habe ich noch gar nicht gedacht. Aber du hast recht. Wir werden in Nonnenklöstern übernachten müssen. Oder, besser gesagt, in deren Gästehäusern und Ställen. Wein wird man uns dort eher sparsam zumessen. Daher ist es bedauerlich, dass wir den Diener weggeschickt haben. Er hätte uns noch einen vollen Krug bringen können.«
Hilbrecht schüttelte sich in gespieltem Entsetzen. »Lieber

nicht! Wenn ich noch ein paar Becher trinke, hänge ich morgen wie das Leiden Christi im Sattel, und unsere Äbtissin hält mich von Beginn an für einen argen Sünder.«
»Der du ja auch bist«, spottete Falko.
»Ja, aber erst weit nach dir!« Hilbrecht zog Falko mit einer blitzschnellen Beinschere die Füße weg, so dass dieser das Gleichgewicht verlor und auf ihn stürzte. Eine Weile balgten die beiden sich wie junge Hunde und setzten sich schließlich keuchend nebeneinander aufs Bett.
»Schade, dass Giso nicht hier ist. Er hat die ehrwürdige Mutter Oberin sicher bereits gesehen und könnte uns sagen, wie wir uns ihr gegenüber verhalten müssen«, sagte Hilbrecht, nachdem er wieder zu Atem gekommen war.
Falko stieß ihn grinsend an. »Du hast eben einen ausgezeichneten Gedanken ausgesprochen. Giso soll sich um die Dame kümmern! Immerhin ist er Geistlicher, und wir beide sind nur rauhe Krieger. Wir sind für den Schutz der Dame zuständig und nicht dazu da, sie zu unterhalten. Also muss sie uns so nehmen, wie wir sind!«
»Genau!«, rief sein Freund aus und stand auf. »Was meinst du, ob wir doch noch Wein bekommen? Vor lauter Reden habe ich eine trockene Kehle. Außerdem werden wir uns bei der ehrwürdigen Mutter Äbtissin gewiss ein wenig zurückhalten müssen und sollten daher die Gelegenheit nützen, solange wir noch können. Willst du auch noch etwas?«
»Du glaubst doch nicht, dass ich dich allein saufen lasse«, antwortete Falko fröhlich und trat zur Tür, um nach einem Diener zu rufen, der ihnen eine Kanne Wein und zwei Becher bringen sollte.

10.

Falko wurde wach, als ihn jemand an der Schulter rüttelte. »He, was soll das? Ich will schlafen!«, grummelte er und hörte im nächsten Augenblick Giso lachen.
»Dann hättest du gestern nicht so tief in den Weinkrug schauen dürfen! Oder hast du vergessen, dass wir heute nach Rom aufbrechen? Vorher wirst du dich sicher noch von deiner Mutter verabschieden wollen, damit sie dir ihren Segen gibt.«
»Der Teufel soll Rom holen!«, stöhnte Falko, in dessen Kopf es wie in einem Bienenkorb summte.
»Dein letzter Becher muss der eine zu viel gewesen sein«, spottete Giso und reichte Falko einen feuchten Lappen, mit dem dieser sich die Stirn kühlen konnte. »Beeile dich! Lange hast du nicht mehr Zeit, oder willst du der ehrwürdigen Mutter Oberin bereits am ersten Tag unangenehm auffallen?«
»Der Teufel soll den alten Drachen holen!« Falko war so mit sich und seinen Kopfschmerzen beschäftigt, dass er Gisos Glucksen überhörte.
Der Priester wandte sich Hilbrecht zu, der auf der anderen Seite des Bettes mit offenem Mund schnarchte.
Da die Kopfschmerzen nicht weichen wollten, steckte Falko den Kopf in das Wasserschaff und kam prustend wieder heraus. »Oh, Gott, warum habe ich gestern nur so viel getrunken«, stöhnte er, wusch sich und reinigte seine Zähne mit einem Schafgarbenstengel. Zwischendurch wandte er sich zu Giso um. »Wo ist eigentlich Frieder?«
»Dein Knappe, mein Freund, sorgt gerade dafür, dass dein Gepäck nicht hier zurückbleiben muss. Du willst doch gewiss einen warmen Mantel bei dir haben, wenn wir das Al-

pengebirge überqueren.« Giso klang so fröhlich, als läge ein besserer Spaziergang vor ihnen und nicht eine Reise, deren Gefahren keiner von ihnen abschätzen konnte. Für seine gute Laune hatte er allen Grund, denn er freute sich schon jetzt auf die Gesichter von Falko und Hilbrecht bei der ersten Begegnung mit der Äbtissin Elisabeth.

II.

Marie erwartete ihren Sohn in der Kammer, die ihr und ihren Töchtern während ihres Aufenthalts in der Feste Marienberg zur Verfügung gestellt worden war. Das Fenster bot einen herrlichen Ausblick auf den Main und die am jenseitigen Ufer liegende Stadt Würzburg. Dort standen auch die Kirchen, in denen die Priester ihren Schäflein predigten und sie aufforderten, sich demütig dem Willen des Fürstbischofs zu beugen. Etliche Bürger hätten dessen Herrschaft liebend gerne abgestreift, um ebenso reichsfrei zu werden wie die Städte Schweinfurt, Hall oder Rothenburg. Doch ihre Pläne scheiterten an der Tatsache, dass Gottfried Schenk zu Limpurg die Stadt in festem Griff hielt.

Ein leises Klopfen an der Tür beendete Maries Gedankengang, und sie kehrte dem Fenster den Rücken. »Komm herein«, sagte sie.

Die Tür schwang auf, und sie sah Falko vor sich. Ihr Sohn war bereits für die Reise gekleidet, doch sein Gesicht wirkte blass.

»Guten Morgen, Mama«, grüßte er mit einem verlegenen Lächeln.

Marie hob besorgt die Augenbrauen. »Du siehst krank aus, mein Junge. Was ist los?«
»Nichts, was ein wenig frische Luft und ein scharfer Ritt nicht heilen könnten«, antwortete Falko ausweichend und winkte seinen Schwestern zu. »Und wie geht es euch?«
»Ausgezeichnet!« Trudi verzog die Lippen spöttisch, da sie die Ursache für Falkos Unwohlsein zu kennen glaubte.
Marie Adler kam nun ebenfalls auf den richtigen Gedanken. »Sag bloß, du hast gestern Abend noch gezecht? Dabei musst du noch heute Vormittag der ehrwürdigen Mutter Elisabeth das Geleit geben.«
Falko hob begütigend die Rechte. »Das schaffe ich schon! Ich wollte euch auf Wiedersehen sagen. Es wird ein bisschen dauern, bis ich wieder nach Hause komme.«
»Rom ist nun einmal nicht der nächste Weg«, gab seine Mutter zu und seufzte. »Mein lieber Junge, pass bitte gut auf dich auf!«
Marie musterte ihn, als wolle sie sich sein Bild für alle Zeit einprägen. Seine Hose war aus gutem, festem Leder und würde die Reise überstehen, ebenso das derbe Leinenhemd. An seinem Gürtel trug Falko einen Dolch, das Lederetui mit dem Speisemesser und einem Löffel sowie einen prallen Beutel voller Münzen.
Auf den wies sie nun mit einer energischen Handbewegung. »Wenn du so nach Rom reist, wird dir schon bald ein Spitzbub die Geldkatze mit einem scharfen Messer vom Gürtel trennen. Glaube nicht, dass du das merkst, denn diese Kerle sind Meister der Heimlichkeit. Daher solltest du die wertvollsten Münzen in einem Beutel unter deinem Hemd tragen.«
Falko wollte ihr schon sagen, dass er gewiss kein Opfer eines Diebes werden würde, erinnerte sich dann aber an ihre Erfahrungen aus vielen, teilweise sehr weiten Reisen und

senkte beschämt den Kopf. »Ich werde deinen Rat befolgen, Mama!«
»Ich wünschte, ich könnte mit dir kommen!« Marie umarmte ihren Sohn und zeichnete ihm mit dem rechten Daumen das Kreuz auf die Stirn. »Geh mit Gott und kehre gesund zu mir zurück!«
»Das werde ich!«, versprach Falko und spürte einen Kloß im Hals, der ihn selbst überraschte.
Marie sah ihm seine Gefühle an und schob ihn auf Trudi und ihre beiden anderen Töchter zu. »Verabschiede dich jetzt von deinen Schwestern, und dann geh! Sonst muss die ehrwürdige Mutter Oberin noch auf dich warten.«
»Das sollte ich vermeiden!« Es gelang Falko, wieder zu lächeln, als er auf Trudi zutrat und diese in die Arme schloss. »Pass auf Mama auf!«, flüsterte er ihr ins Ohr.
»Natürlich! Und du gib acht, dass dir unten in Italien kein Unglück zustößt. Vertraue nicht jedem, der sich dir mit schönen Worten nähert. Man gerät unterwegs leicht an einen Schurken, der einem Böses will.«
Falko war klar, dass seine Schwester an ihre Reise nach Graz dachte, bei der sie auf zwei Strauchritter hereingefallen war und bitter dafür hatte büßen müssen. Er versprach ihr, die Augen offen zu halten, ließ sie los und wandte sich Lisa zu. Diese war schon immer etwas stämmiger gewesen als Trudi und Hildegard, schien aber in letzter Zeit noch einmal an Gewicht zugelegt zu haben.
Bevor er jedoch eine Anspielung darauf machen konnte, umarmte sie ihn. »Komm gut nach Hause. Sollte es ein Junge werden, so hat Otto vorgeschlagen, ihn nach dir zu nennen, da Trudi ihrem Jungen bereits den Namen unseres Vaters gegeben hat.«
»Du bist schwanger!«, stieß Falko aus.
»Was ist daran so verwunderlich? Immerhin sind Otto und

ich schon seit fast einem Jahr verheiratet. Da kann so etwas vorkommen!« Lisa lachte und schob Falko der dritten Schwester in die Arme.
Noch immer war Hildegard die Schüchternste von Maries Töchtern, und sie brachte auch diesmal nur ein paar gestammelte Worte heraus. Dabei weinte sie so, als würde ihr Bruder eine Reise ohne Wiederkehr antreten.
Falko strich ihr über die Wange. »Jetzt komm, Mädchen! Es sind schon andere aus Rom zurückgekehrt. Warum sollte ausgerechnet ich es nicht tun?«
»Du … du kommst schon zurück!«, stieß Hildegard hervor und flüchtete sich in Maries Arme.
»Natürlich komme ich zurück«, versprach Falko ein weiteres Mal. Dann trat er an die Tür, blieb dort stehen und hob grüßend die Hand. »Gott befohlen. Euch allen!«
Mit diesem Gruß verließ er den Raum und wischte sich draußen mit dem Handrücken über die Augen, die sich mit einem Mal feucht anfühlten.

12.

Als Falko den Burghof betrat, fand er die restliche Gruppe bereits fertig zur Abreise vor. Er neigte das Haupt kurz in Richtung der verschleierten Nonne, die auf einem von einem Diener geführten Maultier saß, sah aber nicht genauer zu der Dame hin, sondern schwang sich in den Sattel seines Reisepferds. Sein Schlachtross führte sein Knappe Frieder am Zügel. Zwar erwartete Falko unterwegs keinen Kampf, aber er wollte auf alles vorbereitet sein.

Ein Blick in die Runde zeigte ihm, dass Giso ebenso wie die Äbtissin auf einem Maultier saß, wie es dem geistlichen Stand angemessen war. Hilbrecht hatte sich in den Sattel seines Braunen geschwungen, wirkte aber noch arg mitgenommen.

»Dann wollen wir mal, das heißt, wenn die ehrwürdige Mutter damit einverstanden ist«, rief Falko so laut, dass es über den ganzen Hof hallte.

»Ich bin einverstanden!«

Beim Klang ihrer Stimme zuckte Falko zusammen, denn sie hörte sich weder alt noch herrisch an, sondern sanft wie ein Frühlingshauch. Jetzt musterte er die Dame und fand, dass sie wie selbstverständlich im Sattel saß und eine gute Figur machte. Obwohl sie die weiten Gewänder ihres Ordens trug, wirkte ihr Leib schlank und straff, und er bedauerte, dass ihr Gesicht von ihrer ausladenden Haube und dem dichten Schleier verdeckt wurde.

Beinahe vergaß Falko, dass er als Anführer der Reisegruppe galt. Erst als Gottfried Schenk zu Limpurg an einem Fenster erschien und ihm zuwinkte, erinnerte er sich an seine Pflichten und hob die Hand. Er senkte sie jedoch gleich wieder als Zeichen des Aufbruchs. Dabei musste er innerlich grinsen, denn der Fürstbischof war so besorgt um die Sicherheit seiner Nichte gewesen, dass er ihm einen halben Heerzug unterstellt hatte. Außer Hilbrecht, ihm und ihren Knappen zählten neben der Äbtissin und zwei weiteren Nonnen in von Pferden getragenen Sänften Giso sowie ein Dutzend Knechte zu der Reisegesellschaft. Einer von diesen führte das Maultier der Oberin und vier weitere die Sänftenpferde ihrer Begleiterinnen. Der Rest kümmerte sich um die Ochsengespanne und die beiden Wagen, die mit der Habe von Elisabeth Schenk zu Limpurg, den Geschenken des Fürstbischofs für Seine Heiligkeit, Papst Nikolaus V., und für

Freunde in Rom beladen waren. Hinzu kamen noch einmal zwölf Bewaffnete zu Fuß als Geleitschutz, die mit Kurzschwert und Hellebarde bewaffnet waren.
Da Falko diese Männer bisher nur vom Sehen her kannte, beschloss er, in den nächsten Tagen mit ihnen zu reden, um ein Gespür dafür zu gewinnen, wie gut er sich auf sie verlassen konnte. Jetzt winkte er sowohl dem Fürstbischof wie auch seiner Mutter zu, die weiter oben hinter einem Fenster auftauchte. Dann zog er seinen Gaul herum und trabte an dem Reisezug vorbei. Neben der Äbtissin zügelte er sein Pferd und verbeugte sich noch einmal, diesmal um einiges tiefer als zuvor. »Verzeiht, ehrwürdige Mutter, dass ich es bisher versäumt habe, mich Euch vorzustellen. Doch ich bin erst gestern spät am Abend in Würzburg angekommen und wollte Euch nicht mehr stören.«
»Ihr braucht Euch nicht zu entschuldigen«, antwortete ihm eine Stimme, in der die Frische der Jugend mitschwang.
Falko korrigierte das von ihm angenommene Alter der Äbtissin von über vierzig auf knapp die Hälfte und zauberte trotz seiner Kopfschmerzen ein Lächeln auf die Lippen. »Ich danke Euch, hohe Frau, denn Ihr erleichtert mein Herz. Ich hätte mein Versäumnis sonst bei dem ersten Priester, dem wir begegnet wären, beichten müssen.«
Jetzt lachte die verschleierte Frau hell auf. »Weit hättet Ihr da nicht reiten müssen, befindet sich doch der hochwürdige Vater Giso bei uns.«
»Ach ja, das tut er. Ich hatte es ganz vergessen!« Bisher hatte Falko noch nie jemand von Giso ehrfurchtsvoll sprechen hören und verspürte plötzlich Eifersucht auf seinen Freund. »Verzeiht, aber unser braver Giso stammt aus der Herrschaft meiner Mutter. Ihr werdet verstehen, dass ich doch lieber bei einem Priester beichten würde, der mehr meinem Stand entspricht.« Kaum hatte er es gesagt, ärgerte er sich

über seinen Ausspruch. Immerhin waren Gisos Mutter und seine eigene die besten Freundinnen gewesen. So überheblich von dem Freund seiner Kindertage zu reden erschien ihm nun als Frevel. »Es tut mir leid, ich wollte Hochwürden Giso nicht schmähen! Da ich mit ihm aufgewachsen bin, fällt es mir schwer, in ihm den gestrengen Diener Gottes zu sehen.«

Er lachte und überlegte, wie er das Gespräch weiterführen sollte. »Ich habe gehört, Ihr sollt in Rom als Äbtissin des Klosters Tre Fontane amtieren?«

Die Dame schüttelte den Kopf. »Nicht des Klosters von Tre Fontane. Das wird von ehrwürdigen Brüdern des Zisterzienserordens geführt. Ganz in der Nähe gibt es eine kleine Gemeinschaft frommer Nonnen, die den heiligen Ort pflegen, und diese werde ich leiten.«

»Was für einen heiligen Ort?«, fragte Falko.

»Es ist die Stelle, an der dem Apostel Paulus das Haupt abgetrennt worden ist. Dort haben die Mönche von Tre Fontane ein Kirchlein errichtet, das die frommen Frauen, deren Äbtissin zu werden ich die Ehre habe, sauber halten und schmücken.«

Diesmal meinte Falko eine gewisse Belustigung aus der Stimme der jungen Nonne herauszuhören, und er sagte sich, dass er sich vorher hätte erkundigen sollen, was es mit ihrer Berufung nach Rom auf sich hatte. Nun stand er so dumm vor ihr wie ein Bauer, der zum ersten Mal in die Stadt kam.

»Bitte entschuldigt meine Unwissenheit. Ich bin nur ein Krieger und kenne mich in frommen Dingen nicht aus. Mir liegt vor allem daran, für eine angenehme Reise zu sorgen«, versuchte er sich herauszuwinden.

Dabei hatte er dem Weg, den sie zurücklegen mussten, genauso viele Gedanken gegönnt wie dem zukünftigen Amt seiner Reisegefährtin, nämlich gar keinen. Das musste er in den nächsten Tagen dringend nachholen. Immerhin sollte er die Dame nach Rom bringen, ohne ihr beschwerliche Umwege zuzumuten.

»Entschuldigen Krieger sich überhaupt? Ich glaubte, dies ließe ihr Stolz nicht zu!«

Die ehrwürdige Mutter schien sich über ihn lustig zu machen. Zu seinem Leidwesen musste Falko sich sagen, dass sie es nicht zu Unrecht tat. Es gab Ritter, die es als unmännlich ansahen, einen Fehler zuzugeben. Aber er würde ihr zeigen, dass er ein Reisemarschall war, unter dessen Schutz sie sich geborgen fühlen konnte.

»Ich bin nicht nur ein Krieger, sondern auch ein Edelmann und muss als solcher meine Fehler bekennen können«, erklärte er mit einem fröhlichen Lächeln, das bisher selten seine Wirkung auf das weibliche Geschlecht verfehlt hatte.

Auch Elisabeth Schenk zu Limpurg vermochte sich dem Charme des jungen Mannes nicht zu entziehen. Sie beobachtete ihn im Schutz ihres Schleiers und fand ihn ausgesprochen gutaussehend, vielleicht sogar eine Spur zu hübsch für einen Mann. Dies gefiel ihr jedoch besser, als wenn der Anführer des Reisezugs ein Schlagetod mit kantigem, von Narben gezeichnetem Gesicht gewesen wäre. Daher antwortete sie auf seine Bemerkungen munterer, als sie es sonst getan hätte. Innerhalb kürzester Zeit entspann sich zwischen ihnen eine angeregte Unterhaltung, die Falko ganz vergessen ließ, dass er eigentlich an der Spitze des Zuges hätte reiten und den Weg vorgeben sollen.

Da Hilbrecht froh war, sich überhaupt auf seinem Gaul zu halten, übernahm Giso diese Aufgabe. Der Priester blickte sich jedoch immer wieder zu Falko und Elisabeth um und schüttelte mehrmals den Kopf. Warum konnte der junge Narr, wie er seinen Freund für sich nannte, sich nicht beherrschen? Er beschloss, Falko noch an diesem Abend den Kopf zu waschen.

13.

Da die Ochsenkarren und die Pferdesänften dem Reisezug eine Geschwindigkeit aufzwangen, die dem eines gemütlichen Spaziergangs entsprach, kamen sie an diesem Tag gerade drei Meilen weit. Würzburg hätte sich noch innerhalb von wenigen Stunden mit einem strammen Fußmarsch erreichen lassen, und doch machte sich bei der Reisegruppe am Abend das Gefühl breit, schon lange Zeit unterwegs zu sein. Für die Nacht bot ein kleines Kloster den Ordensschwestern Obdach, während die Männer unter freiem Himmel schlafen mussten, da es weder ein Gästehaus noch einen passenden Stall gab. Falko, Giso und Hilbrecht durften das Abendessen in Gegenwart der frommen Frauen einnehmen, und bei dieser Gelegenheit sah Falko Elisabeth zum ersten Mal ohne Schleier.

Obwohl die junge Frau die steife Nonnentracht ihres Ordens trug, wirkte sie ungemein anziehend. Ihre Gesichtszüge waren ebenmäßig, und in den blauen Augen lag ein träumerischer Glanz, insbesondere, wenn ihr Blick auf Falko ruhte. Eine Strähne ihres blonden Haares hatte sich unter ihrer Kopfbedeckung hervorgestohlen und ringelte sich auf ihrer Schläfe.

Für Falko war sie die schönste Frau, die er je gesehen hatte, und er wünschte Hilbrecht, Giso und die übrigen Nonnen zum Teufel, um mit ihr allein sein zu können. Ein Tritt unter dem Tisch, den ihm sein geistlicher Freund versetzte, brachte ihn aber so weit zur Besinnung, dass er Elisabeth nicht die ganze Zeit wie ein hungriger Wolf anstarrte.

»Wie lange, glaubt Ihr, werden wir bis nach Rom brauchen?«, fragte Elisabeth ihn.

Da Falko sich noch nicht mit der Reise beschäftigt hatte, konnte er es ihr nicht sagen. »Eine ganze Reihe solcher Tage wie heute, glaube ich«, redete er sich heraus und wandte sich dabei Giso zu. »Das meinst du doch auch, oder?«

»Wir werden über zwei Monate unterwegs sein, vielleicht sogar drei«, erklärte der junge Priester.

»Das ist aber eine lange Zeit!«, sagte Elisabeth erstaunt, aber auch erfreut. Es reizte sie, sich mit dem interessanten jungen Mann zu unterhalten, der so artig antwortete und sie seiner ganzen Haltung nach zu verehren schien. Natürlich hatte sie keine sündhaften Hintergedanken, sondern würde ihre Reinheit als Braut Gottes zu bewahren wissen. Aber ein wenig Freude am munteren Gespräch, so sagte sie sich, dürfte ihr doch vergönnt sein.

Giso sah die wachsende Vertrautheit zwischen seinem Freund und der künftigen Äbtissin mit Missvergnügen. Daher versuchte er, die beiden auf andere Gedanken zu bringen. »Es wird eine anstrengende Reise werden, vor allem die Überquerung der Alpen. Wir werden uns vor Steinschlägen in Acht nehmen und Steige bewältigen müssen, bei denen einem schier das Blut in den Adern gefriert! Außerdem gibt es dort kopfstarke Räuberbanden, die viele Reisende in ausweglose Situationen locken.«

Seine Anstrengungen, seinen Freund und die junge Frau mit den Gefahren der Reise zur Vernunft zu bringen, machten es noch schlimmer, denn Falko sprang auf, zog sein Schwert und kniete vor der Äbtissin nieder. »Solange ich bei Euch bin, habt Ihr nichts zu befürchten! Ich werde jeden in die Schranken weisen, der sich Euch mit unlauteren Absichten nähert.«

»Dann solltest du am besten bei dir selbst anfangen«, murmelte Giso.

»Was hast du gesagt?«, wollte Falko wissen.

»Nur, dass du endlich mit dem Essen anfangen solltest. Oder willst du die ehrwürdige Mutter dazu zwingen, die

halbe Nacht an der Tafel zu sitzen?« Gisos Stimme klang scharf, denn er sah Schwierigkeiten am Horizont auftauchen, die sie wahrlich nicht brauchen konnten.
Während des Abendessens wuchs seine Besorgnis noch, denn Elisabeth und Falko hatten nur Augen füreinander und schienen vergessen zu haben, dass sie nicht alleine waren. Die beiden Nonnen in Elisabeths Begleitung räusperten sich ein ums andere Mal, ohne dass ihre Herrin darauf reagierte, und Falko tat alles, um sich der jungen Dame angenehm zu machen.
Selbst als die Tafel aufgehoben worden war und er mit Giso und Hilbrecht zusammen nach draußen ging, galten seine Gedanken der schönen Äbtissin.
»Sie ist eine Heilige!«, rief er voller Überschwang. »Mir ging es heute Morgen wirklich nicht gut, doch in dem Augenblick, in dem ich Äbtissin Elisabeth gesehen habe, waren meine Kopfschmerzen verschwunden.«
»Also, bei mir hat sie nichts bewirkt«, brummte Hilbrecht. Er fühlte sich zu müde, um dem Geschwätz des verliebten Gimpels, wie er seinen Freund im Stillen nannte, weiter zuzuhören.
Giso erlöste Hilbrecht, indem er eine Fackel an sich nahm und Falko aufforderte, mit ihm zu kommen. »Ich muss mit dir reden!«
»Muss das heute sein?« Falko war ebenfalls müde und hätte sich lieber hingelegt, um mit dem Gedanken an Elisabeth einzuschlafen.
»Es ist dringend!«
Da Falko nicht reagierte, packte Giso ihn und zog ihn mit sich.
»Was soll das? Du bist heute schon den ganzen Abend so komisch«, fuhr Falko ihn mürrisch an.
»Wenn hier einer komisch ist, dann bist du es«, konterte

Giso. »Und jetzt komm! Was ich dir zu sagen habe, ist nicht für die Ohren der Knechte bestimmt.«
Falko begriff, dass sein Freund ein ernstes Anliegen hatte, und folgte ihm seufzend zu einem Bach, der in der Nähe des Nonnenklosters floss. Dort steckte Giso die Fackel in den weichen Boden, setzte sich daneben und forderte ihn auf, ebenfalls Platz zu nehmen.
»Also, was willst du von mir?«, fragte Falko.
»Mit dir reden, du junger Narr! Was denkst du dir eigentlich? Du säuselst die Äbtissin Elisabeth an wie ein verliebter Scholar. Hast du denn ganz vergessen, wer sie ist?«
»Ich säusle sie nicht an, sondern habe mich ganz normal mit ihr unterhalten!«, rief Falko empört.
»Du hast an diesem Abend von zehn Sätzen neun an sie gerichtet, und fünf davon haben ihre Schönheit, ihre Eleganz, ihre Klugheit und was weiß ich noch in den Himmel gehoben. Bei Gott, jeder Mann, der mit einem fremden Weib ins Bett will, fände in dir seinen Lehrmeister!
Falko, vor uns liegen mehr als zwei Monate, bis wir Rom erreichen. Wo soll das hinführen, wenn du die Äbtissin so bedrängst? Sie ist jetzt neunzehn Jahre alt und völlig unerfahren, was Männer angeht. Man hat sie bereits als Fünfjährige in ein Kloster gegeben und dort auf ihre Bestimmung vorbereitet. Wenn deine Stimme sie umschmeichelt wie eine zarte Hand, wird sie der Versuchung erliegen, und du mit ihr.
Was meinst du, wird der Fürstbischof sagen, wenn er erfährt, du hättest aus seiner Nichte ein Weib gemacht? Erinnere dich daran, wie es deinem Schwager Eichenloh ergangen ist! Herr Gottfried hat ihn viele Jahre lang mit seinem Zorn verfolgt, nachdem man eine andere Nichte des hohen Herrn in seinem Bett entdeckt hat.«
»Du tust so, als wäre ich darauf aus, Elisabeths Röcke zu

heben und mit ihr das zu tun, was einem Priester wie dir verboten ist!«, antwortete Falko empört.
Dabei hatte er sich während des Essens durchaus vorgestellt, wie es wäre, Leib an Leib mit der jungen Frau zu liegen. In seiner Leidenschaft für Elisabeth verstand er Gisos Worte deshalb falsch und glaubte, aus diesem würde die Eifersucht sprechen.
»Du denkst wohl, weil du nicht zu ihr ins Bett schlüpfen kannst, darf es auch kein anderer tun!«, setzte er hinzu.
Giso sah ihn einige Augenblicke lang betroffen an, lachte dann aber leise auf. »Mein guter Freund, ich will dir diese Aussage vergeben. Elisabeth ist, wie ich zugeben muss, sehr schön, aber auch sanft und zerbrechlich. Solltest du gewisse Bedürfnisse stillen wollen, gibt es weitaus dezentere Möglichkeiten. So manche Magd verdient sich gerne einen Kreuzer für diesen Dienst. Wenn dich also der Hafer sticht, so halte in den Herbergen und Gasthäusern Ausschau.
Elisabeth ist für dich unerreichbar. Wäre sie ein normales Mädchen von Adel, könntest du sie verführen, müsstest sie hinterher allerdings heiraten, wenn ihre Verwandten darauf bestehen. Aber sie ist eine Nonne, eine Braut Christi! Mit ihr fleischlich zu verkehren ist eine schwere Sünde, die dich unweigerlich in die Hölle führen wird.«
Einem schlichten Bauern hätte Giso mit dieser Drohung Angst einjagen können, doch Falko zischte nur verächtlich.
»Du tust ja gerade so, als wären alle Pfaffen und Klosterschwestern Heilige! Dabei weißt du genauso gut wie ich, dass unter deren Dächern mehr gesündigt wird als anderswo. Erinnere dich nur an das kleine Kloster, in dem wir im letzten Herbst übernachtet haben. Da hast auch du wacker deinen Mann gestanden – und das nicht nur bei einer Nonne.«

Giso verzog angewidert das Gesicht, als er sich an diese Begebenheit erinnerte. Damals hatte er zunächst gedacht, Falko und er wären in ein besonders gastfreies Kloster geraten, denn es hatte gutes Essen und reichlich Wein gegeben. Dabei hätte ihn schon wundern müssen, dass sie beide im Schlaftrakt der Nonnen untergebracht worden waren. Diese waren dann auch zu ihnen ins Zimmer gekommen – und zwar ohne ihren steifen Ordenshabit. Vom Wein befeuert, hatte auch er der Verlockung der nackten Frauenleiber nicht widerstehen können und ebenso wie Falko bis in den Morgen hinein gehurt.
Angesichts des damaligen Erlebnisses war es jetzt doppelt schwer, seinem Freund beizubringen, dass er Elisabeth nicht mit jenen losen Weibern über einen Kamm scheren durfte. Er warnte ihn noch einmal davor, unbesonnen zu handeln, und beschloss dann, auf ihn und die Äbtissin aufzupassen. Immerhin würde der Fürstbischof es auch ihm ankreiden, wenn seiner Nichte unterwegs Dinge passierten, die nicht in seinem Sinn waren.

14.

Bruno von Reckendorf hatte das Turnier am gleichen Tag verlassen wollen wie Falko und Hilbrecht. Doch bei dem Versuch, sich am Morgen zu erheben, waren ihm so starke Schmerzen durch den Rücken geschossen, dass er geschrien hatte wie ein kreißendes Weib.
Nun stand Siffer Bertschmann hilflos vor seinem Herrn, der sich inzwischen einen Zipfel seines Ärmels in den Mund gesteckt hatte und vor Verzweiflung darauf biss. »Was ist mit Euch?«

Die Antwort bestand aus einem Ächzen. »Mein ... Rücken!«, brachte Reckendorf schließlich mühsam über die Lippen.
»Tut er wieder weh? Da werde ich wohl besser den Arzt holen!« Bertschmann eilte aus der Kammer und kehrte kurze Zeit später mit dem Leibarzt des Fürstbischofs zurück. Dieser bedachte Bruno von Reckendorf mit einem tadelnden Blick. »Ich hatte Euch doch geraten, liegen zu bleiben! Aber Ihr wolltet nicht auf mich hören und habt Euch auf die Tribüne gesetzt. Jetzt spürt Ihr die Folgen. Wenn Gott Euch nicht sehr gnädig ist, werdet Ihr für den Rest Eures Lebens ans Bett gefesselt sein.«
»Schwatz nicht so viel, Doktor, sondern gib mir den Saft, mit dem du mir vorgestern und gestern die Schmerzen vertrieben hast!« Bruno von Reckendorf brachte die Worte nur mühsam und mit Pausen heraus.
Der Arzt wiegte unschlüssig den Kopf. »Wenn man dieses Mittel ein- oder zweimal verwendet, hilft es gegen die Schmerzen. Nimmt man es jedoch öfter und zuletzt regelmäßig, so wird man sein Sklave. Ich habe Menschen erlebt, die gemordet haben, um daran zu kommen.«
»Ich morde auch gleich – und zwar dich, wenn du es mir nicht gibst!«, stieß Reckendorf hervor.
»Ich glaube nicht, dass Ihr dazu in der Lage seid«, antwortete der Arzt mit leichtem Spott.
»Aber *ich* bin dazu in der Lage!« Bertschmann zog sein Schwert und setzte es dem Arzt auf die Brust. »Gebt ihm das Mittel, oder ich stoße zu!«
»Der Fürstbischof würde Euch dafür vierteilen lassen!« Seinen mutigen Worten zum Trotz zog der Arzt ein Fläschchen mit einer dunklen Flüssigkeit heraus, maß dem Ritter ein wenig davon in einen Becher und reichte ihm diesen.
»Ich warne Euch! Dieses Mittel vermag in einer gewissen

Dosis die Schmerzen zu lindern. Nimmt man jedoch zu viel davon oder trinkt Wein dazu, ist es ein tödliches Gift.«
»Du schwatzt zu viel!« Reckendorf versuchte, den Becher an die Lippen zu führen und zu trinken, benötigte aber die Hilfe des Arztes. Danach sank er mit einem Ächzen zurück und starrte gegen die Decke.
»Schlaft jetzt! Ich werde später noch einmal kommen und Euch untersuchen. Mehr als Euch eine Salbe auf den Rücken zu schmieren kann ich zwar nicht, aber vielleicht hat unser Herrgott im Himmel ein Einsehen mit Euch und lässt Euch nicht zum Krüppel werden.«
Da Bertschmann den Arzt vom Frühstückstisch weggeholt hatte, beschloss dieser, zu seiner Biersuppe und dem Haferbrei zurückzukehren, und verließ mit einem knappen Gruß den Raum.
»Ich könnte ihn umbringen!«, keuchte Reckendorf, nachdem die Tür wieder ins Schloss gefallen war.
»Wen, den Arzt?«, fragte Bertschmann.
Sein Herr schüttelte den Kopf und ächzte, weil ihm der Schmerz gleich doppelt durch die Glieder fuhr. »Nein, Falko Adler! Der Kerl hat mich nur durch eine Hinterlist aus dem Sattel heben können. Doch das hat er so geschickt vollbracht, dass es kein anderer bemerken konnte. Jetzt ist er für alle der große Held, und ich …« Reckendorf brach ab und hieb mit der Faust auf das Bett. Zu seinem Glück wirkte der Mohnsaft bereits, und er spürte nur einen kurzen Stich im Rücken, während der quälende Schmerz allmählich verging.
Bertschmann zog einen Schemel heran und setzte sich neben das Bett. Hinter dem Hassausbruch des Junkers musste mehr stecken als nur eine Niederlage beim Lanzenstechen, hatte dieser doch Falko Adler noch vor dem Beginn des eigentlichen Turniers zum Zweikampf herausgefordert.
»Ich stehe immer noch zu meinem Wort, den Kerl zurecht-

zustutzen. Wenn Ihr wollt, folge ich ihm nach Rom und nehme ihn mir dort vor«, bot er an.
»Ihr seid ein treuer Freund, und ich würde mir wünschen, Ihr könntet es tun. Doch ich brauche Euch hier. Wenn ich, wie dieser verdammte Arzt meint, gelähmt bleibe, müsst Ihr mir beistehen und meinen Besitz für mich verwalten. Leider ist meine Schwester nicht die Tochter meines Vaters, sonst könnte sie Reckendorf und die anderen Herrschaften erben und Ihr mein Nachfolger werden. Aber die eine oder andere Burg kann ich ihr zukommen lassen. Ihr werdet ein wohlhabender und angesehener Herr werden, wenn Ihr sie heiratet. Im Gegensatz zu gewissen anderen entstammt Ihr einer adeligen Familie und müsst nicht einen Bierschwengel und eine Hure Eure Eltern nennen. Jetzt reicht mir den Wein!«
»Der Arzt hat ihn Euch doch verboten«, antwortete Bertschmann und begriff dann erst die Aussage der letzten Sätze. »Sagt bloß, dieser unsägliche Kibitzsteiner wollte Jungfer Margarete freien?«
Reckendorf schüttelte den Kopf. »Wenn es nur das wäre, hätte ich den Kerl in den Burggraben werfen lassen, damit er weiß, was sich ziemt und was nicht. Nein, es ist der Wille des Fürstbischofs, der die Kibitzsteiner enger an sich binden will.«
»Habt Ihr die Jungfer deswegen auf die Pilgerfahrt nach Rom geschickt?«, fragte Bertschmann.
»Sie hatte den Wunsch geäußert, dorthin zu reisen, und das kam mir gerade recht. Daher habe ich dafür gesorgt, dass sie mit einer größeren Gruppe frommer Pilger dorthin ziehen kann. Gerne hätte ich Euch mitgeschickt, um auf Margarete aufzupassen, aber Ihr seid damals in Mainz gewesen, und die Pilgrime wollten nicht bis zu Eurer Rückkehr warten.«
Da die Schmerzen fast verschwunden waren, fühlte Reckendorf sich besser. Der Hass auf Falko Adler brannte jedoch wie Feuer in ihm, und er drohte mit der geballten Faust in

die Richtung, in der er Kibitzstein wusste. »Der Kerl wird für alles bezahlen, Bertschmann! Dafür, dass er mich in den Staub gestoßen hat, ebenso wie dafür, dass er seine schmierige Hand nach meiner Schwester ausstrecken wollte. Ich werde ihn und seine ganze Sippschaft dorthin zurückstoßen, wo sie hingehören, nämlich in die Gosse!«

»Dann werdet Ihr es Euch allerdings mit Eurem Oheim verderben. Der Fürstbischof hält viel von den Kibitzsteinern«, wandte Bertschmann ein.

»Das stimmt – leider!« Reckendorf wusste, dass er keine offene Fehde mit Kibitzstein riskieren konnte, wenn er nicht die Gunst des Fürstbischofs verlieren wollte. Sein gekränkter Stolz ließ es jedoch nicht zu, die Sache einfach auf sich beruhen zu lassen. Er trank von dem Wein, den Bertschmann ihm reichte, und spie ihn sofort wieder aus.

»Bei Gott, schmeckt der scheußlich!«

Sein Kastellan sah auf den Becher, roch daran und nahm einen Schluck. »Es ist ganz normaler Wein, so wie er in Würzburg gekeltert wird.«

»Er schmeckt wie Jauche«, stieß sein Herr hervor.

»Das muss an dem Saft liegen, den der Arzt Euch gegeben hat. Der hat wohl Euren Gaumen gelähmt!«

»Wenn er ihn nur gelähmt hätte, könnte ich den Wein ja trinken. Aber so bringe ich ihn nicht über die Lippen. Der Teufel soll den Arzt holen. Wenn er das nächste Mal kommt, versetze ich ihm ein paar Maulschellen, dass ihm die Ohren klingeln!«

Reckendorf wusste, dass er diese Drohung in seinem jetzigen Zustand nicht in die Tat würde umsetzen können, und haderte mit Gott und der Welt, weil er in einem solch elenden Zustand darniederlag. Bald aber sann er wieder darüber nach, wie er Falko Adler und dessen Familie am schmerzlichsten treffen konnte.

15.

Unbelastet von Bruno von Reckendorfs Rachegelüsten reiste Falko mit seinen Begleitern Richtung Süden. Die Städte, durch die sie kamen, reihten sich aneinander wie die Perlen eines Rosenkranzes. Meist übernachteten sie in den Gästehäusern der Nonnenklöster, gelegentlich auch in einem von Mönchen geführten Haus und hie und da in normalen Herbergen. Elisabeths Rang als Äbtissin erwies sich trotz ihrer Jugend als Schlüssel, denn oft genug bestand die einzige Bezahlung für Unterkunft und Verpflegung ihrer nicht gerade kleinen Gruppe aus einer Messe, die Giso auf Bitten der Nonnen lesen musste.

Auf diese Weise kamen sie gut voran und vermochten einen Schnitt von drei Meilen pro Tag zu halten. Wäre es nach Falko gegangen, hätten es weniger sein können. Am liebsten hätte er schon nach wenigen Stunden wieder anhalten lassen, um länger mit Elisabeth reden zu können.

Zu Gisos Erleichterung wahrten beide die notwendige Schicklichkeit sogar in dem, was sie sagten. Zwar hoben Elisabeths Begleiterinnen Schwester Euphemia und Schwester Eusebia manchmal mahnend den Finger, bezeichneten aber Falko unter sich als prachtvollen jungen Mann, der ihrer Oberin und damit auch ihnen die Beschwernisse der Reise zu erleichtern suchte.

Es gab jedoch auf dem ersten Teil des Weges keine anderen Probleme als ein loses Hufeisen oder einen gerissenen Sattelgurt. Daher hatte Falko kaum mehr zu tun als jeweils kurz vor der Ankunft in einem Ort, an dem sie übernachten wollten, einen Mann vorauszuschicken, der sie ankündigen sollte. Außer Elisabeth waren nur er selbst, Giso, Hilbrecht und die Knappen beritten. Da die beiden jungen Burschen in seinen Augen nicht als Quartiermacher für eine Äbtissin geeignet waren, blieb diese Aufgabe an Hilbrecht hängen. Dieser tröstete sich über die Botendienste mit einem guten Schluck Wein hinweg, der ihm in der Regel sogleich angeboten wurde.

Als er an die Pforte eines kleinen Klosters unweit von Freiburg klopfte und erklärte, der Reisezug einer frommen Äbtissin, die von Würzburg nach Rom unterwegs sei, nähere sich, sprach ihn der Bruder Pförtner hocherfreut an. »Aus Würzburg seid Ihr? Dem Herrn sei's gedankt! Wir glaubten schon, selbst einen Boten dorthin schicken zu müssen.«

»Aber wir kommen von Würzburg und wollen weiter nach Italien. Die Heimat sehen wir wohl erst im nächsten Jahr wieder«, erklärte Hilbrecht.

»Es geht um einige Reisende, die unterwegs krank geworden sind und hierbleiben mussten, während ihre Gruppe weitergezogen ist. Einer ist bedauerlicherweise verstorben – Gott sei seiner armen Seele gnädig! Doch die anderen sind mittlerweile genesen und werden sich freuen, sich Euch anschließen zu können. Sie wollen ebenfalls nach Rom und an jenen Stellen beten, an denen die heiligen Apostel Petrus und Paulus gewirkt haben. An diesen Orten erwirkt die Gnade unseres Herrn Jesus Christus ganz besondere Ablässe! Wenn Ihr erlaubt, werde ich den Herrschaften die frohe Botschaft übermitteln.«

Hilbrecht hatte schon Angst, der Klosterpförtner würde seinen Posten verlassen und ihn vor dem Tor stehen lassen, und hob abwehrend die Hand. »Verzeiht, aber es steht mir nicht zu, zu bestimmen, ob wir Leute in unsere Gruppe aufnehmen dürfen. Dies vermag allein unsere ehrwürdige Mutter Oberin.«

»Sie wird gewiss nicht so ungefällig sein, diese armen Menschen hier zurückzulassen«, erklärte der Mönch.

Er und seine Brüder hatten sich gut um die Kranken gekümmert und diese mit Arzneien und Essen versorgt. Nun aber wollten sie die Kostgänger loswerden. Aus diesem Grund ging er nicht auf Hilbrechts Einwände ein, sondern erklärte, dass es sich um ein Ehepaar mit einer Magd handele, die eine Wallfahrt zu den vier großen Basiliken Roms gelobt hatten. Der Knecht sei leider verstorben.

»Wartet doch bitte die Ankunft der Äbtissin Elisabeth ab«, bat Hilbrecht verzweifelt. »Unser Reisezug besteht aus fast dreißig Personen. Da sind gewiss Vorbereitungen zu treffen, um weitere Leute unterzubringen und mit Speis und Trank zu versorgen. Ich hätte jetzt nichts gegen einen kühlen Trunk einzuwenden. Reisen macht durstig, und in dieser Hitze gleich gar!«

»Keine Sorge, Ihr werdet alles erhalten, doch erst zu seiner Zeit.«

Zu Hilbrechts Erleichterung öffnete der Mönch bei den Worten das Tor und ließ ihn ein. »Dort ist das Gästehaus«, erklärte er und zeigte auf einen Fachwerkbau an der Klostermauer. »Die Ställe sind weiter hinten. Ruft nur! Dann wird ein Knecht kommen und Euer Pferd versorgen. Tragt ihm auf, er solle auch gleich alles für die Ankunft Eurer Begleiter vorbereiten. Ich werde inzwischen zu den Herrschaften gehen und ihnen mitteilen, dass es endlich eine Möglichkeit zur Weiterreise gibt.«

Mit diesen Worten drehte er sich um und eilte mit wehender Kutte davon. Hilbrecht sah ihm kopfschüttelnd nach und rief nach dem Knecht. Diesem übergab er sein Pferd mit der Maßgabe, es gut zu füttern und zu tränken, und wandte sich dann dem Gästehaus zu.

Auf halbem Weg drehte er sich noch einmal um. »Meine Reisegruppe wird gleich ankommen! Dann hast du noch ein paar Pferde, Maultiere und Ochsen zu versorgen.«

»Mir soll's recht sein«, antwortete der Mann mit einem Achselzucken und führte den Gaul fort.
Leicht verwundert über diesen gleichgültigen Empfang, ging Hilbrecht auf das Gästehaus zu, drückte die Klinke hinunter und wollte öffnen. Doch die Tür war versperrt. Er rief laut um Einlass, aber niemand schien ihn zu hören. Erst als er mit der Faust gegen das Holz schlug, näherten sich von innen schlurfende Schritte. Jemand drehte den Schlüssel um und machte auf.
Ein magerer Mönch in einer verschossenen Kutte musterte Hilbrecht mit einer Miene, als wolle dieser ihm auch noch das Letzte wegnehmen, was ihm verblieben war.
»Ihr wünscht?«, fragte er schließlich.
»Obdach für mich und meine Reisegruppe und, wenn es geht, gleich einen Becher Wein!« Hilbrecht lächelte hoffnungsvoll, doch der Mönch schüttelte den Kopf.
»In der Herberge zum Ochsen findet Ihr alles, was Ihr braucht!« Nach diesen Worten wollte der Klosterbruder die Tür wieder schließen, doch Hilbrecht stellte rasch den Fuß dazwischen.
»Ehrwürdiger Bruder, ich fordere nicht in meinem Namen Obdach, sondern in dem der ehrwürdigen Mutter Elisabeth, Äbtissin der frommen Nonnen von Tre Fontane bei Rom.«
Jetzt hielt der Mönch inne und kniff die Augen zusammen.
»Eine fromme Dame, sagt Ihr? Wie viele Begleiter hat sie denn?«
»Knapp dreißig«, antwortete Hilbrecht fröhlich.
Der Geistliche schlug erschrocken das Kreuz. »Heilige Maria Muttergottes, so viele? Da weiß ich nicht, ob ich genug Brot vorrätig habe. Ihr werdet Euch mit Getreidebrei zufriedengeben müssen!«
»Wir werden es überleben«, erklärte Hilbrecht und kam dann noch einmal auf einen Becher Wein zu sprechen.

Seufzend versprach der Mönch, ihm einen zu bringen, und ließ ihn endlich ein. Der Raum, in den er ihn führte, war recht groß, und es lagen mehr als zwei Dutzend Strohsäcke auf dem Boden. »Da werdet Ihr samt den übrigen Männern Eures Reisezugs nächtigen. Wir haben bereits Gäste im Haus und daher zu wenig Zimmer. Für die ehrwürdige Mutter werden wir selbstverständlich eine Kammer räumen lassen.«

»Tut das! Aber erst, nachdem Ihr mir den Wein gebracht habt, ehrwürdiger Bruder!« Hilbrecht suchte sich mit einem kundigen Blick die beste Schlafstelle aus, legte seine Satteltasche und sein Schwert daneben und wollte sich gerade setzen. Da hörte er draußen hastige Schritte. Kurz darauf wurde die Tür geöffnet, und eine dickliche Frau mittleren Alters walzte herein. In ihrem Sog folgten ein untersetzter Mann und eine Magd.

Die Dicke, die Hilbrecht nicht weiter als bis zum Kinn reichte, fasste nach seinen Händen. »Edler Herr, Ihr wisst gar nicht, wie froh wir sind, Euch gefunden zu haben! Wie Ihr gewiss schon gehört habt, sind mein Mann und ich, aber auch unsere Magd Mia hier krank geworden. Nun ist unsere Reisegruppe weitergezogen, und wir suchen verzweifelt nach einer Möglichkeit, uns einem anderen Pilgerzug anzuschließen. Welch eine Freude, dass es ausgerechnet einer aus Würzburg ist! Mit anderen Leuten hätten wir ungern reisen wollen. Man weiß doch, dass das alles Gauner sind, die einen übers Ohr hauen wollen, vor allem die Nürnberger, Haller, Rothenburger …«

In kürzester Zeit zählte die Frau mehr als zwei Dutzend Namen von Orten und Landschaften auf, deren Bewohner sie verdächtigte, es mit Recht und Gesetz nicht allzu genau zu nehmen oder gar gleich mit dem Teufel im Bunde zu stehen. Sie schloss mit den Worten, dass die ehrwürdige Mutter

Elisabeth gewiss erfreut sein werde, Landsleute aus ihren Schwierigkeiten erretten zu können.
Hilbrecht versuchte, sich aus der Klemme zu winden. »Leider kann ich nicht für die Dame sprechen!«
Doch gegen das Mundwerk der Frau kam er nicht an. »Wisst Ihr, die Mönche haben sich um uns gekümmert und uns gesund gepflegt, bis auf unseren Knecht natürlich, der zu unserem Herrn Jesus Christus eingegangen ist. Aber sie sind nicht sehr großzügig mit Speis und Trank für die Gesunden. Wie soll man denn von einem Stück Brot und etwas Getreidebrei satt werden? Wenn wir hier länger bleiben müssten, würden wir noch vom Fleisch fallen.«
So schnell wirst du schon nicht verhungern, durchfuhr es Hilbrecht. Und doch musste er der Dame recht geben. Besondere Mühe, ihre Gäste zu bewirten, machten diese Mönche sich offensichtlich nicht, denn er wartete noch immer auf seinen Wein.
»Ich bin übrigens Edelgunde von Frammenberg, und das ist mein Mann Oskar«, stellte die Frau sich nun vor. »Eigentlich haben wir uns ja zu dritt auf den Weg nach Rom gemacht. Die Tochter meiner Cousine Gerhild hatte uns begleitet und wollte natürlich bei uns bleiben, um uns zu pflegen. Doch um ihrer selbst willen haben wir sie fortgeschickt. Schließlich wollten wir nicht, dass auch sie vom giftigen Hauch der Krankheit erfasst wird. Ich und mein Mann haben geglaubt, unser letztes Stündlein habe geschlagen, und wollten das arme Kind nicht mit uns in die Ewigkeit nehmen. Sie wartet bei unserer Verwandten Dagoberta auf Burg Ottmeringen auf uns – falls sie mittlerweile nicht weitergereist ist. Es hat doch einige Tage gedauert, bis wir wieder auf die Beine gekommen sind, auch wenn wir die verlorenen Kräfte bei der mageren Kost in diesem Kloster freilich nicht ersetzen konnten. Daher sind wir ja so froh, Euch gefunden zu haben. Die ehrwürdige Mutter …«

Spätestens in diesem Augenblick schaltete Hilbrecht seine Ohren auf Durchzug. Sollten Elisabeth Schenk zu Limpurg und Falko sich mit der redseligen Frau herumschlagen. Er wollte jetzt endlich seinen Wein haben.
Daher schob er Edelgunde beiseite, trat zur Tür und rief lauter, als es im Gästehaus eines Klosters üblich war. »He! Wollt ihr mich verdursten lassen?«

16.

Margarete durchquerte gerade die Vorhalle der Burg Ottmeringen, als lautes Keuchen und Stöhnen aus einem Nebenraum sie innehalten ließ. Zuerst glaubte sie, einer der Hunde wäre versehentlich dort eingesperrt worden und mache sich so bemerkbar.
Doch als sie auf die Tür zutrat, vernahm sie eine flehende Frauenstimme. »Seid doch bitte nicht so rauh, Junker Rudolf!«
Margaretes Hand, die sich gerade auf die Türklinke gelegt hatte, zuckte zurück. Was spielte sich in der Kammer ab?, fragte sie sich. Eigentlich gehörte es sich, dass sie weiterging, ohne dieses Geheimnis zu ergründen. Die Neugier brachte sie jedoch dazu, vorsichtig die Klinke zu drücken und die Tür einen Spalt weit zu öffnen.
Als sie in die Kammer hineinschaute, sah sie zwei Schritte weiter den Rücken eines Mannes, der seine Hosen heruntergelassen hatte und das Hinterteil heftig vor- und zurückbewegte. Von ihm stammte auch das erregte Keuchen. Erst auf den zweiten Blick entdeckte Margarete die Magd, die vornübergebeugt direkt vor Junker Rudolf stand. Sie hatte die

Röcke gerafft und reckte ihm das Hinterteil zu, während er sie wie eine Stute begattete.

In Margarete stieg Ekel auf, und sie hätte die Tür am liebsten mit einem lauten Knall ins Schloss geschlagen. Nicht zum ersten Mal bedauerte sie ihren Abstecher zu ihren entfernten Verwandten, bei denen sie auf Edelgunde von Frammenberg und deren Gemahl hatte warten wollen. Seit sie hier angekommen war, stellte Junker Rudolf ihr so aufdringlich nach, dass sie es nicht mehr wagte, einen abgelegenen Teil der Burg ohne ihre Magd zu betreten. Wenn ihr Verwandter sie jetzt bemerkte, würde er höchstens mit seiner Männlichkeit prahlen und sie auffordern, diese doch selbst auszuprobieren.

Daher machte Margarete die Tür leise zu und schlich auf Zehenspitzen davon. Erst auf der Treppe wagte sie wieder zu atmen und schüttelte so heftig den Kopf, dass sich ihre hochgesteckten Zöpfe lösten. Nein, an diesem Ort würde sie nicht länger bleiben, gleichgültig, was Rudolfs Mutter Dagoberta sagen mochte. Entschlossen, der Burgherrin mitzuteilen, dass sie am nächsten Morgen aufbrechen wolle, suchte sie deren Gemächer auf und trat ein.

Dagoberta, eine schlanke und trotz ihrer fast fünfzig Jahre noch recht stattliche Frau, saß gerade über einem Altartuch, das sie für die Burgkapelle bestickte, und blickte erst auf, als der Faden gesichert war.

»Meine liebe Margarete, findest du das Rot, das ich für dieses Kreuz verwende, angemessen oder zu blass?«

»Ich glaube, es passt«, antwortete Margarete uninteressiert, weil sie auf ihr eigenes Anliegen zu sprechen kommen wollte. »Ich wollte dir mitteilen, dass ich morgen weiterreisen werde.«

»Ich glaube, dieses Rot hier wäre besser«, sagte Dagoberta und begriff dann erst, was Margarete gesagt hatte. Wie angestochen fuhr sie herum. »Du willst fort? Aber das geht doch nicht! Du kannst nicht allein den weiten Weg nach Rom antreten. Außerdem – was willst du dort? Vergebung für deine Sünden, die gewiss nicht schwer wiegen, kannst du auch in den Wallfahrtskirchen hier in der Nähe erlangen!«

»Ich habe die Pilgerfahrt nach Rom gelobt, um die Seelen meiner Eltern vor dem Fegefeuer zu bewahren.«

Eher vor dem Höllenfeuer, wollte Dagoberta sagen, schloss aber noch rechtzeitig den Mund, um das Mädchen nicht gegen sich aufzubringen.

Margarete war acht Monate nach dem Tod des ersten Mannes ihrer Mutter geboren worden. Aber da dieser das Krankenlager im letzten halben Jahr seines Lebens nicht mehr hatte verlassen können, war er nicht in der Lage gewesen, seiner Frau zu einem dicken Bauch zu verhelfen. Auch hatte diese nach seinem Tod mit einem Dispens der heiligen Kirche in unziemlicher Eile jenen Mann geheiratet, mit dem sie sich während des langen Siechtums ihres Gemahls getröstet hatte.

Trotz dieser Umstände war Margarete eine ausgezeichnete Partie, und die wollte Dagoberta ihrem Sohn sichern. »Jetzt setz dich erst einmal, Mädchen!«, sagte sie daher und wies auf den Stuhl neben sich.

Als Margarete dieser Anweisung gefolgt war, legte Dagoberta ihre Stickarbeit beiseite und ergriff die Hände der jungen Frau. »Meine Liebe, wie kommst du auf den Gedanken, uns jetzt schon zu verlassen? Mein lieber Rudolf und ich freuen uns doch so, dich bei uns zu wissen! Ich würde mich glücklich schätzen, wenn du für immer bleiben würdest. Mein Sohn ist gewiss kein schlechterer Ehemann als der, den die Verwandten deines Vaters oder dein Bruder für dich aussuchen werden.«

»Halbbruder!«, rückte Margarete die Tatsachen zurecht.

Ihr Verhältnis zum Sohn ihrer Mutter wurde durch die Feindschaft getrübt, die dieser ihr und ihren Eltern lange Jahre entgegengebracht hatte. Erst nach deren Tod hatte er Ansprüche auf sie geltend gemacht, aber nur, um für sie eine Ehe zu stiften, die ihm zum Vorteil gereichte. Da dies auch die Verwandten ihres Vaters versuchten, hatte sie sich zu dieser Pilgerreise entschlossen. Daher würde sie sich auch nicht auf einer nachrangigen Burg im Sundgau festhalten lassen.

Dagoberta kannte die Abneigung des Mädchens gegen ihre Verwandten und stieß nach. »Auf meine Cousine Edelgunde und deren Mann wirst du wohl kaum zählen können. Ich denke, sie sind der Seuche zum Opfer gefallen, sonst wären sie längst nachgekommen. Ich werde in den nächsten Tagen einen Boten zum Kloster schicken und ein paar Seelenmessen für sie und ihren Gatten bestellen lassen. Aber wenn du wirklich nach Rom reisen willst, so kannst du dies auch als Gemahlin meines Sohnes tun. Gewiss wird er dir diesen Gefallen erweisen.«

Das wird er bestimmt nicht, fuhr es Margarete durch den Kopf. Und wenn doch, so wird er mich in den dunkelsten Ecken der Kirchen von hinten nehmen wie ein Tier. Diese Sünde wollte sie nicht auf sich laden. Und auch ohne diese Aussicht graute ihr davor, Rudolf hier oder gar auf einer Reise ausgeliefert zu sein.

»Ich bedaure, aber ich gedenke nicht zu heiraten, sondern wünsche mir von ganzem Herzen, in ein Kloster einzutreten und eine Braut unseres Herrn Jesus Christus zu werden«, antwortete sie. Etwas anderes würde ihr auch nicht übrigbleiben, wenn sie sich wenigstens einen Zipfel eigenen Willens bewahren wollte.

»Papperlapapp!«, entfuhr es Dagoberta. »Ein Weib ist dazu da, einem Mann Kinder zu gebären und nicht sich hinter

Klostermauern einzuschließen. Du wirst dich über die Manneskraft meines Rudolfs nicht beschweren müssen!«
»Deswegen rammelt er jede Magd, die ihm in den Weg kommt!«, stieß Margarete wütend aus.
Dagoberta winkte lachend ab. »Was kümmert es dich? Männer sind nun einmal so geschaffen, dass sie jeder willigen Frau zwischen die Beine fahren. Mein Gemahl, Gott habe ihn selig, hat es ebenso gehalten. Trotzdem haben wir eine glückliche Ehe geführt. Bei dir und Rudolf wird es nicht anders sein. Es ist sogar ganz gut, wenn die Mannsleute sich bei den Mägden austoben. Dann muss man sie nicht so oft ertragen!«
Bevor Margarete etwas darauf antworten konnte, wurde die Tür geöffnet, und Rudolf kam herein. Er hatte seine Hosen wieder festgebunden und grinste über das ganze Gesicht.
Die junge Frau empfand nichts als Abscheu vor ihm, und das nicht nur wegen seines Umgangs mit den Mägden. Der Junker war groß und wuchtig gebaut, doch auf seinen Schultern saß ein winziger kugelrunder Kopf, auf dem dünnes Blondhaar klebte. Die kleinen Augen glichen ebenso denen eines Schweins wie die kurze, nach oben stehende Nase. Sein Aussehen hätte ihr jedoch weniger ausgemacht, wenn er eine Spur von Verstand besessen hätte. Doch außer Essen, Trinken und Rammeln hatte nichts anderes in seinem Kopf Platz. Vielleicht noch Raufen und Prügeln, dachte sie. Rudolf war der stärkste Mann, den sie je gesehen hatte, und seine Siege in kleineren Turnieren hatte er allein durch rohe Kraft erstritten. So oder so war er der Letzte, den sie zu heiraten gedachte.
»Ich habe Eurer Mutter bereits gesagt, dass ich morgen abreise«, erklärte Margarete dem Junker.
Dieser starrte sie verdattert an und brachte kein Wort heraus.

Schließlich riss seiner Mutter der Geduldsfaden, und sie befahl ihm, sich auf einen leeren Stuhl zu setzen. »Darüber ist das letzte Wort noch nicht gesprochen.«
»Doch, das ist es!«, erklärte Margarete mit allem Nachdruck, den sie aufbringen konnte.
Hatte Dagoberta ihr eben noch die Weiterreise ausreden wollen, schwenkte sie mit einem Mal um. »Nun, wenn es dein fester Wille ist, werden wir ihn selbstverständlich respektieren. Nicht wahr, mein Sohn?«
Rudolf gab einen Laut von sich, der Zustimmung bedeuten mochte, starrte Margarete aber enttäuscht an. Sie gefiel ihm weitaus besser als die Mägde auf der heimatlichen Burg, und er wünschte sich nichts mehr, als sie zu besitzen. Doch wenn die Mutter die junge Frau fortgehen ließ, würde er sich weiterhin mit den plumpen Bauernweibern begnügen müssen, die seine Mutter zum Arbeiten in die Burg geholt hatte. Vielleicht sollte er sich in der Nacht zu Margarete schleichen und ihr zeigen, was für ein starker Mann er war. Dann würde sie gewiss bleiben. Der Gedanke gefiel ihm, und er leckte sich voller Vorfreude die Lippen. Dann erinnerte er sich daran, dass Margarete jede Nacht den Riegel ihrer Tür vorschob und sich bisher geweigert hatte, ihn einzulassen.
Gewohnt, über alle Frauen auf der Burg mit Ausnahme seiner Mutter verfügen zu können, ärgerte ihn diese Zurückweisung, und er überlegte, ob er Margarete nicht doch mit Gewalt nehmen sollte.
Als hätte sie seine Gedanken gelesen, traf ihn ein scharfer Blick seiner Mutter. Daher blieb er sitzen, während Margarete aufstand und erklärte, sie werde nun ihre Magd und die beiden Kriegsknechte von dem bevorstehenden Aufbruch unterrichten.
»Tu das, meine Liebe«, sagte Dagoberta freundlich und sah ihr nach, bis sie das Zimmer verließ.

Kaum hatte sich die Tür hinter Margarete geschlossen, wandte sie sich an ihren Sohn. »Ich hoffe, du tust nichts Unbesonnenes! Margarete muss erst dein Eheweib werden, bevor du dich mit ihr im Bett tummeln darfst.«

»Du wolltest für die Heirat sorgen«, sagte ihr Sohn grummelnd.

»Das werde ich auch! Sowie sie deine Frau ist, werden wir Margaretes Besitz in Franken veräußern und uns hier in der Gegend Land und Dörfer kaufen. Wir werden die reichsten und mächtigsten Grundherren im ganzen Sundgau sein, mein Sohn. Doch dazu müssen wir klug vorgehen.«

Dagoberta kannte die naive Überzeugung ihres Sohnes, seine Standfestigkeit als Mann würde ausreichen, ihm jede Frau geneigt zu machen. Doch bei Margarete würde dies nicht gelingen. Das Mädchen hatte einen festen Willen, und das war ihr recht. Zwar hatte sie nicht vor, das Heft aus der Hand zu geben, doch wenn Gott sie von dieser Welt abberufen würde, sollte Margarete ihren Sohn zwar sanft, aber mit fester Hand leiten.

»Und wie willst du das tun, wenn sie uns morgen verlässt?« Bisher hatte Rudolf nur selten gewagt, seine Mutter zu kritisieren, aber nun drängte ihn die Enttäuschung dazu.

»Ich habe einen Plan«, erklärte seine Mutter. »Margarete reist nur mit einer Magd und zwei Bewaffneten als Begleitung. Zwar hofft sie, sich spätestens in Basel einer Pilgergruppe anschließen zu können, doch so weit wird sie nicht kommen!«

»Warum denn nicht?«

Es gab Augenblicke, an denen Dagoberta sich wünschte, ihr Sohn wäre mit mehr Verstand gesegnet. Da Schelten Rudolf jedoch nur widerspenstiger machte, fasste sie nach seinen Händen und sah ihn lächelnd an.

»Lass mich nur machen! Halte dich bereit, mit ein paar Knechten aufzubrechen und den Retter in der Not zu spielen. Danach kann Margarete die Heirat mit dir nicht mehr verweigern.«

17.

Als Margarete am nächsten Morgen Burg Ottmeringen verließ, atmete sie erleichtert auf. Auch ihre Magd Ida war froh, dass die Reise endlich weiterging. Obwohl sie nicht mehr die Jüngste war, hatte Junker Rudolf auch sie belästigt. Vor allem aber hatte die Frau oft genug miterleben müssen, wie der Sohn ihrer Gastgeberin versucht hatte, sich an ihre Herrin heranzumachen.
»Drei Kreuze schlage ich, wenn wir diese Sündenburg nicht mehr sehen müssen«, sagte sie zu Margarete, während sie ebenso wie ihre Herrin hinter den beiden Waffenknechten herritt, die selbst zu Fuß gehen mussten. »Eigentlich dürfte ich es ja nicht sagen, weil Ihr noch Jungfer seid, aber dieser Rudolf hat nicht mehr Verstand im Kopf als ein Stier und führt sich auch wie einer auf. Ein Glück, dass Ihr Eure Kammer des Nachts immer brav verriegelt habt. Dieser Bursche hätte auch vor Euch nicht haltgemacht, und dann hättet Ihr ihn heiraten müssen.«
»Auf unserer Rückreise werden wir die Burg meiden«, versprach Margarete. »Jetzt aber gilt es erst einmal, unbeschadet nach Rom zu kommen. In drei Tagen erreichen wir Basel, dort finden wir gewiss Pilger, denen wir uns anschließen können.«
Ida seufzte erleichtert auf. »Vielleicht erfahren wir dort et-

was über Eure Frammenberger Verwandtschaft, obwohl ich nicht danach dränge, mit ihnen zu reisen. Mia, die Magd Eurer Tante, ist ein braves Ding, aber die Herrin finde ich nicht besonders nett. Ihre Zunge ist schärfer als jedes Schwert und schneller als ein eilender Bach. Zwar hoffe ich, dass die Dame wieder gesund wird, würde mich aber freuen, wenn wir sie erst in Rom oder, besser noch, erst in der Heimat wiederträfen.«

Margarete lachte hell auf. »Meine Tante redet wahrlich viel. Aber man muss ihr zugutehalten, dass sie eine Seele von Mensch ist. Wenn ich die Wahl zwischen ihr und Dagoberta hätte, würde ich sie unbesehen vorziehen.«

»Dagoberta ist ein Drache!«, erklärte die Magd mit Nachdruck. »Soviel ich gehört habe, hatte sie bereits bei ihrem Ehemann die Hosen an. Die hat sie auch ihrem Sohn nicht zurückgegeben. Sie wird es schwer haben, eine Schwiegertochter zu finden, die sich sowohl ihrem Willen beugt wie auch Gefallen an Junker Rudolf findet.«

Mit einem verächtlichen Schnauben beendete Ida den letzten Satz und richtete ihre Gedanken auf die Zukunft. Die Reise nach Rom war weit und nicht ungefährlich, aber sie freute sich, an den heiligsten Stellen der Christenheit beten zu können. Außerdem musste sie den Weg nicht wie eine Bäuerin oder einfache Magd zu Fuß zurücklegen, sondern durfte reiten. Sie war ihrer jungen Herrin dafür sehr dankbar und nahm sich vor, gut auf sie achtzugeben, damit dieser unterwegs nichts Böses geschah.

18.

Weder Margarete noch ihre Magd ahnten, dass zwei Stunden nach ihnen auch Junker Rudolf an der Spitze von zehn Reitern die Burg verlassen hatte. Jeder der Männer war bis an die Zähne bewaffnet, und sechs von ihnen hatten prall gefüllte Packtaschen an ihre Sättel gehängt. Zuerst folgte der Trupp demselben Weg, den auch Margarete genommen hatte, bog aber am Nachmittag von ihm ab und blieb die Nacht über in einem etwa eine Meile von Margaretes Nachtquartier entfernten Dorf. In der Morgendämmerung brach der Junker mit seinen Leuten wieder auf und ritt auf ein größeres Waldstück zu, das Margarete an diesem Tag passieren musste. Am Rand des Waldes lenkte er sein Ross von der Straße und hielt auf einer kleinen Lichtung an. Dort wandte er sich mit einem zufriedenen Grinsen an die Männer mit den Packtaschen. »Ihr wisst, was ihr zu tun habt?«

Die sechs nickten und stiegen ab. Während sie ihre guten Waffenröcke gegen alte verschlissene tauschten, von denen die aufgenähten Wappen längst entfernt worden waren, und alles ablegten, was mit ihrem Herrn und dessen Burg in Verbindung gebracht werden konnte, erklärte Rudolf ihnen noch einmal seinen Plan, den in Wahrheit seine Mutter ausgeheckt hatte.

»Jungfer Margarete wird nur von einer Magd und zwei Waffenknechten begleitet! Zu sechst werdet ihr mit denen leicht fertig. Dann bedroht ihr die Jungfrau, und wenn diese glaubt, in höchster Not zu sein, komme ich mit den anderen und greife euch an. Wir können die Schwerter ruhig ein paarmal gegeneinander schlagen, dann verschwindet ihr und kommt hierher zurück. Hier warten eure Pferde und eure

Kleidung auf euch. Die Lumpen, die ihr während des Überfalls getragen habt, verbrennt ihr und schließt dann zu uns auf, so als wärt ihr die Verstärkung, die meine Mutter geschickt hat. Habt ihr verstanden?«
»Freilich«, erklärte der Anführer der sechs, der bereits von Dagoberta eingeweiht worden war. Lediglich eines gab es seiner Ansicht nach noch zu klären. »Wir werden die Leibwächter der Jungfer töten müssen, denn sie kennen uns. In der Burg haben wir so manchen Becher zusammen geleert.«
»Dann tut das! Bringt die Magd gleich mit um. Allein und hilflos bleibt der Jungfer nichts anderes übrig, als mit mir zusammen zur Burg zurückzukehren. Und jetzt auf!«
Inzwischen hatten die sechs Männer sich auch die zerlumpten Hosen übergestreift. Ihr Anführer zog ein Säckchen aus seiner Packtasche, griff hinein und schwärzte sich das Gesicht mit Ruß.
»Wir wollen doch nicht, dass die Kerle uns erkennen und unsere Namen rufen. Dann wüsste die Jungfer, wer hinter dem Überfall steckt, und würde Euch wohl kaum willfahren!«
Er lachte, reichte das Rußsäckchen weiter und packte seinen Spieß. Zu diesem hatte er sich mit einem Breitschwert und einem Hirschfänger ausgerüstet, und auch seine fünf Untergebenen waren mit Schwertern, Dolchen und Speeren bewaffnet. Einer schwang sogar einen mit Eisenstacheln versehenen Morgenstern durch die Luft.
»Beeilt euch! Sonst kommt ihr zu spät zu der Stelle, an der ihr die Jungfer abfangen sollt«, fuhr Junker Rudolf seine Männer an.
Die wussten ihn zu nehmen und machten sich, als sie durch den Wald eilten, über den Sohn ihrer Herrin lustig.
»Der Junker wird aufpassen müssen, dass Jungfer Margarete niemals erfährt, wie er ihre Einwilligung zur Heirat errun-

gen hat. Sonst wird sie ihm ganz schön zum Tanze aufspielen.«
»Und uns ebenfalls! Oder glaubt ihr, sie würde sich bei uns dafür bedanken, dass wir ihre Begleiter umgebracht haben?«, warf einer der Männer ein.
»Da hast du wohl recht! Aus diesem Grund kein Wort, verstanden? Nicht, dass sie einen von uns an der Stimme erkennt. Und jetzt beeilt euch! Sonst entgeht uns das Vögelchen doch noch.«
Mit diesen Worten beschleunigte der Anführer seine Schritte und erreichte bald darauf die Stelle, die Frau Dagoberta und ihm für den geplanten Überfall am geeignetsten erschienen war. Diese lag eine gute halbe Meile von jeder menschlichen Behausung entfernt mitten im Wald und war so abgelegen, dass sich, wie einer der Männer spottete, hier nicht einmal mehr Fuchs und Hase gute Nacht sagten.

19.

Äbtissin Elisabeth hatte es nicht übers Herz gebracht, das Ehepaar Frammenberger zurückzuweisen, und dies gereichte der Gruppe durchaus zum Vorteil. Ritter Oskar war in jungen Jahren bereits nach Rom gereist und kannte den Weg. Allerdings machte dies nach Falkos Meinung Frau Edelgundes Redseligkeit nicht wett. Er hätte sich gewünscht, die Dame würde wie die beiden Nonnen in einer Pferdesänfte reisen, denn dann wäre es ihm möglich gewesen, sie zu ignorieren. Stattdessen saß sie auf einem rundlichen Zelter und konnte diesen jederzeit neben sein Reisepferd lenken.

Das tat sie auch jetzt wieder. »Es ist wirklich schade, dass Herr Hilbrecht Margarete nicht mehr auf Frau Dagobertas Burg angetroffen hat. Jetzt ist unser Abstecher über den Rhein ganz umsonst gewesen«, beklagte sie sich seufzend.
»Umsonst würde ich es nicht nennen. In dem Dorf, das wir vorhin passiert haben, hieß es doch, die junge Dame habe gestern dort übernachtet – obwohl Eure Verwandte behauptet hat, sie sei schon vor Tagen aufgebrochen. Also kann Eure Nichte sich höchstens zwei Wegstunden vor uns befinden. Vielleicht treffen wir noch heute Abend auf sie.«
Falko gab sich verbindlicher, als ihm zumute war. Eine Dame wie Edelgunde von Frammenberg hatte jedoch Anspruch auf Achtung und ein Mindestmaß an Höflichkeit, auch wenn sie eine Schwatzliese war.
Mit einem weiteren Seufzer sah die Frau zu ihm auf. »Ich werde froh sein, wenn Margarete wieder unter meinem Schutz steht. Allein kann ihr so viel Schreckliches zustoßen.«
»Sie hat, wie ich gehört habe, zwei erfahrene Waffenknechte bei sich. An die traut sich so leicht kein Räuber heran. Außerdem ist sie eine Rompilgerin, und wer will sich schon dem Höllenfeuer ausliefern, indem er eine solche überfällt!«
Seinen eigenen Worten zum Trotz war Falko durchaus besorgt. Zwar hatte er in ihrer letzten Herberge nichts von Räubern gehört, doch jetzt näherten sie sich einem dichten, ausgedehnten Waldgebiet, das lichtscheues Gesindel durchaus anlocken mochte. Nicht zuletzt deswegen befahl er seinen Leuten, rascher zu marschieren, und ritt selbst ein Stück voraus. Dabei fragte er sich, ob er wirklich prüfen wollte, ob ihr Weg sicher war, oder nur versuchte, der wortgewaltigen Edelgunde zu entkommen.

ZWEITER TEIL

Der Überfall

I.

Hufschläge von im Schritt gehenden Pferden alarmierten die als Räuber verkleideten Waffenknechte. Einer von ihnen schlich näher an den Weg heran, um festzustellen, ob es sich um Jungfer Margarete mit ihren Begleitern handelte oder um Fremde, die zufällig des Weges kamen. Als er zu seinen Kumpanen zurückkehrte, grinste er übers ganze Gesicht. »Sie kommen! Macht euch bereit!«

»Hoffentlich ist der Junker zur Stelle. Ich will hier nicht stundenlang auf ihn warten müssen«, murrte einer der Männer.

»Keine Sorge! Junker Rudolf weiß, was er zu tun hat, und wenn nicht er, dann unsere Kameraden. Und jetzt seid still! Die Jungfer ist gleich da.«

»Der Junker aber auch! Ich höre weiter hinten Hufgetrappel.«

»Verdammt, weshalb muss er so ungeduldig sein? So haben wir kaum genug Zeit, die Waffenknechte zu erledigen!« Der Anführer fluchte, ergriff dann seinen Spieß und ging auf den Weg zu. Dort wandte er sich noch einmal um.

»Du musst die Zügel der Jungfer packen, damit sie uns nicht davongaloppiert. Wir anderen nehmen uns die beiden Kriegsknechte vor.« Sein Finger zeigte auf den Mann, der Margarete an der Flucht hindern sollte. Dieser nickte und schlich nach vorne, um die junge Frau abzufangen. Die anderen zogen die Waffen und warteten darauf, losschlagen zu können.

2.

Margarete fühlte sich unbehaglich, wusste aber keinen Grund dafür zu benennen. Es mochte an dem düsteren Wald liegen, durch den sie ritten, oder auch an den Sorgen, die sie sich um Edelgunde von Frammenberg und deren Mann machte. Mittlerweile bereute sie, nicht zu dem Kloster geritten zu sein, in dem sie die beiden zurückgelassen hatte, um Klarheit über ihr Schicksal zu erhalten. Stattdessen war sie von Dagobertas Burg in Richtung Basel aufgebrochen und ließ daher ihre Verwandten immer weiter hinter sich zurück.

»Wir sollten umkehren«, sagte sie zu ihrer Magd.

Ida glaubte, nicht richtig zu hören. »Ihr wollt zurück zu Dagoberta und ihrem ungeschlachten Sohn?«

»Natürlich nicht!«, antwortete Margarete entrüstet. »Ich meine zu dem Kloster, in dem wir uns von Frau Edelgunde und deren Mann getrennt haben. Meine Verwandten müssen mich für eine ungehörige und undankbare Person halten, weil ich mich nicht mehr um sie gekümmert habe.«

Die Magd winkte ab. »Gewiss nicht, Herrin. Die beiden haben doch darauf gedrungen, dass Ihr weiterreisen sollt.«

Das stimmte zwar, trotzdem fühlte Margarete sich schuldig. Sie hatte ihre Tante und deren Mann im Stich gelassen. Jetzt mussten sich fremde Leute um sie kümmern – falls sie überhaupt noch am Leben waren. Und das bezweifelte sie mit jedem Atemzug mehr.

»Wir kehren um! Entweder treffen wir sie lebend an, oder wir beten an ihrem Grab, bevor wir unsere Reise nach Rom fortsetzen«, erklärte sie.

Ida richtete sich verärgert auf. »Herrin, das habt Ihr nicht richtig bedacht! Wir müssten mehr als drei Tage reisen und dazu noch den Rhein überqueren, um zu dem Kloster zu gelangen. Außerdem liegt die letzte Herberge weiter zurück als die, in der wir heute Abend einkehren wollten. Wenn wir auf der Stelle umkehren, müssen wir womöglich auf freiem Feld nächtigen.«

»Das will ich natürlich nicht.« Margarete beschloss, bis zu dem geplanten Übernachtungsziel weiterzureiten und von dort aus zum Kloster zurückzukehren.

»Hat da nicht eben Metall auf Metall geschlagen?«

Der Ausruf eines ihrer Waffenknechte brachte Margarete jäh in die Gegenwart zurück. Sie zügelte ihr Pferd und lauschte. Nun hörte sie es selbst. Einen Augenblick nahm sie an, es handele sich um Knechte, die im Wald arbeiteten. Warum aber sollten diese sich vor Reisenden verstecken? Gewöhnlich kamen die neugierig näher. Nervös geworden, fasste sie die Zügel ihres Pferdes mit einer Hand und tastete mit der anderen nach dem Griff des kleinen Dolches, den sie am Gürtel trug.

Mit einem Mal erhob sich ein wüstes Gebrüll, und ein halbes Dutzend in Lumpen gekleideter Männer mit rußgeschwärzten Gesichtern brach aus dem Gebüsch hervor. Der Anblick war so entsetzlich, dass Ida gellend aufschrie. Dadurch geriet das Pferd der Magd in Panik, warf die Reiterin ab und galoppierte davon. Ida blieb rücklings am Boden liegen und kreischte durchdringend.

Margarete war vor Schreck wie gelähmt und starrte fassungslos auf Ida herab. Im ersten Impuls wollte sie absteigen, um der Magd aufzuhelfen. Dann begriff sie, dass sie ihrem Zelter die Sporen geben musste, um sich selbst zu retten. Doch es war zu spät. Einer der Kerle tauchte neben ihr auf, packte die Zügel und riss sie ihr aus der Hand. Dann richtete er ein Schwert auf sie.

»Herrin, flieht!«, schrie Ida, obwohl es längst zu spät war.

Margarete musste schreckerstarrt mit ansehen, wie ihre

Waffenknechte niedergemacht wurden. Die Angreifer schnitten den beiden Männern sogar die Kehlen durch, um sicher zu sein, dass sie tot waren. Kaum war das geschehen, trat einer der Kerle neben Ida und holte mit dem Schwert aus. Als er zuschlug, wurde der Kopf der Magd von den Schultern getrennt und flog mehrere Schritte weit durch die Luft. Er blieb mit dem Gesicht nach oben an einem Baumstamm liegen, und die weit aufgerissenen Augen schienen noch im Tod die Herrin vorwurfsvoll anzustarren.

Margarete würgte es, und erst jetzt bemerkte sie, dass sie sich am Griff ihres Dolches festhielt, anstatt ihn zu ziehen. Als Waffe gegen die Schurken war er nicht geeignet, doch sie konnte sich damit das Leben nehmen, um nicht in die Hände der Wegelagerer zu fallen.

Als sie den Dolch herauszog, begriff der Anführer des Trupps ihre Absicht und brüllte: »Vorsicht! Nehmt ihr das Messer ab!«

Seine Stimme kam Margarete bekannt vor, doch sie hatte keine Zeit, darüber nachzudenken, denn im nächsten Augenblick stürzten sich zwei Männer auf sie, um ihr die Klinge zu entwinden.

Da ertönte ein zorniger Ruf, und ein Reiter stürmte schwertschwingend auf die Räuber zu.

3.

Falko war seinem Trupp vorausgeilt und wollte schon anhalten und auf die anderen warten, da hörte er vor sich lautes Gebrüll und gleich darauf den Entsetzensschrei einer Frau. Er hielt kurz inne, um zu lauschen, gab dann aber seinem Pferd die Sporen. Innerhalb kürzester Zeit erreichte er die Stelle des Überfalls, sah zwei Waffenknechte in ihrem Blut liegen und den kopflosen Körper einer Frau in den Kleidern einer besser gestellten Magd.

Dann fiel sein Blick auf eine wüst aussehende Schar, die eine junge Reiterin umringte. Diese kämpfte verzweifelt um ihren Dolch und wurde gerade von den Wegelagerern aus dem Sattel gezerrt.

Obwohl er sechs Männern gegenüberstand, griff Falko, ohne zu zögern, an. Die Kerle vernahmen die Hufschläge seines Pferdes und wandten sich in der Erwartung um, der Näherkommende sei Junker Rudolf. Als sie begriffen, dass nicht ihr Herr ihnen gegenüberstand, sondern ein fremder Ritter, war es für zwei von ihnen bereits zu spät.

Falkos Schwert fuhr auf den nächsten Mann nieder. Dieser versuchte noch zu parieren, doch der Hieb prellte ihm die Waffe aus der Hand, und die Klinge des jungen Ritters drang ihm tief in die Schulter.

Der Anführer der Räuber stellte mit Schrecken fest, dass bereits die Hälfte ihrer Gruppe kampfunfähig war, und forderte seine beiden letzten Begleiter auf, Falko in die Zange zu nehmen. Doch dieser zwang sein Pferd, heftig auszuschlagen und sich dabei um die eigene Achse zu drehen. Einer der Schurken bekam einen Tritt ab und wurde zu Boden geschleudert, der zweite zurückgedrängt. Daher stand der letzte Räuber dem Angreifer plötzlich allein gegenüber.

Er holte aus, um das Pferd abzustechen und den Reiter zu Fall zu bringen. Doch Falko schlug schneller zu und trennte dem Mann den Arm von den Schultern. Bevor der Kerl begriff, was mit ihm geschehen war, traf ihn der tödliche Hieb.

Inzwischen hatte sich der zu Boden geschleuderte Räuber wieder aufgerafft, bemerkte aber, dass nur noch einer seiner

Kumpane am Leben war. Zu zweit sahen sie wenig Sinn darin, sich dem so unvermittelt aufgetauchten Feind zu stellen, und suchten ihr Heil in der Flucht. Den Ersten erwischte Falko noch am Waldsaum und tötete ihn mit einem Streich. Dann folgte er dem anderen zu Pferd zwischen die Bäume. Zwar schlug der Kerl Haken wie ein Hase, doch das Unterholz war nicht dicht genug, seinen Verfolger aufzuhalten.

Falko gelang es, den Mann in die Enge zu treiben, aber er zögerte zuzuschlagen, weil er den Mann gefangen nehmen und verhören wollte. Da riss der Kerl seinen Hirschfänger heraus und stieß zu.

Zwar fing das Leder der Reithose den Stoß auf, dennoch fühlte Falko, wie ihm die Klinge ins Bein drang. Im nächsten Augenblick setzte er den Räuber mit einem Schwertstreich außer Gefecht.

Keuchend vor Anstrengung blickte er auf den Toten nieder, wendete dann sein Pferd und ritt zur Straße zurück. Dort lehnte Margarete an ihrem Zelter und umklammerte dessen Zügel, als böten sie ihr den einzigen Halt in einem Meer von Gefahren. Sie starrte ihren Retter an, ohne ein Wort hervorzubringen.

»Gott zum Gruß!«, begann Falko. »Ich wäre gerne eher zur Stelle gewesen, dann würden Eure Magd und Eure Krieger noch leben.«

Nur langsam fand Margarete die Sprache wieder. »Ich … ich danke Euch, Herr Ritter«, sagte sie mit dünner Stimme und brach dann schluchzend neben dem Leichnam ihrer Magd zusammen.

»Warum haben die das getan? Warum?«

Auch Falko begriff die Brutalität der Angreifer nicht. Es war etwas anderes, einen Krieger zu töten, der einen bedrohte, als ein wehrloses Weib umzubringen. Er wollte sich

nicht ausmalen, was der jungen Dame zugestoßen wäre, wenn er nicht im letzten Augenblick erschienen wäre.
Als er aus dem Sattel stieg, sah er, dass Blut von seinem Bein in den Stiefel rann. Im gleichen Augenblick spürte er die Schmerzen im Oberschenkel.
Die Wunde schien nicht besonders tief zu sein. Dennoch war er froh, als er Hufgetrappel hörte und Hilbrecht auf sich zukommen sah, dem ein halbes Dutzend Bewaffneter im Laufschritt folgte.
»Wir haben Kampfgeräusche gehört«, rief Falkos Freund und entdeckte dann die Toten. »Bei allen Heiligen, was ist denn hier geschehen?«
»Die Strauchdiebe dort«, Falko wies auf einen der Toten mit geschwärztem Gesicht, »haben diese junge Dame und deren Gefolge angegriffen. Als ich hinzukam, waren die beiden Kriegsknechte und die Magd bereits tot, und viel hätte nicht gefehlt, dann hätten diese Schurken ein weiteres Mal gemordet.«
Erst jetzt begriff Margarete, wie knapp sie dem Tod entgangen war. Hätte der junge Ritter nicht eingegriffen ... Schaudernd schob sie diesen Gedanken von sich und erhob sich. Dabei drehte sie sich so, dass sie Idas kopflosen Leichnam nicht mehr ansehen musste.
Unterdessen hatte Hilbrecht das Blut entdeckt, das immer noch über Falkos Schenkel rann. »Du bist verwundet!«
»Nichts Schlimmes«, behauptete Falko mit einer wegwerfenden Handbewegung.
»Du solltest trotzdem die Damen danach sehen lassen. Sie werden gleich kommen. Ich höre schon ihre Pferde!« Hilbrecht stellte sich mitten auf die Straße und winkte dem Reisezug zu, schneller zu werden. Kurze Zeit darauf hielten die junge Äbtissin und Edelgunde von Frammenberg ihre Pferde neben ihm, Falko und Margarete an.

»Oh, Herr im Himmel, welch ein Blutbad!«, rief Elisabeth voller Entsetzen.
»Ich habe nur ein paar Schurken dorthin geschickt, wo sie hingehören«, knurrte Falko, der den Ausruf als Kritik auffasste.
Während die Äbtissin ihren Blick über die Toten schweifen ließ, starrte Frau Edelgunde Margarete an. »Kind, bist du's wirklich?«
Margarete brauchte einen Augenblick, ihre tot geglaubte Verwandte zu erkennen. »Tante Edelgunde! Du bist wohlauf? Endlich ein Lichtblick an diesem schrecklichen Tag.«
»Falko ist verwundet«, warf Hilbrecht ein, da es ihm wichtiger schien, den Freund zu verbinden, als einander zu begrüßen.
»Falko?« Margarete wäre beinahe gestürzt, so schnell drehte sie sich um.
Der Junker deutete eine linkische Verbeugung an. »Erlaubt, dass ich mich vorstelle! Ich bin Falko Adler, Reichsritter auf Kibitzstein, und dies hier ist mein Freund Hilbrecht von Hettenheim. Wir befinden uns auf dem Weg nach Rom, um Äbtissin Elisabeth dorthin zu geleiten.«
»Ihr seid also Falko Adler …«, antwortete Margarete nachdenklich, doch in ihrem Gesicht zeichneten sich Überraschung und ein gewisser Unmut ab.
»Ihr kennt mich?«, fragte Falko erstaunt.
Margarete schüttelte den Kopf und musterte ihn so durchdringend, als hätte sie sich diesen Mann ganz anders vorgestellt. Was sie sah, hätte ihr unter anderen Umständen gefallen können, denn ihr Retter war ein ungewöhnlich hübscher Jüngling.
Viel zu schön für meinen Geschmack, sagte sie sich, und wahrscheinlich so weich wie ein Mädchen.
Dann erinnerte sie sich daran, wie er mit den sechs bis an die Zähne bewaffneten Räubern fertig geworden war. Also soll-

te man diesen Mann besser nicht unterschätzen. In ihren Augen aber war es ein böser Scherz des Schicksals, dass sie ausgerechnet Falko Adler dankbar sein musste, weil er ihr das Leben gerettet hatte. Mit einem tiefen Seufzer neigte sie den Kopf, murmelte ein paar Worte und überließ sich dann der Fürsorge ihrer Tante Edelgunde, die sie in die Arme nahm und tröstete.

Schwester Euphemia bot der mitgenommenen Margarete ihre Sänfte an, doch diese schüttelte den Kopf. »Nein, bitte nicht! Ich würde mich dort eingesperrt fühlen – und wehrlos. Lieber reite ich. Wenn mir jemand auf mein Pferd helfen würde, wäre ich ihm dankbar.« Sie blickte sich um und sah Hilbrecht auf sich zukommen.

»Kann ich etwas für Euch tun?«, fragte er.

»Ihr könnt meiner Nichte aufs Pferd helfen«, erklärte Edelgunde von Frammenberg anstelle von Margarete, »und mir ebenfalls.«

Hilbrecht sah die Edeldame an und stöhnte innerlich auf, denn Edelgunde wog gewiss mehr als drei Säcke Korn. Dagegen war es fast ein Kinderspiel, Margarete auf ihren Zelter zu heben. Da er jedoch nicht als Schwächling gelten wollte, fasste er erst die junge Frau um die Hüften und hob sie in den Sattel und wuchtete dann Edelgunde auf den Rücken ihres Pferdes.

Unterdessen hatte Schwester Euphemia Falkos Bein notdürftig verbunden, so dass dieser ebenfalls in den Sattel steigen konnte.

Als der Junker sein vor dem Blut scheuendes Reittier im Griff hatte, lenkte Giso seinen Braunen neben ihn. »Hinter uns sind schon seit einiger Zeit Leute, aber sie kommen nicht näher. Wir sollten uns vorsehen!«

Falko zog sein Reisepferd herum und entdeckte eine Gruppe von fünf Reitern, die gut zwei Bogenschussweiten entfernt ihre Pferde gezügelt hatten und zu ihnen herüberstarrten. »Die Kerle gefallen mir nicht. Sie verhalten sich nicht wie normale Reisende. Aber wenn es sein muss, werden wir auch mit denen fertig«, sagte er und forderte Elisabeth auf, wieder auf ihr Maultier zu steigen. »Wir ziehen weiter!«

Die Äbtissin ließ sich von einem Knecht in den Sattel helfen, während ihre Nonnen in den Sänften Platz nahmen.

»Und was machen wir mit den Toten?«, fragte Giso.

»Mitnehmen können wir sie nicht. Also sollen unsere Reisigen sie neben die Straße legen. Sobald wir das nächste Dorf erreichen, geben wir dort Bescheid, damit der hiesige Vogt sich um sie kümmern kann.«

»Hast du nicht Angst, dass wilde Tiere die Leichen anfressen können?«

»Legt die Leichen der Räuber um die Ermordeten herum, damit die Wölfe diese als Erstes anfressen«, antwortete Falko unwirsch und trieb sein Pferd an. Er ritt jedoch so langsam, dass die Kriegsknechte, welche die Leichen zusammensuchten, die Reisegruppe einholen konnten.

Als sie nach einigen Stunden den Wald verließen, war er nicht weniger froh als seine Begleiter. Sein Oberschenkel pochte heftig, und er hoffte, bald einen Ort zu finden, an dem er seine Wunde versorgen lassen konnte. Die toten Räuber hatte er bereits ebenso aus seinem Gedächtnis gestrichen wie den Reitertrupp, den sie beobachtet hatten.

4.

Da Junker Rudolf seinen verkleideten Männern hatte Zeit lassen wollen, Margarete in Angst und Schrecken zu versetzen, war er erst spät aufgebrochen. Als er die Straße erreichte, sah er eine größere Reisegruppe vor sich, die von einem Dutzend Bewaffneten zu Fuß eskortiert wurde.

»Verflucht! Wo kommen denn die her?«, rief er erschrocken.

Einer seiner Männer kratzte sich am Kinn. »Die müssen denselben Weg haben wie die Jungfer! Was sollen wir jetzt tun? Hoffentlich sind die Kameraden klug genug und bleiben im Wald. Wenn sie es nicht tun und die Jungfer überfallen, hören es diese Leute dort und mischen sich ein. Dann ist unser ganzer schöner Plan beim Teufel.«

Rudolf von Ottmeringen ärgerte sich, weil niemand von ihnen bedacht hatte, dass auch andere Reisende diese Straße entlangziehen könnten. Er beschloss, die Gruppe zu überholen, um vor ihnen bei seinen Männern und Margarete zu sein, winkte seinen Männern, ihm zu folgen, und trabte an.

Da die Fremden sich dem Trott der Zugochsen anpassen mussten, holten er und seine Begleiter zunächst auf. Dann aber vernahmen sie einen durchdringenden Schrei und Kampfgeräusche, die noch vor der anderen Gruppe aufklangen, und sahen, dass die Reisenden ihre Schritte beschleunigten. Die Knechte stachelten sogar die Ochsen zu einem Zuckeltrab an, um nicht zurückzublieben.

»Verdammt! Jetzt sind wir niemals rechtzeitig zur Stelle«, schimpfte Junker Rudolf und ließ seinen Gaul ein paar Schritte rückwärtsgehen, um nicht gesehen zu werden. Dann zügelte er sein Pferd und lauschte angespannt. Für

den Augenblick waren die Kampfgeräusche erloschen, und Rudolf hoffte schon, dass seine Männer die Fremden bemerkt hatten und mit Margarete im Wald verschwunden waren.
Da vernahm er noch einmal Kampflärm. Man konnte deutlich hören, dass Schwerter eingesetzt wurden. Ein paar Augenblicke später machte sich eine gespenstische Stille breit.
»Was mag da los sein?«, fragte einer der Männer.
»Weiß ich es?«, fuhr der Junker ihn an und starrte nach vorne. Aber dort waren nur Bäume zu sehen. Als er die Ungewissheit nicht mehr ertrug, ritt er weiter und sah dann den Reisezug auf der Straße stehen. Nicht weit davon entfernt lagen mehrere reglose Gestalten am Boden.
Junker Rudolf zählte sechs Tote, drei von den Seinen, die beiden, die Margarete begleitet hatten, und deren geköpfte Magd. Als er schon hoffte, die drei anderen Männer wären entkommen, schleppten Knechte drei weitere Leichen herbei und legten sie neben der Straße ab.
»Diese verdammten Hunde! Sie haben alle unsere Freunde niedergemacht«, rief Rudolfs Stellvertreter wütend und zog sein Schwert, um auf die Reisenden loszugehen.
Da legte der Junker ihm die Hand auf den Arm. »Lass das! Es wäre Wahnsinn. Dort sind drei Ritter mit einem Dutzend Reisigen, von den übrigen Knechten gar nicht zu reden. Wenn wir die angreifen, gehen wir selber drauf!«
»Sie haben unsere Kameraden umgebracht. Wollt Ihr sie ungerächt lassen?«
Der Junker begriff, dass seine Männer ihm den Gehorsam aufzukündigen drohten, denn in ihren Augen hatte er versagt. Schlimmer noch war, dass seine Mutter der gleichen Meinung sein würde. Dabei war allein sie schuld an diesem Schlamassel. Es war ihr Plan gewesen, und sie hatte ihn nicht davor gewarnt, dass andere Reisende ihnen in die Quere

kommen könnten. Für die Dauer von zwei, drei Herzschlägen erwog er, nach Hause zurückzukehren und ihr das ins Gesicht zu sagen. Doch die Angst vor seiner Mutter, die ihn seit frühester Jugend an beherrscht hatte, war zu groß.
Daher atmete er kräftig durch und zeigte nach vorne. »Wir warten, bis diese Leute weiterziehen, und folgen ihnen in einem gewissen Abstand. Irgendwann werden wir die Gelegenheit bekommen, es ihnen heimzuzahlen. Es sind ein paar Weiber dabei, die ihr haben könnt – bis auf die Jungfer natürlich. Die wird die Meine werden!«
»Das sind doch nur Nonnen«, antwortete einer der Männer mit einer verächtlichen Geste.
Rudolfs Stellvertreter lachte seinen Kameraden aus. »Die sind unten nicht anders gebaut als andere Frauen. Auch mit denen werden wir unseren Spaß haben.«
Bei diesen Worten streifte er seinen Herrn mit einem spöttischen Blick. Der Junker verfügte seiner Ansicht nach über gewaltige Körperkräfte, aber nicht über den Verstand, den es für eine längere Reise brauchte. Also mochten sich für ihn Chancen ergeben, die er zu nutzen gedachte. Mit den drei wackeren Burschen, die er bei sich hatte, ließ sich einiges anfangen. So manche Räuberbande hatte mit weniger Männern begonnen.
Ohne von den Plänen seines Vertrauten etwas zu ahnen, starrte Junker Rudolf auf die fremde Reisegruppe, die sich nun in Bewegung setzte und den Ort des Überfalls bald hinter sich ließ. Er wartete, bis sie hinter einer Kurve verschwunden war, dann gab er den Befehl weiterzureiten.
An der Stelle, an der die Toten lagen, hielt er inne und blickte auf die in Lumpen gekleideten Männer mit ihren geschwärzten Gesichtern hinab. Erst jetzt fiel ihm ein, dass man sie erkennen würde, sobald man sie wusch. Schließlich lag die Burg seiner Mutter nicht fern von hier.

Entschlossen drehte er sich zu seinen Begleitern um. »Absteigen! Wir müssen unsere Kameraden wegbringen und an einem verborgenen Ort begraben.«
»Warum?«, fragte sein Stellvertreter verständnislos und wurde sofort von einem seiner Kumpane angeranzt.
»Damit keiner merkt, dass sie zu Ottmeringen gehören! Oder willst du, dass die Basler und andere Stadtsäcke uns die Fehde ansagen, weil wir Pilger überfallen haben?«
»Genau richtig«, stimmte Junker Rudolf ihm zu und beschloss, sich in Zukunft mehr auf diesen Mann als auf seinen bisherigen Unteranführer zu verlassen.

5.

Falko war erleichtert, als sie endlich auf ein Dorf trafen. Dort schickte er Hilbrecht zum Schulzen, um diesen von dem Überfall zu unterrichten und die Nachricht an den hiesigen Amtmann weiterleiten zu lassen. Er selbst humpelte zum Wirtshaus. Dort sah der Wirt kurz auf den blutigen Verband, kredenzte ihm sofort einen kühlen Trunk und wies gleichzeitig seine Magd an, die Hebamme zu holen, die den Wundarzt und den Bader ersetzte.
Obwohl es erst früher Nachmittag war, entschloss Falko sich, in diesem Gasthof zu übernachten. Am nächsten Tag, so hoffte er, würde er wieder in den Sattel steigen können. Vor allem aber bot ihm der Aufenthalt die Gelegenheit, mit Elisabeth zusammenzusitzen und mit ihr zu reden. Zu seiner Erleichterung kümmerte sich Edelgunde von Frammenberg um ihre gerettete Verwandte, die noch immer unter dem Schrecken des Überfalls litt und den

Tod ihrer Magd und ihrer Kriegsknechte nicht begreifen konnte.
»Das arme Mädchen!«, sagte Elisabeth voller Mitleid, als Margaretes krampfhaftes Schluchzen für einige Zeit die Gespräche übertönte. »Es muss entsetzlich gewesen sein. Dabei kann sie von Glück sagen, dass Ihr Euch entschlossen hattet, ein Stück vorauszureiten. Wäret Ihr bei uns geblieben, hätten die Schurken auch sie ermordet. Ihr seid ein wahrer Held, Junker Falko!«
Ein bewundernder Blick traf Falko, der noch ein Stück in die Höhe wuchs. Trotzdem wollte er bescheiden bleiben. »Ich hatte Glück, die Kerle überraschen zu können. Außerdem durfte ich nicht zögern, denn jeder verlorene Augenblick hätte diese junge Frau das Leben kosten können.«
»Ich sagte es ja, Ihr seid ein Held!« Die junge Äbtissin fasste nach Falkos rechter Hand, hielt sie für einen Augenblick fest und ließ sie dann so schnell wieder los, als wären seine Finger glühend heiß.
Es war angenehm gewesen, Falko zu berühren, und Elisabeth spürte, wie gerne sie es wieder täte. Um auf andere Gedanken zu kommen, blickte sie auf seinen Oberschenkel. Das ausgetretene Blut hatte das Leder der Hose dunkel gefärbt, und das Tuch, mit dem Schwester Euphemia die Verletzung verbunden hatte, schimmerte rot.
»Wie steht es mit Eurer Wunde?«, fragte sie besorgt.
»Eigentlich merke ich sie gar nicht«, antwortete Falko nicht ganz wahrheitsgemäß. Tatsächlich pochte es stark in seinem Oberschenkel, und er sehnte die weise Frau herbei, die laut Aussage des Wirtes selbst abgeschlagene Gliedmaßen wieder anheften konnte.
»Ihr hättet schwerer verletzt oder sogar getötet werden können! Doch Ihr habt Eure Ehre und Euren Rittereid höher geachtet als Eurer Leben und Eure Gesundheit.« Bevor

Elisabeth gewahr wurde, was sie tat, hatte sie erneut Falkos Hand ergriffen und hielt sie diesmal länger fest.
Falko spürte die warmen, zarten Finger in den seinen und lauschte dem Loblied, das sie für ihn sang. Möge dieser Augenblick doch niemals enden!, bat er im Stillen. Als er in ihr Gesicht blickte, hätte er ihr am liebsten die blassen Lippen geküsst.
Stattdessen lächelte er wehmütig. »Eure Worte ehren mich, ehrwürdige Mutter!«
Im gleichen Moment wurde ihm klar, dass sie jünger war als er, und er haderte mit dem Schicksal, das diese wunderschöne Frau zur Nonne und Oberin eines Klosters bei Rom bestimmt hatte. Wäre sie eine der Nichten von Herrn Gottfried ohne diese Berufung gewesen, hätte er alles darangesetzt, um sie zu der Seinen zu machen. Doch als Braut des Herrn war sie für ihn so unerreichbar wie die Sterne am Himmel.
»Verzeiht, Herr Ritter. Die Hebamme ist gerade gekommen«, meldete der Wirt.
Da Elisabeth seine Hände sofort freigab, hätte Falko den Mann am liebsten geohrfeigt. Der Zauber des Augenblicks war verflogen, und der Schmerz, den er zuletzt kaum mehr gespürt hatte, kehrte mit doppelter Stärke zurück.
»Führe das Weib herein!«, knurrte er mit zusammengebissenen Zähnen.
»Sie ist wirklich gut und vermag Euch auch einen Saft gegen Eure Schmerzen zu geben«, erklärte der Wirt, der Falkos unwirsches Verhalten auf die Verletzung schob. Um den Gast nicht zu verärgern, kehrte er in die Küche zurück, in der die Hebamme gerade seine Magd anwies, einen sauberen Kessel mit frischem Quellwasser zu füllen und über die Herdflamme zu hängen.
»Das werde ich brauchen, wenn der Ritter so verletzt ist, wie du mir gesagt hast«, erklärte sie, drehte sich dann zu

dem Wirt um und sah mit schräg gehaltenem Kopf zu ihm auf.

»Wo ist der Herr?«

»In dem Extrazimmer, das ich für bessere Gäste bereithalte.«

»Steht dort ein Bett?«

»Nein, nur ein Tisch und mehrere Stühle.«

»Dann lass den Mann in eine Kammer mit einem Bett schaffen! Wie soll ich seine Wunden versorgen, wenn er nicht ruhig liegt?«

Da der Wirt aus Erfahrung wusste, dass es nichts brachte, mit der Hebamme zu streiten, verließ er das Zimmer und bat Falko, ein Stockwerk höher zu steigen und sich dort in seinem besten Zimmer aufs Bett zu legen.

»Ich stütze Euch«, bot Elisabeth an und begriff erst dann, dass sie bei diesem Samariterwerk mit Falko in einen weitaus engeren Kontakt kommen würde, als wenn sie nur seine Hände hielt. Jetzt stell dich nicht so an, mahnte sie sich im Stillen. Immerhin war sie als Nonne dazu verpflichtet, anderen zu helfen. Dazu kam, dass Falko ein treuer Gefolgsmann ihres Onkels war und ein kühner Streiter, der sein Leben nicht geschont hatte, um ein ihm völlig unbekanntes Mädchen zu retten.

Resolut trat sie auf Falko zu, ergriff dessen rechten Arm und legte ihn sich um die Schulter. Dann sah sie ihn lächelnd an. »Geht es so?«

»Aber freilich!« Falko wurde heiß, und daran war nicht seine Wunde schuld. Der feste Körper, der sich so vertrauensvoll an ihn schmiegte, entfachte Gefühle in ihm, die er nur mühsam beherrschen konnte. Nun war er froh um den Schmerz, der ihm bereits bei der ersten Stufe durch das Bein schoss. Sonst hätte er nur noch daran denken müssen, wie sehr er diese junge Frau begehrte.

6.

Die Hebamme erwartete ihn mit einem noch halbvollen Becher in der Hand, musterte ihn und verzog den zahnlückigen Mund zu einem Grinsen. »An dem Ritter hängt ja noch alles dran! Dabei hieß es, er würde bereits den Kopf unter dem Arm tragen.«

Mit einem schiefen Blick humpelte Falko an ihr vorbei und ließ sich von Elisabeth auf das Bett helfen.

Die Äbtissin blieb im Raum stehen und wusste nicht so recht, was sie tun sollte. Aber die alte Hebamme hatte sofort eine Aufgabe für sie. »Zieh dem Ritter die Stiefel aus und hilf ihm aus den Hosen, damit ich mir seine Wunde ansehen kann.«

»Sollte das nicht besser mein Knappe machen?«, fragte Falko abwehrend.

Doch Elisabeth griff bereits zu und zerrte an dem Stiefel, in dem das verletzte Bein steckte.

Falko schossen vor Schmerz die Tränen in die Augen. Um nicht als Weichling zu gelten, biss er die Zähne zusammen und war froh, als der Stiefel endlich über die Zehen glitt. Bei dem anderen Stiefel ging es leichter. Danach entfernte Elisabeth den Verband, den Schwester Euphemia einfach über dem Leder um den Oberschenkel gewickelt hatte, und forderte Falko auf, den Riemen der Hose zu lösen.

Da er zögerte, griff die Hebamme zu und öffnete den Knoten. »Nicht so schamhaft, Herr Ritter! Ich habe schon mehr als einen Mann nackt vor mir liegen sehen.«

Aber Elisabeth noch nicht, dachte Falko, konnte sich aber nicht gegen die beiden Frauen durchsetzen. Die beiden zerrten an seinen Hosenbeinen, bis das Kleidungsstück über die Hüften glitt. Da er darunter noch seine Bruche mit den dar-

an befestigten Beinlingen trug, war er wenigstens nicht nackt. Trotzdem wanderten seine Hände unwillkürlich nach unten, um sich zu bedecken.
Die Hebamme wunderte sich, wie schamhaft der Ritter sich betrug. Offensichtlich sah er nicht nur wie ein Mädchen aus, sondern stellte sich auch wie ein Jüngferlein an. Daher gab sie ihm einen Klaps auf die Hände, löste die Schnüre, die das Beinkleid an der Bruche festhielten, und schnitt den verklebten Stoff kurzerhand auf. Mit dem heißen Wasser, das ihr die Magd gebracht hatte, löste sie den Rest von der Wunde und sah sich die Verletzung an.
»Auf den Tod getroffen seid Ihr ja wirklich nicht. Mal sehen, wie tief diese Schmarre eigentlich ist.« Mit diesen Worten zog die Frau die Wunde auseinander und fuhr mit einem kleinen Stöckchen hinein, das sie vorher ebenfalls in das heiße Wasser getaucht hatte.
Falko war es, als bohrte sie ihm mit einem glühenden Draht in den Oberschenkel. Er stöhnte vor Schmerz und sah, dass Elisabeth sich besorgt über ihn beugte.
»Es geht mir gut«, stieß er hervor und nahm sich vor, die Alte im nächsten Weiher zu ertränken, sowie er wieder auf den Beinen war.
Die Hebamme war unterdessen mit der Untersuchung der Wunde fertig und nickte zufrieden. »Ihr hattet Glück, Herr Ritter, denn die Wunde ist weniger tief als mein kleiner Finger lang. Ich lasse sie noch ein wenig ausbluten, damit Schmutz und Rost herausgeschwemmt werden. Danach bekommt Ihr einen richtigen Verband und ein Tränklein, das gegen die Schmerzen hilft!«
»Das Tränklein könntest du ihm doch gleich geben«, schlug Elisabeth vor.
Die Hebamme schüttelte lächelnd den Kopf. »Dann würde der Ritter nichts mehr spüren und glauben, das bisschen

Salbe, das ich ihm auf die Wunde schmiere, wäre nicht des Aufhebens wert. Wenn er allerdings vorher den Schmerz schmeckt, weiß er, was er mir zu verdanken hat.«

Falko beschloss, das Weib vor dem Ertränken noch zu vierteilen. Er musste jedoch zugeben, dass die Hebamme geschickte Finger hatte und seine Schmerzen schon bald abnahmen. Einmal aber stieß er einen Schrei aus, der im ganzen Haus widerhallte, nämlich dann, als die Frau ihm eine schwärzliche Salbe in die Wunde strich, die fürchterlich brannte.

»Das ist wie Feuer, das alles reinigt«, erklärte die Alte tadelnd. Dann wand sie ihm einen Streifen sauberen Leinens um den Oberschenkel und verknotete diesen auf der der Wunde abgekehrten Seite. Als sie sich wieder aufrichtete, klopfte sie Falko auf die Schulter.

»So, und jetzt bekommt unser Held sein Tränklein!« Damit holte sie eine kleine Flasche aus einem Beutel, ließ ein Dutzend Tropfen der grünlichen Flüssigkeit in einen Becher fallen, mischte sie mit Wasser und reichte Falko den Trunk. »Hiernach werdet Ihr gut schlafen können. Ich schaue morgen Vormittag noch einmal nach Euch.«

»Um die Zeit werden wir bereits unterwegs sein«, gab Falko brummig zurück.

»Das solltet Ihr bleiben lassen! Reiten ist nichts für diese Wunde. Gebt ihr ein paar Tage Zeit, zu verheilen, dann mögt Ihr frohgemut weiterreisen. Tut Ihr es nicht, kann es Euch das Bein kosten, vielleicht sogar das Leben.«

Die Hebamme hatte das letzte Wort noch nicht ganz über die Lippen gebracht, da versicherte Elisabeth ihr, dass sie so lange hierbleiben würden, wie es notwendig war.

Die Hebamme nickte so heftig, als wolle sie die Erklärung der jungen Äbtissin dick unterstreichen. »Reisen strengt an. Darum sollte man sich unterwegs auch einmal etwas Ruhe gönnen. Außerdem ist der Ritter mehr wert, wenn seine Wunde verheilt ist. Es gibt auch anderswo noch Schurken, denen man mit blanker Klinge begegnen muss.«

Nun hielt sie Falko die zur Schale geformte Hand unter die Nase. »Seid Ihr nicht auch der Meinung, dass meine Arbeit ihres Lohnes wert ist?«

Da dieser so aussah, als würde er die Frau lieber erwürgen, als ihr etwas zu geben, zupfte Elisabeth sie am Ärmel. »Komm mit mir! Dann erhältst du deinen Lohn.«

Die Hebamme grinste fröhlich, wandte sich aber an der Tür noch einmal zu Falko um. »Schlaft jetzt wie ein Kindlein, Herr Ritter. Morgen werdet Ihr Euch besser fühlen.«

Falko schluckte seine Antwort hinunter, denn sie wäre zu grob geworden, und das wollte er Elisabeths Ohren ersparen.

Als die Äbtissin die Hebamme vor der Tür verabschiedet hatte, ritten Hilbrecht und die beiden Knappen mit trüben Mienen in den Hof des Wirtshauses. Verwundert eilte sie ihnen entgegen und fragte, was geschehen sei.

»Die toten Räuber sind verschwunden«, antwortete Hilbrecht knurrig. »Als wir vorhin mit dem Amtmann im Wald waren, lagen nur noch die Magd und Margaretes Waffenknechte an der Straße. Die sechs Schurken hingegen hat jemand weggeschafft.«

»Aber wie kann das sein?«

»Das würde ich auch gerne wissen. Weggezaubert wurden sie auf jeden Fall nicht, und sie sind auch von keinem Raubtier gefressen worden, denn wir haben Fußspuren gesehen, die in den Wald hineinführten Ich wollte sie verfolgen, bin aber nicht weit gekommen, denn dafür hätte ich eine Nase wie ein Schweißhund gebraucht.«

»Glaubt Ihr, dass die Räuber noch Kumpane haben?«, fragte Elisabeth bang.

»Da die Toten gewiss nicht von selbst in den Wald gelaufen sind, ist es anzunehmen. Aber das ist Sache des hiesigen Amtmannes. Wir reisen morgen weiter.«

»Nein, das tun wir nicht«, erklärte Elisabeth. »Ritter Falko muss sein Bein ein paar Tage schonen.«

»Ritter Falko! Dabei ist der Bursche noch nicht einmal verheiratet. Aber der Titel sei ihm vergönnt. Ich werde erst einmal nachsehen, welchen Tropfen der Wirt im Keller hat. Hans, kümmere du dich um die Gäule!« Mit diesem Befehl warf Hilbrecht seinem Knappen die Zügel zu und stiefelte davon.

Falkos Knappe Frieder erinnerte sich nun daran, dass er eigentlich bei seinem Herrn hätte bleiben müssen, anstatt mit Hilbrecht zur Stelle des Überfalls zu reiten, und zog den Kopf ein. »Steht es wirklich so schlimm um meinen Junker?«

»Er muss einige Tage liegen, sonst könnte er sein Bein verlieren oder vielleicht sogar sterben.« Elisabeths Stimme zitterte und erschreckte den Knappen.

»Dann will ich rasch nach meinem Herrn sehen!«

Frieder sauste in das Gebäude, kehrte aber schon bald verwundert zurück. »Junker Falko schläft tief und fest.«

»Das kommt von dem Trank, den die Heilerin ihm gegeben hat. Der soll ihm die Schmerzen nehmen, damit er Ruhe findet.«

»Die hat er gefunden!« Frieder atmete erleichtert auf, denn ein schlafender Falko konnte ihn nicht schelten.

Nun ging er daran, die Sachen seines Herrn durchzusehen und das, was ersetzt oder auch nur gewaschen werden musste, auszusondern. Was er nicht selbst reparieren konnte, trug er zu den Frauen und Handwerkern, die der Wirt ihm nannte. Er reinigte auch Falkos Reithose und ließ das durch den Dolchstich entstandene Loch mit einem handtellergroßen Lederstück flicken. Das Beinkleid war nicht mehr zu retten, aber er fand eine Frau, die ihren Unterhalt als Strumpfwirkerin verdiente und ihm versprach, bis zur Abreise ein neues herzustellen. Durch diese Arbeiten hoffte er, seinen Herrn zufriedenzustellen, so dass dieser ihm seine Unaufmerksamkeit nicht nachtrug.

7.

Zunächst hatte Falko gehofft, Elisabeth würde bald zurückkehren, damit er mit ihr reden konnte. Doch schon bald zog eine bleierne Müdigkeit in ihm auf, der er schließlich unterlag. Nicht lange, da befand er sich wieder in dem Wald, in dem er verletzt worden war, und sah Horden von Räubern auf sich einstürmen. Neben ihm stand Elisabeth, das Gesicht starr vor Angst. Sie flehte ihn an, sie eher zu töten, als sie in die Hände dieser Schurken fallen zu lassen.

»Das wird niemals geschehen!«, rief er und zog sein Schwert. Mit Hieben, wie sie noch nie ein Mann geführt hatte, verteidigte er die junge Frau und tötete jeden Angreifer, der sich in ihre Nähe wagte.

Als schließlich der letzte Feind besiegt war, drehte er sich mit stolzer Miene zu Elisabeth um. »Ich habe Euch geschworen, dass Euch nichts geschehen wird!«

»Ihr seid der größte Held, den diese Erde je gesehen hat«, rief die junge Frau bewundernd aus.

Sie kam ihm anders vor als bisher. Doch erst nach einigen Augenblicken begriff er, dass sie nicht mehr den strengen Habit einer Nonne trug, sondern die schmucke Tracht einer jungen Dame von Adel.

»Euretwegen habe ich meiner Berufung entsagt, edler Ritter, denn es ist mein Wunsch, Euch mein Herz und meinen Leib zu schenken!« Noch während sie es sagte, veränderte sich die Umgebung, und Falko fand sich mit Elisabeth in einer Kammer wieder, die von einem mächtigen Himmelbett beherrscht wurde.

Sie trug kein Kleid mehr, sondern ein einfaches weißes Hemd, das sich wie eine zweite Haut an ihren Körper schmiegte. Auch er selbst steckte nur noch in Hemd und Bruche, und bis auf ein paar kleine, noch leicht rosig schimmernde Flecken waren seine Wunden verheilt.

»Jetzt will ich Euch belohnen, wie Ihr es verdient, edler Ritter«, erklärte Elisabeth, streifte ihr Hemd ab und legte sich auf das Bett.

Falko riss sich seine restliche Kleidung vom Leib und folgte ihr. Ihre Küsse erhitzten ihn, und er wälzte sich auf sie. Sie empfing ihn mit gespreizten Schenkeln, und dann erlebte er die leidenschaftlichste Stunde seines Lebens.

Das Gefühl war so intensiv, dass Falko, als er in der Nacht erwachte, nach Elisabeth tastete und sich wunderte, dass er allein im Bett lag. War sie schon wieder gegangen?, fragte er sich und begriff erst dann, dass er alles nur geträumt hatte.

Nun kehrte der Schmerz in seinen Oberschenkel zurück und bewies ihm, dass er zu solchen Leistungen, wie er sie in seiner Phantasie erlebt hatte, gar nicht fähig gewesen wäre. Zuerst war er enttäuscht, dann aber legte er sich gemütlich auf den Rücken und verschränkte die Hände im Nacken. Auch wenn es nur ein Traum gewesen war, so wollte er das Erlebte niemals missen.

Niemals zuvor hatte er so intensiv geträumt. Da erinnerte er sich an die Ziegenbäuerin, die bis zu ihrem Tod vor zwei Jahren die beste Freundin seiner Mutter gewesen war. Die alte Hiltrud hatte viel von Kräutern und Tränken verstanden und ihm gelegentlich von deren Wirkung erzählt. Dabei war auch vom Mohnsaft die Rede gewesen. Dieser lindere nicht nur die Schmerzen, sondern erzeuge auch Träume, die man immer wieder erleben wolle und für die man zuletzt sogar bereit sei zu morden, nur um an diesen Saft zu kommen.

Die Ziegenbäuerin hatte ihn vor dem Elixier gewarnt, und so gab er die Überlegung, der Hebamme weiterhin Schmerzen vorzugaukeln, um mehr Mohnsaft zu erhalten, wieder auf. Wenn er zu intensiv von Elisabeth träumte, bestand vielleicht sogar die Gefahr, dass er sich nicht mehr mit der Wirkung des Mohnsafts zufriedengab und die junge Äbtissin zu etwas zwingen wollte, was ihr zuwider war. Und das würde ihre Freundschaft für immer zerstören.

Der Gedanke, sie niemals in den Armen halten zu können, machte ihn traurig, und er spürte, wie ihm die Tränen über die Wangen rannen. »Jetzt reiß dich zusammen«, schalt er sich. »Du wusstest von Anfang an, dass es nie dazu kommen kann. Das Beste ist, du befolgst Gisos Rat und suchst in der nächsten Stadt eine Hure auf. Frauen sind doch alle gleich!«

Doch genau das waren sie nicht, und dieser Umstand stürzte ihn in tiefe Verzweiflung. Allerdings wusste er, dass er sich nach außen nichts anmerken lassen durfte, um sich selbst und vor allem Elisabeth nicht in einen schlimmen Verdacht geraten zu lassen.

8.

Die Reisegruppe blieb fünf volle Tage in dem Ort. Am letzten Abend versammelten sich bis auf Margarete alle Damen, Hilbrecht, Giso und Oskar von Frammenberg um Falkos Bett und sahen zu, wie die alte Hebamme dessen Verletzung freilegte. Die Wunde war trocken und hatte sich bereits geschlossen. Selbst als die Heilerin daran zupfte und zog, änderte sich daran nichts.

»Ihr hattet Glück, Herr Ritter, in dieses Dorf gekommen zu sein, so dass ich Euch helfen konnte. Ein Wundarzt oder ein Barbier in einer der großen Städte hätte es gewiss nicht so gut hingebracht wie ich. Meine Sälblein sind halt doch wirksamer als der Dreck, den diese Herren Euch auf die Wunde geschmiert hätten. Da hättet Ihr leicht das Bein verlieren können, und ich glaube nicht, dass Euch das gefallen hätte.«

»Gewiss nicht«, gab Falko zu, der das Wissen der Alten mittlerweile besser zu schätzen wusste.

»Es ist nicht einmal wildes Fleisch zu sehen! Das muss mir erst mal einer nachmachen«, fuhr die Hebamme fort, sich selbst zu loben.

»Die Wunde sieht wirklich besser aus, als ich befürchtet habe«, erklärte Elisabeth und strich mit den Fingerspitzen über die rosige Stelle.

Falko stöhnte auf, weil die Berührung ihm wie ein Schlag in die Lenden schoss.

Elisabeth zuckte zurück und sah ihn entgeistert an. »Verzeiht, ich wollte Euch keine Schmerzen bereiten!«

»Der Schmerz war nicht so schlimm. Die Stelle ist nur sehr empfindlich.« Falko bemühte sich, ruhig zu klingen.

»Dann solltest du sie bedecken!« Giso wollte eine Decke

über Falkos Beine ziehen, geriet jedoch mit der Hebamme aneinander.

»Die Wunde muss noch einige Tage lang verbunden bleiben, sonst reibt das Beinkleid sie auf und sie entzündet sich. Dafür aber habe ich nicht all meine Kunst eingesetzt. Und jetzt macht Platz! Ihr habt genug gegafft.« Resolut schob die Frau Giso und Elisabeth beiseite, strich noch einmal Salbe auf die Verletzung und wickelte anschließend einen Leinenstreifen stramm herum.

»So! Meinetwegen könnt Ihr morgen aufbrechen. Ich habe getan, was ich konnte. Der Rest liegt an Euch«, sagte sie zu ihrem Patienten, als sie fertig war.

»Sollten wir nicht ein wenig von dieser Salbe mitnehmen?«, fragte Elisabeth.

Die Hebamme nickte erfreut. »Ich könnte euch ein Töpflein bringen. Allerdings macht es große Mühe, sie zuzubereiten!«

Nach diesem deutlichen Hinweis, dass sie sich auch dafür gut belohnt sehen wollte, verließ sie die Kammer und kehrte einige Zeit später mit einem irdenen Topf zurück, der genug von der Salbe enthielt, um ein Dutzend Männer zu verarzten.

Elisabeth dankte ihr so reichlich mit Geld und ihrem Segen, dass nicht nur Falko missmutig das Gesicht verzog. Für seinen Teil war er froh, als die Alte endgültig ging und er zum ersten Mal seit Tagen wieder ein Beinkleid überstreifen konnte. Das neue lag modisch eng an und spannte daher so stark über der verletzten Stelle, dass es weh tat, und als er die lederne Reithose darübergezogen hatte, war es, als sei sein Oberschenkel in einen Schraubstock gespannt worden.

»Kannst du die Naht auftrennen und die Reithose etwas weiter machen lassen?«, fragte er Frieder.

Noch während sein Knecht nickte, hob Hilbrecht die Hand. »Ich habe doch eine Ersatzhose dabei. Die könnte ich dir leihen. Wie du weißt, habe ich kräftigere Oberschenkel als du.«
»Und einen kräftigeren Hintern«, sagte Falko grinsend und erntete einen Ellbogenstoß.
»Willst du sie jetzt oder nicht?«, fragte sein Freund.
»Natürlich will ich sie. Schließlich haben wir vor, morgen aufzubrechen.« Falko zwinkerte Hilbrecht zu, während dessen Knappe neben der Ersatzhose auch eins von Hilbrechts Beinkleidern holte.
Kurz darauf steckte Falko in einer viel zu weiten und unten zu kurzen Lederhose, unter der ein Falten werfendes Beinkleid herausschaute. Aber er vermochte zum ersten Mal wieder das Abendessen in der Wirtsstube und in Gesellschaft seiner Begleiter einzunehmen. Hier sah er zum ersten Mal Margarete wieder. Das Mädchen wirkte geistig abwesend und schien ihn nicht einmal zu bemerken.
»Die Ärmste hat ihr schreckliches Erlebnis noch nicht überwunden«, flüsterte Frau Edelgunde Falko zu. »Es war aber auch zu schlimm. Sie hat ihre Magd bereits als Kind gekannt und war eng mit ihr verbunden. Obwohl die Kriegsknechte nur für diese Reise angeworben worden waren, trauert sie auch um die beiden Männer.«
»Es ist gewiss besser, wenn wir weiterziehen, damit die Jungfer über neuen Eindrücken ihr Leid vergisst. Hier erinnert sie ja alles daran«, antwortete Falko und wandte sich dann Elisabeth zu.
Bei der sich entspinnenden Unterhaltung achtete er jedoch darauf, die beiden anderen Nonnen sowie Giso und Hilbrecht mit einzubeziehen, um nicht den Eindruck zu erwecken, er würde sich der jungen Äbtissin unschicklich aufdrängen.

Während die meisten am Tisch sich täuschen ließen, zeigte Giso seinen Unmut über Falkos offensichtliche Verirrung. Auch Margarete beobachtete Falko und Elisabeth unter gesenkten Augenlidern und spürte die Gefühle, die beide füreinander empfanden und verzweifelt zu verbergen suchten. Der Weg nach Rom war weit, und irgendwann würde Falko die Nähe der jungen Äbtissin suchen. Bei dem Gedanken zuckte sie mit den Schultern. Sie war weder die Hüterin der Elisabeth Schenk zu Limpurg noch die des Ritters auf Kibitzstein. Sollten die beiden doch tun, zu was ihre Begierde sie trieb. Sie würde sich um keinen von beiden kümmern.

9.

Etliche Dutzend Meilen weiter im Norden starrte Bruno von Reckendorf blicklos aus dem geöffneten Fenster seiner Kammer, ohne die Stadt zu seinen Füßen und den Main, der unter ihm vorbeifloss, wahrzunehmen. Zum ersten Mal seit jenem unseligen Zweikampf vermochte er wieder ohne Schmerzen auf eigenen Beinen zu stehen. Nun sann er noch einmal über die Pläne nach, die ihm während der vielen Tage, die er hilflos auf seinem Lager verbracht hatte, durch den Kopf gegangen waren. Zwar durfte er sich den Anweisungen des Arztes zufolge noch einige Wochen nicht anstrengen, um keinen Rückfall zu erleiden. Aber er war fest davon überzeugt, völlig gesund zu werden. Daher rief er nach seinem Knappen und befahl ihm, sein Festgewand bereitzulegen.

»Ich werde heute an der Tafel des Fürstbischofs speisen«,

erklärte er, als er den fragenden Blick des jungen Mannes auf sich gerichtet sah.
»Ich bin so froh, dass es Euch wieder gutgeht, Herr! Wenn ich daran denke, wie schlimm es zu Beginn ausgesehen hat.« Der Knappe lächelte erleichtert und zog das beste Gewand seines Herrn aus der Truhe.
»Wir können dem Herrn, unserem Gott, und unserem Heiland nicht genug danken«, antwortete Bruno von Reckendorf und schlug rasch das Kreuz, um den himmlischen Kräften seine Verehrung zu bekunden. Dann kehrte er zu seinem Bett zurück und zog das lange Hemd aus, das er bisher getragen hatte.
Seinen Knappen, der ihm zu Hilfe eilen wollte, hielt er mit einer Handbewegung auf Abstand. »Lass mir die Freude, mich wieder wie ein vollwertiger Mensch zu fühlen und nicht wie ein siecher Krüppel, den man hochheben muss, um ihm das Hemd zu wechseln«, sagte er, zog seine Bruche über und befestigte die Beinkleider daran.
»Ist Bertschmann schon zurück?«, fragte er, als er sich angekleidet hatte.
Sein Knappe schüttelte den Kopf. »Bis jetzt noch nicht. Aber wenn es um eine Besorgung geht, kann doch ich die für Euch erledigen.«
»Nein, diese nicht«, murmelte Reckendorf.
Er schloss die Augen und durchlebte noch einmal den beschämenden Augenblick, in dem Falko Adlers Lanze ihn aus dem Sattel gehoben und zu Boden geschleudert hatte. Beinahe glaubte er, denselben Schmerz zu fühlen wie damals, doch das ging rasch vorbei. Aufatmend legte er den Gürtel mit seinem Dolch, dem Essbesteck und seinem Geldbeutel um, fuhr sich mit den Fingern noch einmal durch die Haare und wandte sich wieder an seinen Knappen. »Kann ich mich so am Tisch des Fürstbischofs sehen lassen?«

»Aber natürlich, Herr! Ihr seht prächtig aus. Genau wie vorher«, bestätigte der Knappe.
Aber das stimmte nicht ganz, sagte der junge Mann sich. Die beiden scharfen Falten um Junker Brunos Mund waren vor seinem Kampf gegen den Kibitzsteiner noch nicht da gewesen. Wie es schien, kam sein Herr nicht über seine Niederlage hinweg. Das tat ihm leid, denn er verehrte den Junker und hatte in sämtlichen Kirchen Würzburgs gebetet, damit dieser wieder richtig gesund werde. Dies schien nun der Fall zu sein, doch die Wunde im Stolz seines Herrn würde wohl nicht so rasch heilen.
»Sobald Bertschmann hier ist, schickst du ihn zu mir!« Bruno von Reckendorf machte eine Handbewegung, als wolle er seinen Knappen wie ein lästiges Insekt verscheuchen, und verließ dann seine Kammer. Nun fällt mir auch das Gehen wieder leicht, dachte er erfreut, als er den Korridor entlangschritt. Zu viele Tage hatte er sich nur mit Hilfe eines Stockes fortbewegen und auch nicht lange genug aufrecht sitzen können, um die Mahlzeiten am Tisch des Fürstbischofs einzunehmen. Das war endlich vorbei.
Als Reckendorf den Saal betrat, in dem Gottfried Schenk zu Limpurg mit seinen Vertrauten zu Abend speiste, richteten sich fragende, aber auch erleichterte Blicke auf ihn. Ungeachtet der Tatsache, dass der Fürstbischof an seiner Tafel auf Ruhe bedacht war, sprachen mehrere Herren ihn an.
»Endlich sieht man Euch wieder. Wir haben Euch schon vermisst!«
»Wie steht es um Euch? Ich hoffe doch gut! Wäre zu schade, wenn ein Sturz Euch die Gesundheit gekostet hätte.«
»Ihr seht prächtig aus, Reckendorf! Ich sollte mich auch einmal ein paar Wochen ins Bett legen.«
Lacher begleiteten die letzten Worte. Bruno von Reckendorf verzog jedoch keine Miene, sondern verbeugte sich vor

dem Fürstbischof und ließ dessen scharfe Musterung über sich ergehen. Schließlich nickte Gottfried Schenk zu Limpurg zufrieden und reichte ihm die Hand zum Kuss.

»Bis auf eine gewisse Blässe seht Ihr erholt aus, Neffe. Das freut mich, denn ich hätte ungern auf Eure Dienste verzichtet.«

»Wenn Ihr erlaubt, Euer Gnaden, werde ich mich auf eine meiner Burgen zurückziehen, um dort meine völlige Genesung abzuwarten. Danach stehe ich Euch wieder zu Diensten.«

»Ich erlaube es Euch. Doch nun setzt Euch und esst mit. Wir haben Euch schon zu lange an Unserer Tafel vermisst!«

Bruno von Reckendorf verbeugte sich erneut, schritt dann an der Tischreihe entlang, bis er zu dem für ihn bestimmten Stuhl kam, und nahm Platz. Sofort eilte ein Page herbei und füllte ihm einen Pokal mit Wein. Reckendorf machte jedoch nicht den Fehler, sofort zuzugreifen, sondern wartete, bis ein Priester im Namen des Fürstbischofs ein Stück aus der Bibel gelesen und das Tischgebet gesprochen hatte.

Dann ergriffen alle ihr Trinkgefäß und ließen Gottfried Schenk zu Limpurg hochleben. Es ist beinahe so wie immer, dachte sich Bruno von Reckendorf, aber nur fast. Vor diesem fatalen Zweikampf mit Falko Adler hatte er über die harmlosen Scherze seiner Nachbarn ebenso lachen können wie über die derben Zoten eines der geistlichen Herren von Sankt Kilian. Jetzt ließ ihn beides kalt, und er war froh, als er sich nach dem Mahl und einem letzten Umtrunk mit Hinweis auf seinen geschwächten Zustand entschuldigen konnte.

In seiner Kammer fand er Siffer Bertschmann vor. Der Knappe hatte diesem einen Krug Wein besorgt, aus dem sich nun auch Junker Bruno bediente.

»Ihr seid länger ausgeblieben, als ich dachte«, sagte er missmutig.

Sein Kastellan winkte mit einer beiläufigen Handbewegung ab. »Es gab etliches auf Euren Burgen zu tun. Außerdem war da noch Euer Auftrag. Ich glaube, ich habe ihn gut erfüllt. Aber ich sehe, Ihr könnt schon wieder recht stramm marschieren. Eure Verletzung war wohl doch weniger schlimm, als der Arzt meinte.«

Es klang kalt, fast enttäuscht, fand Reckendorf, schob diesen Gedanken jedoch sogleich wieder von sich, da es wichtige Dinge zu besprechen galt.

»Ihr konntet die Kibitzsteiner ausspionieren?«

Bertschmann nickte. »Das konnte ich – und ich habe Neuigkeiten, die Euch gefallen werden. Die alte Hure wird im nächsten Monat mit ihrer jüngsten Tochter zum Markttag nach Schweinfurt reisen. Dabei wird sie nicht mehr als fünf oder sechs Bewaffnete mitnehmen. Wäre das nicht die Gelegenheit, auf die Ihr gewartet habt?«

»Ja, das dürfte sie sein!« Reckendorf bekräftigte seine Worte mit einem Nicken, fragte sich aber, wie viel er sich in seinem Streit mit den Kibitzsteinern erlauben durfte, ohne sich den Fürstbischof zum Feind zu machen. Offenen Mord wohl nicht. Aber auch ohne eine solche Tat begehen zu müssen, würde er Mittel und Wege finden, diese aus dem Dreck hervorgekrochene Sippe zu demütigen. Wenn er mit dem Kibitzsteiner Gesindel fertig war, würde es keiner von denen mehr wagen, das Haupt unter seinesgleichen zu heben. Mit diesem angenehmen Gedanken schenkte er Bertschmann eigenhändig nach und forderte ihn auf, ihm alles zu berichten, was er erfahren hatte.

10.

Nach Falkos Genesung ging es rasch voran. Basel blieb hinter ihnen zurück, ebenso Olten und schließlich auch Sempach, der Ort, an dem die Eidgenossen ihre Freiheit gegen das Haus Habsburg verteidigt hatten. Am Tag darauf erreichten sie Luzern und damit das Gebirge. Nur wenige aus der Reisegruppe hatten die mächtigen Bergstöcke der Alpen schon einmal mit eigenen Augen gesehen, und so starrten die meisten wie kleine Kinder auf die grauen Riesen, deren Häupter selbst jetzt im Sommer weiße Kappen trugen.

»Oh, Heilige Jungfrau, welch ein Anblick! Bei dem Gedanken, diese Berge überwinden zu müssen, fährt mir bereits jetzt der Frost in die Glieder«, rief Elisabeth entgeistert aus. Falko wollte ihr schon sagen, dass er sie notfalls darüber hinweg tragen würde, aber da mischte sich Oskar von Frammenberg ein.

»Wir müssen nicht über die hohen Gipfel klettern, denn es gibt Pfade, welche den Tälern folgen. Nur gelegentlich werden wir über einen Sattel, wie sie die niedrigeren, abgerundeten Bergkämme hier nennen, hinwegsteigen. Aber auch dort sind Wege angelegt, ebenso in den tiefen Schluchten, die es hie und da zu überwinden gilt. Sorgt Euch also nicht, ehrwürdige Mutter! Vor uns haben schon viele andere diese Strecke bewältigt, und noch mehr werden es nach uns tun.«

»Aber es ist trotzdem gefährlich, habe ich mir sagen lassen.« Bislang hatte Elisabeth während der Reise nie über schlechte Wege oder unbequeme Unterkünfte geklagt, doch nun schien es, als habe der Mut sie verlassen. Sie schlug das Kreuz und senkte den Blick, um die in den Himmel ragenden Gipfel nicht weiter ansehen zu müssen.

Im Gegensatz zu ihr nahm Margarete dieses Bild mit wachen Sinnen auf. Sie bewunderte die Berge, die so mächtig und stark waren, dass die Menschen nur ein wenig an ihnen kratzen konnten, um Stege anzulegen oder nach Erz zu suchen. Doch für dieses kleine Zugeständnis forderte das Gebirge einen hohen Preis. Im Winter lag viele Monate lang Schnee, dazu stürzten immer wieder gewaltige Lawinen zu Tal und verschütteten Mensch und Tier. Doch auch im Sommer starben Menschen unter Felsen, die plötzlich herunterhagelten, oder wurden von bösen Geistern so verwirrt, dass sie fehltraten und in die Tiefe stürzten. Auch gab es gewaltige Unwetter, die Mensch und Tier von schmalen Pfaden in endlose Abgründe fegten.

Margarete überlegte, ob sie Elisabeth ein paar von den schaurigen Geschichten erzählen sollte, die sie über das Gebirge erfahren hatte. Es würde die fromme Äbtissin, die jedes Mal, wenn sie sich unbeobachtet glaubte, Falko Adler mit weit weniger frommen Blicken betrachtete, sicher noch mehr erschrecken.

Da ihre Tante Edelgunde ihr danach gewiss Vorhaltungen machen würde, nahm Margarete Abstand von dieser Idee und folgte Falko zum Stadttor. Dort verhandelte der Junker bereits mit den Wachen, die einen möglichst hohen Betrag an Steuern und Abgaben von den Reisenden kassieren wollten.

Als Elisabeth dies begriff, ritt sie an Margarete vorbei und zügelte ihr Maultier vor den Stadtknechten. »Was soll das? Ich bin die Äbtissin der frommen Frauen von Tre Fontane bei Rom und befinde mich auf dem Weg zu meinem Kloster. Meine Reisegruppe braucht keine Zölle zu zahlen!«

»Das sehen wir anders«, antwortete einer der Männer. »Ihr und Euer Maultier seid frei, ebenso die beiden frommen Damen in ihren Sänften, und meinetwegen auch die Pferde, die diese tragen, und die Knechte am Zügel. Die anderen Herrschaften und Knechte müssen jedoch zahlen wie jedermann, der hier Einlass fordert.«

»Nicht die Herren und die Reisigen, die mir zu meinem Schutz mitgegeben wurden, und auch nicht die Knechte«, wies Elisabeth den Mann zurecht.

Doch sie hatte die schlechteren Karten. Die Wächter konnten sie vor dem Tor stehen lassen, bis dieses geschlossen wurde, und dann mussten sie eine ungemütliche Nacht außerhalb schützender Mauern verbringen.

Schließlich akzeptierte Falko zähneknirschend die Summe, die von ihm gefordert wurde, und zählte sie auf den Angster genau aus. Dann aber erinnerte er sich an die Lehren seiner Mutter und legte noch zwei Rappen hinzu.

Die beiden Torwachen steckten das Geld ein und traten grinsend beiseite. »Wünschen den Herrschaften noch eine gute Reise«, riefen sie und nannten danach die Namen mehrerer Gasthäuser, die für die Beherbergung von höher gestellten Gästen eingerichtet seien.

Oskar von Frammenberg griff jedoch auf seine Reiseerfahrungen zurück, und so fand die Reisegruppe sich kurz darauf in einem alten, gut geführten Gasthof wieder, dessen Besitzer ihnen Hilfe beim Übersetzen nach Flüelen versprach.

»Ihr könntet auch um den See herumreisen, aber das ist ein arger Umweg. Außerdem sind an manchen Stellen schon Wagen und Gespanne ins Wasser gerutscht. Doch mit ein paar Schiffen kommt ihr gut nach Flüelen hinüber und spart Kraft für den Aufstieg ins Reußtal und für die Schöllenenschlucht. Außerdem fordert einem die Passhöhe auch noch so einiges ab«, setzte er in dem Bestreben hinzu, seinem Schwager, der einige Boote sein Eigen nannte, dieses Geschäft zu sichern. Er hätte sich nicht so ins Zeug legen müs-

sen, denn schon der Damen wegen hatte Falko sich für die Fahrt über Vierwaldstätter und Urner See entschieden, zumal auch Ritter Oskar ihm dazu geraten hatte.
»Wie lange wird es dauern, bis wir eine Überfahrtmöglichkeit bekommen?«, fragte er den Wirt.
Dieser zuckte mit den Achseln. »Für eure Karren, Pferde und Ochsen braucht ihr schon ein paar Kähne. Außerdem müsst ihr auch noch selbst in die Boote passen. Am besten ist es, ihr teilt euch auf. Dann kann die erste Gruppe morgen oder spätestens übermorgen abfahren. Vorausgesetzt, das Wetter spielt mit. Bei Sturm und Gewitter ist der See zu gefährlich. Vier Tage später sind die Schiffe zurück und können die zweite Gruppe holen.«
»Geht es nicht mit einem Mal?«, wollte Falko wissen.
»Möglich ist das, aber dann müsstet Ihr alle so lange warten, bis genügend Schiffe hier beisammen sind, und das kann noch länger dauern«, sagte der Wirt.
Falko wechselte einen kurzen Blick mit Ritter Oskar. Der wiegte unschlüssig den Kopf. Daher fasste Falko einen Entschluss.
»Also gut, wir werden uns trennen. Sorge dafür, dass morgen früh genug Boote bereitliegen. Ritter Oskar, Ihr und Hilbrecht werdet die erste Gruppe begleiten. Eure Gemahlin, deren Magd und Nichte werden mit der Hälfte der Knechte und Reisigen mit Euch kommen, ebenfalls einer der Karren. Wir anderen folgen Euch, sobald es möglich ist.« Am liebsten hätte Falko auch Giso und die beiden Nonnen mitgeschickt, um mit Elisabeth allein zu sein, doch er wusste, dass er mit einem solchen Vorschlag nur einen heftigen Streit ausgelöst und dazu sich und die junge Äbtissin in ein schlechtes Licht gerückt hätte.

II.

Am dritten Tag, den sie in Luzern mit Warten auf die Boote verbrachten, begleitete Falko Elisabeth auf einem Spaziergang durch die Stadt. Zu seinem Leidwesen musste er die Anwesenheit von Schwester Euphemia akzeptieren, die ihm und der Äbtissin wie ein Schatten folgte. Gemeinsam wanderten sie am See entlang und überquerten die lange, überdachte Brücke, die das Zentrum Luzerns mit der Neustadt verband. Dort kehrten sie in einer Schenke ein und labten sich an einigen Bechern Wein.

Während Elisabeth, die vor dieser Reise kaum hinter den Klostermauern hervorgekommen war, sich neugierig umsah, erinnerte Falko sich daran, dass sein Vater angeblich der Sohn eines Weinschenken gewesen sein sollte. Nein, eines Bierschenken, korrigierte er sich. Das war allerdings nichts, was er Elisabeth erzählen wollte. Er wusste ja nicht einmal, ob das wirklich stimmte. Immerhin predigten die Priester, dass Gott jedem Menschen seinen Stand bereits bei seiner Geburt zuweise. Keiner hatte je berichtet, dass der Sohn eines schlichten Schankwirts zum reichsfreien Herrn eines Besitzes wie Kibitzstein aufgestiegen wäre. Wenn dies trotzdem so geschehen war, dann musste sein Vater Michel Adler jemand ganz Besonderer gewesen sein. Möglicherweise war er nicht der leibliche Sohn des Schenken, sondern der eines hohen Herrn. Sonst hätte Gott ihm nicht so viel Gnade zuteilwerden lassen.

Falko musste auch an seine Mutter denken, die Kibitzstein geschickter verwaltete als der beste Mann. Auch um sie waren etliche Gerüchte im Umlauf, und er hatte Bruno von Reckendorfs Herausforderung nicht zuletzt deswegen angenommen, weil dieser verächtlich über Marie Adler gesprochen hatte.

»Ihr seid still geworden, Junker Falko.« Elisabeths Stimme schreckte Falko aus seinem Sinnieren auf.
»Verzeiht, hohe Frau, ich habe über etwas nachgedacht und die Euch gegenüber gebotene Höflichkeit vergessen.«
»Ich finde es besser, wenn Männer denken, bevor sie handeln. Wie viel Leid bliebe uns Frauen dadurch erspart!«
»Nun, ein Mann muss rasch handeln können. Doch er sollte nicht seinen Verstand hintanstehen lassen. Zaudern ist jedoch ebenso von Übel, denn damit überlässt man einem möglichen Feind den ersten Schritt.«
»Aber man kann diesem leichter begegnen, als wenn man als Erster das Schwert zieht«, antwortete Elisabeth.
Ehe die beiden sich's versahen, waren sie in ein Gespräch über die beste Art verstrickt, wie ein Mann oder eine Frau Entscheidungen treffen sollten.
Giso, der ihnen gefolgt war und an ihrem Tisch Platz genommen hatte, schüttelte verblüfft den Kopf. Die Zuneigung, die die beiden füreinander hegten, war mit Händen zu greifen, und doch gaben sie kein Liebesgeflüster von sich, sondern unterhielten sich so ernsthaft wie Scholaren einer Universität. Er selbst mischte sich nur hie und da in das Gespräch ein, um die beiden nicht zu stören. Dabei wusste er nicht zu sagen, ob er ihre Selbstbeherrschung bewundern sollte oder den Tag fürchten, an dem sie diese verloren. Auf jeden Fall schien es ihm am besten, Falko und die Äbtissin nicht mehr aus den Augen zu lassen. Er mochte den Junker und wollte nicht, dass sein Freund sich wegen einer Frau, die er doch nicht haben konnte, den Zorn des Fürstbischofs von Würzburg zuzog.
»Wann, glaubst du, werden wir endlich über den See fahren können?«, fragte er Falko, um sich wieder in Erinnerung zu bringen.
Dieser sah ihn verwundert an, denn an den bevorstehenden

Aufbruch hatte er ganz bestimmt nicht gedacht. »Wenn der Wirt recht hat, werden die Boote heute Abend zurückkehren, und wir können morgen aufbrechen.«
»Das wäre gut, denn ich möchte so schnell wie möglich in Rom sein. Unser Fürstbischof hat mir einige Aufträge erteilt, die ich erfüllen muss!« Giso hoffte, Falko damit zu einer höheren Reisegeschwindigkeit zu bewegen.
Sein Freund grinste. »Warum reist du nicht allein weiter? Du kannst vier Waffenknechte als Geleit haben!«
Giso hob ablehnend die Hand. »Dafür müssten sie schon beritten sein, denn sonst käme ich kaum rascher voran als ihr. Außerdem hat unser Fürstbischof mir ebenfalls die Obsorge für die ehrwürdige Mutter Elisabeth anvertraut.«
Das war eine Warnung, und Falko verstand sie auch als solche. Ein Schatten huschte ihm übers Gesicht, und er fragte sich nicht zum ersten Mal, ob Giso in Elisabeth verliebt war und ihm deswegen ihre Freundschaft missgönnte. Nein, so war es gewiss nicht, korrigierte er sich. Giso war kein Neider, sondern hatte nur Angst, Elisabeth und er könnten alle Sittsamkeit und auch die Regeln ihres heiligen Ordens vergessen, um nur noch Mann und Weib zu sein.
Dieser Verdacht kränkte Falko, und er hätte seinem Freund beinahe eine harsche Antwort gegeben. Er erinnerte sich jedoch früh genug an seinen Mohnsafttraum, in dem er genau das zu erleben geglaubt hatte. In der Zwischenzeit hatte er noch einige Male von Elisabeth geträumt, und was er dabei erlebt hatte, war keineswegs geeignet, es Giso zu beichten. Wahrscheinlich hatte sein Freund recht, und es war für seine Seelenruhe besser, wenn sie rasch nach Rom kamen und Elisabeths und sein Weg sich dort trennten.
Mit einem Lächeln, dem weder die junge Äbtissin noch der junge Priester anmerkten, wie viel Mühe es ihn kostete, legte Falko den rechten Arm um Giso.

»Natürlich ist es am besten, wenn wir zusammenbleiben. Ich werde alles tun, damit unsere Reise schneller vonstattengeht. Der Wirt hat mir versprochen, dass in Flüelen ein Säumertrupp für uns bereitsteht, der uns ins Welsche bringen soll. Haben wir erst einmal den großen Pass hinter uns gebracht, werden wir dem Leventinatal bis nach Bellinzona folgen, und von dort ist es nicht mehr weit bis Mailand.«
»Und bis Rom«, setzte Giso hinzu und klatschte Falko die flache Hand anerkennend auf den Schenkel.
»Aua!«, stieß dieser aus, da Giso seine Verletzung getroffen hatte.
»Ich dachte, du bist ein Krieger und ein echter Mann«, spottete der Priester und brachte Elisabeth damit zum Glucksen. Sie wurde aber sofort wieder ernst und bedachte Falko mit einem bewundernden Blick. »Herr Falko ist ein großer Krieger, Hochwürden. Habt Ihr vergessen, wie er Jungfer Margaretes Leben gerettet hat?«
»Nein, das habe ich nicht.« Obwohl Giso sich freute, dass sein Freund diesen Kampf nur mit einer leichten Verwundung überstanden hatte, erfüllte ihn diese Sache mit Sorge. Falko sah viel zu gut aus und hatte einen Charme, der die Frauen sofort für ihn einnahm. Zusammen mit dem Ruhm eines unüberwindlichen Ritters, der einen Bruno von Reckendorf mit Leichtigkeit vom Pferd gestoßen und sechs Räuber auf einmal erschlagen hatte, verlieh ihm das einen Ruf, der so manche Jungfrau dazu bewegen mochte, ihm mehr als einen Kuss zu schenken. Elisabeth war im Grunde auch nur eine Frau und lief daher Gefahr, ein heimliches Liebesverhältnis mit einem solch vortrefflichen Mann zu beginnen.
Beinahe hätte Giso sich gewünscht, Falko sähe mehr aus wie Hilbrecht von Hettenheim, der gewiss nicht hässlich war, aber den Frauen nicht mit einem schönen Gesicht und strah-

lend blauen Augen den Verstand raubte. Auch fiel es Hilbrecht in weiblicher Gesellschaft schwer, den Mund aufzutun. Für ihn würde sich keine junge Äbtissin so sehr interessieren, dass sie darüber alle Scham vergaß.
Im nächsten Augenblick schalt Giso sich selbst. Mit welchem Recht unterstellte er den beiden unkeusche Absichten? War es vielleicht, weil er insgeheim selbst darauf hoffte, von Elisabeth erhört zu werden? Der Gedanke erschreckte ihn, und er beschloss, noch an diesem Abend in sich zu gehen und sich im Gebet zu reinigen.
Ganz in seinen Überlegungen verstrickt, übersah Giso, dass Falko den Wirt herbeiwinkte und die Rechnung verlangte. Da diese Gäste zwar viel geredet, aber wenig getrunken hatten, rundete der wackere Mann kräftig zu seinen Gunsten auf und steckte auch das Trinkgeld ein, ohne rot zu werden.
Falko klopfte seinem Freund auf die Schulter. »Komm, Giso, wir wollen schauen, ob die Schiffe angekommen sind!«
»Schön wär's!« Giso erhob sich und trat als Erster auf die Straße.
Kurz vor der Brücke zur Altstadt trafen sie auf mehrere Männer, bei denen es sich der Kleidung nach um einen Adeligen und dessen Reisigen handeln musste. Der Anführer war größer als Falko und fast doppelt so breit, doch der Kopf wirkte für seinen muskelschwellenden Leib viel zu klein. Mit schiefgezogenem Mund starrte der Mann die vier an, und seine Hand stahl sich in die Nähe seines Schwertgriffs.
»He! Ihr versperrt ja den Weg!« Eine Gruppe von Bürgern hatte zu Rudolf von Ottmeringen und seinen Männern aufgeschlossen und ärgerte sich, weil diese den Zugang zur Brücke blockierten.
Mit einem Fluch ging Rudolf weiter, drehte sich unterwegs immer wieder um und starrte hinter Elisabeth, Schwester

Euphemia, Falko und Giso her. Als er die Brücke hinter sich gelassen hatte, stieß er mit dem rechten Fuß einen Stein beiseite und zeigte dann auf die Weinschenke, die Falko eben verlassen hatte.

»Ich will etwas trinken. Meine Kehle ist wie ausgedörrt!«

»Die unseren gewiss nicht weniger«, versicherte ihm sein Stellvertreter.

Rudolf trat ein und setzte sich an den nächsten freien Tisch. »He, Wirt, einen Krug vom Besten und fünf Becher dazu!«

Diese Gäste waren mehr nach dem Geschmack des Schenkenbesitzers. Daher eilte er erwartungsvoll in den Keller und kehrte mit einem großen Krug Wein zurück.

»Hier, edler Herr. Dieser Tropfen wird Euch gewiss munden!« Mit diesen Worten goss er fünf Becher voll und verteilte sie an Rudolf und seine Männer. Sie tranken sie in einem Zug leer. »Das war wirklich nur ein Tropfen. Schenk noch einmal ein, und dann hole einen weiteren Krug. Wir sind doch Männer und keine Kinder!« Rudolf schlug dem Wirt auf die Schulter und quittierte dessen schmerzerfülltes Stöhnen mit einem Grinsen.

»Nun mach schon!«, forderte er ihn auf.

Der Wirt begann, seine anfängliche gute Meinung über diese Gäste zu ändern. Zwar würden der Herr und seine Krieger saufen wie durstige Stiere, doch wenn er Pech hatte, prellten die Männer die Zeche und zerschlugen ihm, wenn er sich beschwerte, auch noch das Mobiliar. Da der Wirt aber nicht bereit war, auf seinen Verdienst zu verzichten, schickte er einen Jungen los, der draußen auf der Straße herumlungerte, ein paar Stadtknechte zu holen. Die sollten aufpassen, dass die fünf Kerle nicht zu übermütig wurden. Den Wein, den die Stadtknechte trinken würden, beschloss er, dem Anführer der unberechenbaren Gäste mit auf die Rechnung zu schreiben.

12.

Am nächsten Morgen konnte die Gruppe um Falko aufbrechen. Während der Junker den schönen Stunden nachtrauerte, die er mit Elisabeth verbracht hatte, war Giso erleichtert. Er hatte sich ganz vorne ins Boot gesetzt und blickte über das leicht gekräuselte Wasser. Die Berge ringsum wuchsen förmlich aus dem See heraus. Waren sie in ihren unteren Regionen noch mit Wald bedeckt, ragten weiter oben blanke Felswände in den Himmel, die von weißen Kappen gekrönt wurden.

»Hier fühlt man sich winzig klein«, sagte Falko leise.

»Aber nirgendwo anders habe ich die Kraft der Schöpfung unseres Herrn im Himmel so stark empfunden«, flüsterte Elisabeth voller Bewunderung.

Giso war ebenfalls beeindruckt. Hier auf dem See stieg das Gefühl in ihm hoch, die hohen Gipfel seien die Grenzen einer Welt, die nur aus ihnen selbst und dem See bestand. Rasch sah er sich um und richtete den Blick auf Luzern, das bereits ein ganzes Stück hinter ihnen lag. Als er in dieser Richtung keine Riesen aus Fels und Eis wahrnahm, sondern auf flacheres, hügeliges Land schaute, atmete er auf.

»Dies ist ein Ort, den Gott geschaffen hat, um uns Menschen zu zeigen, was Demut heißt«, flüsterte er und fragte sich unwillkürlich, welche Überraschungen auf dieser Reise noch auf sie warteten.

Unterdessen hatte Falko sich an den Bergen sattgesehen und musterte ihr Boot. Seine Seitenwände ragten etwa eine Armlänge aus dem Wasser, und es bot Platz für ein Dutzend Menschen, einen Wagen und mehrere Pferde. Sechs Männer an jeder Seite ruderten. Bis auf zwei handelte es sich dabei um Knechte, die der Fürstbischof ihnen mitgegeben hatte.

Falko bedauerte es, ihnen diese Arbeit zumuten zu müssen, doch der Schiffer hatte erklärt, sonst könne er frühestens am nächsten Tag losfahren. Vom ausgemachten Preis war der Mann jedoch um keinen Deut abgegangen, sondern hatte nur erklärt, ohne Hilfe der Knechte würde es noch teurer werden.
»Ihr denkt wieder einmal angestrengt nach?«, fragte Elisabeth neugierig.
Giso hörte es und lachte. »Wenn Falko denkt, ist es immer eine Anstrengung für ihn!«
»Sei froh, dass du bereits zum Priester geweiht bist, Giso! Verzeihung, ich müsste ja Hochwürden zu dir, äh … zu Euch sagen. Sonst würde ich dir eine Maulschelle geben, dass du Sterne und dazwischen alle Heiligen siehst.« Falko drohte ihm mit der Faust, fiel aber ebenso wie Elisabeth in das Lachen ein.
Nun versuchte Giso, ein ernstes Gesicht zu machen, und streckte den Arm gegen Falko aus. »Deine Worte waren eben eine blanke Blasphemie! Kraft meines Amtes als Geistlicher verurteile ich dich dazu, ein Vaterunser als Buße zu sprechen und mir in Flüelen einen Becher Wein zu bezahlen.«
»Du wirst mir das Vaterunser vorsprechen müssen. Sonst müsste ich nachdenken, um mich an die Worte zu erinnern – und du sagst selbst, dass Denken für mich eine zu große Anstrengung darstellt!« Falko versetzte Giso einen freundschaftlichen Rippenstoß und sah sich dann Elisabeth gegenüber, die mit klarer Stimme das Vaterunser anstimmte.
Als sie geendet hatte, kam der Schiffer auf sie zu. »Es ist gut, dass Ihr zu beten anfangt, ehrwürdige Mutter. Das Wetter schlägt um, und wenn der Teufel es will, wird es bald ordentlich krachen. Es kann sein, dass wir in Buochs oder Beckenried anlanden müssen, um das Gewitter abzuwarten.«

Jetzt erst wurden die Reisenden gewahr, dass der Himmel seinen strahlend blauen Glanz verloren hatte und sich vom Süden her eine dunkle Wolke über den Horizont schob. Auch war der Wind kühler geworden und blies scharf von den Bergen herab.

»Ich fürchte, Buochs oder Beckenried können wir vergessen«, sagte der Schiffer nach einer Weile und wies nach vorne. »Wir müssen es bis nach Gersau schaffen! Dafür sollten wir zwei weitere Paar Riemen ausbringen.«

Dies hieß für die vier Waffenknechte, ihre Speere abzulegen und sich auf rasch improvisierte Ruderbänke zu setzen. Während die Ruder ins Wasser stachen und das Boot schneller wurde, blickte Falko zu dem zweiten Schiffchen hinüber, das den Rest ihrer Begleitung, die Sänften und mehrere Pferde transportierte. Es hatte weniger Ruder als das ihre und war bereits ein ganzes Stück abgetrieben worden.

»Hoffentlich laufen sie nicht gegen einen Felsen, sonst bin ich das Boot los und muss wieder als armer Mann anfangen!«, rief der Schiffer erschrocken aus und eilte zum Steuer, das von einem Mann allein kaum noch gehalten werden konnte.

»Jetzt wäre wirklich Zeit für ein Vaterunser«, erklärte Giso, kniete nieder und begann zu beten. Elisabeth fiel darin ein, und auch Falko sprach das Gebet mit, ohne, wie er vorhin gespottet hatte, über den Text nachdenken zu müssen.

Der Wind wurde noch stärker und schaukelte das Wasser des Sees zu hohen Wellen auf, die quer zu ihrer Fahrtrichtung liefen und das Schiff trotz seiner Größe heftig zum Schaukeln brachten. Elisabeth hielt sich erschrocken an der Bordwand fest und flüsterte ihre Gebete mit vor Furcht dunklen Augen.

Am liebsten hätte Falko sie in die Arme genommen und getröstet, wagte es aber nicht. Stattdessen versuchte er, die bei-

den anderen Nonnen zu beruhigen, die vor Angst greinten wie kleine Kinder.
»Betet, auf dass unser Herr Jesus Christus uns heil ans Ufer kommen lässt«, forderte er sie auf, während der Wind die Wellen so hoch trieb, dass ihre Kämme über die Bordwand leckten. Gleichzeitig krachte der erste Donner mit der Gewalt eines explodierenden Pulverwagens und wurde als Echo von den Felswänden am Ufer zurückgeworfen.
Jetzt war es um Elisabeths Selbstbeherrschung geschehen. Sie klammerte sich zitternd an Falko und flehte die Heilige Jungfrau Maria mit stockenden Worten um Rettung an.
»Es wird alles gut werden«, flüsterte Falko ihr zu und sagte sich, dass er dafür, sie im Arm halten zu können, zehn solcher Unwetter hinnehmen würde.
Am Heck brüllte der Schiffer etwas, doch Donner und Wind waren zu laut, um den Mann verstehen zu können. Falko schlug seinen Mantel um Elisabeth, damit sie nicht weiter dem grellen Licht der Blitze ausgesetzt war, und starrte mit sinkender Hoffnung nach vorne. Obwohl die Mittagszeit noch vor ihnen lag, wurde der Himmel so dunkel wie in einer mondlosen Winternacht. Nur die Blitze spendeten Licht, doch sie wirkten wie das Feuer der Hölle. Es war, als warte Fürst Luzifer bereits auf sie.
Jemand klopfte ihm auf die Schulter. Falko blickte auf und sah Giso mit einem Eimer vor sich stehen.
»Der Schiffer sagt, wir sollen das Wasser aus dem Boot schöpfen, sonst läuft es voll und geht unter!«
Es fiel Falko schwer, Elisabeth loszulassen, doch zeigte ihm das Wasser, welches um seine Stiefel spülte, dass es erst einmal galt, das Leben dieser wunderbaren Frau wie auch das aller anderen zu retten. Daher packte er den Eimer und begann ebenso wie Giso und jene Knechte, die nicht an den Rudern saßen, das Wasser aus dem Boot zu schöpfen. Doch

der heftige Regen und die Wellen brachten es schneller zurück, als sie es hinausschaffen konnten.
»Die Damen müssen uns helfen!«, schrie Falko Giso durch das Grollen des Donners zu.
Der Priester nickte. »Sag du es ihnen! Nie waren *ora et labora* so dringend nötig wie in dieser Stunde!«
Noch während Falko sich fragte, was ihre Situation mit irgendwelchen Klosterregeln zu tun hatte, ging der Priester zu Elisabeth und ihren beiden Nonnen und fasste diese an den Schultern.
»Um unser aller Leben willen müsst Ihr uns helfen. Sucht Euch etwas, womit Ihr das Wasser schöpfen könnt.«
Elisabeth atmete tief durch und stand auf. Ihre beiden Damen folgten ihr mit schreckensbleichen Gesichtern. Sie mussten schließlich Becher nehmen, da nichts anderes zur Verfügung stand, und das bisschen Wasser, das sie damit aus dem Boot schöpften, erschien Falko nicht mehr als ein Tropfen auf einem heißen Stein. Doch gerade dieser konnte womöglich entscheidend sein.

13.

Das Unwetter zog ebenso rasch davon, wie es aufgetaucht war. Eben noch hatte es gegossen, als bräche der Himmel entzwei, nun aber schob der Wind die schwarzen Wolken nach Norden, und die Sonne sandte ihre ersten Strahlen durch die entstehenden Lücken. Falko wollte es zuerst nicht glauben, doch als er sich umsah, begriff er, dass ihr Boot den Sturm überstanden hatte.
Neben ihm ließ Elisabeth den Becher sinken, mit dem sie die

letzten Minuten wie besessen geschöpft hatte, und stimmte ein Ave-Maria an. Auch die beiden Nonnen dankten der Himmelsherrin mit einem innigen Gebet.

»Wie es aussieht, sind wir dem Teufel aus der Bratpfanne gesprungen«, brach es aus Giso heraus. Das war kein besonders frommer Vergleich, kam aber von Herzen.

»Ich würde sagen, eher aus seinem Kochkessel. Denn es war weniger eine heiße als eine verdammt nasse Angelegenheit.« Falko atmete tief durch und schöpfte weiter. Im Schiff stand das Wasser immer noch mehr als eine Handspanne hoch. Auch wenn die Wellen nicht mehr so stark anrollten, schlug doch die eine oder andere über die Bordwand.

Giso half seinem Freund, hieß aber die drei Damen, sich auszuruhen. Inzwischen hatte der Schiffer das Steuer einem seiner Männer überlassen und kam, die Hände in die Hüften gestemmt, auf Falko und Giso zu.

»Dieses Unwetter haben wir überstanden. Wir haben alle hart gearbeitet. Das muss schon ein schönes Trinkgeld wert sein.«

Falko fand die Haltung des Mannes, der gemütlich danebenstand, während hier ein Priester und ein Ritter Wasser schöpften, so empörend, dass er ihm ein paar deftige Worte sagen wollte.

Doch Giso kam ihm zuvor. »Jeder, der hier an Bord gearbeitet hat, hat ein Trinkgeld verdient, Schiffer! Du kannst gleich damit anfangen, es auszuteilen. Vergiss aber auch eine passende Spende für die Gebete nicht, die die ehrwürdige Mutter Elisabeth und ich gesprochen haben. Ohne die Hilfe des Herrn – gelobt sei Jesus Christus – hätten wir dieses Gewitter gewiss nicht überstanden.«

Dem Schiffer quollen beinahe die Augen aus dem Kopf, denn so hatte er das nicht gemeint. Er sah zuerst Falko an, der noch immer Wasser schöpfte und sich dabei bemühte,

eine ernsthafte Miene beizubehalten, dann Giso, der sich nun erhob und segnend das Kreuz schlug.
»Meine Herren, ich …«, begann er, wurde aber von Giso gebremst.
»Dem Ritter und mir brauchst du natürlich kein Trinkgeld zu geben, und auch nicht den frommen Frauen. Die Knechte hingegen würden sich über ein paar Angster freuen. Bedenke, sie haben dir dein Boot erhalten, das sonst in die Tiefen dieses Gewässers gezogen worden wäre. Auch dein zweites Schiff hat den Sturm heil überstanden.«
Jetzt entdeckte auch Falko das andere Boot. Es lag etwas tiefer im Wasser als das ihre, und auch dort wurde fleißig geschöpft.
Der Schiffer überlegte kurz, sagte sich dann, dass der Preis, den er für diese beiden Fuhren ausgehandelt hatte, hoch genug war, um sich ein paar Münzen für die Knechte leisten zu können. Daher nestelte er seinen Beutel vom Gürtel, zählte für jeden der Männer eine Münze ab und verteilte sie.
»Bei dem Mann weiß man nicht, welches Gefühl stärker ist, die Trauer um das Geld, das er jetzt hergeben muss, oder die Dankbarkeit, beide Schiffe unversehrt behalten zu haben.« Giso schüttelte resigniert den Kopf, sagte sich dann aber, dass Menschen nun einmal so waren. Für die meisten zählte der Gewinn immer weniger als der Verlust.
Da nun die Knechte das restliche Wasser allein aus dem Boot schaffen konnten, stellten Falko und Giso ihre Eimer ab und gesellten sich zu den drei Nonnen am Bug des Schiffes. Elisabeth und ihre Damen waren ebenso durchnässt wie sie selbst. Daher sehnten sie einen Platz herbei, an dem sie sich umziehen konnten. So aber konnten sie sich nur helfen, indem sie ihre gewachsten Umhänge aus den Satteltaschen holten.

Die beiden Männer ärgerten sich, dass sie nicht schon vorher an die Mäntel gedacht hatten, waren aber ebenso froh wie Elisabeth und deren Begleiterinnen, dass die Umhänge den Wind abhielten und die nassen Kleider so weit erwärmten, dass der Stoff nicht mehr gar so klamm auf der Haut lag.

»Bald werden wir anlegen. Dann können wir in einer Wirtschaft sitzen und warmen Wein trinken«, sagte Falko in dem Bestreben, Elisabeth aufzumuntern.

»Lieber wäre mir eine Kammer, in der wir uns umziehen könnten«, antwortete diese, fand dann aber, dass der Satz allein für sich zu frivol klang, und wandte sich mit einem Lächeln an Giso. »Ihr, Hochwürden, und auch Junker Falko werdet gewiss die Güte haben, uns Damen den Vortritt zu lassen.«

»Selbstverständlich«, antwortete Falko anstelle seines Freundes, obwohl er die schöne Äbtissin gerne einmal nackt gesehen hätte.

14.

Falko und seine Schutzbefohlenen erreichten einige Stunden später Flüelen und trafen dort Edelgunde von Frammenberg und die anderen Mitglieder ihrer Reisegruppe, die den See bereits vor mehreren Tagen überquert hatten, in großer Sorge an.

Die Dame fiel Falko voller Erleichterung um den Hals. »Als das Unwetter hereinbrach, sind wir vor Angst um Euch und die anderen beinahe umgekommen«, erklärte sie. »Wir alle haben gebetet, damit Ihr heil über den See kommt. Als es ganz schlimm wurde, habe ich gelobt, der Heiligen Jungfrau in Santa Maria Maggiore in Rom eine besonders schöne Kerze zu stiften, wenn sie Euch errettet!«

»Auch ich werde ihr eine Kerze weihen«, antwortete Falko und wand sich aus den Armen der beleibten Frau.

Für einen Augenblick sah er Margaretes Blick auf sich gerichtet und glaubte Spott und Verachtung in ihren Augen zu lesen. Nicht zum ersten Mal fragte er sich, was der jungen Frau an ihm so missfiel. Dann aber scheuchte er sie aus seinen Gedanken und sprach mit Oskar von Frammenberg über ihre Weiterreise.

»Nachdem Ihr alle ein solches Unwetter überstanden habt, solltet Ihr Euch einen oder zwei Tage erholen, bevor wir weiterziehen. Es liegt ein langer und sehr anstrengender Weg vor uns, denn wir müssen das Tal der Reuß aufwärts reisen, die Schöllenenschlucht durchqueren und zuletzt den Sankt-Gotthard-Pass überwinden. Für die Damen wird dieser Teil unseres Weges äußerst beschwerlich werden!«

»Warum wählt man denn eine so üble Strecke?«, fragte Falko verständnislos.

»Weil es keine leichter zu begehende gibt! Zwischen den Pässen, die nicht so hoch sind, fehlen Brücken über Schluchten oder Pfade, die an diesen entlangführen. Andere Routen liegen zu weit im Westen oder Osten und würden die Reise um viele Wochen verlängern. Für uns ist die Strecke über den Gotthard-Pass der kürzeste Weg.«

Oskar von Frammenberg gefiel es, sich als erfahrenen Reisenden darzustellen, auch wenn er den Weg nach Rom bisher nur ein einziges Mal zurückgelegt hatte – und das war schon viele Jahre her. Er berichtete Falko über die anderen Alpenübergänge, die seinen Worten zufolge schwierig zu bewältigen waren oder zu schlecht instand gehalten wurden.

»Dort, mein Freund, stürzen jedes Jahr Unzählige in die Tiefe, weil sie von unverantwortlichen Ratgebern auf diese Strecken geführt worden sind«, fuhr er in dem Bestreben fort, den von ihm empfohlenen Weg als den besten darzustellen.
Falko kannte bisher weder den Sankt-Gotthard-Pass noch einen der anderen, und so blieb ihm nichts anderes übrig, als dem Frammenberger zu glauben. Da er Elisabeth und deren Begleiterinnen nicht zu sehr anstrengen wollte, beschloss er, Ritter Oskars Rat zu befolgen und zwei Tage in Flüelen zu bleiben.
Das war eine gute Entscheidung, denn es war nicht so einfach, genügend Säumer und Saumtiere aufzutreiben. Die beiden Karren, die Elisabeths Habe und die Geschenke enthielten, waren für den Weg durch die Schlucht und über den Passweg zu breit. Daher mussten sie entladen, in Einzelteile zerlegt und zusammen mit ihrer Last auf Maultiere und Pferde verteilt werden.
Zwei Tage später machte sich eine stattliche Karawane auf den Weg zum Sankt-Gotthard-Pass. Diejenigen, die beritten waren, konnten vorerst noch auf dem Rücken ihrer Tiere reisen. Ihr Führer, der sich als ein Bruder des Schiffers entpuppte, der sie über den See gebracht hatte, prophezeite ihnen jedoch, dass sie sich bald glücklich schätzen würden, zu Fuß gehen zu dürfen.
Danach sah es zunächst noch nicht aus. Der Weg war besser, als Falko es nach seinen bisherigen Erfahrungen auf dieser Reise angenommen hatte. Als er den Anführer der Säumer darauf ansprach, antwortete dieser mit einem breiten Lächeln.
»Eine gute Straße ist der halbe Weg, hat schon mein Großvater gesagt. Deshalb halten wir sie in Ordnung. Auf diese Weise können wir alles transportieren, was die Kaufleute

mit sich führen. Die Herrschaften in Deutschland wollen mit welschen Waren versorgt sein, und davon leben wir.«
Und das ganz gut, setzte Falko für sich hinzu, während sein Blick über Flüelen und das nahe gelegene Altdorf schweifte. Die Häuser waren zumeist größer als die in seiner Heimat. Zwar bestanden sie größtenteils aus Holz, das aus den Wäldern an den Bergflanken ringsum billig zu bekommen war, wirkten aber trotzdem stattlich. Weiter oben auf den Hängen konnte man einzelne Gehöfte sehen, für die sich kein wohlhabender Freibauer in der Heimat geschämt hätte.

Dennoch wollte Falko nicht an diesem Ort wohnen müssen. Für seinen Geschmack ragten die Berge zu steil und bedrohlich in die Höhe, und es würde noch einige Zeit dauern, bis die Sonne über die Gipfel im Osten aufgestiegen war. Zu dieser frühen Morgenstunde empfand er die Luft als arg kühl, und wenn er die schneebedeckten Firne in der Umgebung betrachtete, fröstelte es ihn noch mehr.

»Wie lange wird es dauern, bis wir in Bellinzona ankommen?«, fragte er ihren Führer.

»Es kommt darauf an, ob das Wetter so bleibt, wie es jetzt ist, oder ob es umschlägt. Ein Gewitter in den Bergen kann unangenehm werden – mit Hagel, Schnee und einer Kälte, bei der einem das Mark in den Knochen erfriert.«

Falko wusste nicht, ob der Mann die Wahrheit sprach oder nur aufschnitt, um ihn zu beeindrucken. Doch als er sich an das schreckliche Unwetter auf dem See erinnerte, machte er sich auf alles Schlechte gefasst.

»Was können wir tun, wenn ein Gewitter aufzieht?«

»Da gibt es mehrere Möglichkeiten. Wenn der Weg breit genug ist, bleiben wir dort, wo wir gerade sind, falls wir nicht ausgerechnet am Rand einer Schlucht stehen. Oder aber wir gehen zurück oder vorwärts bis zu einer Stelle, die ein wenig

Schutz bietet. Der beste Schutz gegen Hagel und Kälte ist ein dicker Mantel mit Kapuze und ein Hut darunter, wie ich einen auf dem Kopf habe.«
Der Mann wies grinsend auf den verbeulten Filz, der aussah, als hätte er bereits etliche Hagelschläge überstanden, und nahm wieder einen Schluck aus der Lederflasche, die an seinem Gürtel hing.

15.

Es ging bergauf. Stunde um Stunde setzten Mensch und Tier einen Schritt vor den anderen, während die Berge zu beiden Seiten immer stärker zusammenrückten und Falko das Gefühl gaben, sich den Grenzen der Welt zu nähern. Und doch musste es jenseits dieser hoch aufragenden Steinmauern Leben geben, denn ihnen kamen immer wieder Säumerzüge entgegen, die Waren aus Italien nach Norden brachten. Auch trafen sie auf Wanderer und Pilger, die nordwärts strebten.
Gerne hätte Falko von diesen Reisenden etwas über die Lande jenseits der Berge erfahren, doch es blieb nur selten die Zeit für mehr als einen Gruß.
In seiner Gruppe breitete sich Schweigen aus. Die Frauen wagten es kaum, zu den Bergen nach oben zu schauen. Zumeist hefteten sie den Blick auf den Boden zu ihren Füßen, und die beiden älteren Nonnen bewegten die Lippen in lautlosem Gebet. Auch Giso sah ganz so aus, als würde er am liebsten die Himmelsmächte anflehen, sie mit einer riesigen Hand aufzuheben und jenseits dieser grauen Riesen wieder abzusetzen.

Alle waren froh, am Nachmittag das Dörfchen Silenen zu erreichen, wo sie in der Säumerherberge absteigen und einen großen Napf Graupensuppe essen konnten. Geschlafen wurde zwar nach Geschlechtern getrennt, aber in einem einzigen großen Raum. Elisabeth und ihren Nonnen missfiel diese Sitte, insbesondere, weil die Leute hier wenig Aufhebens machten und Männer wie Frauen sich draußen am Brunnen wuschen und nur teilweise bekleidet oder sogar nackt in die Kammer zurückkehrten. Ein paar Reisende, die die abwehrenden Gesten und missmutigen Gesichter der Nonnen bemerkten, machten sich einen Spaß daraus, den dreien ihre körperlichen Vorzüge zu präsentieren, und verspotteten die frommen Frauen, wenn diese das Gesicht abwandten.

Als ein Säumer zu aufdringlich wurde, sah er sich auf einmal Falko gegenüber. »Ich glaube, jetzt ist es genug!«

»He, was soll das?«, brummte der.

Was er noch sagen wollte, ging im Schall der Ohrfeige unter, die Falko ihm versetzte. »Wenn du dich nicht benehmen kannst, muss ich es dir eben beibringen!«

Der Säumer rieb sich mit der Hand über die Wange und baute sich dann vor Falko auf. Da er mehr als einen halben Kopf größer und um einiges schwerer gebaut war, nahm er den jungen Franken nicht ernst.

»Das hast du nicht umsonst getan, Hänfling!«, stieß er zornig hervor und wollte ihn packen.

Falko wich seinem Griff geschickt aus, fasste den Säumer um die Taille und brachte ihn zu Fall.

Der Kerl war sofort wieder auf den Beinen und zog seinen Dolch.

»Mach ihn fertig, Urs!«, stachelte ihn einer seiner Kameraden auf.

Da Hilbrecht befürchtete, der Mann wolle seinem Kumpan

zu Hilfe kommen, stellte er sich neben Falko und klopfte gegen den Griff seines Schwertes. »Wenn ihr es hart auf hart wollt, steht mein Freund nicht allein!«

Falko hob beschwichtigend die Hand. »Lass das, Hilbrecht! Das ist eine Sache zwischen diesem Mann und mir.«

Da griff der Herbergsvater ein. »Wenn ihr das miteinander ausmachen wollt, dann geht raus! Unter meinem Dach wird nicht gerauft.«

Falkos Gegner nickte und ging mit langen Schritten zur Tür. Als der junge Ritter ihm folgen wollte, hielt Elisabeth ihn auf. »Gebt bitte auf Euch acht!«

»Keine Sorge! Mir wird schon nichts geschehen.« Falko strich ihr kurz über die Wange und eilte hinter dem Säumer her.

Hilbrecht, Giso und Oskar von Frammenberg folgten ihrem Freund, und zuletzt schloss sich auch Margarete der Gruppe an. Obwohl sie Falko keine Verletzung wünschte, die ihre Reise gefährden konnte, hoffte sie, der baumlange Schweizer würde den Junker ein wenig zurechtstutzen.

Draußen auf dem Vorplatz bleckte Urs die Zähne wie ein hungriger Wolf und wippte herausfordernd auf den Sohlen. »Komm her, du Hänfling, damit ich dir zeigen kann, wer ein Mannskerl ist und wer nicht!«, rief er Falko zu.

Dieser trat langsam auf ihn zu, ohne nach seinem Dolch zu greifen. »Noch kannst du die Sache bereinigen, indem du dich bei den frommen Damen entschuldigst.«

Falkos Stimme klang sanft und freundlich, und das reizte Urs noch mehr. »Für die Backpfeife, die du mir gegeben hast, wirst du mit Blut bezahlen«, schrie er und stürmte wie ein gereizter Stier auf Falko zu.

Margarete sah den jungen Ritter schon im Staub liegen. Doch Falko trat im letzten Augenblick beiseite und stellte dem wütenden Säumer ein Bein. Dieser flog mehrere Schritte durch die Luft und schlug hart auf dem Boden auf. Doch schon im nächsten Moment stand er wieder auf den Beinen, schüttelte sich kurz und griff erneut an. In dem Glauben, der Ritter würde wieder genauso ausweichen, stieß er mit dem Dolch in die vermutete Richtung – und verfehlte den Junker. Dieser blieb nämlich stehen, stemmte sich gegen den Anprall und schlug mit beiden Fäusten zu.

Es krachte, als er das Kinn des anderen traf. Sein Gegner taumelte zwei Schritte zurück, fiel um und blieb mit glasigen Augen liegen.

»Ihr habt Urs sauber getroffen. Das wird er, wenn er wieder wach wird, selber einsehen«, erklärte dessen Freund anerkennend und streckte Falko die Hand entgegen. »Nichts für ungut! Er hat es nicht böse gemeint.«

Falko ergriff lächelnd die Hand des Mannes. »Wäre ich nicht auch dieser Meinung gewesen, hätte ich zum Dolch gegriffen. Sag deinem Kameraden, er soll seinen Übermut nächstens ein wenig zügeln. Oft entsteht daraus eine Sache, die sich wirklich nur noch mit Blut bereinigen lässt.«

Dann kehrte er in die Herberge zurück und traf als Erstes auf Elisabeth, die ihm aufatmend entgegenkam. »Ihr seid unverletzt!«

»Das will ich meinen. Es war aber auch kein Kampf in vollem Ernst.«

Falko suchte seine Sachen zusammen und schlug sein Nachtlager an der Seitenwand auf. Hilbrecht und Giso kamen an seine Seite, und während Ersterer Falko wortreich vorhielt, seinen Gegner zu sehr geschont zu haben, schüttelte Giso resigniert den Kopf. Er maß Falko ebenso viel Schuld an dem Streit zu wie dem Schweizer, denn sein Freund hätte den zotigen Scherz des Säumers nicht gleich mit einer Ohrfeige beantworten müssen. Zum Glück hatte der junge Narr genug Verstand bewiesen, den Mann nicht schwer zu verletzen oder gar zu töten. Doch er fragte sich, was der Säumer tun würde, wenn er aus seiner Bewusstlosigkeit erwachte.

Einige Zeit später kam Urs mit unsicheren Schritten herein. Auf seinem Kinn war eine Beule zu sehen, deren Umgebung sich bereits zu verfärben begann. Trotzdem grinste er, als er auf Falko zukam. »Ihr habt einen verdammt harten Schlag und Ihr wisst gut zu treffen. Ich habe keinen einzigen Zahn verloren!«

Er bat seinen Freund, einen Krug Wein und mehrere Becher zu holen. »Kommt, lasst uns trinken. Prügeln können wir uns, wenn Ihr aus Italien zurückkehrt. Und die Damen bitte ich um Entschuldigung, wenn ich sie ein wenig erschreckt haben sollte. Aber es ist halt nicht jeder so gut ausgestattet wie ich!«

Der Mann blickte zu Elisabeth und den Nonnen hinüber, sah dann Falko an und hob seinen Becher. »Auf eine gute Reise!«

»Darauf trinke ich gerne! Auch ich wünsche Euch eine gute Reise.«

»Es geht bloß bis Altdorf hinab. Mein Weib wird lachen, wenn sie mich so sieht, und sagen, dass ich endlich auf einen Mann getroffen bin, der mir gezeigt hat, dass es doch noch einen besseren gibt. Ach, wisst Ihr was? Das will ich mir gar nicht erst anhören müssen. Wenn Ihr nichts dagegen habt, tausche ich mit einem Eurer Säumer und begleite Euch über den Sankt Gotthard. Bis ich dann zurückkomme, ist meine Beule verheilt!«

»Ich würde mich freuen!« Falko streckte dem anderen die Hand entgegen, in die dieser lachend einschlug.

Giso zog die Stirn kraus, denn er fragte sich, ob der Mann

wirklich nur deshalb mit ihnen ziehen wollte, damit sein Weib nicht die Spuren seiner Niederlage sah, oder ob er heimlich auf Rache sann.

16.

Der nächste Tag verlief ohne besondere Schwierigkeiten. Der Säumer Urs erwies sich als geschickter und besorgter Begleiter, dem Falko schon bald den Vorzug vor ihrem eigentlichen Führer gab. Am Abend saßen sie fröhlich zusammen, tranken ein paar Becher Wein miteinander und unterhielten sich bestens. Alle wussten jedoch, dass am kommenden Morgen ein hartes Wegstück auf sie wartete, denn es galt, die Schöllenenschlucht zu überwinden.

In der Nacht träumte Falko von den bevorstehenden Gefahren, nur war die Schlucht, die es zu überwinden galt, abgrundtief und der Weg so schmal, dass die Füße kaum Halt fanden. Elisabeth ging direkt vor ihm und hatte Mühe, sich auf dem schmalen Felsband zu halten. Auf einmal strauchelte sie, und bevor er sie halten konnte, stürzte sie mit einem gellenden Aufschrei in die Tiefe.

Falko schreckte hoch und brauchte einige Augenblicke, bis er begriff, dass er sich noch in der Säumerherberge befand und Elisabeth weder in Gefahr noch tot war. Im Schein der Laterne, die der Herbergsvater hatte brennen lassen, damit die Gäste in der Nacht den Weg zum Abtritt fanden, konnte er sie schemenhaft auf der anderen Seite des Raumes liegen sehen. Nur mit Mühe widerstand er dem Wunsch, zu ihr hinzugehen und sie zu berühren, um sicher zu sein, dass sie es tatsächlich war und kein Traumgebilde.

Es dauerte, bis Falko sich so weit beruhigt hatte, dass er wieder einschlafen konnte, und als er am nächsten Morgen erwachte, fühlte er sich wie zerschlagen.
Nach dem aus Graupensuppe bestehenden Frühstück erwartete Urs sie draußen vor der Herberge. Er kontrollierte noch einmal alle Packpferde, wies dann die Knechte an, in welcher Reihenfolge sie gehen sollten, und wandte sich schließlich den Reisenden zu.
»Zu Beginn könnt Ihr noch reiten, aber in der Schlucht werdet Ihr absteigen und zu Fuß gehen müssen. Die Gefahr ist zu groß, dass Euer Pferd scheut und Euch mit sich in die Tiefe reißt. Je ein Mann soll sich um eine Frau kümmern und diese führen. Der Weg ist gefährlich, wenn man ihn nicht kennt, und es ist schon mancher in die Reuß gestürzt und dabei ums Leben gekommen!«
»Besonders, wenn er besoffen war«, unterbrach ihn der eigentliche Anführer des Säumertrupps.
»Darum sollten wir uns heute bei Wein und Branntwein zurückhalten«, mahnte Urs mit einem Blick auf die frisch aufgefüllte Lederflasche des anderen. Dann packte er seinen Stock und winkte der Gruppe, ihm zu folgen.
Zunächst fühlte Falko sich noch mutig und sagte sich, dass dies auch nur ein Weg wie jeder andere war. Doch als die Felswände immer näher kamen und die tief unter ihnen fließende, wild rauschende Reuß in ein schmales Bett zwangen, wurde auch ihm mulmig zumute.
Urs wies ihn und die anderen an, von den Pferden zu steigen, und übernahm die Führung. Nach einer Weile setzte er ein durchbohrtes Kuhhorn an die Lippen und stieß mehrere weit hallende Töne aus. Ein Signal antwortete ihm, und so drehte er sich zu Falko und den anderen um.
»Wir müssen noch ein paar hundert Schritte weitergehen und dort warten, bis uns der entgegenkommende Säumer-

zug passiert hat. Weiter vorne ist der Weg so schmal, dass kein Platz für zwei Tragtiere nebeneinander ist.«
Falko schluckte, denn auf diesem Wegstück, auf dem die Hufe der Pferde kaum genügend Platz fanden, konnten nicht einmal zwei Menschen aneinander vorbeigehen. Die einheimischen Gäule schienen solch schmale Pfade gewohnt zu sein, denn sie zeigten keine Scheu. Den Pferden der Reisenden hatte man jedoch die Augen verbunden, um sie ruhig zu halten, und man musste sie sehr achtsam führen.
Die Frauen wagten es nicht, in die Schlucht hinabzuschauen, sondern hielten sich eng an die Felswand, die über ihnen in die Höhe ragte. Als die Gruppe jedoch eine Stelle erreichte, an der das Felsband, dem sie bis jetzt gefolgt waren, im Nichts endete und nur noch ein mit Ketten an der Bergflanke befestigter Holzsteg zur Verfügung stand, blieb Schwester Euphemia stehen und hob abwehrend die Hände.
»Nein! Nein! Ich gehe keinen Schritt weiter. Dort vorne lauert der Teufel auf mich, um mich in die Tiefe zu ziehen!«
»Ich denke, Ihr wollt nach Rom pilgern?«, fragte Urs spöttisch. »Um dorthin zu kommen, werdet Ihr hier über die Twärrenbrücke gehen müssen.«
»Ich kann nicht!« Die Nonne starrte auf den Steg an der Felswand, schüttelte heftig den Kopf und ließ sich auch von Elisabeth und Edelgunde von Frammenberg nicht umstimmen.
Urs fuhr sie an. »Ihr müsst! Hier kann die Gruppe, die uns entgegenkommt, nicht an uns vorbei. Ein Stück weiter vorne ist wieder fester Fels und genug Platz, um die anderen passieren zu lassen. Wenn Ihr wollt, könnt Ihr Euch dieser Gruppe anschließen und wieder zurückgehen.«
Damit war für den Säumer die Sache erledigt. Falko war im ersten Augenblick unsicher, entschied sich aber zu handeln. Immerhin sollte Schwester Euphemia Elisabeth nicht

nur bis Rom begleiten, sondern auch in Zukunft bei ihr bleiben. Deswegen trat er auf sie zu und fasste sie unter der Achsel.

»Kommt, ich werde Euch stützen. Dann geht es schon.«

Die Nonne versuchte ein Nicken, sah dabei aber in die Tiefe und stieß einen Schrei aus. Dabei drängte sie sich so stark an Falko, dass sie ihn beinahe in die Schlucht gestoßen hätte.

»Am besten verbindet Ihr dem Nönnchen die Augen, so wie wir es mit den Pferden getan haben«, schlug Urs vor.

Da die Frau wie ein Sack an ihm hing und nicht zu bewegen war, auch nur einen weiteren Schritt zu tun, schlug Falko seinen Mantel um sie, und schob sie auf die hölzernen Bohlen des Steges zu.

»Kommt jetzt! Tragen kann ich Euch an dieser Stelle nicht«, sagte er und brachte Schwester Euphemia tatsächlich dazu weiterzugehen. Während Falko die Nonne über den an der Felswand hängenden Steg führte, spürte auch er einen Klumpen im Magen und war heilfroh, als diese Stelle hinter ihnen lag und sie den Ort erreichten, an dem sie den anderen Säumerzug passieren lassen konnten.

Urs sah zufrieden, dass jedes Mitglied der Gruppe eng an die Bergwand geschmiegt in der schmalen Felsnische stand, und stieß noch einmal in sein Horn. Diesmal erklang die Antwort recht nahe, und kurz darauf vernahmen die Wartenden das Schlagen von Hufen auf dem Fels und die Stimmen der fremden Säumer.

Da Schwester Euphemia nicht so aussah, als würde sie sich schnell beruhigen, schlug Falko vor, ihr zwei Waffenknechte mitzugeben, damit sie umkehren könne. Doch die anderen Reisenden kamen heran und passierten ihre Gruppe, ohne dass die Frau sich rührte.

Urs horchte einen Augenblick, ob ihnen noch jemand entgegenkam, und gab dann das Zeichen zum Weitergehen.

Seufzend folgte Falko ihm mit der sich immer noch an ihn klammernden Nonne. Dabei wäre es ihm zehnmal lieber gewesen, er hätte Elisabeth führen können.
Er drehte sich ein paarmal zu der Äbtissin um, weil er sich vergewissern wollte, ob sie zurechtkam. Zwar wirkte Elisabeth recht blass, setzte aber ohne jegliche Stütze einen Schritt vor den anderen. Margarete, die auf ihrem bisherigen Weg kaum ein Wort mit ihm gewechselt hatte, benötigte ebenfalls keine Hilfe. Edelgunde von Frammenberg, deren Magd Mia und die andere Nonne wagten es jedoch nicht, das gefährliche Wegstück ohne männlichen Schutz zurückzulegen. Da Ritter Oskar seine Ehefrau führte, kümmerte Hilbrecht sich um deren Magd, während Giso Schwester Euphemia diesen Dienst erwies.
Schließlich kam eine Brücke in Sicht, die in einem kühnen Bogen die Reuß überspannte. Sie war ganz aus Holz errichtet, hatte ein Dach und dichte Seitenwände, die keinen Blick in die Schlucht erlaubten. Falko war froh über diese Bauweise, denn sonst hätten sie die Frauen vermutlich nicht dazu bewegen können, die Brücke zu benutzen. Kurz entschlossen fasste er Schwester Euphemia unter der Achsel und schob sie vor sich her.

17.

Die Säumer hatten die tägliche Wegstrecke für ihre Schutzbefohlenen bislang recht kurz gehalten, um diese nicht zu sehr zu erschöpfen. Immerhin stand ihnen allen der Aufstieg zum Sankt-Gotthard-Pass bevor, und der würde, wie Urs lachend sagte, in die Beine gehen.

Falko war froh, dass Elisabeth bislang allzu große Anstrengungen erspart geblieben waren. Auch an diesem Tag sah es gut aus, da diejenigen, die Reittiere hatten, beinahe die ganze Zeit im Sattel verbringen konnten. Falko stieg wieder auf sein Reisepferd, während Frieder das große Schlachtross am Zügel führte.
Da die Straße über den Pass breit genug war, um aneinander vorbeizukommen, hatten sie keine nordwärts ziehenden Säumerzüge zu fürchten. Sogar das Wetter schien zu halten, wie Urs nach einem prüfenden Blick zum Himmel behauptete.
Der Gedanke, ein Unwetter wie das auf dem See oder gar ein Hagelschlag hätte sie in der Schöllenenschlucht überraschen können, trieb Falko noch im Nachhinein kalte Schweißperlen auf die Stirn, und er begann, den Stolz zu begreifen, den Urs und auch ihr eigentlicher Führer ausstrahlten. Diese Männer gehörten zu einem rauhen Menschenschlag, der es gewohnt war, den Bergen alles abzuringen, was er zum Leben brauchte. Beinahe bedauerte er es, sich von Urs trennen zu müssen, denn er hätte ihn gerne in seine Dienste genommen. Doch als er sah, wie der baumlange Mann beschwingt die gewundene Straße hochschritt, die zur Passhöhe führte, begriff er, dass Urs sich nirgendwo anders heimisch fühlen würde als in diesen Bergen.
Die Straße über den Pass war, wenn man achtgab, ohne große Schwierigkeiten zu bewältigen. Allerdings schlängelte sie sich in unzähligen Windungen den Berg hinauf und verlor sich weit über ihnen hinter dem Horizont. Als Falko sich umschaute, sah er weit hinter seiner Gruppe einige Reiter mit einem Führer auf den Passweg einbiegen. Aus der Ferne wirkten die Reisenden klein wie Mäuse, und er konnte nicht erkennen, um was für Leute es sich handelte. Trotzdem wurde er das Gefühl nicht los, ihnen schon einmal begegnet

zu sein, und er dachte unwillkürlich an die ruppigen Fremden an der Brücke in Luzern.
Als er wieder nach vorne blickte, vergaß er die Gruppe angesichts der steilen Abhänge neben der Straße und der wilden Landschaft um ihn herum. Es galt, die Augen offen zu halten und nicht zu träumen. Nach einer schier endlosen Zeit erreichten sie das Hospiz auf der Passhöhe und vermochten bei einem Stück Brot, der unvermeidlichen Graupensuppe und einem Becher Wein zu verschnaufen. Als sie sich nach einer viel zu kurzen Rast wieder auf den Weg machten, kam Urs an seine Seite und zeigte das Tal, das sich schier endlos nach Südosten zog.
»Vor Euch liegt das Welschland! Von nun an geht es nur noch bergab.«
Falko betrachtete die unzähligen Windungen der Straße, die noch vor ihnen lagen, und atmete tief durch. Dennoch war er zufrieden. Er hatte Elisabeth und die anderen gut bis hierher gebracht und würde sie auch sicher nach Rom geleiten.

18.

Um die gleiche Zeit stand in Rom Francesca Orsini vor ihrem Onkel, Kardinal Latino Orsini, und wusste nicht, ob sie lachen oder vor Wut toben sollte. Daran ist sicher dieses Biest Celestina schuld, fuhr es ihr durch Kopf, während der Kardinal in seiner Strafpredigt fortfuhr, die bereits seit einiger Zeit auf sie herabprasselte.
»… habe ich erfahren, dass du deinen Verlobten, den ehrenwerten Cirio d'Specchi, in aller Öffentlichkeit lächerlich machst und über ihn spottest. Dies ist ein zutiefst verab-

scheuungswürdiges Verhalten! Dafür wirst du Buße tun und vor der Heiligen Madonna in Santa Maria Maggiore Besserung geloben!«

Wenn Kardinal Orsini geglaubt hatte, er könnte seine Nichte mit diesen Worten zur Einsicht bewegen, so irrte er sich. Francesca war weniger denn je bereit, sich so zu benehmen, wie ihre Eltern und besonders ihr Verlobter es von ihr verlangten. Sie schob die Unterlippe vor und sah den in roten Samt und gleichfarbige Seide gekleideten geistlichen Herrn herausfordernd an. »Es ist nicht mein Wunsch, einen d'Specchi zu heiraten, Euer Eminenz!«

»Seit wann gelten die Wünsche eines Mädchens, wenn ihr Vater sie verheiraten will?«, fuhr der Kardinal sie an und strich sich dabei unbewusst über die makellos schwarzen Haare, als fürchte er, sie würden vor Ärger grau werden.

»Hätte mein Vater einen wirklich edlen Herrn zu meinem Verlobten bestimmt, würde ich diesen mit Freuden heiraten. Die d'Specchis sind jedoch eine Sippe von Schreibern und Notaren, die einst aus der Provinz gekommen sind und sich mit Müh und Not das niedrigste Adelsprädikat erworben haben.« Nur nicht nachgeben, sagte Francesca sich. Wenn sie den Kardinal nicht umstimmen konnte, würde sie sich an das Oberhaupt ihrer Familie wenden. Die nächsten Worte des Kardinals zerstörten jedoch ihre Hoffnung.

»Diese Heirat ist der Wunsch des Herzogs!«

Wenn der Duca di Gravina auf dieser Ehe bestand, würde sie sich auf Dauer nicht dagegen stemmen können. Einen Augenblick lang wollte Francesca schon aufgeben, dann aber richtete sie sich auf und schob das Kinn nach vorne. »Cirio d'Specchi ist einer Orsini nicht würdig! Ich würde eine Mesalliance eingehen, die selbst auf das Wappen Seiner Gnaden einen Schatten würfe!«

»Du verteidigst dich geschickt, *ragazza*«, antwortete der Kardinal in widerwilliger Anerkennung. »Doch diese Heirat wurde von unserem Sippenoberhaupt bestimmt. Auch wenn ich selbst zugeben muss, dass die d'Specchis nicht gerade dem Hochadel angehören, so handelt es sich doch um eine ehrenwerte Familie. Zudem wird dein Bräutigam bald höher in der Gunst Seiner Heiligkeit emporsteigen und einen Titel verliehen bekommen, der auch dich zufriedenstellen wird.«

»Bis dorthin bin ich eine schlichte Signora, die vor der Tür stehen bleiben und warten muss, bis eine Nobildonna, Baronessa oder Viscontessa vor ihr eingetreten ist, während ich bislang den Vortritt vor jeder anderen Contessa fordern konnte!«

Diesem leidenschaftlichen Appell vermochte Latino Orsini sich nicht zu entziehen. Doch was sollte er tun? Herzog Giacomo Orsini hatte bestimmt, dass Cirio d'Specchi für seine Verdienste und für die seines Vaters die Hand einer Verwandten aus einem unbedeutenden Seitenzweig erhalten sollte. Daher war die Wahl auf Francesca gefallen.

»Niemand wird einer geborenen Orsini den Vortritt verweigern«, sagte er in dem Versuch, seine Nichte zu beruhigen.

»Alle werden über mich lachen!« Francesca brach in Tränen aus.

Bei ihrem Vater verfing diese Taktik jedes Mal. Der Kardinal erwies sich jedoch als härterer Brocken. Im Grunde war das Mädchen eine Fremde für ihn, die zufällig den gleichen Namen trug und die er in seinem bisherigen Leben vielleicht ein halbes Dutzend Mal gesehen, aber nie beachtet hatte.

»Niemand wird es wagen, über eine Orsini zu spotten!«, erklärte er und sah sie scharf an. »Du wirst gehorchen, verstehst du mich? Der Herzog will es so! Auch dein Vater und ich dürfen seinen Willen nicht missachten.«

Francesca spürte, dass ihr nichts anderes übrigblieb, als ein kleines Stück einzulenken. »Also gut, ich werde Cirio d'Specchi heiraten!«
Der Kardinal atmete bereits auf, da setzte das Mädchen mit einem feinen Lächeln hinzu: »Allerdings erst dann, wenn Seine Heiligkeit ihm einen Adelsrang verliehen hat, der es mir ermöglicht, ihn ohne Scham zum Manne zu nehmen.«
»Verfluchtes Weibsbild!« Latino Orsini hob die Hand, als wolle er Francesca schlagen.
Im nächsten Moment aber begriff er, dass gerade diese Forderung sie unangreifbar machte. So, wie die Familie d'Specchi derzeit dastand, war eine Ehe mit deren Spross für seine Nichte tatsächlich ein tiefer Fall in Rang und Ansehen. Ganz Rom würde es verstehen, wenn sie dem Priester bei der Zeremonie ihr Nein entgegenschleuderte.
»Ich werde deine Bereitschaft, Cirio d'Specchi zu ehelichen, Seiner Gnaden ebenso mitteilen wie deine Bedenken, die ich, wie ich zugeben muss, durchaus teile. Eine Erhöhung des Ranges der d'Specchis vor dieser Hochzeit wäre dringend angeraten.« Froh, wenigstens diese Entscheidung dem Herzog von Gravina melden zu können, streckte Kardinal Orsini die Rechte aus, damit Francesca seinen Ring küssen konnte.
Er wollte sie bereits entlassen, als ihm einfiel, dass er im Verlauf des Gesprächs einen wichtigen Punkt aus den Augen gelassen hatte. »Bis zu deiner Hochzeit wirst du dich so aufführen, wie es einer sittsamen Jungfrau geziemt, und weder schlecht über deinen Bräutigam sprechen noch ihn verspotten. Auch wirst du seinen Eltern und seinen Schwestern mit der gebotenen Hochachtung begegnen und dich so benehmen, dass dein Vater und deine Mutter mit dir zufrieden sein können.«

Also war es doch Celestina gewesen, die so lange gehetzt hatte, bis sie hierherbefohlen worden war, dachte Francesca zornig. Sie hatte diese Notarsfrau, wie sie Cirio d'Specchis älteste Schwester für sich nannte, noch nie gemocht. Der Gedanke, dieses Weib als Schwägerin in die Arme schließen zu müssen, erschien ihr kaum weniger widerwärtig als mit deren Bruder das Bett zu teilen.
Doch für diese Abneigung würden nicht einmal ihre Eltern Verständnis aufbringen, geschweige denn der Kardinal. Mit dem Gefühl, von Wänden umgeben zu sein, die sie zu erdrücken drohten, knickste sie vor ihrem Onkel und verließ das Zimmer, in dem dieser sie empfangen hatte.
Latino Orsini blickte ihr nach und bedauerte, dass Francesca der eigenen Sippe angehörte. Eine Schönheit wie sie wäre gewiss eine aufregende Geliebte geworden. Der Gedanke, dass es noch andere hübsche Mädchen in Rom gab, tröstete ihn jedoch darüber hinweg. Außerdem hatte Herzog Giacomo bereits über sie verfügt. Aus einem unbedeutenden Seitenzweig der Familie stammend, war sie genau die Richtige, um einen ebenso treuen wie ehrgeizigen Anhänger zu belohnen. Dario und Cirio d'Specchi hatten ihrer Sache bereits große Dienste erwiesen und würden dies schon bald wieder tun.
Als Francesca den prachtvollen Palazzo ihres beim Heiligen Stuhl hoch angesehenen Onkels verließ, ahnte sie nichts von dessen Überlegungen. Allerdings hätten diese sie nur in ihrer Überzeugung bestärkt, für ihre Sippe nichts weiter als ein Werkzeug zu sein, dessen man sich bedenkenlos bedienen konnte.
Francescas Zofe Annunzia, die im Vorraum des Palazzo auf sie gewartet hatte, tauchte jetzt neben ihr auf und fragte neugierig: »Nun, was hat Seine Eminenz gesagt?«
»Er hat mir empfohlen, Santa Maria Maggiore aufzusuchen

und vor der Heiligen Madonna zu beten«, erklärte Francesca mit einem Lächeln, das ebenso falsch war wie die roten Haare der Dame, die eben an ihr vorüberging.
»Ich werde eine Sänfte rufen lassen, damit Ihr dorthin gebracht werdet!« Ohne auf Antwort zu warten, eilte Annunzia in den Palazzo zurück und erteilte entsprechende Anweisungen.
Eigentlich hatte Francesca nicht vorgehabt, die Basilika der heiligen Maria aufzusuchen. Nun aber dachte sie daran, dass sie mit diesem Besuch die Zeit bis zu ihrer Rückkehr hinausschieben konnte. Zu Hause würden die Eltern bereits auf sie warten, um der Predigt, die der Kardinal ihr gehalten hatte, noch ihre eigene hinzuzufügen. Auf die aber hatte sie wahrlich keine Lust. Daher wartete sie, bis Annunzia mit einer von zwei Männern getragenen Sänfte zurückkehrte, stieg ein und zog den Vorhang zu.
Wenn ich doch nur die ganze Welt so ausschließen könnte, dachte sie, während sie durch die Stadt getragen wurde. Annunzia, die es niemals gewagt hätte, die gleichen Ansprüche zu stellen wie ihre Herrin, folgte Francesca ebenso zu Fuß wie die beiden Diener, die Ercole Orsini ihnen mitgegeben hatte, um seine Tochter vor Belästigungen zu bewahren.

19.

Die Sänftenträger bogen in die Via Gregoriana ein, und Francesca sah Santa Maria Maggiore vor sich. Der Platz direkt vor der Basilika war leer, doch weiter hinten entdeckte sie Marktstände und Weinbuden. Wie es aussah, wurde dort ein Fest gefeiert. Sie beschloss, nach dem

Gebet in der Kirche hinzugehen und den Gauklern zuzusehen, die dort ihre Vorstellung gaben.
Vor der Eingangshalle der Basilika hielten die Träger an. Einer zog den Vorhang zurück und steckte den Kopf herein.
»Wir sind da«, sagte er überflüssigerweise.
Francesca nickte gnädig und wartete, bis er das Türchen in der Seitenwand der Sänfte geöffnet hatte. Dann stieg sie aus und blickte sich noch einmal zu den Buden aus Holz und Leinwand um, die ihr so verlockend erschienen.
»Herrin, zur Kirche geht es in diese Richtung«, mahnte Annunzia, die die Sänftenträger bezahlte.
»Sollen wir auf die Dame warten?«, fragte einer, da ihm das Trinkgeld zusagte.
Bevor Annunzia das Wort ergreifen konnte, schüttelte Francesca den Kopf. »Nein, das würde zu lange dauern.«
Bei diesen Worten raffte sie ihr Kleid, damit es nicht über den schmutzigen Boden schleifte, stieg die wenigen Treppen zu dem von zwölf Säulen getragenen Portikus von Santa Maria Maggiore hoch und trat ein.
Im Innern der Kirche war es düster, und so dauerte es eine Weile, bis ihre Augen sich an das spärliche Licht gewöhnt hatten. Nur wenige Gläubige beteten in dem großen Gotteshaus, und als Francesca nach vorne ging und vor dem Altar niederkniete, eilte sofort ein Geistlicher herbei und fragte, ob sie beichten wolle.
Francesca schüttelte lächelnd den Kopf. »Nein, hochwürdiger Vater, ich will nur meine Gebete an unsere Herrin im Himmel richten!«
Zu ihrer Erleichterung zog der Priester sich sofort zurück und ließ sie allein. Als sie jedoch zu dem Bildnis der Muttergottes mit dem Jesuskind über dem Altar aufblickte, wollte keine fromme Stimmung in ihr aufsteigen.

Statt der Gottesgebärerin sah sie Kardinal Latino Orsini vor sich und hörte noch einmal dessen mahnende Worte. Es mochte sein, dass er im Recht war und sie die Heirat mit Cirio d'Specchi klaglos hinnehmen musste. Doch alles in ihr bäumte sich gegen diese Ehe auf. Zwar war ihr Verlobter ein gutaussehender junger Mann, doch in seinem Wesen lag etwas, was sie abstieß. Möglicherweise war ihr Abscheu zum guten Teil in der Hast begründet, mit der die d'Specchis die Heirat betrieben.
Diesen ging es hauptsächlich darum, die Chancen ihrer noch unvermählten Töchter Clementina, Concettina und Cristina auf dem Heiratsmarkt zu erhöhen. Ohne die offizielle Verbindung zur Familie Orsini würden nur Männer im Stand eines Notars oder kleinen Beamten der Stadt oder des Heiligen Stuhles um die drei anhalten. Mit ihr als Schwägerin konnten sie auf bessere Bewerber hoffen.
Dafür aber wollte Francesca sich nicht opfern. Anstatt hier in der Kirche ihren Seelenfrieden zu finden, wuchs ihre Wut, und sie nahm sich vor, den d'Specchis jeden Tort anzutun, der in ihren Möglichkeiten lag. Mit diesem Gedanken erhob sie sich schließlich, knickste vor dem Marienbild und verließ die Basilika mit so zornglühenden Augen, dass Annunzia erschrocken das Kreuz schlug.
»Herrin, wir sollten jetzt eine Sänfte rufen, die Euch nach Hause bringt«, schlug sie vor.
Francesca antwortete ihr nicht, sondern steuerte auf den kleinen Jahrmarkt zu. Dort standen bereits die beiden Diener. Sie hielten je einen Becher in der Hand und sahen den Akrobaten zu.
Francesca trat ebenfalls unter die Zuschauer und klatschte Beifall, als ein junger Bursche, der ihr gerade bis zur Taille reichte, trotz seiner kurz geratenen Beine einen Salto schlug. Eine Frau, die ebenso wie der Akrobat zwergenhaft ge-

wachsen war, ging anschließend mit einem Tamburin in der Hand reihum und sammelte das Geld ein.
Der neapolitanische Edelmann Antonio Caraciolo, den Francesca als Gast in ihrem Elternhaus kennengelernt hatte, zeigte der Zwergin lachend einen Dukaten. »Den bekommst du, wenn du hier auf der Stelle einen Handstand machst und so lange in dieser Stellung bleibst, bis ich bis zehn gezählt habe!«
Die Augen der Zwergin glitzerten begehrlich, denn die Münze war mehr wert als all das, was sie sonst in einer Woche von ihren Zuschauern erhielt.
Trotzdem hatte sie Bedenken. »Was ist, wenn Ihr so langsam zählt, bis mir die Arme schwer werden und ich mich nicht mehr halten kann?«
»Das würde ich niemals tun!«, antwortete Antonio Caraciolo lachend und wies auf Francesca, der er zur Begrüßung kurz zunickte. »Wenn du willst, soll diese Dame hier für mich zählen. Seid Ihr dazu bereit, Contessa?«
Francesca nickte lächelnd. »Gerne, edler Herr!«
Zum Dank sah der Neapolitaner sie so strahlend an, dass ihre Laune sofort wieder stieg. Antonio Caraciolo war nicht nur ein gutaussehender junger Mann, sondern auch von so hohem Rang, dass sie einer Heirat mit ihm jederzeit zugestimmt hätte. Sie erinnerte sich an all die Belehrungen, die ihr ihre Eltern und nicht zuletzt der Kardinal eingetrichtert hatten und die sie mit wachsendem Widerwillen erfüllten, und beschloss, gegen möglichst viele davon zu verstoßen. Daher gesellte sie sich zu dem Edelmann und legte ihm die Linke auf den rechten Arm, damit es so aussah, als gehörten sie zusammen.
»Ich bin gerne bereit zu zählen«, bekräftigte sie noch einmal und zwinkerte der Zwergin zu.
Diese begriff, dass Francesca nichts zu ihren Ungunsten tun

würde, und tanzte auf ihren kurzen Beinen herum, so dass ihre Röcke nur so flogen. »Soll ich es tun?«, wandte sie sich zum Publikum, das noch angewachsen war.
»Natürlich!«, rief ihr ein Mann in der Tracht eines Weinhändlers zu und zeigte ihr ebenfalls eine Münze. »Die kriegst du von mir!«
»Und von mir die! Aber dafür musst du die Beine richtig gerade in die Luft strecken!« Ein weiterer Zuschauer holte eine Münze hervor. Andere folgten, und schließlich sammelte der Gefährte der Zwergin das Geld ein. Es war so viel, dass er der Frau einen Stoß versetzte.
»Komm, mach schon! Lass die Herrschaften nicht warten.«
Die Zwergin wusste genau, worauf es Antonio Caraciolo und den anderen Männern ankam, doch sie konnte es sich nicht leisten, schamhaft zu sein. Daher suchte sie sich eine Stelle am Boden, die nicht zu schmutzig war, stemmte ihre Hände dagegen und schwang sich hoch. Sie schaffte den Handstand und blieb kopfüber stehen. Ihr Kleid und die Unterröcke rutschten immer weiter herab, bis schließlich ihre Beine und ihr Unterkörper nackt in die Höhe ragten.
Als Francesca das sah, vergaß sie beinahe das Zählen, denn trotz der kurzen Beine sah die Zwergin zwischen den Schenkeln so aus wie jede andere Frau auch.
Anderen Zuschauern schien dieser Anblick nicht zu genügen. »Komm, spreize die Beine«, forderten mehrere von ihnen die Akrobatin auf. Diese zögerte einen Augenblick, sagte sich dann aber, dass sie fürstlich dafür bezahlt wurde, und tat ihnen den Gefallen.
»… acht, neun, zehn!« Zuletzt zählte Francesca schneller, während um sie herum die Leute johlten. Selbst die Weiber, die hier auf dem Markt zusammengelaufen waren, machten mit, während Annunzia ein ums andere Mal das Kreuz

schlug und sich sagte, dass sie diese Begebenheit ihrer Herrschaft am besten verschwieg.
Die Zwergin gönnte den Zuschauern noch einige Augenblicke den Blick auf ihre bloßen Hüften, dann ließ sie sich fallen und rollte um ihre eigene Achse, um wieder auf die Beine zu kommen. Danach verbeugte sie sich artig und bedankte sich bei Francesca. »Ihr habt wirklich nicht zu langsam gezählt, edle Dame.«
»Eher zu schnell!«, rief einer der Zuschauer.
»Ein Mann hätte sich gewiss mehr Zeit gelassen«, warf Antonio Caraciolo lachend ein. »Doch Frauen halten zusammen, gleich welchen Standes sie sind!«
»Das war beschämend!«, zischte Annunzia Francesca zu.
Diese hatte gerade einige Mönche entdeckt, die mitten unter den Zuschauer standen und nicht so aussahen, als hätten sie an der Vorführung der Zwergin Anstoß genommen. Also hielten auch die Männer allen Standesunterschieden zum Trotz zusammen. Nun aber hatte Francesca Durst und sah zu dem Stand eines Weinschenken hinüber.
Wie sie es erwartet hatte, bemerkte Antonio Caraciolo ihren Blick. »Darf ich Euch zu einer Erfrischung einladen, Contessa?«
»Sagt nein, denn er ist nicht Euer Verlobter!«, flüsterte Annunzia Francesca ins Ohr.
Diese beachtete ihre Zofe nicht, sondern schenkte dem Edelmann ein Lächeln. »Sehr gerne, Conte!«
Caraciolo führte sie zu dem Stand, dessen Besitzer sogleich einen Jungen damit beauftragte, eine Bank für die beiden edlen Gäste freizuräumen. Dann verneigte er sich tief. »Was darf ich den vornehmen Herrschaften bringen?«
»Wein, und zwar von deinem besten, sowie zwei saubere Becher«, befahl der junge Edelmann und nahm, als der

Schenk den Wein brachte, Francescas Becher an sich und wischte den Rand mit einem weißen Tuch ab.
»Wer weiß, welch schmutzige Lippen den Becher vor Euch berührt haben«, sagte er lachend.
Der Schenk verzog das Gesicht, denn er hatte die beiden Becher extra in einem Eimer mit frischem Wasser gewaschen. Aber er sagte nichts, sondern zog sich mit der Münze, die Caraciolo ihm reichte, hinter seine Fässer zurück.
Der Edelmann hob seinen Becher und sah Francesca bewundernd an. »Lasst mich auf Eure Schönheit trinken, Contessa!«
»Ihr sprecht sehr kühn«, antwortete Francesca kokett und übersah geflissentlich die mahnende Geste ihrer Zofe.
»Nur der kühne Mann wird sein Ziel erreichen. Einem Zauderer gelingt das niemals!« Der Anblick der halbnackten Zwergin hatte Antonio Caraciolos Blut erhitzt, und er wünschte sich, Francesca ebenso sehen zu können. Leicht, das wusste er, würde dies nicht werden, denn als junges Mädchen von Stand wurde sie beinahe rund um die Uhr überwacht. Nun, das reizte ihn eher zusätzlich. Daher wies er den Schenk an, auch Annunzia und den beiden Dienern Wein einzuschenken, und wandte sich wieder Francesca zu.
»Ich muss Euch wiedersehen, Contessa. Schlagt es mir nicht ab, sonst würde ich vor Gram sterben!«
Da sich sein Arm von Annunzia unbemerkt an Francescas Taille verirrte, begriff diese durchaus, was der Edelmann im Schilde führte. Ihr war nicht danach, ihre Tugend für einen Cirio d'Specchi aufzubewahren, und aus diesem Grund wollte sie die Bekanntschaft mit dem feurigen Neapolitaner vertiefen.
»Ich werde meine Gebete morgen Nachmittag in der Kapelle der heiligen Witwe Irene verrichten«, raunte sie Caraciolo zu.

»Auch ich werde morgen Nachmittag dort beten!« Der Edelmann lächelte zufrieden. Frühere Generationen der Orsinis hatten die Kapelle zu Ehren Irenes, der Witwe des heiligen Castulus und Retterin des heiligen Sebastian, erbauen lassen. Einmal im Monat wurde in ihr eine Gedenkmesse abgehalten, aber in der übrigen Zeit beteten nur gelegentlich ein paar alte Weiber dort. Daher war die Kapelle für gewisse Abenteuer geeignet, und er hatte bereits die Bekanntschaft mit dem Küster geschlossen, dem die Sorge für die Kapelle übertragen worden war. Er konnte also sicher sein, von diesem die Schlüssel der kleinen Sakristei zu erhalten und dort nicht gestört zu werden.
Einen Augenblick erwog er eine Heirat mit Francesca, verwarf diesen Gedanken jedoch wieder. Zwar war sie eine Orsini, entstammte aber einem einflusslosen Seitenzweig der Familie, der ihm auf seinem weiteren Weg nicht von Nutzen sein konnte. Mit der Absicht, am nächsten Tag eine angenehme Stunde mit dem Mädchen zu verbringen, verabschiedete er sich mit einer Verbeugung und schritt beschwingt davon.
Sie sah ihm nach und fragte sich, ob sie wirklich zur angegebenen Stunde in der Kapelle sein sollte. Diese lag ein wenig versteckt und wurde nur selten benutzt. Gerüchten zufolge sollten sich dort manchmal sogar heimliche Liebespaare treffen und Dinge tun, die sich für einen ehrlichen jungen Mann und ein sittsames Mädchen nicht gehörten. Dann aber warf sie trotzig den Kopf in den Nacken und forderte Annunzia auf, ihr eine Sänfte zu rufen.

20.

Während Francesca Orsini in Rom mit Antonio Caraciolo zusammensaß und Wein trank, ritt Bruno von Reckendorf durch das hügelige Land am Main und blickte zu Kibitzstein hinüber. Selbst aus der Entfernung konnte er erkennen, dass dort Menschen lebten, die ihren Bauern nicht das letzte Huhn vom Hof holen mussten, um Fleisch auf den Tisch zu bekommen. Die Burganlage war zwar nicht übermäßig groß, für einen freien Reichsritter aber stattlich genug. Vor allem wurde die Wehranlage sehr gut in Schuss gehalten.

Ein Hauch widerwilliger Anerkennung stieg in dem Junker auf, doch er unterdrückte diese Regung sofort wieder. Dort drüben befand sich nichts als Wirts- und Krämergesindel, das davon lebte, andere über den Löffel zu balbieren. Daher hielt er den Vorschlag des Fürstbischofs, seine Halbschwester Falko Adler zur Frau zu geben, für absurd. Um diese Verbindung zu verhindern, würde er das Mädchen nach seiner Rückkehr aus Rom so schnell wie möglich mit einem anderen verheiraten.

Der von ihm erwählte Bräutigam erwartete ihn kurze Zeit später vor den Toren der Stadt Volkach. Zwar hätte Reckendorf sich einen mächtigeren und einflussreicheren Mann zum Schwager gewünscht als Siffer Bertschmann. Doch das hatte Gottfried Schenk zu Limpurg ihm mit seinem närrischen Plan verdorben.

Bertschmann bemerkte den harten Zug auf der Miene seines Herrn und wies in die Richtung, in der Kibitzstein lag. »Ärgert Ihr Euch immer noch über die Sippe da?«

»Mehr denn je!« Bruno von Reckendorf ballte drohend die Faust, ließ sie dann aber wieder sinken und sah seinen Kas-

tellan durchdringend an. »Was habt Ihr über die Kibitzsteiner in Erfahrung gebracht?«
»Die Witwe ist wie erwartet zum Markt nach Schweinfurt aufgebrochen.«
»Wer begleitet sie?«, fragte Reckendorf angespannt.
»Ihre jüngste Tochter, Hildegund oder so ähnlich …«
»Hildegard«, unterbrach Junker Bruno seinen Gefolgsmann, wobei er den Namen des Mädchens wie einen Fluch ausstieß.
»Ja, die ist dabei, dazu vier Bewaffnete und zwei Knechte mit einem Karren. Wie es aussieht, will die Witwe in Schweinfurt groß einkaufen. Soll sie ruhig. Wir werden uns über die Beute freuen!« Bertschmann grinste darüber wie über einen guten Witz, doch sein Herr verzog das Gesicht.
»Wir sind keine Strauchdiebe, die auf Geld und Gut aus sind. Mir geht es um etwas viel Wertvolleres, nämlich meine Ehre.«
»Auch gut«, brummte Bertschmann, der seinen Herrn in dieser Beziehung nicht verstand.
Bruno von Reckendorf kümmerte sich jedoch nicht um die Gefühle seines Gefolgsmanns, sondern spann seinen Plan weiter aus. »Vier bewaffnete Männer hat die Witwe bei sich, sagst du, und noch zwei Knechte? Das sind auf jeden Fall zu wenige, um uns abschrecken zu können. Die Kibitzsteiner werden für den Schimpf bezahlen, den sie mir angetan haben!«
Sein Kastellan stimmte ihm eifrig zu, denn für ihn bedeutete der Streit seines Herrn mit dem Kibitzsteiner die Heirat mit Reckendorfs Schwester und damit seinen weiteren Aufstieg in diesem Land.

DRITTER TEIL

Die Intrige

I.

Francescas Herz klopfte bis zum Hals, als sie sich der Familienkapelle näherte. Es war ein Leichtes gewesen, Annunzia abzuschütteln. Ihre Zofe saß noch immer geduldig in Santa Maria Maggiore und glaubte, sie säße bei einem besonders hartnäckig fragenden Priester im Beichtstuhl und bekenne ihre Sünden. Doch Francesca war es gelungen, die Beichte kurz zu halten und danach durch eine Seitenpforte ins Freie zu schlüpfen.

Als sie die Tür zur Kapelle öffnete, dachte sie daran, dass sie gerade dabei war, etwas zu tun, für das der Beichtvater ihr bei der nächsten Beichte eine schwere Buße auferlegen würde. Beinahe hätte dieser Gedanke sie dazu bewogen, umzudrehen und nach Santa Maria Maggiore zurückzukehren. Doch dafür war ihre Wut zu groß. Auch wenn sie in Zukunft das Eigentum eines Cirio d'Specchi werden sollte, wollte sie ihm nicht auch noch den Triumph gönnen, sie als Jungfrau ins Ehebett führen zu können.

Mit entschlossener Miene trat sie ein, sah Conte Antonio wie einen Schatten neben der Wand stehen und tauchte aus Gewohnheit die Rechte in die Weihwasserschale neben der Tür. Als das kühle Nass ihre Stirn benetzte, zuckte sie zusammen. Da sie gewillt war, eine schwere Sünde zu begehen, schien es ihr blasphemisch, zuvor in das segnende Wasser zu greifen.

Als ahne er ihre Zweifel, kam Antonio Caraciolo auf sie zu und fasste nach ihrer Hand. »*Bella!* Ihr macht mich zum glücklichsten Mann auf Erden«, flüsterte er und zog sie auf die Tür der Sakristei zu.

»Ich habe den Küster bestochen, damit er mir den Schlüssel gibt. Er wird ihn erst in einer Stunde wieder holen. Bis dahin haben wir Zeit!«
Zeit wofür?, fuhr es Francesca durch den Kopf. Dafür, dass der Conte seine Leidenschaft stillte und sie zu einer Hure machte! Sie kämpfte gegen die Skrupel an, die in ihr aufsteigen wollten, und folgte ihm in die Sakristei. Dort schloss Caraciolo die Tür hinter sich zu und versperrte sie zusätzlich mit dem innen angebrachten Riegel. Mit einem selbstzufriedenen Lächeln schloss er Francesca in die Arme und zog sie an sich.
Ihrer Reaktion entnahm er, dass sie gänzlich unerfahren war. Der Gedanke, der Mann zu sein, der ihr die Jungfernschaft raubte, stachelte seine Leidenschaft an. Ehe Francesca sich's versah, hatte er sie auf ein kleines Tischchen gehoben und drückte ihren Oberkörper nieder, so dass sie rücklings darauf zu liegen kam.
»Mein Herr, was macht Ihr mit mir?«, fragte Francesca erschrocken.
Sie hatte zärtliche Worte und Küsse erwartet, nicht aber eine Handlungsweise, die mehr der eines Soldaten glich, der sich in einer eroberten Stadt an der ersten Frau verging, die ihm über den Weg lief. Zwar wusste sie durchaus, was dabei geschah, denn sie hatte bereits Rüden und Hündinnen bei der Begattung beobachtet und von verheirateten Freundinnen erfahren, dass es in der Ehe nicht viel anders zuging, nur dass die Frau dabei auf dem Rücken lag. Trotzdem hätte sie sich beim ersten Mal mehr Zärtlichkeit gewünscht.
Da Francesca zögerte, zerrte Antonio Caraciolo ihre Röcke hoch und entblößte ihre Schenkel. Doch als er daranging, seine Hose zu lösen, wurde es vor der Sakristei auf einmal laut.

»Sofort aufmachen!«, rief jemand, in dem Francesca voller Entsetzen ihren eigenen Vater erkannte. Erschrocken wollte sie aufspringen, doch Caraciolo presste sie mit einer Hand zurück und zerrte an seinen Hosen herum, bis ein hässliches, gebogenes Ding zum Vorschein kam, das er gegen ihren Unterleib presste.

Zu mehr kam er nicht, denn in dem Augenblick wurde die Tür aus den Angeln gesprengt. Cirio d'Specchi stürmte herein und riss im Laufen den Dolch aus der Scheide.

»Dafür wirst du sterben, du Hund!« Die Klinge zuckte auf Caraciolo zu und traf ihn an der Seite. Mit einem Aufschrei wich der Neapolitaner zurück und sah sich dann Francescas Vater gegenüber, der mit einem Stock auf ihn einschlug. Dabei verfluchte Conte Ercole den jungen Mann wüst und gönnte seiner Tochter, die rasch ihre Röcke über die Beine schlug und vom Tisch sprang, keinen Blick.

Ein dritter Mann kam herein. Francesca biss die Zähne zusammen, als sie Dario d'Specchi, den Vater ihres Verlobten, erkannte. Auch dessen Gesicht war weiß vor Zorn, und er rief seinem Sohn zu, das Schwein abzustechen.

Während Francesca entsetzt und beschämt an die Wand zurückwich, begriff Antonio Caraciolo, dass es ums nackte Überleben ging, und versuchte, zur Tür zu gelangen. Doch auf halbem Weg brachte Ercole Orsini ihn mit seinem Stock zu Fall. Bevor der Neapolitaner sich wieder aufraffen konnte, war Cirio d'Specchi über ihm und stieß ihm den Dolch zwischen die Rippen.

»Wickle den Kerl in eines der alten Altartücher, damit er nicht den ganzen Boden vollblutet«, wies Dario d'Specchi seinen Sohn an.

Dieser trat jedoch mit verzerrter Miene auf Francesca zu und schlug ihr mit aller Kraft ins Gesicht.

»Verfluchte Hure, das wirst du noch bereuen!« Er wollte

erneut zuschlagen, doch da schob Francescas Vater ihn mit seinem Stock zurück.
»Noch ist sie nicht Euer Weib! Also beherrscht Euch. Und selbst dann werdet Ihr sie so bestrafen, wie es Sitte ist, und Euch nicht von Euren Launen hinreißen lassen! Sollte ich Grund zur Annahme haben, Ihr würdet meine Tochter misshandeln, müsste ich sie Euch verweigern.«
Die harschen Worte wirkten auf den jungen Mann wie ein eisiger Guss, und er sah seinen Vater fragend an.
Dario d'Specchi wollte die Chance eines gesellschaftlichen Aufstiegs durch diese Heirat nicht gefährdet sehen und schalt daher seinen Sohn. »Conte Orsini hat vollkommen recht! Es ist eine Schande, das eigene Weib so zu schlagen, dass man Spuren sieht. Wenn du sie züchtigen willst, dann lasse den Lederriemen auf ihren Hintern klatschen. Das bringt die Weiber am ehesten dazu zu kuschen, und du giltst vor den Leuten nicht als Rohling.«
So wie Cirio d'Specchi aussah, würde er ihr wohl jeden Abend den Lederriemen zu kosten geben, fuhr es Francesca durch den Kopf. Dann aber schalt sie sich eine selbstsüchtige Närrin. Ihretwegen war gerade ein Mann gestorben! Bei dem Gedanken schlug sie die Hände vors Gesicht und spürte, wie ihre Finger nass wurden. Nun erst begriff sie, dass ihre Nase blutete und sich der Halsausschnitt ihres Kleides bereits rot färbte. Der Schmerz, den das Entsetzen bislang von ihr ferngehalten hatte, überfiel sie nun doppelt so stark, und sie begann, mit bebenden Schultern zu schluchzen.
»Sieh, was du getan hast!«, fuhr Dario d'Specchi seinen Sohn an. »Du wirst von Glück sagen können, wenn ihre Nase heil geblieben ist. Ein blaues Auge wird sie jedoch davontragen. Wenn jemand sie so sieht …«
»Das wird niemand«, wandte Ercole Orsini voller Grimm

ein. »Francesca wird jetzt mit mir nach Hause kommen und ihr Zimmer so lange nicht verlassen, bis sie gelernt hat, sich wie eine züchtige Jungfrau zu verhalten.«
»Ist sie überhaupt noch Jungfrau?«, rief Cirio erregt. »Wer weiß, mit wie vielen Kerlen diese Hündin bereits gebuhlt hat!«
»Ich werde die Hebamme zu ihr schicken und sie untersuchen lassen. Sollte meine Tochter keine Jungfrau mehr sein, steht es Euch frei, Eure Bewerbung zurückzuziehen.«
»Was mein Sohn gewiss nicht tun wird. Besser wäre es, die Heirat zu beschleunigen«, erklärte Dario d'Specchi rasch, bevor sein Sohn etwas anderes sagen konnte.
»Ich werde keinen schlichten Signore d'Specchi heiraten, und wenn ihr mich totschlagt«, brach es aus Francesca heraus. Ihr graute es vor dem Mann, der Antonio Caraciolo so kaltblütig erstochen hatte, als hätte es sich um Jagdwild gehandelt.
»Du wirst!«, brüllte ihr Vater, doch seiner Drohung fehlte die Kraft.
Auch Dario d'Specchi begriff, dass sie auf diese Weise nichts ausrichten konnten. Er zerrte seinen Sohn zur Seite und redete leise auf ihn ein, dann kehrte er zu Ercole Orsini zurück und hob begütigend die Rechte.
»Bringt Eure Tochter nach Hause, Conte Ercole. Dort wird sie sich beruhigen. Sobald Seine Heiligkeit mir und meinem Sohn einen Titel in Aussicht stellt, der einer geborenen Orsini wert ist, soll Hochzeit sein!«
Francescas Vater nickte. »Das dürfte wohl das Beste sein, Signore d'Specchi. Doch was machen wir mit dem Mann hier?« Orsinis Blick wanderte zu dem toten Neapolitaner, der verkrümmt am Boden lag.
»Um den kümmern wir uns, Conte. Im Tiber treiben viele Leichen. Da kommt es auf eine mehr nicht an«, antwortete

Dario d'Specchi und befahl seinem Sohn, den Toten endlich einzuwickeln und auf die Seite zu schaffen.
»Bedauerlicherweise ist die Tür zerstört, sonst könnten wir die Sakristei zusperren. Daher werden wir uns etwas anderes einfallen lassen müssen«, setzte er mit verärgerter Miene hinzu.
Ercole Orsini nickte gleichgültig, legte den Arm um seine Tochter und führte sie hinaus. Da er nicht wollte, dass jemand ihr blutiges Gesicht und das zuschwellende Auge sah, hüllte er sie in seinen Mantel und rief vor der Kirche nach den beiden Dienern mit der Sänfte, die er vorsorglich mitgenommen hatte.
Den Weg nach Hause nahm Francesca nicht bewusst wahr, denn vor ihren Augen stand immer noch die Szene, in der Cirio d'Specchi in die Sakristei eingedrungen war und Antonio Caraciolo kaltblütig umgebracht hatte. Auch wenn der Conte nicht der galante Kavalier gewesen war, den sie sich ersehnt hatte, so lag ihr sein Tod doch schwer auf der Seele.
Erst als sie vor ihrem Elternhaus ankamen, begann sie sich zu fragen, wie ihr Vater und die beiden d'Specchis sie und Antonio hatten überraschen können, und so sah sie sich beim Verlassen der Sänfte nach Annunzia um. Tatsächlich war ihre Zofe nicht weit. Bevor Francesca jedoch etwas sagen konnte, schleifte ihr Vater sie durch einen Seiteneingang ins Haus, stieß sie die Treppe hoch und öffnete die Tür zu ihrer Kammer.
»Hier wirst du für die nächste Zeit bleiben. Außer deiner Mutter und mir darf nur Annunzia zu dir, sonst niemand!« Mit diesen Worten stieß Orsini seine Tochter ins Zimmer und schlug hinter ihr die Tür zu.
Nun war sie eine Gefangene. Francesca fürchtete, so lange eingesperrt zu werden, bis sie mit Cirio d'Specchi vor den Traualtar treten musste. Fast bedauerte sie, dass Antonio

Caraciolo nicht hatte vollenden können, was er begonnen hatte. Bestände die Gefahr einer Schwangerschaft, würde Cirio d'Specchi sie gewiss in Ruhe lassen. Oder auch nicht. Ein Mann wie er, der ohne Skrupel tötete, würde sich eines Bastards auf dieselbe Weise entledigen.

Ein Klopfen an der Tür unterbrach Francescas Gedanken.

»Wer ist da?«, fragte sie ungehalten.

»Ich, Annunzia! Ich komme jetzt herein, Herrin.«

Noch während die Zofe es sagte, wurde der Schlüssel im Schloss umgedreht, die Tür schwang auf, und sie trat ein. Als sie das rot verschmierte Gesicht und das anschwellende Auge ihrer Herrin sah, stieß sie einen Schrei aus. »Jungfrau im Himmel, das wollte ich nicht!«

»Du Bestie hast mich verraten!«, zischte Francesca.

Die Zofe senkte den Kopf. »Ich wollte doch nur, dass Ihr Eure Ehre nicht für diesen neapolitanischen Lumpen wegwerft. Nur deshalb habe ich Eurer Frau Mutter erzählt, dass Ihr Euch heimlich mit Caraciolo treffen wolltet.«

»Woher wusstest du das?«, fragte Francesca, obwohl sie die Antwort bereits ahnte.

»Ich habe Euch gestern belauscht. Ihr könnt mir glauben, ich habe lange mit mir gerungen, ob ich es berichten soll oder nicht. Aber Eure Ehre und die Eurer Familie waren mir wichtiger.«

»Wichtiger als deine Treue zu mir«, antwortete Francesca mit bitterem Spott. »Durch deine Schuld ist Conte Antonio Caraciolo tot, umgebracht durch den jungen d'Specchi! Und der hat mich so geschlagen, dass ich nun entstellt bin.«

»Ihr hättet Signore Cirio nicht reizen dürfen«, wandte Annunzia ein. »Außerdem habt Ihr Caraciolos Tod selbst zu verantworten. Schließlich habt Ihr Euch ihm an den Hals geworfen und Euch mit ihm verabredet.«

Die Zofe sah, dass Francescas Gesicht weiß vor Zorn wurde,

und hob begütigend die Rechte. »Nein, nein! So meine ich es doch nicht, Herrin. Caraciolo ist ganz allein schuld an seinem Tod. Wieso musste er eine tugendhafte Jungfer wie Euch auf Abwege führen!«
Ihr Ziel, Francescas Gewissen zu beruhigen, erreichte Annunzia jedoch nicht. Diese war mit einem Schritt bei ihr und holte mit der rechten Hand weit aus. Der Schlag, den die Zofe erwartete, unterblieb jedoch.
Francesca maß sie mit einem hasserfüllten Blick und wies auf ihr anschwellendes Gesicht. »Das hier wird Cirio d'Specchi mir büßen. Du aber sieh zu, dass du mir aus den Augen kommst. Ich will dich nie mehr sehen!«
»Ich werde Wasser holen und Euer Gesicht kühlen«, bot die Zofe an.
Doch ihre Herrin wies mit einer gebieterischen Geste zur Tür. »Verschwinde!«

2.

Den Abschied von Urs würde Falko so schnell nicht vergessen. Der Säumer hatte ihn in Bellinzona zum Wein eingeladen und so eifrig nachschenken lassen, dass Falko zunächst nicht bemerkte, wie ihm der schwere Südwein zu Kopf stieg. Erst als er zur Tür hinauswankte, um sich im Freien zu übergeben, wurde ihm klar, wie betrunken er war. Doch da war es für Reue schon zu spät.
Obwohl Urs die kleine Rache für den verlorenen Zweikampf sichtlich genoss, war er Menschenfreund genug, den halb bewusstlosen Falko zu dessen Schlafstatt zu bringen und die Decke über ihn zu ziehen.

Da Falko am nächsten Tag nicht auf sein Pferd steigen konnte, musste die Reisegruppe einen Rasttag einlegen. Fast den ganzen Tag lag er in halber Bewusstlosigkeit auf seinem Lager und merkte kaum, dass Elisabeth sich neben ihn gesetzt hatte und ihm mit einem kühlen Tuch die schweißnasse Stirn abwischte.

»Wie geht es Euch, Herr Ritter?«, fragte sie gegen Abend mit einer Mischung aus Bedauern und leisem Spott.

»Wo ist Urs? Ich bringe ihn um! Er muss mir Branntwein in meinen Becher geschüttet haben!« Falko wollte sich aufrichten, doch ihm wurde sofort schwindlig und er sank stöhnend auf sein Lager zurück.

»Die Säumer sind bereits wieder auf dem Weg nach Norden«, berichtete Elisabeth lächelnd und fragte, ob sie ihm etwas zu trinken bringen solle.

Kaum hatte sie es gesagt, da merkte Falko, wie durstig er war, und nickte. »Das wäre sehr freundlich von Euch, ehrwürdige Mutter!«

Elisabeth gluckste bei dieser Anrede, denn immerhin war sie jünger als der Junker. »Ich bin gleich zurück«, sagte sie und verließ die Kammer. Unterwegs traf sie auf Edelgunde von Frammenberg.

»Und, ist unser großer Zecher wieder auf den Beinen?«, wollte diese wissen.

Um Elisabeths Lippen spielte ein nachsichtiges Lächeln. »Noch nicht so ganz. Er hat jetzt Durst und bat mich, etwas für ihn zu besorgen.«

»Ich glaube nicht, dass ihm in seinem Zustand Wein oder Wasser bekommen würden. Wir sollten ihm besser etwas von dem Trunk geben, den ich für meinen Oskar zubereitet habe. Der hat gestern ebenfalls zu tief in den Becher geschaut. Er ist gut für den Magen, müsst Ihr wissen. Ich meine den Trunk, nicht meinen Oskar. Zum Glück haben

Hochwürden Giso und Junker Hilbrecht sich besser beherrschen können. Nicht auszudenken, was wir zu tun hätten, wenn auch die beiden in Herrn Falkos Zustand wären!«

»Oh, Gott! Das wage ich mir gar nicht erst vorzustellen.« Lachend folgte Elisabeth der Edeldame in die Küche der Herberge, in der bereits ein kleiner Kessel über dem Feuer hing und einen durchdringenden Geruch nach Kamille, Pfefferminze und anderen Kräutern verströmte.

Edelgunde holte ihren Löffel heraus und kostete davon. Zwar verzog sie dabei das Gesicht, nickte aber Elisabeth zufrieden zu. »Jetzt muss die Brühe nur noch ein wenig abkühlen, dann können unsere Helden sie trinken!«

»Wird ihnen davon nicht noch schlechter?«, fragte Elisabeth mit gekrauster Nase, da ihr der scharfe Geruch nach Minze in der Nase stach.

»Den ersten Becher werden sie wahrscheinlich wieder von sich geben«, antwortete Edelgunde augenzwinkernd. »Doch damit kommt das ganze Gift, das sich durch die übermäßige Zecherei angesammelt hat, wieder heraus, und sie werden hinterher wie neu sein.«

So ganz war Elisabeth nicht von der Wirksamkeit des Trankes überzeugt, doch sie wollte der erfahrenen Frau nicht widersprechen. Daher ließ sie zu, dass Edelgunde die Brühe in einen Becher füllte und in die Kammer des Junkers trug.

Falko sah nur den Becher, griff zu und stürzte den Inhalt wie ein Verdurstender in sich hinein. Im nächsten Augenblick würgte er, und ihm kam alles hoch, was sich in seinem Magen befand. Es gelang Elisabeth gerade noch, ihm eine Decke vors Gesicht zu halten, damit er seine Kleidung nicht beschmutzte. Dabei bedachte sie Edelgunde mit einem tadelnden Blick.

Diese winkte lächelnd ab. »Ich sagte doch, dass das ganze Gift aus dem Magen herausmuss. Gebt acht, gleich wird er noch einmal erbrechen!« Die Warnung erfolgte keinen Augenblick zu früh, denn Falko begann bereits zu würgen, und diesmal kam gelbe Galle und stinkende Luft aus seinem Magen.

»Gleich wird er sich besser fühlen«, prophezeite Edelgunde.

Falko, der seinem Gefühl nach im Sterben lag, drehte ihr in Gedanken den Hals um. Doch hatte er keine Zeit mehr für solche Überlegungen, denn sein Magen kehrte sein Innerstes wieder und wieder nach außen. Nicht lange, da fühlte er sich so schwach, dass er mit einem wimmernden Laut zurücksank und erneut in einen ohnmachtsähnlichen Schlaf fiel.

Als er das nächste Mal erwachte, war es schon Nacht. Er fühlte sich besser und hatte sogar ein wenig Hunger. Margarete, die von Edelgunde dazu verdonnert worden war, Falko zu versorgen, gestattete ihm jedoch nur ein Stück trockenen Brotes und einen kleinen Napf mit Hühnerbrühe. Über seinen Zustand und seine Klagen ging sie mit einem Naserümpfen hinweg und brachte ihm zum Trinken einen großen Becher frischen Wassers, das sie draußen am Brunnen geschöpft hatte.

Falko trank zuerst wie ein Verdurstender und machte danach seinem Unmut Luft. »Konntest du mir keinen Wein bringen, wie es sich gehört? Ich bin doch kein Pferd, das nur Wasser säuft!«

»Erstens bin ich gewohnt, höflich angesprochen zu werden, denn ich bin nicht Eure Magd, und zum anderen halte ich Pferde für klügere Wesen, als Ihr eines seid. Ich habe nämlich noch keines so betrunken gesehen wie Euch!« Damit, sagte Margarete sich, hatte sie die Anweisung ihrer Tante

zur Genüge erfüllt und verließ Falko mit stolz erhobenem Kopf.
Von diesem Zwischenfall abgesehen, verlief die weitere Reise ohne größere Probleme. Oskar von Frammenberg erwies sich mit der Erfahrung seiner ersten Romreise als große Hilfe und vermochte Falko gut zu beraten. Er warnte den Junker auch vor den kleinen Betrügereien, der sich Wirte und Händler beim Umgang mit Fremden befleißigten. Als ebenso förderlich erwies sich Gisos Anwesenheit, der sich mit Priestern, Mönchen und gelehrten Personen auf Latein unterhalten konnte. Auch Elisabeth war in einem gewissen Maße dazu in der Lage. Ihr halfen die Lateinkenntnisse zumindest gut dabei, die hiesige Volkssprache zu erlernen. Das war für sie wichtig, weil sie in den nächsten Jahren ein Kloster bei Rom führen sollte.
Um nicht zu sehr hinter ihrem geistlichen Freund Giso und der jungen Äbtissin zurückzustehen, begannen Falko und Hilbrecht ebenfalls, die hier gebräuchliche Sprache zu lernen, und wetteiferten miteinander, wer die besseren Fortschritte machte.

3.

Während Falkos Gruppe ohne Hast über Mailand und Modena nach Süden reiste, saß Bruno von Reckendorf in der Schenke von Schwebheim und wartete auf den Mann, den er nach Schweinfurt geschickt hatte, um Marie Adler und deren Begleitung zu überwachen. Da er vor Ungeduld fast verging, trank er mehr, als ihm guttat. Der Wein verstärkte seine Wut auf die Kibitzsteiner, und er malte sich seine Rache in den wildesten Farben aus, bis sein Verstand ihm sagte, dass er diese Pläne niemals in die Tat umsetzen durfte. Folgte er seinen Rachegefühlen, würde er beim Fürstbischof für alle Zeit in Ungnade fallen und seine gesamten Besitztümer in Franken verlieren.

Auch jetzt stand ein Krug Wein vor ihm, als Siffer Bertschmann aufgeregt in die Schankstube platzte. »Es ist so weit, Herr! Die Witwe ist aufgebrochen. In zwei Stunden wird sie mit ihrer Begleitung hier sein.«

Bruno von Reckendorf sprang so überhastet auf, dass er gegen den Tisch stieß und den Weinbecher umwarf. Mit Bedauern blickte er auf die Flüssigkeit, die sich über die Tischplatte ergoss, wischte dieses Bild aber sofort wieder aus seinen Gedanken und sah Bertschmann auffordernd an.

»Worauf warten wir noch?«

»Eigentlich nur auf die Ankunft der Witwe …«

»Die wir aber nicht hier, sondern ein Stück weiter auf Unterspießheim zu im Wald erwarten werden.« Reckendorf klopfte seinem Kastellan lachend auf die Schulter und stürmte aus der Schenke.

»Herr, Eure Zeche!«, rief der Wirt ihm nach.

»Das hier wird wohl reichen!« Siffer Bertschmann warf ihm ein paar Münzen zu und folgte seinem Herrn. Er traf den Junker im Stall an, in dem dieser die Knechte antrieb, seinen Hengst zu satteln. Dabei wirkte er so angespannt, als befände er sich auf der Flucht und die Häscher wären bereits in Sichtweite.

Anders als Bruno von Reckendorf sah Bertschmann die Sache als kühnen Streich. »Das ganze Hochstift Würzburg und die Lande darum werden lachen, wenn sie hören, wie Ihr den Kibitzsteinern heimgeleuchtet habt!«

»Das werden sie!« Junker Bruno nickte grimmig, schwang sich in den Sattel und trabte an. Kurz darauf erreichten sie das Waldstück, das Marie Adler durchqueren musste, wenn sie keinen größeren Umweg in Kauf nehmen wollte. Nach einigen hundert Schritt lenkte der Junker sein Pferd in einen schmalen Pfad, der den Holzknechten als Zugang in den dichteren Wald hinein diente, und bog dort ab. Kurze Zeit danach öffnete sich vor ihm eine Lichtung, auf der gut zwanzig Bewaffnete warteten. Als diese Bruno von Reckendorf erkannten, winkten sie ihm zu.

»Ist es so weit, Herr?«, fragte ihr Anführer.

Der Junker nickte. »Ja, sie kommen!«

Tief durchatmend ließ er seinen Blick über die Männer schweifen. Sie stammten alle von seinen Besitzungen und waren ihm treu ergeben. Zufrieden wartete er, bis auch Siffer Bertschmann aufgeschlossen hatte, und stellte sich dann in den Steigbügeln auf.

»Männer, wir werden heute den Schimpf heimzahlen, der mir angetan worden ist. Aber seht euch vor! Ihr könnt die Knechte der Kibitzsteinerin ruhig durchprügeln, doch es darf kein Blut fließen. Auch der Burgherrin selbst darf kein Leid geschehen, ebenso wenig der Tochter, die bei ihr ist. Die werden wir gefangen nehmen und auf meine Burg im Hasswald bringen. Was dort mit ihr geschieht, werde ich später entscheiden.«

Während die Waffenknechte nickten, begann Bertschmann zu lachen. »Ich wüsste schon, was wir mit ihr anfangen können. Sie wird jedem von uns als Hure dienen, und dann schicken wir sie zu ihrer Mutter nach Kibitzstein zurück!«

Dies war anfangs auch Reckendorfs Absicht gewesen. Mittlerweile aber sagte er sich, dass ein solches Verhalten Abscheu erregen und viele Burgherren auf die Seite der Kibitzsteinerin treiben würde. Auch würde er mit dieser Handlungsweise Herrn Gottfried schwer verärgern. Das war ihm die Sache nun doch nicht wert. Dennoch durfte die Kibitz-

steiner Brut nicht ungeschoren davonkommen. Aus diesem Grund wollte er Hildegard, die jüngste Tochter der Witwe, zunächst einmal entführen. War die Jungfer erst einmal in seiner Hand, konnte er immer noch beschließen, wie er mit ihr verfahren sollte.
Gereizt drehte er sich zu seinem Kastellan um. »Ihr solltet erst nachdenken, bevor Ihr sprecht, Bertschmann. Wir sind keine Strauchdiebe, sondern wollen Rache üben. Die Zukunft wird zeigen, in welchem Zustand die Kibitzsteinerin ihre Tochter zurückerhält.«
»Ihr wollt die Hure erpressen?« Siffer Bertschmann verzog enttäuscht das Gesicht, denn das Lösegeld würde wahrscheinlich nur seinem Herrn zugutekommen. Wenn es nach ihm ginge, würden sie die Knechte der Kibitzsteinerin grün und blau prügeln und die Burgherrin samt Tochter und den Mägden, die sie begleiteten, eine nach der anderen vergewaltigen und sie dann nackt davonjagen.
Als er dies vorschlug, fuhr Junker Bruno ihn zornig an. »Es wird so gemacht, wie ich es befehle! Verstanden? Wir entführen nur die Jungfer. Die anderen Weiber lasst ihr in Ruhe!«
»Wenn es Euer Wille ist, Herr!« Bertschmann senkte den Kopf, um seinen Ärger zu verbergen. Für sein Gefühl dachte Reckendorf einfach zu viel über seine Pläne nach und kam dadurch auf keinen grünen Zweig. Wenn er einmal richtig zuschlug, würde alle Welt erkennen, dass mit ihm und seinem zukünftigen Schwager nicht zu spaßen war. Aber …
Die Ankunft des Spähers, den Junker Bruno am Rand des Forstes aufgestellt hatte, unterbrach Bertschmanns Überlegungen.
»Sie kommen!«, meldete der Mann. »Allerdings ist die Reisegruppe größer, als uns gemeldet wurde. Es sind mindes-

tens sechs Bewaffnete dabei, mehr als ein halbes Dutzend sonstiger Knechte und noch einiges an Weiberzeug.«

»Was heißt Weiberzeug?«, fragte Reckendorf scharf.

»Na ja, eine Reiterin und eine weitere Frau in einer Pferdesänfte. Dazu kommen noch drei oder vier Mägde, die auf den beiden Wagen sitzen.«

Reckendorf stieß eine Verwünschung aus. Marie Adlers Reisezug war damit dreimal so groß, wie er es erwartet hatte. Für einen Augenblick erwog er, sein Vorhaben zu verschieben, bis sich eine bessere Gelegenheit bot. Dann aber schüttelte er störrisch den Kopf. Immerhin verfügte er zusammen mit Bertschmann über zwanzig Männer, die mit ihren Waffen umzugehen verstanden. Ob ihnen nun zwei Reisigen oder sechs gegenüberstanden, war gleichgültig.

»Ihr habt es gehört! Es kommen mehr als gedacht. Also handelt rasch, aber auch besonnen. Kein Knecht darf sein Leben verlieren! Der Burgherrin und den anderen Weibern darf ebenfalls nichts geschehen. Sonst haben wir eine Blutfehde am Hals, die uns in Teufels Küche bringen kann.«

Erneut nickten die Männer, und diesmal widersprach auch Bertschmann nicht.

»Dann kommt mit!« Bruno von Reckendorf wandte sein Pferd und ritt zur Straße zurück. Seine Männer folgten ihm in einer langen Reihe, als Letzter Bertschmann, der seinen Herrn im Stillen einen argen Zauderer schimpfte.

Marie und ihre Begleitung hatten die vorgesehene Stelle für den Überfall noch nicht passiert, und so ritt Reckendorf mit seinem Trupp ihr entgegen. Als er ein Stück vor sich ein Pferd wiehern hörte, fasste er den Zügel mit der Linken und langte zum Schwert. Er ließ den Griff jedoch mit einem leisen Fluch wieder fahren. Nicht blutiger Kampf war sein Ziel, sondern ein überraschender Angriff und die Entführung Hildegard Adlers.

4.

Marie ging es gut wie lange nicht mehr. Es war ihr gelungen, in Schweinfurt alle Waren zu besorgen, die in den nächsten Wochen auf Kibitzstein gebraucht wurden, und das zu einem guten Preis. Noch mehr freute sie sich darüber, dass sie dort auch ihre Töchter Trudi und Lisa getroffen hatte. Ihr lag viel daran, die beiden eine Weile um sich zu haben, und so hatte sie sie zu sich eingeladen und direkt mitgenommen. Immerhin würde Lisa in weniger als drei Monaten ihr erstes Kind gebären, und da wollte sie ihr etliche Ratschläge erteilen. Auch freute sie sich, Trudi und ihren ersten Enkel auf Kibitzstein zu wissen.

Gerade als sie daran dachte, welch beneidenswertes Leben sie doch führte, vernahm sie vor sich Hufschlag. Rasch lehnte sie sich aus ihrer Sänfte und wies ihre Leute an, eine Seite der Straße freizugeben, damit die Fremden passieren konnten. Die Knechte reagierten sofort, und so zog sich ihr Reisezug beinahe auf das Doppelte seiner ursprünglichen Länge auseinander. Trudi, die auf einer in Maries Augen viel zu temperamentvollen Stute ritt, reihte sich gleich hinter ihrer Sänfte ein. Ihr folgte die Pferdesänfte mit Lisa, während Hildegard nun zwischen den beiden Karren ritt. Ganz am Schluss marschierten vier Waffenknechte, während die beiden anderen Lisas Sänfte flankierten. Marie nahm an, dass ihr Schwiegersohn Otto von Henneberg diesen Männern aufgetragen hatte, seine Frau nicht aus den Augen zu lassen.

Es erschien ihr immer noch unglaublich, dass Graf Otto um ihre mittlere Tochter geworben hatte. Immerhin hatte er vor etlichen Jahren auf der Seite ihrer Feinde gestanden und dabei von Trudi einen Schnitt quer übers ganze Gesicht erhalten. Die Narbe war immer noch zu sehen, entstellte Otto jedoch nicht so sehr, dass man ihn als hässlich bezeichnen müsste. Lisa hatte ihn auf jeden Fall männlich genug gefunden und sie gebeten, seinen Antrag anzunehmen. Nun zählte Otto von Henneberg ebenso wie ihr anderer Schwiegersohn Peter von Eichenloh zu ihren engsten Verbündeten. Daher dachte Marie sich auch nichts dabei, als ihr die Reiterschar entgegenkam und deren Anführer sie ohne Gruß passierte.

»War das nicht Bruno von Reckendorf?«, hörte sie Trudi rufen.

Da brach um sie herum die Hölle los. Die fremden Reiter stürzten sich auf ihre Leute. Schwerter fuhren auf die Helme der sechs Bewaffneten und die ungeschützten Köpfe der Knechte herab. Gleichzeitig durchtrennten andere Angreifer die Stränge der Karren und Sänften.

Marie merkte, wie ihre Sänfte zu Boden stürzte, während die, in der Lisa reiste, noch an einem Riemen hing und von dem durchgehenden Führpferd mitgerissen wurde. Der entsetzte Schrei der Hochschwangeren gellte in ihren Ohren, und sie sprang wütend auf.

»Ihr verdammten Schufte!«, schrie sie empört.

Da lenkte ein Mann sein Pferd neben sie und versetzte ihr einen Schlag mit der gepanzerten Faust auf den Kopf. Vor Maries Augen begannen Sterne zu tanzen, und dann versank sie in einer schwarzen Wolke. Das Letzte, was sie sah, war Bruno von Reckendorf, der Hildegard vom Pferd riss und sie bäuchlings vor seinen Sattel legte.

5.

Als Marie erwachte, war ihr so übel, dass sie ihren gesamten Mageninhalt erbrach. Noch während sie würgte, versuchte sie zu sprechen. »Was ist mit Lisa?«
Ihre Worte waren kaum zu verstehen, doch Trudi, die den Kopf ihrer Mutter hielt, wusste sofort, was gemeint war.
»Lisa ist ein kluges Mädchen und hat sich aus der Sänfte fallen lassen, bevor das Pferd sie hinter sich herschleifen konnte.«
»Und Hildegard?«
Trudi rang nach Worten, und statt ihrer antwortete einer der Waffenknechte. »Dieses ehrlose Gesindel hat sie mitgenommen! Ich habe Eure Erlaubnis vorausgesetzt und einen meiner Kameraden mit einem der wieder eingefangenen Sänftenpferde losgeschickt, den Schuften zu folgen.«
»Ohne Sattel?«
Der Mann nickte. »Kunner kann gut auf dem blanken Rücken eines Gauls reiten, also auch ohne Steigbügel, und ist auch sonst ein flinker Bursche. Er wird es schon schaffen!«
Da die Würgekrämpfe allmählich nachließen, kämpfte Marie sich auf die Beine und blickte mit wutverzerrter Miene in die Richtung, in der die Angreifer verschwunden waren.
»Wenn meiner Tochter etwas geschieht, wird Reckendorf es mir teuer bezahlen.«
Dann erinnerte sie sich an die übrigen Mitglieder ihrer Reisegruppe. »Wie viele Leute haben wir verloren?«
»Zum Glück niemanden. Die Kerle haben mit den flachen Klingen zugehauen, daher gibt es hauptsächlich Beulen und Brummschädel. Für uns kam der Überfall einfach zu überraschend. Obwohl wir die Hände an den Schwertgriffen

hatten, konnten wir nichts tun. Die Kerle haben uns ausgetrickst wie heurige Hasen und einfach niedergeschlagen.«
Marie begriff, wie sehr das den Mann wurmte. Aber ihr war auch klar, dass ihre sechs Waffenknechte niemals gegen die über zwanzig Bewaffneten angekommen wären. Eine stärkere Gegenwehr hätte Tote oder Schwerverletzte auf ihrer Seite bedeutet, ohne dass Hildegard gerettet worden wäre.
Doch es sah auch so schlimm genug aus. Drei Knechte waren so verletzt, dass sie einen Wundarzt benötigten, und die Angreifer hatten sämtliche Stränge der Ochsenkarren und die Haltegurte der Sänften durchtrennt. Zudem befand sich die Reisegruppe ein ganzes Stück vom nächstgelegenen Dorf entfernt, in dem sie Hilfe erhalten konnten.
Ehe Marie einen Entschluss fasste, trat sie zu Lisa, die bleich auf dem Boden saß.
»Was ist mit dir? Dein Kind ist hoffentlich wohlauf!«
Lisa horchte in sich hinein und nickte dann erleichtert. »Das Kleine hat sich zwar nicht weniger erschreckt als ich, aber es bewegt sich, und ich habe nicht das Gefühl, dass es einen Schaden davongetragen hat.«
»Solltest du dein Kind verlieren, werde ich nicht ruhen, bis du Reckendorf hängen siehst!« Marie drohte mit geballter Faust hinter den längst verschwundenen Angreifern her und forderte dann Trudi auf, nach Gerolzhofen zu reiten.
»Sieh zu, dass du einen Wundarzt auftreibst oder wenigstens einen Bader. Auch brauchen wir eine Hebamme, die nach Lisa schaut, und dazu einen Sattler und einen Wagner, die die Karren und Sänften richten sollen.«
»Was machen wir mit Hildegard?«, wollte Trudi wissen.
»Hoffen, dass Kunner herausbringt, wo dieser ehrlose Schuft sie hingebracht hat. Dann werden wir sie befreien.«
»Wir können doch nicht völlig unvorbereitet eine Fehde mit Reckendorf beginnen!«, wandte Trudi ein.

Dies war auch Marie klar. Auf die Schnelle alle Bewaffneten zusammenzurufen, über die sie und ihre Schwiegersöhne verfügten, erschien ihr sinnlos. Damit würde Bruno von Reckendorf rechnen und die entsprechenden Vorbereitungen treffen. Außerdem durfte sie ohne die Zustimmung des Fürstbischofs keine Fehde vom Zaun brechen, insbesondere, weil Gottfried Schenk zu Limpurg ein enger Verwandter des Schurken war, der ihre jüngste Tochter entführt hatte.
»Wenn Hildegard auch nur ein Haar gekrümmt wird, lasse ich Reckendorf dafür büßen!«, wiederholte Marie ihren Schwur, obwohl sie wusste, dass sie mit solchen Drohungen im Augenblick wenig ausrichten konnte. Was sie benötigte, war die Unterstützung der richtigen Leute und vor allem ein Plan. Doch den konnte sie erst schmieden, wenn sie wusste, wohin Hildegard geschafft worden war.
»Auf jeden Fall müssen wir jemanden zum Fürstbischof schicken und diese Untat anzeigen. Das soll Trudi tun, sobald sie Hilfe besorgt hat. Einer der Waffenknechte soll sie begleiten. Wenn sein Kamerad auf blankem Pferderücken reiten kann, wird ihm das wohl auch gelingen. Los, nehmt meinem Führpferd die Sänftenzäumung ab!«
Die Knechte, die sich noch auf den Beinen halten konnten, gehorchten sofort, denn sie waren froh, dass ihre Herrin trotz der eigenen Verletzungen alles wie gewohnt in die Hand nahm. Kurz darauf schwang sich einer der beiden Eichenloher Waffenknechte aufs Pferd, um seine Herrin zu begleiten und – wenn es sein musste – auch zu beschützen.
Marie gab Trudi alle guten Wünsche für den Ritt mit, dann kümmerte sie sich um ihre Leute. Zu Tode getroffen war keiner, wie sich auch bei näherer Untersuchung herausstellte, doch zwei der Knechte würden Wochen brauchen, bis sie wieder auf die Beine kamen, und eines der Pferde, die Lisas

Sänfte getragen hatten, war auf Nimmerwiedersehen verschwunden. Dies war in Maries Augen ein Verlust, den sie am leichtesten verschmerzen konnte. Viel mehr bangte sie um ihre mittlere Tochter. Lisa hatte sich zwar beruhigt, saß aber immer noch von Schwäche übermannt am Boden und weinte so heftig, dass ihr die Tränen wie Bäche über die Wangen liefen.

Marie versuchte, die werdende Mutter zu beruhigen. »Es wird alles gut werden, meine Kleine, es wird gewiss wieder alles gut!«

»Ich habe keine Angst um mich und um mein Kind, sondern um Hildegard. Wenn ich daran denke, was ein Kerl, der hilflose Weiber überfällt, ihr alles antun kann, packt mich höllische Wut!«

»Mich hat sie längst gepackt«, antwortete Marie leise.

Ihre Augen sprühten Funken, und sie wirkte so agil und stark, als würde sie nicht fast sechs Jahrzehnte zählen. In dieser Stunde schwor sie sich, nicht zu rasten, bis Hildegard befreit war und deren Entführer seine gerechte Strafe erhalten hatte.

6.

Bruno von Reckendorf hätte am liebsten laut gejubelt. Es war besser gelaufen, als er es erwartet hatte. In ihrer Selbstgefälligkeit hatte die Kibitzsteiner Witwe nicht mit einem Angriff gerechnet und war von der Attacke völlig überrascht worden. So war es ihm gelungen, ihre jüngste Tochter aus dem Sattel zu heben und mit ihr davonzureiten, ohne dass jemand nur den Versuch hatte machen können,

ihn daran zu hindern. Auch mit seinen Männern war er zufrieden. Diese hatten wie befohlen die Knechte und Reisigen der Witwe mit den flachen Seiten ihrer Schwerter niedergeschlagen.
Nur eines fuchste ihn gewaltig, und deswegen wandte er sich Siffer Bertschmann zu, der neben ihm ritt. »War es nötig, die Witwe mit gepanzerter Faust niederzuschlagen? Wenn das Weib daran stirbt, haben wir in dem Moment, in dem dieser elende Falko zurückkehrt, eine so erbitterte Fehde am Hals, dass nur einer sie überleben kann!«
Bertschmann musterte ihn spöttisch. »War das nicht Euer Plan? Ihr sagtet doch, Ihr würdet diesem jungen Hund das Fell über die Ohren ziehen und es als Trophäe an die Wand hängen!«
Zwar hatte Junker Bruno in seiner Wut über Falko Adler etwas Ähnliches gesagt, und er war auch jetzt noch fest entschlossen, den Kerl um Gnade flehend oder tot zu seinen Füßen zu sehen. Doch das sollte auf eine Weise geschehen, die keinen Schatten auf seine Ehre warf. Über die Entführung eines Mädchens würden die meisten Ritter Frankens lachen. Wenn dabei jedoch deren Mutter ums Leben gekommen war, würde man ihn als Frauenmörder ansehen und mit Acht und Bann belegen.
Junker Bruno fiel auf, dass er sich, seit er für sich die Fehde mit Falko Adler ausgesprochen hatte, immer wieder über seinen Kastellan ärgern musste. Mittlerweile fragte er sich, ob dies tatsächlich der Mann war, dem er seine Halbschwester zum Weib geben durfte. Doch zu seinem Leidwesen hatte er Siffer Bertschmann sein Wort gegeben.
Bisher hatte seine Gefangene wie ein Sack über der Kruppe seines Pferdes gehangen. Nun begann sie, sich zu regen. Junker Bruno hielt sie dennoch nur mit einer Hand fest und lenkte mit der anderen seinen Gaul.

»Es wird besser für dich sein, wenn du mir gehorchst. Müsste ich dich zum Gehorsam zwingen, würdest du es bereuen«, warnte er Hildegard, als diese sich gegen seinen Griff zu stemmen begann.
»Elender Schurke, dafür wirst du bezahlen! Meine Mama, ich …«
Da sie mit diesen Worten seine eigenen Befürchtungen nährte, versetzte er ihr einen Schlag mit dem Zügelende. »Wenn du nicht sofort ruhig bist, werde ich dich knebeln!«
Kaum hatte er die Drohung ausgesprochen, da verstummte Hildegard und wehrte sich nicht mehr. Zufrieden, weil er sie so leicht zum Gehorsam gebracht hatte, ritt Junker Bruno auf ein Dorf zu und wollte es durchqueren. Er kam genau bis zum Hof des Dorfschulzen.
Dort begann Hildegard mit Armen und Beinen zu strampeln und schrie wie am Spieß. »Hilfe, ich werde entführt! Rettet mich vor diesen Schurken!«
Der Dorfschulze und mehrere seiner Knechte stürzten aus dem Haus und starrten auf den Reiter, der sichtlich Mühe hatte, seine Gefangene und sein Pferd zu bändigen.
»Was soll das?«, rief der Schulze noch.
Da hielt Siffer Bertschmann ihm die Klinge unter die Nase. »Halt's Maul und verschwinde, sonst …« Er brauchte die Drohung nicht auszusprechen.
Der Schulze warf einen letzten Blick auf die Waffenknechte, die ein ihm unbekanntes Wappen auf der Brust trugen, und verschwand schneller, als er gekommen war. Seine Knechte rannten hinter ihm her.
»Lumpengesindel!«, spottete Bertschmann, während sein Herr Hildegard hochzog und ihr ein paar Ohrfeigen versetzte.
»Du verdammtes Biest! Das hast du nicht umsonst getan!«
Der Junker holte noch einmal aus, bemerkte aber ihren Blick,

aus dem jeder Ausdruck von Angst gewichen war und der nur noch Verachtung für ihn zeigte, und senkte die Hand.
»Lass es dir eine Lehre sein«, sagte er kühl und befahl einem seiner Männer, Hildegard zu knebeln.
Der Mann zog ein Tuch unter seinem Waffenrock hervor und beugte sich aus dem Sattel herüber, um es Hildegard in den Mund zu stopfen. Im nächsten Augenblick zog er die Hand mit einem Schmerzensschrei wieder zurück. »Das Biest hat mich gebissen!«
Es klang so erschrocken, dass Junker Bruno im ersten Impuls zu lachen begann. Dann aber verstummte er, packte Hildegard beim Genick und bog ihren Kopf so, dass sein Untergebener sie knebeln konnte. Gerade, als der Mann die Enden des Tuches hinter dem Nacken des Mädchens festbinden wollte, stieß Hildegard mit den Beinen nach dem Pferd, so dass dieses durchzugehen drohte. Bruno von Reckendorf begriff, dass er auf diese Weise nicht weit kommen würde. Daher hielt er sein Pferd an und fesselte Hildegard mit Hilfe zweier Männer so, dass sie kein Glied mehr rühren konnte.
Während Junker Bruno trotz gewisser Probleme mit seiner Gefangenen sichtlich zufrieden war, durchlebte Hildegard tausend Ängste. Sie fürchtete sich nicht nur vor dem, was sie erwartete, sondern bangte auch um Lisa. Sie hatte noch gesehen, wie das vordere Sänftenpferd durchgegangen war und die Sänfte hinter sich hergeschleift hatte. Möglicherweise würde dies eine Fehlgeburt auslösen. Nicht weniger Angst hatte sie um ihre Ziehmutter, die von Bertschmann niedergeschlagen worden war.
Hildegard hätte sich nicht vorstellen können, jemals einen Menschen so zu hassen wie ihren Entführer und dessen noch widerwärtigeren Kumpan. Nun wünschte sie sich die Kraft eines Bären, um ihre Fesseln zu sprengen, und dessen

Krallen, um die beiden Männer zerfetzen zu können. Stattdessen war sie eine hilflose Gefangene, die alles mit sich geschehen lassen musste. Während sie auf dem Tuch in ihrem Mund herumkaute in dem fruchtlosen Versuch, sich davon zu befreien, verfluchte sie Reckendorf und überlegte verzweifelt, wie sie dem Schurken entkommen konnte.

7.

Im Vergleich zu Florenz war Rom eine herbe Enttäuschung. Falko war noch vom Glanz der prachtvollen Gebäude der Arno-Stadt, den herrlichen Kirchen mit ihren wundervollen Fresken und den kühnen Brücken geblendet. Mit diesen Bildern im Kopf starrte er nun auf eine Szenerie des Verfalls. Hie und da gab es verwitterte Basiliken und einzelne Palazzi, um die sich eng zusammenstehende Häuser und kleinere Kirchen scharten. Der größte Teil der Fläche, die sich innerhalb des schier endlosen Mauerrings befand, nahmen jedoch Gebäude mit halb zusammengebrochenen Mauern, in den Himmel aufragende Säulen sowie andere Bauwerke ein, die dem Anschein nach als Steinbruch Verwendung fanden.

Enttäuscht wandte Falko sich zu Giso um. »Und das hier hast du Caput Mundi, das Haupt der Welt, genannt!«

»Das ist die Stadt trotz allem noch«, erwiderte sein Freund hitzig. »Rom ist die Stadt Seiner Heiligkeit, Papst Nikolaus' V. Außerdem hat es im Lauf seiner Geschichte schon ganz andere als uns in seine Mauern einziehen sehen, wie zum Beispiel Julius Cäsar, Kaiser Konstantin und die großen Kaiser Karl und Otto.«

»Aber auch Eroberer und Plünderer wie den Hunnen Etzel, den Goten Alarich und Geiserich, den Vandalen«, mischte sich Elisabeth in das Gespräch mit ein.
Bei einem Namen widersprach Giso ihr heftig. »Der Hunne hat die Heilige Stadt nie betreten! Ihm ist der große Papst Leo entgegengezogen. Dieser hat ihm die Macht und die Herrlichkeit Gottes gezeigt, und dann ist der Barbar mit eingekniffenem Schwanz aus Italien verschwunden. Im Jahr darauf wurde er im Brautbett von einer christlichen Jungfrau, die er zur Ehe zwingen wollte, mit ihren eigenen Zöpfen erwürgt!«
Falko schüttelte den Kopf. »Das glaube ich nicht. Etzel war ein großer König, und er hat Italien für seinen Freund, den großen Gotenkönig Dietrich, erobert. Er ist gewiss nicht mit eingekniffenem Schwanz abgezogen. Und was die Jungfrau betrifft, so war dies keine, sondern die Witwe des Siegfried von Xanten, der von ihren Verwandten auf heimtückische Art ermordet worden ist. Sie hat ihn gemeinsam mit dem großen Etzel an den Nibelungen gerächt.«
Während Giso die Augen verdrehte, versuchte Elisabeth Falko zu erklären, dass sie ihr Wissen aus den geschriebenen Überlieferungen der heiligen Kirche hatte, während er selbst nur eine Sage kenne, die davon abweichen würde. Da Falko nicht nachgeben wollte, wandte sie sich wieder Giso zu.
»Aber Alarich und Geiserich haben Rom erobert und geplündert.«
Inzwischen hatte Falko sich beruhigt und warf einen prüfenden Blick über die Stadt. »Wie es aussieht, kann das noch gar nicht so lange her sein. Mich wundert es ohnehin, dass der Papst nach diesen Plünderungen wieder zurückgekommen ist. Er soll doch in Frankreich eine neue Heimat gefunden haben.«

Giso hob abwehrend die Hand. »Du meinst in Avignon! Das ist nicht Frankreich, sondern hat wie die gesamte Provence einst zum Heiligen Römischen Reich gehört. Der französische König hat dieses Gebiet widerrechtlich an sich gerissen! Auch hat der Papst Rom nicht der Goten und Vandalen wegen verlassen, denn deren Überfälle liegen beinahe ein Jahrtausend zurück.«

Falko schüttelte verwundert den Kopf. »Tausend Jahre? Und seit der Zeit liegt Rom in Trümmern? Das verstehe ich nicht!«

Giso gab es auf, seinem Freund die Geschichte der Heiligen Stadt erklären zu wollen. Stattdessen deutete er auf einige Hügel, die sich jenseits des Tibers aus den Sümpfen erhoben. »Das dort ist der Quirinal, dahinter liegt der Kapitolshügel, und das da drüben ist der Palatin. Auf dem Quirinal steht die Kirche San Lorenzo in Lucina, und dort ist Santa Maria Maggiore. Schräg dahinter kannst du Sankt Johannes im Lateran mit der Basilika des Bischofs von Rom sehen.«

»Gibt es außer dem Papst hier in Rom auch noch einen Bischof?«, fragte Falko, der nur ein paar Kirchtürme über das Gebüsch ragen sah, welches die Hügelflanken bedeckte.

»Der Papst ist gleichzeitig der Bischof von Rom. In dieser Eigenschaft ist seine Kirche Sankt Johannes. Doch als Oberhaupt der Christenheit betet er in Sankt Peter. Dort wurden auch die Kaiser des Heiligen Römischen Reiches gekrönt!«

Da Giso in seinen Jahren als Scholar und später als Geistlicher erfahren hatte, wie wichtig Wissen sein konnte, schüttelte er den Kopf über Falko, der von jeglicher Bildung unbeleckt schien. Dann aber nahm er seinen Freund in Schutz. Immerhin war Falko kein Geistlicher oder Magister, sondern ein Reichsritter, der mehr über die Zucht von Pferden und Kühen wissen musste als darüber, welcher Barbar die Heilige Stadt in welchem Jahr geplündert hatte.

Das schien auch Elisabeth so zu sehen, denn sie erklärte Falko nun genau, wo die einzelnen bedeutenden Kirchen in Rom lagen, und wies zuletzt auf ein riesiges rundes Gebäude, das inmitten einer ganzen Reihe verwitterter und zerfallener Bauten stand.

»Dies ist das Kolosseum, in dem unter den schrecklichen römischen Kaisern Nero, Diokletian und anderen heidnischen Herrschern unzählige Christen zu Märtyrern gemacht worden sind.«

»Und wie ging das zu?«, wollte Falko wissen.

»Sie wurden umgebracht!«, fuhr Giso ihn an, der allmählich die Geduld mit seinem Freund verlor.

Um sich nicht weiter der schlechten Laune des Geistlichen auszusetzen, unterhielt Falko sich mit Elisabeth, die das Wissen, welches sie sich aus Büchern ihres Klosters angeeignet hatte, bereitwillig mit ihm teilte. So erreichten sie das Tor, durch das sie in die Stadt einreiten wollten.

Es war ebenso wie die Mauern, die sich um den Vatikan erstreckten, erst kürzlich ausgebessert worden. Auch an den Befestigungsanlagen um die Engelsburg und jenseits des Tibers musste gearbeitet worden sein, denn dort standen noch Gerüste und Kräne mit Treträdern.

Hilbrecht wollte die Sprachkenntnisse, die er sich unterwegs angeeignet hatte, bei den Torwachen an den Mann bringen, traf aber auf verständnislose Mienen. Da stieß sich ein junger Bursche, der bislang auf einem Grashalm kauend an der Mauer gelehnt hatte, mit einer geschmeidigen Bewegung ab und kam auf sie zu.

»Kann ich Euch helfen, mein Herr?«, fragte er in einem zwar stark akzentuierten, aber verständlichen Deutsch.

»Ich begreife nicht, weshalb diese Kerle mich nicht verstehen wollen«, beschwerte Hilbrecht sich. »In Florenz haben die Leute es doch auch getan.«

»In Florenz wird Toskanisch gesprochen, und das kommt dem Lombardischen, das die meisten Tedeschi lernen, sehr nahe. Hier aber spricht man die Sprache Lazios, und die ist anders«, antwortete der junge Mann lächelnd. Er wechselte rasch ein paar Worte mit den Torwachen, bevor er sich wieder Hilbrecht zuwandte, den er als Anführer der Gruppe ansah.

»Wenn Ihr es wünscht, werde ich für Euch mit den Stadtknechten verhandeln.«

»Ich wüsste nicht, was es zu verhandeln gibt!« Giso ärgerte sich über den unvorhergesehenen Aufenthalt und ritt auf die Stadtwachen zu.

»Was soll das?«, fragte er auf Latein. »Wir sind fromme Pilger aus Deutschland und begleiten die ehrwürdige Mutter Elisabeth auf ihrem Weg zum Damenkonvent von Tre Fontane.«

»Tre Fontane liegt jenseits des Tibers in dieser Richtung«, erklärte der junge Römer bereitwillig.

»Die ehrwürdige Mutter wird sich morgen dorthin begeben. Bis dahin wird sie im Quartier der Deutschen im Campo Santo Teutonico bleiben, und wir mit ihr.« Giso wollte an den Wachen vorbei, doch der verhinderte Dolmetscher hielt ihn auf.

»Mein Herr, die Stadtwachen werden schlecht bezahlt und würden sich über ein Trinkgeld freuen. So ist es nun einmal in Rom. Ist man ein hoher Herr oder gar ein Kardinal, kann man reich werden wie Krösus, der arme Mann jedoch bleibt arm oder wird noch ärmer.«

Falko sah einen der Wächter eifrig nicken und sagte sich, dass dieser ebenfalls der deutschen Sprache mächtig sein musste. Doch anstatt selbst mit den Reisenden zu sprechen, nahm er die Hilfe dieses Burschen in Anspruch, der auch nur auf ein gutes Trinkgeld aus war. Da er schwankte, ob er

den beiden nicht besser ein paar saftige Maulschellen verpassen sollte, anstatt ihnen ein paar Danari in die Hand zu drücken, drehte er sich zu Elisabeth um.
Diese wies lächelnd auf seine Börse. »Gebt den guten Leuten ein wenig Geld. Wir wollen uns unseren Einzug in die Heilige Stadt doch nicht mit Flüchen erkaufen.«
»Das nicht, aber …« Falko brach ab, öffnete seinen Beutel und warf dem jungen Römer eine Münze zu. »Hier! Teile sie mit den Stadtknechten und sage ihnen, sie sollen den Weg freimachen, sonst werde ich zornig!«
Der Mann musterte das Geldstück und steckte es dann so rasch weg, als hätte er Angst, die Stadtwachen könnten erkennen, wie viel er erhalten hatte. Danach verbeugte er sich schwungvoll vor Falko, sagte etwas, was die Wächter als Aufforderung ansahen, beiseitezutreten, und zeigte einladend auf das offene Tor. »Wenn die Herrschaften bitte passieren wollen!«
»Danke!« Elisabeth schenkte ihm ein Lächeln, das in Falko für einen Augenblick Eifersucht entfachte, und ritt in den rückwärtigen Teil des vatikanischen Bereichs ein. Giso, Hilbrecht und Oskar von Frammenberg folgten ihr so schnell, dass Falko sich an Margaretes Seite wiederfand.
Sie musterte ihn spöttisch. »Nun, Herr Ritter, habt Ihr Euch der ehrwürdigen Mutter wieder als gehorsamer Hund präsentiert, der jeden ihrer Winke eifrig befolgt?«
Falko zog es vor, nicht darauf zu antworten. Zwar hatte er der jungen Frau das Leben gerettet, bisher jedoch wenig Dankbarkeit dafür erfahren. Mit einem Achselzucken spornte er sein Ross an und überholte in rascher Folge seine Freunde. Doch als er endlich wieder zu Elisabeth aufgeschlossen hatte, sah er sich mit dem Problem konfrontiert, dass er nicht die geringste Ahnung hatte, wohin er sich wenden musste, um den Campo Santo Teutonico zu erreichen.

Der junge Römer war ihnen gefolgt und half ihm lächelnd aus der Klemme, indem er vor ihm herging und ihm den Weg wies.

8.

Auch an der Basilika des heiligen Petrus war einiges erneuert worden. Dennoch hätte Falko keinen Schilling darauf gewettet, dass die Kirche den nächsten Wintersturm überstand.

»Der große Konstantin, der als erster römischer Kaiser den christlichen Glauben angenommen hat, ließ diese Kirche erbauen, und sie hat mehr als tausend Jahre allen Stürmen der Welt getrotzt«, erklärte Giso und bestärkte ihn damit in seinem Glauben, dass alles, was in Rom einmal schön und prächtig gewesen sein mochte, aus uralten Zeiten stammen musste, während die heutigen Bewohner froh waren, von frommen Pilgern genug Trinkgeld zu erhalten, damit sie nicht verhungerten.

So oder so war Rom nicht die Stadt, in der er lange bleiben wollte. Obwohl Falko es bedauerte, sich von Elisabeth trennen zu müssen, nahm er sich vor, so bald wie möglich in die Heimat zurückzukehren. Die junge Äbtissin entfachte ein Verlangen in ihm, das bereits schmerzhaft wurde, und daher hielt er es für besser, wenn er sie nie wiedersah. Bevor er Rom verließ, wollte er jedoch Gisos Rat befolgen und sich hier eine Hure suchen. Dann, so hoffte er, würde er die schöne Elisabeth schneller vergessen.

Mit diesem Gedanken ritt er an den päpstlichen Wachen vorbei zu jenen Gebäuden, die von alters her die Pilger deutscher Zunge beherbergten. Das Gelände lag nahe der Basilika des heiligen Petrus und verfügte, wie Giso stolz berichtete, über sein eigenes Recht, denn es war nicht dem Papst, sondern dem Kaiser des Heiligen Römischen Reiches untertan.

Falko interessierte sich nicht für solche Spitzfindigkeiten, sondern ritt auf den ersten Mönch zu, der ihm über den Weg lief, und fragte, wo er mit seiner Begleitung Quartier nehmen könne.

Der Mönch wies auf zwei Gebäude in der Nähe. »In diesem hier nächtigen die frommen Pilgerinnen, und das dort ist für Pilger bestimmt.«

»In jedem ist wohl ein großer Schlafsaal, was? Das hatten wir unterwegs zur Genüge. Gibt es nicht einen Platz, an dem wir unter uns sein können? Wir begleiten die ehrwürdige Mutter Elisabeth, die hier in Rom frommen Damen vorstehen soll.« Bei dem Gedanken, erneut mit Dutzenden anderer Männer in einen Raum gepfercht zu werden, schüttelte es Falko. Doch zu seiner Erleichterung nickte der Mönch und zeigte auf einen Anbau.

»Dieses Gebäude ist für hohe Gäste reserviert, die die Heilige Stadt aufsuchen. Es ist allerdings Sitte, dass auch dort Männer und Frauen getrennt nächtigen. Wenn Ihr es wünscht, könnt Ihr dort unterkommen. Doch dies sollte Euch eine Spende für diesen heiligen Ort wert sein!«

»Das ist es mir«, erklärte Falko und wurde durch ein Lächeln Elisabeths belohnt, die allein sein wollte, um mit ihren widerstrebenden Gedanken ins Reine zu kommen. Ebenso wie Falko erhielt sie eine winzige Kammer zugewiesen. Giso und Hilbrecht aber mussten sich mit Oskar von Frammenberg einen Raum teilen, während Frau Edelgunde, deren Magd Mia und Margarete zusammen die vierte Kammer erhielten.

So kam es, dass Elisabeth Wand an Wand mit Falko einquartiert wurde, während die sie begleitenden Nonnen in einem winzigen Raum unter dem Dach nächtigen mussten. Für Falko war es, als hätte der Teufel seine Hand im Spiel, um ihn zu versuchen, und er wusste nicht, ob er dieser Verlockung widerstehen konnte. Als alle Mitglieder seiner Reisegesellschaft untergebracht waren, schlug er daher Hilbrecht vor, sich die Stadt anzusehen. Ihm stand zunächst der Sinn nach einer Schenke, denn mit einem ordentlichen Rausch hoffte er, diese eine Nacht zu überstehen, in der Elisabeth ihm so nahe sein würde wie niemals zuvor.

Am nächsten Tag würde sie zu ihrem Konvent bei Tre Fontane reiten, der ein wenig außerhalb von Rom lag und die Stelle kennzeichnete, an der dem heiligen Apostel Paulus das Haupt abgeschlagen worden war. Dann würde ihm nur noch die Erinnerung an sie bleiben.

Als Hilbrecht erklärte, er würde gerne mitkommen, hätte Falko am liebsten wieder einen Rückzieher gemacht. Was war, wenn Elisabeth Sehnsucht nach ihm empfand und ihm in dieser Nacht die Kammertür öffnete?

Nimm dich zusammen!, schalt er sich und klopfte Hilbrecht auf die Schulter. »Komm, mein Alter. Jetzt probieren wir, wie der Wein in Rom schmeckt!«

»Sauf aber nicht noch einmal so viel wie in Bellinzona. Ich werde dir gewiss nicht den Kopf halten, wenn du kotzen musst«, spöttelte Hilbrecht.

Giso achtete nicht auf die beiden, denn ihn plagten ganz andere Probleme. Er wollte noch am gleichen Tag mit dem Priester sprechen, den der Würzburger Fürstbischof ihm als Kontaktmann genannt hatte. Dafür aber konnte er die Kindsköpfe, wie er Falko und Hilbrecht im Stillen nannte, nicht brauchen. Er wünschte ihnen viel Vergnügen und sah zu, wie sie auf ihre Hengste stiegen, die während der Reise zu wenig geritten worden waren und übermütig tänzelten. Die zierlicheren Reisepferde, auf denen die beiden den größten Teil des Weges zurückgelegt hatten, durften sich im Stall ausruhen und ihren Hafer fressen.

»Weißt du überhaupt, wo wir eine anständige Schenke finden?«, fragte Hilbrecht, als sie den umfriedeten Teil des deutschen Bezirks verließen.

Mit einem überlegenen Grinsen sah Falko ihn an. »Nein, aber ich wette mit dir, gleich werden wir es erfahren!«

»Und woher?« Noch während er es sagte, entdeckte Hilbrecht den jungen Römer, der ihnen bereits zweimal Hilfe angeboten hatte.

Falko winkte den Burschen zu sich und ließ einen Grosso zwischen den Fingern aufblitzen. »Mein Freund, du weißt doch sicher, wo zwei Fremde in dieser Heiligen Stadt einen guten Wein, einen saftigen Braten und nach Möglichkeit ein hübsches Mädchen finden können!«

Der andere tat, als müsse er überlegen. »Es gibt überall in Rom Schenken und Tavernen, mein Herren. Aber viele von ihnen sind übel beleumundet, und bei anderen wird der Wein mit Wasser vermischt, aus dem Tiber natürlich und nicht aus den Albaner Bergen, was ich mir ja noch eingehen lassen würde. Auch ist bei den meisten das Essen so schlecht, dass selbst hungrige Wölfe sich weigern würden, es zu verschlingen.«

»Wir haben dich gefragt, wo wir hingehen können, und nicht, welche Schenken wir meiden sollten«, unterbrach Falko den Redeschwall rüde.

Der junge Römer musterte ihn spöttisch. »Nun, ein paar Gasthäuser gibt es. Aber nicht viele, die sich wirklich lohnen. Hier im Vaticano ist es schier unmöglich. Da laufen zu viele Pilger herum. Jenseits des Tibers muss man erst recht aufpassen. Aber ich weiß etwas für die beiden Signori. Wenn

Ihr ein Stück den Tiber flussabwärts reitet, werdet Ihr bald auf das Örtchen Trastevere treffen. Einen Steinwurf von der Kirche Santa Maria in Trastevere entfernt liegt die Taverne des braven Gaspare. Sein Wein ist ausgezeichnet, sein Weib eine Meisterin im Kochen, und die Tochter erst ...!«

Der Römer schnalzte mit der Zunge. Ohne es zu ahnen, entging er gerade noch der Ohrfeige, zu der Falko ihn bereits verurteilt hatte, falls er nicht bald eine brauchbare Auskunft erhielt. »Gaspare also heißt dieser Wirt. Hoffentlich halten er, sein Wein, sein Weib und seine Tochter das, was du versprochen hast. Sonst solltest du mir so schnell nicht mehr unter die Augen kommen.«

Der Römer lachte zwar, wich aber trotzdem ein paar Schritte zurück. »Ihr werdet nicht enttäuscht sein, Signore. Aber findet Ihr nicht, dass ich eine kleine Aufmerksamkeit verdient habe? Gianni ist übrigens mein Name.«

»Melde dich morgen wieder. Wenn mir dieser Gaspare zugesagt hat, werde ich mich nicht kleinlich zeigen. Und jetzt komm, Hilbrecht, mich dürstet!« Falko steckte die Münze wieder ein, zog lachend seinen Hengst herum und sprengte davon.

Sein Freund folgte ihm auf dem Huf, während der junge Römer sich grinsend abwandte. Ein Mönch, der dem Gespräch gelauscht hatte, tippte sich gegen die Stirn. »Du bist ein Narr, Gianni, die Deutschen nach Trastevere zu schicken. Sie werden dort trinken, sie werden dort essen, und danach werden sie den Wirt verprügeln, weil er ihnen seine Tochter nicht geben will. Morgen sind sie dann zornig und werden ihr Mütchen an jedermann kühlen wollen. Du solltest über den Tiber gehen und dich hier so rasch nicht mehr sehen lassen.«

»Ach, es war doch nur ein Spaß!« Gianni tat den Einwand lachend ab und sagte sich, dass es Gaspares hochnäsiger

Tochter Mariangela ganz recht geschah, wenn sie von zwei dumpfen Deutschen vergewaltigt würde. Sie hätte ihn nicht abweisen sollen! Mit diesem Gedanken ging er fröhlich pfeifend davon.

9.

Gaspare schien nicht zu den Ärmsten zu zählen, denn seine Taverne war groß und verfügte sogar über eine von einer niedrigen Mauer umgebene Terrasse. Auf dieser saßen etliche Männer, tranken Wein und aßen helles Brot dazu, das sie in ein mit einer würzig riechenden Flüssigkeit gefülltes Töpfchen tunkten.

Falko bekam allein beim Zusehen Hunger und ahnte, dass es Hilbrecht nicht anders erging, als der Wirt in einer sauberen Hose, einem ebenso sauberen Hemd und einer frisch gewaschenen Schürze aus dem Haus trat und ein Tablett mit mehreren Tellern zu den Gästen trug.

»He, Wirt, bring uns einen Krug Wein vom besten, zwei Becher und ein Mahl, das ein König nicht verachten würde«, radebrechte Falko in der Sprache, die er unterwegs gelernt hatte.

Zum Glück verstand Gaspare ihn, antwortete aber im römischen Dialekt, dem Falko nur mühsam folgen konnte. »Einen Moment! Zuerst muss ich diese Herren hier bedienen. Setzt Euch inzwischen. Mariangela wird Euch gleich Wein und ein wenig Brot mit Würzöl für den ersten Hunger bringen.« Dann teilte er seine Teller aus.

Falko fand, dass der Wirt sich für einen Mann seines Standes ziemlich viel herausnahm, sagte sich dann aber, dass dieser der Hausherr war und er nur ein Gast. Daher setzte er sich zu Hilbrecht, der schon an einem freien Tisch Platz genommen hatte. Während seines kurzen Gedankengangs hatte er nicht auf die Tür der Taverne geachtet und wurde erst durch den entrückten Gesichtsausdruck seines Freundes darauf aufmerksam, dass sich dort etwas tat.

Als Falko hinschaute, entdeckte er die Wirtstochter. Sie war mit einer hellen Bluse und einem roten Rock bekleidet und balancierte einen vollen Krug, zwei Becher, einen Laib Brot und zwei Schälchen. Es handelte sich, wie er auf den zweiten Blick feststellte, um eines der hübschesten Mädchen, die er je gesehen hatte. Die bloßen Arme und das Gesicht waren von der Sonne leicht gebräunt, das Haar leuchtete in einem dunklen Honigton, und mit ihrem lieblichen Gesicht und ihrer schlanken, aber wohlgeformten Gestalt vermochte sie sich durchaus mit Elisabeths kühler Schönheit zu messen.

Mariangela stellte Wein und Brot vor die beiden Gäste und musterte diese dabei neugierig. Obwohl Gaspares Taverne für ihren guten Wein und das wohlschmeckende Essen bekannt war, suchten nur selten Herren von Stand sie auf.

Diese Fremden schienen von weit her zu kommen. Ihrer Kleidung nach handelte es sich allem Anschein nach um Tedeschi, die als Pilger in Rom weilten. Besonders fromm sahen die beiden allerdings nicht aus. Der mit dem kantigeren Gesicht schien sie in Gedanken förmlich auszuziehen. Jetzt schnalzte er mit der Zunge und versetzte ihr einen Klaps auf den Hintern.

»Du könntest mir für diese Nacht gefallen, Mädchen«, sagte er in stockendem, lombardisch gefärbtem Tonfall und grinste anzüglich.

Mariangelas Rechte zuckte, um ihm eine Ohrfeige zu versetzen. Sie bezähmte sich jedoch, denn schließlich war er keiner der einheimischen Tagediebe wie dieser Gianni, der

sie dazu hatte überreden wollen, mit ihm in einer der alten Ruinen oder einer stillen Kapelle zu verschwinden, sondern ein Edelmann. Trotzdem dachte sie nicht daran, sich seine Frechheiten gefallen zu lassen.
»Wenn Ihr eine Hure sucht, Signore, müsst Ihr nach Rom zurückkehren. Hier in Trastevere gibt es nur ehrsame Mädchen!« Nach diesen Worten kehrte sie ihm mit hoch erhobenem Kopf den Rücken zu und verschwand wieder im Haus.
Gaspare hatte die kleine Szene aus den Augenwinkeln beobachtet, aber nicht mithören können, und folgte ihr daher in die Küche. »Was wollte der deutsche Ritter eben von dir?«
Mariangela machte eine verächtliche Geste. »Er hält mich für ein Pferd oder, besser gesagt, eine Stute, die er heute Nacht reiten wollte.«
»Du hast ihn doch hoffentlich abgewiesen?«, rief die Wirtin, die gerade ein großes Stück Kalbfleisch zerteilte.
Ihr Mann stieß die Luft scharf durch die Nase aus. »Bei Gott, was wäre schon dabei, Weib? Irgendwann wird sie sich auf den Rücken legen und die Beine spreizen müssen. Da wäre ein deutscher Edelmann als Erster nicht übel, vor allem, wenn er gut zahlt.«
Die Frau sah ihn erschrocken an. »Du willst unsere Tochter zur Hure machen?«
»Nicht jedes Wirtsmädchen ist gleich eine Hure, nur weil sie einem wohlhabenden Mann das Bett wärmt, und so manche hat damit sogar ihr Glück gemacht!«, antwortete der Wirt und bedachte seine Frau mit einem vorwurfsvollen Blick.
Mariangela fragte sich, worauf ihr Vater anspielte. Schon seit längerem stritten sich ihre Eltern ihretwegen. Während der Vater ihr einige Männer, die er schon länger kannte, eifrig als

Liebhaber für die erste Nacht empfahl, war ihre Mutter strikt dagegen, dass sie so etwas tat. Auch Pater Luciano, ihr Beichtvater, hatte sie schon mehrmals beschworen, sich nicht dem nächstbesten Mann hinzugeben, sondern sich für ihren künftigen Ehemann aufzusparen.

Gaspare konnte sagen, was er wollte, doch gegen den Einfluss des Priesters von Santa Maria in Trastevere kam er nicht an. Es schmerzte ihn, auf das Geld verzichten zu müssen, das ein wohlhabender Kaufmann oder gar ein deutscher Edelmann für die wichtigste Nacht im Leben seiner Tochter zahlen würde. Einen Ehemann würde das Mädchen danach immer noch finden. Da er keine anderen Kinder hatte, würde sie einmal die Taverne erben, und gerade diese Tatsache schmerzte Gaspare. Längst hatte er sich vorgenommen, den Stolz des Mädchens zu brechen und sie zu zwingen, sich einem Mann seiner Wahl hinzugeben.

Darüber wollte er im Augenblick jedoch nicht reden. Stattdessen schnauzte er seine Frau an, endlich den Braten fertig zu machen, und befahl Mariangela, sich wieder um die Gäste zu kümmern. Bevor er die Küche verließ, drehte er sich noch einmal zu seiner Frau um. »Du solltest das Mädchen nicht so verwöhnen, Marioza. Schließlich ist sie keine der Noblen – und selbst die lassen auch andere Männer an sich heran, nicht nur die eigenen Ehemänner.«

Das Gesicht seiner Frau wurde bleich, und sie biss die Lippen zusammen, als müssten die Worte, die sich in ihrer Kehle ballten, ungesagt bleiben. Stattdessen stieß sie die zweizinkige Gabel, die sie dazu benutzte, das Fleisch zu wenden, in eines der Bratenstücke.

Endlich hatte sie sich wieder in der Gewalt. »Ich will meine Tochter in allen Ehren verheiraten. Dies ist ein gottgefälliges Werk, wie Pater Luciano dir bestätigen wird.«

»Der Pfaffe redet zu viel! Dabei versteht er rein gar nichts

vom Leben der einfachen Leute.« Gaspare begriff, dass er bei Marioza weiterhin auf Granit beißen würde. Doch er wollte nicht nachgeben. Immerhin war Mariangela keine Heilige, sondern ein … Er brach seinen Gedankengang ab, um sich nicht noch mehr zu ärgern, und bedachte seine Frau mit einem bösen Blick.
»Du hättest noch andere Kinder bekommen sollen, und zwar von mir! Aber dein Leib ist so dürr und unfruchtbar wie die Erde nach einem heißen Sommer.« Mit dem Gefühl, seiner Frau den Ärger heimgezahlt zu haben, kehrte er auf die Terrasse zurück und wurde dort wieder zu dem jovialen Gastwirt, der sich um das Wohl seiner Gäste sorgte.

10.

Nachdem die Wirtstochter sie verlassen hatte, sah Hilbrecht Falko an und stöhnte theatralisch. »Die ist aber harsch!«
»Wahrscheinlich will sie nur ihren Preis hochtreiben. Aber nicht mit mir! Es gibt in dieser Stadt genug Huren, um zehn Jahre lang jeden Tag eine andere aufs Kreuz legen zu können.« Falko winkte ärgerlich ab und überlegte, ob er den Braten noch abwarten oder gleich ein paar Münzen auf den Tisch werfen und die Taverne verlassen sollte, um anderenorts nach einer Hure zu suchen.
Im Gegensatz zu ihm machte Hilbrecht keine Anstalten aufzustehen. Er trank seinen Becher leer, füllte ihn neu und sah Mariangela zu, die geschickt die anderen Gäste bediente und dabei mit lächelnder Miene so mancher zugreifenden Hand auswich.

»Ich glaube, sie ist wirklich ein ehrsames Mädchen«, stieß er nach einer Weile hervor.
»Eine Wirtstochter und ehrsam! Hilbrecht, jetzt träumst du wirklich. Von Ritter Oskar weiß ich, dass es in Rom sogar Nonnenklöster gibt, in denen mehr gerammelt als gebetet wird. Da soll ausgerechnet dieses Mädchen sittsam sein?« Falko lachte kurz auf und schüttelte dann den Kopf, als er das Strahlen auf Hilbrechts Gesicht bemerkte.
»Sie ist wunderschön!«, hauchte sein Freund.
»Ich gebe zu, ich habe schon hässlichere Weiber gesehen, aber …«, begann Falko und sah auf einmal Hilbrechts geballte Faust vor seinem Gesicht.
»Was ist denn jetzt los?« Allmählich ärgerte er sich über Hilbrecht, der sich, seit er die Wirtstochter gesehen hatte, wie ein Narr benahm.
»Sie ist das schönste Mädchen, das ich je gesehen habe. Wehe, du sagst etwas anderes!«
»Meinetwegen ist sie das. Aber nun lass uns austrinken und weiterreiten. Ich möchte dorthin, wo die Mädchen weniger ehrsam sind.« Falko trank seinen Becher leer und schob ihn zurück. Doch sein Freund schenkte sich erneut nach und ließ dabei die letzten Tropfen aus dem Krug rinnen.
»He, Mädchen, bring neuen Wein!«, rief er Mariangela zu. Dann drehte er sich zu Falko um. »Wegen mir kannst du nach Rom hinüberreiten oder in den Vaticano zurückkehren, wenn dir danach ist. Aber ich bleibe noch etwas. Mir gefällt es hier!«
Falko seufzte, blieb aber sitzen und füllte, nachdem Mariangela einen vollen Weinkrug gebracht und mit einem schadenfrohen Blick auf den Tisch gestellt hatte, seinen Becher bis zum Rand.
»Auf dein Wohl und darauf, dass wir heil nach Rom gelangt sind! Lange will ich in dieser Stadt aber nicht bleiben. Ich

sehne mich zurück zu Leuten, deren Sprache ich verstehe und die sich so benehmen, wie ich es gewohnt bin.«
»Also, ich habe nichts gegen Rom einzuwenden«, antwortete Hilbrecht grinsend und stieß mit ihm an.
»Dir sticht doch nur die Wirtstochter in die Augen. Aber wie es aussieht, will diese ihr Goldstück zu einem Preis verkaufen, der mir zu hoch ist.«
»Sie ist keine Hure!«, zischte Hilbrecht.
»Also gut! Du hast recht und ich meine Ruhe.«
Sich selbst aber sagte Falko, dass sein Freund und er so bald wie möglich nach Hause aufbrechen sollten. Er sehnte sich nach Elisabeth, und der Gedanke, bei einer anderen Frau zu liegen, gab ihm das Gefühl, als würde er seine Liebe zu der schönen Äbtissin beschmutzen. Mit einem knurrenden Laut schob er den Gedanken von sich, hier in Rom eine Hure suchen zu wollen. Wahrscheinlich würde er erst wieder daheim in Franken Gefallen an einem Weib finden. Es erschien ihm sogar als das Beste, wenn seine Mutter ihm eine Ehefrau suchte, mit der er des Nachts verkehren konnte.
Von seinen eigenen Gefühlen zerrissen, war ihm ein Freund, der einer hochnäsigen Wirtstochter nachstellte, eher lästig.
»Benimm dich anständig!«, raunte er Hilbrecht zu, der aussah, als wolle er das Mädchen am liebsten packen und mit ihr davonreiten.
»So gut wie du benehme ich mich jederzeit«, antwortete Hilbrecht aufgebracht.
Mehrere Herzschläge lang lag zwischen den Freunden Streit in der Luft. Dann beschloss Falko, großmütig über Hilbrechts Narretei hinwegzusehen und den Wein zu genießen, der wirklich gut schmeckte. Allmählich war er auch gespannt auf den Braten.
Zu Hilbrechts Leidwesen trug jedoch nicht Mariangela das Essen auf, sondern die Wirtin, eine verhärmt aussehende

Frau, in deren Zügen Falko vergebens nach einer Ähnlichkeit mit ihrer Tochter suchte.
Kochen konnte die Wirtin allerdings, denn kaum hatte er von dem Braten gekostet, verzieh er Gianni, der sie hierher geschickt hatte, sogar den Scherz mit dem losen Mädchen, das man hier angeblich vorfände.
Auch Hilbrecht vergaß für den Augenblick die schöne Wirtstochter und aß mit Begeisterung. »Ich wusste gar nicht, dass Kalbsbraten so gut schmecken kann«, meinte er zwischen zwei Bissen zu Falko.
»Das machen die Kräuter und Gewürze sowie das Öl, in denen das Fleisch eingelegt worden ist!«
»Du redest, als verständest du etwas vom Kochen.« Hilbrecht lachte bei der Vorstellung, sein Freund könnte sich mit so unmännlichen Dingen beschäftigt haben.
Falko aber zuckte nur mit den Schultern. »Meine Mutter sagt, dass ein Mann über den Rand seines Tellers hinausschauen muss, wenn er es im Leben zu etwas bringen will, und sie hat wie immer recht.«
»Deine Mutter ist wahrlich etwas Besonderes«, gab Hilbrecht zu. »Mein Vater erzählt oft von seinen Abenteuern im Böhmischen Krieg. Dabei ist immer von Frau Marie die Rede. Meine Mutter ist sogar eifersüchtig geworden, so sehr hat mein Vater deine Mutter gelobt.«
Damit war wieder Frieden zwischen ihnen eingekehrt, und sie unterhielten sich während des Essens über vergangene Tage, die nicht sie, sondern ihre Eltern erlebt hatten, und über ihre gemeinsamen Streiche während ihrer Kinder- und Jugendzeit.
Zwar hatte Mariangela die beiden Deutschen schroff abfahren lassen, beobachtete sie aber dennoch immer wieder. Einer der beiden war recht hübsch, wirkte jedoch abweisend, während sein Kamerad sie geradezu mit den Augen ver-

schlang. Mit dem werde ich schon fertig, wenn er aufdringlich wird, dachte sie und strich mit einer unbewussten Geste über den kleinen Dolch, den sie auf Anraten ihrer Mutter unter ihrem Kleid trug.
Der Ruf ihres Vaters, es seien neue Gäste gekommen, holte Mariangela ins Haus, und erst nach einer guten Stunde hatte sie wieder Zeit, nach den Deutschen zu sehen. Der kantig aussehende Mann saß immer noch am Tisch und war seinen glasigen Augen zufolge nicht mehr nüchtern, doch von seinem Freund fehlte jede Spur.

II.

Eingedenk seiner Erfahrungen in Bellinzona hielt Falko sich beim Wein zurück, während Hilbrecht trank, als wäre er am Verdursten. Mit wachsender Trunkenheit wurde er immer einsilbiger, und schließlich erlahmte ihre Unterhaltung. Da ihm langweilig wurde, sah Falko sich die Umgebung an. Es dämmerte bereits, und der Gianicolo-Hügel wirkte wie ein dunkler Schattenriss, der die nahende Nacht ankündigte. Da wurde Falko auf einen Reiter aufmerksam. Obwohl dieser sich in einen weiten Umhang gehüllt hatte und einen breitkrempigen Hut auf dem Kopf trug, kam er ihm bekannt vor.
Von Unruhe und Neugier gepackt, stand Falko auf, verließ die Terrasse der Taverne und folgte dem Reiter bis zur Kirche Santa Maria in Trastevere. Dort zügelte der Mann sein Pferd und stieg ab. Ein Windstoß riss ihm den Hut vom Kopf, doch war es schon zu dunkel, um jemanden erkennen zu können.

Falko drückte sich in eine Ecke und wartete, während der Mann seinen Hut aufhob und mit dem Pferd am Zügel an der Kirche entlangschritt, bis er das kleine Häuschen erreichte, in dem der Pfarrherr von Santa Maria in Trastevere wohnte.

Als dort aufgemacht wurde und der Schein einer Lampe auf den Reiter fiel, nickte Falko unwillkürlich, denn sein Verdacht hatte sich bestätigt. Es handelte sich um Giso, der mit einem Pferd und nicht wie sonst mit einem Maultier unterwegs war. Außerdem war er mit Hut und Umhang nicht als Geistlicher zu erkennen.

Auch der Pfarrer, der jetzt in der offenen Tür stand, schien ihn für einen fremden Reisenden zu halten, denn er sprach Giso wie einen solchen an. »Was wünschst du, mein Sohn?«

»Ich suche den frommen Pater Luciano«, antwortete Giso in lateinischer Sprache.

»Ich bin Pater Luciano«, erklärte der Pfarrer.

»Dann kennt Ihr gewiss den ehrenwerten Bischof Enea Piccolomini, der früher Seiner Majestät, König Friedrich III., als Sekretär gedient hat?«

Der Priester nickte. »Ich hatte die Ehre, ihm einmal vorgestellt zu werden.«

Falko spürte, dass die beiden um den heißen Brei herumredeten, so als wüssten sie nicht genau, ob sie einander Vertrauen schenken konnten.

Nun kramte Giso unter seinem Umhang herum und brachte ein Stück Papier zum Vorschein, das er dem anderen reichte. »Der bewundernswerte Enea Piccolomini bittet Euch, mir den Ring zu zeigen, den er Euch vor sechs Jahren geschenkt hat.«

»Ihr meint vor drei Jahren, mein Herr!« Pater Luciano sprach Giso nun um etliches höflicher an und bat ihn in sein Haus.

»Mein Sagrestano wird sich um Euer Ross kümmern«, hörte Falko ihn noch sagen, dann wurde die Tür geschlossen, und er blieb mit etlichen unbeantworteten Fragen in der beginnenden Nacht zurück.

12.

Obwohl Giso erleichtert war, den Priester von Santa Maria in Trastevere so rasch gefunden zu haben, blieb er vorsichtig und ließ sich den bewussten Ring zeigen. Dieser entsprach voll und ganz der Beschreibung, die Gottfried Schenk zu Limpurg ihm gegeben hatte.

Aufatmend reichte er Pater Luciano die Hand. »Ich freue mich, Eure Bekanntschaft zu machen, Bruder.«

»Ihr seid ein Mönch?«, fragte der Pater verwundert.

»Nein, aber ebenso wie Ihr ein geweihter Priester. Mich schickt der Fürstbischof von Würzburg in einer geheimen Mission.«

Bei diesen Worten musterte Giso den Pater neugierig. Er wusste nicht viel über ihn, aber es hieß, dass dieser von seiner Herkunft her ein weit höheres Kirchenamt als das des Pfarrherrn einer nachrangigen Kirche hätte ausüben können.

Pater Luciano machte sich ebenfalls Gedanken über seinen Gast. Der Deutsche war groß, kräftig und sichtlich gewohnt anzupacken. Allerdings fragte er sich, ob der Mann auch den Verstand und die Wendigkeit besaß, die diese Aufgabe erforderte.

»Habt Ihr mit Bischof Piccolomini selbst gesprochen? Er ist ein vorzüglicher Mann, wenn ich das so sagen darf, und auch derjenige, der zwischen Seiner Heiligkeit und dem deutschen König vermittelt. Wenn er seine Sache gut macht, kann er es vielleicht sogar selbst einmal zum Papst bringen.«

»Nein, mit dem Bischof von Siena habe ich nicht gesprochen. Aber Seine fürstbischöfliche Hoheit Gottfried Schenk zu Limpurg hat mich eingeweiht. Es geht um den geplanten Besuch des Königs sowie dessen Krönung zum Kaiser des Heiligen Römischen Reiches.«

»... die etliche Leute mit allen Mitteln verhindern wollen.« Pater Luciano verzog das Gesicht und machte dann eine Geste, als wolle er einen unangenehmen Gedanken verscheuchen.

»Es soll auch einen Mord gegeben haben«, warf Giso angespannt ein.

Der Pater nickte mit grimmigem Gesicht. »Es gibt viele Morde in Rom, Morde aus Habgier, Morde aus Leidenschaft, Morde aus Lust und Morde, um Dinge zu verhindern, die man nicht will.«

»Von einem solchen spreche ich«, begann Giso und wurde von einem Handzeichen seines Gastgebers unterbrochen.

»Wir werden belauscht«, raunte dieser ihm zu.

Dann sprach er weiter, als wäre nichts geschehen. »Mancher will durch einen Mord eine ihm missliebige Ehe verhindern, mancher sich ein Erbe sichern, mancher ...« Während Pater Luciano in völlig überflüssiger Weise die Gründe aufzählte, die zu einem Mord führen konnten, wies er Giso mit den Händen an, seinen Dolch zu ziehen und sich rechts neben die Tür zu stellen. Er selbst ergriff ein massives silbernes Kruzifix und schlich nach links.

»Es gibt natürlich auch Morde, die verhindern sollen, dass jemand etwas, was er erfahren hat, ausplaudern kann«, sagte er leiser als vorher, um den Lauscher glauben zu machen, er befände sich noch tiefer im Raum. Vorsichtig berührte er die Klinke, drückte sie dann kurz entschlossen durch und riss dir Tür auf. Gleichzeitig schwang er sein Kruzifix, um zuzuschlagen.

»Halt, nicht!« Im letzten Augenblick erkannte Giso Falko, der sich bis an die Tür geschlichen hatte, um zu lauschen, packte seinen Freund am Kragen und zerrte ihn ins Innere des Pfarrhauses.

»Welcher Teufel reitet dich, mir nachzuspüren?«, herrschte er ihn an.

Falko starrte auf den Dolch in Gisos Hand und das Kruzifix, mit dem Pater Luciano ihn beinahe niedergeschlagen hätte, und wischte sich mit einer nervösen Geste über die Stirn. »Was ist denn mit euch los? Ich wollte doch nur …«

»Hier in Rom werden Menschen bereits für weniger als fürs Wollen umgebracht«, erklärte der Pater in passablem Deutsch.

Dann wandte er sich an Giso. »Ihr kennt diesen Mann?«

»Er ist mein Reisegefährte und, wie ich zu meiner Schande gestehen muss, auch mein Freund.« Giso versetzte Falko einen kräftigen Puff und steckte seinen Dolch wieder weg. »Beim nächsten Mal denkst du gefälligst nach, bevor du mir nachspionierst. Ich hätte dich beinahe erstochen.«

»Tut mir leid, aber ich wollte wissen, was du hier tust«, antwortete Falko kleinlaut.

»Nichts, was dich etwas anginge. Was hast du gehört?«

»Etwas über einen Mord, der dich interessiert.«

»Verdammter Narr! Damit bringst du dich nur selbst in Gefahr. Es reicht, wenn ich mich um diese Sache kümmere.« Am liebsten hätte Giso seinem Freund ein paar Ohrfeigen versetzt und ihn dann weggeschickt wie einen kleinen Jungen.

Pater Luciano schob ihn ein Stück zurück und hob beschwichtigend die rechte Hand. »Für Vorwürfe ist jetzt keine Zeit. Euer Freund hat gesehen, dass Ihr auf geheimen Pfaden wandelt, und ist Euch aus Neugier gefolgt!«
»Bin ich nicht!«, wandte Falko ein. »Hilbrecht und ich waren drüben in der Taverne, das heißt, Hilbrecht ist es immer noch und himmelt die Wirtstochter an. Als ich Giso – Verzeihung! – den hochwürdigen Vater Giso gesehen habe, kam mir sein Aufzug komisch vor, und ich wollte nachsehen, was er hier treibt.«
»Ihr könnt Euren Freund ruhig so nennen, wie Ihr es gewohnt seid. Auf mich müsst Ihr hier keine Rücksicht nehmen. Ihr wart also in Gaspares Taverne. Wie seid Ihr dorthin gekommen?« Pater Lucianos letzte Frage klang so scharf, dass die beiden Freunde aufmerkten.
»Ein junger Römer«, antwortete Falko, »hat uns die Taverne empfohlen. Gianni heißt er. Der Bursche hat sich uns am Stadttor als Führer anempfohlen und zum Campo Santo Teutonico gebracht. Er meinte, bei Gaspare gäbe es den besten Wein, das beste Essen und die … äh, besten Dirnen in Rom.« Falko wagte nicht, Pater Luciano anzusehen.
Dieser wirkte auf einmal nachdenklich. »Was den Wein und das Essen betrifft, so war der Rat gut. Das mit den Huren aber stimmt nicht. In der Taverne lebt nur die Tochter des Wirtspaares, und die ist ein sittsames Mädchen.«
»Das hat sie uns sehr deutlich klargemacht.« Falko grinste kurz, wurde aber sofort wieder ernst.
»Was war das für ein Mord, dem du nachspüren willst?«, fragte er Giso.
Der Pater hob die Hand. »Halt, davon später! Jetzt interessiert mich der Bursche, der Euch und Euren Freund zu Gaspares Taverne geschickt hat. Er heißt also Gianni. Wie sah er aus?«

»Nun, er ist etwas kleiner als ich, schlank, hat dunkle Haare und ein schmales Bärtchen auf der Oberlippe, das ich als lächerlich empfinde.«
Während Falko Gianni beschrieb, nickte Giso zufrieden. Wie es aussah, achtete sein Freund besser auf seine Umgebung, als es den Anschein hatte.
Pater Luciano hingegen zog nachdenklich die Stirn kraus. »Dieser Gianni ist vor ein paar Wochen um Mariangela herumscharwenzelt, wurde aber von ihr abgewiesen. Also dürfte es Zufall gewesen sein, dass er ausgerechnet Euch und Euren Freund mit dem Hinweis auf lose Weiber dorthin geschickt hat. Wahrscheinlich hat er gehofft, Ihr würdet dem Mädchen nicht glauben und zornig werden. Weniger Zufall scheint mir jedoch zu sein, dass er Euch am Stadttor abgepasst und sich Euch als Führer angedient hat. Er gehört zu den Burschen, von denen man nicht weiß, wovon sie leben, und die trotzdem immer Geld haben.«
»Und was heißt das?«, wollte Falko wissen.
»Dass dieser Gianni von Diebereien und Schlimmerem leben muss.«
»Meint Ihr mit dem Schlimmeren Mord?«, fragte Falko geradeheraus.
Der Pater nickte verdrossen. »Genau das meine ich. Dieser Gianni hat sich just zu jener Zeit hier in Trastevere aufgehalten, als der kurz darauf ermordete Kardinal Foscarelli mich mehrmals besucht hat, um Botschaften abzuholen, die ihm unsere Gewährsleute über mich haben zukommen lassen.«
»Ist Kardinal Foscarelli auf dem Weg zu Euch oder von Euch nach Hause umgebracht worden?«, mischte sich nun Giso ein, um Falko das Feld nicht ganz zu überlassen.
»Auf dem Heimweg! Das ist fatal, da unsere Feinde auf diese Weise von König Friedrichs geheimen Plänen erfahren haben. Bislang haben seine Gegner ihn als Zauderer angese-

hen und entsprechend unterschätzt. Aber nun, da sie wissen, dass er mit aller Macht die Krönung zum Kaiser und die Ehe mit einer Dame aus einem herrschenden Haus anstrebt, werden sie ihn härter bekämpfen als bisher. Dabei ist es so wichtig, dass der König der Deutschen und Seine Heiligkeit nicht nur Frieden halten, sondern auch nach gemeinsamen Zielen streben. Die Muselmanen rüsten sich erneut zum Sturm auf Europa, und wenn die Könige der Christenheit sich nicht zusammenschließen, wird Mohammeds Banner schon bald über Ofen und Wien, ja vielleicht sogar über Venedig und Rom wehen!«

Pater Lucianos Prophezeiung klang so düster, dass es Falko schauderte.

Giso dachte jedoch weniger an das, was vielleicht einmal kommen würde, sondern an seinen Auftrag. »Der Fürstbischof hat mich geschickt, um Kardinal Foscarellis Aufgaben zu übernehmen. Zwar werde ich nicht so leicht Zugang zu Seiner Heiligkeit finden wie dieser, doch als Abgesandter des Würzburger Hochstifts steht mir das Recht zu, jederzeit um eine Privataudienz bei Nikolaus V. anzusuchen. Da ich von unseren Feinden jedoch scharf überwacht werden dürfte, bin ich auf Euch als Kontaktmann angewiesen.«

»Das mache ich gerne«, erklärte Pater Luciano. »Allerdings solltet Ihr auch auf Euren Freund zurückgreifen. Er kann Euch die Botschaften, die mich erreichen, überbringen.«

»Fällt es nicht auf, wenn Falko Euch zu oft besucht?«, fragte Giso verwundert.

Über das Gesicht des Paters huschte ein feines Lächeln. »Junker Falko muss nicht mich aufsuchen, sondern Gaspares Taverne. Dessen Tochter Mariangela ist mein Beichtkind und – wie ich sagen möchte – nicht auf den Kopf gefallen. Sie wird die Briefe von mir erhalten und an Euren Freund weitergeben.«

»Sie wird sie mir eher um die Ohren schlagen«, sagte Falko angesichts der Kratzbürstigkeit, die das Mädchen ihm und Hilbrecht gegenüber gezeigt hatte.
»Das wird sie gewiss nicht. Nur solltet Ihr respektieren, dass sie ihre Jungfernschaft für ihren Ehemann aufbewahren will.« Auch wenn Pater Lucianos Stimme sanft klang, so schwang doch eine erkennbare Warnung darin.
Giso nahm an etwas anderem Anstoß. »Mir gefällt es nicht, ein Weib mit einzubeziehen. Dieses Geschlecht ist doch von Natur aus schwatzhaft! Außerdem würden wir das Mädchen damit in Gefahr bringen.«
»Das ist leider möglich. Doch ehe ich den Großtürken hier in Rom zu seinem Allah beten sehe, nehme ich das in Kauf. Nun sollten wir dieses Gespräch beenden. Ich bitte Euch, mein Haus kurz hintereinander zu verlassen. Am besten ist es, Ihr kehrt gemeinsam zum Vatikan zurück, so als hättet Ihr zu zweit eine Zechtour unternommen.«
»Zu dritt, denn wir dürfen Hilbrecht nicht vergessen«, korrigierte Falko den Pater und stellte dann die Frage, die ihm schon geraume Zeit auf den Lippen lag.
»Habt Ihr eine Ahnung, wer diesen Kardinal Fossasonstwas ermordet hat?«
»Die Auswahl ist leider sehr groß, aber ich bin mir sicher, dass die Orsinis dahinterstecken. Das waren mit Ausnahme eines Mannes, der aus Feindschaft zum damaligen Papst zu Kaiser Friedrich II. hielt, immer Guelfen der übelsten Sorte.«
Giso starrte den Pater überrascht an. »Guelfen? Aber die Zeit des großen Streits zwischen der päpstlichen Partei der Guelfen und den Stauferkaisern liegt doch lange zurück!«
»In Rom ist das, was vor tausend Jahren geschah, immer noch gegenwärtig. Wie sollte da etwas in Vergessenheit ge-

raten sein, das noch keine dreihundert Jahre zurückliegt?«, belehrte Pater Luciano ihn und wies zur Tür.
»Geht jetzt! Junker Falko soll in zwei Tagen zu Gaspares Taverne kommen. Bis dahin werde ich wohl die erste Botschaft für Euch haben.«
Giso begriff, dass er an diesem Tag nicht mehr erreichen konnte, und so verabschiedeten er und sein Freund sich höflich. Während Falko den Schatten der Häuser ausnützend zur Taverne zurückkehrte und dort Platz nahm, als wäre er nur kurz auf dem Abtritt gewesen, führte Giso seinen Gaul einmal um die Runde und näherte sich dem Gasthaus von der anderen Seite.
»Na, da seid ihr ja, ihr zwei!«, rief er und setzte sich zu seinen Freunden. »Einen Becher und einen weiteren Krug Wein«, rief er Mariangela zu, die flink zwischen den Tischen hin- und herlief, und stupste dann Falko an. »Das ist ein verdammt hübsches Mädchen! Da kann ich verstehen, wie wenig es dich freut, dass sie sich für ihren Bräutigam aufsparen will.«

13.

Etwa um dieselbe Zeit empfing jenseits des Tibers Francescas Vater Ercole Orsini mehrere Männer in einem abgelegenen Raum seines turmartigen Palazzo. Unter ihnen waren Dario d'Specchi und dessen Sohn Cirio. Nachdem der Hausherr die Tür eigenhändig versperrt hatte, wandte er sich an seine Gäste.
»Verzeiht, dass ich Euch nichts Besseres bieten kann als ein wenig Gebäck und Wein, doch ich wollte auch in meinem eigenen Haus kein Aufsehen erregen.«

»Aber das ist doch selbstverständlich, Conte Ercole«, versicherte Dario d'Specchi sogleich.

Auch die übrigen Gäste beteuerten, damit zufrieden zu sein. Die meisten von ihnen hatten sich in schlichte Gewänder gehüllt, dennoch fiel ein junger Bursche aus dem Rahmen, der in abgetragenen Hosen, einem Hemd und einer ärmellosen Weste steckte. Es handelte sich um Gianni, der als Cirio d'Specchis Begleiter Conte Orsinis Haus betreten hatte. Er füllte ungeniert seinen Becher, ohne sich um die tadelnden Blicke der älteren Männer zu scheren, und angelte sich ein Stück Kuchen. Dabei sah er so aus, als würde er sich über die Herren amüsieren, die alle so ernst und würdig dasaßen.

Einer der Gäste, der wie ein Händler aussah, aber die schlanken, glatten Finger eines Edelmanns hatte, stellte seinen Becher beiseite und wandte sich an Ercole Orsini. »Habt Ihr eine Nachricht von Eurem Cousin, dem Kardinal, mein Herr?«

Der Gastgeber krauste missbilligend die Stirn, weil der Mann ihn nicht mit dem ihm zustehenden Titel angesprochen hatte, bequemte sich aber zu einer Antwort. »Bis jetzt noch nicht. Allerdings kann Seine Eminenz nicht jeden deutschen Priester oder Mönch überwachen lassen, der als Pilger nach Rom kommt.«

»Er soll auch nicht die Pilger überwachen, sondern Gesandte, die das Ohr Seiner Heiligkeit suchen«, wies ihn der andere zurecht.

»Seine Eminenz tut alles, was er vermag. Außerdem haben wir weitere Augen und Ohren im Vatikan, die uns informieren.« Ercole Orsini beschloss, sich von dem vorgeblichen Händler nicht provozieren zu lassen, trank nun selbst und musterte seine Gäste über den Rand des Bechers hinweg. Die meisten von ihnen kannte er. Darunter waren ein Vertrauter seines Familienoberhaupts, des Herzogs von Gravina, ein päpstlicher Prälat aus Venedig, zwei hohe Herren aus Florenz und Mailand und ebenjener als Händler verkleidete Edeling. Sie alle vereinte die Feindschaft zu einem ganz bestimmten Mann.

»Es muss uns nicht kümmern, wen der deutsche König als Boten nach Rom schickt. Wichtig ist, dass er selbst niemals diese Stadt betritt!«, erklärte der Mailänder mit Nachdruck.

Sein Nachbar aus Florenz machte eine beschwichtigende Geste. »Meinetwegen darf Friedrich sie betreten. Aber Seine Heiligkeit darf ihn auf keinen Fall zum Kaiser des Römischen Reiches krönen. Wir müssen Italien frei von allen fremden Einflüssen halten.«

Der Gast in Händlertracht zog bei diesen Worten ein Gesicht, als hätte er in eine besonders saure Frucht gebissen. »Italien ist nicht in der Lage, sich ohne Hilfe gegen die Anmaßung der Allemands zu behaupten. Eure Städte und vor allem der Heilige Stuhl brauchen dringend Verbündete. Mein Souverän, König Karl VII., bietet Euch seine Unterstützung gegen diese Barbaren an.«

»Zu welchem Preis?«, fragte der Mailänder scharf.

»Mein Herr wünscht Eure Freundschaft und die Eurer Fürstentümer. Er wird Euch …«

»… genauso schlucken wollen, wie die Deutschen es einst getan haben«, stieß der Mailänder hervor. »Wir Italiener wollen keine Fremden mehr als Herren über uns sehen. Uns reichen die Teodoricos, Desiderios, Carlos, Ottos, Lodovicos, Federicos und wie sie alle hießen, die sich zum Herrn über unsere Länder aufgeschwungen haben oder sich erneut aufschwingen wollen.«

»Von welchem Italien sprecht Ihr?«, fragte der Franzose spöttisch. »Meint Ihr Euer Mailand, das nach Recht und Gesetz zum Erbe Seiner Majestät, König Karls, zählen würde? Oder etwa Florenz, das nicht einmal die Herrschaft über die Toskana erringen kann? Oder gar das Patrimonium Petri, bei dem jeder Papst die Ländereien und Städte neu verteilt, um seine Bastarde und Neffen zu versorgen? Ach, ich vergaß Neapel und Sizilien, die einem König aus Aragon unterworfen sind. Wollt Ihr diese etwa Italiener nennen?«

»Nein! Aber wir wollen nicht statt ihrer einen französischen Charles als Nachbarn oder gar hier als König sehen«, erwiderte der Herr aus Mailand mit Nachdruck.

Ercole Orsini fand es an der Zeit, einzugreifen. »Meine Herren, wir sollten uns nicht den Kopf darüber zerbrechen, was einmal sein wird, sondern wie wir verhindern können, dass Friedrich von der Steiermark sich die Krone der Cäsaren aufs Haupt setzt. Wenn dies geschieht, wird er alles tun, seinen Einfluss in Italien zu mehren und die Länder, die einst unter der Hoheit teutonischer Herrscher standen, wieder für sich zu gewinnen.«

»Das wird Frankreich auf jeden Fall verhindern«, behauptete der Gesandte, den König Karl VII. geschickt hatte. »Muss mein Souverän dafür seine Ritter aufbieten, ist es seine Pflicht, diese zu belohnen. Dies geht jedoch nur mit Land, das erobert, und Beute, die gemacht wird!«

Nach diesen unverblümten Worten starrten die meisten Italiener ihn empört an. Nur Cirio d'Specchi winkte lachend ab. »Ich glaube kaum, dass der französische König seine Ritter für etwas einsetzen muss, was eine scharfe Klinge mit viel weniger Mühe lösen kann. Sollte Friedrich III. Rom heil und gesund betreten, heißt dies noch lange nicht, dass er die Stadt ebenso unversehrt wieder verlässt.«

Der Franzose nickte ihm anerkennend zu. »Diese Worte werden meinem Herrn gefallen. Noch mehr entzücken wird ihn jedoch die Tat. Außerdem ist nicht nur Frankreich daran gelegen, den Steiermärker tot zu sehen. Auch in Böh-

men und Ungarn gibt es hohe Herren, die denjenigen, der ihnen diesen Gefallen tut, mit Gold und Ehren belohnen werden.«
»Diese Belohnung werde ich mir verdienen!«, rief Cirio d'Specchi und griff zu seinem Dolch. »In dieser Stadt ist ein Julius Cäsar erstochen worden. Um wie viel leichter wird dies bei diesem deutschen Kaiserlein sein!«
Der Mann aus Mailand hatte den deutschen König bereits erlebt und sich sein Bild von ihm gemacht. Daher winkte er ab. »Täuscht Euch nicht! Friedrich III. mag ein Zauderer sein, doch auf seine Sicherheit ist er sehr bedacht. Wenn er in Rom erscheint, werden so viele teutonische Ritter um sein Bett herum schlafen, dass Ihr über deren Rüstungen steigen müsstet, um zu ihm zu gelangen.«
Der Vertraute des Herzogs von Gravina brachte einen weiteren Einwand. »Was ist mit den Osmanen? Sie erobern im Osten Land um Land. Wenn sie auch noch Ungarn und Böhmen besetzt haben, werdet Ihr lange auf Eure Belohnung warten können, Signore Cirio.«
»Habt keine Sorge«, erklärte der Franzose beflissen. »Frankreich wird nicht zulassen, dass die Muselmanen bis an die Grenzen Italiens vorstoßen. Doch lasst zuerst die deutschen Ritter gegen sie verbluten. Wenn die Türken mit denen fertig geworden sind, wird Frankreich diese Ungläubigen zurücktreiben.«
»… und sich dabei ein schönes Stück deutschen Landes einverleiben«, antwortete der Venezianer spöttisch.
»Besser, Frankreich holt sich Land von den Deutschen als von uns«, warf Ercole Orsini lächelnd ein.
»So ist es!« Der französische Unterhändler, ein Vicomte de Promont, stimmte ihm zu, obwohl der Blick seines Herrn bereits auf Mailand und Neapel gefallen war. Für ihn selbst aber galt es, die Anwesenden zu beruhigen und zu jenen

Verbündeten zu machen, die Frankreich benötigte, um seine Macht auszubauen.
»Mein Souverän wird sich für Eure Hilfe erkenntlich zeigen und weder mit Geld noch mit Ehren geizen«, versprach er und lenkte das Gespräch noch einmal auf Friedrich III. »Wichtig ist, dass der Steiermärker nicht in Rom zum Kaiser gekrönt wird und auch nicht die portugiesische Prinzessin heiratet. Beides würde seine Macht stärken, so dass er sowohl die Interessen Frankreichs wie auch Euch Italiener bedrohen wird.«
»Obwohl es in Euren Augen keine Italiener, sondern nur Venezianer, Lombarden, Toskaner, Römer und Neapolitaner gibt?«, spottete der Herr aus Florenz.
Trotz dieses Einwands war der Frieden zwischen den Parteien wiederhergestellt. Die meisten Gäste verabschiedeten sich bald und verließen das Haus auf unterschiedlichen Wegen. Nur die beiden d'Specchis und Gianni blieben bei Conte Ercole zurück.
»Der Franzose wird zahlen müssen und die Böhmen und Ungarn auch, wenn ich ihnen diesen Friedrich vom Hals schaffe«, erklärte Cirio d'Specchi lachend. »Ein Grafentitel muss schon herausspringen.«
»Es wäre besser, wenn Seine Heiligkeit Euren Vater zum Conte ernennt. Diesen Titel würdet Ihr erben. Ausländische Würden gelten im Reich des heiligen Petrus doch so gut wie nichts«, sagte Ercole Orsini tadelnd, denn ihm gefiel nicht, dass sein zukünftiger Schwiegersohn sich auf die Seite Frankreichs schlagen wollte. In seinen Augen waren sowohl Karl VII. wie auch Friedrich III. Männer, die Italien ihren Willen aufzwingen wollten. Das gedachte er zu verhindern. Dario d'Specchi bemerkte den Unmut seines Gastgebers und wies seinen Sohn mit einem Wink an zu schweigen. »Wir müssen die Deutschen im Auge behalten und heraus-

finden, wer im Namen des Herzogs der Steiermark mit Seiner Heiligkeit verhandeln soll. Der Verräter Foscarelli kann es zum Glück nicht mehr.«

»Da war weniger Glück im Spiel als geschickte Planung und kühles Blut«, wandte sein Sohn in überheblichem Tonfall ein.

»Trotzdem werdet Ihr Friedrich III. nicht auf die gleiche Weise ausschalten können. Daher müssen wir verhindern, dass er überhaupt nach Rom gelangt!« Ercole Orsini klang scharf und warnte seinen zukünftigen Schwiegersohn, es mit seinen Prahlereien zu übertreiben.

Dario d'Specchi wandte sich unterdessen an Gianni. »Hast du etwas herausgefunden?«

Der junge Mann schenkte sich Wein nach und trank mit Genuss, bevor er sich zu einer Antwort bequemte. »Es sind heute mehrere Reisegruppen aus Deutschland nach Rom gekommen. Die meisten davon mögen harmlose Pilger sein, doch ich lasse sie von meinen Freunden überwachen. Eine Gruppe, die mir aufgefallen ist, habe ich selbst zum Vatikan gebracht.«

»Und was sind das für Leute?«, fragte Cirio d'Specchi.

»Angeblich Pilger, die eine Nichte des Würzburger Fürstbischofs nach Rom begleitet haben. Die Frau soll den Nonnenkonvent von Tre Fontane übernehmen. Als solche kann sie jederzeit fordern, zum Papst vorgelassen zu werden.«

Der junge d'Specchi machte eine wegwerfende Handbewegung. »Dieser Bischof wird gewiss kein Weib zu seiner Abgesandten machen.«

»Warum nicht?«, wandte Ercole Orsini ein. »Gerade weil alle denken, eine Frau sei dafür nicht geeignet, könnte der Würzburger auf diesen Gedanken gekommen sein.«

»Es war auch ein Priester bei ihr sowie drei dieser dumpfen deutschen Ritter«, setzte Gianni seinen Bericht fort.

»Dann ist vermutlich einer dieser vier der Botschafter des Bischofs. Überwache sie, Gianni. Wer auch immer den Zwischenträger für unsere Feinde spielen will, wird es bereuen!« Cirio d'Specchi strich lächelnd über seinen Dolchgriff. Ercole Orsini musste sich kurz abwenden, um seinen Abscheu nicht offen zu zeigen. Noch immer hatte er nicht verwunden, dass ausgerechnet er seine Tochter für einen solchen Niemand wie Cirio d'Specchi opfern sollte, der im Grunde nur dem Duca di Gravina als Handlanger diente. Da aber der Herzog das Oberhaupt der Familie war, durfte er sich dessen Befehl nicht entziehen.
Es schien, als habe Dario d'Specchi die Zweifel des Conte bemerkt, denn er kam auf das Thema zu sprechen, das ihn weitaus mehr interessierte als der Herzog der Steiermark, den die Deutschen zu ihrem König gewählt hatten.
»Nachdem Francesca letztens von der Hebamme untersucht und als intakte Jungfrau befunden worden ist, steht ihrer Heirat mit meinem Sohn nichts mehr im Weg.«
Damit gab er seinem Gastgeber eine weitere Kröte zu schlucken. Conte Ercole beschloss dennoch, verbindlich zu bleiben. »Ich persönlich hätte nichts gegen eine baldige Heirat, da der Herzog diese unterstützt. Nur steht Francescas Forderung, Euren Sohn erst dann zu heiraten, wenn diesem ein ihr angemessener Titel verliehen worden ist, der Angelegenheit im Weg.«
»Das ist doch Narretei! Der Herzog hat versichert, bei Seiner Heiligkeit auf unsere Standeserhöhung hinzuwirken, und das Gleiche ist uns auch von Seiner Eminenz, Kardinal Latino, zugesagt worden.«
Dario d'Specchi war nicht bereit, noch länger zu warten. Wenn er und sein Sohn weiterhin dem Ehrgeiz der Orsinis dienen sollten, wollte er entsprechend belohnt werden. Immerhin hatte er seit vielen Jahren darauf hingearbeitet, die

kleine Welt der Notare und Sekretäre zu verlassen, in die er hineingeboren worden war, um in die höchsten Adelsränge aufzusteigen.

Sobald sein Sohn Francesca Orsini geheiratet hatte, mussten der Herzog von Gravina und Kardinal Latino schon ihres eigenen Ansehens wegen darauf hinarbeiten, ihm und Cirio einen Platz unter den Granden des Kirchenstaats zu verschaffen.

In Gedanken verstrickt, überhörte er Ercole Orsinis Antwort und musste diesen bitten, noch einmal zu beginnen.

»Wie ich bereits sagte, weigert Francesca sich, einen Mann zu heiraten, der ihr im Rang nicht ebenbürtig ist. Anstatt nun auf sie einzuwirken und sie zum Gehorsam zu zwingen, unterstützt mein Vetter, der Kardinal, diese Forderung. Daher sind mir die Hände gebunden, es sei denn, Herzog Giacomo selbst bestimmt den Tag der Trauung.«

Ercole Orsini glaubte, sich mit diesen Worten aus der Affäre gezogen zu haben, doch so schnell gaben sich seine Besucher nicht geschlagen.

»Ich bin nicht bereit, mich von Eurer Tochter zum Narren halten zu lassen!«, rief Cirio d'Specchi erregt aus.

»Dann geht zum Herzog und fordert ihn auf, Euch einen entsprechenden Titel zu besorgen!«, antwortete Conte Ercole kalt.

Dario d'Specchi wusste nur zu gut, dass Giacomo Orsini, der Herzog von Gravina, eine solche Forderung als unverschämt ansehen würde, und versuchte einzulenken. »Warum sollen wir Seine Gnaden noch einmal bemühen? Er hat diese Ehe bestimmt, also hat sie stattzufinden. Die Launen eines Mädchens gelten nichts.«

»Sie gelten dann etwas, wenn sie vor dem Priester auf ihren Forderungen beharrt und nein sagt«, antwortete Conte Ercole verärgert.

»Dann muss man dafür sorgen, dass sie dies nicht tun kann!« Cirio d'Specchi trat näher an Francescas Vater heran und fasste nach dessen Wams. Conte Ercole wich instinktiv vor ihm zurück, doch der junge Mann folgte ihm beharrlich.
»Wie stellt Ihr Euch das vor?«
Dario d'Specchi lächelte maliziös. »Nun, das ist doch ganz einfach. Wenn mein Sohn mit Eurer Tochter das tut, was Männer im Allgemeinen mit ihren angetrauten Weibern tun, bleibt ihr, um ihre Ehre zu retten, nichts anderes übrig, als in eine rasche Heirat einzuwilligen.«
»Ihr wollt, dass Euer Sohn meine Tochter vergewaltigt?«, fragte Conte Orsini entsetzt.
»Ist es eine Vergewaltigung, wenn er sich ein Recht nimmt, das ihm Seine Gnaden, der Herzog, und Ihr als Vater des Mädchens bereits eingeräumt habt?«, konterte Dario d'Specchi gelassen.
»Ich gab ihm dieses Recht für die Zeit der Ehe, nicht davor!« Ercole Orsini versuchte Vater und Sohn d'Specchi ins Gewissen zu reden, doch die beiden ließen sich nicht beirren. »Sollen wir Seiner Gnaden, dem Herzog von Gravina, etwa mitteilen, dass Ihr Euch weigert, in seinem Sinn zu handeln?«
Da Conte Ercole sein Familienoberhaupt seit Wochen nicht mehr gesehen hatte, wusste er nicht, wie hoch die beiden d'Specchis in dessen Wertschätzung standen und wie wichtig sie für dessen weitere Pläne waren.
Er wollte sich nicht den Zorn seines Verwandten zuziehen und gab daher nach. »Also gut! Wie stellt Ihr Euch das vor?«
»Soviel ich weiß, haltet Ihr das Mädchen noch immer unter Hausarrest«, begann der ältere d'Specchi.
Das Gesicht des Conte wurde hart. »Wenn Ihr glaubt, ich

lasse diese Tat unter meinem Dach geschehen, täuscht Ihr Euch!«
»Das fordern wir auch nicht. Schickt Eure Tochter zur Buße in die Katakomben der Domitilla. Sie soll an einem Gottesdienst zu Ehren der heiligen Märtyrer Nereus und Achilleus teilnehmen. Gianni wird ihr Führer sein und sie nach der Messe in einen abgelegenen Teil der Katakomben bringen. Dort wird mein Sohn auf sie warten und Francesca zu seinem Weib machen.«
Das klang ganz danach, als habe d'Specchi diesen Plan schon seit geraumer Zeit erwogen, durchfuhr es Ercole Orsini. Doch die Kraft, sich gegen diese Forderung zu stemmen, hatte er nicht mehr.
»Dann soll es so geschehen. Da bereits übermorgen eine Gedenkmesse für die beiden Prätorianer stattfindet, die zu Märtyrern des Glaubens geworden sind, wird meine Tochter daran teilnehmen. Ihre Zofe wird sie dorthin begleiten. Gianni soll Annunzia aus den Katakomben herausführen, sobald Euer Sohn Francescas habhaft geworden ist. Ich will nicht, dass andere Menschen sehen, was mit meiner Tochter geschieht.«
Da sie erreicht hatten, was sie wollten, versprachen die beiden d'Specchis dies hoch und heilig und verabschiedeten sich. Conte Ercole blickte ihnen und Gianni mit einer Miene nach, als würden nicht zukünftige Verwandte, sondern ekliges Gewürm sein Haus verlassen. Doch er wusste selbst, dass er nicht gegen den Willen seines Vetters Giacomo, des Herzogs von Gravina, handeln durfte. Daher war es vielleicht ganz gut, wenn auch Francesca begriff, dass an einer Ehe mit Cirio d'Specchi kein Weg vorbeiführte.

14.

Ein ganzes Stück nördlich von Rom, jenseits der Alpen, stand Bruno von Reckendorf am Fenster einer seiner Burgen und starrte ins Land hinein, wie er es in letzter Zeit oft tat. Doch er sah weder die bewaldeten Hügel im Hintergrund noch die gut bestellten Felder seiner Bauern. Stattdessen drehten sich seine Gedanken um seine Gefangene. Im Augenblick bedauerte er es, den Vorschlag seines Kastellans abgelehnt zu haben. Er und seine Männer hätten die junge Kibitzsteinerin tatsächlich im Wald schänden und sie dann nackt zurücklassen sollen. Seinetwegen hätte ihr Bruder nach seiner Rückkehr aus Italien ruhig Rechenschaft fordern können. Mit diesem Milchgesicht wäre er leicht fertig geworden.

Die Erinnerung an jenen Augenblick, in dem ihn Falko Adlers Lanze mit verheerender Wucht getroffen und aus dem Sattel geschleudert hatte, ließ ihn nicht los. Natürlich hatte der Bursche damals Glück gehabt. Dennoch durfte er den Kibitzsteiner nicht unterschätzen. Doch was war, wenn es nicht zu einem Zweikampf kam, sondern zu einer richtigen Fehde?

»Das Weibsstück soll verdammt sein!« Kochend vor Wut drehte Junker Bruno sich um und verließ seine Kammer. Unterwegs traf er auf Siffer Bertschmann, dem es sichtlich missfiel, sich auf dieser abgelegenen Festung verstecken zu müssen. Reckendorf hatte es jedoch nicht gewagt, seine Gefangene zu seinem Hauptsitz zu bringen, an dem Abgesandte des Würzburger Fürstbischofs ihn jederzeit hätten erreichen können. Diese Burg hier war erst kürzlich durch Erbschaft an ihn gefallen, und da sie im Hochstift Bamberg lag, konnte Gottfried Schenk zu Limpurg an diesem Ort keine Macht ausüben.

»Seid Ihr endlich zu einem Entschluss gekommen?«, fragte Bertschmann mit säuerlicher Miene. »Wenn es nach mir ginge, würden wir das Weibsstück auf den Rücken legen, uns mit ihm vergnügen und es dann zum Teufel jagen!«
Obwohl Bruno von Reckendorf dies eben noch als die beste Lösung angesehen hatte, funkelte er seinen Kastellan zornig an. »Ich werde so entscheiden, wie es mir richtig erscheint!«
»Nehmt es mir nicht übel, aber Euer Zögern bringt nichts, es sei denn, Ihr wollt Lösegeld für die kleine Hure fordern.« Kaum waren ihm die Worte über die Lippen gekommen, überlegte Bertschmann, ob er nicht doch einiges von dem Lösegeld für sich abzweigen könnte. Einen großen Beutel gemünzten Goldes in Händen zu halten erschien ihm verlockender, als sich für ein paar Augenblicke zwischen die Schenkel der Gefangenen zu zwängen. Vielleicht konnte er sogar beides haben. Immerhin befand sich Hildegard Adler in ihrer Gewalt, und wer wollte sie daran hindern, sie sowohl auf den Rücken zu legen wie auch Geld für ihre Freilassung zu fordern.
Diesen Vorschlag machte er seinem Herrn, doch Reckendorf wischte den Gedanken mit einer energischen Handbewegung beiseite. »Wenn ich Lösegeld für die Gefangene fordere, werden die Abgesandten ihrer Mutter mit ihr reden wollen. Sagt sie diesen, sie wäre geschändet worden, könnte dies bedeuten, dass die Witwe keine Truhe voller Gulden, sondern ihre Kriegsknechte schickt.«
»Fürchtet Ihr die Kibitzsteiner Brut?«, fragte Bertschmann lachend.
Junker Brunos Gesicht färbte sich bei diesen Worten dunkel vor Zorn. »Gebt acht, was Ihr sagt, Bertschmann! Ich könnte sonst glauben, Ihr dient mir nicht mit der Hingabe, die ich von Euch fordere.«

Sein Kastellan trat ein paar Schritte zurück und senkte den Kopf. »Ich wollte Euch nicht kritisieren, Herr.«
»Nichts anderes tut Ihr seit Tagen! Dabei hatte ich ehrliche Gefolgschaftstreue von Euch erwartet. Immerhin war ich bereit, Euch mit meiner Schwester zu verheiraten.«
Als der Junker seinem Kastellan den Rücken zukehrte und weiterging, starrte dieser ihm düster nach. Er hatte die Worte seines Herrn sehr genau verstanden. Der Junker war bereit gewesen, ihn mit seiner Schwester zu verheiraten, hatte aber seine Meinung geändert und wollte nicht mehr zu seinem Wort stehen.
»So haben wir nicht gewettet, mein Guter«, murmelte er und machte sich auf die Suche nach einer willigen Magd, in deren Armen er seinen Ärger für eine gewisse Zeit vergessen konnte.

15.

Als Junker Bruno an die Tür der Kammer trat, in der er seine Gefangene eingesperrt hatte, fragte er sich, warum er sie nicht in den Kerker zu den Ratten hatte werfen lassen. So viel Rücksicht, wie er ihr angedeihen ließ, hatte Hildegard Adler wahrlich nicht verdient. Er wollte schon nach Knechten rufen, um das Mädchen nach unten schaffen zu lassen, zögerte aber. In den Kerker konnte jeder hinabsteigen, der sich in der Burg befand, denn die Zellentüren waren nur durch Riegel verschlossen. Bertschmanns wiederholte Forderung, die Gefangene schänden zu lassen, hatte er nicht vergessen. Mittlerweile traute er seinem Kastellan sogar zu, dies auch ohne seine Erlaubnis

zu tun. Was Weiber betraf, war der Mann ein Tier. Er bedauerte jetzt schon die Frau, die dieser einmal heimführen würde. Dies erinnerte ihn daran, dass er Bertschmann seine Halbschwester versprochen hatte, und er verzog das Gesicht.
»Bertschmann sollte achtgeben und mich nicht weiter erzürnen«, sagte er zu sich selbst. Der Kastellan hatte ihm so zu dienen, wie es einem Mann seines Ranges zukam. Dazu gehörte nicht, gegen seinen Willen eine Gefangene zu vergewaltigen.
Reckendorf zog den Schlüssel aus dem Gürtel, mit dem er die Tür zu Hildegards Gefängnis verschlossen hatte. Da es nur diesen einen gab, war das Mädchen vor Bertschmann sicher.
Diese letzte Überlegung schien sich auf seiner Miene abzuzeichnen, denn als er aufsperrte und eintrat, wich Hildegard bis zur gegenüberliegenden Wand zurück und starrte ihn erschrocken an. Erst als ihr Entführer mit vor der Brust verschränkten Armen neben der Tür stehen blieb, fasste sie wieder Mut.
»Mit welchem Recht haltet Ihr mich gefangen?«, fragte sie mit bebender Stimme.
»Du hast zwei Worte vergessen, nämlich ›mein Herr‹«, klang es barsch zurück.
»Ihr seid nicht mein Herr!«, rief Hildegard aus.
»Und ob ich das bin! Ich kann jederzeit mit dir verfahren, wie ich es will.« Es gefiel Reckendorf, dem Mädchen zu drohen, denn ihr Blick verriet ihm, dass sie mehr Angst hatte, als sie zeigen wollte. Sie war wie ein gefangener Vogel in seiner Hand, den er zerquetschen oder freilassen konnte.
»Freilassen? Dich? Niemals!«, brach es unbewusst aus ihm heraus.

»Was wollt Ihr von mir?«
»Du bist meine Gefangene, und ich kann mit dir machen, was ich will«, wiederholte der Junker.
An dem kurzen Aufblitzen in den Augen des Mädchens erkannte er, dass Hildegard Fluchtgedanken hegte. Sie versuchte, unauffällig über seine Schulter zur Tür zu schauen, als überlege sie, ob sie diese schneller erreichen konnte als er.
»Wage nicht, zu fliehen! Ich müsste dich sonst hart bestrafen!«
Reckendorf genoss die Macht, die er über seine Gefangene ausübte. Sie war ein Teil der Rache, die er an den Kibitzsteinern nehmen wollte. Zufrieden musterte er Hildegard und fand sie immer noch recht hübsch, auch wenn sie keinerlei Ähnlichkeit mit ihrer Mutter aufwies.
Ihr Gesicht war länglich, die Augen unter schmalen Brauen von hellblauer Farbe, und ihr Haar konnte je nach Lichteinfall dunkelblond oder brünett genannt werden. Sie hatte eine schlanke Figur mit angenehm gerundeten Formen an den richtigen Stellen. Für einen Augenblick erwog er, sie auszuziehen und zu seiner Sklavin zu machen.
Verwundert, wohin seine Gedanken sich verirrten, runzelte Reckendorf die Stirn. Er durfte sich nicht vom Aussehen des Mädchens beeinflussen lassen, sonst bekam er womöglich noch Mitleid mit ihr.
»Du willst wissen, weshalb ich dich gefangen halte? Nun, das hast du deinem Bruder zu verdanken. Der Kerl hat es gewagt, mich mit einem unehrenhaften Stoß aus dem Sattel zu heben und sich damit zu brüsten. Nun wird er dafür bezahlen!«
Hildegard straffte ihre Gestalt und sah den Junker verächtlich an. »Mein Bruder hat es nicht nötig, im Kampf zu üblen Schlichen zu greifen. Dafür ist er ein zu guter Kämpe und

aufrichtiger Ritter. Er hat auch Euch im ehrlichen Kampf besiegt.«

»Hat er nicht!«, schnauzte Reckendorf sie an, ahnte aber, dass das Mädchen recht haben könnte. Im Grunde war er selbst schuld an seiner Niederlage gegen Falko Adler, weil er dieses Milchgesicht schlicht unterschätzt hatte. Doch er war nicht bereit, dies vor sich selbst oder gar vor einem anderen zuzugeben.

»Dein Bruder hat nicht das Recht, die Lanze mit ehrbaren Rittern zu kreuzen, denn er ist niederen Standes«, sagte er stattdessen und brachte Hildegard zum Lachen.

»Mein Bruder ist genau wie ich das Kind des freien Reichsritters Michel Adler auf Kibitzstein. Seid Ihr mehr als dieser?«

Auch wenn Reckendorf zu den reichsten Rittern im Frankenland gezählt wurde, so war er doch mit all seinen Besitzungen entweder den Fürstbischöfen von Würzburg und Bamberg oder dem Markgrafen von Ansbach untertan.

»Es geht um die Abstammung! Meine Ahnen waren Ritter seit alters, während euer Vater nur ein Bierschenk war.«

»… den Kaiser Sigismund aufgrund seiner Verdienste in den Adelsstand erhoben und zum Reichsritter von Kibitzstein ernannt hat«, erwiderte Hildegard so gelassen, wie sie es vermochte.

»Ihr habt nicht die sechs Generationen ritterlicher Vorfahren, die deinem Bruder erlauben würden, an einem der großen Turniere teilzunehmen. Ich hingegen darf dies jederzeit tun!«, sagte Reckendorf stolz, war aber dennoch wütend auf seine Gefangene und auf sich selbst.

Zwar hatte Hildegard immer noch Angst vor ihrem Entführer, aber sie verteidigte sich und Falko mit großer Leidenschaft. »Der Adelsbrief, den Kaiser Sigismund unserem Vater ausstellte, erlaubt es uns, unser Haupt unter allen edlen

Geschlechtern des Reiches hoch zu tragen, und er gibt meinem Bruder auch das Privileg, an allen Turnieren im Reich teilzunehmen.«

Bruno von Reckendorf spürte, dass er den Wettstreit der Worte zu verlieren drohte, und stieß einen wüsten Fluch aus. »Alles Pergament, das Kaiser Sigismund gesiegelt hat, löscht eure unehrenhafte Abkunft nicht aus. Ihr Kibitzsteiner seid Abschaum und werdet es immer bleiben. Du wirst hier auf dieser Burg mir und meinen Männern als Hure dienen, und dann schicke ich dich zu deiner Mutter zurück, damit alle Welt erfährt, was ich von euresgleichen halte!«

Er sah Hildegard erbleichen, doch wenn er erwartet hatte, sie würde ihn um Gnade anflehen, hatte er sich getäuscht. Auf ihrem Gesicht erschien ein verächtlicher Zug, und sie sah ihn an, als wäre er eine übel stinkende Kreatur. »Tut es, und mein Bruder wird nach seiner Rückkehr aus Rom im Zweikampf zuerst all Euren Stolz aus Euch herausschlagen und Euch dann mit einem letzten Schwerthieb entleiben. Ich werde dabeistehen und lachen, wenn Ihr wie ein totgeprügelter Hund zu meinen Füßen liegt.«

Mit einem Schritt war der Junker bei Hildegard und schlug ihr hart ins Gesicht.

Das Mädchen prallte gegen die Wand und wischte sich mit dem Handrücken über die Lippen. Als sie Reckendorf die Hand anklagend entgegenstreckte, glänzte diese rot. »Ihr seid wahrlich ein ehrenhafter Ritter! Weil Ihr dem Bruder nicht gewachsen seid, vergreift Ihr Euch an der Schwester. Pfui Teufel, sage ich! Selbst ein Räuber ist besser als Ihr.«

Bruno von Reckendorf stand vor der Wahl, sie noch einmal zu schlagen oder sich zurückzuziehen, und entschied sich für das Zweite. Doch als er die Tür hinter sich ins Schloss warf und anschließend versperrte, beschloss er, seine Gefangene zwei Tage hungern zu lassen. Danach würde sie handzahm werden und ihn auf Knien anflehen, sie zu verschonen. Das aber würde er gewiss nicht tun.

16.

Es war für Trudi weitaus leichter gewesen, nach Würzburg zu reiten, als eine Audienz beim Fürstbischof zu erhalten. Jedes Mal, wenn sie auf dem Marienberg vorsprach, hieß es, Seine Gnaden wären zu beschäftigt, um sie zu empfangen.

Als sie diese Worte zum dritten Mal an diesem Tag hörte, packte sie der Zorn. »Du wirst mich jetzt zu deinem Herrn führen, verstanden? Oder ich schreie die ganze Burg zusammen! Und sei versichert, ich kann sehr laut schreien.«

Der Sekretär, der sie hatte abwimmeln wollen, schluckte, weil sie ihn wie einen x-beliebigen Knecht ansprach. Da sie jedoch so aussah, als würde jeder Versuch, die Frau deswegen zu tadeln, diese zu einem wüsten Kreischen treiben, zwang er sich zu einer höflichen Antwort.

»Ich bitte, beruhigt Euch! Wenn Euch Unrecht geschehen sein sollte, wird Seine Gnaden, der Herzog von Franken, Euch gewiss Genugtuung verschaffen.«

»Das will ich hoffen«, rief Trudi mit blitzenden Augen. »Wir sind auf Würzburger Grund von üblen Gesellen überfallen worden! Dabei wurden meine Mutter und mehrere Knechte verletzt und meine jüngste Schwester entführt!«

Der Mann wich erschrocken zurück. »Gerechter Gott im Himmel! Weshalb habt Ihr das nicht gleich gesagt?«

»Ich habe es heute Nachmittag bei meiner Ankunft sogleich erklärt. Der Bedienstete, der mich empfangen hat, wollte mir den Landrichter schicken, doch nichts ist geschehen. Als ich nach einer gewissen Zeit erneut vorgesprochen habe, versicherte man mir, dem Fürstbischof sofort Bescheid zu geben. Doch wie es aussieht, haben weder der hohe Herr selbst noch der Mann, der für die Ordnung im Hochstift verantwortlich ist, Zeit für meine Belange und das himmelschreiende Unrecht, das man uns angetan hat!«

Der Sekretär begriff, dass die zornbebende junge Frau keine weiteren Ausflüchte mehr hinnehmen würde. Wenn er weiterhin versuchte, sie abzuwimmeln, mochte dies sogar zu seinem Nachteil ausschlagen, denn die Kibitzsteiner Weiber waren dafür bekannt, dass sie kein Blatt vor den Mund nahmen. Wenn die Frau dem Fürstbischof erklärte, er habe ihre Anklage wegen des Überfalls und der Entführung nicht ernst genommen, war seine Karriere in Gefahr.

»Kommt mit!«, bat er daher und stiefelte voraus.

Trudi war froh, dass sie sich endlich hatte durchsetzen können, und sank, als sie vor Gottfried Schenk zu Limpurg geführt wurde, in ihren ehrerbietigsten Knicks.

»Ah, Gräfin Hiltrud! Was führt Euch zu mir?«, fragte der Fürstbischof besser gelaunt, als sein Sekretär es erwartet hatte.

Für Trudi war es ungewohnt, mit diesem Namen und Titel angesprochen zu werden, doch hatte Friedrich III. ihren Ehemann Peter von Eichenloh vor wenigen Monaten in den Stand eines Grafen erhoben, da es sich für den Nachkommen von Königen und Kaisern nicht geziemte, als einfacher Ritter zu leben. Doch das war im Augenblick nicht wichtig. Sie erhob sich und blieb mit entschlossener Miene vor dem Fürstbischof stehen. »Uns ist schlimmes Unrecht widerfahren, Euer Gnaden! Auf dem Weg nach Kibitzstein wurde

unser Reisezug überfallen, drei unserer Knechte schwer verletzt und meine Schwester Hildegard entführt.«
»Was sagt Ihr da?« Gottfried Schenk zu Limpurg wollte nicht glauben, dass eine solche Tat in seinem Hoheitsgebiet möglich war.
Doch als er nachfragte, konnte Trudi ihm mit Einzelheiten dienen. »Es waren keine Räuber, sondern der Junker von Reckendorf mit seinen Männern. Wir haben ihn und seinen Kastellan zweifelsfrei erkannt. Siffer Bertschmann hat meiner Mutter mit der gepanzerten Faust ins Gesicht geschlagen! Wahrscheinlich ist kein Knochen gebrochen, doch es steht noch nicht fest, ob sie entstellt bleiben wird oder nicht. Jedenfalls wird es Wochen dauern, bis ihre Verletzung geheilt ist. Bruno von Reckendorf hat meine Schwester Hildegard aus dem Sattel gerissen und entführt.«
»Reckendorf? Das kann ich mir nicht vorstellen.« Noch während er es sagte, erinnerte Gottfried Schenk zu Limpurg sich an den hasserfüllten Ausdruck in den Augen des Junkers. »Habt keine Sorge, Gräfin! Euch und Eurer Familie wird Genugtuung zuteilwerden. Wollt Ihr derweil auf Marienberg bleiben?«
»Nein, Euer Gnaden. Ich will nach Kibitzstein zu meiner Mutter reiten. Sie ist nicht mehr jung, und es mag sein, dass Bertschmanns Schlag sie schwerer verletzt hat, als es zunächst den Anschein hatte. Auch geht es um meine Schwester Lisa, die uns begleitet hat. Sie ist schwanger und wurde bei dem Überfall aus ihrer Sänfte geschleudert. Daher fürchten wir um sie und ihr ungeborenes Kind!«
Der Fürstbischof fragte sich, welcher Teufel Bruno von Reckendorf geritten haben mochte, eine solche Tat zu begehen. Immerhin waren Gräfin Hiltruds Ehemann Peter von Eichenloh und Lisas Gemahl Otto von Henneberg zwei der erfahrensten Kriegsmänner im Hochstift. Beide würden den

Schimpf, der ihren Frauen, ihrer Schwiegermutter und ihren Schwägerinnen angetan worden war, niemals ungesühnt lassen.

Für einige Augenblicke sah Gottfried Schenk zu Limpurg bereits eine Fehde zwischen den Kibitzsteinern und deren Freunden auf der einen Seite und Bruno von Reckendorf auf der anderen aufflammen. Diese Feindseligkeiten würden das gesamte Hochstift und damit halb Franken in Mitleidenschaft ziehen.

»Das darf niemals geschehen!«, sagte er zu sich selbst.

Er erhob sich, bat Trudi, ihn zu entschuldigen, und forderte seinen Sekretär auf, Papier, Tinte und Feder in die Hand zu nehmen. Dann diktierte er dem Mann einen Brief an Bruno von Reckendorf, in dem er diesen in scharfen Worten aufforderte, Jungfer Hildegard unverzüglich freizulassen und anschließend sofort nach Würzburg zu kommen, um sich zu rechtfertigen.

»Diese Angelegenheit duldet keinen Aufschub, daher soll der schnellste Reiter diesen Brief zu Reckendorfs Stammburg bringen!«, befahl er, verabschiedete Trudi und zog sich in seine Kapelle zurück. Dort bat er die Heilige Jungfrau und den heiligen Kilian, dafür zu sorgen, dass die Angelegenheit glimpflich ausging. Immerhin hatte er den Bruder der Entführten nach Italien geschickt und fühlte sich daher verpflichtet, für den Schutz der Familie zu sorgen.

Der Bote machte sich noch am gleichen Tag auf den Weg und erreichte Reckendorfs Hauptsitz am Nachmittag des folgenden Tages. Der Mann, der in Abwesenheit des Burgherrn und dessen Kastellans Bertschmann der Burg vorstand, entstammte keiner ritterlichen Sippe, sondern war nach langen treuen Diensten zu diesem Posten aufgestiegen. Da er nicht in die Pläne seines Herrn eingeweiht worden war, konnte er weder sagen, wo Bruno von Reckendorf sich aufhielt, noch, wann dieser zurückkehren werde. Da er aber wusste, dass sein Herr ein Verwandter des Würzburger Fürstbischofs war und hoch in dessen Gunst stand, legte er den Brief in dessen Gemach, damit dieser ihn bei seiner Ankunft vorfinden würde, und ging seinen gewohnten Pflichten nach.

17.

Gianni hatte wieder einmal seinen Platz an dem zum Vatikan führenden Stadttor Roms eingenommen und dachte über den Auftrag nach, den er am nächsten Tag ausführen sollte. Seinem Freund und Gönner Cirio d'Specchi die Braut zuzuführen war er gerne bereit. Aber er ärgerte sich ein wenig, weil deren Zofe schon viel zu alt war, um einem Mann Vergnügen bereiten zu können. Bei dieser Überlegung stieg unwillkürlich Mariangelas Bild in ihm auf. Die Gastwirtstochter hätte er nur zu gerne auf den Rücken gelegt, doch die hatte ihn schon mehrmals abblitzen lassen.

Aus Rache hatte er die beiden teutonischen Ritter zu ihr geschickt. Anstatt Gaspares Taverne in Stücke zu schlagen und dem Mädchen Gewalt anzutun, hatten diese Narren sich nur betrunken und waren dann zusammen mit ihrem geistlichen Begleiter in den Campo Santo Teutonico zurückgekehrt. Gianni fragte sich immer noch, wer von den dreien der geheime Gesandte des Würzburger Fürstbischofs oder gar des deutschen Königs Friedrich III. sein mochte. Wahrscheinlich war es doch die neue Äbtissin von Tre Fontane. In jedem Fall galt es, auch diese zu überwachen.

Der Konvent, dem sie vorstand, bestand nur aus wenigen Damen. Ihre Aufgabe war das Schmücken jener Kirche, die an das Martyrium des heiligen Apostels Paulus an jener Stelle erinnerte. Das war nicht sonderlich schwer, und so würde Elisabeth Schenk zu Limpurg genug Zeit zur Verfügung haben, auf Wegen zu wandeln, die Cirio d'Specchi und seinem Gönner, dem Herzog von Gravina, missfallen mussten.
Während Gianni sich einen Plan zurechtlegte, wie er die junge Äbtissin entlarven und ausschalten konnte, sah er mehrere Reiter auf die Stadt zukommen. Es handelte sich um einen Edelmann mit vier bewaffneten Begleitern, die nicht so aussahen, als seien sie Pilger. Der Anführer, ein großer, wuchtiger Mann mit einem viel zu kleinen Kopf, auf dem eine lächerliche Mütze mit Federschmuck saß, wirkte arg missmutig, und auch seine Männer sahen so aus, als hätte es ihnen die Petersilie verhagelt.
Gewohnt, auf alles achtzugeben, was um ihn herum geschah, stieß Gianni sich von der Mauer ab und trat auf die Fremden zu.
»*Buon giorno, signori*«, grüßte er im hiesigen Dialekt, um dann ins Deutsche überzuwechseln. »Kann ich den Herren behilflich sein? Ihr sehnt Euch gewiss nach einem kühlen Trunk und einem Braten.«
»Endlich einer, der wie ein Mensch spricht und nicht wie ein Enterich quakt!«, stieß der Anführer hervor. »Außerdem hast du recht, denn Wein und etwas zu essen kämen uns wie gerufen. Auch brauchen wir ein Quartier.«
»Daran ist in Rom wahrlich kein Mangel«, erklärte Gianni, der den anderen als deutschen Hinterwäldler eingestuft hatte.
Ein Gedanke blitzte in ihm auf, doch bevor er ihn ausführen konnte, sprach der Edelmann weiter. »Stehst du öfter hier herum?«

»*Si,* ja!«
»Ich suche einen Ritter und seine Begleitung. Vielleicht hast du sie in Rom einreiten gesehen.«
»Wie sieht dieser Ritter aus?«, fragte Gianni und erhielt eine Beschreibung, die auf einen der vier Männer passte, die den d'Specchis verdächtig vorkamen.
»Der Kerl ist etwas kleiner als ich, dürr und hat ein Gesicht wie ein Mädchen.«
In der Stimme des Fremden lagen so viel Hass und Wut, dass für Gianni kein Zweifel blieb. Der Mann hier war Falko Adlers Todfeind und diesem anscheinend aus den deutschen Landen bis hierher gefolgt.
»Nun …«, begann er gedehnt. »So einen Mann habe ich gesehen. Er ist vor zwei Tagen nach Rom gekommen und hat im Campo Santo Teutonico Unterkunft gefunden. Wenn ich seinen Namen richtig verstanden habe, nennt er sich Falko Adler, Reichsritter zu Kibitzstein.«
»Genau den meine ich!«, stieß Junker Rudolf aus und ballte die Rechte zur Faust.
»Ich kann Euch und Eure Männer zum Campo Santo Teutonico führen«, bot Gianni an.
Der Junker schüttelte den Kopf. »Ich will nicht, dass er oder jemand anderes aus seiner Begleitung mich sieht. Wir sind keine Freunde, musst du wissen.«
Und du bist ein Narr, weil du deine Gedanken auf der Zunge trägst, spottete Gianni insgeheim. Ihm kam dieser Fremde gerade recht. Wenn der mit Falko Adler aneinandergeriet und ihn tötete, war ein möglicher Spion des deutschen Königs ausgeschaltet. Außerdem sah er eine neue Gelegenheit, sich an Mariangela zu rächen. Dieser Bulle machte wahrlich nicht den Eindruck, als würde er das Nein einer Frau gelten lassen.
Mit gespielter Freundlichkeit verneigte Gianni sich vor Junker Rudolf wie vor einem großen Herrn. »Ich kann Euch

eine Taverne nennen, deren Wein und Braten weit über Rom hinaus gerühmt werden. Ihr könnt dort auch übernachten, und es heißt, dass die Wirtstochter nichts dagegen hat, einem besonderen Gast die Nächte zu versüßen.«

Da es Junker Rudolf unterwegs nur zweimal gelungen war, eine Magd so weit zu bringen, sich ihm hinzugeben, leuchteten seine Augen auf. »So wie du es beschreibst, ist es genau die Herberge, die ich mir wünsche. Los, bring uns hin!«

»Aber selbstverständlich! Wenn die Herren mir folgen wollen.« Innerlich lachte Gianni über den Tölpel, der ihm so rasch auf den Leim gegangen war. Da Falko Adler seit seiner Ankunft in Rom bereits zweimal Gaspares Taverne aufgesucht hatte und es gewiss auch ein drittes Mal tat, würde er dort auf diesen Ochsen von Mann treffen und mit ihm aneinandergeraten. Danach konnte er ihn von der Liste der Verdächtigen streichen.

VIERTER TEIL

Die Katakomben

I.

Francesca Orsinis Laune glich einer stürmischen Sommernacht mit Hagel und Blitz. Seit Tagen war sie in ihrem Zimmer eingesperrt und durfte es nur verlassen, um die heilige Messe zu besuchen. In der Kirche und auf dem Weg dorthin stand sie unter der strengen Aufsicht ihrer Mutter und ihrer Zofe Annunzia, und es wurde ihr nicht einmal gestattet, ihren Freundinnen einen kurzen Gruß zuzurufen.

»In einem Kerker wäre es gewiss nicht schlimmer als hier«, schimpfte sie vor sich hin, als sie auch an diesem Morgen mangels einer Sitzgelegenheit auf ihrem Bett lag und in der Bibel las, die ihr als einzige Lektüre zugestanden worden war.

Zwar konnte sie auf diese Weise ihre Lateinkenntnisse verbessern, gleichzeitig aber ödete sie die Geschichte der längst verblichenen Patriarchen und Könige mit ihrem ewig gleichen Hader an, und sie vermochte auch in den Evangelien des Neuen Testaments keinen Trost zu finden. Hätte sie in der Zeit Christi gelebt, so hätte dieser ihr gewiss geholfen. Doch der Heiland war vor langer Zeit ans Kreuz geschlagen worden, wieder auferstanden und in den Himmel aufgefahren. Jetzt saß er zur Rechten Gottes als Richter der Toten. Die Belange eines jungen Mädchens wie sie kümmerten ihn längst nicht mehr.

»Ich werde Cirio d'Specchi nicht heiraten, und wenn ich stattdessen ins Kloster gehen muss!«, setzte sie ihre einseitige Unterhaltung fort.

Sie wusste jedoch selbst, dass ihr auch dieser Weg versperrt war. Der Herzog von Gravina hatte diese Heirat beschlossen und ihr Vater darin eingewilligt. Sich zu weigern hieß so lange weiteren Stubenarrest, magere Mahlzeiten und vielleicht sogar Schläge, bis sie zermürbt aufgab und sich wie ein zum Schlachten bestimmtes Schaf in das Haus der d'Specchis führen ließ. Bei dem Gedanken brach sie in Tränen aus und überhörte, wie die Tür geöffnet wurde und ihre Mutter hereinkam.

Flavia Orsini blickte missbilligend auf ihre Tochter hinab. Sie hatte deren letzte, leidenschaftlich ausgestoßene Worte draußen gehört und nahm sich vor, das aufmüpfige Mädchen in seine Schranken zu weisen.

»Du wirst Signore Cirio in dem Augenblick zum Mann nehmen, den dein Vater bestimmt. Hast du mich verstanden? Außerdem bist du selbst schuld, dass du hier herumsitzen musst. Du hast dich entsetzlich schamlos benommen! Heilige Muttergottes, ich sterbe fast bei dem Gedanken, dass du dich Antonio Caraciolo wie eine Hure angeboten hast. Du hättest viel schwerer bestraft werden müssen, doch dein Vater und dein Verlobter sind einfach zu nachsichtig mit dir.«

»Nachsichtig?« Francesca lachte bitter auf. »Der junge d'Specchi hat mich so geschlagen, dass mein Auge heute noch blau ist!« Sie wies auf die verblassende Färbung über ihrer rechten Wange und fuhr mit einem wütenden Zischen fort. »Er hätte mich noch mehr verprügelt, wenn Papa nicht eingeschritten wäre. Einen solchen Kerl will ich nicht zum Mann!«

Es juckte Flavia Orsini in den Fingern, ihrer Tochter eine Ohrfeige zu versetzen, die der von Cirio d'Specchi in nichts nachstand. Ihr Auftrag war es jedoch nicht, Francesca zu züchtigen. Daher baute sie sich vor ihrer Tochter auf, verschränkte die Arme vor der Brust und bemühte sich, gleichmütig auszusehen. »Dein Vater ist wirklich nachsichtig, mein Kind. Er erlaubt dir heute, diese Kammer zu verlassen und am Gedenkgottesdienst für die beiden heiligen Märtyrer Nereus und Achilleus in den Katakomben der Domitilla teilzunehmen. Beeile dich! Die Sänfte steht schon bereit. Annunzia wird dich begleiten.«

»Ihr nicht?«

Francesca klang dabei so erleichtert, dass ihre Mutter sich zusammennehmen musste, um sie nicht doch noch zu ohrfeigen. »Nein, ich besuche heute meine Cousine Sabina. Sie ist gestern in Rom angelangt und im Palazzo ihres Bruders abgestiegen.«

Die Begründung leuchtete Francesca nicht ganz ein, denn mit Sabina hatte ihre Mutter sich noch nie verstanden. Aber an diesem Tag schien Contessa Flavias Lust auf Neuigkeiten größer zu sein als ihre oft geäußerte Abneigung gegen ihre Cousine. Francesca sagte sich, dass ihr dies nur recht sein konnte. Zwar würde auch Annunzia streng auf sie achten, doch sie hatte bei der Magd nicht ganz so stark das Gefühl, wie ein Pferd am Zügel geführt zu werden.

»Könnt Ihr Annunzia zu mir schicken, Mama, damit sie mir beim Anziehen hilft?«, fragte sie.

»Selbstverständlich! Doch gib acht, dass du dich so benimmst, wie es sich gehört. Dein Vater wäre sehr enttäuscht zu hören, dass du seine Gutmütigkeit missbraucht hast.« Damit schwebte sie aus dem Zimmer.

Kurz darauf trat Annunzia ein und neigte den Kopf. »Ich soll Euch beim Ankleiden helfen, Herrin!« Ihre Stimme klang dumpf, und sie wagte es nicht, Francesca anzusehen.

»Ich will das blaue Seidenkleid tragen!«, erklärte Francesca, ohne sich weiter Gedanken über das Verhalten ihrer Zofe zu machen. Wahrscheinlich quälten diese noch immer Gewissensbisse, weil sie sie verraten hatte. Immerhin war darauf-

hin ein Mensch umgebracht worden, und das mochte schwer auf ihrer Seele lasten.
Annunzia bewegten jedoch ganz andere Gedanken. Ihr Herr hatte sie in seinen Plan eingeweiht, Francesca an Cirio d'Specchi auszuliefern. Auch wenn sie immer wieder Anstoß an dem Verhalten des Mädchens genommen hatte, so wünschte sie ihr auch jetzt noch, in allen Ehren ins Brautbett gelegt zu werden. Zusehen zu müssen, wie ihre Herrin in einer düsteren Kaverne vergewaltigt wurde, ging ihr gegen den Strich. Daher holte sie das blaue Kleid ohne Widerspruch heraus, obwohl es zu Francescas besten zählte und für eine Messe an einem so unheimlichen Ort wie den Katakomben denkbar ungeeignet war.
Als sie und Francesca einige Zeit später nach unten stiegen, trat Ercole Orsini auf seine Tochter zu und schloss sie in die Arme. »Ich wünsche dir Glück, mein Kind!«
Seine Worte verwunderten Francesca, doch bevor sie sich darüber Gedanken machen konnte, klatschte ihre Mutter in die Hände. »Los, hurtig in die Sänfte, sonst kommt ihr zu spät zur Messe, und das ist eine Sünde!«

2.

Etwa um die gleiche Zeit betrachtete Giso Falkos missmutiges Gesicht und fand, dass sein Freund in Rom noch stärkeren Gemütsschwankungen unterlag als während der Reise. Allerdings wusste er, dass Falkos schlechte Stimmung daher rührte, dass die Äbtissin Elisabeth den Campo Santo Teutonico in aller Frühe verlassen und ihn beim Abschied gebeten hatte, sie nicht zu begleiten.

»Warum reitest du nicht zu Gaspares Taverne in Trastevere und trinkst einen Becher Wein?«, fragte Giso.
Falko wandte sich mit einem traurigen Blick zu ihm um. »Mutter sagt immer, es bringt nichts, sich zu betrinken. Die Probleme seien hinterher immer noch da.«
»Deine Mutter ist eine kluge Frau«, sagte Giso lächelnd. »Dennoch braucht ein Mann hie und da einmal einen guten Becher Wein, vor allem, wenn er eine Frau vergessen muss.«
»Ich muss niemanden vergessen!« Falko klang zänkisch, entschuldigte sich jedoch sogleich. »Ich weiß, dass du es gut mit mir meinst.«
»Wozu sind Freunde denn da? Du hast Elisabeth geliebt und dich trotzdem beherrscht. Das gelingt nur den wenigsten.« Giso klopfte Falko auf die Schulter und machte einen anderen Vorschlag. »Wenn du dich nicht betrinken willst, solltest du Trost im Gebet suchen. Du könntest die Messe in Sankt Peter besuchen oder auch die in Santa Maria Maggiore. Halt, ich weiß etwas Besseres! In den Katakomben der Domitilla findet heute ein Gedenkgottesdienst für die frommen Märtyrer Nereus und Achilleus statt. Nimm daran teil, und du wirst deinen Schmerz vergessen.«
»Vielleicht finde ich wirklich Trost im Gebet.« Falko lächelte Giso dankbar zu und drehte sich zu Hilbrecht um. »Kommst du mit?«
Sein Freund antwortete mit einem Kopfschütteln. »Ich habe heute schon die Messe in Sankt Salvator besucht. Jetzt will ich nach Trastevere und einen Schluck Wein trinken.«
»Und die Tochter des Wirts anhimmeln!« Falko lachte kurz und überlegte, ob er die Messe Messe sein lassen und Hilbrecht begleiten sollte. Doch ihm war nicht danach, in einer Taverne zu sitzen und einem hübschen Mädchen zuzusehen, während sein Herz um eine andere weinte. Nun ärgerte er sich, weil er immer noch nicht nach einem Huren-

haus gefragt hatte. Doch es war wahrscheinlich besser, zuerst seine Seele zu reinigen, bevor er wieder sündigte.

»Viel Vergnügen in Gaspares Taverne – und trink nicht so viel wie das letzte Mal! Da mussten Giso und ich dich auf deinem Pferd festhalten.« Falko klopfte Hilbrecht auf die Schulter, verabschiedete sich von Giso, der einige Würdenträger im Vatikan aufsuchen wollte, und befahl seinem Knappen Frieder, den großen Hengst zu satteln.

»Sonst denkt der Gute noch, das andere Pferd habe ihm den Rang abgelaufen«, setzte er schon um einiges besser gelaunt hinzu.

»Bin schon dabei!« Frieder sauste los und kehrte nach kurzer Zeit mit dem übermütig an seinem Zaumzeug knabbernden Hengst zurück. »Gebt acht, Herr! Der Gaul hat heute den Teufel im Leib«, warnte er Falko.

Dieser winkte ab, setzte den linken Fuß in den Steigbügel und schwang sich hoch. Der Hengst versuchte auszuweichen, doch sein Herr war geschickt genug, dennoch in den Sattel zu kommen und sofort die Zügel stramm zu ziehen.

»Willst du wohl brav sein, mein Guter? Du bekommst heute deinen Galopp, aber erst, wenn wir die Stadt hinter uns gelassen haben. Du willst doch nicht, dass ich die Hühner bezahlen muss, die du sonst unter deinen Hufen zerstampfst!«

»Hier in Rom laufen eher die Pilger Gefahr, unter die Hufe zu geraten«, warf Hilbrecht lachend ein und wies seinen Knappen ebenfalls an, sein Streitross zu satteln. Dann wandte er sich wieder Falko zu, der immer noch damit beschäftigt war, seinen Hengst zum Gehorsam zu zwingen.

»Weshalb haben wir diese Zossen überhaupt mitgenommen? Wir wollen in keine Schlacht ziehen, und nach einem fröhlichen Turnier sieht es hier auch nicht aus. Die Reisepferde hätten uns daher voll und ganz gereicht!«

»Ich bin lieber auf alles vorbereitet. Schließlich will König Friedrich nach Rom kommen, und da kann es schon sein, dass die Schwerter sprechen müssen!« Falko winkte Hilbrecht und Giso noch einmal zu und trabte an, ohne zu ahnen, dass seine Worte gehört worden waren und umgehend zu Dario d'Specchi weitergetragen wurden.
Falko verließ den Campo Santo Teutonico, überquerte die Tiberbrücke und schüttelte bei dem Gedanken an die Pracht, die hier einmal geherrscht haben musste, den Kopf. Wie groß Rom in seiner Blütezeit gewesen sein mochte, konnte er nicht einmal erahnen. Trotz allen Verfalls übertraf die Zahl seiner jetzigen Bewohner die der meisten Städte des Reiches, und die Masse an Pilgern, die sich auf den Straßen zwischen den großen Basiliken und anderen heiligen Stätten wälzten, ließen den Eindruck entstehen, als versammele sich die gesamte Welt an diesem Ort. Auf seiner Reise hatte Falko erfahren, dass die Menschen in Schwaben anders sprachen als zu Hause in Franken, doch die konnte er noch verstehen. Bei den Eidgenossen war dies schon schwieriger gewesen, und um sich mit den Bewohnern der Städte und Herzogtümer Italiens verständigen zu können, musste man gleich mehrere fremde Dialekte lernen.
Ein wenig lächelte er über sich selbst. Als er klein gewesen war, hatte seine Mutter ihm von ihren Reisen erzählt und ihm auch einige Worte jener Sprachen beigebracht, die sie unterwegs hatte lernen müssen. Zu seinem Leidwesen hatte er das meiste davon wieder vergessen, aber er nahm sich vor, sich wieder mehr darum zu kümmern. Immerhin mochte der Fürstbischof von Würzburg ihn erneut auf eine Mission in ferne Länder schicken, und dann wollte er besser auf die Reise vorbereitet sein als diesmal.
Ein Soldat, der ihm den Weg vertrat, beendete für den Augenblick sein Sinnieren. »Was ist los? Ich will zur heiligen

Messe!«, fragte er in dem Dialekt, den er sich unterwegs angeeignet hatte.
Der Soldat zog verwundert die Augenbrauen hoch, weil ein Mann, dem man den Tedesco auf hundert Schritt ansehen konnte, sich zwar schwerfällig, aber verständlich in seiner Sprache auszudrücken vermochte.
»Ihr könnt gleich weiterreiten, Herr. Sie bringen nur einen Toten vorbei, einen armen Kerl, den man aus dem Tiber gezogen hat. Er war ganz nackt, und sein Gesicht ist entstellt. Trotzdem sind einige Leute überzeugt, ihn erkannt zu haben. Es soll sich um einen reichen Grafen aus Neapel handeln, einen gewissen Antonio Caraciolo. Wenn das stimmt, ist dies eine schlimme Sache.«
»Wieso?«
»Ein Betrunkener mag von selbst in den Tiber fallen, aber er wird vorher wohl nur selten seine Kleider ausziehen und sich das Gesicht zerschneiden.«
»Das heißt, es war Mord!«
Der Soldat nickte mit verbissener Miene. »Das muss schon so sein – und das an einem so hohen Herrn! Das ist ja fast so schlimm wie vor ein paar Monaten, als man Seine Eminenz Kardinal Foscarelli aus dem Tiber geholt hat. Auch ihn hatten die Schufte bis auf die Haut ausgezogen.«
Der Mann schien sich den Schrecken von der Seele reden zu wollen, und so erfuhr Falko einiges über den Mord an dem Kardinal. Was die Täter betraf, so gab es in der Stadt nur Vermutungen. Es konnte sich ebenso um Räuber handeln wie um Meuchelmörder, die ein Gegner Foscarellis auf diesen angesetzt hatte.
Falko hörte aufmerksam zu und beobachtete dabei den Zug, der von rechts kommend die Straße querte. Es handelte sich um mehrere Stadtwachen mit dem Zeichen des Papstes und einige Edelleute, die Freunde des Ermordeten gewesen sein

mussten oder dies gut heucheln konnten, denn sie zerflossen schier vor Tränen. Der Tote lag in einer hölzernen Kiste auf einem Karren, den zwei Maultiere zogen. Ein Mann in der Tracht eines Schreibers begleitete den Wagen, und diesem folgte einer der Richter, die in Rom Gesetz und Ordnung aufrechterhalten sollten.

Im Grunde war es ein trauriger Leichenzug für einen jungen Edelmann, der den Worten des Soldaten zufolge seinen fünfundzwanzigsten Geburtstag noch vor sich gehabt hatte. »Aber so ist die Welt!«, schloss der Mann seufzend. »Es erwischt immer die Jungen und die Besten. Andere, die es weitaus eher verdient hätten, zur Hölle zu fahren, werden steinalt und dabei auch noch reich und mächtig. Unsereins hingegen darf froh sein, wenn ihm der Sold halbwegs pünktlich ausgezahlt wird oder ihm ein Wirt auch mal einen Becher Wein umsonst hinstellt.«

Falko bedankte sich mit einer Münze bei dem Mann, verabschiedete sich freundlich und ritt weiter.

3.

Der Vater hatte Francesca eine Pferdesänfte zugestanden. Dies war gut so, denn mit einer von Männern getragenen Sänfte wäre sie niemals rechtzeitig zur Messe in den Domitilla-Katakomben angekommen. Noch lieber wäre sie allerdings geritten, doch hier in Rom gehörte sich das für ein Mädchen nicht. Auch das war eine der vielen Einschränkungen, über die Francesca sich ärgerte. Begann ein junger Mann eine Liebschaft, sah man es ihm gewöhnlich nach, wenn er nicht gerade ein Fräulein von Stand verführte oder es arg übertrieb. Sie aber sollte keusch leben, bis sie vor dem Altar an ihren Ehemann übergeben worden war.

Da sie der Heirat mit Cirio d'Specchi nicht entkommen konnte, wünschte sie sich mehr denn je, ihm eine lange Nase drehen zu können, indem sie einem anderen Mann ihre Tugend schenkte. In ihrer Verzweiflung hatte sie bereits an den hübschen Knecht aus dem Bürgerhaus gedacht, das an ihren Palazzo grenzte. Sobald man sie nicht mehr in ihrem Zimmer gefangen hielt, wollte sie nach einer Gelegenheit suchen. Allerdings erschreckte sie der Gedanke an den kalten Stahl in Cirios Händen, denn es sollte kein zweiter Mann ihretwegen sterben.

Es schien keinen Ausweg zu geben. Du wirst dich dem Willen des Vaters beugen und Cirio d'Specchi den Triumph gönnen müssen, dich als Erster und Einziger zu besitzen, sagte sie sich und kämpfte gegen Tränen an, die Zorn und Verzweiflung ihr in die Augen trieben. Es war einfach ungerecht, dass ihr eigener Wille bei ihrem Vater gar nichts und der eines jungen Mannes, den sie von Herzen verabscheute, alles galt.

Solcherart grübelnd, bemerkte Francesca kaum, dass sie Rom verließen und auf das freie Feld hinauszogen. Erst als ihre Sänfte etliche Pilger überholte, die dem gleichen Ziel wie sie zustrebten, schob sie die düsteren Gedanken beiseite und sah hinaus. Es war ein festlicher Zug, der zunächst vor dem verschlossenen Eingang zu den Katakomben endete. Ein Mönch, dem die Obsorge für die heilige Stätte und den in den Fels hinein gebauten Gebetsraum anvertraut worden war, nahm den Schlüssel, den ihm ein Knabe auf einem roten Kissen reichte, und schloss feierlich auf. Dann führte er die Besucher des Gottesdienstes durch die Katakomben in den Gebetsraum.

Francesca hatte öfter schon eine der Gedenkmessen für die beiden Märtyrer Nereus und Achilleus besucht, daher erschreckten sie die dunklen, nur von Öllampen erleuchteten Gänge nicht. Andere Frauen, die diesen Weg zum ersten Mal gingen, klammerten sich an ihre Begleiter und wagten es kaum, nach rechts oder links zu schauen.

In diesem Jahr waren viele Deutsche unter den Pilgern, stellte Francesca anhand des Gemurmels um sich herum fest. Sie mochte dieses Volk nicht, dessen Könige sich Herrschaftsrechte über ihre Heimat anmaßten. Die Orsinis hatten schon immer die Freiheit des Kirchenstaats gegen die Ottos und Friedrichs verteidigt, und sie fühlte sich dieser Tradition verpflichtet. In der Grotte, in der sich die Kirche befand, kehrte sie den deutschen Pilgern den Rücken zu und gesellte sich zu einigen Leuten aus der Toskana. Doch als sie sich neben einen jungen Mann stellen wollte, schob sich Annunzia dazwischen.

Francesca fand die Besorgnis ihrer Zofe lächerlich. Wie hätte sie hier unter all diesen Pilgern Unziemlichkeiten begehen können? Noch während sie sich das fragte, trat ein anderer, ebenfalls recht junger Mann in einer zerschlissenen Weste neben Annunzia und grüßte sie freundlich. Ihre Zofe nickte ihm kurz zu und antwortete hastig. Zu Francescas Leidwesen sprachen die beiden so leise, dass sie kaum ein Wort verstehen konnte.

»Was ist los?«, fragte sie daher und wurde von ihrer Zofe sofort zurechtgewiesen.

»Seid still! Die Messe beginnt gleich.«

Francesca hätte Annunzia am liebsten handgreiflich klargemacht, dass diese kein Recht hatte, sich wie eine Kerkermeisterin aufzuführen. Aber sie hielt ihr Temperament im Zaum und richtete ihre Augen auf den Priester, der von vier Ministranten begleitet hereinkam.

Obwohl der Kirchenraum schlicht ausgestattet war, feierte der Priester die Messe mit aller Inbrunst. Auch Francesca richtete ihre Gebete an die beiden Märtyrer und flehte sie an, ihr zu helfen. Als sie sie jedoch bitten wollte, ihr die Ehe mit dem jungen d'Specchi zu ersparen oder ihr einen Kavalier zu senden, mit dem sie Cirio bereits vor der Ehe Hörner aufsetzen konnte, zuckte sie zusammen. Fromm war zumindest der zweite Teil ihrer Bitte nicht. Daher schluckte sie die Worte hinunter und bat die Heiligen ganz allgemein, ihr beizustehen.
Kaum war die Messe zu Ende, zupfte Annunzia Francesca am Ärmel. »Wir warten, bis die anderen gegangen sind, vor allem diese ungewaschenen Tedeschi!«
Da gerade ein deutscher Pilger an Francesca vorbeikam, der wahrlich nicht nach Rosen duftete, folgte sie ihrer Zofe bis an die hintere Wand der in den Felsen gehauenen Kirche. Der junge Mann, mit dem Annunzia vor der Messe kurz gesprochen hatte, blieb bei ihnen.
Francesca musterte ihn kurz. Zwar sah er nicht unsympathisch aus, aber sie empfand Misstrauen und einen starken Widerwillen gegen ihn. Sie schalt sich dafür, denn wahrscheinlich war er nur einer von Annunzias Neffen, der sich freute, eine Verwandte getroffen zu haben.
Während die Gläubigen von dem Mönch geführt die Kirche verließen, blickte Francesca sich um. Ein einziger Mann war außer ihnen zurückgeblieben. Seinem Aussehen nach war er einer der Deutschen, schien aber keiner Gruppe anzugehören. Er wirkte so in Gedanken versunken, dass er gar nicht zu bemerken schien, wie die Kirche sich leerte. Francesca zuckte mit den Achseln. Es war seine Sache, wenn er zu lange blieb und sich dann in den Gängen der Katakomben verirrte. Wenn er Glück hatte, würde der Mönch, der die unterirdische Grablege bewachte, sein Schreien hören und ihn

retten. Wenn nicht ... Der Gedanke, dass der Mann eingeschlossen und verschmachten würde, brachte Francesca fast dazu, auf ihn zuzutreten und ihn anzusprechen.
Da fasste Annunzia sie am Ärmel. »Kommt, Herrin, wir müssen jetzt gehen!«
Francesca blickte sich um und sah, dass von den anderen Gottesdienstbesuchern nichts mehr zu sehen war, und ärgerte sich, weil sie wegen des dummen Deutschen nicht darauf geachtet hatte. Mit einer heftigen Bewegung wandte sie sich zu ihrer Zofe um.
»Wir werden warten müssen, bis der fromme Mönch zurückkommt. Allein finde ich den Weg nicht!«
»Das ist nicht nötig, Contessa. Ich kenne diese Katakomben und kann Euch und Eure Dienerin ebenso gut hinausführen wie der Mönch.« Der junge Mann, der bei Annunzia stand, machte eine einladende Geste. Als Francesca nicht sofort reagierte, schob ihre Zofe sie einfach vor sich her.
»Jetzt kommt schon. Ich will nicht Eurer Ängstlichkeit wegen noch länger in diesen grässlichen Höhlen bleiben. Gianni wird uns hinausführen.«
Auch Francesca hielt nichts mehr in den Katakomben, und so schritt sie hinter Gianni her. Annunzia folgte ihr auf dem Fuß und sah sich dabei angespannt um, ob ihnen jemand folgte. Da sie niemanden wahrnahm, atmete sie schließlich auf.
Francesca hatte den Weg anders in Erinnerung und sprach Gianni darauf an.
»Ihr täuscht Euch, Contessa, wir sind genau richtig«, antwortete der Mann mit einem Grinsen, das Francesca ganz und gar nicht gefiel.
Wollte der Kerl sie etwa entführen oder ihr noch Schlimmeres antun?, fragte sie sich. Dann aber hätte er mit Annunzia im Bunde sein müssen, und deren Treue zu ihrer Familie

war über jeden Zweifel erhaben. Wahrscheinlich bin ich nur nervös, dachte sie und bog in den Seitengang ein, in dem Gianni eben verschwunden war. Da er die Lampe trug, war es für einen kurzen Augenblick um sie herum dunkel. Als sie wieder in den Lichtschein trat, sah sie Cirio d'Specchi vor sich.

Ihr Verlobter sah ihr lächelnd entgegen. »*Buon giorno*, meine Liebe, ich freue mich, dich zu sehen.«

»Sprecht mich so an, wie es mir zusteht. Ich bin nicht Eure Magd«, antwortete Francesca aufgebracht.

»Aber meine Verlobte und bald schon mein Weib.«

»Sobald Seine Heiligkeit Euch zum Grafen ernannt hat!«, antwortete Francesca, die keinen Zweifel daran lassen wollte, wie ernst es ihr mit dieser Forderung war.

Cirio d'Specchi lachte jedoch nur. »Das zu entscheiden liegt nicht mehr in deiner Hand. Wir beide werden nämlich gleich jetzt unseren Bund so schnüren, dass er nicht mehr auflösbar ist!«

»Wie meint Ihr das?«

D'Specchi trat einen Schritt beiseite und wies auf eine Decke, die auf dem Boden ausgebreitet war. »Hier werden wir unsere Brautnacht vorwegnehmen, meine Liebe. Danach bleibt dir nichts anderes übrig, als ungesäumt mit mir vor den Priester zu treten.«

»Niemals!« Francesca wich zurück und drehte sich hilfesuchend nach ihrer Zofe um. Doch diese war ebenso spurlos verschwunden wie ihr Führer.

Nun begriff sie das Ausmaß der Intrige, der sie zum Opfer gefallen war. Ihr Vater musste dem hier zugestimmt haben, denn sonst hätte Annunzia sie niemals verraten! Wut stieg wie eine rote Woge in ihr auf, und sie schlug nach d'Specchis zugreifenden Händen. Gleichzeitig schrie sie, so laut sie konnte, um Hilfe.

4.

Falko hatte die Messe weniger mit Ehrfurcht denn mit einem Gefühl des Grauens verfolgt. Der Gedanke, an einem Ort zu stehen, an dem einst viele tausend Christen begraben gewesen waren, zerrte an seinen Nerven. Schließlich richtete er seine Gedanken auf Elisabeth, verirrte sich dabei jedoch auf Abwege, die er nicht einmal mehr Giso beichten konnte. Warum nur musste sie eine Geweihte des Herrn sein? Es gab so viele Mädchen auf der Welt, und ausgerechnet dieses eine war für ihn unerreichbar.

Du musst von ihr loskommen!, befahl er sich tadelnd. Seine Gefühle aber verrieten ihm, dass er Elisabeth niemals vergessen würde. Im Widerstreit mit sich selbst übersah er ganz, dass sich die unterirdische Kirche leerte und er auf einmal allein im Raum stand.

Im ersten Augenblick überkam ihn Panik, dann aber sagte er sich, dass er beim Hereinkommen genau auf den Weg geachtet hatte und ihn wiederfinden würde. Außerdem vernahm er noch die Schritte der letzten Gläubigen, die vor ihm gegangen waren. Er wollte ihnen folgen, stellte aber fest, dass keine Lampe für ihn übrig geblieben war. Daher nahm er eine der Kerzen, die noch auf dem Altar brannten.

Als er den ebenso schmalen wie niedrigen Gang betrat, entdeckte er ein ganzes Stück vor sich Lichtschein, und eilte in die Richtung. Dabei kam er an einer Stelle vorbei, die ihm durch eine Malerei an der Wand aufgefallen war. Es war ein Kreuz zu sehen, dessen senkrechter Balken zu einem P geformt war. Obwohl er sicher war, dass man hier nach rechts abbiegen musste, um zum Ausgang zu gelangen, war die Gruppe vor ihm geradeaus weitergegangen.

Falko fragte sich, ob der Priester während der Messe vielleicht gesagt hatte, die Leute sollten die Katakomben auf diesem Weg verlassen. Da hörte er aus dem Gang, den er für den richtigen hielt, Stimmen, die sich rasch entfernten. Entweder waren die Personen, denen er gefolgt war, versehentlich nicht abgebogen, oder es gab einen anderen Grund dafür. Nach kurzem Überlegen sagte er sich, dass es ihn nichts anging, was diese trieben, und wandte sich in Richtung Ausgang. Da erklang hinter ihm der durchdringende Schrei einer Frau in höchster Not.

Nun gab es kein Halten mehr für ihn. Er stürmte auf die Stelle zu, an der er den Lichtschein gesehen hatte, und griff zum Schwert. Zwar war diese Waffe für einen Kampf in diesen engen Gängen unhandlich, dennoch zog er sie der größeren Reichweite wegen dem Dolch vor.

Die Frau schrie erneut, und er glaubte zu hören, wie sie sich verzweifelt gegen jemand wehrte. Als er die Stelle, an der das Licht aus einem Seitengang fiel, fast erreicht hatte, wurde er langsamer und spähte um die Ecke.

Ein junger Mann in der farbenprächtigen Tracht eines römischen Edelmanns rang eben eine Frau in einem ebenfalls reich verzierten blauen Kleid nieder und versuchte, ihr trotz ihrer heftigen Gegenwehr die Röcke hochzuschlagen. Als sie nach ihm trat, schlug er ihr mehrmals ins Gesicht. Die Frau sank halb betäubt zurück, und dem Mann gelang es, ihren Unterleib zu entblößen. Dann nestelte er an seinen Hosen.

Falko begriff, dass er kurz davor stand, tatenlos einer Vergewaltigung zuzusehen, und schlich rasch auf die beiden zu. Gerade glitt der gewalttätige Kerl zwischen die Schenkel der Frau, doch bevor er in sie eindringen konnte, riss Falko ihn mit der Linken hoch. Da die Decke zu niedrig war, um mit der Klinge ausholen zu können, schlug er ihm den Schwertgriff mit aller Kraft gegen den Schädel.

Er hörte Knochen bersten. Dann brach ein roter Schwall aus der Nase des Getroffenen. Blut rann auch aus dessen Kopfwunde und färbte Gesicht und Haar.
Falko stieß den Kerl zur Seite, bevor es die junge Dame besudeln konnte. Dann wartete er einige Atemzüge lang angespannt, ob der Edelmann sich noch einmal rührte. Doch der war bewusstlos oder sogar tot.
Falko empfand kein Bedauern, denn in seinen Augen war ein Mann, der eine Frau gegen ihren Willen zu nehmen versuchte, ein Schuft, dem nichts Besseres gebührte. Ohne sich weiter um den Verletzten zu kümmern, beugte er sich über die Frau, die offensichtlich noch nicht begriffen hatte, dass ihr jemand zu Hilfe gekommen war.
Francesca war nach Cirios harten Schlägen noch immer wie betäubt und erkannte zunächst nicht, dass anstelle ihres Verlobten ein deutscher Ritter vor ihr stand. Erst als der Mann in einem schlechten, toskanisch gefärbten Italienisch fragte, wie sie sich fühle, blickte sie zu ihm auf.
»Ich …«, begann sie und begriff dann erst, dass Cirio d'Specchi sein Vorhaben nicht hatte beenden können. Schon wollte sich Erleichterung in ihr breitmachen, doch dann bekam sie es mit der Angst zu tun, der Deutsche könnte an der Stelle ihres Verlobten weitermachen und sie schänden.
In dem Augenblick zog Falko ihr Kleid nach unten. Er hatte einen Blick auf das rötliche Dreieck über ihrer Scham werfen können und fühlte das Blut schneller durch seine Adern rauschen. Ich brauche noch heute eine Hure, sagte er sich, während er Francesca den Arm reichte, um ihr aufzuhelfen.
Diese begriff zunächst nicht, was er wollte, war dann aber fast ein wenig gekränkt. Ließ ihr Anblick den Deutschen etwa ungerührt? Ein Antonio Caraciolo hatte sein Leben riskiert, um sie zu besitzen – und es verloren. Sie schnaubte

verächtlich, stand dann auf und warf einen kurzen Blick auf ihren Verlobten, der bewusstlos am Boden lag und aus der Nase blutete. Hoffentlich hast du morgen solche Kopfschmerzen, dass du nicht mehr aus den Augen sehen kannst, wünschte sie ihm, während sie darauf wartete, dass der Fremde sie aus den Katakomben hinausführte.

Da Falko die Kerze hatte fallen lassen, als er zum Schwert griff, nahm er Cirios Lampe mit und ließ diesen in völliger Dunkelheit zurück. Mit der Linken das Licht haltend, bot er der jungen Frau seine Rechte als Stütze.

Francesca war von dem, was sie durchgemacht hatte, noch so benommen, dass sie sich tatsächlich an ihm festhalten musste. Dabei musterte sie ihren Retter und fand, dass er gar nicht so hässlich und abstoßend war, wie sie sich die Deutschen immer vorgestellt hatte, und auch nicht schlecht roch. Er war ein wenig größer als ihr Vater, sehr schlank und hatte helles Haar und sanfte, fast mädchenhafte Züge. Als sich ihre Blicke kreuzten, las sie in seinen blauen Augen eine gewisse Verzweiflung, aber auch Bewunderung. So ein Eisblock, wie sie angenommen hatte, war er also doch nicht. Bei dem Gedanken fühlte sie ihr Herz schneller schlagen.

Die ganze Zeit hatte sie überlegt, wie sie einen Mann finden konnte, der ihr die Tugend raubte, bevor sie diese ihrem Verlobten opfern musste, und nun wurde ihr die Gelegenheit wie auf einem Silbertablett angeboten. Mehr konnte sie Cirio d'Specchi nicht kränken als mit der Tatsache, dass sie sich einem der verhassten Deutschen hingab.

Mit einem Mal blieb sie stehen und hängte sich schwer an seinen Arm. »Gönnt mir eine Pause, Signore. Es war alles zu viel für mich!«

»Wäre es nicht besser draußen an der frischen Luft?«, fragte Falko.

Francesca begriff, dass sie deutlicher werden musste. »Signore, ich zittere! Haltet mich fest.«
Bevor Falko etwas sagen konnte, schlang sie die Arme um ihn. Ihr Atem streifte sein Gesicht, und er fühlte, wie sein Arm gegen eine ihrer Brüste drückte.
War das Weib verrückt?, durchfuhr es ihn. Eben noch war sie um Haaresbreite einem Vergewaltiger entkommen, und nun benahm sie sich so schamlos, dass er schon ein Heiliger hätte sein müssen, um ungerührt zu bleiben. Einen Augenblick dachte er an Elisabeth und kämpfte mit dem Gefühl, dass er kurz davor war, die Frau, deren Bild er im Herzen trug, zu betrügen. Dann aber stieß er hart die Luft aus. Die Äbtissin war für ihn so unerreichbar wie ein Stern, während eine wunderschöne Frau an ihm hing und ihn dazu einlud, kühner zu werden.
»Seht Euch vor!«, stöhnte er, als sie ihre Hüfte genau zwischen seine Schenkel drückte. »Ich bin nur ein Mann und nicht aus Eisen!«
Endlich!, dachte Francesca zufrieden und sah ihn mit einem leicht verzerrten Lächeln an. »Signore, Ihr habt mich aus höchster Not errettet. Lasst mich Euch nun mit dem Einzigen danken, das ich Euch schenken kann.« Mit einem raschen Griff zerrte sie Falko in einen Seitengang, ließ sich dort nieder und zog ihn über sich. Wenn ich jetzt noch mehr tun muss, werde ich zornig, sagte sie sich, doch da verirrte sich seine rechte Hand bereits unter ihren Rock, und sie erbebte unter einem Anflug von Lust, als er ihren Oberschenkel berührte.
»Weiter, Signore!«, bat sie, als er nach ihrem Zusammenzucken innehielt.
Sie musste an sich halten, um nicht wie ein Kätzchen zu schnurren, als seine Hand über Stellen strich, die sie selbst nur zum Waschen berührte. Nun schlug er auch ihren Rock

hoch, doch anstatt sich kurzerhand auf sie zu wälzen, wie es d'Specchi und vorher auch Antonio Caraciolo getan hatten, schob er seine Hand unter ihrem Kleid nach oben, bis sie auf einer ihrer Brüste zu liegen kam. Eine Feuerwoge durchzuckte Francescas Schoß, und sie spreizte unwillkürlich die Beine.

Falko spürte, dass sie für ihn bereit war und er nicht mehr lange warten sollte. Während er sie mit einer Hand weiterhin liebkoste, löste er mit der anderen seine Hosen und brachte sein Glied zum Vorschein, das sich bereits trotzig gegen die Enge der Kleidung stemmte.

Bisher hatte Francesca diesen Körperteil nur bei dem neapolitanischen Edelmann gesehen, dessen Stelldichein mit ihr so schrecklich geendet hatte. Dieses hier kam ihr nicht so hässlich vor, war aber furchtbar groß.

Mamma mia!, durchfuhr es sie. Das passt doch niemals in mich hinein. Hoffentlich tut es nicht zu sehr weh. Doch als Falko langsam in sie eindrang, wartete sie vergebens auf den Schmerz. Stattdessen schien ihr Schoß in Flammen zu stehen. Sie spürte, wie sie zwischen den Beinen feucht wurde, und stöhnte vor Wonne. Für schier endlose Augenblicke gab es nichts außer ihr selbst und den Mann, der zunächst sanft und langsam, dann aber immer leidenschaftlicher in sie eindrang. Sie hörte sein Keuchen und spürte den Atem, den er hart aus seinen Lungen presste, warm auf ihrer Haut.

Ihre verheirateten Freundinnen hatten ihr berichtet, wie es wäre, bei einem Mann zu liegen. Doch es war ganz anders. Während die Frauen erzählt hatten, sie würden einen leichten Kitzel und im besten Fall ein angenehmes Gefühl verspüren, fühlte sie sich wie auf Wolken und wünschte sich, es würde niemals enden. Da zog sich auf einmal ihr ganzer Unterleib zusammen, und sie musste die Zähne zusammenbeißen, um ihre Lust nicht hinauszuschreien. Kurz darauf sank

der Deutsche auf sie nieder und presste sie mit seinem Gewicht gegen den unebenen Boden des Katakombengangs.
Mit einer heftigen Bewegung schob sie ihn von sich. »Wenn Ihr so schwer auf mir liegt, drückt es mich am Rücken«, sagte sie und fand, dass es nicht gerade die richtigen Dankesworte für das Vergnügen waren, das er ihr eben bereitet hatte.
Sie erhob sich halb, fasste sein Gesicht mit beiden Händen und küsste ihn. »Signore, ich danke Euch!«, sagte sie und fand, dass ihre Rache an Cirio d'Specchi nun vollkommen war.

5.

Falko half der schönen Fremden, ihr Kleid zu ordnen, und zog seine Bruche und die lederne Reithose darüber zurecht. Dabei versuchte er, seiner widerstrebenden Gefühle Herr zu werden. Er liebte Elisabeth, und doch hatte er sie in den Armen der schönen Unbekannten völlig vergessen. Nun kam die Erinnerung zurück, und er empfand Scham, weil er sich so hatte hinreißen lassen. Andererseits aber wollte er die Augenblicke höchster Leidenschaft, die er eben erlebt hatte, nicht mehr missen.
Innerlich zerrissen, hob er die Lampe auf und reichte Francesca den Arm. »Ich glaube, wir sollten jetzt den Ausgang aus diesem Gewirr suchen!«
»Ich überlasse mich ganz Eurem Schutz und Eurer Führung«, antwortete Francesca lächelnd. Der Deutsche hatte sich zwar als guter Liebhaber entpuppt, schien aber eher unsicher zu sein, was den Umgang mit Frauen betraf. In ihren

Augen war dies kein Wunder, denn sie hielt die Weiber des Nordens für plumpe Trampel mit viel zu lauten Stimmen und einem Benehmen, das jeder feinen Art hohnsprach. Auch deren Männer kannte sie so, und daher freute sie sich, an ein etwas edleres Exemplar geraten zu sein.
Überraschenderweise stand der Eingang der Katakomben offen. Wie es aussah, hatte der Mönch die Kirche aufgesucht, um dort aufzuräumen.
Francesca war erleichtert, denn sie wäre ungern mit dem Deutschen zusammen beim Verlassen der Katakomben gesehen worden. Doch als sie zu dem Platz kam, an dem sie die Knechte mit der Pferdesänfte zurückgelassen hatte, war sie froh um Falkos Begleitung, denn die Männer waren samt Sänfte und Pferden verschwunden. Von Annunzia war ebenfalls weit und breit nichts zu sehen. Das allerdings war klug von der Zofe, denn Francesca hätte sonst den Deutschen um seinen Dolch gebeten, um das Weib für den zweiten Verrat zu bestrafen.
Die Wut, die zuerst durch den Schrecken und dann durch die Lust gehemmt worden war, kehrte nun mit doppelter Wucht zurück, und sie verfluchte in Gedanken die ganze d'Specchi-Sippe, Annunzia, ihre Eltern und alle Übrigen, die ihre Ehe mit diesem elenden Cirio forderten. All diese Menschen hatten sie nicht nur mitleidlos einem Vergewaltiger ausgeliefert, sondern ihr auch noch jede Möglichkeit genommen, auf eine ihr angemessene Weise ihr Heim zu erreichen.
Mit einer entschlossenen Geste wandte sie sich an den Deutschen. »Wie Ihr seht, wurde ich im Stich gelassen. Hättet Ihr daher die Güte, mich nach Hause zu bringen?« Für sich dachte sie, dass es ihrem Vater gerade recht geschah, wenn einer der verhassten Deutschen sie heimbrachte. Sie wartete Falkos Zustimmung gar nicht erst ab, sondern hielt auf seinen Hengst und das kleinere Pferd des Knappen zu.

Frieder, der die Reittiere bewacht hatte, fiel der Kiefer herab, als er die energische junge Dame auf sich zukommen sah. Sein Herr folgte dieser mit einer Miene, als wisse er nicht, ob er lachen oder weinen sollte.
Francesca wartete, bis der Deutsche zu ihr aufgeschlossen hatte, und wies auf sein Reittier. »Hebt mich aufs Pferd!«
Falko widersprach. »Ich steige besser vorher in den Sattel, sonst habe ich Mühe, auf den Gaul zu kommen. Frieder wird Euch zu mir hinaufheben!«
Während Francesca mit einem unmutigen Schnauben beiseitetrat, stellte Falko den linken Fuß in den Steigbügel und schwang sich hoch. Zu seiner Erleichterung blieb der Hengst diesmal stehen und wartete, bis er im Sattel saß und auch den anderen Steigbügel gewonnen hatte. Dann aber musste Falko den Zügel fest anziehen, um ihn aufzuhalten. Zur Strafe ließ er den Hengst einige Schritte rückwärtsgehen, bis dieser direkt neben Francesca stand.
»Frieder, hebe die Dame herauf«, wies er seinen Knappen an und klemmte die Zügel unter dem rechten Oberschenkel fest, um beide Arme freizubekommen. Er nahm Francesca von Frieder entgegen und half ihr, hinter dem Sattel Platz zu nehmen. Nun saß sie so wie ein Ritterfräulein mit beiden Beinen auf einer Seite und hielt sich mit ihrem rechten Arm an ihm fest. Dabei spielte in ihren Augen ein Licht, das er nicht deuten konnte. Es gefiel ihm, wie sie lächelte.
Sie war wirklich eine schöne Frau, wenn auch anders als Elisabeth, auf ihre Art sogar noch aufregender. Vor allem aber hatte sie ihm das gewährt, was die junge Äbtissin ihm versagen musste. Er hätte zu gerne gewusst, ob sie nur ein loses Ding war, das sich von jedem halbwegs gutaussehenden Mann bespringen ließ, oder ob der Schrecken über das Vorhaben des Vergewaltigers sie ihm in die Arme getrieben hatte.

Irgendwie hoffte er, das Zweite sei der Grund. In ihren Armen würde er vielleicht sogar Elisabeth vergessen können. Bei dem Gedanken erinnerte er sich daran, dass er nicht einmal ihren Namen wusste und auch sich selbst noch nicht vorgestellt hatte. Das holte er jetzt nach.
»Ich bin Falko Adler auf Kibitzstein.«
Francesca empfand die Lautfolge seines Namens als Zungenbrecher, den nur jemand aus dem Norden richtig aussprechen konnte, lächelte aber freundlich, weil der Blick seiner blauen Augen sie streichelte.
»Mein Name ist Francesca Orsini, Tochter des Conte Ercole Orsini, Nichte des Kardinals Latino Orsini und ebenso eine, wenn auch entferntere Nichte des Familienoberhaupts Giacomo Orsini, des Duca di Gravina!«
Die Fülle der Titel erschreckte Falko. Sie war also eine Gräfin. Als einfacher Reichsritter war er gegen sie ein Niemand, der kaum auf ihre Gunst und noch weniger auf ihre Hand hoffen konnte. Dann aber stieg Trotz in ihm hoch. Immerhin entstammte sein Schwager Peter von Eichenloh dem königlichen Geschlecht der Luxemburger, und sein zweiter Schwager Otto trug mit Fug und Recht den Titel eines Grafen Henneberg.
»Ich freue mich, Eure Bekanntschaft zu machen«, sagte er etwas steif und schüttelte dabei über sich selbst den Kopf. Immerhin hatte er mit Francesca bereits verkehrt wie ein Ehemann mit seiner Frau. Da waren lange Vorstellungen und geziertes Gerede an und für sich überflüssig.
»Wisst Ihr, wie schön Ihr seid?«, fuhr er fort und brachte Francesca damit zum Lachen, denn sie war andere, meisterhaft gedrechselte Komplimente gewohnt.
Sie musste an Antonio Caraciolo denken, der die meisten in dieser Kunst übertroffen hatte. Dann aber merkte sie, dass ihr die schlichte Bewunderung des Deutschen besser gefiel

als all die eleganten Wendungen, in denen sich italienische Adelige ergingen. Außerdem hatte der junge Ritter sie in den Katakomben zu lustvollen Höhen geführt, die ihr Conte Antonio in seiner Hast niemals hätte bereiten können. Mit einem Mal fühlte sie den Wunsch, noch einmal von dem Deutschen geliebt zu werden, und bedauerte, dass sie mittlerweile die Grenzen der Stadt erreicht hatten und durch die ersten von Häusern gesäumten Straßen ritten.
Ihr Einzug auf dem ungewöhnlich großen Streitross des deutschen Ritters blieb nicht unbeobachtet. Die Leute starrten hinter ihnen her, und sie vernahm leises Getuschel, in dem ihr Name genannt wurde. Das hat Vater verdient, dachte sie und klammerte sich noch fester an Falko.
Als sie schließlich das väterliche Anwesen erreichte und Frieder auf Falkos Befehl hin gegen das Tor schlug, öffnete ihnen einer der Knechte. Dem guten Mann fielen fast die Augen aus dem Kopf, als er die junge Herrin und den unbekannten Ritter vor sich sah.
»Contessa, aber …«, brachte er noch hervor, dann riss er das Tor weit auf und rief einem anderen Knecht zu, den Herrn zu holen.
Dies geschah so schnell, dass Ercole Orsini bereits aus dem Haus trat, als sein ungewöhnlicher Besucher gerade seinen Hengst auf dem Hof zügelte.
Falko musterte den mehr als zehn Manneslängen hohen Turm, der der Familie als Wohnstatt diente und wie eine Festung gegen Angriffe verteidigt werden konnte. Da er bereits ähnliche Wohntürme in Rom gesehen hatte, nahm er es als Hinweis darauf, dass das Leben auch hier nicht so friedlich verlief, wie man es im Zentrum der Christenheit vermuten sollte.
Für Francescas Vater war der Anblick, der sich ihm bot, ein Schock. Er hatte erwartet, Cirio d'Specchi zu sehen, der eine beschämte Francesca heimbrachte. Stattdessen tauchte sie in

Begleitung eines Fremden auf, dessen Aussehen den Deutschen verriet.
»Was ist geschehen?«, fragte er erschrocken und bestätigte damit Francescas Verdacht, dass er mit dem jungen d'Specchi im Bunde gewesen war. Sie wollte ihm schon ins Gesicht schreien, was sie von einem solchen Schurkenstück hielt, doch die Anwesenheit eines Fremden hielt sie davon ab. Daher schwieg sie, bis Falko sich aus dem Sattel geschwungen und sie vom Pferd gehoben hatte. Doch kaum stand sie auf festem Boden, blickte sie ihrem Vater voller Verachtung in die Augen.
»Mir ist Schändliches geschehen!« Sie wollte schon hinzusetzen, dass der Deutsche sie vor der Vergewaltigung durch ihren Verlobten gerettet hatte. Da sie jedoch befürchtete, ihn damit den d'Specchis und deren Freunden auszuliefern, die schnell mit Dolch und Gift zur Hand waren, bog sie den nächsten Satz gerade noch um. »Zum Glück ist es mir gelungen, den schrecklichen Katakomben zu entkommen. Als ich dann hilflos und allein draußen umhergeirrt bin, hat mir der Himmel diesen edlen Ritter geschickt. Er hat sich meiner erbarmt und mir sein Geleit nach Hause angeboten. Ich hoffe, Ihr gewährt ihm die Gastfreundschaft, die ihm wegen dieser edlen Tat gebührt!«
Jedes ihrer Worte stellte eine Kröte dar, die ihr Vater zu schlucken hatte. Ercole Orsini wollte fragen, wo Cirio d'Specchi geblieben war, wagte es aber nicht, da er das Temperament seiner Tochter kannte. Wenn der Zorn sie übermannte, würde sie einen Dolch packen und sogar auf ihn losgehen. Daher beschied er ihr mit einer Geste, sich ins Haus zu begeben, und wandte sich an ihren Begleiter.
»Ich hoffe, Ihr nehmt meine Einladung zu einem Glas Wein und einem Mittagsmahl an.« Es klang so abweisend, dass jeder andere dankend verzichtet hätte.

Falko aber wollte Francesca näher kennenlernen und stimmte mit einem strahlenden Lächeln zu. »Ich danke Euch sehr! Umso mehr, da ich jetzt wirklich hungrig bin.«
Dann warf er Frieder die Zügel zu und folgte Ercole Orsini ins Haus.
Das Staunen, mit dem er die kunstvoll getäfelten Wände und Decken sowie die Bilder an diesen Wänden betrachtete, söhnte Ercole Orsini ein wenig mit dem ungebetenen Gast aus. Francescas Vater war stolz auf sein Heim und hatte keine Kosten gescheut, um es behaglich und gleichzeitig repräsentativ einzurichten. Sein entfernter Vetter, der Herzog von Gravina, hätte wahrscheinlich über seinen Eifer gelächelt, doch für den jungen deutschen Ritter war der Anblick eine Offenbarung. Falko entdeckte sogar Glasfenster, die weitaus größere und durchsichtigere Scheiben aufwiesen, als er sie in Deutschland je gesehen hatte.
»Diese Gläser stammen aus Murano, wie übrigens auch die Gläser, in denen uns gleich der Wein kredenzt wird«, erklärte Francescas Vater voller Stolz. Er hatte bei Pilgern aus dem Norden Becher aus Birkenrinde gesehen und sagte sich, dass der Tedesco ruhig sehen sollte, wie hoch Rom und auch ganz Italien über seiner barbarischen Heimat standen.

6.

Während Annunzia mit den Knechten und den Pferdesänften in die Stadt zurückgekehrt war, hatte Gianni an einem vorher verabredeten Ort auf Cirio d'Specchi gewartet. Die Zeit verstrich, ohne dass dieser mit Francesca erschien. Zuerst spottete Gianni, dass sein Freund in seiner Leidenschaft nicht von seiner Verlobten lassen konnte. Als es jedoch immer später wurde, fasste er die beiden Pferde, die Cirio, Francesca und ihn nach Rom zurückbringen sollten, am Zügel und führte diese zum Eingang der Domitilla-Katakomben. Die Tür ins Innere war bereits verschlossen, doch dies war für ihn kein Hindernis. Er ging ein paar Schritte weiter, band die Gäule an einen Baum und hängte ein Stück bestickten Stoffs an einen der Sättel. Das Symbol darauf würde jeden Gauner davon abhalten, sich an den Tieren zu vergreifen.

Nach diesen Vorsichtsmaßnahmen verschwand Gianni zwischen den Büschen, bis er zu einer von Zweigen verhangenen Stelle kam. Dort entfernte er ein Brett und ließ sich in die dunkle Öffnung hinab, die dahinter zum Vorschein kam. Stahl, Feuerstein und Zunder sowie eine Öllampe fand er in jener Nische, in der er und seine Freunde sie zurückgelassen hatten. Er schlug einen Funken, den er im Zunder anblies, bis die Flamme ausreichte, die Lampe anzuzünden.

Die kleine Höhle, in der er sich jetzt befand, gehörte zu einem Abschnitt der Katakomben, die nicht einmal der Mönch aufzusuchen wagte, der für sie zuständig war. In diesen Gängen und kleinen Kavernen hatten Giannis Freunde einiges versteckt, was nicht ganz zufällig in ihre Hände geraten war. Gianni vergönnte den Säcken und Kisten jedoch nur einen kurzen Blick und eilte in den Teil des unterirdischen Labyrinths, in dem er Cirio d'Specchi und Francesca zurückgelassen hatte.

Es war gespenstisch still, und einige Augenblicke lang wagte Gianni nicht zu atmen. Dann aber schalt er sich einen Narren und pfiff ein fröhliches Lied, das hier unten jedoch schrill und misstönend klang. Aber er wollte Cirio d'Specchi auf sich aufmerksam machen, damit dieser ihn nicht für einen Feind hielt und ihm auflauerte.

Selbst als er sich dem Gang näherte, in dem er Francesca seinem Freund zugeführt hatte, war außer seinem Pfeifen kein Laut zu vernehmen. Gianni sah auch kein Licht, obwohl in Cirios Lampe so viel Öl gewesen war, dass sie bis zum nächsten Tag hätte brennen müssen.
Ein unheimliches Gefühl machte sich in ihm breit, doch auf den Anblick, der sich ihm nun bot, war er nicht vorbereitet.
Cirio d'Specchi lag am Rand des Ganges mit dem Kopf in einer Blutlache. Zunächst glaubte Gianni, der Mann wäre tot. Da stieß dieser ein leises Stöhnen aus.
»Signore Cirio, was ist mit Euch?«, fragte Gianni und beugte sich über den Verletzten.
Der junge d'Specchi öffnete mühsam das linke Auge und brauchte einige Augenblicke, bis er seinen Spießgesellen erkannte.
»Gianni, ich … Wo bin ich?«
»In den Domitilla-Katakomben, Signore Cirio. Ich hatte Contessa Francesca zu Euch gebracht, damit Ihr sie zur Heirat zwingen könnt!«
Eine ferne Erinnerung glomm in dem jungen d'Specchi auf, die er jedoch nicht richtig festhalten konnte. »Francesca! Wo ist sie?«
Sein Freund sah sich kurz um und zuckte dann mit den Achseln. »Hier ist sie nicht!«
»Ich weiß nicht, was geschehen ist«, presste Cirio d'Specchi mühsam hervor. »Ich muss mit Francesca hier gewesen sein, und dann wurde es auf einmal schwarz um mich. Oh, heilige Maria, diese Schmerzen! Es ist, als hätte man mir den Kopf mit einem Hammer zerschlagen.«
Mit einem weiteren Wehlaut brach d'Specchi ab und sank zurück. Gianni befürchtete schon, er würde wieder bewusstlos, doch da packte ihn der Verletzte am Arm. »Hilf

mir auf die Beine und bringe mich hinaus. Ich brauche dringend einen Arzt!«

Rasch schob Gianni den rechten Arm unter Cirios Achsel und wuchtete ihn hoch. Er musste ihn auf dem Weg zu seinem geheimen Ausstieg mehr tragen als führen und ihn dort mühsam ins Freie schieben. Bevor er selbst die Höhlung verließ, nahm er noch einen alten Reitermantel mit, der bei dem Diebesgut lag, und hüllte Cirio darin ein, nachdem er ihn auf das Pferd gehoben hatte.

»Ihr wollt doch nicht, dass Euch jemand so sieht«, sagte er, als sein Freund sich sträuben wollte.

»Nein, natürlich nicht!« Es waren die letzten Worte, die Cirio d'Specchi auf dem Heimweg von sich gab. Als sie das Haus seines Vaters erreichten, war er in eine tiefe Ohnmacht gefallen.

Gianni wartete gerade so lange, bis ein Knecht das Hoftor geschlossen hatte, dann schwang er sich aus dem Sattel und hob den Verletzten vom Pferd.

Inzwischen war Dario d'Specchi aus dem Haus gekommen und starrte seinen bewusstlosen Sohn entsetzt an. »Was ist geschehen?«, fragte er.

Gianni zuckte mit den Schultern, ohne Cirio loszulassen. »Wie es aussieht, hat jemand Euren Sohn niedergeschlagen und Francesca geraubt.«

»Heilige Madonna, warum tust du uns das an!« Der alte d'Specchi ballte wütend die Faust, besann sich dann aber und half Gianni, seinen Sohn ins Haus zu tragen. Unterwegs forderte er einen Diener auf, sofort den besten Wundarzt der Stadt zu holen.

Während der Lakai wie von der Peitsche getrieben verschwand, erschien die Dame des Hauses mit ihren noch im Elternhaus lebenden Töchtern Clementina, Concettina und Cristina. Während die jungen Frauen sich erschrocken um das Wundlager ihres Bruders versammelten und zum Gotterbarmen jammerten, blieb Signora Isotta neben der Tür stehen und beobachtete das Geschehen mit unbeteiligter Miene.

Ihr Mann räusperte sich verärgert. »Kannst du dich nicht um den Jungen kümmern?«

»Warum? So wie er aussieht, kann ein Arzt mehr für ihn tun als ich«, antwortete sie gleichmütig.

Ihr Verhalten wunderte Gianni, aber noch mehr verblüffte ihn eine andere Tatsache. Alle drei Töchter, vor allem aber Cristina, erinnerten ihn an die Tochter des Tavernenwirts Gaspare. Bislang hatte er die d'Specchi-Töchter nur aufgeputzt und kunstvoll frisiert gesehen, doch in ihren schlichten Hauskleidern und mit dem locker fallenden Haar ähnelten sie Mariangela so verblüffend, dass man diese für ihre Schwester hätte halten können.

Gianni konnte nicht länger über diesen sonderbaren Umstand nachdenken, denn gerade wurde der Arzt ins Zimmer geführt und begann, den Verletzten zu untersuchen. Als er sich schließlich aufrichtete und dem Hausherrn zuwandte, war seine Miene ernst.

»Ihr könnt der Madonna eine große Kerze stiften, wenn Euch der Sohn bleibt, Signore d'Specchi. Hätte ihn der Stoß nur zwei Fingerbreit höher an der Schläfe getroffen, wäre er sofort umgekommen. Doch auch so ist die Wunde schlimm genug. Sein Jochbein ist zerschmettert und das Nasenbein gebrochen. Auch wurde das rechte Auge in Mitleidenschaft gezogen. Ihr seht selbst, dass er dessen Lid nicht mehr öffnen kann. Ich hoffe, dass es nur an der Schwellung liegt und Euer Sohn, wenn diese abgeheilt ist, wieder damit sehen kann. Doch das liegt in der Hand der Muttergottes und der Heiligen Kosmas und Damian. Ich kann nicht mehr für Euren Sohn tun, als ihm eine Arznei zu geben, die ihm die

Schmerzen zu ertragen hilft, sowie eine Salbe, die, so Madonna es will, verhindert, dass die Wunde sich entzündet.«
»Ihr setzt offenbar mehr Vertrauen in die Mutter des Heilands als in Eure eigene Kunst, *dottore*«, antwortete Dario d'Specchi mit knirschender Stimme.
»Wenn Euch meine Kunst nicht genügt, ist es Euch unbenommen, einen anderen Arzt zu rufen!« Beleidigt wollte der Mann seine Instrumente wieder einpacken.
Da fasste d'Specchi ihn am Arm. »Legt doch die Worte eines besorgten Vaters nicht auf die Goldwaage, *dottore*. Ich vertraue Euch voll und ganz, sage aber offen, dass ich mir eine günstigere Diagnose gewünscht hätte.«
»Ich kann meine Diagnosen nicht nach den Wünschen meiner Patienten stellen, sondern nur nach ihren Leiden. Und da sieht es bei Eurem Sohn nicht gut aus. Signore Cirio wird, sollte er tatsächlich überleben, Wochen brauchen, um diese Verletzung zu überwinden. Auch wird er hinterher nicht mehr der schmucke *cavaliere* sein, als den wir ihn kennen, sondern entstellt bleiben.«
Diese schonungslosen Worte riefen bei den Schwestern des Verletzten Entsetzen hervor. Zwei von ihnen fingen zu schluchzen an.
»Heulen könnt ihr draußen!«, herrschte der Arzt die jungen Frauen an, die ihrem Alter nach längst hätten verheiratet sein sollen. Doch in dem Bestreben, selbst nach oben zu kommen und sie besser an den Mann bringen zu können, hatte Dario d'Specchi bislang jeden Heiratsantrag für sie abgelehnt. Der *dottore* bedauerte dies, denn eine von ihnen hätte auch ihm gefallen können. Doch seit es dem Hausherrn gelungen war, seinen Sohn mit einer Orsini zu verloben, wurde seinesgleichen in diesem Haus nur geduldet, solange es unbedingt nötig war.

7.

Nachdem der Arzt gegangen und sein Sohn in einen ohnmachtsähnlichen Schlaf gesunken war, wandte Dario d'Specchi sich mit einer heftigen Bewegung Gianni zu. »Hast du eine Ahnung, wer hinter dieser schändlichen Tat stecken könnte?«

Gianni antwortete mit einer hilflosen Geste. »Nein, dafür ist die Auswahl zu groß, Signore Dario. Es könnten Freunde von Kardinal Foscarelli, aber auch von Antonio Caraciolo gewesen sein, die Verdacht geschöpft haben, wer für das Ableben der beiden verantwortlich ist. Auch gibt es gewiss Leute, die Euch und Eurem Sohn missgönnen, so hoch aufzusteigen. Auch solltet Ihr nicht vergessen, dass es Teilen der Orsini-Sippe nicht passt, dass ihre Verwandte Euren Sohn heiraten soll.«

Unbewusst nickte Dario d'Specchi. »Da gibt es einige. Dabei fällt mir ein, wir sollten uns über Francescas Schicksal Klarheit verschaffen. Du wirst daher zu Ercole Orsinis Haus gehen und dort die Ohren aufsperren. Verrate aber nicht, was geschehen ist. Erst muss ich wissen, ob der Conte immer noch zu dieser Heirat steht. Doch sollte er selbst es gewagt haben, meinem Sohn eine Falle zu stellen, wird er dafür bezahlen!«

D'Specchi streichelte seinen Dolch auf eine Weise, die Gianni ein böses Lächeln entlockte.

»Ich bin schon unterwegs«, sagte er und war zum ersten Mal froh, das Haus der d'Specchis verlassen zu können.

Dario d'Specchi sah ihm kurz nach, dann glättete er mit einer zärtlichen Geste das Kissen, auf dem der Kopf seines Sohnes ruhte. Am liebsten hätte er einen Diener nach Eis geschickt, um die Schwellungen in Cirios Gesicht kühlen zu

können. Der Arzt hatte ihm jedoch davon abgeraten. Da der Jochbeinknochen und das Nasenbein zertrümmert waren, hätte dies mehr geschadet als genützt.
Da er hier nichts mehr tun konnte, verließ d'Specchi den Raum und suchte seine Ehefrau auf. Diese saß am Fenster, hielt eine Stickerei in der Hand und blickte nach draußen. Als sie ihren Mann hörte, wandte sie sich zu diesem um. »Nun, wie geht es deinem Sohn?«
»*Maledetto!* Du bist kein fühlendes Weib, sondern eine Harpyie!«, entfuhr es ihrem Mann. »Unser Sohn liegt auf den Tod verwundet, und du tust so, als ginge dich das nichts an!«
»Warum sollte es?«, klang es bitter zurück. »Ich habe von Anfang an gewusst, dass kein Segen auf diesem Sohn liegt, doch du hast nicht auf mich hören wollen. Auch habe ich bereits mein Maß an Tränen vergossen und keine einzige mehr für den Erben des Hauses d'Specchi übrig.«
Ihr Mann packte sie und schüttelte sie so heftig, dass ihr Kopf hin und her flog. »Du wirst für Cirios Genesung beten, verstanden? Auch deine Töchter werden dies tun! Du weißt gar nicht, wie schwer es ist, so viele Mädchen zu versorgen. Jeder Bräutigam hofft auf eine hübsche Mitgift, und auch ins Kloster kann man sie nur geben, wenn man der Oberin eine ähnlich hohe Summe in die Hand drückt. Sie sind im Grunde wertlos. Nur ein Sohn zählt! Doch wie viele hast du mir geboren?« Dario d'Specchi ließ seine Frau los und trat schnaufend einen Schritt zurück.
Signora Isotta blickte mit versteinertem Gesicht zu Boden. »Ich habe einen Sohn zu wenig geboren.«
»Mich dafür aber reichlich mit Töchtern beschenkt!« Ihr Mann hob die Hand, als wolle er sie schlagen, ließ sie dann aber wieder sinken. »Sieh zu, dass du die Mädchen sammelst und mit ihnen San Giovanni in Laterano aufsuchst. Nimm

auch Clementina mit. Sie muss ebenfalls für ihren Bruder beten.«

»Ich werde es tun«, antwortete Signora Isotta leise. »Doch so viel wir auch beten werden – eine Stimme wird uns immer fehlen, und der Heilige wird sich fragen, warum das so ist.«

Diesmal saß ihr die Hand ihres Mannes im Gesicht. Obwohl sich die Finger scharf auf ihrer Wange abzeichneten, veränderte sich Signora Isottas Miene um keinen Deut. »Mehr, als du mich bereits geschlagen hast, kannst du mich nicht mehr treffen. Mein Herz ist erstorben unter deinen Hieben. Ich bin nur noch ein Leib, der darauf wartet, dass die Heilige Madonna ihn zu sich ruft.«

»Wenn du so weitermachst, kann das früher sein, als du denkst!« D'Specchi verließ grollend seine Frau und kehrte in das Schlafzimmer seines Sohnes zurück. Dieser lag in tiefer Bewusstlosigkeit, doch sein Mund bewegte sich, und die Worte, die er stammelte, ließen seinen Vater ahnen, dass er jene Szenen in den Katakomben noch einmal im Traum erlebte.

8.

Gäste wie diese mochte Mariangela gar nicht. Sie lärmten, nahmen auf niemanden Rücksicht, schlugen ihr auf den Hintern und versuchten immer wieder, sie an sich zu ziehen. Gerade eben schrien sie wieder nach Wein, dabei hatte sie ihnen eben erst eine volle Kanne hingestellt.

Sie wandte sich an ihren Vater. »Zu diesen Kerlen gehe ich nicht mehr!«

Gaspare füllte einen Krug mit Wein und stellte ihn ihr hin. »Doch, das wirst du! In einer Taverne gibt es nun einmal solche Gäste und solche. Sollten die Männer zu übermütig werden, dann ruf mich.«
»Würdest du gehen, müsste ich nicht rufen.«
Mariangelas Flehen ging ins Leere, denn ihr Vater kümmerte sich nicht mehr um sie, sondern begann, die benützten Weinbecher zu waschen. Seufzend nahm sie den Krug und trat in die Gaststube. Trotz ihrer Abneigung versuchte Mariangela freundlich zu sein und stellte den Krug mit einem gezwungenen Lächeln auf den Tisch. »Lasst es euch schmecken, meine Herren!«
Der Anführer, ein Bulle von einem Kerl mit einem unnatürlich kleinen Kopf, stierte sie an, als wollte er sie auf der Stelle ausziehen. »Komm, setz dich her und leiste uns Gesellschaft, ich bin Junker Rudolf«, sagte er auf Deutsch.
Mariangela verstand zwar seine Worte nicht, doch seine Geste war eindeutig. Mit einem leichten Schnauben schüttelte sie den Kopf. »Es tut mir leid, Signore, aber ich habe zu viel zu tun.«
Sie wollte sich abwenden, doch da packte er sie um die Hüfte und zerrte sie auf den Platz neben sich. Gleichzeitig fuhr er ihr mit der anderen Hand oben in den Halsausschnitt und begann, ihre Brüste zu kneten.
»Lasst das!«, rief sie empört.
Junker Rudolf lachte jedoch nur und machte ungeniert weiter.
Mariangela versuchte sich zu befreien, doch sein Arm hielt sie wie in einer eisernen Klammer. Gleichzeitig blies ihr sein saurer Atem ins Gesicht.
»Benehmt Euch, Signore!« Mariangela hatte bislang noch jeden aufdringlichen Verehrer mit scharfen Worten und gelegentlichen Ohrfeigen zur Räson gebracht. Der Kerl hier

aber verstand weder Italienisch, noch wusste er, wie man sich in einer gut geführten Taverne benahm.
Grinsend befahl Rudolf seinen Gefolgsleuten, ein wenig Platz zu machen, und legte Mariangela trotz ihres Widerstrebens rücklings auf die Bank. »Wenn ich mit der fertig bin, könnt ihr sie haben«, erklärte er seinen Männern.
Während er das Mädchen mit einer Hand festhielt, schlug er ihr mit der anderen die Röcke hoch und zwängte sich zwischen ihre Schenkel.
Entsetzt erkannte Mariangela, dass der Mann sie im nächsten Augenblick schänden würde, und schrie so laut um Hilfe, wie sie es nur vermochte. Darüber lachte der Junker dröhnend, löste die Schnur seiner Hosen und entblößte einen für seine Körpergröße lächerlich kleinen Penis.
Wenigstens wird es nicht sehr weh tun, dachte Mariangela noch, da ihr niemand zu Hilfe zu kommen schien.
Da wurde es auf einmal laut in der Wirtsstube.

9.

Hilbrecht war im Campo Santo Teutonico aufgehalten worden und hatte dann Giso zu dessen erstem Ziel begleitet. Nun ritt er fröhlich auf Gaspares Taverne zu und freute sich auf einen Becher guten Weines und auf Mariangelas Gesellschaft. Das Mädchen, dachte er, würde er jederzeit zu seiner Geliebten machen. Als er das letzte Mal mit ihrem Vater gesprochen hatte, hatte Gaspare gar nicht so ablehnend geklungen. Eine hübsche Summe würde wahrscheinlich auch die letzten Bedenken des guten Mannes beseitigen.

Während Hilbrecht überlegte, wie viel er sich leisten konnte, für das Mädchen auszugeben, erreichte er die Taverne, stieg im Hof vom Pferd und warf die Zügel einem Knecht zu.
Der Mann sah ihm grinsend entgegen. Wie die meisten hier im Viertel wusste er, dass der Tedesco Gaspares Tochter umschwärmte, aber von dieser genau wie ihre übrigen Verehrer gewaltig an der Nase herumgeführt wurde. Da der Gast ihm jedes Mal eine Münze schenkte, wünschte er ihm Glück und führte den Gaul unter die Pergola, wo das Tier sich vor der Sonne geschützt an dem Wasserschaff und der Heuraufe gütlich tun konnte.
Hilbrecht streckte gerade die durch den Ritt steif gewordenen Glieder, da vernahm er einen gellenden Schrei. Es klang, als sei Mariangela in höchster Not.
Ohne sich zu besinnen, stürmte Hilbrecht ins Haus. Unterwegs sah er Gaspare, der einen Tonkrug wie eine Waffe in der Hand hielt, aber nicht zu wissen schien, ob er ihn benützen sollte. Als der Deutsche an ihm vorbeieilte, folgte Mariangelas Vater ihm in die Gaststube.
In dem Gastraum sah Hilbrecht als Erstes Mariangelas nackte Beine, mit denen sie verzweifelt um sich stieß, sowie den Mann, der sich gerade daranmachte, ihr Gewalt anzutun. Mit zwei langen Schritten war er bei ihm, packte ihn am Genick und riss ihn von dem Mädchen zurück.
»Du verdammtes Schwein!«, schrie er und versetzte ihm ein paar heftige Fausthiebe. Aus den Augenwinkeln sah er, wie Mariangela ihre Röcke nach unten schlug und fast gleichzeitig mit der anderen Hand nach dem vollen Weinkrug griff.
Ein Schlag, der sein Kinn traf, machte ihm klar, dass er besser auf seinen Gegner achten sollte. Rasch landete er mehrere eigene Treffer und trieb den um fast einen Kopf größeren Junker quer durch die Gaststube.

Rudolf von Ottmeringen hatte Bärenkräfte, doch gegen den vom Zorn entflammten Hilbrecht kam er nicht an. Daher packte er einen massiven Hocker, um damit auf seinen Gegner einzuschlagen.
Hilbrecht wich jedoch aus und war dann mit einem Schritt bei ihm. Wieder erbebte Rudolfs Körper unter gewaltigen Fausthieben. Der Junker griff nach seinem Dolch.
Als hätte er es vorausgesehen, prellte Hilbrecht ihm die Waffe aus der Hand und verprügelte ihn nach Strich und Faden.
»Helft mir endlich, ihr Narren!«, schrie Junker Rudolf seinen Männern zu.
Diese hatten dem Kampf fassungslos zugesehen, sie konnten nicht begreifen, dass ihr Anführer gegen den kleineren Mann den Kürzeren zog. Nun endlich sprangen sie auf, zogen ihre Schwerter und gingen auf Hilbrecht los. Einer musste dabei an Mariangela vorbei. Diese hob den vollen Krug und ließ ihn dem Mann auf den Schädel krachen.
Ohne einen Laut sank der Waffenknecht zu Boden. Ein anderer kam Gaspare in die Quere, der den Krug nicht weniger geschickt einsetzte als seine Tochter. Dennoch blieben zwei Kerle übrig, die sich auf Hilbrecht stürzten.
»Zwei gegen einen! Das liebe ich. Da werde ich nämlich erst so richtig warm!«, rief dieser lachend, zog Schwert und Dolch und zog sich in eine Ecke zurück, damit seine Gegner ihm nicht in den Rücken fallen konnten. Trotzdem war seine Lage alles andere als rosig, denn jetzt hatte auch Junker Rudolf sein Schwert gezogen. Drei Klingen auf der anderen Seite waren auf die Dauer zu viel.
Dies begriff auch Gaspare. Rasch eilte er zur Terrasse, wo bereits einige Gäste aufmerksam darauf geworden waren, was sich in der Gaststube tat. Da keiner von ihnen bewaffnet war, wagten sie jedoch nicht, einzugreifen.

»Holt Hilfe! Die Schurken bringen den deutschen Ritter um!«, rief Gaspare ihnen zu.
Zwei Männer eilten zum Rand der Terrasse und befahlen einem Jungen, er sollte Soldaten holen. Aber der Lärm hatte bereits etliche Handwerker und Gesellen aus ihren Werkstätten und Geschäften gelockt. Gewohnt, in ihrem Viertel selbst für Ordnung zu sorgen, hatten sie alles gepackt, was sich als Waffe verwenden ließ, und liefen zur Taverne.
Dort hielt Hilbrecht den Angreifern immer noch stand, allerdings wurden ihm die Arme schwer, und er wehrte die drei nur noch mit Mühe ab.
»Gleich haben wir dich, du Hund!« Rudolf trat ein wenig zurück, um mit dem Schwert ausholen zu können. In dem Moment wurde die Tür aufgerissen, und die Männer aus Trastevere kamen mit drohend geschwungenen Messern, Hämmern und Stöcken auf die Kämpfenden zu. Auch wenn der Junker die hier gebräuchliche Sprache nicht verstand, so verrieten ihm die Mienen genug. Von Angst gepackt, wich er in eine dunklere Ecke zurück und sah sich nach einem Fluchtweg um.
Inzwischen hatten sich seine von Mariangela und ihrem Vater niedergeschlagenen Waffenknechte wieder aufgerafft und wollten ihren Kameraden helfen, dem Fremden endgültig den Garaus zu machen. Doch die Einheimischen griffen sie an. Auf Rudolf, der sich in ihrem Rücken zur Terrassentür schlich, achtete niemand.
Für Hilbrecht kam die Hilfe der Männer von Trastevere in höchster Not. Er hatte bereits eine Wunde am linken Arm davongetragen und hatte kaum noch die Kraft, den Dolch zu führen. Gerade, als ihm die Waffe aus der Hand glitt, wurde der Letzte der vier Schufte vor seinen Augen niedergeknüppelt.

Rudolf sah noch, wie dieser Reisige fiel, dann rannte er, so schnell ihn seine Beine trugen. Damit ließ er nicht nur seine Männer im Stich, die ihm bis Rom gefolgt waren, sondern auch sein Pferd und das Gepäck.

10.

Gerade noch hatte Hilbrecht einen harten Schlag abgewehrt, und im nächsten Augenblick sah er keine Feinde mehr vor sich, sondern nur noch vier vor Schreck brüllende Kerle, die von den Einheimischen zusammengeschlagen wurden. Tief durchatmend ließ er sein Schwert sinken und wischte sich den Schweiß von der Stirn. Dabei blickte er unwillkürlich zu Mariangela hinüber, die ihn mit einer Mischung aus Bewunderung und Spott musterte.

»Ich danke Euch, Herr Ritter, dass Ihr mir so selbstlos zu Hilfe geeilt seid. Dieser Schurke wollte mir in meinem Zuhause Gewalt antun. Wo ist er denn eigentlich?« Mariangela blickte sich suchend um, doch von dem Mann mit dem kleinen Kopf war nichts mehr zu sehen.

»Der Feigling ist offenbar abgehauen!« Hilbrecht verzog verächtlich das Gesicht und begann dann zu grinsen. »Ich glaube, jetzt habe ich mir einen Becher Wein verdient.« Dann besah er sich die Wunde am Arm und atmete auf. Es schien nicht mehr als eine Schramme zu sein.

Gaspare, der noch immer mit dem Schrecken kämpfte, der ihn gepackt hatte, schüttelte den Kopf. »Nicht nur einen Becher, sondern einen ganzen Krug! Nein, Herr Ritter, Ihr könnt so oft kommen, wie Ihr wollt, und erhaltet Euren Wein umsonst.«

»Das kommt uns aber ziemlich teuer zu stehen, denn der Herr hat eine sehr durstige Kehle«, wandte Mariangela ein und nahm erst dann den blutenden Arm des Ritters wirklich wahr. Während sie zur Küchentür eilte, um Verbandmaterial zu holen, zeigte sie auf die Männer, die ihnen zu Hilfe gekommen waren. »Du darfst auch unsere Nachbarn nicht vergessen, Papa. Wären sie nicht herbeigeeilt, hätte der Herr Ritter wohl kaum mehr Gelegenheit, einen Becher Wein zu trinken.«

Zwar hatte Mariangela das leichthin gesagt, erschrak aber vor ihren eigenen Worten. Hilbrecht von Hettenheim hatte sein Leben gewagt, um ihr beizustehen, und es beinahe verloren. Nun schämte sie sich für ihren Spott. Kurz erwog sie, sich bei ihm zu entschuldigen, warf aber den Kopf hoch. Wenn sie diesem Mann zu sehr um den Bart ging, glaubte er womöglich noch, sie würde ihm das freiwillig gewähren, was der geflohene Junker mit Gewalt hatte erzwingen wollen.

Schnell bat sie ihre Mutter, die in diesen Dingen geschickter war als sie, sich um die Wunde des Ritters zu kümmern. Dann verschwand sie im Keller und kehrte kurz darauf mit mehreren Krügen Wein zurück.

»Trinkt, Freunde, und nehmt unseren Dank!«, rief sie den Männern zu und achtete darauf, Hilbrecht nicht als Erstem einzuschenken.

Unterdessen hatte Gaspare die Scherben der zersprungenen Krüge zusammengekehrt und weggebracht. Es ärgerte ihn, dass Mariangela sich nicht darum gekümmert hatte. Immerhin war er hier der Wirt, und es wäre sein Recht gewesen, den Gästen aufzuwarten. Auch störte es ihn, wie verächtlich sie den Mann behandelte, der sie gerettet hatte. Daher beschloss er, sich nicht länger von dem Mädchen auf der Nase herumtanzen zu lassen, gleichgültig, was seine Frau sagen mochte.

Mit diesem Vorsatz betrat er die Küche und sah Marioza gerade vor der kleinen Madonnenstatue niederknien und der Gottesgebärerin ihren Dank aussprechen. Sie ließ sich nicht von ihm stören, bis sie ihr Gebet zu Ende gesprochen hatte.

Dann aber drehte sie sich mit einem Ausdruck tiefster Verachtung zu ihrem Mann um. »Wäre der junge Ritter nicht gekommen, hättest du es zugelassen, dass Mariangela ein Opfer eines wüsten Schurken wird.«

»Ich habe getan, was ich konnte, und unsere Nachbarn zu Hilfe gerufen. Was hätte ich denn allein gegen fünf Männer ausrichten können?«

»Der deutsche Ritter hat seine Gegner nicht gezählt, sondern getan, was notwendig war!« Marioza stieß ihren Kochlöffel in die Bratpfanne, dass das Fett nur so zischte, und schüttelte den Kopf. »Du hättest diese Fremden gestern nicht aufnehmen dürfen!«

»Ich konnte doch nicht ahnen, dass sie Strolche sind, die mein Hausrecht missachten. Aber da wir gerade dabei sind: Mit Mariangela geht das so nicht weiter. Sie kann die Gäste nicht weiterhin so schnippisch behandeln.«

»Sie ist zu allen freundlich, bis auf die, die zu aufdringlich werden. Das Recht, diese Männer abzuweisen, wirst du ihr wohl nicht absprechen wollen!« Mariozas Stimme klang scharf, und aus alter Gewohnheit zog Gaspare den Kopf ein. Dann aber sagte er sich, dass er der Mann im Haus war, und schlug mit der flachen Hand auf den Tisch. »Dann müssen wir sie demnächst verheiraten!«

Sein Tonfall sollte Marioza signalisieren, dass er keinen Widerspruch dulden wollte. Dabei wurde ihm klar, dass er seinem eigenen Vorschlag auch nicht allzu viel abgewinnen konnte. Ein Schwiegersohn würde sich Rechte anmaßen, die seine eigene Macht einschränkten.

»Oder aber«, setzte er deshalb hinzu, »sie muss sich gegenüber dem einen oder anderen Gast zuvorkommender zeigen als bisher.«
Seine Frau warf ihm einen giftigen Blick zu. »Du willst unsere Tochter also immer noch zur Hure machen!«
»Nicht zur Hure! Aber was ist schon dabei, wenn sie zu dem Ritter, der ihr, wie du selbst gesagt hast, so selbstlos geholfen hat, ein bisschen nett ist und ihm ein Stündchen Zärtlichkeit gönnt. Verdient hat er es. Das kannst du nicht abstreiten!«
In seinen Augen war wahrlich nichts dabei, wenn Mariangela sich dem einen oder anderen Gast hingäbe. Schließlich hatte sie nicht das Recht, wie eine Dame oder ein Mädchen aus einem reichen Bürgerhaus behandelt zu werden. Außerdem konnte er, wenn sie einen kleinen, aber exklusiven Kreis von Verehrern um sich sammelte, mit Geld und anderen Geschenken rechnen. Seine Taverne warf zwar genug zum Leben ab, dennoch hätte er gerne das Haus nebenan gekauft und dazu noch eine junge Magd eingestellt. Vielleicht konnte er von dieser den Sohn bekommen, den er sich so sehr wünschte. Marioza war längst über das Alter hinaus, in dem sie ihm ein Kind hätte schenken können.
Seine Frau begriff, was ihren Mann umtrieb, und fühlte Bitterkeit in sich aufsteigen. Alles, was Gaspare war und besaß, hatte er ihr und gewissen Umständen zu verdanken. Doch leider hatte er dies im Lauf der Zeit vergessen und tat nun so, als hätte er sich alles selbst erarbeitet.
»Mariangela wird diesem Deutschen das Bett wärmen. Das ist mein letztes Wort!« Erneut schlug Gaspare auf den Tisch.
Marioza baute sich vor ihm auf und hob drohend den Kochlöffel. »Versuche es, und ich werde zusammen mit ihr in Santa Maria in Trastevere Zuflucht suchen und dem braven

Pater Luciano berichten, wie sehr du dich an unserer Tochter versündigen willst!«
Gaspare lachte höhnisch auf. »Unsere Tochter! Wenn sie es nur wäre.«
»Schweig! Du hast geschworen, es niemandem zu verraten.« Marioza stand wie eine Furie vor ihrem Mann, das Gesicht zu einer Grimasse des Schreckens verzerrt. Dann aber verlor sich dieser Ausdruck wieder, und ihr traten die Tränen in die Augen. »Sie darf es niemals erfahren!«
»Ich halte schon den Mund.« Gaspare blickte sich ängstlich um, ob ihn jemand gehört haben könnte, und atmete erleichtert auf, da niemand zu sehen war.
Aber er gab nicht auf, sondern versuchte, seinen Vorteil aus der erzwungenen Geheimhaltung zu ziehen. »Schon aus diesen Gründen, die du nennst, ist es unbedingt nötig, dass sie sich wie jedes andere Wirtstöchterchen benimmt!«
Marioza schüttelte jedoch nur versonnen den Kopf. »Sie benimmt sich so, wie es sich für eine wohlerzogene Wirtstochter gehört. Oder willst du, dass es heißt, wir hätten eine Schlampe in die Welt gesetzt?«
»Nein, natürlich nicht! Aber ein paar Herren gegenüber könnte sie trotzdem etwas zuvorkommender sein.« Noch während er es sagte, spürte Gaspare, dass er wieder einmal den Kürzeren gezogen hatte, und fuhr seine Frau an, sich mit dem Braten zu beeilen. »Willst du die Gäste noch länger auf ihr Essen warten lassen? Der deutsche Ritter wird hungrig sein.«
»Ja, aber weniger auf meinen Braten als auf mein Kind«, antwortete Marioza und kehrte ihrem Mann den Rücken zu.

11.

Der Nachmittag war bereits fortgeschritten, als Falko endlich in den Campo Santo Teutonico zurückkehrte. Er war noch ganz erfüllt von den Eindrücken, die in Ercole Orsinis Haus auf ihn eingeströmt waren. So viel Reichtum hatte er selbst auf dem Marienberg in Würzburg nicht gesehen. Dabei entstammte Francescas Vater zwar einer der maßgeblichen Sippen Roms, zählte jedoch eher zu den nachrangigen Familienmitgliedern. Doch auch so besaß der Mann mehr Land und vor allem mehr Geld als Kibitzstein mit all seinen Außenbesitzungen.

Selbst für einen Freiherrn oder gar Grafen in Deutschland wäre es verwegen gewesen, sich um Francesca Orsinis Hand zu bewerben, doch genau das hatte Falko vor. Sein Blut glühte, wenn er an sie dachte, und er sehnte sich danach, sie erneut zu besitzen. Zu seinem Leidwesen hatte sie nicht an der Mittagstafel teilnehmen dürfen, und nachher hatte er sie nur ganz kurz oben auf der Treppe stehen gesehen. Ihr Blick war ihm jedoch wie ein Versprechen erschienen, die zärtliche Stunde mit ihm zu wiederholen.

Giso, der kurz vor ihm von seinen Besuchen zurückgekehrt war, entging seine gute Laune nicht. »Ist während der Messe ein Wunder geschehen, weil du so lachst? Und warum kommst du so spät?«

»Ich habe jemanden bei den Katakomben getroffen und bin eingeladen worden, in ihrem Haus zu speisen«, antwortete Falko munter.

»Es freut mich, dass eine Hure dich in eine so fröhliche Stimmung versetzen konnte!« Giso hatte Falkos Gefühle für Elisabeth für tiefer gehalten, war jetzt aber froh, dass dies nicht der Fall zu sein schien.

»Es war keine Hure«, berichtigte Falko ihn mit einer leichten Röte im Gesicht, »sondern eine Edeldame, genauer gesagt die Tochter eines angesehenen römischen Edelmanns.«
»Und die hat dich mir nichts, dir nichts zu sich nach Hause eingeladen?«
»So ist es nicht gewesen«, widersprach Falko. »Die junge Dame hatte ebenfalls die Messe in den Katakomben besucht. Als diese zu Ende war, waren ihre Knechte mit der Pferdesänfte fort. Diese unzuverlässigen Kerle sind wahrscheinlich in die nächste Schenke gegangen und dort beim Wein hängengeblieben. Da habe ich mich erboten, sie nach Hause zu bringen – die junge Dame meine ich, nicht die Knechte.«
Giso lächelte und dachte sich, dass sich hier eine der römischen Kurtisanen einen Gimpel eingefangen hatte. Allerdings würde er aufpassen müssen, dass Falko nicht in die Klauen eines berechnenden Weibes geriet und dabei so viel Geld ausgab, dass es seinen Besitz in Franken gefährden konnte.
»Deine neue Bekannte ist gewiss sehr schön, aber vielleicht doch keine Dame, sondern …«, begann er.
Falko unterbrach ihn sofort. »Sie ist eine Contessa und die Tochter des Grafen Ercole Orsini, falls dir dieser Name etwas sagt!«
»Ercole Orsini?« Giso schnappte nach Luft. »Weißt du, wer der Mann ist? Er gehört zu den ärgsten Feinden, die wir hier in Rom haben. Genau dieser Mann ist für die meisten Schwierigkeiten verantwortlich, mit denen wir uns herumschlagen müssen.«
Da Falko in Orsinis Haus zurückkehren wollte, um Francesca zu sehen, tat er diese Bemerkung mit einer wegwerfenden Handbewegung ab. »Mir schien Conte Orsini ein freundlicher Herr zu sein, der sich wenig für Politik in-

teressiert. Ihn einen Feind zu nennen, halte ich für verwegen!«
»Du bist verwegen, dich in die Höhle des Löwen zu begeben! Gewiss war diese Begegnung inszeniert, um dich anzulocken. Vergiss dieses Mädchen. Es gibt genug andere.«
Aber Gisos Appell ging ins Leere, denn Falko dachte an die Umstände, unter denen er auf Francesca getroffen war. Sie war das einzige Mädchen, nach dem er sich sehnte, abgesehen von der neuen Äbtissin der Nonnen von Tre Fontane, deren Bild tief und fest in seinem Herzen verankert war. Da er keine Lust hatte, sich weiter mit seinem Freund zu streiten, kehrte er Giso den Rücken zu und betrat die Pilgerherberge.
Unterwegs traf er auf Edelgunde von Frammenberg und deren Nichte Margarete. Die beiden hatten Tuchhändler in der Stadt aufgesucht, um Stoffe zu kaufen, und waren nun von den Farben, der Qualität und auch von den Preisen sehr angetan.
Aufgeräumt begrüßte Frau Edelgunde Falko. »Ihr seid wohl auch in der Stadt gewesen, lieber Kibitzstein?«
»Ja, in den Katakomben, um zu beten«, antwortete Falko.
»Das habt Ihr auch nötig!« Margarete hatte nur eine spitze Bemerkung machen wollen, doch angesichts dessen, was dort geschehen war, wurde Falko rot.
»Gewiss habe ich das Gebet nötig, so wie jeder andere Christenmensch auch«, brachte er mühsam hervor.
»Nun, in Taten sündigt Ihr gewiss weniger als in Gedanken, aber auch diese gefährden Eure Seele.« Diesmal spielte Margarete auf Elisabeth an. Sie hatte die Blicke bemerkt, die diese mit Falko gewechselt hatte, und sich abwechselnd darüber amüsiert und geärgert.
»Jeder Mensch sündigt in Gedanken«, mischte sich Frau Edelgunde ins Gespräch. »Wenn ich daran denke, wie oft

ich meinem Oskar in Gedanken den Holzteller oder meinen Becher an den Kopf geworfen habe, obwohl er der liebste Mensch ist, den ich kenne, muss ich noch etliche Male Buße tun.«

»Unser Herr Jesus wird es Euch gewiss vergeben«, sagte Falko.

Margarete hob in gespielter Verwunderung die Augenbrauen. »Ist das Gebet in den Katakomben Euch so zu Herzen gegangen, dass Ihr beschlossen habt, Euch dem geistlichen Stand zu verschreiben? Denn nur als Priester oder gelehrtem Mönch ist es Euch möglich, andere Menschen im Namen unseres Herrn Jesus Christus freizusprechen.«

»Nein, ich …, es war nur meine Meinung, denn ich glaube nicht, dass die Sünden Eurer Frau Tante so schwer wiegen, dass der Heiland sie ihr nicht verzeihen wird.«

Falko ärgerte sich über das Mädchen, das ganz vergessen zu haben schien, dass es ihm sein Leben zu verdanken hatte. Wenn Margarete mit ihm sprach, was selten genug geschah, lief es meist auf eine Stichelei oder gar offenen Spott hinaus. Wenn sie eine der anderen Frauen war, die Giso für ihn im Sinn hatte, dann wollte er gerne in Ercole Orsinis Haus zurückkehren und um Francesca werben.

12.

An dem Ort, an den Falko sich sehnte, hing derzeit der Haussegen schief. Francesca wappnete sich erst einmal mit Trotz und sprach weder zu ihrem Vater und ihrer Mutter ein Wort über Cirio d'Specchi und dessen infamen Plan, denn sie hätte ihren gesamten Schmuck verwettet, dass ihre Eltern eingeweiht gewesen waren und Cirios Tat sogar gutgeheißen hatten. Am liebsten hätte sie wie eine Furie durchs Haus getobt, doch aus Erfahrung wusste sie, dass ihre Eltern sie danach umgehend in ihr Zimmer einsperren würden. Annunzia sollte jedoch ihren ganzen Zorn zu spüren bekommen, und so wartete sie ungeduldig auf die Gelegenheit dazu.

Zunächst ließ ihre Zofe sich wohlweislich nicht bei ihr blicken. Erst am Vormittag des nächsten Tages, als Francesca sich längst allein gewaschen und angezogen hatte, schlich Annunzia in ihr Zimmer und begann, ihre Kleider zu sortieren.

Francesca zählte in Gedanken bis drei, dann war sie mit schnellen Schritten bei ihrer Zofe und schlug ihr ohne Vorwarnung ins Gesicht. »Du elende Verräterin!«, zischte sie. »Du bist Hühnermist unter meinen Schuhen. Verschwinde und lass dich nie wieder sehen!« Jedes ihrer Worte wurde von einer heftigen Ohrfeige begleitet.

Verzweifelt versuchte Annunzia, aus dem Zimmer zu entkommen, doch Francesca folgte ihr bis auf den Flur und schlug weiter auf sie ein. Selbst als die Zofe um Hilfe schrie und Francescas Vater aus seinem Schreibzimmer eilte und verwirrt die Treppe hochblickte, hörte sie nicht auf.

»Du elendes Stück Mist! Schere dich zu den d'Specchis! Dort gehört solcher Abschaum wie du hin!«, schrie Francesca außer sich vor Wut. Ein letzter, mit aller Kraft geführter Schlag trieb die Zofe rückwärts bis zur Treppe.

Annunzia versuchte noch, das Gleichgewicht zu bewahren, kippte jedoch nach hinten und stürzte schreiend hinab. Bevor sie ernsthaft Schaden nehmen konnte, fing ihr Herr sie auf und stellte sie auf die Beine.

»Suche dir eine andere Arbeit! Meiner Tochter solltest du heute nicht mehr zu nahe kommen«, sagte er.

»Und morgen nicht und übermorgen auch nicht. Ich will sie niemals mehr sehen! Dieses elende Biest hat mich verraten und verkauft, und das nicht nur ein Mal. Hätte ich Gift, würde ich es ihr einflößen, bis es ihr zu den Ohren wieder herausläuft!«
Francesca genoss es, ihre Zofe zu beschimpfen, zumal ihr Vater seiner Miene zufolge sich ebenfalls getroffen fühlte. Am liebsten hätte sie ihre Wut ja an den beiden d'Specchis ausgelassen, die ihr nun noch widerwärtiger waren als früher. Da es bereits eine Schande war, sie einem Nichts wie Cirio d'Specchi als Gattin zu versprechen, so war dessen Überfall in den Katakomben ihrer Ansicht nach ein Schurkenstück, für das nicht einmal der Heilige Vater diejenigen, die es geplant hatten, vom Höllenfeuer freisprechen konnte.
»Beruhige dich doch, mein Kind!«, rief der Conte zu seiner Tochter hoch. »Glaube mir, es geschah alles zu deinem Besten!«
Es war gut, dass Francesca gerade nichts in der Hand hielt, sonst wäre es ihrem Vater an den Kopf geflogen.
Da Ercole Orsini begriff, dass der Zorn seiner Tochter sich nicht so schnell legen würde, hob er begütigend die Arme. »Dein Zimmerarrest wird selbstverständlich aufgehoben, mein Kind. Du kannst auch wieder in Begleitung einer Magd und eines Dieners in die Stadt gehen.«
»Nicht mit Annunzia, dieser Schlange!«, unterbrach Francesca ihn scharf.
»Ich sagte mit einer Magd und nicht mit deiner Zofe«, antwortete ihr Vater lächelnd. »Obwohl ich dir vorwerfen könnte, ungerecht gegen Annunzia zu sein. Sie will doch nur dein Bestes!«
»So wie ihr alle, was? Doch was ich denke und fühle, kümmert euch nicht!« Francesca brach in Tränen aus.

Plötzlich schob sich das Gesicht des jungen deutschen Ritters in ihre Gedanken, und sie wischte sich mit dem Handrücken die Nässe von den Wangen. »Ich habe mich gestern nicht bei dem fremden *cavaliere* für meine Rettung bedanken können. Es würde mich freuen, wenn Ihr mir erlauben würdet, dies noch zu tun. Ladet ihn heute Abend zum Essen ein.«

Falko Adler war ungefähr der letzte Gast, den Conte Ercole in seinem Haus sehen wollte, und so suchte er verzweifelt nach einer Ausrede. »Mein liebes Kind, ich weiß nicht, wo dieser edle Herr in Rom abgestiegen ist!«

»Wenn ich mich recht entsinne, nannte er den Campo Santo Teutonico. Dies ist auch wahrscheinlich, denn dort steigen die meisten Edelleute aus Germanien ab. Schickt einen Diener mit einer Einladung hin. Er wird ihn gewiss finden.«

Ercole Orsini wusste aus Erfahrung, wann er gegen seine Tochter den Kürzeren gezogen hatte, und nickte widerwillig. »Ich werde es tun, mein Kind – wenn du dich bezähmst.«

»Gerne, Papa! Aber eigentlich war ich ja gar nicht zornig.« Francesca knickste und verschwand wieder in ihrem Zimmer.

Mit verbissener Miene sah der Vater ihr nach und sagte sich, dass sie statt Nachsicht eher eine kräftige Tracht mit dem Lederriemen auf den blanken Hintern verdient hatte. Doch da ihr dieses Schicksal bei den d'Specchis drohte, wollte er ihr in seinem Haus noch einige Tage der Freude gönnen. Mit diesem Gedanken drehte er sich um und ging in Richtung seines Schreibzimmers. Unterwegs kam er an der Kammer vorbei, von der aus seine Frau den Haushalt unter Kontrolle hielt. Die Tür stand offen, und er sah, wie Annunzia sich Rotz und Wasser heulend bei ihrer Herrin über Francesca beschwerte.

»Eure Tochter ist eine Bestie, Contessa Flavia! Sie ist wie eine tollwütige Wölfin über mich hergefallen und hat mich die Treppe hinabgestoßen!«
Obwohl die Zofe die Tatsachen nur wenig zu ihren Gunsten bog, ärgerte Conte Orsini sich und trat ein. »Ganz so war es wohl doch nicht. Francesca hat dich nicht die Treppe hinabgestoßen. Du bist gestolpert. Außerdem kann ich ihren Zorn verstehen! Was musstest du sie gestern auch im Stich lassen? Du hättest mit den Knechten und der Sänfte auf sie warten müssen. So aber blieb ihr nichts anderes übrig, als einen lumpigen Tedesco um Hilfe zu bitten. Ich werde ihn heute zum Abendessen einladen müssen, damit Francesca sich so bei ihm bedanken kann, wie es sich gehört.«
»Ihr wollt diesen Mann einladen?«, stieß seine Frau empört aus. »Der Kerl ist ein Knecht dieses elenden Friedrich, der sich anmaßt, sich zum Kaiser der Römer krönen lassen zu wollen.«
»Er ist der Mann, der unserer Tochter, als sie allein durch die Wildnis geirrt ist, eine helfende Hand geboten hat«, korrigierte Orsini und gab dann Annunzia einen Wink. »Lass dir von einer der Mägde das Blut abwaschen und ein Stück Kalbfleisch auf dein Gesicht legen, damit es nicht gar zu sehr anschwillt. Danach suchst du dir eine Arbeit, die dich so weit wie möglich von unserer Tochter fernhält. Bis Francesca sich wieder beruhigt hat, soll eine der Mägde ihr Zofendienste leisten.«
»Findet Ihr nicht, dass Ihr unserer Tochter zu viel nachgebt?«, fragte Contessa Flavia mit hörbarem Groll.
Orsini war nicht bereit, in Annunzias Anwesenheit über dieses Thema zu sprechen, und wartete, bis die Zofe das Zimmer verlassen hatte. Dann wandte er sich mit einer Miene an seine Gemahlin, die seine Autorität unterstreichen sollte. »Ich muss gestehen, dass ich Francescas Groll verstehe. Kein Mädchen macht das, was gestern mit ihr geschehen ist, gerne mit.«

»Ihr meint, Cirio d'Specchi ist zum Ziel gekommen?«, fragte seine Frau gespannt.
»Da bin ich mir sicher! Allerdings ist er in meiner Achtung gesunken, weil er hinterher nicht auf unser kleines Mädchen aufgepasst hat. Wie es aussieht, ist sie aus Scham und Wut vor ihm davongelaufen. Er hätte sie aufhalten und zu uns zurückbringen müssen. Stattdessen müssen wir einem schmutzigen Deutschen dankbar sein.« Beim letzten Satz klirrte Conte Ercole Stimme und verriet seinen Groll auf jenes Volk im Norden.
Contessa Flavia wischte sich nachdenklich über die Stirn. »Vielleicht ist es gar kein Schaden, dass Francesca diesen Tedesco getroffen hat. Wie es aussieht, steht er hoch im Rang und weiß sicher viel über die Pläne des deutschen Königs. Wenn Ihr es geschickt anfangt, wird er Euch davon erzählen, ohne dass er es selbst merkt.«
An diese Möglichkeit hatte Ercole Orsini noch gar nicht gedacht. »Ihr habt recht wie immer, meine Liebe. Das werde ich tun. Doch ich muss sagen, ich ärgere mich über die d'Specchis. Sie sind wirklich eine Sippe von Emporkömmlingen, die sich mit Diensten hochgearbeitet hat, über die ich besser nicht sprechen will.«
»Signore Cirio wird uns gewiss bald aufsuchen. Wahrscheinlich schämt er sich, weil er Francesca gestern verloren hat. Vielleicht solltet Ihr einen Diener in das Haus seines Vaters schicken und ihm mitteilen lassen, dass unsere Tochter wohlbehalten zu Hause angelangt ist.«
Ihr Mann kommentierte diese Worte mit einem verächtlichen Schnauben. »Wer bin ich, dass ich einem d'Specchi nachlaufen muss? Er soll gefälligst selbst kommen!«
Damit war für Ercole Orsini dieses Thema erledigt, und seine Frau war klug genug, es nicht wieder anzusprechen.

13.

Während Conte Orsini trotz der seltsamen Umstände glaubte, es wäre alles so gelaufen, wie Dario d'Specchi und er es geplant hatten, herrschte in der Casa d'Specchi das Gefühl vor, auf schwankendem Boden zu stehen. Cirio d'Specchi lag noch immer ohne Bewusstsein auf seinem Bett. Für seinen Vater war der Zustand kaum zu ertragen, und er hetzte seine Frau und seine Töchter von einer Kirche in die andere, um für den Verletzten zu beten und Kerzen für ihn anzuzünden. Er selbst wich kaum einen Augenblick von Cirios Bett und harrte voller Anspannung auf ein Zeichen, dass es seinem Sohn besserging.

Inzwischen hatte der Arzt erlaubt, das Gesicht des Verletzten mit Eis zu kühlen. Da d'Specchi selbst keins in seinen Kellern hatte, musste er es holen lassen. Bei der sommerlichen Hitze aber war es beinahe zerlaufen, als er es endlich auflegen konnte.

Verzweifelt dachte Dario d'Specchi darüber nach, wer Cirio so zugerichtet haben konnte. Die Auswahl war so groß, dass sein Hass sich beinahe in jedem neuen Augenblick gegen einen anderen vermutlichen Feind richtete. Daher war er froh, als sein Türhüter Gianni ankündigte.

Obwohl dieser nicht zu jenen Leuten zählte, mit denen er offiziell verkehrte, hieß er den jungen Mann überschwenglich willkommen.

»*Buon giorno,* Gianni, ich habe dich bereits schmerzlich vermisst. Bist du gestern noch bei Conte Orsini gewesen?«

Gianni nickte. »Das war ich, aber ich habe nichts erfahren. Erst heute ist es mir gelungen, den Türhüter in ein Gespräch zu verwickeln. Was dieser mir berichtet hat, klingt höchst eigenartig. Contessa Francesca wurde gestern kurz vor Mittag von einem Ritter aus Deutschland nach Hause gebracht. Dieser soll sie in der Nähe der Katakomben aufgelesen haben, wo sie hilflos umherirrte.«

»Kannst du mir sagen, was das zu bedeuten hat? Deinen Worten zufolge hat man doch Cirio in den Katakomben aufgelauert!« D'Specchi vermochte sich keinen Reim darauf zu machen.

»Also, wenn Ihr mich fragt, ich …«, begann Gianni, brach aber sofort wieder ab.

»Was wolltest du sagen?«

»Ich habe überlegt, ob Ercole Orsini die Vereinbarung mit Euch und Eurem Sohn bereut und diesen Teutonen geschickt hat, um Euren Sohn zu ermorden und das Mädchen nach Hause zu bringen. Aber der Conte hasst die Deutschen und hätte sich nie auf so einen verlassen.«

»Das hätte er bestimmt nicht. Aber es gibt auch Römer, die ihm diesen Gefallen tun würden«, rief d'Specchi aus.

»Die hätten das Mädchen gewiss nicht allein umherlaufen lassen!«

»Und was ist, wenn sie ihnen in den Katakomben entkommen konnte und den Ausgang gefunden hat?«, trumpfte d'Specchi auf.

»Vielleicht waren es auch ganz andere, zum Beispiel Männer, die sowohl Euch wie auch Conte Orsini als Feind ansehen«, überlegte Gianni.

Sein Gastgeber schüttelte den Kopf. »Die hätten Cirio niedergestochen und das Mädchen vergewaltigt.«

»Vielleicht ist das auch geschehen!«

»Die Kerle hätten das Mädchen nackt und in einem Zustand in den Katakomben zurückgelassen, dass niemand, auch kein deutscher Ritter, sie auch nur eines Blickes gewürdigt, geschweige denn ihr seine Hilfe angeboten hätte. Nein, dein erster Gedanke war der richtige. Ich sage dir, Ercole Orsini

steckt selbst dahinter. Doch das wird er mir bezahlen. Das schwöre ich dir!«
Dario d'Specchi schritt erregt in der Kammer auf und ab. Mit einem Mal wandte er sich wieder Gianni zu. »Du wirst eines meiner Pferde nehmen und zum Herzog von Gravina reiten, um ihm von diesem Schurkenstück zu berichten. Ich habe ihm viele Jahre treue Dienste geleistet. Es wäre nicht gut für ihn, uns jetzt zu verraten!«
Die Worte klangen scharf, doch Gianni spürte, dass Dario d'Specchi von der Angst gepeinigt wurde, sein hochgeborener Auftraggeber könnte seiner überdrüssig geworden sein. Wenn dies der Fall war, zählte das Leben der beiden d'Specchis keinen Danaro mehr.
Gianni fragte sich, ob es klüger wäre, wenn er sich dem Herzog als neuer Handlanger andiente und ihn dieses Problems enthob. Um sich seine Gedanken nicht von der Stirn ablesen zu lassen, senkte er den Kopf. »Ich mache es so, wie Ihr befehlt, Signore Dario.«
»Beeile dich, denn ich will so rasch wie möglich wissen, woran ich bin!« Dario d'Specchi versetzte Gianni einen Stoß und blickte dann wieder auf seinen Sohn.
Das linke, nicht völlig zugeschwollene Auge hatte sich geöffnet und verriet, dass Cirio wach war. Diesmal versuchte der Kranke sogar zu sprechen, aber es kostete seinen Vater große Mühe, ihn zu verstehen.
»Wenn Ercole Orsini wirklich dahintersteckt, werde ich seine Frau und seine Tochter vor seinen Augen zu Tode foltern und dann bei ihm weitermachen!«, wiederholte Cirio immer noch kaum verständlich.
»Das wirst du, mein Sohn – und ich werde dir dabei helfen!« Dario d'Specchi schien es ein Wunder, dass es seinem Sohn besserging, und er dankte ergriffen allen Heiligen. Dann aber schwor er sich, sich an jenen Leuten zu rächen,

die Cirio niedergeschlagen oder den Auftrag dazu erteilt hatten.
Gianni nahm die Entschlossenheit der beiden d'Specchis wahr und begriff, dass es nicht so leicht würde, ihnen beizukommen. Daher verabschiedete er sich rasch und verließ das Zimmer. Auf dem kleinen Hof des Anwesens befahl er einem Knecht, ihm eines der beiden Pferde zu satteln, die d'Specchi für sich und seinen Sohn hielt, und trabte stolz wie ein Edelmann davon.

14.

Rom lag bereits hinter Gianni, als er vor sich den Schatten eines Mannes entdeckte, der sich sofort wieder zwischen die Büsche zurückzog. Nun waren Räuber in der Umgebung Roms keine Seltenheit. Aber die stellten sich gewöhnlich nicht so dumm an, dass man bereits vorher auf sie aufmerksam wurde. Scheinbar ahnungslos ritt Gianni weiter, pfiff ein lustiges Lied und ließ die Rechte unauffällig zum Dolch wandern.
Als er die Stelle erreichte, an der er den Schatten bemerkt hatte, sprang jemand zwischen den Büschen heraus und wollte ihn vom Pferd ziehen. Gianni trat dem Kerl mit dem Fuß hart gegen die Brust. Der Angreifer taumelte und landete auf seinem Hosenboden. Da keine Komplizen zu sehen waren, schwang Gianni sich aus dem Sattel und versetzte ihm einen weiteren Fußtritt gegen den Kopf.
Trotzdem kämpfte der Bursche sich auf die Beine und griff erneut an. Gianni brachte ihn mit einem Fußfeger erneut zu Fall und wollte ihm bereits die Kehle durchschneiden. Da

erkannte er den Kerl. Es handelte sich um den deutschen Ritter, den er zwei Tage zuvor samt seinen Begleitern zu Gaspares Taverne geschickt hatte. Diesmal war er jedoch allein und wirkte ebenso abgerissen wie hungrig.

Am einfachsten wäre es gewesen, den verhinderten Räuber umzubringen. Doch Gianni war viel zu gespannt darauf, zu erfahren, was sich in der Taverne ereignet hatte.

»Höre mir gut zu, mein Freund. Wenn du nur mit der falschen Augenbraue zuckst, steche ich dich ab wie ein Schwein. Hast du verstanden?«, sagte er auf Deutsch.

»Ja!« In Junker Rudolfs Augen stand Todesangst. Er hatte es sich so einfach vorgestellt, einen einsamen Reiter vom Pferd zu holen und zu berauben. Gegen diesen schlanken, sehnigen Mann hatte ihm jedoch seine ganze Kraft nichts geholfen.

»Sehr gut«, fuhr Gianni fort. »Und jetzt erzähle mir, warum ich dich in so üblen Verhältnissen wiederfinde. Als ich dich das letzte Mal gesehen habe, dachte ich, du wärst ein deutscher Edelmann mit eigener Eskorte – und gewiss nicht arm.«

Junker Rudolf atmete auf. Da er reden sollte, wollte der andere ihn nicht sofort umbringen, und er würde vielleicht doch noch eine Chance bekommen. Als hätte Gianni diese Gedanken geahnt, verstärkte er den Druck seiner Klinge, und der Junker spürte, wie es nass an seinem Hals hinablief.

»Es war dieser elende Hilbrecht von Hettenheim!«, stieß er hervor. »Der Kerl wollte mich daran hindern, das Wirtsmädel auf den Rücken zu legen, und hat mich deswegen hinterrücks überfallen. Dann kamen auch noch die anderen hinzu …« In den nächsten Minuten gab Junker Rudolf einen sehr von seiner Warte aus gefärbten Bericht über die Ereignisse in Trastevere von sich.

Gianni hörte ihm aufmerksam zu, rückte aber für sich die Tatsachen zurecht. Wie es aussah, hatte dieser Narr am hellichten Tag versucht, Mariangela zu vergewaltigen, und war von einem anderen deutschen Ritter daran gehindert worden. Aus Rache hatte er diesen mit seinen Männern angegriffen und war daraufhin mit den aufgebrachten Bewohnern von Trastevere aneinandergeraten. Seine Begleiter waren nun entweder tot oder saßen im Kerker, während er selbst zwar fliehen, aber nur das nackte Leben hatte retten können.

»Und da hast du wohl gedacht, dir dein Reisegeld als Räuber zu verdienen«, kommentierte er voller Spott, als Junker Rudolf am Ende angelangt war.

»Ich … ich wollte Euch nicht angreifen, nur um Hilfe bitten«, log der Junker und sprach Gianni dabei wie seinesgleichen an.

Dieser lachte leise auf. »Mein Freund, du solltest nicht versuchen, mich für dumm zu verkaufen. Es kostet mich nur einen leichten Stoß, dann ist deine Kehle durchschnitten, und du wirst deine Heimat nie wiedersehen. Aber das willst du doch sicher nicht, oder?«

Hätte Junker Rudolf gekonnt, hätte er den Kopf geschüttelt. Angesichts des Messers an seinem Hals begnügte er sich mit einem rasch hervorgestoßenen: »Nein, das will ich wirklich nicht!«

»Kannst du mir sagen, was ich mit dir anfangen soll?«, fragte Gianni.

»Wenn Ihr mich gehen lasst, wird meine Mutter Euch reich belohnen!«

Giannis Lachen wurde lauter. »Deine Mutter lebt weit jenseits der Alpen. Glaubst du etwa, ich bin so dumm, mich auf eine so unsichere Sache einzulassen?«

»Das wäre keine unsichere Sache. Ich gebe Euch mein Ehrenwort!«

»Das einen Hühnerschiss wert ist!« Gianni war kurz davor, den Junker doch abzustechen, als ihm ein Gedanke kam. »Du sagtest, dieser Hilbrecht von Hettenheim und dessen Freund Falko Adler seien deine Feinde?«
»So ist es! Die beiden sind elende Schurken. In meiner Heimat haben sie sechs meiner Männer umgebracht. Ich bin ihnen gefolgt, um diese zu rächen, aber …«
»Du bist dabei auf die Nase gefallen, wie man sieht!« Es gefiel Gianni, einen der Noblen, wie er den Junker anhand seines Standes nennen musste, winseln zu sehen. Gleichzeitig aber flossen seine Gedanken wie ein steter Strom in eine bestimmte Richtung.
»Vielleicht kann ich dir die Gelegenheit verschaffen, dich an diesen beiden Rittern zu rächen.«
»Hilbrecht hat seinen Ritterschlag noch nicht erhalten«, korrigierte Rudolf von Ottmeringen ihn.
Auf solche Feinheiten legte Gianni wenig Wert. Er verstärkte noch einmal seinen Druck mit dem Dolch, packte den Kopf des anderen und bog ihn hoch. »Höre mir jetzt gut zu, denn ich sage es nur ein Mal. Ich werde dich am Leben lassen, doch dafür wirst du mir so dienen, wie ich es verlange. Schwöre mir das bei der Heiligen Jungfrau und allen Heiligen!«
»Ich schwöre!«, würgte Junker Rudolf hervor.
»Sehr gut«, antwortete Gianni, ohne seinen Dolch vom Hals des Junkers zu nehmen. Das tat er erst, als er ihm mit der anderen Hand die Waffen abgenommen hatte. Er stieß Rudolf mit einem Fußtritt zurück und funkelte ihn drohend an.
»Wage ja nicht, deinen Schwur zu brechen! Es würde dir verdammt schlecht ergehen. Und jetzt komm mit. Ich bringe dich zu einer Schenke, in der du vorerst bleiben kannst, bis ich dich brauche. Du bekommst dort zu essen und zu

trinken und ein Bett für die Nacht. Ach ja, ein Weib gibt es dort auch, das du stoßen kannst, und zwar ohne dass es sich wehrt. Es ist zwar nur eine Ziegenhirtin und stinkt entsprechend. Aber das dürfte deinesgleichen nicht stören.«

Mit einem Auflachen fing Gianni das Pferd ein, das sich einige Schritte weiter am Gras gütlich tat, schwang sich in den Sattel und befahl Rudolf, vor ihm herzugehen. Zwar würde er durch diesen Zwischenfall einen Tag später zum Herzog von Gravina kommen, dafür aber hatte er einen Handlanger gewonnen, den er für seine Pläne benutzen und ohne Bedenken opfern konnte.

Rudolf von Ottmeringen hingegen war erst einmal froh, dass der missglückte Überfall nicht so fatal geendet hatte, wie er es zunächst befürchtet hatte.

15.

Als ein Diener Falko die Einladung von Ercole Orsini zum Abendessen überbrachte, konnte der junge Ritter sein Glück kaum fassen. Er hoffte, Francesca wiederzusehen und vielleicht sogar mit ihr sprechen zu können. Auch schien ihm eine erfolgreiche Brautwerbung im Bereich des Möglichen zu liegen. Immerhin war Francesca die einzige Frau, die ihn Elisabeth vergessen lassen konnte.

Im Gegensatz zu ihm erahnte Giso Orsinis wahre Absichten, doch gelang es ihm nicht, sich bei Falko Gehör zu verschaffen.

»Du brauchst gar nicht erst damit anzufangen, dass ich die Einladung ausschlagen soll«, erklärte Falko aufgebracht.

»Ercole Orsini ist ein wahrer Edelmann und will mir nur seinen Dank aussprechen, weil ich seiner Tochter einen Dienst erwiesen habe. Es gibt viele Räuber in und um Rom, und wie leicht hätte Contessa Francesca diesen in die Hände fallen können! Ich habe dem Conte daher sehr viele Dukaten Lösegeld erspart. Außerdem wäre es unhöflich, seine Einladung zu missachten.«
Damit war die Sache für ihn erledigt, und er befahl Frieder, seinen besten Rock für den Abend zu bürsten und, wenn nötig, ein paar aufgegangene Nähte in Ordnung zu bringen. Danach gönnte er sich einen Becher Wein und setzte sich auf eine Steinbrüstung. Seine Gedanken eilten zu Francesca, und er sah sich bereits diese wundervolle Frau küssen und ins Ehebett führen.
Giso, der ihm gefolgt war, hätte ihn am liebsten gepackt und geschüttelt, um ihn zur Vernunft zu bringen, aber da er Falko kannte, bezähmte er sich. Auch wenn sein Freund im Allgemeinen ein zugänglicher Mensch war, so konnte er in gewissen Situationen so störrisch sein wie ein Esel. Jetzt hatte er sich in diese junge Römerin verliebt und würde nicht eher aufgeben, bis deren Vater ihm drastisch beigebracht hatte, was er von Männern aus deutschen Landen hielt.
Für ihn selbst und auch für Pater Luciano hieß dies, in Zukunft auf alles achtzugeben, was sie in Falkos Gegenwart sprachen. Einem Mann wie Ercole Orsini, der sein ganzes Leben in und um Rom herum zugebracht hatte, würde es ein Leichtes sein, einen Narren wie seinen Freund zum Reden zu bringen. Dabei galt es, wichtige Ereignisse vorzubereiten. König Friedrich würde in wenigen Monaten in die Stadt kommen, und bis dorthin mussten dessen Feinde erkannt und ausgeschaltet worden sein. Ein einziges unbedachtes Wort, welches Falko in Orsinis Haus fallenließ,

konnte dafür sorgen, dass die Gegner des Königs einen Vorteil erhielten.
»Nun, du musst wissen, was du tust«, sagte Giso schließlich. »Achte jedoch auf das, was du sagst. Ercole Orsini mag dir dankbar sein, doch in erster Linie ist er ein Römer.«
»Ich passe schon auf!« Falko war der andauernden Mahnungen müde und verließ Giso daher ohne jedes weitere Wort. Am liebsten hätte er sich sofort auf sein Pferd gesetzt, um zu Orsinis Haus zu reiten. Da die Einladung jedoch für den Abend galt, wollte er nicht aufdringlich erscheinen und suchte nach Hilbrecht, um sich mit diesem die Zeit zu vertreiben. Schließlich fragte er Margarete, ob sie ihn gesehen habe.
Das Mädchen sah ihn erstaunt an. »Hat er Euch denn nicht gesagt, dass er nach Trastevere reiten wollte, um jene Taverne aufzusuchen, in die es ihn häufig zieht? Seit er die Tochter des Wirtes gerettet hat, hält dieser ihn frei!« Mit diesen Worten wollte sie Falko vor Augen führen, dass sein Kampf gegen die Räuber, die sie überfallen hatten, nicht einzigartig war. Schließlich vollbrachten auch andere tapfere Taten. Kaum hatte sie es gesagt, ärgerte Margarete sich darüber. Als sie die Dankbarkeit des Wirts erwähnte, kam ihr das eigene Verhalten Falko gegenüber ungezogen vor.
Daher sprang sie über ihren Schatten und bot ihm Hilfe an. »Euer Knappe quält sich mit Eurem Wams ab. Sollte nicht besser ich es nähen? Es sieht sonst nicht sehr stattlich aus!«
Da Falko Frieders Nähkünste kannte, kam ihm der Vorschlag gerade recht. »Ich danke Euch, Jungfer! Mein Wams und meine Hosen könnten eine geschickte Hand gut vertragen. Schließlich bin ich hier nicht auf Kibitzstein. Dort könnte ich zu meiner Mutter und meinen Schwestern gehen.«

»Ich hole die Sachen gleich. Aber beantwortet mir vorher noch eine Frage. Zwar habe ich schon einiges über Eure Mutter und Eure Familie gehört, aber außer Euch noch niemand gesehen. Wie sind Eure Mutter und Eure Schwestern eigentlich? Soviel ich weiß, entstammt Erstere keinem edlen Geschlecht.«

Hatte Margarete sich eben noch Falkos Wohlwollen erworben, verlor sie es sofort wieder, denn für ihn war der Hinweis auf die unedle Herkunft seiner Mutter eine versteckte Beleidigung. Auch wenn er Maries Vergangenheit nicht in allen Einzelheiten kannte, waren ihm Gerüchte zu Ohren gekommen, die auf ein hartes Leben und einen verzweifelten Kampf um Leben und Ehre hinwiesen. Mit einem Blick, der seinen Ärger nicht verbarg, musterte er das Mädchen, das ihm im Vergleich zu Francesca und Elisabeth wenig anziehend erschien, und versuchte, halbwegs höfliche Worte zu finden.

»Meine Mutter mag aus keinem gräflichen Haus stammen, doch sie ist mir mehr wert als mein Leben. Wer sie schmäht, wird dafür bezahlen! Was meine Schwestern betrifft, so lebt Hildegard noch bei unserer Mutter. Hiltrud, die wir alle nur Trudi nennen, ist die Gemahlin des Grafen Peter von Eichenloh, der über die weibliche Linie vom Königsgeschlecht der Luxemburger abstammt, und Lisa ist mit dem Grafen Otto von Henneberg vermählt. Beide Schwäger sind am Hofe des Fürstbischofs hoch angesehen und leisten Herrn Gottfried wertvolle Dienste.«

Margarete spürte seinen Unmut, doch gerade der Stolz, mit dem er von den hochgeborenen Ehemännern seiner Schwestern sprach, ließ sie die Stacheln aufstellen. In ihren Augen versuchte Falko mehr zu erscheinen, als er tatsächlich war.

»So bedeutend scheinen mir diese beiden Männer nun nicht zu sein«, antwortete sie spitz. »Ist der eine doch nur ein

schlichter Söldnerführer gewesen und der andere der nachgeborene Sohn einer Seitenlinie!«
»Während Eure Ahnen schon unserem Herrgott zugesehen haben, wie er die Welt erschaffen hat, was?« Gekränkt kehrte Falko ihr den Rücken und fragte sich, weshalb Gott den Menschen diese Welt nicht ohne Dornen hatte schenken können. Margarete hatte sich während der ganzen Reise als ein besonders langer und spitzer Dorn erwiesen, und sie stach jedes Mal zu, wenn er auch nur in ihre Nähe kam.
Da ihm die Gesellschaft anderer Menschen verleidet war, suchte er sich einen stillen Platz im Garten und wartete dort, bis er zu Orsinis Haus aufbrechen konnte.

16.

Als Falko in seine Unterkunft zurückkehrte, fand er sein bestes Gewand so geschickt ausgebessert vor, dass sich seine Meinung von Margarete ein wenig hob. Sie mochte ein Biest sein, und er bedauerte den Mann, der sie einmal als Frau heimführen würde, doch hausfrauliche Tugenden besaß sie in hohem Maße. Daher nahm er sich vor, ihr ihre Ausfälle nicht weiter nachzutragen. Er überlegte sogar, ob er ihr eine Kleinigkeit als Dank für ihre Näharbeit schenken sollte. Doch das hatte Zeit bis zum nächsten Tag.
Frieder hatte den Hengst gesattelt, den sein Herr hier in Rom wieder öfter ritt als sein Reisepferd. Da Falko dem Gaul die Mucken inzwischen abgewöhnt hatte, erreichte er Orsinis turmartiges Heim ohne Probleme.
Vor dem Tor wartete bereits ein Knecht und ließ ihn sofort in den Hof. Was Falko als besonders höfliche Geste ansah,

hatte einen ganz anderen Grund. Ercole Orsini wollte nicht, dass die Nachbarschaft sah, welchen Gast er empfing.

Der Conte erwartete Falko im Hof und begrüßte ihn mit wohlgezirkelten Worten, von denen der junge Mann kaum die Hälfte verstand. Daher kam dieser sich tölpelhaft vor, als er im hiesigen Dialekt zu antworten versuchte.

»Ich danke Euch für Eure Einladung, edler Herr. Es ist mir eine große Ehre, in einem Haus wie dem Euren verkehren zu dürfen.«

»Die Freude ist ganz meinerseits«, erklärte Orsini mit einem Lachen, das selbst ein Mann mit mehr Lebenserfahrung als Falko als echt eingestuft hätte.

»Kommt ins Haus! Ein kühler Trunk steht für uns bereit.«

Der Conte fasste Falko unter und zog diesen mit sich. Wenig später saßen sie in einem Raum im zweitobersten Stockwerk des Wohnturms, hatten vor sich je ein Glas mit funkelndem Rotwein stehen und unterhielten sich über den Verlauf von Falkos Reise nach Rom und dessen Eindrücke von der Stadt.

»Oh, Rom ist ein Wunder der Welt«, sprach der junge Mann schwärmerisch, um Orsini zu gefallen.

Der Conte winkte verächtlich ab. »Es ist laut, schmutzig, und es laufen einem die Hühner vor die Füße, wenn man das Haus verlässt. Dort, wo einstmals große Männer ihre Reden gehalten haben, weiden nun Kühe. Nein, mein Freund, Rom mag einmal ein Wunder gewesen sein. Jetzt ist es nur noch ein Abglanz seiner alten Größe. Venedig, Mailand, Florenz und sogar Neapel sind lebendiger als die Heilige Stadt, die im Grunde nur noch existieren kann, weil hier das Oberhaupt der Christenheit lebt. Um aus Rom wieder eine stolze, ansehnliche Stadt zu machen, bedarf es noch etlicher Wunder.«

»Ich finde die Stadt aufregend«, sagte Falko betroffen.

»Sie ist aufregend, und sie wird auch wieder einmal die Krone aller Städte sein!«
Orsinis Tonfall zeigte Falko, dass sein Gastgeber nicht ganz so abschätzig über seine Heimatstadt dachte, wie es zuerst geklungen hatte. Allerdings schien der Conte sich zu ärgern, dass Rom im Schatten der großen Städte im Norden Italiens stand. Kritik von einem Fremden aber, das war deutlich zu merken, würde er übelnehmen. Daher bemühte Falko sich, die schönen Seiten von Rom aufzuzeigen, lobte die Kirchen, von denen die meisten allerdings ebenso wie Sankt Peter dringend instand gesetzt werden mussten, und sprach schließlich die natürliche Eleganz der Römer und Römerinnen an.
»Wir sind die Erben des mächtigsten Volkes aller Zeiten und stolz auf unsere Geschichte«, beschied ihn sein Gastgeber. »Die Völker des Nordens waren noch Barbaren, die ihre Leiber, wenn überhaupt, in kalten Tümpeln wuschen, während bei uns jeder Mann und jede Frau in den Thermen warme Bäder, Massagen und angenehme Konversation genießen konnte.«
Der Stolz, der bei Ercole Orsini aufblitzte, dämpfte Falkos Hoffnungen, sich erfolgreich um Francesca bewerben zu können. Er überlegte noch, was er darauf erwidern sollte, als die Gemahlin seines Gastgebers erschien und ihn nicht minder freundlich begrüßte als ihr Mann. »Willkommen, Signore. Nehmt meinen aufrichtigsten Dank für die Rettung unserer Tochter entgegen. Ich wage mir gar nicht auszudenken, was ihr alles hätte zustoßen können. Ich habe bereits ihre Zofe gescholten, die unser Kind unverzeihlicherweise allein gelassen hat. Hättet Ihr Francesca nicht Eure Hilfe gewährt, wäre unser Heim heute womöglich ein Trauerhaus.«
Auch Contessa Flavias Rede konnte Falko nur mit großer Mühe folgen, denn die Worte flossen nur so aus ihrem

Mund. Er antwortete mit einer höflichen Floskel, dass seine Dienste sicher nur gering gewesen wären, und musste dagegen ankämpfen, rot zu werden. Wenn das Ehepaar wüsste, was er mit der Tochter getrieben hatte, würden sie ihn wahrscheinlich auf der Stelle von ihren Dienern erschlagen lassen. An die Möglichkeit, dass sie von ihm fordern könnten, das entehrte Mädchen auf der Stelle zu heiraten, wagte er nicht mehr zu glauben.

»Wir wollen zu Tisch gehen!« Conte Orsini erhob sich und schritt voraus, während seine Gemahlin sich an Falkos Seite hielt und diesen in ein leichtes Geplauder verwickelte, indem sie vorgab, sich für die Mode in Deutschland zu interessieren.

»Es muss doch für Eure Frauen unbequem sein, das ganze Jahr über in Pelze gehüllt herumzulaufen«, sagte sie, als sie das Speisezimmer betraten.

Falko lächelte ein wenig, als er Antwort gab. »Die Damen tragen Pelze, allerdings nur im Winter, wenn der Eiswind über das Land pfeift. Den Rest des Jahres kleiden sie sich ähnlich wie die Römerinnen, wenn auch nicht ganz so elegant.«

Da Flavia Orsini in Rom genug Frauen aus dem Norden gesehen hatte, deren Kleider in ihren Augen bäuerlich wirkten, lächelte sie nachsichtig. Die Überlegenheit des feinen Südens war zu offensichtlich. Dazu waren die Teutonen Raufbolde, die rasch handgreiflich wurden und ihrer Bärenkräfte wegen gefährlich waren. Ihr Verstand hingegen wirkte eher zurückgeblieben. Daher nahm Contessa Flavia ihren jungen Gast nicht besonders ernst.

Normalerweise tafelten Orsini und seine Gemahlin nie mit weniger als einem halben Dutzend Gästen. An diesem Abend aber waren sie mit Falko allein. Der Conte wollte es nicht an die große Glocke hängen, dass ein deutscher Ritter

bei ihm verkehrte. Die meisten seiner Freunde lehnten die Männer aus dem Norden ab, und er konnte nicht jedem erzählen, dass er Falko nur empfing, um ihn auszuhorchen. Seine Abneigung gegen die Deutschen ging jedoch nicht so weit, ihm ein schlechtes Mahl vorsetzen zu lassen. Auch ließ er die besten Weine kredenzen und trank Falko eifrig zu.
Nachdem Falko den vierten Becher geleert hatte, merkte er, dass sein Kopf sich immer mehr wie Watte anfühlte, und er erinnerte sich an einige Tricks, die seine Mutter und auch sein Schwager Eichenloh ihm beigebracht hatten. Eine große Blumenvase, die in seiner Nähe stand, kam ihm dabei gerade recht. Immer, wenn die Gastgeber ihn nicht ansahen, schüttete er einen Teil seines Weines weg.
Wenig später stieß Francesca zu der Runde. Sie hatte sich für diesen Abend mit ausgesuchter Eleganz gekleidet und trug ein blaues, vorne offenes Brokatkleid über einem Unterkleid aus rosa geblümter Seide, dazu ein enges Mieder mit einem gekrausten Stehkragen und langen, geschlitzten Ärmeln. Eine Perlenkette im Haar, die ihr die Mutter als einzigen, ihrem Alter angemessenen Schmuck zugestanden hatte, vervollständigte ihre Erscheinung.
Falko war von ihrem Anblick wie geblendet. Nie war ihm eine Frau schöner erschienen, und es kostete ihn seine ganze Willenskraft, nicht aufzuspringen und sie in seine Arme zu reißen. Seine Blicke verrieten ihn jedoch, und Contessa Flavia schloss aus ihnen, dass allein schon die Anwesenheit ihrer Tochter den jungen Mann dazu bringen würde, nicht auf das zu achten, was er sagte.
Auch Francesca bemerkte den Eindruck, den sie auf den jungen Ritter machte, und lächelte geschmeichelt. Sie blieb jedoch nicht ungerührt, als sie ihn unter sittsam niedergeschlagenen Wimpern betrachtete. Obwohl er im Vergleich zu seinen Landsleuten nicht übermäßig groß gewachsen

war, überragte er die meisten Römer und war nicht weniger hübsch als diese. Mit seinen blonden Haaren und den blauen Augen glich er sogar einem Helden aus uralten Sagen. Allerdings hätte er sich ein wenig eleganter kleiden können, dachte sie kritisch. Wie es aussah, war sein Gewand an ein paar Säumen geflickt worden. Auch wenn dies durch eine geschickte Hand geschehen war, hätte kein römischer Edelmann so einen Rock weiter getragen, sondern diesen sofort an seinen Diener verschenkt.
Dies änderte jedoch nichts an der Anziehungskraft, die der junge Ritter auf sie ausübte. Lag es vielleicht daran, dass sie sich bereits mit ihm vereint hatte?, fragte Francesca sich und empfand die Sehnsucht, dies zu wiederholen, wie einen körperlichen Schmerz. Sie beherrschte sich jedoch, um sich vor ihren Eltern nichts anmerken zu lassen. Würden diese Verdacht schöpfen, sie könne sich zu dem jungen Ritter hingezogen fühlen, würde sie sofort aufs Land verbannt und dort eingesperrt werden. Falko Adler aber würde von Handlangern ihres Vaters heimtückisch ermordet.
Daher trat sie bescheiden vor ihn, knickste und bedankte sich mit leiser Stimme für seine Hilfe. Anschließend nahm sie Platz und fand sich zu ihrer Erleichterung ihm genau gegenüber. Das Mahl begann, und sie sah zufrieden, dass der Deutsche sich an der Tafel zu benehmen wusste. Weder rülpste er wie ein Schwein noch schmatzte er, wie sie es schon bei anderen Männern beobachtet hatte.
Falko sah die prüfenden Blicke der drei Orsinis auf sich gerichtet und rief sich daher alles ins Gedächtnis, was er von seiner Mutter und seinem Ausbilder Heinrich von Hettenheim über gute Sitten gelernt hatte.
Daher fand Francesca nichts an ihm auszusetzen, und als er die Gelegenheit ergriff, sein noch halbvolles Weinglas in die Vase in seiner Nähe zu entleeren, zwinkerte sie ihm vertrau-

lich zu. Es war wie ein Spiel, das sie und Falko mit ihren Eltern trieben. Diese hatten ihre Tochter schon lange nicht mehr so sittsam gesehen wie an diesem Tag und schrieben es der Tatsache zu, dass sie nach der Vergewaltigung durch Cirio d'Specchi doch ein wenig vom männlichen Geschlecht abgeschreckt worden war.

Bei dem Gedanken an den jungen d'Specchi huschte ein Zug des Unmuts über Orsinis Gesicht. Bisher hatte dieser es nicht für nötig gefunden, bei ihm vorzusprechen. Nun fragte er sich, was in den Katakomben vorgefallen war. Glaubte Cirio etwa, Francesca sei keine reine Jungfrau mehr, und war deshalb gekränkt? Doch zum einen hatte er selbst sie durch eine Hebamme prüfen lassen, und zum andern hätte dessen Vater das niemals als Hindernis für eine Ehe angesehen. Dario d'Specchi war so begierig, in die höchsten Kreise aufzusteigen, dass er seinen Sohn selbst mit der Konkubine eines Kardinals verheiraten würde, die mit ihrem Liebhaber bereits ein halbes Dutzend Bastarde in die Welt gesetzt hatte.

Er würde wohl doch einen Boten zu den d'Specchis schicken müssen, dachte der Conte, auch wenn ihn das in seiner Ehre kränkte. Zunächst aber widmete er sich seinem Gast und lenkte das Gespräch geschickt auf politische Themen, die Deutschland und Italien betrafen.

Falko war die kurze Verstimmung seines Gastgebers nicht entgangen, und er fragte sich, ob er etwas Falsches gesagt hatte. Doch da wandte Conte Ercole sich ihm in scheinbar besserer Laune zu, und so beantwortete er für eine gewisse Zeit gewissenhaft dessen Fragen. Schon bald aber begriff er, dass der ihn über Dinge auszuhorchen versuchte, die besser geheim bleiben sollten. Giso hat recht, durchfuhr es ihn. Der Conte sah in ihm weniger den Retter der Tochter als einen Gimpel, den er zum Reden bringen konnte.

Die Erkenntnis schmerzte. Falko sagte sich, dass er nun aufstehen und sich verabschieden sollte. Ein Blick auf Francesca brachte diesen Entschluss sofort wieder ins Wanken. Wenn er ging, würde er sie vielleicht niemals wiedersehen. Daher versuchte er nun, die Fragen seines Gastgebers so zu beantworten, dass dieser zwar das Interesse an ihm behielt, aber trotzdem nichts erfuhr, was wirklich wichtig war.

Das kaum merkliche Zögern bei einigen Antworten fiel Orsini auf, und er begann zu glauben, dass sein Gast besser über die Pläne des deutschen Königs Bescheid wusste, als er vorgab. Aus diesem Grund lud er Falko auch für den nächsten Tag ein, diesmal zum Mittagessen, da er für den Abend bereits andere Gäste erwartete.

Falko musste an sich halten, um seine Freude nicht zu deutlich zu zeigen, denn er würde Francesca bereits nach kurzer Zeit wiedersehen und erneut mit ihr an einem Tisch sitzen dürfen. Dennoch kam der Augenblick, an dem er sich verabschieden musste, viel zu schnell.

Er stand auf und hob ein letztes Mal sein Glas. »Ich danke Euch, dass Ihr mich so herzlich in Eurer Mitte aufgenommen habt, Conte Ercole, und auch Euch, Contessa Flavia!« Er verbeugte sich in Orsinis Richtung und in die seiner Gattin und dann etwas weniger tief vor Francesca.

»Es ist uns eine Freude, Euch zu sehen«, antwortete sein Gastgeber etwas doppeldeutig.

Der junge Mann kam ihm gerade recht, um Informationen zu erlangen, die auch den Herzog von Gravina interessieren konnten. Er beschloss, diesem noch in der Nacht einen Brief zu schreiben, mit dem sich gleich frühmorgens ein Diener auf den Weg machen sollte. Es war wichtig, dass sein Vetter Giacomo Bescheid wusste und nicht annahm, er würde seiner eigenen Wege gehen.

Da ihr Vater mit seinen Gedanken beschäftigt zu sein schien und ihre Mutter eben einen Diener tadelte, trat Francesca rasch zu Falko. »Ihr findet mich morgen Vormittag beim achten Glockenschlag in unserer Familienkapelle am Ende der Straße«, wisperte sie ihm zu und verließ mit einem Knicks das Zimmer.

Falko sah ihr nach und fühlte, wie ihm das Blut schneller durch die Adern rauschte. Doch seine Sehnsucht, Francesca noch einmal zu besitzen, würde er in einer Kapelle wohl nicht stillen können.

17.

Da Falko nun wusste, wo und wann er Francesca treffen konnte, kehrte er beschwingt in den Campo Santo Teutonico zurück. Dort mied er jedoch Gisos Gesellschaft, um sich keine neuen Vorwürfe anhören zu müssen. Stattdessen suchte er nach Hilbrecht, um mit diesem zusammen einen Becher Wein zu leeren. Sein Freund war gerade erst aus Trastevere zurückgekommen und berichtete seufzend, dass Mariangela sich einfach nicht erweichen lassen wollte.

»Dabei habe ich wirklich ehrliche Absichten«, erklärte er voller Nachdruck. »Ich will sie nicht als einfache Bettmagd, die man jederzeit wieder davonjagen kann, sondern würde sie gut versorgen und die Kinder, die sie mir gebiert, auch als die meinen anerkennen. Ich würde ihretwegen sogar auf eine Heirat verzichten.«

»Dich hat es aber schwer erwischt«, spottete Falko. »Ich glaube, wenn wir wieder zu Hause sind, sollte dein Vater dich möglichst schnell verheiraten, damit du die rassige Wirtstochter vergisst!«

»Ich werde Mariangela niemals vergessen!«, fuhr Hilbrecht auf. »Aber davon hast du ja keine Ahnung. Ich dachte, du wärst in Äbtissin Elisabeth verliebt und würdest es niemals überwinden, auf sie verzichten zu müssen. Doch wie heißt es so treffend? Aus den Augen, aus dem Sinn! Du bist so fröhlich, als hättest du sie niemals gesehen, und verspottest deinen besten Freund, weil er tiefere Gefühle hegen kann als du.«

Falko begriff, dass er Hilbrecht nicht weiter reizen sollte. Dabei war das Mädchen nicht einmal hübsch. Nein, korrigierte er sich sogleich. Die Wirtstochter war sogar eine Schönheit. Hätte es Elisabeth nicht gegeben und nun auch Francesca, wäre sie ihm durchaus ins Auge gestochen. Dann allerdings, sagte er sich mit einer gewissen Selbstgefälligkeit, hätte Hilbrecht einen noch schwereren Stand als jetzt.

»Bist du beleidigt, da du nichts sagst?«, fragte sein Freund.

»Nein, natürlich nicht. Außerdem stimmt es nicht, dass ich für Elisabeth nichts empfinde. Doch sie ist nun einmal unerreichbar für mich. Muss ich deshalb den ganzen Tag als Trauerkloß herumlaufen?«

»So groß kann deine Trauer gar nicht sein. Ich habe da etwas von einer hübschen kleinen Römerin läuten hören. Allerdings ist diese kein Mädel aus einer Taverne, sondern eine junge Dame aus einer hoch angesehenen Familie. Du solltest aufpassen, dass sie dir nicht völlig den Kopf verdreht. Giso sagt …«

»Ob Giso etwas sagt oder mein Hengst einen Pferdeapfel fallen lässt, bleibt sich gleich!«, stieß Falko hervor, da er sich nicht auch von Hilbrecht Vorhaltungen anhören wollte.

»Giso hat einen klugen Kopf auf den Schultern, einen klügeren als wir beide zusammen. Denk doch nur daran, dass er sowohl lateinisch wie griechisch sprechen und lesen kann. Sonst hätte der Fürstbischof ihn doch nicht zum Leiter unserer Gruppe ernannt!« Hilbrecht wollte noch mehr sagen, wurde aber von Falko rüde unterbrochen.

»Der Fürstbischof hat mich zum Anführer unseres Reisezugs gemacht! Giso hat sich meinem Wort ebenso unterzuordnen wie du oder die anderen.«

Hilbrecht musterte ihn missbilligend und tippte sich an die Stirn. »Dir bekommt Italien nicht, mein Guter. Die Hitze kocht dir das Gehirn weich, und was noch davon übrig geblieben ist, hat dir Francesca Orsini vernebelt. Lass das Mädchen und gehe nicht mehr zu ihrem Vater. Graf Ercole ist ein Feind von König Friedrich und gehört zu jenen, die nicht zulassen wollen, dass unser Herrscher nach Rom kommt und vom Papst zum römischen Kaiser gekrönt werden soll.«

»Das wollen die meisten Römer nicht und werden es dennoch zulassen müssen. Außerdem interessiert mich dein Geschwätz nicht. Ich wollte mit dir zusammen einen Becher Wein trinken, aber das hast du mir verleidet!« Mit einer brüsken Bewegung wandte Falko sich um und ließ seinen Freund stehen.

Hilbrecht schüttelte den Kopf über dessen Verhalten, war aber gleichzeitig in großer Sorge. Wenn herauskam, dass Falko bei einem erwiesenen Gegner des Königs ein und aus ging, konnte ihn dies das Vertrauen Friedrichs und darüber hinaus auch das von Gottfried Schenk zu Limpurg kosten. Die Ungnade des Fürstbischofs wäre besonders fatal, da Kibitzstein etlichen Besitz in dessen Machtbereich sein Eigen nannte.

18.

Als Francesca sich am nächsten Morgen der Witwe-Irene-Kapelle näherte, schlug ihr Herz so hart, dass sie glaubte, ihre Begleiter müssten es hören. Dabei hatte die Mutter ihr einen alten Knecht mitgegeben, der gewiss keine Gefahr für die Tugend eines Mädchens darstellte, und eine Magd, die dem Mann im Alter nahekam. Die Frau konnte die Ehre, die Haustochter zum Gebet begleiten zu dürfen, kaum fassen. Daher rechnete Francesca nicht damit, dass Lina zu Hause herumerzählen würde, dass sie mit einem jungen Mann gesprochen hatte, der bei ihren Eltern als Gast willkommen war.

»Dort drüben ist ein Weinstand«, sagte der Knecht und leckte sich die Lippen.

»Wir sind nicht zum Trinken, sondern zum Beten da«, wies die Magd ihn zurecht.

Francesca lächelte ermunternd. »Ein Schluck Wein vor dem Gebet wird uns gewiss nicht schaden.«

Sie erinnerte sich daran, dass die Frau bei den Feiern für das Gesinde stets nach einem oder zwei Bechern Wein eingeschlafen war. Wenn Lina dies nun ebenfalls tat und sie den Knecht dazu brachte, beim Weinstand zu bleiben, würde sie ungestört mit dem deutschen Ritter sprechen können. Vielleicht war sogar mehr möglich, denn um diese Zeit kam kaum jemand in die Kapelle. Der Pater, der diese betreute, hielt anderswo die Messe, und den Küster hatte ihr Vater davongejagt. Außerdem fehlte, soweit sie wusste, das Schloss an der notdürftig ausgebesserten Tür der Sakristei.

Bei dem Gedanken, Falko bei diesem Wiedersehen vielleicht sogar in sich zu spüren, überlief es Francesca gleichermaßen heiß und kalt. Vorher aber musste sie ihre Begleitung so loswerden, dass die beiden keinen Verdacht schöpften. Rasch bestellte sie drei Becher vom besten Wein und sah zu, wie die Magd und der Knecht die ihren auf Anhieb leerten. Letzterer beäugte die mit Wasser gekühlten Krüge im Hintergrund mit so gierigen Augen, dass sie ihm den Becher noch einmal füllen ließ.

Die alte Magd hingegen wehrte ab. »Aber Herrin, ich darf doch nicht betrunken in die Kapelle gehen! Was würde die Heilige Jungfrau dazu sagen.«

Der Knecht griff an seinen Beutel, in dem ein paar Münzen steckten, und trat von einem Bein auf das andere. »Herrin, macht es Euch etwas aus, wenn ich hier auf Euch warte? Immerhin habe ich heute bereits die Messe in Santa Maria in Cosmedin gehört und dort auch gebeichtet.«

Francesca tat, als müsse sie überlegen, und nickte dann. »Also gut, du kannst hierbleiben. Lina und ich aber werden jetzt gehen.« Dabei drückte sie den Becher, an dem sie nur genippt hatte, der Magd in die Hand. »Trinke ruhig aus, ich gehe schon voran.«

Lina sah zuerst sie an, dann den Becher und überlegte, ob sie den Wein hinter dem Rücken ihrer Herrin ausschütten sollte. Dafür aber roch er zu verlockend. Rasch leerte sie das Gefäß und eilte hinter Francesca her.

Die Kapelle war klein und unbedeutend. Da aber ein Orsini sie vor vielen Jahren gestiftet hatte, kam Francescas Familie einmal im Monat zum Gebet hierher. Einen Augenblick lang erinnerte das Mädchen sich daran, dass sie vor etlichen Tagen hier in der Sakristei beinahe ihre Jungfernschaft an Antonio Caraciolo verloren hätte. Stattdessen aber war der junge Neapolitaner von Cirio d'Specchi getötet worden, ehe er sein Werk hatte vollbringen können.

Beinahe hätte dieser Gedanke sie von ihrem Vorhaben abgebracht. Doch als sie die Kapelle betrat, sah sie im Schatten der gegenüberliegenden Mauer Falko knien. Der junge Mann besaß die Selbstbeherrschung, sich nicht zu ihr umzudrehen. Dafür bewunderte sie ihn und ersehnte sich nichts mehr, als wieder mit ihm zusammen zu sein. Vorher aber galt es, die brave Beterin zu spielen.

Dies gelang Francesca auch, doch während sie scheinbar ergriffen ihre Gedanken zur Himmelskönigin erhob, schweifte ihr Blick immer wieder zu Lina. Diese kniete zunächst neben ihr, doch fiel ihr der Kopf immer wieder nach vorne, und so nahm die Magd auf der Bank Platz, faltete die Hände vor dem Bauch und schlief endlich ein.

Francesca wartete, bis Linas regelmäßige Atemzüge ihr anzeigten, dass diese tatsächlich in Morpheus' Armen ruhte, dann sah sie sich aufmerksam um. Außer ihr, Lina und Falko war niemand in der Kapelle. Vorsichtig, um die Magd nicht zu wecken, stand sie auf und huschte zu dem jungen Ritter hin.

»Kommt in die Sakristei! Wir haben nicht viel Zeit«, flüsterte sie, fasste ihn bei der Hand und zog ihn mit sich.

»Ich bin glücklich, Euch zu sehen«, antwortete Falko für ihr Gefühl viel zu laut.

»Pst! Seid still!«, bat sie ihn und atmete erst auf, als sie die Tür hinter sich und Falko schließen und den provisorischen Riegel vorlegen konnte. Der Raum war ebenfalls leer, aber Francesca erschrak noch im Nachhinein, denn sie hätte vorher einen Blick hineinwerfen müssen. Es wäre peinlich gewesen, mit einem jungen Mann zusammen hereinzukommen und dann vor ihrem Beichtvater zu stehen.

Ein Blick auf Falko schwemmte diese Gedanken jedoch hinweg. Sie schlang die Arme um ihn und küsste ihn auf den Mund. Ihre Erfahrung, was Männer betraf, war gering, ihre Leidenschaft jedoch so groß, dass sie sich an ihn drängte und hoffte, er würde endlich die Initiative ergreifen.

Falko stand kaum weniger in Flammen als sie. Zuerst hielt er sie nur fest, erwiderte ihre Küsse und streichelte sie. Dann aber wurde der Wunsch, sie zu besitzen, übermächtig, und er sah sich nach einer Stelle um, an der sie sich hinlegen konnten.

Da er nicht wollte, dass Francesca auf blankem Boden zu liegen kam, nahm er rasch ein Altartuch und sah dann das Mädchen fragend an. »Wollt Ihr mir auch heute angehören?«

»Ja!«, antwortete Francesca und flehte ihn in Gedanken an, rasch zu machen.

Auch Falko begriff, dass ihnen hier weniger Zeit bleiben würde als in den Katakomben. Er wollte jedoch nicht über das Mädchen herfallen und es nehmen wie eine Wirtsmagd, die ein paar Kreuzer dafür erhielt. Daher legte er Francesca sanft auf das Tuch, streichelte sie zwischen den Beinen und schlug ihre Röcke erst hoch, als er spürte, dass sie für ihn bereit war. Dann löste er seine Hosen, glitt auf Francesca und drang in sie ein. Für eine gewisse Zeit versank die Welt um ihn herum, und es gab nichts mehr außer ihm, ihr und der Lust, die sie miteinander teilten.

Erst als Falko ihr mit einer zärtlichen Geste die Röcke wieder ordnete, erinnerte Francesca sich wieder an ihre Begleiterin und sprang auf. »Ihr habt mich eben sehr glücklich gemacht«, flüsterte sie Falko zu und ergriff seine Hände. »Doch nun muss ich gehen. Bleibt bitte in der Sakristei, bis ich die Kapelle verlassen habe, und folgt mir erst nach einer Weile, damit es nicht so aussieht, als hätten wir uns hier getroffen. Wir sehen uns heute Mittag bei meinen Eltern.«

»Ich werde mich bei ihnen um Eure Hand bewerben«, rief Falko aus.

Francesca hob erschrocken die Rechte. »Tut das nicht! Sie würden Euch aus dem Haus weisen, und ich dürfte Euch nie mehr sehen.«

Als Falko etwas sagen wollte, legte sie ihm Zeige- und Mittelfinger der rechten Hand auf den Mund. »Wir sprechen beim nächsten Mal weiter. Jetzt haben wir keine Zeit mehr!« Nach diesen Worten schlüpfte sie aus der Sakristei und sah aufatmend, dass in der Zwischenzeit niemand die Kapelle betreten hatte und ihre Magd immer noch schlief.
Sie kniete sich neben diese hin, wartete einige Augenblicke und zupfte dann Lina am Ärmel. »Wach auf, meine Liebe! Ich bin mit meinem Gebet fertig, und wir können nach Hause gehen.«
Die Magd zuckte zusammen und öffnete die Augen. »Oh, Heilige Madonna! Ich muss eingeschlafen sein. Ihr verratet mich doch bitte nicht?«
»Natürlich nicht«, antwortete Francesca lächelnd und fühlte in sich den Nachhall der Leidenschaft, die sie eben mit Falko geteilt hatte.

FÜNFTER TEIL

Die Gaukler

1.

Giso sah Hilbrecht an, dass dieser schlechte Nachrichten brachte. »Falko ist also wieder in Ercole Orsinis Haus gegangen.«

»Ja, schon das vierte Mal in dieser Woche!«, erklärte Hilbrecht empört. »Außerdem hat er sich zum dritten Mal hintereinander zur selben Zeit wie Contessa Francesca in der Irene-Kapelle der Orsinis aufgehalten. Ich habe kurz hineingeschaut, aber nur die Magd der Contessa gesehen. Von Falko und Francesca keine Spur! Ich nehme an, sie waren in der Sakristei. Da können sie ungestört treiben, wonach ihnen der Sinn steht. Als die Contessa und nach ihr Falko die Kapelle verlassen haben, bin ich hineingegangen und habe ein auf dem Boden ausgebreitetes, halbzerknülltes Altartuch gefunden. Damit nicht auch andere auf den gleichen Gedanken kommen wie ich, habe ich es zusammengefaltet und auf den Tisch gelegt.«

»Bei allen Heiligen!«, stieß Giso aus. »Dieser Narr steuert geradewegs in sein Verderben. Francesca Orsini ist keine Magd, die man benutzen und danach wieder vergessen kann. Sie stammt aus einer der bedeutendsten Familien Roms. Wenn die Orsinis erfahren, dass sie mit Falko Unzucht treibt, hat unser Freund sehr schnell einen Dolch im Rücken. Da würde ihm auch eine sofortige Flucht nichts helfen, denn in der Hinsicht sind die Römer nachtragend. Ihre Meuchelmörder würden ihn bis nach Kibitzstein verfolgen.«

Hilbrecht sah seinen Freund besorgt an. »Was sollen wir tun? Wir können Falko doch nicht einfach in sein Unglück rennen lassen.«

»Wenn es möglich wäre, würde ich ihm ein paar saftige Ohrfeigen verpassen, ihn dann auf sein Pferd setzen und nach Hause schicken. Aber diese Macht besitze ich nicht. Ich muss mit jemandem reden, der die Verhältnisse in Rom besser kennt. Was hältst du von einem Ausflug nach Trastevere?«
»Wir reden über Falko, und da willst du zu Gaspares Taverne reiten?«
»Doch nur zum Schein! Ich muss mit dem Pfarrer von Santa Maria sprechen. Das ist ein kluger Mann, der gewiss Rat weiß. Doch ich darf nicht offen zu ihm gehen. Also wird Mariangela ihn holen müssen. Komm jetzt! Jede Stunde, die wir versäumen, kann Falkos Verderben sein.« Giso warf sich einen weiten Mantel um, stülpte sich die Kapuze über den Kopf und befestigte einen langen Dolch am Gürtel.
»Nur für alle Fälle«, erklärte er. »Kardinal Foscarelli wurde zwar in der Nacht erstochen, doch ich kann nicht ausschließen, dass die Gegner, die uns belauern, auch bei Tageslicht zuschlagen.«
Hilbrecht klopfte mit entschlossener Miene an seinen Schwertgriff. »Sie sollen es versuchen! Ich werde ihnen zeigen, wie ein deutscher Ritter sich zu wehren weiß.«
»Gegen einen heimlichen Dolchstoß nützt das beste Schwert nichts«, antwortete Giso und forderte Hilbrecht auf, ihm zu folgen. Draußen befahl er dessen Knappen, zwei Pferde zu satteln.
»Nicht drei?«, fragte Hans, der den Wein in Gaspares Taverne zu schätzen gelernt hatte und gerne mitgekommen wäre.
»Nur zwei. Du bleibst hier und passt auf, wann Falko zurückkommt.«
»Sicher nicht vor dem späten Nachmittag«, klang da Margaretes Stimme auf. Sie hatte die beiden Freunde belauscht

und machte sich nicht die Mühe, die Verachtung zu verbergen, die sie für Falko empfand.
Giso musterte sie verstohlen und fragte sich, weshalb ihr Freund sich nicht in dieses Mädchen hatte verlieben können. Frau Edelgundes Nichte wäre die ideale Ehefrau für ihn. Sie hatte keine Flausen im Kopf und würde seines Wissens eine recht annehmbare Mitgift erhalten. Aber Falko lehnte Margarete leider ebenso stark ab, wie diese ihn verachtete.
Unterdessen führten Hans und Falkos Knappe Frieder die beiden gesattelten Pferde auf den Hof. Giso und Hilbrecht stiegen auf und verließen den Campo Santo Teutonico in Richtung Trastevere. Unterwegs wechselten sie vor lauter Anspannung kein Wort, und als sie Gaspares Taverne erreichten, zitterte Giso innerlich so stark, dass er Pater Luciano am liebsten sofort aufgesucht hätte. Doch es lungerten zu viele Müßiggänger herum, unter denen sich mit Sicherheit Zuträger jener befanden, die den Mord an Foscarelli befohlen hatten.
Er und Hilbrecht betraten die Taverne, setzten sich in den Gastraum und warteten, bis Mariangela erschien, um sie nach ihren Wünschen zu fragen.
»Du kennst meinen sehnlichsten Wunsch«, antwortete Hilbrecht mit einem tiefen Seufzer.
»Diesen Wunsch kann Euch jede Hure in Rom erfüllen, Herr Ritter. Lasst mich also damit zufrieden. Wollt Ihr nur Wein oder auch etwas zu essen? Macht schnell, ich habe nicht viel Zeit!« Mariangela klang schnippisch, denn der Vater lag ihr in den Ohren, den Deutschen zu erhören, während die Mutter sie täglich beschwor, ihre Reinheit zu bewahren.
Giso merkte ihre Verstimmung und fasste nach ihrer Hand. »Höre mir gut zu, mein Kind. Du wirst uns jetzt Wein brin-

gen und deiner Mutter sagen, sie soll uns etwas zu essen machen. Danach wirst du zu Pater Luciano gehen und ihm unauffällig zutragen, dass ich hier auf ihn warte.«
Die Aufforderung, vorsichtig zu sein, verkniff Giso sich, um das Mädchen nicht zu verschrecken. Es brachte nichts, wenn sie wie ein ängstliches Huhn durch die Straßen schlich. Damit würde sie nur seine Feinde darauf aufmerksam machen, dass hier etwas Heimliches geschah.
»Ich werde den hochwürdigen Herrn aufsuchen«, versprach Mariangela, die sich wunderte, warum der Geistliche nicht selbst zu Pater Luciano ging. Sie fragte aber nicht, sondern brachte den Wein, erklärte dann ihrer Mutter, dass die beiden Tedeschi speisen wollten, und lief flink wie ein Reh zur Kirche.

2.

Pater Luciano kam später, als es für Gisos Nerven gut war. Zudem blieb er mindestens eine Viertelstunde draußen auf der Straße stehen und sprach mit einigen Passanten. Erst nachdem er diesen seinen Segen gespendet hatte, wandte er sich der Taverne zu und setzte sich auf die Terrasse. Nach einer Weile nahm er seinen Hut ab und wischte sich über die Stirn.
»Es ist sehr heiß hier«, sagte er zu einem anderen Gast.
»Kommt doch unter die Pergola«, forderte dieser ihn auf.
Pater Luciano schüttelte den Kopf. »Dort ist mir die Luft zu stickig. Ich glaube, ich gehe besser ins Haus. Marioza wollte ohnehin mit mir über die Messe sprechen, die ich für ihre verstorbene Tante lesen soll!« Ächzend stand er auf, betrat

die Gaststube und ging durch sie hindurch, ohne Giso und Hilbrecht zu beachten. In der Küche unterhielt er sich ein wenig mit der Wirtin. Schließlich senkte er die Stimme und zeigte auf die Tür zur Gaststube.
»Hole den deutschen Priester herein, meine Tochter, und warte dann draußen. Gib acht, dass niemand hereinkommt und uns überraschen kann.«
Obwohl Marioza nicht recht begriff, was das sollte, nickte sie und verließ die Küche. Wenig später betrat Giso den Raum.
»Endlich!«, stöhnte er.
Pater Luciano machte ihm ein Zeichen, leiser zu sein. »Wir wissen nicht, wer sich draußen herumtreibt. Daher sollten wir uns kurz halten. Ihr kommt gewiss wegen Eures Freundes, der dabei ist, Ercole Orsini auf den Leim zu gehen.«
»Woher wisst Ihr das?«, fragte Giso verblüfft.
»Ich habe meine Ohren auch in der Stadt«, antwortete der Pater lächelnd. »Doch ich weiß nicht, wie ich Euch helfen kann. Ercole Orsini ist unser Feind und ein wortgewandter Mann, der einen jungen Narren, der in seine Tochter verliebt ist, durchaus zum Verrat bewegen kann.«
»Das darf nicht geschehen!« Giso klang so laut, dass Pater Luciano ihn erneut mahnte.
»Seid leise! Und nun erzählt mir von Eurem Freund. Vielleicht fällt uns gemeinsam ein, auf welche Weise wir ihn von einem Pfad zurückreißen können, der nur ins Verderben führen kann.«
»Falko ist ein redlicher Bursche und tapfer wie selten einer. Aber er ist nun einmal kein Mann des Wortes und einem Ercole Orsini in dieser Hinsicht niemals gewachsen. Er hat sicher auch keinen Verrat im Sinn. Ihm geht es nur um Orsinis Tochter. Die muss ihn verhext haben! Anders kann ich mir das nicht erklären.«

Pater Luciano schüttelte mit einem nachsichtigen Lächeln den Kopf. »Da ist weniger Hexerei im Spiel als das heiße Blut der Jugend. Francesca Orsini ist ein sehr schönes Mädchen, und es mag den jungen Adler verlocken, sie zu besitzen!«

»Dabei habe ich die ganze Reise über angenommen, er wäre in die Äbtissin Elisabeth verliebt. Wie oft habe ich ihm gesagt, er soll gegen sein Begehren ankämpfen und lieber zu einer Hure gehen, um seine Leidenschaft zu befriedigen, anstatt die Nichte des Fürstbischofs und sich selbst in Gefahr zu bringen.« Giso seufzte, während der Pater überlegte.

»Erzählt mir alles über die beiden. Wenn die junge Äbtissin Einfluss auf Falko Adler hat, kann sie ihn vielleicht auf den rechten Pfad zurückführen.«

Giso zögerte ein wenig, die Geheimnisse seines Freundes preiszugeben, doch dann berichtete er Pater Luciano alles, was er über Falkos Liebe zu Elisabeth wusste. »Ich habe ihm klargemacht, dass er sie niemals besitzen kann«, bekräftigte er und schloss damit, dass dies vielleicht ein Fehler gewesen sei.

»Nein, du hast das Rechte getan!«, beruhigte ihn der Pater. »Ich aber werde zu der Äbtissin reiten und mit ihr reden. Ihr traue ich zu, den jungen Adler auf unserer Seite zu halten. In der Hand unseres Feindes wäre er eine fürchterliche Waffe, die all unsere Hoffnungen auf Frieden zwischen dem Papst und dem zukünftigen Kaiser zerstören könnte. Doch nun kehrt an Euren Tisch zurück und schickt Marioza herein. Ich glaube, hier brennt etwas an.«

3.

Nachdem Pater Luciano um Falkos Liebe zu Elisabeth wusste, entschloss er sich, noch am selben Tag zu handeln. Zwar hatte er kein eigenes Reittier, aber als er um eines bat, lieh ihm einer der wohlhabenderen Einwohner Trasteveres einen Maulesel, der ihn brav und recht flott trug.

Erst als er schon die Hälfte des Weges zurückgelegt hatte, dachte der Pater daran, dass er nun ebenso allein unterwegs war wie damals Kardinal Matteo Foscarelli. Er streifte diesen Gedanken jedoch rasch wieder ab und vertraute auf Gott, der ihn noch nie im Stich gelassen hatte.

In Tre Fontane ritt er an dem stattlichen Mönchskloster mit der wuchtigen Kirche vorbei zu dem weitaus bescheideneren Heim der frommen Schwestern und bat die Pförtnerin, ihn bei der Äbtissin zu melden.

»Mussten die uns wirklich eine Deutsche schicken?«, seufzte die Nonne, beeilte sich dann aber, der Bitte nachzukommen.

Pater Luciano schüttelte nachsichtig den Kopf. In den langen Jahren seines Lebens hatte er gelernt, dass es in allen Völkern Verworfene und Gerechte gab. Es kam nicht darauf an, wo der Mensch geboren worden war, sondern, was er im Herzen fühlte.

Die junge Äbtissin, zu der er kurz darauf geführt wurde, gehörte zu jenen, die er die wahren Kinder Gottes nannte. Sie war schön und anmutig wie ein Engel und dabei so sanft wie ein linder Frühlingshauch. Er konnte verstehen, weshalb der junge Ritter in Liebe zu ihr entbrannt war und doch darauf verzichtet hatte, die körperliche Zuneigung dieser Braut Christi zu erringen.

Als Elisabeth vor ihm knicksen wollte, gebot er ihr Einhalt. »Tut es nicht! Ich bin nur ein einfacher Pater, und es wäre an mir, vor Euch zu knien.«

»Wohl mögt Ihr ein schlichter Priester sein, doch nur, weil Ihr es so wollt. Ihr hättet Prior oder Abt jedes großen Klosters werden können, und sogar Bischof und Kardinal. In Eurer Bescheidenheit habt Ihr jedoch all diese Ehren abgelehnt und Euch mit Eurer jetzigen Berufung zufriedengegeben«, antwortete Elisabeth ehrerbietig.

Ihr Onkel hatte sie zwar nicht in seine Pläne eingeweiht, ihr aber genug von Pater Luciano berichtet, so dass sie über dessen Leben und Herkunft Bescheid wusste.

Auch wenn ihr Besucher sonst wenig auf Rang und Namen hielt, war er doch froh, dass sie ihn als Autorität anzuerkennen schien. Bevor er mit ihr über Falko sprechen konnte, ließ sie von Schwester Euphemia einen Becher Wein und ein gebratenes Hühnchen bringen, damit der Pater sich stärken konnte.

Trotz seiner Sorgen aß Pater Luciano mit gutem Appetit und trank noch einen zweiten Becher Wein. Doch kaum hatte Schwester Euphemia die Kammer wieder verlassen, kam er auf das zu sprechen, was ihn bedrückte.

»Ehrwürdige Äbtissin, wie gut kennt Ihr Falko Adler?«

Eine feine Röte überhauchte Elisabeths Wangen. »Er war mein Reisemarschall auf dem Weg nach Rom und ist ein sehr angenehmer und fürsorglicher Herr, dem ich jederzeit mein Leben anvertrauen würde.«

»Ihr sprecht ihm ein hohes Lob aus, das er vielleicht nicht verdient.«

Als Elisabeth das hörte, verkrampfte sie die Hände vor der Brust. »Ist etwas mit ihm?«

Der Pater nickte bedrückt. »Er wandelt auf gefährlichen Pfaden, von denen wahrscheinlich nur Ihr ihn zurückreißen könnt. Er hat eine junge Römerin kennengelernt und verkehrt nun im Hause ihres Vaters. Dieser gehört jedoch zu König Friedrichs gefährlichsten Feinden und hasst alle Deutschen. Der hochwürdige Herr Giso und ich befürchten, dass Ercole Orsini versuchen wird, Falko Adler zum Verrat zu bewegen. Da der junge Ritter in Orsinis Tochter verliebt ist, mag ihm das gelingen.«

»Falko ist verliebt!« Ein Schmerz durchzog Elisabeth, wie sie ihn bisher nicht gekannt hatte. Gleichzeitig glomm Zorn auf, weil er sie so schnell vergessen hatte, und sie beneidete jenes unbekannte Mädchen, dem nun seine Neigung galt.

»Er ist ein junger Mann, der noch nicht mit sich im Reinen ist. Da kann er leicht das Opfer berechnender Menschen werden«, erklärte Pater Luciano.

Elisabeth erinnerte sich daran, dass Falkos Liebe zu ihr unerfüllt geblieben war, und machte sich nun den Vorwurf, ihn zurückgestoßen zu haben. Sie und niemand anders hatte ihn in die Arme der jungen Römerin getrieben.

»Was soll ich tun, ehrwürdiger Vater?«, fragte sie beklommen.

»Redet mit ihm! Macht ihm klar, wie falsch sein Weg ist, und tut alles, damit er wieder zu sich selbst und zu unserer Seite zurückfindet!«

Pater Lucianos Worte hämmerten wie der Klang einer Trommel in Elisabeths Kopf. Ja, sagte sie sich, ich werde alles tun, um Falko zu retten!

Dabei war ihr wohl bewusst, dass sie dafür möglicherweise jene Grenze überschreiten musste, die der Anstand, ihr Gelübde und das Amt ihr auferlegten. Einen Augenblick erschreckte der Gedanke sie, aber sie war sicher, dass er die Römerin vergessen würde, wenn die Liebe zu ihr sich erfüllte. Sofort meldete sich ihr schlechtes Gewissen. Dachte sie dabei nicht weniger an Falko als vielmehr an ihre eigenen

Sehnsüchte, die sie nur in ihren Träumen hatte stillen können? Ihre Gefühle schwemmten diesen Einwand sofort wieder hinweg, und sie sagte sich, dass es ihre Pflicht sei, notfalls sich selbst für Falkos Rettung zu opfern.
Während ihre Gedanken wild kreisten, erklärte ihr der Pater wortreich, wie sie den jungen Ritter durch Gespräche und Gebete dazu bringen sollte, von seinem Tun abzulassen. Seine Ausführungen plätscherten wie das Wasser eines Baches an ihr vorbei, denn sie beschäftigte sich bereits damit, wie sie Falko im Konvent empfangen konnte, ohne dass ihre Nonnen Verdacht schöpften.

4.

Elisabeths Einladung kam für Falko völlig überraschend und war ihm weniger willkommen, als die Äbtissin es sich hätte vorstellen können. Zu dem von ihr genannten Zeitpunkt hatte er Ercole Orsini aufsuchen wollen und gehofft, dort mit Francesca eine Partie Schach spielen zu können. Zwar waren seine Kenntnisse dieses Spiels eher gering, und sie würde ihn mit Leichtigkeit schachmatt setzen. Aber eine Stunde in ihrer Nähe verbringen zu dürfen war ihm dies wert.
Deswegen erwog er, Frieder nach Tre Fontane zu schicken und ihn zu beauftragen, ihn bei Elisabeth mit dem Hinweis auf anderweitige Verpflichtungen zu entschuldigen. Der Tonfall des Briefs klang jedoch drängend, und er erinnerte sich, wie sehr er Elisabeth vom ersten Tag ihrer Bekanntschaft an begehrt hatte. Nun hatte er die Möglichkeit, sie noch einmal zu sehen und Klarheit darüber zu gewinnen,

dass sie zwar eine schöne Frau war, aber von Francesca doch in allem, was ein Weib ausmachte, übertroffen wurde. Das erschien ihm der beste Weg, sie endgültig aus seinen Träumen zu vertreiben.

Daher kleidete er sich mit Sorgfalt an, befahl Frieder, das Reisepferd zu satteln, weil er das Tier nicht vernachlässigen durfte, und machte sich nach einem eher kühlen Abschied von Giso und Hilbrecht auf den Weg.

Die beiden sahen ihm nach, und Hilbrecht sprach die Frage laut aus, die beide bewegte. »Wo reitet er jetzt schon wieder hin? Um Orsini aufzusuchen, ist es noch zu früh.«

»Das ist es in der Tat«, antwortete Giso und überlegte, ob er Hilbrecht auffordern sollte, Falko heimlich zu folgen.

Doch dieser rief bereits nach Hans, der ihm das Pferd satteln sollte. »Ich reite nach Trastevere. Auch wenn Mariangelas Tugend eisern zu sein scheint und sie mich andauernd verspottet, ist mir das immer noch lieber, als hier in lauter missmutige Gesichter zu blicken.« Dabei zwinkerte er Giso zu, und dieser begriff, dass er Falko nachspüren wollte.

Sein Freund ritt unterdessen durch die Stadt, die an der einen Stelle prächtig herausgeputzt und hundert Schritt weiter verfallen und schmutzig war, während anderswo prunkvolle Kirchen zwischen ärmlichen Hütten aufragten. Große Teile der ummauerten Stadt waren sogar unbebaut, dort hüteten Hirten ihre Rinder und trieben ungewaschene Mädchen Gänseherden vor sich her.

Obwohl Rom ihn zunächst abgestoßen hatte, gefiel es Falko nun so gut, dass er durchaus Lust hatte, länger an diesem Ort zu verweilen, womöglich sogar für immer. Letzteres verneinte er jedoch sofort wieder. Seine Heimat war Kibitzstein, und dorthin wollte er mit Francesca an seiner Seite zurückkehren. Er fragte sich, was seine Mutter zu dieser

Schwiegertochter sagen würde. Francesca war ebenso wie seine Schwäger gräflicher Abkunft, doch bis jetzt wusste er nicht, ob ihn jemals mehr mit ihr verbinden würde als eine alles versengende Leidenschaft.

»Vielleicht ist es ganz gut, wenn ich mit Elisabeth rede«, stieß er aus, schüttelte dann aber den Kopf. Die Äbtissin war zu fromm, um das Wort Leidenschaft überhaupt zu kennen. Wenn sie ihm einen Rat geben würde, dann den, zu beten, damit die Heiligen im Himmel ihm den richtigen Pfad wiesen.

Unschlüssig, was er Elisabeth erzählen durfte und was nicht, erreichte er Tre Fontane. Dort übergab er sein Pferd einem der Knechte des Mönchsklosters und schritt den schmalen Weg zu dem Haus der kleinen Nonnengemeinschaft entlang. Schwester Euphemia, die mit Elisabeth zusammen aus Würzburg gekommen war, öffnete die Tür und ließ ihn ein.

»Willkommen, Herr Ritter. Ich freue mich, dass unsere verehrte Frau Oberin Euch doch einmal eingeladen hat. Sie wünscht mit Euch zu sprechen, denn Ihr sollt ihr helfen, Botschaft in die Heimat zu schicken.« Die Frau war nicht mehr jung und hatte Falko auf der Reise mütterlich ins Herz geschlossen, und das nicht nur, weil er sich beim Übergang über die Alpen ihrer angenommen hatte. Vor allem aber war sie ihrer Herrin treu ergeben.

Aus der Heimat kannte Falko es nicht anders, als dass Gäste eines Nonnenklosters nur die für sie vorgesehenen äußeren Gebäude betreten durften. Hier aber führte die Nonne ihn durch das ganze Haus bis zu einer Kammer, in der Elisabeth auf einem Schemel sitzend betete.

Als Falko eintrat, erhob sie sich und gab ihrer Vertrauten den fast unmerklichen Wink, sie allein zu lassen. Dann wandte sie sich Falko zu. »Ihr müsst die Stille hier entschuldigen. Bis auf mich und meine liebe Schwester Euphemia sind alle anderen Mitschwestern in der dem heiligen Paulus geweihten Kirche, um den Altar für die morgige Messe zu schmücken. Schwester Euphemia wird nun ebenfalls hinübergehen.«

Elisabeth schienen die eigenen Worte arg anzüglich, doch all ihre Überlegungen hatten immer wieder dazu geführt, dass sie Falko nur auf eine Weise von seiner unseligen Leidenschaft für die Römerin befreien konnte. Als sie ihm jedoch gegenüberstand, war sie mit einem Mal nicht mehr sicher, ob sie diesen Weg tatsächlich einschlagen sollte. Vielleicht sollte sie Falko die Erfüllung seiner Träume zu einem späteren Zeitpunkt versprechen? Aber was würde geschehen, wenn er sich dann enttäuscht von ihr abwandte und vollends in die Fänge der Römerin geriet?

Sie lächelte schmerzlich und fasste nach Falkos Händen. »Mein lieber Freund, ich muss mit Euch reden! Bitte verkauft Euch nicht für ein Linsengericht an die Feinde des Königs.«

Ihre Worte dämpften Falkos Freude, sie wiederzusehen, wie ein kalter Guss, und er wollte sich gekränkt abwenden und gehen.

»Bitte hört mich an!«, flüsterte Elisabeth, die seinen Unmut spürte. Tränen stiegen ihr in die Augen. »Ich liebe Euch und würde sterben, wenn Euch etwas zustößt. Lasst ab von der Römerin! Sie wird sonst Euer Verderben sein. Was vermag sie Euch denn schon zu geben, was Ihr nicht auch von mir erhalten könntet?«

Da gibt es schon etwas, nämlich körperliche Hingabe und die Bereitschaft, auf ewig die Meine zu sein!, dachte Falko und fürchtete sogleich, es laut gesagt zu haben, denn die Worte hallten wie ein Echo in seinem Kopf. Er schämte sich plötzlich, wie er sich noch niemals geschämt hatte. Obwohl

Francesca sich ihm hingegeben hatte, fühlte er mit einem Mal, dass er Elisabeth noch immer begehrte.
Die junge Äbtissin sah, wie es in seinem Gesicht arbeitete, und beschloss, alles zu wagen. »Wir haben nur wenig Zeit, denn Ihr müsst unser Heim verlassen haben, bevor die anderen Schwestern zurückkehren.« Mit zitternden Fingern öffnete sie ihr Kleid und ließ es an sich hinuntergleiten. Als sie auch noch ihr Hemd auszog und nackt vor ihm stand, begriff Falko erst, wie sie es gemeint hatte.
»Ihr wollt …?«, stotterte er und fühlte, wie ihn die Leidenschaft zu ihr wie eine Woge überschwemmte.
Elisabeth war etwas größer und schmaler als Francesca, aber auf ihre Weise ebenfalls vollkommen. Wie oft hatte er sich gewünscht, sie zu besitzen, und nun stand sie vor ihm und bot ihm die Erfüllung seines Traumes. Einen Augenblick lang dachte er daran, dass er Francesca betrügen würde, wenn er auch mit Elisabeth fleischlich verkehrte. Überdies würden er und die junge Äbtissin eine schwere Sünde begehen.
Dieser kleine Funke Vernunft erlosch jedoch sofort wieder, und seine Hände schienen ein Eigenleben zu entwickeln. Sie legten sich um Elisabeths Brüste, und er spürte, wie sie sich in ängstlicher Erwartung anspannte. Ihre Augen leuchteten jedoch, und er begriff, dass sie ihm das schönste Geschenk machen wollte, das sie vergeben konnte.
Du musst vorsichtig sein, denn sie ist noch Jungfrau, schoss es ihm durch den Kopf, als er die zartrosa Spitzen ihrer Brüste küsste, sie dann sanft in die Arme nahm und auf ihr Lager bettete. Anschließend glitt er geschmeidig auf sie und vergaß gemeinsam mit ihr die Welt.

5.

Fern von Rom und den Liebeswirrnissen ihres Sohnes wartete Marie auf Kibitzstein auf die Rückkehr ihrer Tochter. Der Würzburger Fürstbischof Gottfried Schenk zu Limpurg hatte sich persönlich dafür verbürgt, dass diese ihr wohlbehalten übergeben werde. Doch Tag um Tag verging, ohne dass Hildegard erschien.

Als Marie die Anspannung nicht mehr aushielt, versammelte sie ihre anderen Töchter und deren Ehemänner um sich. »Wie es aussieht, denkt Herr Gottfried nicht daran, sein Versprechen einzuhalten«, begann sie sichtlich enttäuscht und verärgert.

Peter von Eichenloh wiegte unschlüssig den Kopf. »Eigentlich halte ich den Fürstbischof für einen Mann, der zu seinem Wort steht. Vielleicht solltet Ihr ihn aufsuchen und selbst mit ihm reden.«

Mit einer heftigen Bewegung winkte Marie ab. »Trudi war bei ihm und hat unsere Anklage gegen Reckendorf überbracht. Das müsste wohl reichen.«

»Frau Marie hat recht«, erklärte Otto von Henneberg. Sein Zorn auf Reckendorf war besonders groß, weil seine Frau Lisa bei dem Überfall beinahe zu Schaden gekommen wäre. »Vielleicht zögert der Fürstbischof, weil Reckendorf mit ihm verwandt ist«, setzte er nachdenklich hinzu.

»Einen Mädchenräuber wird er deswegen nicht schonen«, rief Peter von Eichenloh im Brustton der Überzeugung. »Wahrscheinlich hat er Reckendorf eine Frist gesetzt, und die wird noch nicht abgelaufen sein.«

Marie fuhr auf. »Und was ist, wenn dieser Schuft meine Tochter längst umgebracht hat?«

Peter von Eichenloh schüttelte den Kopf. »Das glaube ich

nicht. Reckendorf weiß, dass der Fürstbischof ihn danach für vogelfrei erklären würde.«

»Du hältst seit neuestem sehr viel vom Fürstbischof, obwohl er dich in der Vergangenheit am liebsten selbst als Mädchenschänder an einem Baum hätte hängen sehen!« Trudi war ungehalten über die zögerliche Art ihres Ehemanns.

»Ich habe jenes Mädchen nicht geschändet! Es ist freiwillig unter meine Decke gekrochen. Bei Gott, ich hätte ein Heiliger sein müssen, um es wegzuschicken. Außerdem war ich betrunken.« Auch Peter von Eichenloh hatte die Stimme erhoben, daher schlug Marie mit der flachen Hand auf den Tisch.

»Seid still, alle beide! Wir sind nicht hier, um über längst vergangene Dinge zu reden, sondern um zu überlegen, wie wir Hildegard freibekommen.«

»Ganz meine Meinung!« Otto von Henneberg sprang erregt auf. »Ich kann innerhalb einer Woche dreihundert Mann zusammenbringen. Peter soll seine Leute bewaffnen und Ihr die Euren. Wenn wir rasch genug handeln, stehen wir vor Reckendorfs Stammburg und erobern diese, bevor dieser Strauchritter seine Freunde zusammenrufen kann.«

»Wäre ich an seiner Stelle, hätte ich mich längst auf einen Angriff vorbereitet«, wandte Peter von Eichenloh ein.

»Dann mach du einen Vorschlag!« Jetzt verlor auch Graf Otto die Geduld mit seinem angeheirateten Schwager.

Peter von Eichenloh schaute die anderen am Tisch zornig an, denn bis zu diesem Tag hatte noch nie jemand seinen Mut in Zweifel gezogen. Es schmerzte ihn, dass sogar seine Frau ihn schief ansah. »Mein Vorschlag ist, noch einmal mit dem Fürstbischof zu reden. Er hat die Macht, Reckendorf zur Freilassung Hildegards zu zwingen. Wenn der Kerl sich jedoch weigert, steht uns eine harte Fehde bevor, und die will ich nicht ohne Herrn Gottfrieds Erlaubnis beginnen. Sollte es aber dazu kommen, werde ich mehr als dreihundert Mann auf die Beine stellen.«

Marie begriff, dass sie die Wogen glätten musste, wenn sie zu einem Ergebnis kommen wollte. Daher hob sie gebieterisch die Hand. »Wir sollten uns nicht streiten, denn jeder von uns will Hildegard unversehrt und so rasch wie möglich frei sehen. Ich gestehe selbst, dass es mir am liebsten wäre, der Fürstbischof könnte dies erreichen. Daher sollten wir noch einmal bei ihm vorsprechen. Dies werde jedoch nicht ich tun, sondern Ihr, Eichenloh. Ihr seid ein erfahrener Krieger und könnt Herrn Gottfried die Folgen einer blutigen Fehde am besten vor Augen führen.«

Halbwegs besänftigt nickte ihr älterer Schwiegersohn, während Otto von Henneberg wütend schnaubte. »Reckendorf muss mir für den Schrecken, den Lisa erlitten hat, geradestehen!«

»Das wird er auch«, erklärte Marie. »Nur dürfen wir uns nicht von unserem Zorn dazu hinreißen lassen, vorschnell zu handeln und dabei Fehler zu machen. Sollte es zum Äußersten kommen, müssen wir gut vorbereitet sein. Daher werdet Ihr, Graf Otto, in den nächsten Tagen unsere Freunde aufsuchen und deren Beistand erbitten. Trudi, Lisa und ich bleiben hier. Sobald etwas geschieht, schicken wir Euch Boten.«

»Das ist eine gute Entscheidung«, lobte Peter von Eichenloh, der froh darüber war, dass seine Schwiegermutter sich am Ende seinen Argumenten gebeugt hatte.

Marie rang sich ein Lächeln ab. »Noch hoffe ich, eine Fehde verhindern zu können. Doch wenn es dazu kommt, werden wir sie mit aller Entschiedenheit führen – und siegen.«

»Das werden wir!«, versprachen beide Schwiegersöhne und baten, aufbrechen zu dürfen.

»Je rascher ich beim Fürstbischof bin, umso eher wird Jungfer Hildegard freikommen«, erklärte Peter von Eichenloh, während Lisas Mann die Nachbarn beim Namen nannte, von denen er sich Unterstützung versprach.

6.

Nachdem Eichenloh und Henneberg Kibitzstein verlassen hatten, machte sich auf der Burg eine lähmende Stille breit. In diesen Stunden dachte Marie mehrmals an ihren Sohn und bedauerte, dass Falko so weit in der Ferne weilte. Vielleicht hätte er etwas unternehmen können. So aber musste sie die Hände in den Schoß legen und warten, bis Reckendorf den Befehl des Fürstbischofs befolgte und Hildegard freiließ. Immer wieder ertappte sie sich dabei, dass sie auf dem Söller saß und auf die Straße hinabblickte, in der Hoffnung, Hildegard auftauchen zu sehen. Stattdessen entdeckte sie zwei Tage später einige kleine Wagen und um diese herum eine Gruppe von Leuten in buntscheckigen Kleidern, die tief im Tal Richtung Volkach zogen.

»Das ist fahrendes Volk«, sagte sie zu Lisa, die ihr Gesellschaft leistete. »Wäre diese leidige Sache mit Hildegard nicht, würde ich sie hierherrufen lassen und ein Fest geben. Doch so ist es unmöglich.«

»Vielleicht haben diese Leute etwas von Reckendorf gehört«, wandte Lisa ein. »Wir sollten mit ihnen reden.«

Marie blickte den Fremden nach, die mit wachsender Entfernung immer kleiner wurden, und überlegte. »Das soll Trudi tun«, sagte sie, als sie zu einer Entscheidung gekommen war. »Ich will es dir in deinem Zustand nicht zumuten, bis fast zum Main zu reiten, und ich selbst bin alt und steif geworden.«

Die Weltverdrossenheit in ihrer Stimme erschreckte Lisa. »Du bist doch nicht alt, Mama. Ich kenne Menschen, die haben dir noch ein, ja zwei Jahrzehnte voraus.«

Marie seufzte. »Von all jenen, denen ich in jungen Jahren begegnet bin, haben die meisten unsere Welt bereits verlassen. Am schwersten war es, als ich Michel verlor. Vielleicht wäre er immer noch da, hätte ihn nicht Gressingens hinterhältiger Dolchstoß dahingerafft. Andere sind jedoch gestorben, weil ihre Zeit gekommen war. Denke nur an Hiltrud, die Ziegenbäuerin! Sie fehlt mir in dieser Situation ganz besonders.«

Maries Augen füllten sich mit Tränen, als sie an ihre älteste und treueste Freundin dachte. Lisa fragte sich, wie sie ihre Mutter aufmuntern konnte, während diese noch immer in die Richtung starrte, in der die Gaukler inzwischen hinter einem Hügel verschwunden waren.

Lisa ließ den Blick schweifen und entdeckte einen Mann, der aus Richtung Osten auf die Burg zukam. »Schau, Mama! Wer mag das sein?«

Marie kniff die Augen zusammen, um besser sehen zu können. Trotzdem dauerte es geraume Zeit, bis sie die Kibitzsteiner Farben auf dem schmutzigen Wams des Wanderers erkannte.

»Das muss Kunner sein, der Reckendorf folgen sollte. Ich dachte schon, er wäre entdeckt und gefangen genommen worden!«, rief sie erleichtert aus.

»Das ist er offenbar nicht. Nur das Pferd hat er verloren!«

Lisa sprang auf und wollte rasch zur Treppe. Dabei stolperte sie aber über die eigenen Füße und wäre gefallen, hätte Marie sie nicht gehalten.

»Vorsicht, mein Kind! Eine schwangere Frau ist kein Reh, das springen kann, wie es ihm beliebt«, mahnte Marie ihre Ziehtochter und zog sie kurz an sich. »Ich will doch nicht, dass dir etwas passiert.«

»Danke, Mama!« Lisa atmete erst einmal durch, bevor sie sich wieder in Bewegung setzte. Das geschah nun so bedächtig, dass Marie trotz ihres Alters und des Stockes, auf den sie sich stützen musste, mit ihr Schritt halten konnte.

Unten auf dem Hof hatte sich schon Trudi eingefunden. Der Türmer hatte ihr Kunner gemeldet, und sie war nicht weniger gespannt als ihre Mutter und ihre Schwester, was der Reisige zu berichten wusste.

Als der Mann durch das Tor trat, sahen sie, wie abgerissen er war. Außerdem wirkte er niedergeschlagen, als habe er eine sehr schlechte Botschaft zu vermelden. Maries Herz krampfte sich zusammen, und sie flehte die Heilige Jungfrau und ihre persönliche Schutzheilige Maria Magdalena an, ihr allzu Schlimmes zu ersparen.

Kunner blieb vor den drei Frauen stehen und versuchte zu sprechen, doch er brachte nur ein Krächzen hervor. Daher winkte Marie einer Magd, ihm einen Becher Wein zu reichen. Erleichtert nahm der Mann diesen entgegen und trank ihn in einem Zug leer. Dann räusperte er sich und sah seine Herrin treuherzig an. »Das hat gutgetan! Ich habe seit gestern nur ein wenig Wasser getrunken, und zu essen gab es auch nichts.«

»Du wirst alles bekommen, aber jetzt sprich! Hast du Nachricht über meine Tochter?«, fragte Marie angespannt.

»Ja! Wenigstens stimmte das, was ich berichten kann, noch bis vor drei Tagen«, antwortete der Waffenknecht. »Reckendorf hat die Jungfer ins Bambergische gebracht und hält sie dort bei Kirchlauter in einer abgelegenen Burg gefangen.

Zweihundert Männer würden ausreichen, das alte Gemäuer zu nehmen. Reckendorf hält sich noch immer dort auf, ebenso sein Kastellan Bertschmann. Wie ich gehört habe, sollen die beiden sich streiten, wie mit Eurer Tochter zu verfahren sei. Bertschmann drängt darauf, die Jungfer zu schänden und dann nackt davonzujagen.«
»Wenn er das tut, sorge ich dafür, dass er samt seinem Herrn an einem besonders dicken Ast aufgehängt wird«, rief Marie empört aus.
»Solange ich dort war, ist nichts dergleichen geschehen. Die Burg ist erst vor wenigen Monaten durch Erbschaft an Reckendorf gefallen. Der frühere Besitzer lag mit seinem Erben im Streit, und die Bewohner dort haben das noch nicht vergessen. Daher habe ich einige Mägde und Knechte gefunden, die mir das alles bereitwillig erzählt haben. Um sie zu belohnen, habe ich das Pferd verkauft. Ich hoffe, Ihr verzeiht mir, denn ich habe weniger dafür bekommen, als es wert war. Aber ich dachte, es ist besser, ich bezahle meine Zuträger, bevor einer von ihnen auf den Gedanken kommt, er könnte von seinem Herrn eine Belohnung erhalten, wenn er mich an diesen verrät.«
Der Mann klang recht kleinlaut, doch Marie beruhigte ihn sofort. »Sei ohne Sorge, Kunner! Du hast richtig gehandelt. Verlässliche Nachrichten über meine Tochter sind mir mehr wert als ein Gaul. Was hast du alles erfahren?«
»Reckendorf soll die Jungfer schlecht behandeln. Man sagt, er hätte sie geschlagen. Aber so genau wussten dies meine Zuträger nicht, da niemand außer dem Herrn die Gefangene sehen darf.«
Marie runzelte die Stirn. Aufmerksam hörte sie zu, als er ihr Reckendorfs Burg beschrieb, und fand, dass er recht hatte. Zweihundert Bewaffnete würden reichen, diese zu stürmen.

Auch Lisa dachte so und seufzte enttäuscht. »Es ist bedauerlich, dass Otto bereits fortgeritten ist. Jetzt könnte er unsere Leute zusammenrufen und die Burg erobern.«
»Ich weiß nicht so recht«, wandte Trudi ein. »Reckendorf hat sich ins Bambergische geflüchtet. Ohne die Billigung des Fürstbischofs Anton von Rotenhan können wir dort keinen Kriegszug beginnen.«
Marie winkte heftig ab. »Das wären erneut Tage, die mit sinnlosen Verhandlungen vergeudet würden. Inzwischen könnte Reckendorf Hildegard längst auf eine seiner anderen Burgen oder zu Verwandten verschleppen. Nein, uns muss etwas anderes einfallen.«
»Soll ich zu Herrn Anton von Rotenhan nach Bamberg reiten und ihm von Hildegards Entführung berichten?«, fragte Trudi, die in der Unterstützung des geistlichen Landesherrn die einzige Möglichkeit sah, ihre Schwester freizubekommen.
Während Lisa verächtlich schnaubte, erwog Marie für ein paar Augenblicke diesen Gedanken. Die Gefahr, dass Reckendorf gewarnt wurde und Hildegard wegbrachte, erschien ihr jedoch zu groß.
»Nein«, sagte sie daher. »Noch weiß Reckendorf nicht, dass uns bekannt ist, wo er und Hildegard sich befinden. Dies soll auch so bleiben. Heimlichkeit ist unsere schärfste Waffe. Nur wenn Reckendorf sich sicher glaubt, wird es uns gelingen, Hildegard zu befreien.«
»Aber wie soll das gehen, ohne Krieg zu führen, Mama?«, wollte Lisa wissen.
»Mir wird schon etwas einfallen!« Marie blickte auf die Straße, über die keine Stunde zuvor das fahrende Volk gezogen war, und versetzte Trudi einen leichten Stoß. »Reite hinter den Gauklern her und halte sie auf. Ich komme nach und werde mit ihnen reden. Vielleicht sind sie der Schlüssel zu Reckendorfs Burg.«

Lisa wirkte verwirrt, doch Trudi begann zu lachen. »Gaukler sind überall gerne gesehen. Selbst Reckendorf wird sie nicht abweisen können, ohne seine Leute zu verärgern. Nur wie du mit ihnen Hildegard befreien willst, bleibt mir ein Rätsel.«
»Das sich nicht lösen lassen wird, wenn du noch länger säumst«, tadelte Marie sie und befahl Kunner, der mit vollen Backen kaute, auch ein Pferd für sich zu satteln und ihre Tochter zu begleiten. Für sich selbst und Lisa ließ sie zwei Sänften zurechtmachen, um Trudi damit zu folgen.

7.

Die Gaukler hatten ihr Lager auf einer Lichtung im Wald aufgeschlagen. Ein Feuer prasselte in der Mitte, und die Frauen waren dabei, das Abendessen vorzubereiten. Außer den Feldfrüchten, die die Kinder unterwegs geerntet und unter ihren Hemden versteckt hatten, wurden zwei Hühner und ein Hase in den großen Kessel geworfen, in dem für alle gekocht wurde. Da diese Tiere während der letzten Tagesstrecke aufgelesen worden waren, wie die Gaukler es nannten, richteten sich misstrauische Blicke auf Trudi und Kunner, als diese auf das Lager zuhielten.
Nicht weit hinter den beiden bemerkten die Gaukler weitere Reiter und zwei von Pferden getragene Sänften. Nun zeichnete sich Angst auf den Gesichtern ab. Dennoch ging der Anführer den Ankömmlingen ein paar Schritte entgegen.

»Grüß Euch Gott, edle Dame. Was führt Euch zu uns?«, fragte er Trudi mit schlecht verhohlenem Misstrauen.
»Dir und deinen Leuten Gottes Gruß. Meine Mutter will mit dir sprechen. Wenn du ihr gehorchst, wird es sich für dich und die Deinen lohnen!«
Die Gruppe zählte etwa zwanzig Menschen, von denen ein Drittel Kinder waren. Aus der Ferne hatten sie mit ihren bunten Gewändern noch einen fröhlichen Anblick geboten. Doch jetzt nahm Trudi wahr, wie abgerissen und mager sie wirkten. Offensichtlich war es ihnen in letzter Zeit schlecht ergangen.
Der Anführer bemerkte, wie die Besucherin ihn und seine Gruppe musterte, und fragte sich, was deren Mutter von ihm wollte. Ihm wurde mulmig bei dem Gedanken, man könnte seinen Jüngsten dabei beobachtet haben, wie dieser den beiden Hühnern blitzschnell den Kragen umgedreht und sie unter seiner Kleidung versteckt hatte. Die Burgherren, aber auch die Bauern machten wenig Federlesens mit seinesgleichen. Einige von ihnen würden an einem Baum hängend zurückbleiben und den Raben als Futter dienen, und die anderen konnten von Glück sagen, wenn man sie mit einem Teil ihrer Habe weiterziehen ließ.
Trudi nahm die Angst in seinen Augen wahr und lächelte in sich hinein. Ohne den Mann weiter zu beachten, ritt sie einmal um die lagernde Gruppe herum und sah dort ebenfalls in furchtsame Mienen. Wie es aussah, hatten diese Menschen in letzter Zeit keine guten Erfahrungen gemacht. Ein paar Münzen und ein paar Lebensmittel werden wohl als Bezahlung genügen, dachte sie, während sie auf ihre Mutter wartete.
Marie erschien kurze Zeit später und stieg ächzend aus ihrer Sänfte. Als sie vor dem Anführer stand, hielt sie kurz den Atem an, denn eine Erinnerung aus lange vergangenen Zei-

ten stieg in ihr auf. Aber sie bekam sie nicht richtig zu fassen.
»Wer bist du?«, fragte sie und bemühte sich um einen strengen Ton.
»Mein Name ist Jossi Jossan. Ich bin der Prinzipal dieser Gaukler- und Spielgruppe«, antwortete der Anführer in dem Bestreben, keinen Fußbreit Boden preiszugeben.
Marie erstarrte. Jossi! So hatte der Anführer der Gaukler geheißen, mit denen Hiltrud und sie vor langer Zeit gezogen waren. Sie betrachtete den Mann genauer und fand, dass er dem damaligen Anführer wie aus dem Gesicht geschnitten war. Vom Alter her konnte es sich nur um einen der kleinen Jungen handeln, die sie damals bei der Gruppe gesehen hatte. Jossis Ältesten, der etwa in ihrem Alter hätte sein müssen, suchte sie jedoch vergebens.
Marie atmete tief durch, als sie sich so plötzlich mit der eigenen Vergangenheit konfrontiert sah. Einige der Gaukler, die hier lagerten, waren gewiss dabei gewesen, als Hiltrud sie halbtot am Wegesrand gefunden und mitgenommen hatte. Sie suchte nach ihr bekannten Personen, doch die Zeit hatte zu viele Falten und Schrunden in die damals noch jungen Gesichter gezeichnet. Unwillkürlich griff sie sich an die Wange. Sie war genauso alt wie jene Gaukler, die sie in ihren jungen Jahren gesehen hatte, doch bislang hatte sie sich nicht greisenhaft gefühlt. Nun musste sie gegen den Gedanken ankämpfen, eine alte Frau zu sein. Du darfst nicht schwach werden, rief sie sich zur Ordnung. Hildegard braucht dich!
»Nun, Jossi Jossan«, sprach sie den Anführer an. »Ich biete dir ein Geschäft an. Du wirst mit deinen Leuten zu einer bestimmten Burg reisen, um dort eure Kunststücke zu zeigen. Ich und ein paar andere werden verkleidet mit euch kommen.«

»Ihr wollt heimlich in diese Burg eindringen? Weshalb?«
»Es gibt Dinge, um die du dich nicht kümmern solltest. Ihr erhaltet guten Lohn und fettere Hühner als die, die ihr unterwegs aufgelesen habt.« Ein Lächeln begleitete Maries Worte, und der Prinzipal ahnte, dass sie mehr über das Leben wissen musste, das er und seine Leute führten.
»Wenn wir den Hals riskieren sollen, wollen wir auch wissen, warum«, beharrte er.
»Nun gut! Der Besitzer jener Burg hat meine jüngste Tochter gewaltsam entführt. Wir suchen nach einer Möglichkeit, wie wir sie befreien können. Dafür müssen wir in die Burg. Helft ihr uns, vollbringt ihr nicht nur ein gutes Werk, sondern erhaltet auch eine Belohnung von mir.«
»Und was sollen wir tun?«, wollte Jossi wissen.
Um Maries Lippen spielte ein übermütiges Lächeln. »Ihr werdet mit euren Kunststücken die Burgbesatzung ablenken und mir damit die Zeit verschaffen, nach meiner Tochter zu suchen.«
Unterdessen war Jossis Frau herangewalzt. Sie war beinahe noch dicker als die Mutter ihres Mannes, die Marie damals ebenfalls kennengelernt hatte. Doch das Gesicht und der Hals der Frau wirkten faltiger, als es bei ihrem Alter und ihrer Fülle zu erwarten gewesen wäre. Offenbar hatte sie ebenfalls eine Weile hungern müssen.
Marie wartete gespannt darauf, was die Frau sagen würde. Auch wenn Jossi der Anführer war, würde er nicht gegen den Rat seines Weibes handeln.
Die Frau stellte sich in Positur, um ihre Bedeutung für die Truppe zu unterstreichen. »Die Burgbesatzung abzulenken wird leichter sein, als Ihr Euch denkt, edle Dame. Wir haben ein paar Huren bei uns, und die sorgen schon dafür, dass die Kerle für nichts anderes mehr Augen haben.«
Aus ihr sprach dieselbe Verachtung, die auch die Frau des

älteren Jossi gezeigt hatte, fand Marie, und das machte ihr das Weib nicht sympathischer. Ihr Blick glitt unwillkürlich über die Gruppe, und sie entdeckte die beiden Huren auf Anhieb. Genau wie Hiltrud damals hielten auch diese sich abseits und kochten für sich selbst.
Die beiden waren nicht mehr jung, aber auch noch nicht zu alt, leidlich hübsch, allerdings schlecht gekleidet und so mager wie die meisten Frauen im Lager, abgesehen von der Prinzipalin. Die Gruppe bot ihnen Schutz gegen vielerlei Gefahren, lieferte sie im Gegenzug jedoch den Begehrlichkeiten der Männer und der Ablehnung und der Verachtung der Frauen aus.
Nur mühsam kämpfte Marie die Schatten der Vergangenheit nieder, die in ihr aufgestiegen waren, und nickte Jossis Weib zu. »Auch die Huren werden belohnt werden!«
Einige Gauklerinnen sahen so aus, als dächten sie ebenfalls über diesen Nebenverdienst nach. Die Prinzipalin hingegen fragte Marie, was ihnen diese Sache einbringen würde.
Da es Marie um die Rettung der Tochter ging, dachte sie nicht daran, lange zu feilschen, sondern nannte die Summe. »Einhundert Gulden für die gesamte Gruppe und noch einmal je drei Gulden für jeden von euch, vom Greis bis zum Säugling!«
»Gilt das hier auch schon?«, fragte eine Frau und zeigte auf ihren Bauch, der sich bereits stark wölbte.
Marie musste lachen. »Von mir aus! Wenn ihr mir helft, lasse ich heute noch Vorräte aus meiner Burg hierherschaffen. Morgen brechen wir auf. Wir werden drei Tage brauchen, um an unser Ziel zu gelangen, und dürfen dabei nicht verweilen.«
Während die meisten der Gruppe keine Zweifel hegten, überlegte der Prinzipal, ob sie das Risiko auf sich nehmen sollten. Die Burgherrin hatte ihnen zwar genug Geld ver-

sprochen, um ein paar neue Wagen bauen zu lassen und Pferde kaufen zu können, aber was war, wenn der Ritter sie verfolgte? Er fragte nach.
»Ich werde dafür Sorge tragen, dass wir rechtzeitig Unterstützung durch einen Trupp Waffenknechte erhalten«, antwortete Marie und stellte ihm nun die entscheidende Frage. »Bist du bereit, mir zu helfen?«
Jossi fühlte sich wie ein auf eine Gabel aufgespießter Aal. Hilfesuchend sah er seine Frau und seine Leute an und erblickte nichts als freudige Erwartung in aller Augen.
»Wir hatten in letzter Zeit viel Pech«, sagte er bedrückt. »Erst ging uns ein Wagen kaputt, dann verreckten zwei Pferde – und mein Ältester starb, als er auf einem Seil die Strecke zwischen zwei Türmen einer Burg überwinden sollte und einer der Männer des Burgherrn einen Stein nach ihm warf. Er verlor das Gleichgewicht und brach sich das Genick. Wenn wir je wieder auf die Beine kommen wollen, brauchen wir Euer Geld. Ich habe jedoch Angst, dass wir es zu teuer erkaufen müssen.«
»Ich werde euch jeden Schaden ersetzen!« Marie hoffte, dass sie nicht auch für verlorene Leben würde zahlen müssen. Die Sache war gefährlich, aber in ihren Augen der einzig gangbare Weg, Hildegard zu retten. Mit entschlossener Miene wandte sie sich an ihre Töchter.
»Wir reiten wieder nach Hause, damit ich mir ein Kleid nach der Art dieser Leute machen kann. Außerdem sollen sich vier oder fünf Waffenknechte als Gaukler verkleiden.«
»Ich denke nicht daran, dich allein zu lassen«, rief Trudi aus. »Ich komme mit!«
Lisa fasste Maries Arm und zerrte daran. »Ich auch!«
»Nein, mein Kind! Du wirst auf Kibitzstein bleiben und auf deinen Mann warten. Ich werde ihm noch heute einen Brief schreiben und diesen mit einem Boten losschicken. Wir

brauchen Henneberg und etliche wackere Kerle für den Fall, dass Reckendorf uns verfolgen sollte.«
Trudi sprang ihrer Mutter bei. »Mama hat recht! Wenn wir alle gehen, wird niemand auf Kibitzstein sein, der deinem Mann sagen kann, was er zu tun hat.«
»Außerdem musst du an dein Kleines denken. Es würde uns sehr betrüben, wenn wir zwar Hildegard befreien, aber du dabei dein Kind verlieren würdest.« Marie ließ keinen Zweifel daran, dass sie Lisa nicht mitnehmen würde. Auch Trudi hätte sie lieber in Sicherheit gewusst, doch sie kannte ihre Tochter zu gut. Niemand würde Trudi zurückhalten können, sie zu begleiten.

8.

Bruno von Reckendorf nahm der Magd das Tablett mit der zugedeckten Schüssel und dem Tonkrug ab und stellte ihn auf den Tisch. »Das soll das Essen für die Gefangene sein?«, fragte er scharf, nachdem er an dem Eintopf gerochen hatte. »Das ist viel zu gut für diese Metze! Sieh zu, dass du einen anderen Brei bringst, ungewürzt und ohne Fleisch. Und was ist das?« Er nahm den Krug in die Hand und blickte schnaubend hinein. »Seit wann ist Wasser weiß wie Milch? Ich habe ausdrücklich befohlen, dass die Gefangene nur einfachen Getreidebrei, Gerstenbrot und Wasser erhalten darf. Wage es nicht noch einmal, dich meinem Willen zu widersetzen, sonst lasse ich die Peitsche auf deinem Rücken tanzen!«
Die Magd duckte sich und blickte ängstlich zu ihm auf. »Ich habe die Schüssel und den Krug nur aus der Küche geholt,

edler Herr. Gewiss hat die Köchin sich geirrt und dachte, die Sachen wären für jemand anderes bestimmt.«
Dass dies eine Lüge war, war Reckendorf bewusst. Aber er beließ es bei dem einen Tadel.
Ich hätte die Gefangene auf eine meiner Burgen bringen sollen, auf der die Leute mich besser kennen und wo ich ihnen trauen kann, dachte er erbittert. Hier hält man mich für einen üblen Schurken, der unschuldige Jungfrauen entführt. Daran war nicht zuletzt Siffer Bertschmann schuld, der jedem ins Ohr blies, welches Schicksal Hildegard Adler hier zu erwarten hätte.
Während die Gedanken des Junkers abschweiften, verließ die Magd hastig die Kammer und kehrte nach einer Weile mit einem anderen Tablett zurück. Diesmal standen tatsächlich nur eine Schüssel mit kaltem Brei und ein Krug mit Quellwasser darauf.
»Hier, edler Herr! Ich hoffe, Ihr seid jetzt zufrieden.«
In den Augen der Frau las Reckendorf Angst, aber auch Verachtung.
»Verschwinde!«, herrschte er sie an.
Das ließ die Magd sich nicht zweimal sagen, und sie rannte aus dem Zimmer, als fürchte sie, doch noch Schläge zu erhalten.
Mit verdrießlicher Miene sah Reckendorf ihr nach, nahm dann den Hornlöffel, der ebenfalls auf dem Tablett lag, und probierte den Brei.
Mit angewiderter Miene spuckte er das, was er im Mund hatte, wieder aus. »Widerlich!«, stöhnte er und blickte auf den Napf mit dem besseren Essen. Er streckte schon die Hand aus, um diesen zu seiner Gefangenen mitzunehmen, packte ihn dann aber mit einem Fluch und schüttete seinen Inhalt durch das kleine Fenster seiner Kammer ins Freie.

»Bertschmann hat recht! Ich werde weich«, sagte er zu sich selbst und goss die Kanne mit der Milch aus. Mit dem unappetitlichen Essen wandte er sich Hildegards Kammer zu, stellte das Tablett dort ab und schloss die Tür auf.
Als er eintrat, saß seine Gefangene gegen die rückwärtige Wand gelehnt und sah ihm mit einer Mischung aus unterdrückter Wut und Spott entgegen.
»Hier ist dein Festmahl!«, bellte er und schob das Tablett mit dem Fuß über die Schwelle.
Seine Laune war so schlecht, dass Hildegard Angst bekam. Noch immer wusste sie nicht, was sie von ihrem Entführer halten sollte. Ebenso wenig kannte sie den Grund, weshalb er sie auf diese Burg geschleppt hatte. Sollte es wirklich nur deswegen sein, weil er eine Niederlage im Zweikampf gegen ihren Bruder erlitten hatte? Damit stellte der Mann sich selbst ein erbärmliches Zeugnis aus. Sie erhob sich, ging zur Tür und bückte sich nach dem Tablett, ohne Reckendorf anzusehen.
Ihre Missachtung machte ihn noch wütender, und so versetzte er ihr einen Schlag. Obwohl Hildegard darauf vorbereitet gewesen war, tat sie so, als würde sie das Gleichgewicht verlieren, und ließ das Tablett fallen.
»Nun seht Ihr, was Ihr angerichtet habt!«, fauchte sie den Junker an.
Bruno von Reckendorf wusste nicht, was er sagen sollte. Zwar hätte er am liebsten vor Zorn über so viel Frechheit getobt, gleichzeitig aber schämte er sich. Für einen Augenblick starrte er hilflos auf die zerbrochene Schüssel, die ihren Inhalt in der halben Kammer verteilt hatte, und auf die Wasserlache am Boden. Dann stieß er die Luft durch die Zähne.
»Ihr … du!«, korrigierte er sich. »Du bist ungeschickt und dumm. Deine Mutter müsste froh sein, dich loszuwerden.«

»Aber gewiss nicht an Euch!« Hildegard kehrte zu ihrem primitiven Lager zurück, setzte sich darauf und lehnte sich mit dem Rücken gegen die Wand.

»Ihr werdet mir wohl etwas anderes zum Essen und Trinken holen müssen«, sagte sie dann mit spöttisch verzogener Miene.

»Meinetwegen kannst du verhungern!« Reckendorf verließ die Kammer und schlug die Tür hinter sich zu. Auf dem Weg in sein Zimmer fiel ihm ein, dass er ganz vergessen hatte, den Schlüssel umzudrehen und abzuziehen. Schnell kehrte er um und erreichte die Tür in dem Augenblick, in dem Hildegard hinausschlüpfen wollte.

Er schob sie in ihre Kammer zurück und grinste zufrieden, als er ihren enttäuschten Aufschrei vernahm. »So schnell lasse ich dich nicht aus den Händen, meine Liebe«, höhnte er und quittierte ihren zornigen Wortschwall mit einem schallenden Lachen.

Mit vor der Brust verschränkten Armen sah er zu, wie sie wieder zu ihrem Lager zurückkehrte und sich mit hängenden Schultern darauf niederließ. Dabei fiel ihm auf, dass sie noch immer das Kleid trug, in dem er sie entführt hatte. Trotz ihrer primitiven Unterkunft war es Hildegard gelungen, es halbwegs sauber zu halten.

In dem Augenblick wusste Reckendorf, wie er sie noch stärker treffen konnte als mit Drohungen und schlechtem Essen. Zufrieden schloss er die Tür ab und ging quer durch den Palas der Burg, bis er zu dem Raum kam, in dem die Mägde schliefen. Dort raffte er mehrere Kleidungsstücke an sich, die besonders schmutzig und abstoßend aussahen und auch so rochen.

Eine ältere Frau, die gerade hereinkommen wollte, prallte bei seinem Anblick zurück und presste sich die Hände auf den Mund, um keinen Laut von sich zu geben. Lautlos wich

sie rückwärtsgehend zurück, bis sie den Seitengang erreichte, der zur Küche führte, und rannte ihn hinunter.
»Unser Herr kann nicht mehr bei Sinnen sein«, rief sie der Köchin und den anderen Mägden zu. »Er hat eben die schmutzigsten Kleider aus unserer Kammer geholt!«
Die Köchin verzog das Gesicht. »Als es hieß, Reckendorf würde die Burg erben, wusste ich, dass wir kein gutes Leben mehr haben würden. Doch er hat selbst meine schlimmsten Befürchtungen noch übertroffen. Das arme Mädchen! Nur ein Schurke tut so etwas.«
»Sag das nicht zu laut! Die Kerle, die er mitgebracht hat, sind gleich mit Schlägen bei der Hand.«
»Dieser Bertschmann gleich gar! Der Kerl verteilt Ohrfeigen wie der Frühling Blüten. Außerdem ist er hinter jedem Weiberrock her. Und so was ist der Kastellan des Herrn. Pfui Teufel, sage ich da nur!«
Im nächsten Moment schlug sich die Köchin erschrocken die Hand vor den Mund, denn Bertschmann blickte gerade durch die halb offen stehende Tür in die Küche, ging aber mit einem obszönen Fluch weiter. Die Mägde, die bei ihrer Ankunft auf der Burg sauber und adrett gewesen waren, hatten sich in wahre Dreckspatzen verwandelt, um ihn und andere Männer abzuschrecken, denen es nach einer kurzen Zweisamkeit in einem verborgenen Winkel gelüstete.
Bertschmann stieg zu Reckendorfs Gemächern hoch und fand diesen dabei, wie er ekelhaft schmutzige Lumpen sortierte. »Was macht Ihr denn da?«, fragte er verblüfft.
»Die Gefangene hat mich lange genug geärgert. Jetzt bekommt sie diese Kleidung. Etwas Besseres verdient sie nicht!«, erklärte der Junker verbissen.
Bertschmann bedachte ihn mit einem angewiderten Blick. »Soll die Jungfer denn genauso stinken wie die anderen Wei-

ber auf dieser Burg? Wenn ich sie unter mich zwinge, will ich mir dabei nicht die Nase zuhalten müssen.«

»Du kannst sie ja vorher waschen, wenn es so weit ist!« Diesmal sprach Reckendorf seinen Untergebenen nicht wie einen Edelmann, sondern wie einen schlichten Kriegsknecht an. Er hatte sich seit Hildegards Entführung allzu häufig über seinen Kastellan ärgern müssen. Daher packte er die ausgesuchten Kleider, kehrte Bertschmann wortlos den Rücken zu und verließ seine Kammer.

Erregt folgte ihm der Kastellan. »Ihr begeht einen Fehler, Herr, dieses Weibsstück so lange gefangen zu halten! Damit gebt Ihr nur der Mutter die Gelegenheit, ihre Freunde um sich zu sammeln. Ehe Ihr es Euch verseht, stehen zwei-, dreihundert Mann vor den Toren der Burg.«

Reckendorf drehte sich um und maß seinen Untergebenen mit einem spöttisch-mitleidigen Blick. »Falls es dir entgangen sein sollte: Wir befinden uns auf Bamberger Gebiet. Hier wird kein Würzburger Ritter es wagen, ohne die Erlaubnis der beiden Fürstbischöfe Gottfried Schenk zu Limpurg und Anton von Rotenhan das Schwert zu ziehen. Und diese Erlaubnis wird er niemals erhalten! Die Witwe auf Kibitzstein kann höchstens ihre Bauernlümmel in Waffenröcke stecken und ihnen gerade geschmiedete Sensen in die Hand drücken. Gegen uns und unsere Männer wird sie damit nicht das Geringste ausrichten können.«

»Ihr vergesst ihre Schwiegersöhne Eichenloh und Henneberg. Das sind gefürchtete Krieger! Die werden sich nicht um die Fürstbischöfe scheren, um ihre Schwägerin zu retten.«

Ohne es zu wollen, gab Bertschmann seinem Herrn damit einen weiteren Grund, Hildegard vorerst nicht anzurühren. »Ich habe sie nicht vergessen! Bildest du dir etwa ein, die beiden würden still sitzen bleiben, wenn wir die Jungfer

schänden und nackt auf die Straße jagen? Wir würden Eichenloh und Henneberg kurz danach racheheischend vor dieser Burg oder gar meinem Hauptsitz auftauchen sehen – und niemand würde ihnen in den Arm fallen!«
»Wenn Ihr so denkt, dann war es ein Fehler, das Mädchen zu entführen.«
Dieser Gedanke war Reckendorf schon mehrfach gekommen, doch er hatte ihn stets wieder abgeschüttelt. Auch jetzt machte er eine abweisende Handbewegung. »Meine Ehre erfordert Vergeltung! Doch wie diese aussehen wird, werde ich zu entsprechender Zeit bestimmen. Jetzt ist die Jungfer erst einmal meine Geisel dafür, dass die Kibitzsteiner sich ruhig verhalten. Trotzdem wäre es mir lieb, wenn ich Nachricht aus meiner Hauptburg erhalten könnte. Daher wirst du morgen mit der Hälfte unserer Leute dorthin aufbrechen. Ich will nicht, dass Eichenloh oder Henneberg sie überraschend nehmen und als Faustpfand einsetzen, um die Jungfer freizupressen.«
Reckendorfs Anweisung war vernünftig, doch in Bertschmann sträubte sich alles, sie zu befolgen. Er wollte an diesem Ort bleiben und dabei sein, wenn sein Herr endlich zur Vernunft kam und das Mädchen schänden ließ. Da er dieses Argument jedoch nicht vorbringen konnte, suchte er nach anderen Gründen.
»Ich weiß nicht, ob das gut ist. Ihr hättet nur noch zehn Mann hier, und das sind in meinen Augen zu wenig. Außerdem glaube ich nicht, dass die Kibitzsteiner ohne Erlaubnis des Fürstbischofs gegen Euren Stammsitz vorgehen werden. Die hocken höchstwahrscheinlich in Herrn Gottfrieds Residenz und liegen ihm mit ihrem Gejammer in den Ohren.«
»Eichenloh und Henneberg werden gewiss nicht jammern«, wies Reckendorf ihn scharf zurecht.

»Trotzdem halte ich es nicht für gut, diese Burg zu entblößen. Zudem dürften sie Eure Stammburg überwachen lassen. Sollte ich mit meinen Männern dort gesehen werden, wird es ihnen ein Leichtes sein, unseren Weg bis hierher zurückzuverfolgen. Ob Ihr dann in der Lage seid, diese Burg hier gegen einen Angriff zu halten, bezweifle ich! Oder wollt Ihr die Jungfer auf den Turm stellen, ihr eine Klinge an den Hals halten und drohen, ihr die Kehle durchzuschneiden, wenn ihre Verwandten nicht die Beine in die Hand nehmen und verschwinden?«

Dieses Argument wog so schwer, dass Reckendorf seufzend den Kopf neigte. Kaum jemand in Würzburg wusste, dass die Burg hier zu seinen Besitzungen gehörte. Doch sobald die Kibitzsteiner davon erfuhren und den Bischof von Bamberg um Unterstützung ersuchten – die dieser ihnen wohl kaum verweigern dürfte –, blieb ihm nichts anderes übrig, als auf seinen Hauptsitz und damit unter die Gerichtsbarkeit des Würzburger Fürstbischofs zurückzukehren. Was dieser von Hildegard Adlers Entführung halten würde, konnte er sich denken.

Ratlos und gleichzeitig zerfressen vor Wut, weil er durch seine Gefangene immer tiefer in Schwierigkeiten zu geraten drohte, ließ er Bertschmann stehen und ging zu der Kammer, in der er Hildegard eingeschlossen hatte.

Sein Kastellan überlegte, ob er ihm folgen sollte, wagte aber nicht, Reckendorf noch mehr zu reizen. Daher blieb er stehen und sah zu, wie sein Herr die Tür aufsperrte und eintrat. Für einen Augenblick konnte er Hildegard sehen, die auf ihrer Strohschütte kauerte und ihren Entführer mit Missachtung strafte. Kaum hatte Reckendorf die Tür hinter sich zugeschlagen, schlich Bertschmann hin und lauschte.

9.

Junker Bruno konnte weder Furcht noch Erschrecken auf dem Gesicht seiner Gefangenen erkennen, und das besserte seine Laune nicht gerade. Auch machte sie ihm keinerlei Vorwürfe, sondern tat so, als gäbe es ihn überhaupt nicht. Na warte!, dachte er. Ich werde dir deinen Hochmut schon noch austreiben!

Er warf ihr die schmutzigen Fetzen hin. »Hier, zieh das an! Das Kleid, das du jetzt trägst, ist zu schade für eine wie dich!«

Jetzt erst hob Hildegard den Kopf, betrachtete die Kleider, die Reckendorf gebracht hatte, und zuckte mit den Schultern. »Mir ist mein Gewand gut genug!«

»Du wirst es aus- und diese Lumpen hier anziehen!«, brüllte Reckendorf sie an.

»Ich weigere mich.«

»Wage es nicht, mich zu reizen! Du würdest es bereuen.«

Der Junker trat drohend auf Hildegard zu, doch sie blickte ihn nur verächtlich an. »Schlagt zu, wenn Ihr wollt! Damit werdet Ihr mich auch nicht brechen.«

Reckendorf ahnte, dass sie sich lieber bewusstlos schlagen lassen würde, als seinen Befehl zu befolgen. Daher wechselte er seine Taktik. »Nun gut, wenn du dich nicht selbst ausziehen willst, hole ich meine Leute, damit sie es tun. Aber an dem, was dann passiert, bist du selbst schuld.«

Zufrieden sah er, dass ihre Wangen sich für einen Augenblick entfärbten. Bertschmann hatte zu oft in ihrer Gegenwart erklärt, was seiner Ansicht nach mit ihr zu geschehen hätte. So ganz aus Eis, wie sie tat, war sie also doch nicht.

»Also? Was ist?«

»Ihr seid ein Feigling und ein elender Schuft!«, antwortete Hildegard empört.

Sie ekelte sich vor den stinkenden Fetzen, doch der Gedanke, Bertschmann und die anderen Kerle könnten ihr die Kleider vom Leib reißen, versetzte sie so in Angst und Schrecken, dass sie nachgab.
»Also gut! Wenn Ihr das nächste Mal kommt, werde ich mein Kleid abgelegt und das hier angezogen haben.« Ihre Stimme knirschte, und sie wünschte dem Junker die Pest und noch Schlimmeres an den Hals.
»Nichts da! Du wirst dich jetzt umziehen«, erklärte Reckendorf grinsend.
»In Eurer Gegenwart?« Hildegard bleckte die Zähne wie ein gereizter Hund, doch sie begriff, dass ihr nichts anderes übrigblieb.
Zorn überwog ihre Furcht, als sie die Lumpen packte und so bereitlegte, dass sie sie schnell überstreifen konnte. Mit Mord im Herzen kehrte sie dem Junker den Rücken, schlüpfte aus ihrem Kleid und wollte sich die Fetzen überstreifen.
»Halt!«, rief Reckendorf. »Das Hemd muss auch herunter. Welche Magd trägt so teures Linnen?«
Hildegard stand kurz davor, ihm die schmutzigsten Lumpen um die Ohren zu schlagen, doch die Angst vor dem, was danach kommen würde, hielt sie davon ab. Ihr Entführer war unberechenbar, und sie wollte nicht riskieren, dass er sie in einem Wutanfall seinen Männern überließ. Daher zog sie sich auch das Hemd über den Kopf.
Für einen Augenblick sah Bruno von Reckendorf ihren Rücken und das wohlgeformte Gesäß vor sich und keuchte erregt auf. Hildegard Adler mochte auf den ersten Blick keine ausgesuchte Schönheit sein, doch sie war eines der hübschesten Mädchen, die er je gesehen hatte – und eines der mutigsten. Beinahe wünschte er sich, sie bei einer anderen Gelegenheit kennengelernt zu haben. Dann aber ver-

scheuchte er diesen Gedanken wieder und sagte sich, dass sie seine Gefangene war, mit der er verfahren konnte, wie es ihm beliebte. Doch gerade, als er den Entschluss fasste, sie auf der Stelle zu nehmen, erinnerte er sich daran, dass er im letzten Jahr einen Waffenknecht hatte aufhängen lassen, weil dieser einer Magd Gewalt angetan hatte. Wenn er jetzt seine Gefangene schändete, handelte er nicht besser als jener Schuft.

Mit einem Fluch packte er Hildegards Gewand, knüllte es zusammen und stopfte es durch das winzige Fenster der Kammer, bis es draußen zu Boden flatterte. Danach verließ er den Raum ohne ein weiteres Wort, sperrte ihn ab und zog sich in seine eigenen Gemächer zurück. Dort befahl er einem Diener, ihm einen Krug Wein zu bringen. Bertschmann, der seinen Lauschposten gerade noch rechtzeitig verlassen hatte, gesellte sich zu ihm und versuchte, ihn während des Trinkens aufzustacheln, mit der Gefangenen so zu verfahren, wie er es wieder und wieder vorgeschlagen hatte.

Trotz seines Rausches lehnte Bruno von Reckendorf das Ansinnen seines Kastellans ab. Dabei war ihm bewusst, dass ihm irgendwann nichts anderes übrigbleiben würde, wollte er seine Gefangene nicht einfach freilassen und sich damit zum Gespött der Leute machen.

10.

Marie zupfte noch ein wenig an Trudis Gewand herum, musterte sie dann und fand ihre Verkleidung gelungen. »So würde nicht einmal dein Ehemann dich erkennen!«

»Du siehst aber auch nicht gerade wie eine Burgherrin aus«, antwortete Trudi kopfschüttelnd, denn ihre Mutter wirkte nun wie eine schmierige alte Vettel. Die Kleidung hing ihr in Fetzen vom Leib, und die dunkle Farbe im Gesicht ließ die Haut faltiger und fleckig erscheinen. Nur die bis auf wenige Ausnahmen noch vollständig vorhandenen Zähne verrieten, dass Marie dem Alter besser hatte trotzen können als viele andere. Neugierig, wie sie selbst aussah, ließ Trudi sich von Lisa einen Spiegel reichen und blickte hinein.

»Ich glaube, du hast arg untertrieben, Mama! Ich erkenne mich ja selbst nicht mehr«, stöhnte sie angesichts ihrer vom Walnusssaft gedunkelten Haut und den wirr und schmutzig ins Gesicht fallenden Haarsträhnen. Wer sie so sah, musste sie für weitaus älter halten als die fünfundzwanzig Jahre, die sie mittlerweile zählte. Ihr Kleid bestand ebenfalls aus grob zusammengenähten Fetzen, war aber so geschickt gestaltet, dass sie einen Dolch und einen Beutel mit Münzen darunter verbergen konnte. Auch ihre Mutter war bewaffnet und mit Geld versehen, denn es mochte sein, dass sie Knechte und Mägde auf Reckendorfs Burg bestechen mussten, um zu erfahren, in welchem Teil Hildegard festgehalten wurde.

Marie strich ihrer Ältesten über die braune Wange. »So ist es gut! Wenn du dich nicht mehr erkennst, werden auch Reckendorf und seine Schufte es nicht tun. Damit sind wir in der Lage, uns auf seiner Burg aufzuhalten und nach Hildegard zu suchen.«

»Hoffentlich hat er sie nicht schon woandershin verschleppt«, antwortete Trudi. Es klang wie ein Stoßgebet.

»Das werden wir erfahren, sobald wir dort sind. Ich habe einen Reiter vorausgeschickt und lasse die Burg überwachen. Der Mann wird uns früh genug warnen, falls Hildegard weggebracht wurde. Die Mägde dort sind, wie Kunner berichtet hat, erstaunlich freigiebig mit Auskünften. Dies

sollte uns nützen. Aber nun komm! Wir wollen Jossi und seine Leute nicht warten lassen – und Hildegard auch nicht.«
Als die beiden die Kammer verließen, watschelte Lisa schwerfällig hinter ihnen her. »Ich finde es ungerecht, dass ich hierbleiben muss. Bei den Gauklern gibt es doch auch schwangere Weiber«, schimpfte sie.
Mit einem sanften Lächeln drehte Marie sich zu ihr um. »Zwei Monate früher hätte ich dich mitgenommen. Nun aber ist die Gefahr zu groß, dass du ausgerechnet auf Reckendorfs Burg niederkommen könntest. Womöglich müsste ich mich dann zwischen dir und Hildegard entscheiden. Das will ich mir ersparen.«
»Es dauert gewiss noch ein paar Wochen, bis ich das Kind zur Welt bringe«, erklärte Lisa, konnte aber weder Mutter noch Schwester umstimmen.
»Mama hat recht!«, erklärte Trudi mit Nachdruck. »Kinder haben die Eigenschaft, ausgerechnet zu Zeiten und an Orten geboren werden zu wollen, an denen man es am wenigsten brauchen kann. Bei mir hat die Hebamme auch gemeint, ich hätte noch genug Zeit. Am gleichen Tag noch haben mich die Wehen während eines Spaziergangs im Wald erfasst. Mein Peter wollte mich auf den Armen nach Hause tragen, doch weiter als zu einer Waldhütte sind wir nicht gelangt.«
Marie lächelte wehmütig. »Das war sehr schade, denn ich hätte dir gerne beigestanden. Ich hoffe, dass es mir bei Lisa vergönnt ist!«
Sie drückte ihre Ziehtochter kurz an sich und gab ihr dann einen leichten Klaps. »Sieh zu, dass dein Mann so bald wie möglich nachkommt. Jossi und seine Leute lügen zwar für uns, aber sie werden nicht für uns kämpfen!«
Lisa nickte mit verkniffener Miene. »Ich habe Otto drei Boten hinterhergeschickt. Einer wird ihn hoffentlich finden.«

»Peter in Würzburg solltest du ebenfalls informieren. Es ist besser, wenn auch mein Mann Bescheid weiß. Einer von ihnen wird uns gewiss zu Hilfe kommen«, sagte Trudi und tätschelte Lisas Wange. »Mach es gut, kleine Schwester, und bete für uns, damit die Himmlischen uns gewogen sind.«

»Das werde ich!«, versprach Lisa und folgte ihnen bis auf den Hof, wo bereits eine Sänfte für Marie bereitstand.

Trudi hingegen bestand darauf, zu Fuß zu gehen. »Schließlich muss ich mich daran gewöhnen«, setzte sie hinzu und richtete den Blick nach Nordosten, wo sie ihre gefangene Schwester wusste.

II.

An diesem und den beiden folgenden Tagen hätte Marie sich und der ganzen Gauklertruppe Flügel gewünscht, so sehr sehnte sie sich danach, ihr Ziel zu erreichen. Aber auch so kamen sie Reckendorfs Burg immer näher. An den Abenden, an denen sie bei einem Dorf ihr Lager aufschlugen, zeigten die Gaukler den Leuten ihre Künste. Es nicht zu tun hätte Misstrauen geweckt, und das wollte Marie unter allen Umständen vermeiden. Da sie und Trudi keine Kunststücke vorführen konnten, hielten sie sich bei den Frauen auf, die für alle kochten, und packten dort mit an.

Schon am zweiten Tag wurden die Gaukler zutraulicher, und am dritten Tag hatte es den Anschein, als gehörten Marie und ihre Tochter schon seit ewigen Zeiten dazu. Doch als Reckendorfs Burg im Laufe des Nachmittags vor ihnen auf-

stieg, wurden sich alle wieder des Risikos bewusst, das sie nun eingingen.
Marie atmete rascher, und sie musste sich kurz an einem der Wagen festhalten, da ihr schwindlig wurde. Sofort war Trudi bei ihr.
»Ist etwas mit dir, Mama?«, fragte sie besorgt.
»Nein, es geht schon!« Marie raffte sich auf und schritt weiter.
Kurz darauf erreichte die Gruppe das kleine, zur Burg gehörende Dorf, und hier schüttelte Jossi weisungsgemäß den Kopf. »Das ist kein guter Platz und auch zu klein. Wir sollten zur Burg hochsteigen und deren Bewohnern unsere Künste zeigen. Die Leute hier können nach oben kommen.«
Einige der Dorfkinder stöhnten enttäuscht, doch die Erwachsenen wirkten zufrieden. Wenn die Gaukler zur Burg weiterzogen, mussten sie selbst für deren Vorstellung nichts geben, konnten ihnen aber trotzdem zusehen. Etliche Einheimische schlossen sich daher dem Gauklertrupp an, als dieser den steilen Weg zur Burg zog und schließlich vor dem verschlossenen Tor stand.
Ein Wächter schaute über die Mauer herab und fragte: »Wer seid ihr und was wollt ihr?«
»Wir sind Gaukler«, erwiderte Jossi, »und hochberühmt in allen Landen. Bei uns ist der stärkste Mann der Welt! Wer ihn im Ringkampf besiegt, erhält einen Gulden. Auch zeigen wir die Frau ohne Knochen, die sich biegen kann, wie sie will, den Meister im Messerwurf und noch viele andere hochberühmte Gaukler. Lasst uns ein, gebt uns einen Napf mit Essen und einen Becher Wein. Dann zeigen wir euch Dinge, die ihr noch nie gesehen habt!«
»Wo ist der stärkste Mann der Welt?«, fragte der Wächter und lachte lauthals, als Jossi auf einen nur wenig über das Mittelmaß hinaus gewachsenen Mann zeigte. Die Muskel-

pakete auf Armen und Beinen und der wuchtige Stiernacken wiesen jedoch auf enorme Kräfte hin.
Direkt neben Jossis Ringkämpfer tauchte nun ein gertenschlankes Mädchen auf und verrenkte die Glieder in einer Art und Weise, dass dem Wächter direkt die Augen aus dem Kopf fielen.
»Wartet! Ich muss mit dem Herrn reden«, rief er und verließ seinen Posten.
Reckendorf saß mit düsterer Miene in seiner Kammer, hielt einen Becher Wein in der Hand und dachte über seine Gefangene nach, die ihn keines Blickes mehr würdigte, seit er sie gezwungen hatte, die stinkenden Lumpen anzuziehen. Seit zwei Tagen verweigerte sie sogar das Essen und ließ auch den Krug mit Wasser unberührt.
»Der Teufel soll die Weiber holen!«, schimpfte er und stellte den Becher ab.
In dem Augenblick platzte der Wächter aufgeregt herein. »Herr, vor der Burg stehen berühmte Gaukler, die hier ihre Künste zeigen wollen. Sie haben einen Ringer dabei, und wer den besiegt, erhält einen Gulden!«
Da der Wein Reckendorf arg zusetzte, kniff er die Augen zusammen und starrte den Mann an. »Was sagst du?«
»Gaukler sind da!«
»Jagt sie zum Teufel!«, brummte der Junker und nahm dann die Enttäuschung auf dem Gesicht des Mannes wahr, der sich auf die Darbietungen gefreut hatte.
»Herr …«, begann dieser, brach dann aber ab.
Reckendorf kämpfte gegen das dumpfe Gefühl an und dachte nach. Die Stimmung auf der Burg war schlecht, und sie würde noch schlechter werden, wenn er die fahrenden Leute wegschickte, ohne dass diese ihre Kunststücke zeigen konnten. Daher hielt er den Wächter auf, der den Raum gerade verlassen wollte.

»Meinetwegen lasst das Gesindel ein. Aber kein Wort von der Jungfer, zu niemandem! Verstanden?« Nüchtern hätte Reckendorf das niemals zugelassen, da er sich auf seine Mägde und auch auf die meisten einheimischen Knechte nicht verlassen konnte. Auch jetzt überkam ihn das Gefühl, einen Fehler gemacht zu haben, doch ein weiterer Becher Wein schwemmte es hinweg.
Unterdessen hatte der Wächter den Burghof erreicht und rief seinen Kameraden zu, das Tor zu öffnen. An den Befehl, der die Gefangene betraf, dachte er längst nicht mehr. Da er zu den kräftigsten Männern unter Reckendorfs Leuten zählte, rechnete er sich im Ringkampf gute Chancen gegen den angeblich stärksten Mann der Welt aus und wollte den Gulden unbedingt gewinnen.

12.

Als die Torflügel geöffnet wurden, atmete Marie erleichtert auf. Sie zwinkerte Trudi zu und humpelte auf ihren Stock gestützt inmitten der Gruppe in die Burg. Deren Besatzung hatte sich im Hof versammelt und gab ihre Kommentare zu den Ankömmlingen ab.
»Das soll der stärkste Mann der Welt sein? Da könnt ihr mir einen Arm auf den Rücken binden, und ich werde immer noch mit ihm fertig«, spottete einer der Krieger, der den muskulösen Gaukler um einen halben Kopf überragte. Die meisten anderen starrten jedoch auf die Frauen und legten sich dabei keine Zügel an.
»Hoffentlich sind nicht alle so hässlich und verschrumpelt wie die Alte dort!«, hörte Marie einen Mann sagen und be-

griff erst ein paar Atemzüge später, dass sie damit gemeint war. Die junge Akrobatin, die tänzelnd neben ihr herging, gefiel den Kerlen offensichtlich besser.

»Bei der wüsste ich schon, was ich mit ihr machen würde«, grinste der Wächter, der Reckendorf die Nachricht vom Eintreffen der Gaukler gebracht hatte.

»Aber erst nach mir!«, wies Siffer Bertschmann ihn zurecht. Der Blick des Kastellans glitt weiter und streifte Trudi. »Die Schwarze dort wäre auch nicht übel, wenn sie nicht so schmutzig wäre«, meinte er und musterte dann die beiden Huren, die den ganzen Weg mit hängenden Schultern und Köpfen zurückgelegt hatten. Jetzt strafften sie die Schultern und drückten den Busen heraus.

»Ich glaube, ich halte mich erst einmal an die mit dem kastanienbraunen Haar«, erklärte einer der Soldaten und ging auf die Frau zu. Beide wechselten ein paar Worte, dann wies der Mann auf einen Turm, in dem es eine abgelegene Kammer gab. Die Hure nickte und stieg mit ihm hoch.

Bertschmann beobachtete den Handel und folgte den beiden gemächlich. Als er die Tür der Kammer erreichte und öffnete, hatte die Frau ihr Kleid schon abgestreift und legte sich gerade bereit, während der Soldat noch aus seinen Hosen schlüpfte. Bevor er auf die Frau steigen konnte, packte Bertschmann ihn an der Schulter und zog ihn zurück.

»Du wirst warten können, bis ich fertig bin!«

Das Gesicht des Mannes wurde dunkel vor Zorn. Da er aber den Kastellan kannte, nickte er. »Jawohl, Herr, ich warte so lange!«

»Du kannst ruhig zuschauen, damit du siehst, wie es ein richtiger Mann macht«, spottete Bertschmann und löste seinen Leibriemen.

Die Frau wusste nicht so recht, was sie davon halten sollte,

streckte dann aber dem Kastellan die Hand entgegen. »Was gebt Ihr mir dafür, dass ich die Beine für Euch breitmache?«
»Sieh es als Steuer an, dass du hier überhaupt huren darfst«, erklärte Bertschmann grinsend und legte sich auf sie. Sein Gewicht presste sie gegen den Boden, und für einige Augenblicke bekam sie keine Luft mehr und glaubte zu ersticken. Ein Blick in das Gesicht des Mannes zeigte ihr, dass dieser die Macht genoss, die er über sie besaß.
Der Soldat, der ihm zuschaute, vernahm das Wimmern der Frau und wünschte sich den Mut, seine Hände um Bertschmanns Hals zu legen und zuzudrücken, bis der Kastellan nicht mehr atmete. In allem, was Bertschmann tat, war er ein Schinder, und seit Hildegard Adlers Entführung war dies noch schlimmer geworden.
»Wir hätten die Jungfer niemals mitnehmen dürfen«, stöhnte der Mann.
Zu seinem Glück war Bertschmann zu beschäftigt, um seine Worte zu hören. Nach einiger Zeit grunzte er wie ein Eber und stand kurz danach auf. »So, jetzt werde ich mir noch die andere Hure zu Gemüte führen!«
»Bei der werdet Ihr aber wohl kaum der Erste sein«, sagte der Soldat bissig.
Bertschmann winkte lachend ab und verließ die Turmkammer, um wieder in den Hof hinabzusteigen.
Die Hure sah ihm nach und spie aus. »Elendes Schwein!« Dann sah sie den Soldaten an. »Wenn du willst, kannst du anfangen. Aber geh bitte vorsichtig mit mir um. Mir tut von der Rammelei mit deinem Burgherrn alles unten weh.«
»Das ist nicht der Burgherr, sondern nur der Kastellan seiner Hauptburg. Die liegt im Würzburgischen, musst du wissen«, berichtigte sie der Mann, während er zwi-

schen die Beine der Frau glitt und Bertschmanns Stelle einnahm.
»Wenn das der Kastellan ist, will ich dem Burgherrn lieber nicht begegnen«, stöhnte die Hure.

13.

Jossi und seine Leute wussten, wie sie die Zuschauer in ihren Bann schlagen konnten. Vor allem die junge Akrobatin, die ihren Körper in einer Art und Weise verbog, als hätte sie keinen Knochen im Leib, erregte Bewunderung. Als sie auf dem Boden sitzend ihre Füße hinter dem Nacken kreuzte und dann in einen Handstand überging, fielen den Burgmägden schier die Augen aus dem Kopf.
»Das ist doch unmöglich!«, keuchte die Köchin, die schon Mühe hatte, beim Bücken mit den Fingerspitzen den Boden zu berühren.
Marie stellte sich neben sie und lächelte. »Es ist eine Gabe, die nicht viele besitzen. Doch sie muss jeden Tag hart daran arbeiten, ihre Gelenkigkeit zu bewahren.«
Bei diesen Worten runzelte die Köchin die Stirn. »Ihr redet anders als diese Leute!«
Marie erschrak, dass sie so verräterisch aus der Rolle gefallen war. Wenn das Weib sie verriet, würden auch sie und Trudi Reckendorf in die Hände fallen. Sie wollte schon ihre Tochter warnen, damit diese die Burg verließ und floh, da fasste die Köchin ihren Arm und streckte den Kopf vor, so dass ihr Mund beinahe Maries Ohr berührte. »Ihr kommt wegen der Jungfer, nicht wahr?«
Marie hoffte, eine der Frauen vor sich zu sehen, die ihren

Späher mit Informationen versorgt hatten, und vertraute auf ihren guten Stern. »Ja, deswegen komme ich!«

»Es war nicht recht vom Herrn, dass er sie geraubt hat«, erklärte die Köchin leise.

»Wenn du mir sagst, wo ich Hildegard finden kann, erhältst du von mir genug Geld, um von hier fortgehen zu können«, bot Marie ihr an.

»Gegen ein bisschen Geld habe ich nichts, aber ich will nicht weg von hier. Das ist meine Heimat. Ich helfe Euch gerne, weil es unrecht ist, eine Jungfer zu rauben und so zu behandeln, wie der Herr es tut!«

»Wo ist die Gefangene?«, fragte Marie. Ihre Anspannung verführte sie, etwas zu laut zu reden.

»Vorsicht!«, wisperte die Köchin ihr zu. »Wenn die Männer des Herrn Euch hören, geht es Euch schlecht.«

Während Marie schuldbewusst zusammenzuckte, fuhr die andere fort. »Die Jungfer ist in einem Raum eingesperrt, der nur über die Gemächer des Herrn zu erreichen ist. Von uns darf niemand zu ihr. Sogar die Mahlzeiten bringt ihr der Herr selbst. Sie bekommt aber kein gutes Essen. Den Brei, den ich für sie kochen muss, würde ich nicht einmal einem Schwein in den Trog schütten. Besseres zu kochen wage ich jedoch nicht, da der Herr genau nachsieht. Die Jungfer musste auch ihre schöne Kleidung ausziehen und läuft jetzt in Fetzen herum.«

Die Köchin zeichnete ein Bild, bei dem es Marie grauste. Umso stärker wurde ihr Wille, ihre Stieftochter so rasch wie möglich zu befreien.

»Ich danke dir«, sagte sie zu der Köchin. »Wenn du mir jetzt noch sagst, wie ich zu den Gemächern deines Herrn komme, wäre ich dir dankbar.«

»Das tue ich gerne! Seht Ihr den Eingang dort drüben? Dahinter führt eine Treppe ins erste Obergeschoss. Dort wohnt der Herr derzeit. Mir wäre lieber, er würde wieder dorthin zurückreiten, woher er gekommen ist. Dann hätten wir nämlich unsere Ruhe. Und noch etwas: Nehmt Euch vor Bertschmann in Acht. Das ist ein ganz übler Kerl!« Dabei deutete die Frau verstohlen auf den Kastellan, der eben vom Turm herunterkam und seine Blicke wie ein hungriger Geier über die Gaukler schweifen ließ.

Da die zweite Hure nirgends zu sehen war, trat er auf die Akrobatin zu. »Komm mit! Ich will sehen, ob du im Bett ebenso gelenkig bist.«

Die junge Frau sah ihn zuerst erschreckt an, wies dann aber auf die Zuschauer. »Diese braven Leute wollen meine Kunststücke sehen. Ich will sie nicht enttäuschen.«

»Die können warten!«, bellte Bertschmann.

»Hinterher werde ich wohl kaum mehr in der Lage sein, das Rad zu schlagen so wie jetzt!« Ehe der Kastellan sich's versah, setzte sich die Akrobatin in Bewegung und war mit mehreren Überschlägen auf der anderen Seite des Burghofs.

Einige der Mägde, die den Kastellan verabscheuten, kicherten, und ein paar Waffenknechte lachten sogar laut. Bertschmann sah die Männer grimmig an und drohte den Weibern mit der Faust. Eine von ihnen kehrte ihm den Rücken zu und lüpfte kurz ihr Kleid.

Erneut lachten die Leute. Doch als der Kastellan auf die kecke Frau losstürmen wollte, gerieten ihm die anderen Mägde und mehrere Burgknechte wie zufällig in den Weg. Wuterfüllt verteilte er Ohrfeigen, doch hinter seinem Rücken spotteten die Leute noch mehr.

Marie war entsetzt über die Zustände, die in dieser Burg herrschten. Wenn der Kastellan sich schon so benahm, wie musste da erst der Herr sein? Sie wechselte einen kurzen Blick mit Trudi, um dieser mitzuteilen, dass sie etwas erfah-

ren habe, und wich in Richtung des ihr gewiesenen Eingangs zurück.
Unterdessen war Jossis Ringer vorgetreten und präsentierte Reckendorfs Kriegsknechten seine Muskeln. »Nun, wer von euch wagt es, sich mit mir zu messen? Wenn er gewinnt, erhält er einen Gulden auf die Hand, wenn er verliert, kostet es ihn einen Schilling. Ist das kein Angebot?«
Einer der Männer wollte vortreten, doch da schob Bertschmann ihn beiseite. »Den Kerl nehme ich mir vor!«
Der Waffenknecht sah ihn erstaunt an. »Aber Herr! Ihr seid doch von ritterlichem Stand.«
Der Einwand war berechtigt, denn im Grunde besudelte Bertschmann seine Ehre, wenn er sich mit einem aus dem fahrenden Volk schlug.
Jossi und seine Leute erstarrten. Wenn Bertschmann diesen Kampf gewann, würde er seinem Gegner mit Sicherheit etliche Verletzungen beibringen, die dieser erst ausheilen musste, bevor er wieder auftreten konnte. Schlimmer noch wäre es, wenn der Kastellan den Kampf verlor. Sie würden von Glück sagen können, wenn sie nur mit Schimpfworten und Schlägen davongejagt wurden.
Auch die gelenkige Akrobatin begriff dies und war mit mehreren Überschlägen und Spreizschritten bei Bertschmann. »Was zahlt Ihr mir, wenn ich mit Euch ins Bett gehe?«, fragte sie mit einer Stimme, der nur ihre Freunde den Abscheu anmerkten, den sie für diesen Mann empfand. Doch wenn sie den Ringkampf verhindern wollte, musste sie sich opfern.
Marie bewunderte das Mädchen und bedauerte es gleichzeitig. Sein Einsatz war lobenswert, und es hatte eine Belohnung verdient. Zunächst aber galt es, die wenige Zeit zu nutzen, die ihnen noch blieb. Daher winkte sie Trudi zu sich und teilte dieser mit, was sie von der Köchin erfahren hatte.

»Ich bringe diesen Reckendorf um!«, zischte ihre Tochter, als sie von den schmutzigen Lumpen und dem schlechten Essen berichtete.
»Das würde ich auch gerne tun, aber ich will uns keine Blutfehde an den Hals holen«, wies Marie Trudi zurecht und schob sich unauffällig auf den Eingang des Wohnturms zu. Dort angekommen, drehte sie sich noch einmal um. Trudi folgte ihr auf dem Fuß, ebenso zwei von Jossis Töchtern und der als Gaukler verkleidete Kunner.
»Es ist besser, wenn wir vorausgehen! Außer ein paar Ohrfeigen ernten wir nichts, wenn wir auf jemanden treffen«, raunte das größere der Mädchen Marie zu.
»Wir sollten uns beeilen. Der Ringkampf hat bereits begonnen«, erklärte der Waffenknecht.
Jetzt sah Marie selbst, wie der stärkste Mann der Welt eben von seinem einheimischen Gegner in den Schwitzkasten genommen wurde. Wie es aussah, würde er gleich verlieren.
»Keine Angst! Sandor weiß, dass wir Zeit brauchen, und wird sie uns verschaffen«, beruhigte eines der Mädchen sie, öffnete das Portal und schlüpfte hinein. Gleich darauf sah Marie ihre Hand, die ihnen auffordernd zuwinkte, und folgte ihr. Im Flur war es kühl und so dunkel, dass sie das Mädchen mehr erahnte als sah. Eine Berührung am Rücken zeigte ihr, dass Jossis zweite Tochter hereingekommen war. Auch Trudi und Kunner beeilten sich, das Haus zu betreten.
»Hier scheint niemand zu sein. Die sind wohl alle draußen bei den Gauklern«, meinte Trudi.
Marie sah die Zähne ihrer Tochter gegen das spärliche Licht aufblitzen, das durch die Risse der Tür fiel, und begriff, dass diese sich ungesäumt auf die Suche nach Hildegard machen wollte. Schnell hielt sie sie zurück. »Vorsicht! Wir wissen nicht, wo Reckendorf steckt. Wenn wir auf ihn stoßen …«

»Sind wir zu fünft!«, fiel ihr Trudi ins Wort. »Wir müssen nur dafür sorgen, dass er nicht zum Schwert greifen kann und auch nicht zum Schreien kommt!«
In gewisser Weise nahm ihr die Tochter mit ihrer Tatkraft das Heft aus der Hand. Marie hoffte nur, dass Trudi nicht zu übermütig wurde, und forderte Jossis Mädchen auf, die Spitze zu übernehmen.
Sie gelangten etwa bis zur Hälfte der Treppe, da hörten sie oben jemand aus einem Zimmer treten und blieben reglos stehen. Zu ihrer Erleichterung entfernten sich die Schritte, und das Vorwitzigere der beiden Mädchen schlich die Treppe hinauf.
Als es zurückkehrte, zupfte es Marie am Ärmel. »Es muss der Ritter sein. Er ist nach hinten gegangen und hat eine Kammer betreten.«
»Dort soll Hildegards Gefängnis liegen. Kommt jetzt! Vielleicht haben wir Glück und können Reckendorf überraschen.«
Marie wollte die Spitze übernehmen, doch die beiden flinken Mädchen huschten an ihr vorbei. Noch ehe sie die Tür erreicht hatten, vernahmen sie Stimmen. Marie atmete auf, als sie in einer Hildegard erkannte.

14.

Reckendorf hatte sich ebenfalls die Gaukler ansehen wollen, um auf andere Gedanken zu kommen. Nachdem er sein Zimmer verlassen hatte, besann er sich jedoch anders und ging zu der Kammer, in der seine Gefangene eingesperrt war. Er öffnete, trat ein und blieb neben der Tür

stehen. Die Frau dort war schuld, dass er sich innerlich zerrissen fühlte. Sein Stolz ließ es nicht zu, klein beizugeben und sie freizulassen. Andererseits konnte er sie weder ewig hier gefangen halten noch sie Bertschmann überlassen. Sein Kastellan benahm sich einfach widerlich, was Frauen betraf, und er bedauerte es, dies nicht eher erkannt zu haben.
Wie schon seit mehreren Tagen hob Hildegard nicht einmal den Kopf. Sie hatte die Hände um die Knie geschlungen und starrte gegen die Wand.
»Sieh mich an!«, befahl er scharf und trat auf sie zu. Als sie nicht reagierte, schlug er ihr ins Gesicht. »Du wirst ab sofort wieder essen und trinken, verstanden!«
»Warum sollte ich?«, antwortete sie mit einem bitteren Lachen. »Ich ziehe es vor zu sterben, anstatt weiterhin Eure Gefangene zu sein. Was meint Ihr, was die Leute sagen werden, wenn es heißt, ich wäre hier auf Eurer Burg umgekommen? Selbst der Fürstbischof von Würzburg würde Euch dann nicht vor der Rache meines Bruders und meiner Schwäger schützen können. Ich werde vom Himmel herab zusehen, wie sie eine Eurer Burgen nach der anderen …«
Hildegard stockte, als sie die zunächst nur schattenhaften Gestalten bemerkte, die lautlos in die Kammer traten. Im ersten Augenblick erschrak sie, denn sie befürchtete, Reckendorf hätte sich doch dazu durchgerungen, sie Bertschmann und seinem Gesindel zu überlassen. Dann aber nahm sie Frauen in abgerissener Kleidung wahr, von denen ihr zwei seltsam bekannt vorkamen.
Daher setzte sie ihren Satz rasch fort, bevor der Junker Verdacht schöpfen konnte. »… eine nach der anderen erstürmen und Euch in Stücke hacken. Ihr seid abscheulich! Hätte ich die Kraft eines Mannes, ich würde Euch erwürgen. Doch Ihr habt mir nichts gelassen, mit dem ich Euch beikommen

könnte, nicht einmal einen Schemel, der geeignet wäre, ihn Euch über den Kopf zu ziehen.«
Hildegard redete laut und schnell, damit der Mann nicht hören sollte, wie die Fremden näher kamen. Mit einem raschen Schritt stand die schwarzhaarige, dunkelhäutige Frau neben Reckendorf und hielt ihm einen Dolch an die Kehle.
»Ich hoffe, Ihr seid klug genug, den Mund zu halten, sonst müsste ich Euch für immer verstummen lassen«, hörte Hildegard die schmutzige Fremde mit der Stimme ihrer Schwester sagen.
»Trudi, bist du es?«, fragte sie ebenso erstaunt wie hoffnungsvoll.
»Glaubst du etwa, wir lassen dich im Stich?«, antwortete ihre Schwester grinsend. »Doch nun sollten wir uns etwas einfallen lassen, damit der Ritter nicht so rasch Alarm schlagen kann!«
»Ich habe Stricke gesehen. Damit könnten wir ihn fesseln«, schlug die Ältere von Jossis Töchtern vor.
»Außerdem sollten wir ihn knebeln«, setzte Trudi fröhlich hinzu.
Reckendorf überlegte, ob er versuchen sollte, die auf seine Kehle gerichtete Klinge beiseitezuschlagen und zu seiner Waffe zu greifen.
Doch da zog ihm Maries Knecht schon den Dolch aus der Scheide. »Nur für alle Fälle! Jetzt setz dich auf den Boden, Mädchenräuber, sonst machen wir kurzen Prozess mit dir!«
Es war erstaunlich, fand Reckendorf, wie rasch sein Kopf den Rausch überwand und wieder klar wurde. Doch es half ihm nichts. Er befand sich in der Gewalt dieses schmutzigen Gesindels, das nur darauf zu warten schien, ihn umzubringen. Doch selbst wenn er schrie, würde ihn draußen niemand hören, da die Anfeuerungsrufe seiner Männer für ihren Ringer alles übertönten.

Jossis Älteste brachte die Stricke und reichte sie Kunner. Dieser gab Reckendorfs Waffe an Trudi weiter und begann, den Junker zu fesseln. Marie sah ihm kurz zu und streckte dann die Hände nach Hildegard aus.
»Wie geht es dir, mein Kind?«
»Mama? Wie herrlich, dich wohlbehalten wiederzusehen. Ich befürchtete schon Schlimmes, als dieser elende Bertschmann dich niedergeschlagen hat. Aber zu deiner Frage, wie es *mir* geht. Gewiss besser als diesem edlen Herrn.« Dabei sah sie spöttisch auf Reckendorf hinab. »Schade, dass wir keine Knechtskleidung haben, denn ich hätte ihn zu gerne darin gesehen!«
»Ich könnte suchen, ob ich etwas finde?«, schlug Jossis jüngere Tochter vor.
Marie schüttelte den Kopf. »Nein! Bis jetzt war das Glück auf unserer Seite. Wir sollten es nicht weiter herausfordern. Knebelt den Mann – und dann verschwinden wir!«
Auch Reckendorf hatte nun begriffen, wer vor ihm stand, und knirschte mit den Zähnen. Auf diese Weise von der Witwe auf Kibitzstein übertölpelt worden zu sein war erniedrigender als alles, was er bisher erlebt hatte. Er versuchte, sich gegen den Knebel zu wehren, doch da griff ihm der Knecht wie einem Gaul zwischen den Kiefer und zwang ihn, den Mund zu öffnen.
Hildegard steckte ihm eigenhändig einen der stinkenden Lumpen zwischen die Zähne, die er sie anzuziehen gezwungen hatte. »Schmeckt es, Junker? Dann ist es gut! Mir hat das Gewand, das Ihr mir geschenkt habt, auch gefallen.«
Es würgte Reckendorf, und er befürchtete, an seinem eigenen Erbrochenen ersticken zu müssen. Einen schmählicheren Tod konnte er sich nicht vorstellen. Ganz Franken würde über ihn lachen und die Kibitzsteiner Brut beglückwünschen, weil sie ihren Gegner so zum Narren gehalten hatte.

Ich hätte die Jungfer doch schänden und nackt in den Wald hinaustreiben sollen, dachte er voller Wut, während er zusehen musste, wie Marie ihrer Tochter Gesicht und Hände mit Walnusssaft färbte.

»So, nun brauchen wir nur noch ein paar bunte Fetzen, dann wird keiner in der Burg merken, dass du nicht zu uns gehörst«, sagte die Witwe zufrieden.

Bertschmann wird es merken! Der lässt sich von diesen Weibern nicht hinters Licht führen, dachte Reckendorf und beschwor seinen Kastellan im Stillen, die Augen offen zu halten. Da zauberten Jossis Töchter mehrere Lappen unter ihrer Kleidung hervor und hefteten diese mit Nadeln an Hildegards Lumpengewand.

Beinahe übermütig verließen die Retter und die Befreite die Kammer. Reckendorf hörte, wie draußen der Schlüssel umgedreht wurde, und vernahm noch einen kurzen Wortwechsel.

Marie und ihre Töchter überlegten, ob sie den Schlüssel auf der Burg lassen oder mitnehmen sollten, entschieden sich dann für Letzteres. Der Junker begriff, dass seine Leute die Tür würden aufbrechen müssen, um zu ihm zu gelangen. Er zerrte an seinen Fesseln, doch die saßen zu fest und der Knoten war so geknüpft, dass er sich zusammenzog, wenn er versuchte, sich zu befreien.

Wütend rollte Reckendorf sich um die eigene Achse und brauchte mehrere Anläufe, um zur Tür zu gelangen. Dort trat er mit den gefesselten Füßen gegen das Holz, doch das Geräusch erschien selbst ihm viel zu leise, als dass man es auf dem Hof hätte hören können. Ihm blieb nichts anderes übrig, als zu warten, bis er vermisst wurde und jemand seine Gemächer betrat, um nach ihm zu sehen.

Zwar hatte Marie Adler auf Kibitzstein den Kampf im Augenblick gewonnen. Doch so rasch würde sie mit den Gauklern nicht vorankommen. Sobald er frei war, würde er ihnen folgen und ein Strafgericht über sie verhängen, über das man noch nach Generationen reden würde.

15.

Als Marie und ihre Begleiter wieder auf den Hof hinaustraten, war Jossi gerade dabei, seine Künste als Messerwerfer zu zeigen. Er hatte die Umrisse eines Menschen auf ein Brett gezeichnet und darin das Herz besonders hervorgehoben. Nun forderte er die Zuschauer auf, ihm zu sagen, wo er als Nächstes treffen sollte.

Der Waffenknecht, der mit dem Ringer gekämpft und nach langer und harter Auseinandersetzung doch verloren hatte, wies auf das rechte Knie. »Triff das! Tust du's nicht, kostet es dich den Schilling, den ich wegen des verlorenen Ringkampfs zahlen musste.«

»Wenn ich treffe, kostet es aber dich einen Schilling«, antwortete Jossi spöttisch. Er hob das Messer, tat dann aber so, als wäre er gestrauchelt und hätte die Klinge überallhin, nur nicht auf das Brett geworfen. Der Waffenknecht jubelte bereits, doch da bohrte sich die Klinge genau an der Stelle ins Holz, die das rechte Knie bezeichnete.

Als der Waffenknecht mürrisch in seinen Beutel greifen wollte, hob Jossi die Hand. »Behalte dein Geld! Du bist ein wackerer Kerl und ein verdammt guter Ringer. Aber jetzt werde ich euch etwas zeigen, was noch keiner von euch gesehen hat. Ich werde meine Messer mit verbundenen Augen auf eine Jungfrau werfen, und sie um weniger als eine Handbreit verfehlen. Welches Mädchen aus dieser Burg will es wagen? Es muss aber eine Jungfrau sein! Ist sie es nicht mehr, bohrt meine Klinge sich ins Fleisch.« Jossi sah sich auffordernd um, doch alle Frauen und Mädchen der Burg wichen erschrocken zurück.

»Mit verbundenen Augen sagt er? Aber dann sieht er ja nichts!«, rief die Köchin aus.

»Du solltest es ohnehin nicht versuchen, denn du bist keine Jungfrau mehr«, spottete einer der Knechte und erntete dafür einen Blick, der ihm für die nächsten Tage ungenießbaren Fraß versprach.

»Nun, gibt es keine Jungfrau mehr auf dieser Burg?«, fragte Jossi jetzt.

»Nicht mehr, seit Bertschmann hier ist«, rief jemand von hinten.

»Wenn das so ist, muss es eine unserer Jungfrauen übernehmen. Wer stellt sich dorthin?« Jossis Finger wies auf ein Scheunentor auf der anderen Seite des Hofes.

Eine alte Frau schlurfte hin und entblößte grinsend den zahnlosen Mund. »Hier bin ich!«

Gelächter klang auf, dann eilte Jossis Frau hin und begann zu schimpfen. »Mach, dass du wegkommst! Hier muss eine schöne Jungfer hin!«

»So jung und schön bist du auch nicht mehr«, spottete die Alte und machte, dass sie davonkam, denn die Prinzipalin sah so aus, als würde sie ihr umgehend ein paar Ohrfeigen versetzen.

»Ich warte!«, rief Jossi laut.

Hildegard, die von ihrer Befreiung wie berauscht war, eilte zum Scheunentor und stellte sich davor. »Ist es so recht?«, fragte sie.

»Ist sie verrückt geworden?«, zischte Trudi und wollte die Schwester wegholen.

Doch Marie hielt sie auf. »Lass das! Es würde nur Aufsehen

erregen. Außerdem vertraue ich Jossi. Ich habe seinen Vater und seinen älteren Bruder Messer werfen sehen. Er wird kaum schlechter sein.«
Hoffentlich, setzte sie in Gedanken hinzu.
Unterdessen hatten Jossis Töchter Hildegard so hingestellt, wie ihr Vater es haben wollte. »Bewege dich nicht, was auch geschieht«, flüsterte eines der Mädchen ihr noch ins Ohr, dann traten sie zurück.
Jossi hob nun ein dunkles Tuch hoch und drehte sich zu den Zuschauern um. »Einer von euch muss mir jetzt die Augen verbinden, sonst heißt es, ich hätte geschummelt!«
Die Köchin setzte sich in Bewegung. »Ich mache es, aber gründlich. Willst du wirklich auf dieses Mädchen zielen?«
»Ich glaube kaum, dass ich mit verbundenen Augen viel zielen kann!« Jossi ging auf sie zu und stellte sich so hin, dass sie ihm bequem die Augen verbinden konnte. Sie prüfte mehrfach, ob er wirklich nichts mehr sehen konnte, und trat mit zweifelnder Miene zurück. Auch das übrige Burggesinde sah so aus, als würde es am liebsten auf diese Darbietung verzichten.
»Jetzt muss mich jemand zu der Stelle bringen, von der aus ich werfen soll«, klang Jossis Stimme auf.
Sofort waren seine Töchter bei ihm und führten ihn auf das Scheunentor zu. Eine hatte bereits die entsprechende Entfernung abgeschritten und an der richtigen Stelle mit dem Fuß ein Zeichen in den Boden gescharrt. Nun stellten sie ihren Vater dorthin, drehten ihn noch ein wenig nach links und traten zurück. Die junge Akrobatin, der es eben erst gelungen war, Bertschmann loszuwerden, reichte ihm die sechs Wurfmesser und wies die Zuschauer an, vollkommen still zu sein.
Man hörte nur noch den Wind und Hildegards gepressten Atem. Ihr schwante nun, worauf sie sich eingelassen hatte,

und sie starrte entsetzt auf den Gaukler mit seiner Augenbinde, die das halbe Gesicht verdeckte. Sie wollte nicht Reckendorf entkommen sein, um hier durch eigenen Übermut verletzt zu werden oder gar zu sterben.

Die Spannung stieg, als Jossi das erste Messer hob, kurz wartete und es dann warf. Mit einem trockenen Laut schlug es nur eine Handbreit links neben Hildegards Taille ins Holz. Alle atmeten auf, und Hildegard begann zu hoffen, diese Angelegenheit unbeschadet zu überstehen.

Das zweite Messer bohrte sich zwischen ihren Beinen in den Saum ihres Kleides. Dann traf die nächste Klinge nur daumenbreit neben ihrer rechten Seite das Holz.

Jossi machte eine kurze Pause, und seine Frau erklärte, dass die nächsten drei Würfe die gefährlichsten seien, da sie Stellen neben und über dem Kopf treffen sollten.

Nun schwitzte Hildegard Blut und Wasser, und sie schloss die Augen, um die Würfe nicht mit ansehen zu müssen. Ein trockener Laut und das Vibrieren des Holzes, gegen das sie ihren Kopf presste, zeigten ihr, dass die Klinge tatsächlich knapp neben ihr eingeschlagen hatte. Beim nächsten Messer spürte sie den Luftzug und glaubte im ersten Augenblick, es hätte ihr Ohr getroffen. Doch es war nur eine Haarsträhne, die sich aus ihrem Kopftuch hervorgestohlen hatte und nun zu Boden segelte.

Die Zuschauer konnten es nicht glauben, und der Waffenknecht, der den Ringkampf verloren hatte, forderte, jemand solle die Binde um Jossis Augen noch einmal überprüfen. »Ich glaube nicht, dass der Gaukler seine Messer blind so werfen kann«, setzte er hinzu.

»Tu es!«, forderte der Prinzipal ihn freundlich auf und wartete, bis der Mann und auch die Köchin herankamen, um nachzusehen. Als dies geschehen war, wandten sich beide fassungslos an die übrigen Zuschauer.

»Da muss Zauberei im Spiel sein! Denn er kann gewiss nichts sehen!«
»Nicht Zauberei, sondern Kunst«, widersprach Jossi und forderte seine Töchter auf, ihn wieder an seinen Platz zu führen.
»Ich übernehme das!«, bot die Köchin an, doch der Gaukler schüttelte den Kopf.
»Nein, das muss eine reine Jungfrau tun!«
Die beiden Mädchen kamen zu ihm und brachten ihn lachend wieder zu der Stelle, an der er das letzte Messer werfen sollte. Jossi nahm es in die rechte Hand, hob es über den Kopf, schleuderte es aber noch nicht.
»Sagt der Jungfer, sie soll ein wenig in die Knie gehen, so etwa eine doppelte Handbreit«, forderte er seine Töchter auf. Diese gehorchten und drückten Hildegard ein Stück tiefer. Dann tänzelten sie Kusshände werfend beiseite und begannen zu zählen. »Eins, zwei, drei!«
Bei drei warf Jossi das Messer. Alle starrten zum Tor und schrien auf, denn die Klinge schien sich in Hildegards Stirn zu bohren. Diese machte sich instinktiv noch ein wenig kleiner, hörte, wie das Messer ins Holz eindrang, und ging sofort wieder ein Stück hoch, bis ihr Scheitel den Messergriff berührte.
»Na, was sagt ihr jetzt?«, fragte Jossi lachend, während er die Augenbinde abstreifte.
Die Burgleute starrten ihn fassungslos an, und die Köchin brachte es auf den Punkt: »So etwas habe ich noch nie gesehen!«
»Ich auch nicht«, stöhnte Hildegard und schlich mit hängendem Kopf zu ihrer Stiefmutter.
Marie widerstand dem Wunsch, ihr wegen des erlittenen Schreckens ein paar Ohrfeigen zu versetzen, und wies auf das Tor. »Wir sollten verschwinden!«

»Es ist gleich so weit«, raunte ihr eine von Jossis Töchtern ins Ohr. Dann verbeugten sie und ihre Schwester sich vor den Zuschauern, hoben einen großen leeren Korb auf und traten auf die Burgleute zu.

Die junge Akrobatin folgte ihnen mit einem Spreizschritt in der Luft. »Wenn es euch gefallen hat, dann gebt, was ihr für richtig erachtet! Wenn nicht, so tragt es uns nicht nach!«

»Es hat uns gefallen!«, rief die Köchin und schickte rasch einige Mägde in die Vorratskammer, um Würste und Schinken zu holen. Wer Geld hatte, warf eine oder mehrere Münzen in den Korb, der Rest brachte jene Dinge, die er geben konnte, wie ein Stück Tuch, ein Messer oder einen aus Holz geschnitzten Becher.

Die Mädchen nahmen alles mit Dank entgegen und winkten dann. »Jetzt verzeiht, wenn wir euch verlassen. Der Tag ist noch nicht vergangen, und wir wollen unsere Künste noch heute Abend im nächsten Dorf zeigen.«

»Reist mit Gott!«, wünschte ihnen die Köchin, dann drehte sie sich um und kehrte in die Küche zurück. Auch die anderen Knechte und Mägde verließen den Hof, um an ihre Arbeit zu gehen. Nur die Waffenknechte blieben zurück und sahen der Gruppe nach, die rasch aufbrach und bald hinter dem nächsten Hügel verschwunden war.

»Das wäre ein Leben! Man kommt in der Welt herum, sieht jeden Tag etwas Neues und ist so frei wie ein Vogel in der Luft«, seufzte einer.

»Und genauso hungrig wie einer, der nichts zu fressen findet. Nein, mit dem Gesindel würde ich nicht tauschen wollen!« Für den Verlierer des Ringkampfs war die Sache damit erledigt, und er hielt nach dem Kastellan Ausschau.

»Wo ist eigentlich Bertschmann? Den habe ich schon länger nicht gesehen!«

Da steckte einer der Knechte den Kopf oben aus einer Luke heraus und lachte. »Euer Kastellan liegt auf seinem Strohsack und schläft. Immerhin hat er mehrere Krüge Wein geleert und dazu noch vier Weiber besprungen. Da braucht selbst der stärkste Stier eine Pause.«
Die Waffenknechte lachten nun ebenfalls und gingen ihrer Wege. Nach Reckendorf fragte keiner, da dieser sich oft stundenlang in seinen Gemächern aufhielt. Dieser Umstand kam Marie und ihren Begleitern zugute, denn er gewährte ihnen jenen Vorsprung, den sie erhofft hatten.

16.

Als eine Magd am Abend das Essen für Hildegard in die Gemächer des Herrn brachte, war von Reckendorf nirgends etwas zu sehen, aber der halbvolle Weinbecher deutete darauf hin, dass er sich bei seiner Gefangenen aufhielt. Die Magd wollte daher das Tablett auf dem Tisch abstellen und wieder gehen, als sie mit einem Mal ein dumpfes Pochen hörte. Es kam aus Hildegards Kammer.
»Was ist da los?«, rief sie verwundert.
Wieder hämmerte jemand von innen gegen die Tür. Die Frau schwankte, ob sie selbst nachsehen oder nach unten laufen und einem der Gefolgsleute des Burgherrn Bescheid sagen sollte. Nachdem die hintere Tür wieder von einem weiteren Schlag erschüttert wurde, eilte sie zur Treppe und rannte hinab. Am Tor des Wohnturms lief ihr der verhinderte Meisterringer über dem Weg.
»Komm mit nach oben!«, bat sie. »Da sind seltsame Geräusche.«

Der Waffenknecht musterte sie von oben bis unten und grinste. »Wenn ich bei dir bin, brauchst du keine Angst zu haben. Dafür aber sollten wir woanders hingehen als in die Gemächer des Herrn. Wenn der uns erwischt …«
»Dummkopf!«, unterbrach sie ihn. »Du glaubst doch nicht, dass ich für einen wie dich die Beine breitmachen würde. Ich meine es ernst! Dort oben klopft es, als wenn jemand aus der anderen Welt uns etwas mitteilen wollte.«
»Dann wollen wir mal nachsehen, ob die Botschaft aus der Hölle oder vielleicht doch vom Himmel kommt.« Der Waffenknecht folgte der Magd amüsiert in die Räume des Burgherrn und hörte nun selbst das Klopfen und Hämmern. Im ersten Schrecken zog er das Schwert.
»Was kann das sein?«, fragte die Magd und wich bis zur Treppe zurück.
»Hoffentlich kein Geist! Meine Klinge ist nicht geweiht.« Der Waffenknecht wirkte verängstigt, wagte sich dann aber bis zur Tür. Dort hielt er kurz an und lachte über sich selbst.
»Gewiss ist es nur die Jungfer. Da sie zwei Tage lang nichts gegessen hat, wird sie Hunger haben.« Der Waffenknecht wollte schon gehen, da hämmerte es hart und fordernd gegen die Tür.
»Die hat aber einen ganz schönen Tritt, und das barfuß!«, rief die Magd verwundert.
Der Waffenknecht schüttelte den Kopf. »Das ist nie und nimmer das Weibsstück. Außerdem ist der Herr nirgends zu sehen.«
Nach diesen Worten klopfte es dreimal gegen die Tür. Vorsichtig streckte der Krieger die Hand aus und drückte die Klinke nieder. Die Tür war jedoch fest verschlossen. Achselzuckend drehte er sich zu der Magd um, die vorsichtig näher geschlichen war.

»Ohne Schlüssel komme ich da nicht hinein – und den hat der Herr in seiner Tasche.«

Ein wütendes Klopfen erklang.

»Oder auch nicht«, setzte der Mann hinzu, denn er musste an die Gaukler denken, die sich in der Burg aufgehalten hatten. Er nahm seinen ganzen Mut zusammen und fragte, wer denn so klopfen würde. Als Antwort schlug es erneut gegen die Tür. Dennoch wagte er es nicht, die Tür der Kammer ohne Befehl aufzubrechen.

»Lauf zu Bertschmann! Er soll sofort herkommen«, befahl er der Magd.

»Das kann dauern, so wie ich ihn einschätze, wird er mich vorher noch auf sein Lager zerren wollen«, antwortete diese schnaubend, machte sich aber dennoch auf den Weg.

Kurz darauf kehrte sie mit Bertschmann und zwei Waffenknechten zurück. Der Kastellan wirkte verschlafen und schnauzte den Ringer an. »Was soll der Unsinn?«

Der Mann zeigte auf die Tür. »Ich weiß nicht, ob das Unsinn ist. Der Herr ist verschwunden, und da drinnen klopft jemand mit aller Macht gegen die Tür.«

Bertschmann wollte schon abwinken, da hörte er selbst drei feste Tritte gegen das Holz.

»Holt eine Bank oder sonst was, was sich als Rammbock verwenden lässt!« Bertschmann scheuchte die Waffenknechte los und blieb mit vor der Brust gekreuzten Armen neben der Tür stehen. Eines nahm er sich ganz fest vor: Wenn die Gefangene noch in der Kammer war, würde er sie auf den Rücken zwingen, ganz gleich, wie Reckendorf dazu stehen mochte. Für ihn hatte der Junker seit seiner Niederlage gegen Falko Adler jeden Mumm verloren, und es wurde Zeit, dafür zu sorgen, dass dies anders wurde.

Als die Männer mit einer schweren Bank zurückkamen,

wies er sie an, gegen die Tür anzurennen. Aber das dicke Holz widerstand mehreren Versuchen.
»Nicht so schwächlich, Kerle! Wenn ihr im Kampf nicht besser seid, zieht ihr überall den Kürzeren!«
Bertschmanns Spott traf den Ringer am meisten. Daher stellte er die Bank noch einmal ab, spuckte in die Hände und funkelte seine Kameraden auffordernd an. »Los, Kameraden, aber diesmal mit Schwung!«
Die Männer nahmen Anlauf und stürmten los. Es krachte höllisch, als die Bank auf die Tür traf, und endlich brach das Schloss heraus. Das Türblatt schwang mit Wucht nach innen und verfehlte Reckendorf, der sich hastig aus der Gefahrenzone gerollt hatte, nur um Haaresbreite. Dafür aber stolperten die drei Waffenknechte vom eigenen Schwung getragen in die Kammer.
Als sie ihren Herrn gefesselt und geknebelt am Boden liegen sahen, ließen sie vor Schreck die Bank fallen. Bertschmann, der ihnen gefolgt war, stieß einen Knurrlaut aus, beugte sich kopfschüttelnd über den Ritter und zog ihm das Tuch aus dem Mund.
Reckendorf spuckte den Lappen aus, den Hildegard ihm zwischen die Zähne gesteckt hatte, und atmete ein paarmal durch, um wieder genug Luft in die Lungen zu bekommen. Anschließend befahl er den Männern, ihn loszubinden, und blickte zu Bertschmann auf. »Die Gaukler! Wo stecken sie?«
»Die sind schon vor etlichen Stunden weitergezogen«, antwortete der Ringer anstelle des Kastellans.
»Sattelt die Pferde! Wir müssen ihnen sofort nachsetzen. Dann wird dieses Pack mir für alles bezahlen!«, rief Reckendorf kochend vor Wut.
»Draußen wird es gleich dunkel«, wandte sein Kastellan gelassen ein. »Wenn wir jetzt losreiten, verfehlen wir das Gesindel womöglich.«

»Ich will nicht warten!«, schrie Reckendorf ihn an.
Bertschmann lachte kurz auf und lehnte sich gegen die Tür. »Jetzt sagt erst einmal, wieso wir Euch gefesselt und geknebelt hier gefunden haben. Das hat doch die Jungfer nicht allein fertiggebracht.«
»Natürlich nicht! Sie hat Hilfe von ihrer Mutter und einer ihrer Schwestern erhalten und natürlich auch von dem dreckigen Gauklerpack. Die haben mich mit ihren Dolchen in Schach gehalten und dann gefesselt. Diesen stinkenden Lappen hier habe ich der Jungfer zu verdanken. So ein elendes Biest! Ich könnte sie erwürgen.« Reckendorf hätte sich am liebsten sofort auf sein Pferd geschwungen und die Verfolgung aufgenommen. Doch nach kurzem Überlegen stimmte er seinem Kastellan zu. »Jetzt noch in die Nacht hineinzureiten ist tatsächlich sinnlos. Wenn wir die Spur dieses Gelichters verlieren, kann es sich überallhin verdrücken, und wir haben das Nachsehen. Daher legt euch nieder, Männer, und schlaft. Morgen bei Tagesanbruch brechen wir auf!«
Bertschmann machte eine Handbewegung, als wolle er die Männer verscheuchen. »Ihr habt es gehört! Verschwindet in eure Unterkunft und lasst die Mägde in Ruhe. Ihr müsst morgen früh frisch sein!«
Als diese den Raum verlassen hatten, wandte er sich wieder an seinen Herrn. »Ihr hättet besser achtgeben müssen, dann wärt Ihr nicht von der Witwe überlistet worden!«
»Dasselbe kann ich auch über dich sagen. Immerhin bist du mein Kastellan und Stellvertreter! Weshalb hast du die Gaukler überhaupt in den Wohnturm gelassen?«
»Ich habe gar nichts!«, blaffte Bertschmann zurück.
Nun wurde auch der Junker laut. »Dann muss die Witwe sich wohl in meine Kammer gehext haben!«
Bertschmann begann zu lachen. »Ein guter Gedanke! Wir sollten dieses Miststück der Hexerei anklagen.«

»Und uns noch mehr blamieren, als es bereits geschehen ist? Ganz Franken wird über uns spotten, weil die Witwe uns ihre Tochter unter der Nase weggeholt hat.«
»Ihr hättet so mit der kleinen Metze verfahren sollen, wie ich es Euch vorgeschlagen habe«, antwortete Bertschmann erbost und kam dann auf einen Punkt zu sprechen, der ihn schon seit Tagen wurmte. »Ich wäre Euch dankbar, wenn Ihr mich wieder so ansprechen würdet, wie es mir zusteht. Schließlich bin ich ritterlichen Geblüts wie Ihr und zudem bald Euer Schwager!«
»Dafür muss Margarete erst aus Rom zurückkommen.« Reckendorf bedauerte längst das Versprechen, das er seinem Kastellan gegeben hatte. Doch seine Ritterehre verpflichtete ihn, sich daran zu halten. Nun fragte er sich, wie er Bertschmanns Charakter so falsch hatte einschätzen können. Der Mann mochte ein guter Kämpfer sein, und er wusste auch eine Burg zu verwalten, doch von seinem Wesen her war er simpel gestrickt und bar jedes edlen Gefühls.
»Geht jetzt und lasst mich allein!«, sagte er und erfüllte seinem Kastellan damit den Wunsch, ihn wieder wie einen Mann von Stand anzusprechen.
Bertschmann beugte kurz den Nacken und ging davon. Schnaubend trat Reckendorf ans Fenster und starrte in die aufziehende Nacht. Er merkte nicht einmal, wie eine Magd hereinkam und die Lampe mit einem Kienspan anzündete. An diesem Tag hatte er eine Niederlage erlitten, die jene im Zweikampf gegen Falko Adler weit übertraf.
»Flieht nur, Jungfer Hildegard! Ich werde Euch zurückholen, und dann werdet Ihr mir für alles bezahlen.«
Mit diesen Worten erschreckte er die Magd so sehr, dass diese in die Küche eilte und seinen Ausspruch an die Köchin und die anderen Frauen weitertrug. Während der Herr in seinen Gemächern darüber nachsann, wie er sich an Hilde-

gard und deren Mutter rächen konnte, beteten die Mägde im Erdgeschoss der Burg dafür, dass diese glücklich entkommen konnten.

17.

Die Dämmerung war kaum zu ahnen, als Reckendorf seine Männer in die Sättel trieb. Lediglich vier Wächter ließ er zurück. Er hatte auf eine Rüstung verzichtet und trug leichte Tracht, um sein Pferd nicht vorzeitig zu ermüden. Bertschmann hingegen war so schwer gewappnet, als gelte es, in eine Schlacht zu ziehen.

Sein Herr warf ihm einen kurzen Blick zu, sagte aber nichts, sondern zog seinen Rappen herum und befahl den Wächtern am Tor, dieses zu öffnen.

Solange es noch dunkel war, konnten sie nur im Schritt reiten, und so sehnte Reckendorf die Morgenröte herbei. Als der Osten sich heller färbte, atmete er auf. »Wie weit, glaubt Ihr, wird diese Bande gekommen sein?«, fragte er Bertschmann, der neben ihm ritt.

»Nicht mehr als zwei Meilen, selbst wenn sie bis in die Nacht hinein gezogen sind.«

»Aber auf welcher Straße?« Reckendorf wies auf eine Weggabelung, die im ersten Licht des beginnenden Tages vor ihnen auftauchte. Beide Abzweigungen waren trocken und zeigten außer tief eingeschnittenen Karrenspuren nur die Tritte und den Dung von Sauen und Schafen, die am Abend zuvor über diese Wege heimgetrieben worden waren.

»Wir werden fragen müssen!« Da sie nun schneller reiten

konnten, übernahm Bertschmann die Spitze und bog kurzentschlossen in einen der beiden Wege ein.
Bald darauf erreichten sie ein Dorf, in dem ein paar Bauern gerade Kühe auf die Weide führten. Die Männer wichen zurück, als sie die Reiter auf sich zukommen sahen.
»He, ihr da! Wir wollen nichts von euch. Ihr könnt euch sogar ein paar Pfennige verdienen, wenn ihr uns sagt, ob gestern fahrendes Volk hier vorbeigezogen ist.«
»Die haben wir gesehen, edler Herr. Sie sind die Straße dort entlang!« Einer der Bauern wies in die entsprechende Richtung.
»Los, weiter!«, forderte Bertschmann die Waffenknechte auf und trabte an, ohne den Bauern das versprochene Geld zuzuwerfen.
Reckendorf blieb für einige Augenblicke starr im Sattel sitzen, denn er konnte die Respektlosigkeit, mit der er eben übergangen worden war, kaum fassen. Da die Waffenknechte Bertschmann wie selbstverständlich folgten und dabei an ihrem Herrn vorbeiritten, ohne ihn zu beachten, blieb ihm nichts anderes übrig, als seinem Rappen die Sporen zu geben und am Rand der Straße nach vorne zu reiten, bis er zu seinem Kastellan aufgeschlossen hatte.
Die Bauern sahen dem Trupp nach, bis er außer Sicht war, dann kratzte einer sich am Kopf und sah seinen Nachbarn verdutzt an. »Warum hast du ihnen nicht gesagt, dass die Gaukler weiter vorne von der Straße abgebogen sind?«
»Sie haben nur gefragt, ob sie hier vorbeigezogen sind, und das haben wir gesehen. Das andere hätte ich ihnen gesagt, wenn wir Geld erhalten hätten. Aber so … Und jetzt komm weiter! Die Arbeit tut sich nicht von selbst, und ich will nicht vom Fronvogt gescholten werden.«
Ohne es zu ahnen, ritten Reckendorf und seine Männer an der Abzweigung vorbei, in die Maries Gruppe abgebogen

war, und erfuhren erst im nächsten Dorf, dass die Gesuchten dort nicht gesehen worden waren.
»Blutiger Heiland, was machen wir jetzt?«, fluchte Bertschmann.
Reckendorf wies in die Richtung, aus der sie gekommen waren. »Wir werden uns aufteilen und alle Wege abreiten, die die Witwe genommen haben kann. Wir treffen uns gegen Mittag beim Schankwirt in Michelau. Ich hoffe, dass einer von uns gute Nachricht mitbringen wird.«
Damit hatte er wieder die Führung des Trupps übernommen und Bertschmann auf den Posten des Stellvertreters verwiesen.
Reckendorfs Laune besserte sich aber erst, als er in Schleichach erfuhr, dass die Gaukler dort am Vorabend gesehen worden wären, und es drängte ihn mit aller Macht vorwärts. Dann erst begriff er, dass er als Treffpunkt mit seinen Leuten einen Ort gewählt hatte, der fast drei Meilen voraus lag. Wenn es mit dem Teufel zuging, holte er die Verfolgten ein und hatte nur vier Mann bei sich. Daher war er froh, als er Michelau erreichte und dort hörte, dass die Gaukler den Ort erst vor kurzem passiert hatten.
Allerdings musste Reckendorf warten, bis seine Männer vollzählig versammelt waren, und das strapazierte seine Geduld. Als Letzter kam Bertschmann, der unterwegs eine ebenso hübsche wie entgegenkommende Bäuerin angetroffen und trotz seiner hinderlichen Rüstung die Gelegenheit ergriffen hatte, sich eine angenehme Stunde zu gönnen.
»Hattet Ihr einen längeren Weg als wir anderen?«, empfing Reckendorf ihn zornig.
»Mein Pferd hat gelahmt. Daher musste ich das Hufeisen nachsehen lassen«, log Bertschmann ungerührt und reihte sich neben seinem Herrn ein.
Hatte er in Bruno von Reckendorf früher ein Vorbild gese-

hen, verachtete er ihn mittlerweile. Anstatt hart und entschlossen durchzugreifen, zögerte der Junker ständig. Wenn der so weitermacht, wird er noch seine Burgen verlieren, sagte Bertschmann sich. Aber das durfte er nicht zulassen. Immerhin hatte sein Herr ihm eine davon als Mitgift für dessen Schwester versprochen. Es war bedauerlich, dass Reckendorf und Jungfer Margarete nur eine gemeinsame Mutter hatten, aber verschiedene Väter. Daher würde nicht sie die Erbin sein, wenn ihr Bruder ohne Nachkommen verstarb.

Junker Bruno hing ebenfalls seinen Gedanken nach. Für ihn ging es darum, das Unheil, das er am Horizont aufsteigen sah, zu überstehen. Wenn es Marie Adler gelang, mit ihrer Tochter nach Kibitzstein zu entkommen, hatte er jedes Faustpfand in diesem Streit verloren. Kam es dann zu einer Fehde, war er nicht in der Lage, jede seiner Burgen gleichermaßen gegen Männer wie Peter von Eichenloh und Otto von Henneberg zu schützen. Für einen Augenblick stellte Reckendorf sich vor, ihm bliebe tatsächlich nur eine einzige Burg, und Bertschmann würde diese als Margaretes Mitgift fordern.

»Niemals!«, stieß er zwischen den Zähnen hervor und trieb sein Pferd so an, dass die schlechter Berittenen unter seinen Männern nicht mehr Schritt halten konnten. Bertschmann machte sich nicht die Mühe, seinen Herrn darauf aufmerksam zu machen. Sie hatten immer noch genügend Krieger bei sich, um mit einer Handvoll Gaukler fertig zu werden.

Die Sonne befand sich bereits weit im Westen, als Reckendorf vor sich Leute in bunten Kleidern auftauchen sah. Sein Trupp war inzwischen auf ein Dutzend Männer zusammengeschrumpft, doch er zog mit einem befreiten Lachen sein Schwert und winkte den anderen, ihm zu folgen.

»Gleich haben wir sie! Wer die Jungfer und ihre Mutter fängt, erhält drei Gulden von mir.«

18.

Nachdem Marie und ihre Begleiter die Burg verlassen hatten, schlugen sie zunächst die Richtung ein, in die sie angeblich hatten ziehen wollen. Erst nach einer Weile bogen sie ab und erreichten schließlich die Straße, die sie nach Westen und damit nach Kibitzstein bringen würde.
Allmählich sank die Sonne bis zum Horizont, und Jossi fragte besorgt, wann Marie lagern lassen wollte.
»Nicht bevor es dunkel wird«, antwortete diese. »Kochen können wir auch im Licht des Lagerfeuers!«
Hildegard, der ihr zweitägiges Fasten heftig zusetzte, taumelte und musste sich an Trudi festhalten. »Ich würde gerne etwas essen und trinken«, sagte sie.
Die junge Akrobatin reichte ihr eine Lederflasche mit Wein. »Hier, nimm! Das wird dich erfrischen und gibt dir neue Kraft.«
»Danke!« Hildegard setzte die Öffnung an den Mund und sog das saure Getränk in sich hinein, bis nichts mehr aus der Flasche herauskam. Der auf nüchternen Magen genossene Wein stieg ihr sofort zu Kopf, und sie klammerte sich noch stärker an ihre Schwester.
»Was ist los?«, fragte Trudi, weil Hildegard wie ein nasser Sack an ihr hing.
»Ich fühle mich ganz komisch«, flüsterte ihre Schwester. »Außerdem habe ich Hunger.«
»Haben wir ein Stück Brot für meine Tochter?«, fragte Marie Jossis Frau.
Diese nickte. »Wir haben auf der Burg welches bekommen!« Sie zog ihr Messer aus dem Gürtel, nahm einen Brotlaib und schnitt einen Teil davon ab. »Möge Gott es dir segnen!« Mit

diesen Worten reichte sie Hildegard das Stück und forderte im nächsten Moment einige Nachzügler auf, schneller zu gehen.
»Je eher wir auf sicherem Grund und Boden stehen, umso besser ist es für uns alle«, setzte sie hinzu.
Marie nickte mit zusammengekniffenen Lippen. »Ich hoffe, Lisas Boten haben Eichenloh oder Henneberg erreicht. Wir haben nur dann eine Chance, Reckendorf zu entkommen, wenn wenigstens einer von ihnen uns zu Hilfe eilt.«
»Wenn es hart auf hart kommt, verschwinden wir in den Wäldern. Dort kann der Kerl lange nach uns suchen«, antwortete Trudi.
»Es würde den einen oder anderen von uns das Leben kosten, und das will ich jedem hier ersparen. Aber seht mal! Da drüben ist ein guter Platz zum Lagern. Es ist noch hell genug, um Holz für die Feuer zu suchen, und der Bach liefert uns Wasser!«
Jossi folgte Maries Fingerzeig und atmete auf. »Der Platz ist nahe genug an der Straße, dass wir morgen früh rasch weiterkommen. Wie lange, glaubt Ihr, wird es dauern, bis wir Hilfe erhalten?«
»Wenn Gott mit uns ist, im Lauf des morgigen Tages.«
»Dann sollte er mit uns sein, dann ich schätze, dass Reckendorf uns spätestens morgen Abend gefunden haben wird.«
Trotz der kritischen Situation versuchte Jossi, nicht allzu besorgt zu klingen. »Wir werden morgen eine hübsche Strecke zurücklegen und sollten dabei versuchen, unsere Verfolger in die Irre zu führen. Wenn es nicht anders geht, müssen diejenigen von uns, die zu erschöpft sind, und auch die meisten Frauen sich im Wald verbergen, während wir anderen weiterziehen und Reckendorfs Leute hinter uns herlocken. Irgendwo finden wir schon eine Stelle, an der wir ihnen eine Nase drehen können.«

»Die finden wir gewiss«, stimmte Marie ihm zu, betete innerlich aber zu allen Heiligen, dass ihre Schwiegersöhne früh genug erscheinen würden. Dann wandte sie sich wieder an Jossi. »Morgen früh brechen wir auf, sobald es hell wird!«

»Das werden wir. Wer auf der Flucht ist, sollte nicht lange verweilen!«

Marie ahnte, dass der Prinzipal sich schon öfter in einer ähnlichen Situation befunden hatte, und rechnete es ihm und seinen Leuten doppelt hoch an, ihr geholfen zu haben.

Nach einem einfachen Mahl begaben sie sich zur Ruhe. Marie wickelte ihre Decke auch um Hildegard, die bereits eingeschlafen war und immer wieder leise Schnarchtöne von sich gab. Was musste das Kind gelitten haben, dachte sie und verfluchte Reckendorf aus tiefster Seele. Niemals würde sie zulassen, dass Hildegard oder eine ihrer anderen Töchter noch einmal in die Hand dieses Ehrlosen geriet. Mit diesem Gedanken schlief sie ein und wachte erst wieder auf, als jemand sie an der Schulter berührte.

»Was ist los?«, fragte sie erschrocken, da ein Alptraum in ihr nachhallte, in dem sie alle einschließlich ihres in der Ferne weilenden Sohnes Falko Reckendorfs Gefangene gewesen waren und diesen mit ihren ständig misslingenden Fluchtversuchen zum Lachen gebracht hatten.

»Du musst aufstehen, Mama, wenn du vor dem Aufbruch noch etwas frühstücken willst. Auch Hildegard sollte etwas essen. Sie klappt uns sonst unterwegs zusammen. So weit, sie zu tragen, reicht meine schwesterliche Liebe dann doch nicht!«

Damit brachte Trudi ihre Mutter zum Lachen. »Aber in die Höhle des Löwen bist du mitgegangen, um sie zu befreien!«

»Das ist etwas anderes. Doch nun komm, sonst musst du wirklich fasten.« Während Marie aufstand, rüttelte Trudi ihre Schwester wach.
»Will schlafen«, murmelte Hildegard noch halb betäubt.
»Gerne, wenn du die nächste Nacht wieder als Reckendorfs Gefangene verbringen willst«, spottete Trudi.
»Reckendorf!« Hildegard schoss so schnell hoch, dass sie das Gleichgewicht verlor und von ihrer Schwester gehalten werden musste. Diese stellte sie auf die Beine und seufzte. »Bilde dir nicht ein, ich würde dich den ganzen Weg über stützen!«
»Gestern war ich nur etwas schwach, weil ich längere Zeit nichts gegessen hatte. Jetzt geht es wieder«, versicherte Hildegard eifrig.
So ganz kann das nicht stimmen, dachte Trudi und führte ihre Schwester zum Lagerfeuer, damit sie sich in der morgendlichen Kühle ein wenig wärmen und etwas in den Magen bekommen konnte. Sie selbst griff ebenfalls in den großen Kessel, aus dem alle aßen, und dachte, dass diese Leute einen schmackhafteren Morgenbrei zubereiteten als ihre eigene Köchin auf Fuchsheim.
Jossis Frau verteilte das letzte Brot, dann spannten die Männer die Pferde vor die beiden Wagen, und es ging weiter. Die Straße war staubig, und der frische Morgen wich bald einem immer wärmer werdenden Vormittag, bis die Sonne schließlich gegen Mittag sengend auf die Gruppe herabbrannte. Den meisten fiel das Gehen nun schwer, und Marie spürte, dass die Jahre ihr etliches an Kraft geraubt hatten. Nun wünschte sie sich nichts mehr als einen schattigen Ort, an dem sie sich ausruhen konnte. Mit Verfolgern im Nacken aber war daran nicht zu denken. Daher begnügte sie sich damit, etwas Wasser aus einem Bach zu trinken, an dem sie kurz haltmachten, und Getreidekörner zu kauen. In der

Hitze zu rasten, zu kochen und halbwegs in Ruhe zu essen, wagten die Gaukler nicht.
Die Kinder begannen müde zu werden und quengelten. Soweit es ging, setzten die Erwachsenen sich die Jüngsten auf die Schultern. Auch Trudi übernahm ein kleines Mädchen und sprach unterwegs beruhigend auf es ein. Obwohl Marie sich müde und erschöpft fühlte, wollte sie ebenfalls ein Kind übernehmen. Es kostete Jossi und Trudi einiges an Überzeugungskraft, ihr dies auszureden. Dafür nahm Hildegard trotz ihrer Schwäche einen Säugling in ihre Obhut und entlastete damit dessen Mutter.
So vergingen weitere Stunden. Der Abend war nicht mehr fern, und noch immer war niemand hinter ihnen zu sehen. Mittlerweile befürchtete Marie, dass keiner ihrer Schwiegersöhne rechtzeitig erscheinen würde, um sie zu schützen, und wollte schon den Vorschlag machen, die gesamte Gruppe solle sich im nächsten größeren Wald zerstreuen und gut verstecken. Da klangen vor ihnen Hufschläge auf.
Schnell verschwanden sie alle im Unterholz, sogar die Pferde wurden samt den Karren zwischen die Bäume geführt. Angespannt warteten sie, wer ihnen entgegenkam. Marie ertappte sich dabei, wie sie zu ihrer besonderen Heiligen Maria Magdalena betete, während Trudi ein wenig nach vorne schlich, um den Weg übersehen zu können.
»Es ist Peter!«
Der Ruf ihrer Tochter ließ schwere Lasten von Maries Schultern purzeln. Sie eilte zu Trudi und sah, wie Peter von Eichenloh mit zehn Leuten im Gefolge rasch näher kam.
Trudi trat aus dem Wald. »Wohin des Weges, edler Ritter?«, fragte sie lachend.
Eichenloh riss sein Pferd zurück und hielt an. Fassungslos starrte er die junge Frau an, die ihn mit der Stimme seiner

Frau angesprochen hatte, aber mit ihrer braunen Haut und den bunten Lumpen seltsam fremd wirkte.
»Bist du es wirklich?«, stieß er hervor.
Bevor Trudi antworten konnte, trat auch Marie auf die Straße. »Willkommen, mein lieber Eidam. Ihr habt lange auf Euch warten lassen.«
Eichenloh sah sie an und dann wieder Trudi und begann zu lachen. »So einen Streich könnt wirklich auch nur ihr beide vollbringen! Habt ihr Jungfer Hildegard gefunden?«
»Ja«, antwortete jetzt Hildegard selbst, die sich zu Mutter und Schwester gesellt hatte. Auch einige Gaukler wagten es nun, den Kopf aus dem Wald herauszustrecken.
»Ihr habt Reckendorf also wirklich überlistet!«, rief Eichenloh in einem Tonfall, als könne er es nicht glauben.
»Und ihn dazu fein verschnürt und geknebelt an Hildegards Stelle zurückgelassen. Er wird uns wenig Dank dafür wissen. Daher sollten wir zusehen, dass wir vorwärtskommen.«
Maries Worte waren für die Gaukler ein Signal. Innerhalb kürzester Zeit quollen sie samt Pferden und Karren aus dem Gehölz und zogen weiter. Eichenloh und seine Männer folgten ihnen mit einer Mischung aus Unglauben und Staunen.
Als Teil des fahrenden Volkes gehörten Jossi und seine Leute zu den Ausgestoßenen, die keine andere Heimat kannten als die Straße. Sie galten als Diebe, die alles mitnahmen, was ihnen zwischen die Finger kam, waren aber dennoch bei großen Festen und Jahrmärkten wegen ihrer Künste willkommen. Wie es seiner Schwiegermutter gelungen war, diese Gruppe dazu zu bewegen, ihr zu helfen, konnte Eichenloh nur vermuten. Doch im Augenblick galt es, Wichtigeres zu bedenken.
Er schloss zu Marie auf. »Wäre es nicht besser, wenn meine

Männer und ich Euch, Trudi, Hildegard und ein paar der erschöpften Frauen der Gruppe zu uns aufs Pferd nehmen? Auf die Weise kämen wir rascher voran.«
»Dann wärt Ihr im Nachteil, wenn Reckendorf mit seinen Männern angreift! Wie wollt Ihr mit Weibern hinter dem Sattel kämpfen, mein Lieber?«
»Das habe ich nicht bedacht. Wie es aussieht, seid Ihr, was Kampf und Flucht betrifft, erfahrener als ich!«
Eichenloh hatte einen Witz machen wollen, doch über Maries Gesicht huschte ein wehmütiges Lächeln. »Ich bin in meinem Leben oft genug geflohen, Herr Peter, und weiß, wie es sich anfühlt, wenn man den Atem des Verfolgers im Nacken spürt. Und derzeit zieht es mir arg im Nacken.«
»Dann wollen wir dafür sorgen, dass Eurem Nacken nichts geschieht!« Eichenloh reihte sich mit seinen Reitern hinter der Gauklergruppe ein, um sich sofort gegen die Verfolger stellen zu können. Die Männer lockerten die Schwerter, und zwei von ihnen blieben ein wenig zurück, um bei Reckendorfs Erscheinen die anderen zu warnen.

19.

Marie begann schon zu hoffen, dass Hildegards Entführer sie an diesem Tag nicht mehr einholen würde, da trabten Eichenlohs Späher heran und winkten. »Wir haben Hufgetrappel hinter uns gehört und zwischen den Bäumen Helme blitzen sehen!«
»Nun heißt es beten«, raunte Marie ihren Töchtern zu.
»Sollen wir im Wald verschwinden?«, fragte Jossi sie.

»Nein!« Marie schüttelte den Kopf. »Wir wissen nicht, wie viele Waffenknechte Reckendorf bei sich hat. Wenn wir Pech haben, kann er mit einem Teil Eichenloh und dessen Männer in Schach halten und die anderen hinter uns herschicken. Wir bleiben zusammen und vertrauen auf den Herrn und das Kriegsglück meines Schwiegersohns.«
»Wir sind elf Mann, und an denen muss Reckendorf erst einmal vorbeikommen!« Eichenloh zog lachend sein Schwert und reihte sich am Schluss der Gruppe ein, um sofort dem Anführer gegenüberstehen zu können.
Die nächsten Minuten vergingen quälend langsam. Marie konnte nicht einmal sagen, ob sie hundert Schritte zurückgelegt hatten, fünfhundert oder gar tausend. Mit angespannten Sinnen lauschte sie nach hinten, konnte aber nur die unterdrückten Stimmen der Gaukler und das Hufgetrappel der Pferde vernehmen, auf denen Eichenloh und seine Männer ritten.
Mit einem Mal hörte sie jemanden rufen. »Da hinten sind sie!«
»Bleibt stehen! Nehmt die Kinder und schwangeren Frauen in die Mitte, und ergreift alles, was sich als Waffe verwenden lässt«, rief Marie den Gauklern zu und zog ihren Dolch. Trudi zog ebenfalls ihren Dolch hervor, während Jossi seine Wurfmesser zur Hand nahm und verkniffen grinste.
»Die Kerle sollen ja nicht glauben, dass wir wehrlos sind!« Da sein Meisterringer einen kräftigen Knüppel aus einem Karren holte, die Prinzipalin ihre geschmiedete Bratpfanne packte und die meisten anderen Gaukler sich mit Stöcken und Messern bewaffneten, schöpfte Marie Hoffnung, sich auch gegen einen Feind behaupten zu können, der Eichenlohs Männer an Zahl übertraf.
Dies war jedoch nicht der Fall. Gerade mal ein Dutzend Bewaffneter folgten Hildegards Entführer, und deren Zuver-

sicht verflog sichtlich, als sie die fremden Krieger vor sich sahen.
Reckendorf starrte Peter von Eichenloh an, der ihm mit grimmiger Miene den Weg verstellte. Verzweifelt überlegte er, was er tun sollte. Den Kampf selbst fürchtete er nicht, aber dessen Folgen. Ein Angriff auf eine Reisegruppe, die unter dem Schutz eines anderen Ritters stand, würde ihm den Ruf eines Buschräubers einbringen und vielleicht sogar die Ächtung durch den Fürstbischof von Würzburg und den Bamberger Bischof Anton von Rotenhan.
Doch ein Zurückweichen war ebenso unmöglich. »Geht mir aus dem Weg, Eichenloh! Von Euch will ich nichts. Aber diese Gaukler haben mich bestohlen und sollen dafür bezahlen!« Die eigene Stimme kam Reckendorf schwächlich vor, daher zog er sein Schwert, um seinen Worten Nachdruck zu verleihen.
Eichenloh saß entspannt auf seinem Ross. Wäre nicht das Schwert in seiner Hand gewesen, hätte man denken können, er wolle gemütlich mit dem Junker plaudern.
»Haltet Ihr mich für einen solchen Trottel, Reckendorf, dass ich mein eigenes Weib nicht mehr erkenne, nur weil es sich als Gauklerin verkleidet hat?«
Trudi trat einen Schritt vor und streckte Reckendorf die Zunge heraus. »Verschwindet, Herr Mädchenräuber, und befreit Franken von Eurer Gegenwart. Sonst wird mein Gemahl Euch lehren, wie man einer Dame von Stand zu begegnen hat.«
»Dame von Stand?«, stieß Siffer Bertschmann verächtlich aus. »Gesindel seid ihr, das aus der Gosse gekrochen ist.«
»Immerhin hat Seine Majestät, Kaiser Sigismund, unserer Familie das Reichslehen Kibitzstein übergeben. Welchen Titel und Besitz nennt Ihr Euer Eigen, weil Ihr Euch so hoch erhaben dünkt?«

Trudis Spott war für Bertschmann zu viel. Er riss sein Schwert heraus und wollte auf sie losgehen. Reckendorf griff noch nach dem Zügel des Pferdes, um ihn aufzuhalten, verfehlte diesen jedoch und musste zusehen, wie Eichenloh seinem Pferd die Sporen gab. Dessen Hengst schoss nach vorne und rammte Bertschmanns Gaul mit voller Wucht.
Der Kastellan wurde aus dem Sattel geschleudert und prallte zu Boden. Als er sich mühsam aufrichten wollte, saß ihm Eichenlohs Schwertspitze an der Kehle.
»Glaubst du etwa, ich wüsste mein Weib nicht zu beschützen?«
»Verfluchter Bastard!«, schrie Bertschmann voller Wut.
Für einige Augenblicke sah es so aus, als würde Eichenloh zustoßen. Dann aber zog er sein Schwert zurück und zeigte mit der Spitze auf Reckendorf.
»Seid froh, dass Euch nicht Frau Maries zweiter Schwiegersohn Otto von Henneberg gegenübersteht. Sein Weib hat durch Euren Überfall beinahe ihr Kind verloren. Wäre dies geschehen, könnte Eure Schuld nur noch mit Blut abgewaschen werden. Ich aber überlasse Euch dem Richterspruch unseres Herrn, des Fürstbischofs! Hier ist die Vorladung, die ich Euch überbringen soll!«
Peter von Eichenloh ließ die Zügel sinken, ohne dass sein Pferd sich auch nur einen halben Schritt bewegte, griff mit der Linken unter sein Wams und brachte ein versiegeltes Schreiben zum Vorschein. Er wollte es Reckendorf schon vor die Füße werfen, unterließ es aber, da dies als Erklärung einer Fehde missverstanden werden konnte. Stattdessen forderte er Reckendorf auf, einem seiner Männer zu befehlen, den Brief entgegenzunehmen.
Reckendorf rauschte das Blut so laut in den Ohren, dass er Eichenloh kaum verstand, gab aber dem Mann, der gegen den Gaukler im Ringkampf unterlegen war, einen Wink.

»Hol mir das Schreiben!«
Der Waffenknecht schob umständlich das Schwert in die Scheide und lenkte sein Pferd auf Eichenloh zu. Unterdessen hatte einer seiner Kameraden Bertschmanns Gaul eingefangen, zwei weitere halfen dem Gestürzten, den seine Rüstung behinderte, wieder in den Sattel. Der Kastellan hatte sich augenscheinlich bei seinem Sturz verletzt, denn er presste die linke Hand gegen seine Rippen und stöhnte bei jedem Atemzug.
Eichenloh reichte nun die Botschaft des Würzburger Fürstbischofs weiter und sah zu, wie Reckendorf diese entgegennahm, das Siegel erbrach und zu lesen begann.
Bereits bei den ersten Worten wurde der Junker bleich. Trotz ihrer Verwandtschaft beschuldigte Gottfried Schenk zu Limpurg ihn in einem eisigen Ton der Straßenräuberei und warf ihm Ungehorsam vor. Im Verlauf der weiteren Zeilen wurde Reckendorf klar, dass der Fürstbischof ihm bereits eine Nachricht gesandt und ihn aufgefordert hatte, seine Gefangene freizulassen. Diese Forderung wurde nun in weitaus schärferer Form wiederholt. Auch solle er selbst unverzüglich in Würzburg erscheinen, andernfalls werde er aller Lehen im Hochstift verlustig gehen.
Reckendorfs Stolz bäumte sich gegen diese Befehle auf, doch sein Verstand sagte ihm, dass er sich nicht weigern durfte, wollte er nicht alles verlieren. Der Gedanke, seine Burgen könnten der Sippe auf Kibitzstein als Entschädigung zugesprochen werden, gab schließlich den Ausschlag.
»Sagt dem Bischof«, erklärte er mit mühsam unterdrückter Wut, »dass ich am Tag des heiligen Evangelisten Lukas in Würzburg sein werde. Und jetzt kommt, Männer! Wir haben hier nichts mehr verloren.«
Als er sein Pferd wenden wollte, richtete Bertschmann sich

im Sattel auf. »Wollt Ihr wie ein geprügelter Hund mit eingezogenem Schwanz von dannen ziehen? Ich sage, wir nehmen die Schwerter und hauen dieses Gesindel zusammen!«

»Ihr vergesst in letzter Zeit zu oft, dass ich der Herr bin, Bertschmann, und Ihr nur der Knecht. Also gehorcht!« Ohne sich weiter um seinen Kastellan zu kümmern, ritt Reckendorf den Weg zurück, den er gekommen war.

SECHSTER TEIL

Zwietracht

1.

Falko saß auf einer am Boden liegenden Säulentrommel und versuchte, seiner wirbelnden Gedanken Herr zu werden. Warum, fragte er sich, konnte er sich nicht zwischen Elisabeth und Francesca entscheiden? Dabei hatte er schon mehrfach beschlossen, seine sündhafte Verbindung zu Elisabeth zu beenden. Doch jedes Mal, wenn er die junge Äbtissin besuchte, wurden sie beide schwach. Falko bedauerte mehr denn je, dass diese Geliebte dem geistlichen Leben geweiht war, sonst hätte er um sie werben und mit etwas Glück ihre Hand erhalten können.

»Du bist ein Narr!«, schalt er sich, versank aber erneut im Grübeln.

Warum konnte er sich nicht mit Francesca Orsini begnügen? Immerhin schenkte diese ihm ihre Liebe und ihren Leib. Leider musste auch das heimlich geschehen, hastig und stets voller Angst vor Entdeckung. Sie trafen sich immer noch in der kleinen Sakristei der Kapelle der heiligen Witwe Irene, denn dieser Raum war der einzige Ort, an dem er Francesca noch sehen konnte. Seit er ihrem Vater bekannt hatte, um sie werben zu wollen, durfte sie nicht mehr mit am Tisch sitzen, wenn er bei Ercole Orsini zu Gast war. Obwohl ihm mittlerweile klargeworden war, dass der Conte nur im Sinn hatte, ihn über die Pläne von König Friedrich III. auszuhorchen, besuchte er weiterhin dessen Haus in der verzweifelten Hoffnung, den Edelmann doch noch umstimmen zu können.

Sobald Francesca sein angetrautes Weib war, würde er sich von Elisabeth trennen. Das nahm er sich fest vor. Doch um die Geliebte heiraten zu können, würde er sie entführen und in seine Heimat bringen müssen. Das war seine einzige Hoffnung, diese elenden Wirrungen beenden zu können. Bislang aber hielt Giso ihn mit dem Hinweis auf seine Pflichten von jedem einschneidenden Schritt ab.

»Welche Laus ist Euch denn jetzt wieder über die Leber gelaufen, Herr Ritter?«

Margaretes spöttische Frage riss Falko aus seinen Gedanken, und er reagierte ungewollt grob. »Geht Euch das etwas an?«

»Ich wollte nur Mitgefühl zeigen, doch wie Ihr mir eben erneut bewiesen habt, ist jeder Funken davon bei Euch verschwendet!« Mit einem verächtlichen Schnauben ging die junge Frau weiter und setzte sich auf eine steinerne Bank.

Auch wenn Giso, Hilbrecht und Oskar von Frammenberg ihre Sorgen und Befürchtungen vor Edelgunde und ihr fernzuhalten versuchten, so hatte sie mittlerweile genug gesehen, um sich ein eigenes Bild machen zu können. Offenbar stellte Falko noch immer der jungen Römerin nach, die in Margaretes Augen gänzlich ungeeignet für ihn war. Francesca Orsini mochte eine wunderschöne Blume sein, aber als ein Kind Roms und des warmen Italiens würde sie jenseits der Alpen in einem fremden Land mit fremden Menschen niemals Wurzeln schlagen können.

Das aber wollte Falko nicht einsehen. Dabei geriet er durch seine Liebschaft mit Francesca in immer größere Gefahr. Sobald deren Vater davon erfuhr, würde er Meuchelmörder schicken, die Falko auflauerten und ihn umbrachten.

Nicht weniger bedenklich waren die Nachrichten, die Margarete in Tre Fontane aufschnappte. Ihre Tante und sie suchten die kleine Nonnengemeinschaft gelegentlich auf, um mit

Elisabeth zu plaudern. Fiel dabei Falkos Name, seufzte die Äbtissin nur und rang die Hände. Margarete wusste jedoch, dass der Junker häufig bei Elisabeth zu Gast war. Was sich zwischen den beiden abspielte, wollte sie sich gar nicht erst vorstellen.

Nun ärgerte sie sich, weil ihre Gedanken sich immer wieder mit Falko beschäftigten, obwohl der Mann es gar nicht wert war. Um sich abzulenken, blickte sie zu Giso und Hilbrecht hinüber, die in einer Ecke des Gartens stehen geblieben waren und eifrig miteinander tuschelten.

Sie sprang auf und trat zu den beiden. »Verzeiht, hochwürdiger Vater, aber ich mache mir Sorgen um Junker Falko.«

»Sorgen um Falko?« Giso stieß einen Laut des Unmuts aus. »Die müsst Ihr Euch nicht machen, Jungfer Margarete. Er weiß selbst, was er zu tun hat. Zumindest hat er das gestern Abend sehr deutlich zu mir gesagt. Ich würde ihm am liebsten ein paar Maulschellen geben, dass ihm drei Tage lang die Ohren klingen.«

Wie es aussah, befürchtete Giso ebenfalls Schlimmes für seinen Freund. Auch Hilbrecht wirkte so, als hätte er an einer Zitrone gelutscht. Ohne Margarete zu beachten, klopfte er dem Geistlichen auf die Schulter. »Ich mache es so wie besprochen und werde am Nachmittag zurückkehren.«

»Bis dorthin bin ich auch von meinem Treffen mit Kardinal Latino Orsini zurück.« Giso nickte Hilbrecht, der bei Mariangela die nächste Botschaft von Pater Luciano abholen wollte, noch einmal zu und sah dann Margarete an. »Wollt Ihr mich begleiten?«

»Zu Kardinal Orsini?«, fragte die junge Frau.

Giso musste lachen. »Das nicht! Ich meinte nur ins Haus.«

»Das ist auch mein Ziel. Ich habe meiner Tante versprochen,

ihr bei ihrem neuen Kleid zu helfen, für das sie sich Tuch besorgt hat.«

»Und Ihr? Wollt Ihr kein neues Kleid?« Giso spürte, wie das Gespräch mit Margarete seine Anspannung minderte. Es fiel ihm nicht leicht, einen geistlichen Würdenträger aufzusuchen, den er zu seinen Feinden zählen musste. Der Kardinal stand jedoch zu hoch im Rang, um ihn ignorieren zu können. Vielleicht gelang es ihm sogar, Seine Eminenz von einem Kompromiss zu überzeugen, der Friedrich III. die Kaiserkrönung in Rom gestattete, wenn dieser keine Forderungen an die Stadt und den Heiligen Stuhl erhob. Darüber wollte er aber nicht mit Margarete sprechen, und so lenkte er das Gespräch auf Themen, die seine Begleiterin interessieren mochten.

2.

Nach dem kurzen Wortgefecht mit Margarete war Falko in seine Kammer gegangen und zog sich dort um. Er war immer noch schlechter Stimmung und richtete seine Gedanken deswegen auf seine Verabredung mit Francesca. Wieder würden sie sich in der Kapelle der Witwe Irene treffen. Dort, so behauptete Francesca ihren Eltern gegenüber, wollte sie ihre Seele im Gebet reinigen. Tatsächlich aber nützte sie die Schwäche ihrer Magd aus, nach einem oder zwei Bechern Wein einzuschlafen und erst nach einer guten Stunde wieder aufzuwachen.

Es war gefährlich, sich in der kleinen Sakristei zu treffen und sich dort der Liebe hinzugeben, doch dieses Risiko gingen sie ein, da sie keinen besseren Ort kannten. Allerdings

hatte Francesca darauf bestanden, dass er sich für diese heimlichen Treffen verkleidete, damit niemand Verdacht schöpfen konnte.
An diesem Tag trug Falko die Tracht eines Fischers aus Ostia und darüber einen weiten Umhang, um diese Verkleidung vor seinen Freunden und den anderen Bewohnern des Campo Santo Teutonico zu verbergen. Erst als er den Tiber überquert hatte, nahm er an einer günstigen Stelle den Mantel ab, wickelte ihn zusammen und klemmte ihn sich unter den Arm. Seine Stimmung hatte sich merklich verbessert, und so ging er fröhlich pfeifend weiter, bis er die Kapelle erreicht hatte.
Francesca war noch nicht dort. Im ersten Augenblick war er enttäuscht, sagte sich dann aber, dass die Schuld bei ihm lag, da er früher als vereinbart erschienen war. Um nicht aufzufallen, kniete er vor dem Altarbild nieder und begann zu beten. Dabei fragte er sich, wie viele Jahre Fegefeuer es ihm einbringen würde, nicht nur mit einer unbescholtenen Jungfrau aus Rom Unzucht zu treiben, sondern auch mit einer dem Herrn geweihten Nonne. Oder war er mit dieser Tat ohnehin bereits der Hölle verfallen?
Bei dem Gedanken lief es ihm kalt den Rücken hinab. Immerhin hatte er sich für den nächsten Tag mit Elisabeth verabredet. Auch zu ihr kam er mittlerweile nur noch in Verkleidung, möglicherweise würde er sogar dasselbe Gewand tragen wie an diesem Tag.
Seine Zusammenkünfte mit den beiden Frauen waren voller Leidenschaft, aber sie befriedigten ihn nicht vollständig, wie ihm von Mal zu Mal klarer wurde. Anders wäre es, wenn er nach der körperlichen Vereinigung hätte bei ihnen bleiben, Hand in Hand auf einem Bett liegen und mit ihnen über all das sprechen können, was sein Herz bewegte. Doch die Angst, entdeckt zu werden, wenn sie zu lange zusammen-

blieben, verhinderte die Erfüllung seines Wunsches bereits im Ansatz.
Falko hörte die Tür und kämpfte gegen das Verlangen an, sich umzudrehen. Erst nach einer Weile wagte er einen kurzen Blick, bemerkte Lina und sah, dass der alten Magd bereits die Augenlider zuzufallen drohten. Francesca zwinkerte ihm zu und deutete eine Kusshand an.
Sofort schwanden alle Zweifel, die Falko eben noch gequält hatten, und er sehnte sich nur noch danach, diesen köstlichen, erregenden Leib zu besitzen. Lange musste er nicht warten. Lina schlief rasch ein, und es hätte schon eines Kanonenschusses bedurft, um sie zu wecken. Rasch stand Francesca auf, winkte ihm, ihr zu folgen, und lag bereits mit gerafften Röcken auf der Decke, als er die Sakristei betrat.
»Meine Sehnsucht nach dir ist heute noch größer als sonst«, flüsterte sie mit vor Erregung schwingender Stimme.
»Die meine auch!« Falko entkleidete sich rasch und glitt auf sie. Doch als er kurz mit seinem gesamten Gewicht auf ihr lag, stöhnte sie auf.
»Aua, du tust mir weh!«
Rasch stemmte Falko sich hoch und sah sie an. »Wo?«
Francesca deutete auf ihren Bauch. »Hier. Wahrscheinlich habe ich gestern Abend etwas gegessen, was mir nicht bekommen ist. Mir war heute Morgen furchtbar übel. Doch nun komm! Mein Leib brennt, und ich brauche deine Leidenschaft, um dieses Feuer zu löschen.«
Falko tat ihr den Gefallen, und für geraume Zeit war nur beider Stöhnen zu hören. Zuletzt biss Francesca auf ihren Ärmel, um ihre Lust nicht laut hinauszuschreien. Endlich stand sie auf, richtete ihr Kleid und wollte die Sakristei verlassen. Da fasste Falko sie am Arm und hielt sie auf.
»Ich muss mit dir sprechen, mein Lieb.«
»Aber schnell! Es kann jederzeit jemand in die Kapelle

kommen, und ich will nicht, dass man uns zusammen sieht«, drängte Francesca.
»Es muss anders werden! Da dein Vater mir allzu deutlich gemacht hat, dass meine Werbung um dich vergebens sein würde, sollten wir Rom heimlich verlassen und in meine Heimat reisen. Unterwegs finden wir gewiss einen Priester, der uns traut, und dann kommen wir als verheiratete Leute nach Franken.«
Falko sah Francesca so treuherzig an, dass diese am liebsten zugestimmt hätte. Schon lange hatte sie keinen Gedanken mehr daran verschwendet, was die Zukunft ihr bringen mochte. Sie liebte es, sich mit Falko zu paaren, zumal sie darüber Cirio d'Specchi nahezu vergessen hatte. Nun aber erinnerte sie sich schaudernd daran, dass ihre Heirat mit diesem Ekel beschlossene Sache war.
»Vielleicht sollte ich wirklich ...«, begann sie, schüttelte dann aber den Kopf. »Ich könnte niemals ohne den Segen meiner Eltern eine Ehe eingehen. Sie wäre nicht von Glück erfüllt.«
»Deine Eltern werden gewiss zustimmen, wenn die Heirat erst einmal vollzogen ist«, beschwor Falko sie.
Francesca strich ihm mit der Hand sanft über die Wange. »Bitte lass mir Zeit, darüber nachzudenken. Ich liebe dich und ...«
Um nicht zu viel zu versprechen, biss sie die Lippen zusammen. Sie war Römerin und hing an ihrer Heimat. Zudem zeichnete alles, was sie von Deutschland gehört hatte, ein Bild von dunklen, bedrohlichen Wäldern, langen, kalten Wintern sowie zugigen Burgen und Menschen, die eine unverständliche, rauh klingende Sprache verwendeten. Es erschreckte sie, in dieses Land zu ziehen. Und doch würde sie es tun müssen, wenn sie einer Ehe mit Cirio d'Specchi entfliehen wollte.

Lächelnd küsste sie Falko auf den Mund, spähte zur Tür hinaus und huschte neben ihre Begleiterin, die noch immer selig schlief.
Falko sah noch einmal zu ihr hin und verließ die Kapelle in der festen Überzeugung, dass Francesca sich für ihn und gegen ihre Eltern entscheiden würde. Aus diesem Grund beschloss er, am nächsten Tag mit Elisabeth zu sprechen und sie zu bitten, ihn gehen zu lassen.

3.

Hilbrecht war ein so gewohnter Gast in Gaspares Taverne, dass nicht einmal mehr der Hund des Wirts den Kopf hob, als er die Gaststube betrat. Noch während er sich setzte, stellte Mariangela ihm einen Krug Wein und einen Becher hin und fragte: »Wollt Ihr auch etwas essen, Herr Ritter?«
»Ich glaube, ich habe ein Loch im Bauch, das gefüllt werden muss«, antwortete Hilbrecht und nahm den Becher zur Hand. »Auf dein Wohl, meine Schöne! Willst du nicht antrinken?«
»Ich bin weder Euer Liebchen noch Eure Frau! Weshalb soll ich da trinken?«, spottete Mariangela.
»Bei Gott, wenn ich dich nur bekommen kann, wenn ich dich heirate, dann werde ich es tun!«, brach es aus Hilbrecht heraus.
Für einen Augenblick sah Mariangela sich mit Hilbrecht vor dem Traualtar stehen. Dann aber brach sie in Lachen aus. »Ihr seid mir einer! Solch eine Ehe würdet Ihr rasch bereuen und zusehen, wie Ihr mich loswerden könnt. Nein, Herr

Ritter, auf so etwas lasse ich mich nicht ein. Trinkt Euren Wein und lasst Euch das Essen schmecken. Mehr wird es für Euch hier nicht geben.«

Noch während sie lachte, griff sie sich in den Ausschnitt, zog ein klein zusammengefaltetes Stück Papier hervor und steckte es Hilbrecht unauffällig zu. »Von Pater Luciano«, flüsterte sie und kehrte in die Küche zurück.

Ihre Mutter empfing sie mit einem nachdenklichen Blick, während Gaspare sich an die Stirn fasste. »Bist du noch zu retten, Mädchen?«, fuhr er sie an. »Der Deutsche war bereit, dir die Ehe zu versprechen. Das hättest du annehmen sollen! Selbst wenn er deiner müde geworden wäre, hätte er dich versorgen müssen.«

»Oder nur zu einem Kissen greifen, um mich zu ersticken«, fiel Mariangela ihm ins Wort.

Marioza bekreuzigte sich erschrocken. »Traust du das dem Ritter zu?«

»Nein, natürlich nicht! Aber er ist von Adel, und ich bin die Tochter eines Wirts. Irgendwann würde er merken, welchen Fehler er begangen hat, und das will ich nicht erleben. Ich bin glücklich damit, wie es jetzt ist.«

»Es ist trotzdem eine Dummheit von dir, den Ritter hinzuhalten. Irgendwann wird er nicht mehr hierherkommen, und dann sitzt du da und darfst froh sein, wenn der Sohn eines anderen Wirts dich heiratet.«

Gaspare ging es dabei weniger um das Glück des Mädchens als darum, Mariangela loszuwerden. Wenn sie mit dem deutschen Ritter in dessen Heimat zog, benötigte er eine Schankmaid, und wenn er es richtig anfing, würde diese ihm endlich zu einem Sohn verhelfen. Außerdem hoffte er, von Hilbrecht eine Summe für sie zu erhalten, die ihn für Mariangelas Verlust entschädigen würde.

Auch wenn er seine Gedanken für sich behielt, so ahnte seine Frau, was ihm durch den Kopf ging. Wenn es einmal Liebe zwischen ihnen gegeben hatte, so war diese längst erloschen. Zwar forderte Gaspare noch immer des Nachts sein Recht als Ehemann ein, doch das tat er nur, weil dies für ihn bequemer und vor allem billiger war, als zu einer Hure zu gehen. Zuerst hatte der Gedanke ihr weh getan, doch mittlerweile hatte Marioza sich daran gewöhnt.

Nun aber fragte sie sich, wie es wäre, wenn der deutsche Gast Mariangela tatsächlich heiraten würde. Je länger sie darüber nachdachte, desto mehr bekam sie es mit der Angst zu tun, denn sie würde dem Mann Dinge offenbaren müssen, die sie geschworen hatte, für immer zu verschweigen.

Mariangela ahnte weder etwas von den Plänen des Vaters noch von den Zweifeln ihrer Mutter, sondern füllte einen Teller mit Kalbsragout und trug es zu Hilbrecht hinüber. In der Gaststube kam sie an einem Fenster vorbei und sah hinaus. Ein junger Mann lehnte am Zaun des Nachbaranwesens und beobachtete die Taverne. Eben wurde er von Gianni angesprochen, der ihr vor einigen Wochen auf unverschämte Art den Hof gemacht hatte.

Da sie bei Gesprächen der Gäste immer wieder das eine oder andere Wort mitbekam, hatte sie Dinge erfahren, die Gianni in keinem guten Licht erscheinen ließen. Nichtstuer war noch die harmloseste Bezeichnung für ihn. Andere behaupteten hinter vorgehaltener Hand, er verdiene seinen Lebensunterhalt auf eher anrüchige Weise.

Dies traute Mariangela ihm zu, und sie fragte sich, weshalb er ausgerechnet an der Taverne ihrer Eltern so viel Interesse zeigte. Plante er möglicherweise, sie zu entführen und gemeinsam mit seinen Freunden zu vergewaltigen, so wie es Sitte war, wenn eine Frau und deren Familie entehrt werden sollten? Aber das galt an und für sich nur für Angehörige des Adels oder schwerreicher Kaufmannsfamilien. Was sie

betraf, würde es genügen, sie in eine Ecke zu ziehen und ihr dort Gewalt anzutun. Nun fiel ihr auf, dass sie schon mehrfach junge Burschen in der Nähe hatte herumlungern sehen, und zwar zumeist dann, wenn Junker Hilbrecht oder dessen Freund Falko hier zu Gast gewesen waren.
Galt das Augenmerk dieser Kerle nicht ihr, sondern den beiden Deutschen? Erschrocken stellte sie Hilbrecht den Napf hin und beugte sich über ihn. »Seid vorsichtig, Herr Ritter. Draußen treiben sich Leute herum, die mir nicht gefallen.«
Bisher hatte Hilbrecht nicht angenommen, er könnte beobachtet werden. Doch wie es aussah, waren König Friedrichs Gegner auch auf ihn aufmerksam geworden. Er überlegte, was er tun konnte, und beschloss, sich vorerst genauso zu verhalten wie die anderen Male vorher.
»Das Kalbsragout ist ja nicht schlecht, aber ihm fehlt die letzte Würze«, sagte er daher.
Mariangela ging auf sein Spiel ein. »Und was wäre das?«
»Ein Kuss von dir, mein schönes Kind! Zwei Küsse würden das Essen noch besser schmecken lassen, und bei dreien könnte ich sagen, dass mir noch nie etwas besser geschmeckt hat.« Hilbrecht schlang ihr den rechten Arm um die Hüfte und seufzte, als sie sich ihm sofort wieder entzog.
»Haben alle Mädchen in Rom ein Herz aus Stein?«
»Nein, aber sie sind sittsam und fromm und alles andere als darauf erpicht, sich von einem Tedesco wie Euch einen Bastard in den Bauch schieben zu lassen. Und nun esst, sonst wird es kalt. Als Würze kann ich Euch Salz, Rosmarin und Oregano empfehlen. Pfeffer und Muskat sind leider zu teuer.« Mit einem Lachen, das nicht ganz echt klang, wandte Mariangela sich zum Gehen.
Dabei haderte sie mit sich selbst, weil ihr die Anhänglichkeit des jungen Deutschen so viel bedeutete. Er war zwar kein

schöner Mann, aber auch nicht hässlich. Viele der jungen Männer, die hier in der Gegend lebten, gefielen ihr weit weniger, und doch zog ihre Mutter sie als mögliche Schwiegersöhne in Erwägung.
»Dabei mag ich doch gar nicht heiraten«, murmelte sie und warf auf dem Rückweg in die Küche einen weiteren Blick durch das Fenster. Der Müßiggänger lehnte noch immer am Zaun und starrte unverwandt herüber.

4.

An anderen Tagen hatte Hilbrecht den Krug Wein bis zur Neige geleert, doch nun hielt er sich beim Trinken zurück. Er brach auch früher auf als sonst und musste sich direkt zwingen, noch ein paar fröhliche Worte mit Mariangela zu wechseln.
»Du hast wirklich ein Herz aus Stein!«, beschwerte er sich laut.
Mariangela, die von ihrem Platz aus durch das Fenster den wartenden Mann sehen konnte, sah diesen grinsen. Er hatte also gute Ohren, geeignet für einen Spion. Zwar wusste sie nicht, auf welches Spiel sie sich eingelassen hatte, doch da der von ihr verehrte Pater Luciano es für richtig hielt, dass sie geheime Nachrichten weitergab, wollte sie ihn nicht enttäuschen.
»Mein Herz ist warm wie die Sonne, aber nur für den richtigen Mann! Außerdem bin ich eine Römerin, und Ihr seid ein Tedesco aus dem kalten, schaurigen Norden. Mich friert bereits, wenn ich nur an Eure Heimat denke.«
»Ich würde dir auf meiner Burg einen großen Kachelofen

errichten lassen, damit du dich immer wärmen kannst«, versprach Hilbrecht und vergaß dabei ganz, dass er weder eine Burg besaß noch genug Geld, um sich eine kaufen zu können.

»Nur am Kachelofen zu sitzen, weil draußen die Eiswinde um das Gemäuer heulen, wäre mir zu wenig. Kehrt also in Eure finsteren Wälder zurück und sucht Euch ein Weib, das wärmeres Blut in den Adern hat als ich und dort nicht frieren muss.«

»Dabei dachte ich, ihr Römerinnen wärt die Heißblütigsten von allen«, konterte Hilbrecht gelassen.

So ging es noch eine ganze Weile hin und her, bis er endgultig Abschied nahm und nach einem letzten Gruß an den Wirt die Taverne verließ.

Während er auf dem Hof darauf wartete, dass ihm sein Pferd gebracht wurde, beobachtete er aus den Augenwinkeln, wie der Müßiggänger sich von der Wand abstieß und in die Richtung verschwand, die auch er einschlagen würde. Hilbrecht erinnerte sich an Kardinal Foscarelli, der auf dem Heimweg von Pater Luciano ermordet worden war, und fühlte seine Anspannung wachsen. Wenn die Feinde des Königs versuchen sollten, ihm aufzulauern, um an die geheime Botschaft zu kommen, würden sie ihr blaues Wunder erleben.

Nun bedauerte Hilbrecht, dass Falko nicht bei ihm war. Dies wäre ein Abenteuer ganz nach dem Sinn seines Freundes gewesen. Aber er würde es auch allein bewältigen. Mit diesem Vorsatz schwang er sich in den Sattel und trabte an. Unterwegs musterte er seine Umgebung zwar unauffällig, aber so gründlich wie möglich. Ein Meuchelmörder könnte sich genauso gut auf dem mit Buschwerk bewachsenen Gianicolo-Hügel verstecken wie in den Ruinen uralter Gebäude, die er passieren musste.

Obwohl er die Augen offen hielt, wäre Hilbrecht beinahe der Strick entgangen, der quer über der staubigen Straße lag. Erst als dieser leicht ruckte, wurde er auf die Bewegung aufmerksam. Anscheinend war der Mann, der ihn an einem Ende hielt, zu aufgeregt, um regungslos bleiben zu können.
Hilbrechts rechte Hand wanderte in Richtung Schwertgriff, und als er kurz vor dem Seil war, gab er dem Hengst die Sporen. Das Tier stürmte los und überwand die Stelle, bevor die Männer im Hinterhalt das Seil spannen konnten. Jemand fluchte, Befehle erschollen, und drei Kerle verlegten ihm den Weg. Sie versuchten, die Zügel des Hengstes zu ergreifen, doch Hilbrecht trieb sie mit ein paar schnellen Schwertstreichen zurück. Da tauchte ein weiterer Angreifer auf, packte den Gaul am Zaumzeug und achtete geschickt darauf, dass sich der Kopf des Tieres zwischen ihm und dem Schwert befand.
Obwohl der Bursche sich wie ein Einheimischer gekleidet hatte, kam er Hilbrecht bekannt vor. Darüber nachdenken konnte er aber nicht, denn andere Männer näherten sich von hinten. Zwei hielten den Strick in den Händen, um ihn damit aus dem Sattel zu zerren.
Mit einem scharfen Ruck am rechten Zügel zwang Hilbrecht den Hengst dazu, den Kopf zu wenden, und stieß dem hünenhaften Kerl mit dem kleinen Kopf den Absatz seines Stiefels ins Gesicht. Der Kerl schrie auf und stolperte rückwärts, während ihm das Blut aus Mund und Nase rann. Da er den Hengst hatte loslassen müssen, war der Weg für Hilbrecht frei. Er setzte die Sporen ein und galoppierte triumphierend davon.
Kaum waren die Hufschläge des Pferdes verhallt, schälte sich Gianni rot vor Wut aus dem Gewirr der verfallenen Mauern und brüllte seine Leute an. »Beim heiligen Antoni-

us von Padua! Seid ihr denn kleine Kinder, die nicht einmal einen Ball festhalten können, den man ihnen in den Schoß wirft?«

Die Kerle zogen die Köpfe ein, und nur einer wagte zu antworten. »Er hat uns überrascht, Gianni. Wir konnten doch nicht ahnen, dass er seinem Pferd gerade in dem Augenblick die Sporen geben würde, als wir den Strick hochziehen wollten.«

»Ihr hättet das Ding bloß schneller spannen müssen, um den Gaul zu Fall zu bringen. Doch der Deutsche war auch so schon in eurer Hand. Rodolfo hatte den Gaul am Halfter, aber bis ihr Schnecken euch aufgerafft habt, ihm zu Hilfe zu kommen, war es zu spät. Wie schlimm ist es eigentlich?« Mit der letzten Frage wandte Gianni sich an Rudolf von Ottmeringen, der inzwischen auf den Stand eines Straßenräubers herabgesunken war.

»Nich scho schlimm«, brachte der Junker heraus, obwohl Hilbrechts Fußtritt ihm die Nase gebrochen und mehrere Zähne ausgeschlagen hatte.

»Einer von euch wird Rodolfo zum Barbier bringen, damit der sich um ihn kümmert. Ihr anderen kommt mit mir! Wir müssen sehen, ob wir unsere Informationen nicht auf andere Weise bekommen.«

»Du meinst direkt von dem Pater?«, fragte einer seiner Spießgesellen und strich dabei grinsend über seinen Dolch.

»Wenn es nottut, auch auf diese Weise.« Gianni ärgerte sich, dass ausgerechnet der erste Auftrag, den er als Anführer für Dario d'Specchi hatte ausführen sollen, so danebengegangen war.

Es würde nicht einfach sein, Pater Luciano aus seinem Haus herauszuholen, um ihn an einer versteckten Stelle zu verhören. Das musste so heimlich geschehen, dass die Bewohner von Trastevere nicht darauf aufmerksam wurden und ihren

Seelsorger befreiten. Die Leute waren mit dem bulligen Deutschen, der jetzt sein Untergebener war, und dessen Waffenknechten fertig geworden und würden mit Männern, die ihren Pater bedrohten, wenig Federlesens machen.
Mit wachsender Wut über die Schwierigkeiten, die sich vor ihm auftürmten, befahl er vier seiner Kumpane, mit ihm zu kommen, und machte sich auf den Weg. In Trastevere angekommen, glaubte Gianni für einen Augenblick, Mariangelas Kopf hinter einem Fenster der Taverne auftauchen zu sehen. Auch mit ihr stand noch eine Rechnung offen, die er bald begleichen wollte. Keine Wirtstochter durfte einen Mann wie ihn ungestraft abweisen.
Gianni malte sich aus, wie er sich an dem Mädchen rächen würde, und spann dann den Faden weiter. War nicht Dario d'Specchi von einem nachrangigen Schreiber zum Vertrauten des Herzogs von Gravina aufgestiegen? Der Mann konnte seinen Sohn schon bald mit einer Verwandten des hohen Herrn verheiraten. Dümmer als Signore Dario war er auch nicht, fand Gianni. Was diesem gelungen war, konnte er ebenfalls erreichen. Allerdings musste er dafür gute Arbeit leisten, und dazu gehörte es nicht, das Pfarrhaus von Santa Maria in Trastevere am helllichten Tag zu überfallen.
Mit diesen Überlegungen führte er seine Leute auf den Platz vor der Kirche und betrat das Kirchenschiff.
»Was sollen wir denn hier?«, fragte sein Unteranführer verwundert.
»Beten, denn das habt ihr nötig! Danach besuchen wir Gaspares Taverne, trinken einen Becher Wein und warten auf die Nacht.« Gianni kniete sich in die vorderste Bank. Statt zu beten, fragte er sich jedoch, wie es ihm unauffällig gelingen konnte, den alten Pater in die Hände zu bekommen.

5.

Mariangela hatte Gianni und dessen Trupp beobachtet und befürchtete Schlimmes. Sobald es ihr möglich war, schlüpfte sie durch den Hintereingang der Taverne und eilte auf Umwegen zum Pfarrhaus.

Auf ihr Klopfen hin erklang Pater Lucianos Stimme. »Wer ist da?«

»Mariangela! Bitte lasst mich ein.«

Der Pater öffnete die Tür einen Spalt, sah, dass das Mädchen allein war, und löste die Kette, mit der er die Tür gesichert hatte.

»Komm herein, mein Kind! Was gibt es?«

Mariangela wartete, bis er die Tür hinter ihr geschlossen hatte, und rang dann die Hände. »Es ist dieser Gianni, hochwürdiger Vater.«

»Bedrängt er dich wieder?«

Mariangela schüttelte heftig den Kopf. »Nein, hochwürdiger Vater! Um mich geht es diesmal nicht, sondern um Herrn Hilbrecht. Gianni hat ihn überwachen lassen, und ich befürchte, dass seine Bande Euren Freund auf dem Heimweg überfallen hat. Jetzt habe ich die Kerle in die Kirche gehen sehen.«

»Hilbrecht überfallen? Das wäre entsetzlich!« Der Pater dachte erschrocken an die geheime Botschaft, die an Giso weitergereicht werden sollte. War diese der Gegenseite in die Hände gefallen, würde König Friedrich seine Reiseroute ändern müssen oder konnte möglicherweise gar nicht nach Rom kommen. Das würde fatale Folgen für das gesamte Reich und auch für Italien nach sich ziehen.

»Bleib hier!«, forderte er Mariangela auf und verließ das Pfarrhaus. Wenig später öffnete er die Tür der Sakristei und warf einen Blick in das Kirchenschiff. Einige alte Frauen, die im Herbst ihres Lebens die Zeit hatten, alte Sünden zu bereuen, knieten im Kirchengestühl, außerdem ein junges Paar, das er erst vor kurzem getraut hatte. Gianni und dessen Begleiter entdeckte er erst auf den zweiten Blick, denn sie saßen verstreut im Schatten der großen Säulen, die das Kirchendach trugen.

Obwohl Pater Luciano ihre Gesichter im Halbdunkel kaum erkennen konnte, sagten ihm die verbissenen Mienen genug. Erleichtert, weil er sich in Hilbrecht nicht getäuscht hatte, kehrte er zu Mariangela zurück. »Ich glaube nicht, dass dem Ritter etwas zugestoßen ist. Gianni und seine Männer sehen nämlich nicht so aus, als hätten sie Erfolg gehabt. Ich danke dir trotzdem, dass du zu mir gekommen bist. Jetzt bin ich gewarnt!«

»Gewarnt?« Mariangela starrte den Pater erschrocken an. »Glaubt Ihr, die Kerle wollen Euch überfallen?«

»Möglich ist es«, antwortete der Pater lächelnd. »Dank dir bin ich jedoch darauf vorbereitet.«

»Ich werde die Nachbarn rufen, damit sie Euch beistehen, hochwürdiger Herr!« Da Mariangela aussah, als würde sie ihren Worten Taten folgen lassen, ergriff Pater Luciano sie am Ärmel.

»Halt! Damit würdest du den Füchsen, die um den Hühnerstall herumschleichen, nur zeigen, dass sie entdeckt worden sind. Gianni und seine Banditen sollen sich ruhig in Sicherheit wiegen. Der Schrecken danach wird umso größer sein.«

Mariangela sah ihn zweifelnd an. »Ihr versprecht mir aber, dass Ihr auf Euch achtgebt, hochwürdiger Vater.«

»Ich verspreche es!« Pater Luciano lächelte und sagte sich, dass Mariangela wahrlich sein liebstes Pfarrkind war.

»Nun geh!«, forderte er sie auf und ließ sie zur Tür hinaus.

Als er sich wieder an seinen Tisch setzte und in sein Brevier blickte, befassten sich seine Gedanken jedoch nicht mit den frommen Worten darin, sondern mit Gianni und seinen Männern. Er wusste nicht viel über sie, doch das wenige reichte aus, um vorsichtig zu sein.

Aus dem Grund kehrte Pater Luciano noch einmal in die Sakristei zurück. Doch kaum hatte er die Tür einen Spalt weit geöffnet, stand Gianni auf, winkte seinen Kumpanen, mitzukommen, und schritt auf Gaspares Taverne zu.

Das ist mir alles zu auffällig, fuhr es dem Pater durch den Kopf. Bevor sein Freund Taddeo Foscarelli ermordet worden war, hatten sie beide nicht geahnt, dass man sie beobachtete. Allerdings war Gianni damals noch nicht so regelmäßig in Trastevere aufgetaucht. Der Kerl war jedoch nicht der Hauptübeltäter, sondern nur ein kleiner Gauner, wie es in Rom viele gab, und ein williger Handlanger jenes Mannes, dem Foscarelli zum Opfer gefallen war.

Weshalb tritt jener Mörder diesmal nicht selbst in Erscheinung?, fragte Pater Luciano sich. Mit dem Gefühl, vor einem Geheimnis zu stehen, das er nicht so leicht ergründen konnte, winkte er seinen Sagrestano heran. »Hast du die Männer gesehen, die eben die Kirche verlassen haben?«

Der Küster nickte. »Ja, Hochwürden, und ich kann nicht sagen, dass sie mir gefallen haben.«

»Ihr Anführer ist Gianni, ein übel beleumundeter Mensch. Ich fürchte, er und seine Männer haben es auf die Spendengelder abgesehen, die ich im Pfarrhaus verwahre.«

»Ihr meint, die Kerle wollen Euch bestehlen, Hochwürden?«

»Auf jeden Fall sollten wir uns wappnen. Hol bei Anbruch der Nacht sechs oder noch besser acht kräftige Männer und führe sie durch die Tür des Stalls in mein Haus. Täusche ich mich, erhält jeder von ihnen einen Krug Wein und ein Essen

bei Marioza von mir bezahlt. Täusche ich mich nicht, gibt es das Doppelte!«
Der Pater sah den Sagrestano zufrieden nicken und hoffte, dass die Nacht nicht blutig werden würde. Beim letzten Aufruhr in Gaspares Taverne waren zwei deutsche Waffenknechte ihren Verletzungen erlegen, und die beiden anderen lagen verwundet in einem Kerker, den sie erst am Tag ihrer Hinrichtung wieder verlassen würden.
Mit einem Achselzucken schüttelte der Pater die trüben Gedanken ab und kehrte in sein Haus zurück. Unterwegs kämpfte er gegen den Wunsch an, ebenfalls in die Taverne zu gehen und die Schurken zu beobachten. Doch damit hätte er Gianni nur gewarnt und dazu gebracht, sein Glück an einem anderen Tag zu versuchen.

6.

An diesem Tag wünschte Mariangela sich, ihr anhänglicher deutscher Verehrer wäre noch hier, um Gianni in die Schranken weisen zu können. Eben schüttete der Kerl einen Becher Wein aus, der ihm angeblich nicht schmeckte, und forderte sie herrisch auf, die Lache auf dem Boden zu beseitigen.
Wütend ergriff sie einen Lappen, bückte sich und spürte sogleich seine Hand am Hintern. Während Giannis Begleiter johlten, tauchte sie das Tuch in den ausgegossenen Wein und riss es hoch. Der nasse Lappen klatschte in Giannis Gesicht, und noch während er sie verdattert anstarrte, versetzte sie ihm zwei weitere Schläge.
»Entweder du benimmst dich, wie es sich gehört, oder ich

hole die Büttel!«, fauchte das Mädchen ihn an. Dann drehte es sich um und verschwand in der Küche.

»Teufel noch mal, hat die ein hitziges Gemüt«, stieß einer von Giannis Männern aus.

Gianni wischte sich mit dem Ärmel das Gesicht trocken und sandte der Wirtstochter einen eisigen Blick nach. »Dafür wird sie mir bezahlen, und das wird ein Fest für uns alle werden!«

»Du meinst, wir ...« Der Mann brach mitten im Satz ab, doch seine Hüftbewegung sagte genug.

»Genau das meine ich. Sie hätte sich nicht so zieren sollen, als ich mit ernsten Absichten zu ihr gekommen bin.«

»Ernste Absichten? Bei der Heiligen Jungfrau, dann wärst du hier Wirt geworden. Das hätte uns gefreut!« Sein Untergebener blickte ihn bewundernd an.

Doch Giannis Träume waren bereits weit über die Taverne hinausgewachsen. »Vielleicht werdet ihr bald höflicher mit mir sprechen und mich Signore nennen.«

»Jetzt übertreib mal nicht!«, lachte der Mann und fing sich einen beinahe ebenso hasserfüllten Blick ein wie Mariangela vor ihm.

Gianni wusste jedoch, dass er seine Spießgesellen brauchte, wenn er aufsteigen wollte. Daher hielt er den Mund und füllte seinen Becher aus dem Weinkrug. Nachdem er getrunken hatte, verzog er das Gesicht zu einer hämischen Grimasse. Sie alle werden Augen machen, sagte er sich. Dario d'Specchi braucht mich, weil sein Sohn ausgefallen ist und erst in etlichen Wochen wieder eingreifen kann. Der Gedanke brachte Gianni auf die Männer, die Cirio d'Specchi in den Katakomben überfallen und halbtot geschlagen hatten. Noch immer rätselten die d'Specchis, wer es gewesen sein konnte, und auch ihm war es nicht gelungen, hinter das Geheimnis zu kommen.

Gianni sann darüber nach, während er einen weiteren Becher leerte. Da auch nichts mehr im Krug war, rief er Mariangela zu, sie solle einen neuen bringen.
»Ich bin schon da!« Wie aus dem Nichts tauchte die Wirtstochter auf, stellte einen vollen Krug auf den Tisch und war weg, bevor er nach ihr greifen konnte.
»Du machst einen Fehler, Mariangela! Bald wirst du zu mir aufschauen müssen«, rief er ihr verärgert nach.
An der Tür drehte sich das Mädchen um. »Willst du etwa das Gewerbe eines Dachdeckers erlernen oder Schornsteinfeger werden?« Lachend verschwand sie in der Küche.
»Elendes Biest!«, zischte Gianni und lauschte dem Stundenschlag von Santa Maria in Trastevere. »Noch drei Stunden, dann legen wir los«, sagte er zu seinen Männern und legte sich in Gedanken die Fragen zurecht, die er dem Pater stellen wollte.

7.

Da Gaspare Giannis Rachsucht fürchtete, bat er einige Gäste, noch zu bleiben, bis dieser die Taverne mit seinen Begleitern verlassen hatte.
Gianni blieb das nicht verborgen. Solange diese Leute wach waren, konnten sie Geräusche im Pfarrhaus oder gar Hilferufe des Paters hören und eingreifen. Um das zu verhindern, warf er großspurig ein paar Gigliati auf den Tisch.
»Hier, Mädchen! Der Rest ist für dich.«
Mariangela nahm das Geld, hielt sich aber außerhalb seiner Reichweite und legte ihm mehrere Danari hin. »Da ist dein Wechselgeld! Von einem wie dir nehme ich nichts.«

Gaspare verdrehte die Augen und rief seine Tochter zu sich, als Gianni und dessen Spießgesellen die Taverne verlassen hatten. »Du bist wohl nicht gescheit, Giannis Trinkgeld zurückzuweisen! Er hat mindestens ein Viertel mehr bezahlen wollen, als die Zeche ausmachte. Wie sollen wir da auf einen grünen Zweig kommen?«

»Wir sind bis jetzt nicht verhungert und werden es auch in Zukunft nicht tun«, wies seine Frau ihn zurecht. »Am liebsten würde ich diesen Gianni und sein Gesindel für immer unserer Taverne verweisen. Er hat sein Geld nicht auf ehrliche Weise erworben.«

Gaspare tippte sich gegen die Stirn. »Was kümmert es mich, wo Gianni sein Geld herhat? Hauptsache, er zahlt, was er verzehrt!«

Ohne darauf einzugehen, schloss Mariangela die Fensterläden und betete dabei, dass die Nacht friedlich verlief. Und wenn sie es nicht tat, so hoffte sie, dass die Heilige Jungfrau den richtigen Leuten beistehen würde.

Während die Wirtsfamilie die letzten Gäste verabschiedete und sich für die Nacht einrichtete, führte Gianni seine Männer durch das dunkle Trastevere. Einer seiner Begleiter stolperte und schimpfte. »Warum haben wir uns von Gaspare keine Laterne geben lassen?«

»Weil wir damit viel zu sehr auffallen würden«, gab Gianni wütend zurück. »Außerdem scheinen die Sterne hell genug!«

»Eine Katze kann vielleicht etwas sehen, aber ich nicht«, schimpfte der andere weiter.

Mit einem Mal war Gianni bei ihm und drückte ihm die Spitze des Dolches gegen den Hals. »Wenn du so weitermachst, wirst du gleich gar nichts mehr sehen!«

Der Mann erstarrte. »Ich habe es doch nicht so gemeint«, würgte er hervor. »Aber du weißt selbst, dass ich schlechter sehe als du oder die anderen.«

»Ist schon gut«, lenkte Gianni ein. »Und jetzt seid still! Der Pfaffe darf nicht merken, dass wir etwas planen.«

»Wie willst du das machen? Er dürfte die Tür versperrt haben.« Dieses Problem hatte Gianni noch nicht gelöst. »Mir wird schon etwas einfallen«, antwortete er ausweichend und war froh, als sie kurz darauf ein verfallenes Haus fanden, dessen Mauerreste sie vor fremden Blicken schützten. Dort winkte er seine Leute zu sich heran.

»Wir warten hier den nächsten Stundenschlag ab, dann holen wir uns den Pfaffen. Wenn er nicht redet, kann er bei seiner eigenen Beerdigung die Messe lesen!«

»Mir gefällt es gar nicht, einen Priester umzubringen. Dafür kommt man in die Hölle«, wandte ein Mann ein.

»Wenn er redet, wird er nicht umgebracht«, versprach Gianni, der sich längst eingestanden hatte, dass er es sich nicht leisten konnte, Pater Luciano am Leben zu lassen.

Die nächste Stunde verging quälend langsam. Immer noch dachte Gianni angestrengt nach, wie er in das Pfarrhaus eindringen konnte. Die Tür aufzubrechen war unmöglich. Das würden die Nachbarn hören und Pater Luciano zu Hilfe eilen. Da fiel ihm der Stall ein. Bei einem früheren Erkundungsgang hatte er herausgefunden, dass dessen Tür nur durch einen hölzernen Fallriegel verschlossen wurde, den man mit einer schmalen Messerklinge von außen hochheben konnte. Als schließlich der ersehnte Glockenschlag ertönte, wandte Gianni sich erleichtert an seine Kumpane.

»Kommt jetzt!« Vorsichtig führte er die Männer durch die nächtlichen Straßen zum Pfarrhaus, umging dieses und blieb vor der Stalltür stehen. Dort zog er seinen Dolch und steckte die Klinge in den Spalt zwischen zwei Türbrettern. Kurz darauf hatte er den Riegel erfasst, hob ihn hoch und drückte die Tür vorsichtig auf.

Innen blieb alles still. Als er eintrat, um seinen Männern Platz zu machen, stieß er jedoch gegen einen Eimer. Das Geräusch war nicht laut, genügte aber, um eines der Hühner zu wecken. Das Tier flatterte mit den Flügeln und wollte schreien. Da packte einer von Giannis Kumpanen es am Hals und drehte diesen um.

»Gut gemacht!«, lobte ihn sein Anführer leise und schlich weiter.

Diesmal gab Gianni acht, dass er nicht noch einmal gegen etwas stieß. Als er die die Zwischentür zum Haus erreichte, betete er, dass diese nicht verschlossen war. Erleichtert stellte er fest, dass sie sich tatsächlich öffnen ließ.

Jetzt gehört der Pater uns, dachte er. In dem Augenblick wurde es um ihn herum laut.

»Auf sie!«, hörte er jemanden schreien. Gleichzeitig flammten Laternen auf und blendeten ihn.

Im nächsten Moment bekam er einen harten Schlag gegen die rechte Schulter, so dass ihm der Dolch aus der Hand rutschte und klirrend zu Boden fiel. Nun konnte er wieder etwas sehen, und er sah, dass sie in eine Falle getappt waren. Ihnen standen mindestens zehn Männer gegenüber, die alle mit Knüppeln bewaffnet waren, von denen sie wacker Gebrauch machten. Gianni bekam einen zweiten Schlag ab, konnte dann aber seitlich ausweichen, während seine Männer, die ihm dichtauf gefolgt waren, heftige Prügel einstecken mussten. Einige versuchten, wieder in den Stall zu gelangen, um dort durch die Tür zu entkommen. Darauf aber waren ihre Angreifer vorbereitet und trieben sie mit wuchtigen Hieben von der Zwischentür weg.

Gianni begriff, dass ihm keine Zeit blieb, sich um seine Kumpane zu kümmern. Rasch wich er in Richtung Haustür zurück. Die war zwar verriegelt, aber der Schlüssel steckte, und die Kette war nicht eingehängt. Mit einem Satz war er dort, schlug den Riegel zurück und drehte, da ihm die Rechte den Dienst versagte, den Schlüssel mit der linken Hand um.

Pater Luciano bemerkte seinen Fluchtversuch, hob den Knüppel und wollte noch zuschlagen. Da ging die Tür auf, und Gianni schoss wie von der Sehne geschnellt hinaus.

»*Maledetto!*«, rief der Pater und eilte ihm nach. Damit aber gab er drei weiteren Schurken die Gelegenheit, die Tür zu erreichen und in der Dunkelheit unterzutauchen.

Als er zurückkehrte, hielten seine Helfer einen einzigen Schurken am Wickel und sahen ihn betroffen an. »Es tut uns leid, Hochwürden, aber wir haben nicht geglaubt, dass die Kerle nach den Prügeln, die sie bekommen haben, noch fliehen könnten«, entschuldigte sich der Sagrestano.

Obwohl der Pater sich ärgerte, weil ausgerechnet der Anführer entkommen war, machte er eine beruhigende Geste. »Schon gut! Bei den Hieben, die wir den Banditen versetzt haben, werden sie so bald nicht wiederkommen. Den Kerl da liefert den Bütteln aus. Ihm ist der Verkauf auf die Galeeren sicher.«

Der Mann begann zu fluchen. »Der Teufel soll dich holen, Pfaffe! Wir kriegen dich schon noch, und dann wirst du die Hiebe abbekommen. Ich freue mich schon darauf!«

Der Kerl scheint zu hoffen, seine Auftraggeber würden ihn befreien, dachte der Pater. Zu seinem Leidwesen konnte dies durchaus möglich sein, denn die Feinde des deutschen Königs hatten viel Einfluss in der Stadt. Zudem gab es etliche Würdenträger, denen Friedrich III. als deutscher König gleichgültig war und die ihn nur nicht als römischen Kaiser sehen wollten.

Mit dem Gefühl, in einem Kampf gegen Windmühlen zu stehen, bedankte der Pater sich bei seinen Helfern und sah dann zu, wie sie das Pfarrhaus verließen und den gefangenen Banditen mit sich schleppten. Er selbst fragte sich verzagt, was er noch unternehmen konnte, um den Besuch des Königs in Rom zu ermöglichen.

8.

Zunächst überwog bei Gianni die Freude, entkommen zu sein. Dann erst wurde ihm bewusst, dass es damit nicht getan war. Ihm würde nichts anderes übrigbleiben, als zu Dario d'Specchi zu gehen und sein Versagen zuzugeben. Das ärgerte ihn doppelt, denn er hatte gehofft, durch gute Arbeit nicht nur mit klingender Münze belohnt zu werden, sondern einen weiteren Schritt nach vorne tun zu können. Nun musste er beten, dass der ältere d'Specchi ihn überhaupt noch mit Aufträgen betraute.

Mit einem wüsten Fluch bog er bei nächster Gelegenheit von der Straße ab, überquerte den Tiber und erreichte auf verschlungenen Wegen d'Specchis Haus. Dort klopfte er und wurde trotz der nächtlichen Stunde von einem Diener eingelassen und zum Hausherrn geführt.

Dieser hielt sich in der Kammer auf, in der er seinen kranken Sohn untergebracht hatte. Bislang hatte Dario d'Specchi es nicht gewagt, Cirio in das kleine Landhaus zu bringen, das der Herzog von Gravina ihm für frühere Verdienste geschenkt hatte. Allerdings schien sein Sohn auf dem Weg der Besserung zu sein, denn das Fieber war gesunken, und sein gesundes Auge blickte Gianni klar und fragend entgegen.

»Nun, habt ihr den Deutschen abgefangen?«, fragte Cirio seinen Helfer.

Als Gianni beschämt den Kopf senkte, begriffen beide d'Specchis, dass etwas schiefgelaufen war.
»Was ist geschehen?«, wollte Signore Dario wissen.
»Der Teufel muss den Deutschen gewarnt haben! Gerade als er unsere Falle erreichte, hat er seinen Gaul plötzlich angetrieben, und wir konnten den Zossen nicht mehr zu Fall bringen. Wir haben noch versucht, ihn aufzuhalten, aber er hat wild mit dem Schwert um sich geschlagen. Zwar konnte einer meiner Männer das Halfter seines Pferdes fassen, doch gerade, als ich den Befehl gab, dem Kerl das Seil über den Körper zu werfen, hat der den Kopf seines Gauls freigerissen und ist getürmt.« Gianni stellte die Situation etwas dramatischer dar, als sie sich tatsächlich zugetragen hatte, und übertrieb hier vor allem seine eigene Rolle. Im Grunde hatte er aus sicherer Entfernung zugesehen.
Dario d'Specchi fluchte, während sein Sohn den Besucher aufmerksam betrachtete. Dabei fiel ihm auf, dass Gianni die Schulter schief hielt und die rechte Hand nicht bewegte.
»Hast du etwas abbekommen?«, fragte er.
»Erst später!«, bekannte Gianni. »Da wir den Deutschen nicht in die Hand bekommen konnten, wollten wir Pater Luciano gefangen nehmen und verhören.«
»Ihr wolltet *was?*«, platzte Cirio d'Specchi heraus.
»Wir sind zum Pfarrhaus von Santa Maria in Trastevere und sind durch den Stall eingedrungen. Aber da haben uns ein paar Kerle mit Stöcken und Keulen aufgelauert. Ich weiß nicht, wieso sie uns erwartet haben. Vielleicht haben wir einen Verräter unter uns.«
Immer schön die Schuld auf andere schieben, sagte sich Gianni. Schließlich waren mehr Leute in ihre Pläne eingeweiht als nur er, seine Männer und die d'Specchis. Die Handlanger, die er um sich geschart hatte, waren jedoch nur dumpfe Befehlsempfänger, denen es gleichgültig war, ob sie

für ein paar Gigliati jemanden umbringen, ein Weib schänden oder einen Reisenden um seine Habe bringen sollten. Selbst wenn man einen von ihnen gefangen nahm, würde dieser nur wenig ausplaudern können.
Diese Überlegung ließ Gianni erleichtert aufatmen. »Das hat dieser Pfaffe nicht umsonst getan! Schon morgen hole ich mir weitere Freunde – und dann hat er nichts mehr zu lachen«, erklärte er.
»Du wirst gar nichts!«, fuhr Cirio d'Specchi ihm über den Mund. »Wenn Pater Luciano tot ist, wird jemand anders die heimlichen Botschaften besorgen. Und wir müssten mühsam herausfinden, wer es ist. So aber wissen wir, von wem die Kuriere ihre Briefe erhalten, die sie in den Vatikan und zu den Freunden des Steiermärkers bringen, und können uns diejenigen herauspicken, von denen wir annehmen, dass sie wichtig sind. Da der alte Fuchs Luciano nun durch deine Dummheit gewarnt ist, wird es ohnehin noch schwerer sein, seine Boten abzufangen.«
»Nicht ich habe den Pfaffen gewarnt, sondern Ihr selbst mit dem Mord an Kardinal Foscarelli!«, entgegnete Gianni, der wütend darüber war, so abgekanzelt zu werden.
»Foscarellis Tod war unumgänglich. Er hatte zu viel Einfluss auf den Papst und hätte diesen dazu gebracht, Friedrich III. etliche Zugeständnisse zu machen. Jetzt hat Kardinal Orsini das Ohr des Papstes, und der ist kein Freund des deutschen Königs.« Das Reden bereitete Cirio d'Specchi starke Schmerzen, und er sank stöhnend zurück. »Wenn ich den erwische, der mich hinterrücks niedergeschlagen hat, wird er tausend Tode sterben! Das schwöre ich bei meiner ewigen Seligkeit.«
Sein Vater verzog kurz das Gesicht und wandte sich dann an Gianni. »Der Herzog von Gravina hat mir eine Botschaft gesandt und mich aufgefordert, mich mit seinem Verwand-

ten Ercole zu treffen, um die Missverständnisse auszuräumen, die zwischen uns entstanden sind. Daher wirst du den Conte morgen früh in meinem Namen aufsuchen und eine Zusammenkunft vereinbaren. Hast du verstanden?«
»Ja, Signore Dario!« Gianni knirschte innerlich mit den Zähnen, weil die d'Specchis ihn wie einen Dienstboten behandelten. Doch er würde ihnen – oder, besser gesagt, dem Herzog von Gravina – schon zeigen, was er wert war. Vorerst aber musste er die Anweisungen der beiden d'Specchis befolgen, sosehr es ihn auch wurmte.
»Noch etwas, Gianni. Wenn du das nächste Mal jemanden abfangen willst, dann tu es unter meinem Kommando. Sonst wird es nichts!«
Cirio d'Specchis Worte verletzten Gianni tief, und nur der Gedanke daran, wie gut der junge Mann mit dem Dolch umzugehen wusste, verhinderte, dass er eine entsprechende Antwort gab. Daher beugte er nur kurz den Kopf, verabschiedete sich und verließ den Raum. Als er die Treppe hinabstieg, um zur Eingangstür zu kommen, steckte Cristina, Dario und Isotta d'Specchis jüngste Tochter, den Kopf aus ihrem Zimmer heraus.
»Ach, du bist es nur!«, sagte sie, als hätte sie jemand anders erwartet.
Obwohl die Lampe nur spärliches Licht spendete, wunderte Gianni sich erneut über ihre Ähnlichkeit mit der Wirtstochter von Trastevere, allerdings trug Mariangela keine so missmutige Miene zur Schau wie Signorina Cristina.

9.

Am nächsten Tag war Falko weder bei Ercole Orsini eingeladen, noch hatte er sich mit Francesca verabredet. Stattdessen wollte er nach dem Mittagessen nach Tre Fontane reiten und Elisabeth aufsuchen. Es war ihm jedoch nicht wohl bei dem Gedanken, der jungen Äbtissin sagen zu müssen, dass er in Zukunft zwar noch ihre Freundschaft, nicht jedoch ihren Leib begehren wollte. Was wir tun, ist eine große Sünde, sagte er sich, doch seine Sehnsucht nach ihr fraß ihn innerlich auf.

Tief in seinem Sinnieren eingesponnen, achtete Falko kaum auf Hilbrechts Bericht. Umso mehr interessierte Giso sich für den Überfall und ging Falko schließlich scharf an. »Du solltest hier in Rom weniger an Weiber als an deine Pflichten denken! Immerhin bist du als Reichsritter auf Kibitzstein ein direkter Lehensmann des Königs. Daher hör endlich auf, dieser römischen Hure nachzusteigen.«

Falko fuhr wütend auf. »Francesca ist keine Hure, sondern die Frau, die ich heiraten werde!«

»Orsini gibt sie dir also? Das wundert mich – oder vielleicht auch nicht«, gab Giso zurück.

»Wie meinst du das?« Jetzt schwoll Falko der Kamm, und der Streit, der bereits seit einiger Zeit schwelte, drohte sich zu entfachen.

»Gebt Ruhe! Alle beide!«, mischte sich Hilbrecht ein. »Ihr seid meine besten Freunde, und ich würde jedem von euch mein Leben anvertrauen. Aber ihr dürft euch nicht entzweien.«

Giso atmete tief durch und nickte schließlich. »Du hast recht. Auch ich würde Falko mein Leben anvertrauen. Nur wünschte ich mir, er würde seine Pflicht als Ritter des Königs ernst nehmen und nicht diesem römischen Mädchen nachsteigen.«

Dem jungen Priester lag auf der Zunge zu berichten, dass er in Ercole Orsinis Hauskapelle versteckt zugesehen hatte, wie Francesca und Falko in der Sakristei verschwunden und erst nach geraumer Zeit wieder herausgekommen waren. Da sein Freund nicht dumm war, musste er entweder von diesem Mädchen besessen sein oder bereit, sich auf die Seite der Feinde des Königs zu schlagen.

»Ich weiß nicht, ob ich Giso mein Leben anvertrauen würde. Hilbrecht ja, aber ihm nicht«, antwortete Falko unversöhnlich.

»Dann muss ich dich bitten, das Gelände des Campo Santo Teutonico zu verlassen und dir in Rom eine andere Bleibe zu suchen! Hier haben nur treue Ritter des Königs etwas zu suchen«, antwortete Giso eisig.

»Falko ist ein treuer Ritter des Königs«, rief Hilbrecht verzweifelt aus.

Doch keiner der beiden Streithähne war bereit einzulenken. Mit einer wütenden Bemerkung drehte Falko sich um und verschwand in der Herberge. Als er kurz darauf wieder herauskam, trug er seine Reisekleidung und hatte seinen Umhang übergeworfen. Ihm folgte sein Knappe Frieder mit einer Miene, als hätte man ihm sechs Wochen Regenwetter prophezeit.

»Da der Herr Pfarrer mich hier nicht mehr sehen will, habe ich mich entschlossen, mich in Gaspares Taverne in Trastevere einzuquartieren«, sagte Falko zu Hilbrecht und ignorierte Giso dabei.

»Gib aber acht, dass du nicht auf die Schurken triffst, die mich gestern abfangen wollten«, warnte ihn sein Freund.

Falko winkte ab. »Keine Sorge! Mit denen werde ich schon fertig. Immerhin habe ich im Elsass sechs Kriegsknechte besiegt!«

Als er das hörte, kam in Hilbrecht eine Erinnerung hoch, und er schlug sich mit der flachen Rechten gegen die Stirn. »Bei unserem Heiland, da fällt mir etwas auf!«

»Und was?«

»Die Räuber, die du im Elsass erschlagen hast, und die Kerle, mit denen ich in Gaspares Taverne aneinandergeraten bin, trugen eine verblüffend ähnliche Tracht. Die Räuber hatten nur irgendwelche Lumpen darübergezogen, und auf ihren Waffenröcken fehlte das Wappen. Seltsam, dass ich das jetzt erst merke.«

Er starrte Falko verblüfft an. »Der Anführer der Kerle aus Gaspares Taverne! Der war gestern bei dem Überfall dabei. Wir haben ihn doch beide gesehen. Ein bärenhaft aussehender Mann mit einem viel zu kleinen Kopf!«

Unbeachtet von den jungen Männern war Margarete hinzugetreten. »Welches Wappen trugen die Männer, mit denen Ihr in Trastevere aneinandergeraten seid, Junker Hilbrecht?«

»Es war zwiegespalten. Im unteren Feld war ein Turm mit vier Zinnen auf einem Dreiberg und oben ein Turnierkragen in Blau«, erklärte Hilbrecht.

Margarete sah aus, als hätte man ihr einen Guss kalten Wassers über den Kopf geschüttet. »Das ist das Wappen meiner Verwandten auf Burg Ottmeringen. Aber …« Das, was ihr eben durch den Kopf schoss, verschlug ihr die Sprache. Sie dachte an ihre Waffenknechte und ihre Magd Ida, die von den Räubern erschlagen worden waren, und fasste in einer unbewussten Geste Falkos Hand.

»Wenn ich Euch noch nicht für meine Rettung gedankt habe, so tue ich es jetzt, Herr Ritter. Ihr habt mich vor einem schrecklichen Schicksal bewahrt.«

Falko begriff überhaupt nichts, und Hilbrecht und Giso sahen das Mädchen ebenfalls verständnislos an.

»Wie meint Ihr das?«

»Hinter dem Überfall auf mich muss meine Verwandte Dagoberta von Ottmeringen stecken! Sie wollte unbedingt, dass ich ihren Sohn Rudolf heirate. Der ist so ein Bär mit einem viel zu kleinen Kopf. Er hat die ganze Zeit den Mägden nachgestellt, und ich mochte ihn auch aus anderen Gründen nicht. Aber ich hätte mir selbst im schlimmsten Alptraum nicht vorstellen können, dass Dagoberta mir ihre Leute nachschickt, um meine Begleitung umzubringen und mich zu entführen. Wahrscheinlich wäre Junker Rudolf als Retter aufgetaucht, und ich hätte ihm aus Dankbarkeit die Hand reichen müssen!«

Margarete zitterte bei dem Gedanken, Dagobertas Plan hätte gelingen können. Von Räubern geschändet und ermordet zu werden erschien ihr ein leichteres Schicksal, als ihr Lebtag an einen Mann wie Rudolf von Ottmeringen gefesselt zu sein.

»Mein Verwandter muss uns gefolgt sein. Daher sollten wir achtgeben, denn ich halte ihn für rachsüchtig!« Die Warnung galt nicht nur Falko, Hilbrecht und Giso, sondern auch ihr selbst. Nun würde sie nicht mehr nur von einer Magd begleitet durch Rom schweifen können, dachte Margarete betrübt. Sie traute es Rudolf zu, sie abzufangen und zu vergewaltigen, um ihre Zustimmung zur Ehe zu erlangen.

»Niemals!«, schwor sie sich und nahm sich vor, auf Tante Edelgunde und deren Mann einzuwirken, dass sie Rom nicht ohne eine starke Begleitmannschaft verließen. Am besten erschien es ihr, so lange zu warten, bis Falko und Hilbrecht wieder in die Heimat zurückkehrten. Ganz gleich, was sie persönlich von dem Kibitzsteiner hielt, er war ein tapferer Krieger, der es mit etlichen Feinden aufnehmen konnte, und Hilbrecht hatte diese Fähigkeit ebenfalls bewiesen.

10.

Ohne etwas von Margaretes Überlegungen zu ahnen, machte Falko sich auf den Weg nach Trastevere. Ebenso wenig wusste er, dass er d'Specchis Spionen auffiel und diese über Gianni die Information weitergaben, dass einer der Tedeschi in Gaspares Taverne Quartier bezogen habe.

Dort verweilte Falko allerdings nicht lange. Am selben Nachmittag machte er sich auf den Weg nach Tre Fontane, um sich mit Elisabeth zu treffen. Da es in gewisser Weise ein Abschied sein sollte, der sie zwar nicht als Freunde, aber als Liebende trennen sollte, verzichtete er diesmal auf eine Verkleidung. Er nahm auch Frieder nicht mit, sondern befahl diesem, sich um das Gepäck zu kümmern.

Seinem Knappen war klar, dass sein Herr auf verbotenen Pfaden wandelte und diese vor ihm verbergen wollte. Dabei wusste er über Falkos Wege gut Bescheid, denn er war ihm mit Hilbrechts Knappen Hans mehrmals heimlich gefolgt.

Ohne Probleme erreichte Falko das Kloster von Tre Fontane und stellte dort sein Pferd ab, bevor er die letzten hundert Schritt zum Nonnenkonvent weiterging.

Elisabeths Vertraute Euphemia empfing ihn am Tor. Obwohl sie den jungen Ritter mochte, bedachte sie ihn mit einem tadelnden Blick. So abgelegen, dass man nicht erfuhr, was sich in Rom tat, lebte man in Tre Fontane nicht. Ein paar Nonnen aus besseren Kreisen hatten Verwandte, die es sich nicht nehmen ließen, auf ein Schwätzchen hierherzukommen. Dabei war mehrfach mit Verwunderung berichtet worden, dass ein gewisser deutscher Ritter seit einigen Wochen bei Ercole Orsini ein und aus ging.

Um zu verhindern, dass Falko sich auf die feindliche Seite schlug, drückte Euphemia beide Augen zu, wenn er bei Elisabeth weilte. Die beiden waren junge Menschen mit warmem Blut in den Adern, und auch sie selbst träumte manchmal davon, wieder ein Mädchen zu sein, das nicht der Obhut der heiligen Kirche übergeben worden war, sondern einem Edelmann die Hand zum Bunde reichen durfte. Da dieser Weg für Elisabeth ebenfalls versperrt war, erschien auch Schwester Euphemia deren Liebschaft mit Falko als einzige Möglichkeit, den jungen Mann vor Torheiten zu bewahren, die ihn die Heimat, wenn nicht sogar den Kopf kosten konnten.

»Kommt mit!«, forderte sie Falko auf und führte ihn durch die dunklen Gänge zu Elisabeths Gemächern. Dort ließ sie ihn ein, blieb selbst aber auf der Türschwelle stehen.

»Ich werde nach vorne gehen und die Pforte bewachen. Sobald jemand kommt, warne ich Euch.« Euphemia neigte kurz das Haupt und schritt hastig davon.

Falko blickte ihr erschrocken nach und sah dann Elisabeth an. »Weiß sie, was wir tun?«

Die junge Äbtissin nickte mit bleichen Wangen. »Schwester Euphemia ist nicht dumm. Aber sie macht mir keine Vorwürfe, denn sie weiß, warum ich mich Euch hingebe.«

Aus welchem Grund, wenn nicht aus Liebe zu mir?, fuhr es Falko durch den Kopf.

Da fasste Elisabeth seine Hände und kniete vor ihm nieder. »Ich flehe Euch an, lasst ab von Eurer Leidenschaft für Contessa Francesca. Sie ist ein Feuer, und Ihr seid die Motte, die darin verbrennen wird!«

Falko hatte ihr sagen wollen, dass er Francesca zu heiraten gedachte, brachte es aber nicht übers Herz. Zu verletzlich erschien Elisabeth ihm und von einer Schönheit, die nicht allein von dieser Welt sein konnte. Der Gedanke, sie zu ver-

lieren, drohte ihn wieder zu zerreißen, und er streckte die Hand aus, um ihre Wange zu berühren.
»Hab keine Sorge, mein Lieb! Das Feuer, das mich verbrennen kann, ist noch nicht entzündet.«
Mit einem Seufzer stand Elisabeth auf und schlang die Arme um ihn. »Wie gerne würde ich es glauben! Doch ich habe Angst, dass diese Römerin Euch im Auftrag ihres Vaters anlockt und zu Dingen verleitet, die Euch später bitter schmerzen werden.«
Nun begriff Falko, was sie meinte, und für einen Augenblick verdüsterte sich seine Miene. »Hat Giso mit Euch gesprochen?«
»Nein, Pater Luciano. Er ist ein sehr bedeutender Mann, müsst Ihr wissen. Er genießt das absolute Vertrauen des Königs und auch das Seiner Heiligkeit des Papstes. Es ist sein Verdienst, dass Nikolaus V. und Friedrich III. einen ersten Vertrag miteinander geschlossen haben, der der Kirche weitgehende Rechte im Reich einräumt. Jetzt fürchten die Feinde des Königs, Friedrich könnte bei seinem Besuch in Rom im Gegenzug dafür mehr Einfluss in Italien erlangen. Der König von Frankreich, sagt man, sei bereit, viel Geld dafür zu zahlen, dass Friedrich nicht zum Kaiser gekrönt werden kann. Noch mehr soll es ihm wert sein, wenn unser Herrscher hier in Rom stirbt. Es gibt nämlich keinen Herzog oder Landgrafen in Deutschland, der angesehen und reich genug ist, um die Kürfürsten für sich zu gewinnen. Also könnte Karl VII. von Frankreich bei der Königswahl einen Sohn oder Neffen auf den deutschen Thron bringen. Versteht Ihr jetzt, weshalb ich nicht will, dass Ihr im Hause Orsini verkehrt?«
Elisabeths Worte klangen ungewohnt dramatisch, dabei machte sie sich nichts vor. Sie wusste, dass nicht allein politisches Kalkül, sondern brennende Eifersucht auf die schöne Francesca ihr diese Worte in den Mund legte.

Im ersten Augenblick fühlte Falko sich wie mit Eiswasser übergossen. Dann ärgerte er sich, weil er sich in der letzten Zeit nicht mehr um Giso und dessen Auftrag gekümmert hatte. Kein Wunder, dachte er, dass sein Freund Angst hatte, er könne sich in Orsinis Haus bei reichlich Wein und Schmeicheleien verplappern. Gleichzeitig aber war er gekränkt, weil Giso so wenig Vertrauen zu ihm hatte.
Beschwörend sah er Elisabeth an. »Ich bin ein treuer Ritter des Königs, mein Lieb. Niemals würde ich etwas tun, was Herrn Friedrich schaden könnte.«
»Ich glaube Euch! Doch nun lasst uns den König für eine Weile vergessen und daran denken, wie sehr wir uns lieben.« Elisabeth drehte sich mit dem Rücken zu Falko und bat ihn, ihr aus dem Kleid zu helfen.
Nun wäre die beste Gelegenheit für ihn gewesen, ihr zu sagen, dass er zwar ihre Freundschaft, aber nicht mehr ihre Liebe suchte. Doch er brachte die Worte nicht über die Lippen. Im Augenblick würde es so aussehen, als hätte er sich über ihre Vorhaltungen geärgert, und er wollte nicht im Streit von ihr scheiden. Außerdem hatte er ihr bereits mehrfach beigewohnt, und da kam es auf dieses eine Mal auch nicht mehr an.
In dem Gefühl, ein Feigling zu sein und im Grunde beide Frauen, die ihn liebten, zu betrügen, entkleidete er Elisabeth, trug sie zu ihrem Bett und schlüpfte rasch aus seinem Gewand. Obwohl sie die Vorhänge zugezogen hatte und es nicht allzu hell in der Kammer war, sah er verzaubert auf ihre schlanken Formen und ihre weiß schimmernde Haut. Die Leidenschaft drohte ihn zu überwältigen.
Als er sich auf sie schieben und in sie eindringen wollte, hielt sie ihn auf. »Schwört mir, dass Ihr – gleichgültig, was immer auch geschieht – Seiner Majestät, König Friedrich, stets treu sein und ihm mit aller Kraft dienen werdet!«

Elisabeth hatte schon überlegt, ihm auch den Schwur abzuverlangen, dass er sich in Zukunft von Francesca Orsini fernhalten sollte, aber sie wollte nicht als eifersüchtiges Weib dastehen.
Falko, der inzwischen an ganz andere Dinge dachte als an den König, nickte ergeben. »Ich schwöre Euch alles, was Ihr wollt!«
Dann küsste er sie auf den Mund und erstickte so die Worte, die sie noch hatte sagen wollen.

11.

Gottfried Schenk zu Limpurg, Fürstbischof von Würzburg und oberster Richter im Hochstift, blickte verdrossen auf die im Saal versammelten Menschen. Die beiden verfeindeten Parteien hatten sich auf je einer Seite versammelt und ließen mehrere Klafter Raum zwischen sich und ihren Gegnern. Während sein Verwandter Bruno von Reckendorf bereits anwesend war, fehlten die beiden wichtigsten Personen der Gegenseite. Dem Fürstbischof lag bereits auf der Zunge, die weibliche Unpünktlichkeit zu tadeln, da wurde das Portal geöffnet, und Marie Adlerin, Burgherrin von Kibitzstein, trat mit ihrer Stieftochter Hildegard ein.
Beide knicksten und eilten zu den ihnen zugewiesenen Stühlen, ohne einen Blick an Reckendorf und dessen Begleiter zu verschwenden. Einige Verwandte, die dem Junker beistehen wollten, äußerten ihren Unmut durch Zischen. Reckendorf selbst starrte zunächst noch geradeaus, wandte dann aber den Kopf und sah Marie und Hildegard mit einer

Mischung aus nur mühsam unterdrücktem Zorn und Hilflosigkeit an.
Leicht, das begriff Gottfried Schenk zu Limpurg, würde der heutige Tag auch für ihn nicht werden. Eine seiner Cousinen hatte ihn noch am Morgen beschworen, nicht allzu hart mit Junker Bruno zu verfahren, da dieser durch den frühen Tod seiner Eltern gestraft genug sei. Überdies habe man ihm auch noch die Vormundschaft über seine Halbschwester aufgehalst, die weniger als neun Monate nach dem Tod seines Vaters auf die Welt gekommen war.
Doch gerade um Margaretes willen darf ich den Junker nicht schonen, fuhr es dem Fürstbischof durch den Kopf. Reckendorf hatte sich mutwillig gegen seine Pläne gestellt und diese untergraben.
Mit einem Gesicht, als würde er jeden Anwesenden am liebsten einzeln zum Teufel jagen, forderte Herr Gottfried die geschädigte Seite auf, ihre Version des Geschehens zum Besten zu geben. Als er sah, dass sich Peter von Eichenloh erhob und vor ihm verbeugte, atmete er auf. Diesem Mann traute er es zu, die nötige Ruhe zu bewahren. Anders war es mit Otto von Henneberg. Dieser sah so aus, als würde er am liebsten das Schwert ziehen und Reckendorf einen Kopf kürzer machen.
Doch wenn er als oberster Herr des Hochstifts den Frieden schaffen wollte, den er in Franken dringend benötigte, durfte kein Blut fließen.
»Sprecht, Eichenloh!«, forderte er Maries älteren Schwiegersohn auf.
Peter brachte in knappen Worten die Klage vor, die seine Schwiegermutter und seine jüngste Schwägerin gegen Reckendorf erhoben, und setzte hinzu, dass auch seine Ehefrau Trudi und Hennebergs Gemahlin Lisa zu den Betroffenen des Überfalls zählten.

»Reckendorf kann sich bei seinen Schutzheiligen bedanken, dass Gräfin Lisa nicht ihr Kind verloren hat, mit dem sie schwanger geht. Die Gefahr bestand durchaus, denn die Pferde, die ihre Sänfte trugen, sind durchgegangen, und Lisa von Henneberg hätte dabei ebenfalls ums Leben kommen können«, schloss Eichenloh und erhielt einen anerkennenden Blick seines Schwagers, der diese Tatsache besonders gewürdigt sehen wollte.

»Nun, Reckendorf, was sagt Ihr dazu? Verhält es sich so, wie Graf Eichenloh es geschildert hat?«, fragte der Fürstbischof seinen Neffen.

Reckendorf setzte zweimal zum Sprechen an, brach aber jedes Mal wieder ab. Stattdessen sprang sein Kastellan Bertschmann auf und machte eine verächtliche Handbewegung. »Die Kibitzsteiner lügen, wenn sie nur den Mund aufmachen. Es weiß doch jeder, dass sie Gesindel sind!«

Der Fürstbischof hätte Bertschmann erwürgen können und dessen Herrn gleich mit dazu. Eine solche Unverschämtheit würde nur dazu führen, dass die Gegenpartei noch höhere Forderungen stellte oder einen Vergleich von vornherein ablehnte.

Maries Gesicht wurde schneeweiß, und sie stand schwerfällig auf. »Dieser Mann«, rief sie und zeigte auf Bertschmann, »soll uns eine Person nennen, die von sich behaupten kann, wir Kibitzsteiner hätten sie belogen!«

Sie erhielt von dem Kastellan nur eine weitere beleidigende Geste zur Antwort.

Nun packte Reckendorf Bertschmann und zog ihn zurück. »Seid Ihr wahnsinnig geworden? Ihr hetzt ja den Fürstbischof vollends gegen uns auf!«

Reckendorfs Stimme klang leise, aber scharf. Während sein Kastellan sich wieder setzte, wanderte sein Blick erneut zu Hildegard hinüber. Diese hatte sich in einen weiten Umgang

gehüllt und sah stur geradeaus, ohne auch nur einmal den Kopf zu wenden.
Unterdessen hatte Herr Gottfried beschlossen, die Verhandlung abzukürzen. »Junker Bruno von Reckendorf, da Ihr nicht in der Lage seid, die Aussagen der Gegenseite zu widerlegen, werdet Ihr als schuldig erachtet.«
Empörtes Gemurmel erhob sich unter den Verwandten und Anhängern des jungen Mannes, doch auf deren Befindlichkeiten wollte der Fürstbischof keine Rücksicht nehmen. »Habt Ihr wenigstens etwas zu Eurer Verteidigung zu sagen?«, fragte er mit eisiger Stimme.
Reckendorf erhob sich und schüttelte den Kopf. »Nein, Euer Gnaden!«
»Ihr bekennt Euch also des heimtückischen Überfalls auf Marie Adlerin für schuldig!«
»Ja!«
Reckendorf konnte dem Fürstbischof nicht sagen, er habe Marie Adlers Reisezug überfallen, weil er über dessen Plan erbost gewesen war, ihren Sohn mit seiner Halbschwester zu verheiraten. Damit hätte er sich nur vollends dem Zorn des hohen Herrn ausgesetzt. Zwar nannte er sich nun selbst einen Feigling, doch er wollte zu dem Schaden, den er bereits angerichtet hatte, nicht noch neuen anhäufen.
Herr Gottfried ließ jedoch nicht locker. »Nennt Uns den Grund, weshalb Ihr die Witwe auf Kibitzstein überfallen habt!«
»Ich war zornig, weil ich gegen ihren Sohn im Zweikampf verloren hatte, zumal ich überzeugt gewesen war, dieser hätte den Sieg auf unehrenhafte Weise errungen.« Dies, so sagte Reckendorf sich, konnte er zugeben.
Als Trudi das hörte, sprang sie empört auf. »Mein Bruder hat Euch im ehrlichen Kampf besiegt, während Eure Freun-

de und allen voran Euer Kastellan am Tag darauf wider alle Ritterehre auf ihn losgegangen sind. Sie taten dies gewiss nicht ohne Eure Zustimmung. Nicht Falko hat unehrenhaft gehandelt, sondern Ihr wart es, Herr Junker!«

Der Fürstbischof hob die Hand. »Hier sind genug Zeugen, die dem Zweikampf beigewohnt haben. Sie sollen sagen, ob es bei Falko Adlers Sieg mit rechten Dingen zugegangen ist.«

»Falko Adler hat betrogen! Auf ehrliche Weise hätte er niemals gewonnen«, rief Bertschmann sofort.

»Schweig! Du zählst mit zu den Beschuldigten«, herrschte Gottfried Schenk zu Limpurg ihn an.

Dann musterte er die Herren, die sich um Reckendorf versammelt hatten, um diesem beizustehen. »Was sagt ihr?«

Die Männer sahen zuerst Reckendorf und dann den Fürstbischof an. Zu lügen wagte jedoch keiner von ihnen.

»Von meinem Platz aus sah es so aus, als hätte Falko Adler den Sieg ehrlich errungen«, bekannte Reckendorfs nächster Verwandter.

Zwei Männer stimmten ihm zu, während ein weiterer erklärte, er habe in dem Augenblick nicht hingesehen. »Wisst Ihr, Euer Gnaden, mich hat da gerade eine Bremse gestochen, und die habe ich erschlagen. Als ich mich wieder dem Kampfplatz zuwandte, lag Junker Bruno bereits am Boden, und Falko Adler ritt als Sieger davon.«

Marie war dem Ganzen mit wachsendem Grimm gefolgt. »Ich finde es eigenartig, dass hier über das Verhalten meines Sohnes bei einem Zweikampf gesprochen wird, in dem er ehrlich gesiegt hat, und Reckendorfs Schandtaten nicht einmal erwähnt werden.«

»Beruhigt Euch, Frau Marie!« Der Fürstbischof winkte ihr, sich wieder zu setzen, und wandte sich erneut Reckendorf zu.

»Eure eigenen Freunde sagen, sie hätten nichts Unehrenhaftes bei Eurem Zweikampf mit Falko Adler gesehen. Allerdings seid Ihr damals arg hitzig gewesen, und es mag sein, dass Ihr einen eigenen Fehler Eurem Gegner anlastet.«
Reckendorf spürte die unterschwellige Drohung des Fürstbischofs. Gottfried Schenk zu Limpurg schien den Grund für seine Herausforderung Falko Adlers sehr genau zu kennen und war darüber äußerst ungehalten. Damit waren seine Aussichten, ungeschoren davonzukommen, denkbar gering.
»Ihr sagt nichts?« Der Fürstbischof drehte den Dolch in Reckendorfs Wunde um. Für ihn galt es, den übergroßen Stolz des jungen Mannes zu brechen, der nach dem Tod des Vaters in zu jungen Jahren für mündig erklärt und damit zum Herrn über fünf Burgen geworden war. Inzwischen, so hatte er erfahren, besaß Reckendorf durch einen Erbfall noch eine sechste Burg im Bambergischen.
»Was soll ich sagen? Ich fühlte mich in meiner Ehre gekränkt und beschloss, mich zu rächen«, sagte Reckendorf in dem Versuch, sich zu rechtfertigen.
»An Frauen und Mägden? Und das, obwohl Ihr wusstet, dass ich Falko Adler mit einem Auftrag nach Rom geschickt habe? Junker Bruno, ein solches Verhalten kann ich nur als ehrlos bezeichnen!«
Die zornige Miene des Fürstbischofs zeigte allen, wie schlecht es um Reckendorfs Sache stand. Der Junker zuckte zusammen, denn daran hatte er noch gar nicht gedacht.
»Ich habe mich von meinem Hass hinreißen lassen!« Damit, so sagte sich Reckendorf, hatte er die ihm vorgeworfenen Verbrechen voll und ganz gestanden. Wenn Gottfried Schenk zu Limpurg ihn nun aller Lehen entband und ihn für friedlos erklärte, so musste er diesen bitteren Kelch eben leeren.

Einer seiner Freunde stand auf und bat, für ihn sprechen zu dürfen. »Euer Gnaden. Ich kenne den Junker auf Reckendorf seit seinen Kindertagen. Seine Ehre war ihm stets heilig, und er hat sich vorher niemals etwas zuschulden kommen lassen. Sollte er wirklich wider alles Recht die Witwe auf Kibitzstein und deren Töchter überfallen haben, so ging dies nicht mit rechten Dingen zu. Da war gewiss Hexerei im Spiel.«
Der Fürstbischof winkte unwirsch ab. »Und wer sollte ihn verhext haben? Er sich selbst wohl kaum, und sonst hatte niemand Grund dazu. Zweierlei will ich Reckendorf jedoch zugutehalten: Zum einen hat er Jungfer Hildegard während ihrer Gefangenschaft nichts angetan oder antun lassen. Zum anderen musste er während seines Krankenlagers starke Arznei zu sich nehmen, darunter auch jenen seltenen Mohnsaft aus dem Orient, der, wie ich vernommen habe, die Gedanken und Gefühle eines Menschen verändern kann. Daher nehme ich an, dass sein Zorn, gegen Falko Adler verloren zu haben, durch dieses Mittel verstärkt wurde, ebenso sein Hass, mit dem er die Kibitzsteiner Sippe verfolgt hat.
Dies entschuldigt jedoch nicht seinen Überfall und den Schrecken, den er der Witwe auf Kibitzstein und deren Töchtern eingejagt hat.« Das Letzte setzte der Fürstbischof noch rasch hinzu, da Marie Adler und ihre Töchter kurz davor schienen, sich in Furien zu verwandeln, und Lisas Ehemann Otto von Henneberg bereits die Hand am Schwertgriff hielt.
»Aus diesem Grund wird er die Damen für den Schrecken entschädigen, den sie erlitten haben.« Gottfried Schenk zu Limpurg legte eine kleine Pause ein und beobachtete die Beteiligten.
Reckendorf kaute auf seinen Lippen herum, wagte aber

nicht zu widersprechen. Maries Miene entspannte sich ein wenig. Auch Henneberg zog die Hand wieder zurück und setzte sich aufrecht hin.

»Gräfin Hiltrud, genannt Trudi, und ihr Gemahl erhalten für sechs Jahre die Einkünfte der sich im Besitz Reckendorfs befindlichen Herrschaft Trutzreut zugesprochen. Seid Ihr damit einverstanden?«

Trudi und Peter von Eichenloh tauschten einen Blick und nickten.

Das war schon einmal ein Anfang, sagte sich der Fürstbischof und fuhr in seiner Rede fort. »Marie Adlerin, Witwe auf Kibitzstein, wurde bei diesem schändlichen Überfall verletzt. Daher erhält sie auf sechs Jahre die Einkünfte von Reckendorfs Besitz Haspelfeld sowie auf Dauer die Einkünfte zweier Dörfer, die zu Haspelfeld gehören.«

Ein kurzer Blick Herrn Gottfrieds galt Reckendorf, der dem Ganzen mit wachsendem Entsetzen folgte. Doch es sollte noch schlimmer für ihn kommen, denn der Fürstbischof wies nun auf Lisa und ihren Mann.

»Elisabeth, Frau Maries Ziehtochter aus den Sippen derer von Hettenheim und Lauenstein, wird für ihren Schrecken und die Gefahr, in die sie durch die unbedachte Handlung Bruno von Reckendorfs geraten ist, mit dessen Besitztum Schrengenbach auf ewige Zeiten entschädigt. Seid froh, Junker Bruno, dass ich Lisas Vetter Hilbrecht von Hettenheim mit Falko Adler nach Rom geschickt habe. Ich weiß nicht, ob es mir gelungen wäre, ihn davon abzuhalten, Euch einen Kopf kürzer zu machen.«

Einige Zuhörer lachten, während andere von der Nachricht überrascht wurden, dass Lisa nicht Maries leibliche Tochter war. Doch noch war Gottfried Schenk zu Limpurg nicht am Ende. »Bruno von Reckendorf hat die Damen nicht nur heimtückisch überfallen, sondern auch die Jungfer Hildegard Adler auf seine im Bambergischen liegende Burg Treutwiesen entführt …«

»… und dort in schmählicher Gefangenschaft gehalten«, unterbrach Hildegard den Fürstbischof, stand auf und warf den Mantel ab. Darunter trug sie die Lumpen, die Reckendorf ihr damals aufgezwungen hatte. Auch wenn diese mittlerweile gewaschen worden waren und nicht mehr stanken, keuchten einige der anwesenden Damen erschrocken auf, und bei Reckendorfs Freunden nahm die Bereitschaft, für ihn einzustehen, spürbar ab.

Der Fürstbischof gab den Leuten ein wenig Zeit, den Anblick auf sich wirken zu lassen, und wandte sich mit einem seltsamen Lächeln an Reckendorf. »Wie ein Edelmann habt Ihr wahrlich nicht gehandelt, Junker Bruno. Dabei wäre Frau Maries Stieftochter höchster Ehren wert, denn sie ist die Enkelin einer Dame aus dem Geschlecht derer von Wittelsbach. Ihr werdet daher, solltet Ihr nach Heidelberg, Landshut oder München kommen, den hohen Verwandten der jungen Dame einiges zu erklären haben. Wenn sie Euch bestrafen, werde ich nichts dagegen tun. Ich werde mir Euretwegen keine Fehde mit dem Pfalzgrafen am Rhein und den Herzögen von Nieder- und Oberbayern einhandeln!«

»Jungfer Hildegard ist eine Wittelsbacherin? Aber wie kann das sein?« Nun fühlte Reckendorf sich wie auf dünnem Eis, das jederzeit unter ihm brechen konnte.

»Das ist eine Sache, über die ungern geredet wird. Frau Marie war damals verschollen und galt als verstorben. Da hat Seine Majestät Kaiser Sigismund ihrem als Witwer geltenden Ehemann Michel Adler, Reichsritter auf Kibitzstein, eine Ehe mit einer jungen Wittelsbacherin gestiftet. Nach Frau Maries Rückkehr wurde die zweite Ehe wieder aufgelöst, und sie nahm die Tochter, die ihrem Gemahl während ihrer Abwesenheit geboren worden war, als ihr eigenes Kind an. Hildegards leibliche Mutter hingegen wurde mit einem passenden jungen Edelmann verheiratet.«

Die Stimme des Fürstbischofs klang zufrieden, denn nach diesen Worten blieb Reckendorf nichts anderes übrig, als seinen Urteilsspruch zu akzeptieren. Gleichzeitig hatte er der Eitelkeit der Kibitzsteiner geschmeichelt, die man, da verwandtschaftliche Verbindungen zu höchsten Häusern offengelegt worden waren, wohl kaum mehr verächtlich behandeln würde. Eines galt es allerdings noch zu verkünden, und das war die Entschädigung, die der Junker an Hildegard zu bezahlen hatte. Kurz erwog der Fürstbischof, ihn zu einer Heirat mit ihr zu zwingen, schob aber diesen Gedanken wieder beiseite, da er befürchten musste, dass die junge Frau in dieser Ehe schlecht behandelt werden würde.

»Als Entschädigung werdet Ihr Jungfer Hildegard Eure Burg Treutwiesen für immer und ewig überlassen. So weit die Begleichung Eurer Schuld. Nun zu Eurer Strafe!«

Bei diesen Worten schrumpfte Reckendorf noch weiter. War der Spruch des Fürstbischofs bereits jetzt verheerend für ihn, befürchtete er nun, auch noch den Rest seines Besitzes zu verlieren und als fahrender Ritter durch die Lande ziehen zu müssen. Er sah so verzweifelt aus, dass er Hildegard beinahe leidtat. Dann aber blickte sie auf die Fetzen herab, in denen sie steckte, und sagte sich, dass ihm recht geschah.

Gottfried Schenk zu Limpurg schwieg, bis die Spannung den Siedepunkt erreichte, und richtete dann seinen Blick wieder auf Reckendorf. »Ich könnte jetzt Eure restlichen Burgen für das Hochstift einziehen, doch diese sind bereits Würzburger Lehen, und so sehe ich davon ab. Ihr werdet in den nächsten sechs Jahren jedoch zusätzlich zu Euren sonstigen Abgaben ein Viertel Eures Ertrags dem Hochstift überlassen.« Bevor Reckendorf aufatmen konnte, sprach der Fürstbischof weiter.

»Um Eure Seele zu reinigen, habt Ihr Euch auf eine Wallfahrt nach Rom zu begeben … – Nein, nicht nach Rom! Ich will nicht, dass Ihr dort mit Falko Adler zusammentrefft. Stattdessen werdet Ihr zum Grab des heiligen Apostels Jakobus nach Santiago de Compostela pilgern und dort für Euer Seelenheil beten. Nehmt Ihr diesen Spruch an?«
Reckendorf erhob sich und zwang seine zitternden Knie, ihn zu tragen. »Ich nehme Euren Spruch an, Euer Gnaden.«
»Das wird auch gut sein«, erklärte der Fürstbischof. »Ihr werdet mit allen Männern, die an diesem Überfall beteiligt waren, auf Pilgerschaft gehen. Als Zugeständnis an Euren Rang sei es Euch als Einzigem gestattet, diesen Weg zu Pferd anzutreten. Alle anderen werden zu Fuß gehen!«
Während Bruno von Reckendorf zustimmend nickte, sprang Bertschmann empört auf. »Ich bin ritterlichen Geblüts und verlange, diese Pilgerschaft ebenfalls zu Pferd antreten zu können. Sonst verweigere ich sie!«
Der Fürstbischof sah ihn eisig an. »Ich werde meinen Spruch nicht ändern. Entweder du gehorchst, oder ich werde dich für immer aus dem Hochstift und meinem Herzogtum Franken verbannen.«
Für einige Augenblicke sah es so aus, als wollte Bertschmann sich widersetzen, dann aber wandte er sich schnaubend um und verließ den Saal.
»Ich hoffe, er zieht die Verbannung vor«, raunte Hildegard ihrer Stiefmutter zu. »Er war Reckendorfs Ungeist und hat ihn zu diesen schlimmen Dingen getrieben.«
So ganz, fand Marie, stimmte dies nicht. Der Junker hatte durchaus nach eigenem Willen gehandelt, dafür aber auch seine Strafe erhalten. Sie wollte es damit genug sein lassen und nickte ihren Töchtern zu.
»Bedankt euch bei Seiner Gnaden und überlegt, wo wir an-

schließend essen gehen. Ich will nicht darauf warten, ob Herr Gottfried uns zu seiner Tafel einladen lässt oder nicht.«

»Er wird«, antwortete Trudi spöttisch. »Er kann eine junge Dame mit dem Blut der Wittelsbacher in den Adern und deren Verwandte doch nicht in eine schnöde Wirtschaft schicken.«

»Obwohl uns das Essen dort wahrscheinlich besser munden würde als hier«, antwortete Marie seufzend. Dann dachte sie zum ersten Mal seit Tagen wieder an ihren Sohn im fernen Rom und fragte sich, wie es Falko ergehen mochte.

12.

Gianni war etliche Male zwischen der Casa d'Specchi und Ercole Orsinis Heim hin- und hergegangen, bis er endlich ein Treffen zwischen den beiden Herren zustande gebracht hatte. Dies fand jedoch in keinem ihrer Häuser statt, sondern in der Kapelle der heiligen Witwe Irene.

Für Orsini stellte dieser Treffpunkt das äußerste Zugeständnis dar, das er zu machen gewillt war, und er blickte Dario d'Specchi missbilligend entgegen. »Ich vermisse Euren Sohn, Signore Dario!«

Als d'Specchi dies hörte, fragte er sich, ob der Conte seinen Spott mit ihm treiben wollte oder tatsächlich nichts von Cirios Verletzung wusste. »Mein Sohn ist heute verhindert«, antwortete er daher vorsichtig.

»Er ist mir schon etwas zu lange verhindert«, erklärte Ercole Orsini mit eisiger Stimme. »Ich hatte erwartet, er würde Francesca an jenem Tag nach Hause bringen. Stattdessen

ließ er meine Tochter im Stich, so dass sie einen lumpigen deutschen Ritter bitten musste, sich ihrer anzunehmen.«
Orsinis Zorn ist echt, das begriff d'Specchi nun, und er beschloss, offener zu sein. »Ich bedauere die unangenehme Lage, in der Eure Tochter sich befunden hat. Doch mein Sohn ist daran unschuldig. Er wurde noch in den Katakomben überfallen und schwer verletzt. Das müsste Euch Eure Tochter doch berichtet haben.«
Ein letzter Funken Misstrauen glomm in d'Specchi auf, doch als er Orsinis fassungsloses Gesicht sah, erlosch auch dieser. »Ihr müsst verzeihen, dass ich nicht sofort zu Euch gekommen bin, doch ich wusste nicht, ob der Anschlag auf Cirio nicht von Eurer Seite veranlasst wurde. So glücklich seid Ihr über diese Heirat nicht gewesen.«
»Das bin ich auch jetzt nicht, doch da es der Wunsch des Oberhaupts meiner Familie ist, beuge ich mich dieser Forderung.« Conte Orsini schwieg kurz, als müsse er seine Gedanken wieder einfangen, und fragte dann: »Wie schwer ist Euer Sohn verletzt?«
»Ich werde ihn in den nächsten Tagen auf meinen Landbesitz schaffen lassen. Dort wird er mehrere Wochen bleiben müssen.«
»Dann ist es wohl sehr schlimm«, stellte Orsini fest.
»Wir haben wochenlang um sein Leben gebangt. Seine Mutter«, d'Specchi sprach das letzte Wort sehr betont aus, »hat die Altäre von Santa Maria Maggiore kaum mehr verlassen, so innig hat sie für seine Genesung gebetet.«
»Das ist bedauerlich, denn Euer Sohn hat einen scharfen Verstand und einen kühnen Willen. Sein Rat und seine Taten werden uns fehlen, wenn wir den Besuch des deutschen Königs verhindern wollen.« Trotz seiner Abneigung gegen die d'Specchis billigte Orsini Cirio so viel Scharfsinn zu, um für ihn und den Herzog von Gravina von Wert zu sein.

»Niemand bedauert dies mehr als ich oder Cirio selbst. Doch er ist immer noch zu schwach, um aufrecht stehen zu können.« Dario d'Specchi fiel heiß ein, dass er dem Conte beichten musste, dass sein Sohn nicht mehr der hübsche junge Mann war, als den dieser ihn kannte.
»Wo wurde er verwundet?«
Auf Orsinis Frage hin zeigte d'Specchi auf die rechte Seite seines Gesichts. »Hier! Ihm wurden mit einem Hammer oder etwas Ähnlichem das Jochbein und das Nasenbein zertrümmert. Auch das rechte Auge hat Schaden genommen. Der Arzt befürchtet, dass es seine Sehkraft für immer verloren hat.«
Nun war es ausgesprochen. D'Specchi atmete tief durch und ließ dabei seinen Gesprächspartner nicht aus den Augen.
»Das ist nicht gut«, antwortete der Conte, ohne sich Gedanken darüber zu machen, ob der junge Mann durch diese Verletzung entstellt sein könnte. Ihn beschäftigte etwas ganz anderes. »Wisst Ihr, wer es war?«
Dario d'Specchi schüttelte den Kopf. »Nein! Mein Sohn hat keine Erinnerung mehr. Ich sagte bereits, dass wir sogar Euch in Verdacht hatten. Feinde, die es getan haben könnten, gibt es leider genug. Diese verfluchten Colonnas …«
»Die könnten es gewesen sein!«, unterbrach Orsini ihn. Wie seine eigene Sippe verfügte auch die konkurrierende Familie Colonna über Handlanger vom Range der d'Specchis. Doch als Dario berichtete, wie Gianni seinen Sohn gefunden hatte, kamen dem Conte Zweifel. Kein römischer Meuchelmörder hätte Cirio mit einem Hammer niedergeschlagen. Man hätte einen Dolch benutzt und sich versichert, dass der junge Mann wirklich tot war.
Bestürzt fragte er sich, welche Rolle seine Tochter dabei gespielt haben mochte. Er kannte ihre Abneigung gegen Cirio d'Specchi und traute ihr zu, diesen im Zorn niedergeschla-

gen zu haben. Hatte sie vielleicht, während der junge Mann ihr Gewalt angetan hatte, einen Hammer ertastet und Cirio damit abgewehrt? Diesen Verdacht durfte er gegenüber den d'Specchis niemals äußern, denn Cirio würde Francesca sonst auf der Stelle umbringen. Daher tat er alles, um Dario d'Specchi auf eine andere Spur zu bringen.

»Es sieht mir eher wie ein zufälliges Verbrechen aus. Wahrscheinlich ist Euer Sohn mit dem Gesindel aneinandergeraten, das sich gelegentlich in den Katakomben herumtreibt. Seine Wunde kann auch durch einen Steinwurf entstanden sein.«

»Und Eure Tochter?«, fragte d'Specchi nicht gänzlich überzeugt.

»Ist wahrscheinlich schon vorher geflohen. Als Euer Sohn ihr folgen wollte, ist er an diese Schurken geraten.«

D'Specchi schüttelte den Kopf. »Aber das wäre Eure Tochter doch auch! Vielleicht haben die Kerle ihr sogar Gewalt angetan!«

»Das muss nicht sein. Die Katakomben sind sehr weitläufig und verwinkelt. Daher kann Francesca einem anderen Gang gefolgt sein, während Euer Sohn einem Geräusch nachgegangen ist, von dem er glaubte, es käme von Francesca.«

Conte Orsini klang so überzeugend, dass Dario d'Specchi sich seiner Meinung anschloss. Es war die einzig glaubhafte Erklärung für die Verletzung seines Sohnes, allerdings auch ein Hohn des Schicksals, dass dieser ausgerechnet von dem Gesindel niedergeschlagen worden sein sollte, das er sonst als Handlanger für seine Pläne anheuerte.

»Gewiss habt Ihr recht, Conte. Daher sollten wir die beiden verheiraten, sobald mein Sohn dazu in der Lage ist.«

Es wäre Dario d'Specchi lieber gewesen, dies sofort zu tun, doch Cirio war selbst für eine schlichte Trauung zu schwach. Der Conte nahm diese Verzögerung erleichtert zur Kenntnis. Die Zeit würde ihm helfen, so auf Francesca einzuwirken, dass sie das Unvermeidliche hinnahm. Einen Einwand aber hatte er noch.

»Ihr solltet meinen Vetter, Kardinal Latino, aufsuchen und darauf drängen, dass Euch die versprochene Rangerhöhung baldmöglichst gewährt wird. Meine Tochter wäre zu Recht empört, wenn sie nach ihrer Heirat mit Signora d'Specchi angesprochen würde. Vielleicht sollte ich darum bitten, dass sie vorerst trotz der Heirat ihren Rang und ihren Namen behält!«

Diese Überlegung gefiel d'Specchi ganz und gar nicht, denn wenn es so kam, würde sein Sohn stets erst hinter seiner Frau die Kirche oder einen Festsaal betreten dürfen. Da er aber begriff, dass er bei Francescas Vater kein Verständnis für eine Ablehnung dieser Idee zu erwarten hatte, beschloss er, möglichst bald mit Kardinal Latino Orsini zu sprechen.

Daher lenkte er das Gespräch auf den deutschen König und auf dessen Handlanger in der Heiligen Stadt. »Diesen elenden Priester aus Trastevere hätte man längst aus dem Weg räumen müssen!«

»Was für ein Unsinn!«, antwortete der Conte. »Pater Luciano hat hochrangige Verwandte, die ich nicht auf der Seite unserer Feinde sehen will. Außerdem hat der Mord an Kardinal Foscarelli bereits zu viel Staub aufgewirbelt. Einige Würdenträger am Heiligen Stuhl, die gleich uns den deutschen König nicht in Rom haben sehen wollen, reden seitdem Seiner Heiligkeit zu, Friedrich III. zu empfangen. Der Steiermärker hat Nikolaus V. etliche Zugeständnisse gemacht, und die wollen sie nicht gefährdet sehen.«

»Wir müssten Friedrichs deutsche Zwischenträger ausschalten. Einer von ihnen, dieser Falko Adler, hat sich in Trastevere nahe von Pater Lucianos Kirche einquartiert. Wir …«

In dem Augenblick wurde d'Specchi von Orsini unterbrochen.
»Was sagt Ihr, Falko Adler wohnt bei dem Pater?«
»Nein, nur in der Nähe. In einer Taverne, die einem gewissen Gaspare gehört!« Dario d'Specchi verzog bei diesem Namen den Mund, als hätte er in eine Zitrone gebissen. Zu seiner Erleichterung folgte der Conte diesem Hinweis nicht weiter. »Mehr als Falko Adler stört mich der deutsche Priester, der ihn begleitet hat. Adler ist ein junger Narr und im Übrigen der Mann, von dem meine Tochter an jenem verhängnisvollen Tag nach Hause gebracht worden ist. Ich lade ihn gelegentlich ein, um ihn auszuhorchen. Doch in die wahren Geheimnisse um Friedrichs Besuch in Rom und dessen weitere Pläne ist er nicht eingeweiht.«
»Und warum empfangt Ihr ihn dann immer noch?«, wollte d'Specchi wissen.
»Er weiß zwar nicht viel, aber doch genug, so dass ich ihn aushorchen muss. Nun aber Gott befohlen! Ich habe meiner Gemahlin versprochen, sie zur Abendmesse zu begleiten.« Conte Orsini nickte d'Specchi kurz zu und verließ Sakristei und Kapelle mit einem Gefühl des Ekels.
Natürlich war es wichtig, sich solcher Kreaturen wie der d'Specchis zu bedienen, doch die einzige Tochter einem solchen zur Frau geben zu müssen war ihm zuwider. Beinahe bedauerte er es, dass der Mann, von dem Cirio niedergeschlagen worden war, nicht besser getroffen hatte. Dann aber dachte er an seine Tochter und seine Befürchtung, sie könne an Cirios Verletzung schuld sein, und war erleichtert, sie nicht als Mörderin ansehen zu müssen.

13.

Francesca ahnte nicht, welchen Verdacht ihr Vater hegte, und genoss daher die Freiheiten, die ihr seit jenem schlimmen Tag gewährt wurden. Sie durfte ihre Freundinnen besuchen, konnte in die Kirche gehen, wann es ihr genehm war, und fand vor allem immer wieder die Zeit, sich in der Sakristei der Witwe-Irene-Kapelle mit Falko zu treffen. Nur selten dachte sie dabei über den Tag hinaus. Obwohl sie der Heirat mit Cirio d'Specchi entgehen wollte, scheute sie davor zurück, mit Falko in die Fremde zu fliehen. Sie fürchtete das kalte, rauhe Land im Norden kaum weniger als ihren Bräutigam. Doch war Cirio das noch?, fragte sie sich. Immerhin hatte sie seit jenem Tag in den Katakomben nichts mehr von ihm gehört. Auch war der alte d'Specchi seitdem nicht mehr bei ihrem Vater aufgetaucht.

Vielleicht hat Falko mich auf ewig von diesem Mann befreit, dachte sie, als sie an diesem Morgen aus einem seltsamen Traum erwachte, in dem sie durch einen düsteren Wald geirrt war, um nach dem jungen Deutschen zu suchen. Doch immer, wenn sie dessen Stimme zu hören geglaubt hatte und darauf zugelaufen war, war sie auf Cirio d'Specchi gestoßen. Nach dem Aufwachen konnte sie nicht mehr sagen, wie dieser Traum ausgegangen war.

Wie lange kannte sie Falko bereits? Für ihr Gefühl war es schon ewig, doch als Francesca nachrechnete, waren es nicht einmal drei Monate. In dieser Zeit hatte sie sich mehr als ein Dutzend Mal mit ihm getroffen und sich ihm ebenso oft hingegeben. Bei dem Gedanken verspürte sie den Wunsch, dies bald wieder zu tun. In Falkos Armen fühlte sie sich glücklich und vergaß all die Widrigkeiten, mit denen das Leben sie überschüttete.

Ich sollte doch mit ihm fliehen, dachte sie und fragte sich, ob die Leidenschaft, die sie für ihn empfand, für ein ganzes Leben reichen würde. Was war, wenn er in seiner Heimat zu einem dieser dumpfen, nur an seine eigenen Bedürfnisse denkenden Männer wurde, so wie die Menschen, die nach Deutschland gereist waren, die Einwohner dort beschrieben.

»Das wird Falko gewiss nicht«, flüsterte sie und erschrak vor dem Klang der eigenen Stimme. Diesen Namen durfte sie niemals vor ihren Eltern oder den Bediensteten aussprechen, wenn sie nicht wollte, dass er und auch sie in Teufels Küche kamen.

Plötzlich überbekam sie Angst vor der Zukunft, und gleichzeitig wurde ihr übel. Sie konnte gerade noch rechtzeitig ihren Nachttopf unter dem Bett hervorziehen, sonst hätte sie sich auf den Boden übergeben. Während sie würgte, fragte sie sich, ob in der Küche schon wieder verdorbene Lebensmittel verwendet worden waren. In ihr Elend versunken, bekam Francesca nicht mit, dass sich draußen Schritte näherten und vor ihrer Kammertür endeten.

Ihre frühere Zofe Annunzia sollte für Contessa Flavia etwas aus deren Gemächern holen und musste dafür an der Kammer der jungen Herrin vorbeigehen. Als sie drinnen Würgegeräusche hörte, blieb sie stehen und öffnete so vorsichtig die Tür, dass sie diese sofort wieder zuschlagen konnte, falls Francesca versuchte, ihr eine Haarbürste oder ein Glas an den Kopf zu werfen. Doch diese nahm sie nicht einmal wahr.

Annunzia musterte die junge Frau, und in ihrem Kopf überschlugen sich die Gedanken. So viel Wein, dass es ihr jetzt noch schlecht ergehen konnte, hatte Francesca am Abend vorher nicht getrunken. Auch sonst gab es keinen Grund für eine morgendliche Übelkeit – außer einem einzigen.

Leise schloss Annunzia die Tür wieder und huschte davon. Der Auftrag, den Francescas Mutter ihr erteilt hatte, war vergessen, und so platzte sie, ohne anzuklopfen, in deren Nähzimmer.
»Contessa, Contessa, ich weiß nicht, wie ich es sagen soll, aber Eure Tochter …«
»Was ist mit Francesca?«, unterbrach Flavia sie besorgt.
»Ihr ist übel, und ich bin überzeugt, dass sie schwanger ist!«
»Schwanger?« Die Contessa schlug erschrocken das Kreuz. »Hol meinen Gemahl – und zwar schnell!«, rief sie und musste sich erst einmal setzen.
Kurz darauf kam Conte Ercole herein. »Was ist los?«, fragte er verärgert, weil die Dienerin ihn beim Lesen eines wichtigen Briefes gestört hatte.
»Annunzia meint, Francesca könnte schwanger sein«, antwortete Flavia mit ersterbender Stimme.
Orsini machte eine verächtliche Geste. »Wie will dieses Weib so etwas wissen? Sie darf doch schon seit Wochen nicht mehr in Francescas Nähe.«
»Sie hat sie eben beobachtet. Welch ein Unglück! Wie konnte das nur geschehen? Wir haben doch so gut über sie gewacht.«
Während seine Frau sich der Verzweiflung hingab, vollzogen Orsinis Gedanken einen wirren Tanz. Er dachte an jenen Tag in den Katakomben und fragte sich erneut, was dort geschehen war. Am einfachsten war es wohl anzunehmen, Cirio d'Specchi habe seine Tochter geschwängert, denn Francesca hätte sich gewiss nicht ohne Gegenwehr von Banditen schänden lassen. Der feine Stoff ihres Kleides war unversehrt gewesen. Ganz tröstete ihn diese Überlegung nicht, denn Orsini erinnerte sich nur zu gut an jenen Tag, an dem der junge Caraciolo getötet worden war. Allerdings hatte es sich bei diesem um einen hübschen jungen Edelmann ge-

handelt, der ein unerfahrenes Mädchen wie Francesca zu betören wusste.
Da seine Frau zu schluchzen begann, fasste er sie am Kinn und brachte sie dazu, zu ihm aufzusehen. »Was soll das Geflenne?«
»Diese Schande! Wie konnte das nur geschehen?«, antwortete sie unter Tränen.
»Wenn ein gesunder junger Mann einem gesunden jungen Mädchen in den Katakomben auflauert und es unter sich zwingt, ist dies durchaus möglich!« Der Conte beschloss, alle Bedenken beiseitezuschieben und nur diese Möglichkeit gelten zu lassen.
Seine Frau schniefte noch einmal und trocknete dann ihre Tränen. »Verzeih, mein Lieber, daran habe ich nicht mehr gedacht. So muss es gewesen sein! Trotzdem ist es eine Schande. Cirio d'Specchi hat sich Francescas bedient wie einer Hure und sich dann von uns ferngehalten, so als hätte er sie nicht als reine Jungfrau vorgefunden.«
Bislang hatte Orsini seiner Gemahlin verschwiegen, was er von Dario d'Specchi über dessen Sohn gehört hatte, begriff aber nun, dass dies ein Fehler gewesen war.
»Bleib sitzen!«, forderte er sie auf und durchmaß mit schnellen Schritten den Raum. »Cirio d'Specchi konnte uns nicht aufsuchen. Nachdem er bei Francesca zum Ziel gekommen war, ist sie ihm in der Dunkelheit der Katakomben entwischt. Auf der Suche nach ihr ist er auf lichtscheues Gesindel gestoßen und wurde mit einem Stein oder einer Keule niedergeschlagen. Gianni hat ihn erst Stunden später gefunden. Die Wunde war schwer, und etliche Tage lang sah es so aus, als würde Cirio die Verletzung nicht überleben. Mittlerweile befindet er sich auf dem Landgut seiner Familie in den Albaner Bergen, um sich zu erholen. Es wird noch zwei, drei Wochen dauern, bis er zurückkehren kann.«

»Cirio ist verletzt?« Flavia Orsini hatte die Verlobung ihrer Tochter mit dem jungen Mann nur hingenommen, weil der Herzog von Gravina dies so bestimmt hatte. Nun aber galten ihre Gedanken ihrem künftigen Schwiegersohn, und sie sprach ein kurzes Gebet für ihn, damit die Mächte des Himmels ihn bald genesen ließen. »Ich werde heute noch nach Santa Maria Maggiore gehen und der Heiligen Jungfrau eine große Kerze weihen. Francesca soll mich begleiten und mit mir beten«, erklärte sie und sah aus, als wolle sie diesen Vorsatz unverzüglich in die Tat umsetzen.

»Ich weiß nicht, ob das klug ist«, wandte ihr Mann ein. »Francesca war nie fröhlicher und sanfter als in der letzten Zeit, in der wir nichts von Cirio d'Specchi gehört haben. Wir sollten es ihr später sagen und auch so tun, als wüssten wir nichts von ihrer Schwangerschaft. Aber sobald diese augenfällig wird, werden wir mit ihr reden. Sie muss begreifen, dass es für sie keinen anderen Weg gibt, als dem Vater ihres Kindes die Hand zum Bunde zu reichen.«

Obwohl ihr Mann Francesca als sanft bezeichnete, so hatte Contessa Flavia ihre Tochter anders in Erinnerung. All ihre Versuche, Francesca dazu zu bewegen, Annunzia zu verzeihen und diese wieder als Zofe zu akzeptieren, hatten zu heftigen Wutausbrüchen geführt. Aus diesem Grund hielt auch sie es für besser, so lange zu warten, bis ihre Tochter die Schwangerschaft nicht mehr verbergen konnte.

»Ihr habt wie immer recht, mein Gemahl«, sagte sie lächelnd und ertappte sich bei dem Gedanken, dass sie sich darauf freute, Großmutter zu werden.

14.

Obwohl er sich im Campo Santo Teutonico fürchterlich über Giso und Hilbrecht geärgert hatte, begann Falko die beiden Freunde schon nach kurzer Zeit zu vermissen. Er wäre sogar froh gewesen, mit Oskar von Frammenberg, dessen Frau Edelgunde und sogar mit Margarete sprechen zu können. Stattdessen saß er in Gaspares Taverne und musste sich die Schmeicheleien des Wirts und Mariangelas spöttische Reden anhören.

Als sie ihm einen weiteren Becher Wein hinstellte, vermochte sie die Zunge erneut nicht im Zaum zu halten. »Ich hoffe, Euer Freund kommt heute nicht auch noch. Zwei von Eurer Sorte wären mir wirklich zu viel.«

Falko blickte mit vorwurfsvoller Miene zu ihr auf. »Bei dir haben die Eltern zu sehr die Rute geschont, und so bist du ein vorlautes und unverschämtes Ding geworden. So eine wie dich würde ich nicht einmal für eine Nacht nehmen, geschweige denn ihr anbieten, für längere Zeit meine Bettmagd zu sein.«

»Nicht einmal für eine Nacht? Dann ist es gut! Bleibt bei dieser Meinung, und wir werden uns gut vertragen. Sollten Eure Hände sich jedoch dorthin verirren, wo sie nichts zu suchen haben, setze ich Euch den nächsten Weinkrug auf den Kopf.« Mariangela verließ lachend die Wirtsstube und spottete in der Küche über den jungen Ritter, der ihren Worten nach ein Gesicht zog, dass einem die Milch sauer werden konnte.

Gaspare schüttelte den Kopf. »Er ärgert sich gewiss, weil du so abweisend zu ihm bist. Dabei ist er ein stattlicher Mann – und arm ist er auch nicht. Du würdest ein schönes Sümmchen von ihm bekommen. Vielleicht solltest du mit ihm nach Germanien ziehen. Deine Söhne könnten dort einmal tapfere Ritter werden und deine Töchter edle Damen.«

»Knechte und Mägde meinst du wohl, wenn nicht noch Schlimmeres. Nein, ich eigne mich nicht zur Hure«, entgegnete Mariangela zornig.

Marioza sah ihre Tochter durchdringend an. »Herrn Falko solltest du tatsächlich nicht nehmen. Für den wärst du nur ein Mädchen für eine Nacht. Doch Herr Hilbrecht hegt tiefere Gefühle für dich, über die du nicht spotten solltest. Als jüngerer Sohn kann er zudem seinen Neigungen folgen, denn er hat Brüder, welche die Familie standesgemäß fortsetzen können. Er kann eigenen Besitz erwerben und diesen an deine Kinder vererben.«

Mariangela glaubte, nicht richtig zu hören. »Mama, was ist mit dir los? Seit wann redest du mir zu, in Schande mit diesem Hilbrecht zusammenzuleben?«

»Es ist keine Schande, mein Kind. Viele hohe Herrschaften leben mit Frauen aus dem Volk zusammen und sorgen gut für die gemeinsamen Kinder.«

»Deine Mutter hat recht«, stimmte Gaspare seiner Frau eifrig zu. »Herr Hilbrecht würde dich auf Händen tragen. Du wärst keine Gastwirtstochter mehr, sondern eine feine Dame.«

»Zu einer solchen eigne ich mich nicht. Ich sage, was ich denke, und schlage auch nicht schamvoll die Augen nieder, wenn jemand einen anzüglichen Witz erzählt.«

Mariangela nahm einen vollen Weinkrug, um ihn nach draußen zu bringen, obwohl niemand danach gerufen hatte, denn so ganz ging das Gerede der Eltern nicht an ihr vorbei. Immerhin hatte Hilbrecht von Hettenheim sie vor einer brutalen Vergewaltigung gerettet und dafür nicht den geringsten Lohn erhalten.

»Er ist ein Edelmann, und ich bin ein Mädchen aus dem Volk. Es würde nicht gutgehen«, rief sie sich selbst zur Ordnung und stellte einem eben eingetroffenen Gast den Weinkrug vor die Nase.
»Lasst es Euch munden!«, sagte sie und dachte, dass das Leben auf Erden leichter wäre, wenn es keine Männer gäbe.

15.

Kurz darauf betrat Pater Luciano die Terrasse, spendete den dort versammelten Gästen seinen Segen und trat in die Gaststube, in der sich Falko als einziger Gast aufhielt.
»Ist es erlaubt?«, fragte er und setzte sich zu ihm, als dieser nickte.
»Ich hoffe, du befindet dich wohl, mein Sohn«, fuhr er fort, um ein Gespräch in Gang zu bringen.
»Ich kann nicht klagen!« Falko war nicht in der Stimmung, dem Pater Rede und Antwort zu stehen.
»Vor einigen Wochen sind wir schon einmal hier gesessen. Damals habe ich dich für einen wackeren jungen Mann gehalten, der einen klügeren Kopf auf den Schultern trägt als die meisten Menschen«, sagte der Pater leise.
»Und jetzt habt Ihr wohl Eure Meinung über mich geändert, hochwürdiger Herr?«, fragte Falko mit hart werdenden Gesichtszügen.
»Noch bin ich mir nicht sicher. Allerdings hast du dich mit deinen Freunden zerstritten, die es gut mit dir meinen, und stellst einem denkbar ungeeigneten Mädchen nach.«
»Wenn Ihr Mariangela meint: Die ist vor mir sicher!« Falko

lachte verkrampft und nahm den Weinbecher zur Hand. Doch als er trinken wollte, sah er, dass der Pater noch keinen Becher erhalten hatte.

»He, Mariangela, bringe Hochwürden einen Becher und uns einen Krug Wein«, rief er dem Mädchen zu, das neugierig den Kopf zur Tür hereingesteckt hatte.

»Gewiss, Herr, sofort!« Mariangela nahm einen Krug, füllte ihn und fragte sich, was Pater Luciano wohl mit ihrem Gast zu bereden hatte.

Der Geistliche wartete, bis Mariangela den Wein gebracht hatte und von anderen Gästen nach draußen gerufen wurde, dann wandte er sich wieder Falko zu. »Ich meine nicht Mariangela, sondern ein Mädchen höherer Abstammung!«

Falko zuckte zusammen. Wusste der Priester etwa von seinem ungehörigen Verhältnis mit Elisabeth? Auf jeden Fall war er froh, dass es hier in der Gaststube nicht so hell war wie draußen auf der Terrasse und Pater Luciano nicht sehen konnte, wie er errötete.

»Das müsst Ihr mir genauer erklären, hochwürdiger Herr«, brachte er unter Aufbietung aller Willenskraft heraus.

»Ich meine die junge Römerin, mit der du dich gelegentlich in der Kapelle der heiligen Witwe Irene triffst. Ihre Schönheit mag dich blenden, doch sie ist eine Orsini, und sie wird dir niemals als Weib gehören. Ihre Familie verheiratet sie ganz gewiss nicht mit einem Deutschen!«

Gott sei Dank weiß er nichts von mir und Elisabeth, dachte Falko aufatmend. Gleichzeitig schämte er sich, weil er an die eine Frau dachte, während über die andere gesprochen wurde. »Nun, warum sollte es nicht möglich sein? Schließlich bin ich kein armer Mann«, erklärte er.

»Gegen einen Herzog von Gravina bist du ein armer Schlucker, mein Sohn, und Ercole Orsinis Vermögen übertrifft das deine ebenfalls bei weitem. Auch ist er ein Conte, ein

Graf, und er würde seine Tochter nicht einmal einem Herzog aus deutschen Landen zur Frau geben. Nein, Falko Adler, diese Frucht kannst du nicht pflücken, auch wenn du es versuchst. Gib Francesca auf und meide das Haus ihres Vaters. Er wird dich mit freundlichen Worten einlullen und alle Geheimnisse aus dir herausholen.«

Pater Lucianos Stimme klang beschwörend, doch Falko lächelte nur. »Ich habe durchaus bemerkt, dass Graf Orsini mich auszuhorchen versucht. Doch wer viel redet, dem entfährt auch einmal ein Satz, der nicht hätte fallen dürfen.«

»Er hat dir Geheimnisse anvertraut?«, fragte der Pater verwundert.

»Nicht bewusst. Doch ich weiß nun, dass Mailand, Venedig und vor allem Frankreich nicht wollen, dass König Friedrich zum römischen Kaiser gekrönt wird.« Falko war der Stolz anzumerken, dass es ihm gelungen war, die richtigen Schlüsse aus einzelnen Sätzen und Bemerkungen zu ziehen, die Ercole Orsini hatte fallenlassen.

Da der Pater interessiert schien, gab er noch mehr zum Besten. »Ich fürchte, man plant, den König hier in Rom zu ermorden«, bekannte er und dachte daran, dass Elisabeth als Erste diesen Verdacht geäußert hatte. Offenbar waren die italienischen Nonnen in ihren Äußerungen weniger zurückhaltend als Conte Orsini.

»Das kann durchaus sein.« Pater Luciano musterte Falko durchdringend. »Vielleicht ist es gar nicht so übel, wenn du in Ercole Orsinis Heim ein und aus gehst. Du solltest ihm unter vorgehaltener Hand sogar ein paar Geheimnisse anvertrauen, die du erfahren zu haben glaubst!«

»Ich bin kein Verräter«, rief Falko unwillig aus.

»Natürlich nicht! Wir werden das, was du sagst, sorgfältig auswählen. Ich will unsere Feinde täuschen, verstehst du? Mit dir habe ich das Mittel dazu. Conte Ercole ist viel zu

sehr von sich überzeugt, um in dir einen ebenbürtigen Gegner zu sehen. Das müssen wir ausnützen. Dabei sagst du ihm nicht mehr als das, was ein oder zwei Tage später die ganze Stadt erfahren wird.
Ich kenne Ercole Orsini sehr gut, denn wir sind einst gute Freunde gewesen. Er hält sich viel auf seine Klugheit zugute und wird deswegen in unsere Falle gehen. Bist du dazu bereit?« Der Pater fasste Falko am Arm und wartete gespannt auf Antwort. Wenn der junge Mann einschlug, hatte er einen Vorteil errungen, der vielleicht den Ausschlag geben konnte.
Falko zögerte, denn im Grunde war ihm solch heimliches Tun zuwider. Dann aber dachte er daran, dass Francescas Vater nicht anders handelte, und streckte Pater Luciano mit einem Lächeln, das mehr einem Zähnefletschen glich, die Hand hin. »Ich bin bereit, mit meinem Leben und meinem Schwert für König Friedrich einzustehen! Sagt mir, was ich tun soll, und ich mache es.«
Nun atmete der Pater auf. Der junge Mann mochte in Francesca Orsini verliebt sein, aber deshalb stand er noch lange nicht auf der Seite ihres Vaters. Vielleicht wäre es anders gewesen, wenn Ercole Orsini ihm eine Heirat mit seiner Tochter in Aussicht gestellt hätte. Doch dafür war sein ehemaliger Freund zu stolz.
»Gut so!«, sagte Pater Luciano und tätschelte Falkos Arm. »Wir werden uns etwas einfallen lassen. Später wirst du Orsini Abschriften von Botschaften überbringen, die du angeblich heimlich angefertigt hast.«
In den nächsten Minuten nannte der Pater einige Dinge, die Falko an Orsini weitertragen sollte, und warnte ihn eindringlich davor, diesen zu unterschätzen. »Lass dich nicht vom Übermut hinreißen, mit ihm spielen zu wollen. Conte Ercole ist scharfsinnig und würde es bemerken.«

»Ich werde achtgeben, hochwürdiger Vater.« Falko neigte kurz den Kopf und nahm den Segen des Paters entgegen. Dieser nickte ihm noch einmal zu und verließ dann die Gaststube durch die Küche, um nicht von der Terrasse aus gesehen zu werden. Für Beobachter sollte es so aussehen, als hätte er Marioza und deren Tochter aufgesucht und mit diesen gesprochen. Während er zu seinem Pfarrhaus zurückkehrte, sah er mehrere Männer, die ihn unter Beobachtung zu halten schienen. Mitten am Tag würden sie gewiss keinen Mordanschlag wagen, dennoch nahm er sich vor, weiter auf der Hut zu sein. Immerhin standen hinter seinen Feinden nicht nur einige Edelleute aus Rom und anderen italienischen Städten, sondern auch die Franzosen und deren Geld.

16.

Dario d'Specchi hatte sich noch zweimal mit Ercole Orsini getroffen, doch war es dabei stets um die geplante Hochzeit ihrer Kinder gegangen. Politische Aspekte hatten keine Rolle gespielt. Für d'Specchi sah es mittlerweile so aus, als würden die führenden Würdenträger des Kirchenstaats sich mit der Reise des deutschen Königs abfinden und nur noch überlegen, welchen Preis sie für die Kaiserkrönung verlangen konnten.

Einerseits war d'Specchi froh darüber, denn solange sein Sohn krank daniederlag, war er nicht in der Lage, gegen seine Feinde vorzugehen. Zum anderen aber verhinderte die erzwungene Untätigkeit den erhofften Aufstieg in einen der höheren Adelsstände. Das war doppelt ärgerlich, da Ercole Orsini darauf drängte, dass dies möglichst noch vor

Francescas und Cirios Hochzeit geschehen solle. Als Dario d'Specchi sich an diesem Tag in den Vatikan aufmachte, um Kardinal Latino Orsini aufzusuchen, hoffte er, in diesem einen gewichtigen Fürsprecher zu finden.
Der Kardinal ließ ihn erst einmal eine gute Stunde im Vorzimmer warten und las, als er endlich zu ihm geführt wurde, so betont in einem Brief, dass d'Specchi sich schließlich räusperte, um die Aufmerksamkeit auf sich zu lenken.
Nun erst blickte Latino Orsini auf. »Ah, mein lieber Freund Dario. Willkommen, willkommen!«
»Euer Eminenz!« D'Specchi kniete nieder und küsste den Ring des Kardinals.
»Was führt Euch zu mir, mein Freund?« Die Stimme des Kardinals klang leise und uninteressiert.
Dario d'Specchi beschloss, den Stier bei den Hörnern zu packen. »Es geht um die Erhöhung im Adelsrang, die mir zugesagt worden ist, Euer Eminenz. Es wäre von Wichtigkeit, dass diese noch vor der Heirat meines Sohnes mit Eurer Nichte stattfinden würde.«
Scheinbar erstaunt hob der Kardinal den Kopf. »Diese Heirat findet also doch statt? Ich dachte, sie wäre nicht mehr in Eurem Sinn, da sowohl Ihr wie auch Euer Sohn das Haus meines Verwandten in den letzten Wochen gemieden habt.«
»Das geschah aus einem Missverständnis heraus oder, besser gesagt, weil mein Sohn eine schwere Verletzung durch unbekannte Hand erlitten hat. Er weilt derzeit auf meinem Landgut bei Nemi, um sich zu erholen. Sobald dies geschehen ist, wird er Contessa Francesca vor den Traualtar führen!«
Dario d'Specchi ärgerte sich über den Kardinal, der so tat, als ginge die ganze Sache ihn nichts an. Als er erneut auf einen höheren Adelsrang zu sprechen kam, schüttelte Latino Orsini bedauernd den Kopf. »Ich würde Euch gerne behilf-

lich sein, doch mir sind die Hände gebunden. Da Francesca meine Nichte ist, hieße es sofort, ich würde im Interesse meiner Familie handeln.«

D'Specchi fand diese Ausrede derart an den Haaren herbeigezogen, dass er den anderen am liebsten gepackt und gegen die Wand geschleudert hätte. Seit Generationen versorgten Päpste, Kardinäle und andere Würdenträger ihre Verwandten nach Kräften mit Titeln und Besitz. Die Tatsache, dass ausgerechnet Kardinal Latino sich nun weigerte, sich für ihn und seinen Sohn zu verwenden, empfand er als Schlag ins Gesicht.

»Euer Eminenz, ich habe Euch und Eurem Vetter Giacomo, dem Herzog von Gravina, immer treu gedient und ...«

Noch während er sprach, begriff d'Specchi, dass er gerade mit diesen Worten die gesellschaftliche Kluft zwischen seiner und Francescas Familie deutlich herausstellte, und setzte den Satz anders fort als geplant. »... und wir wissen genug über Eure Pläne, um für Eure Feinde von Wert zu sein. Die Familienoberhäupter der Colonna würden gewiss nicht zögern, Seiner Heiligkeit zu raten, mich und meinen Sohn in den Stand eines Visconte zu erheben, wenn wir ihnen unsere Dienste anbieten.«

Diese Drohung war ein zweischneidiges Schwert, das war d'Specchi klar. Aber er hatte es satt, als Handlanger benützt zu werden und dabei vergebens auf die versprochene Belohnung zu warten. Auch machte ihm die Verletzung seines Sohnes zu schaffen, denn trotz Ercole Orsinis Ansicht, dieser sei zufällig auf ein paar Landstreicher getroffen, hatte er immer noch Angst, es könnte ein mächtiger Feind dahinterstecken.

Kardinal Latino Orsini zog die Stirn in Falten. Auch wenn er d'Specchi und dessen Sohn verachtete, so waren die beiden als Helfer zu wertvoll, um sie einfach fallenzulassen.

Das konnte er sich schon angesichts dieser Drohung nicht leisten. Wenn ihre Gegner in Rom – und dazu zählten nicht nur die Colonna – von ihren Plänen erfuhren, konnte dies für die Familie Orsini fatal enden. Daher zwang er sich zu einem Lächeln und faltete die Hände wie zum Gebet.

»Mein lieber Freund, ich verstehe Euch gut. Doch leider überschätzt Ihr meine Einflussmöglichkeiten. Im Vatikan hat die Seite das Übergewicht gewonnen, die Frieden und Ausgleich mit dem deutschen König sucht und bereit ist, sich mit dessen Kaiserkrönung abzufinden. Auch ich werde mich nicht länger dagegen sträuben können, will ich nicht meinen gesamten Einfluss am Heiligen Stuhl verlieren. Da Ihr Euch stets offen gegen Friedrich III. ausgesprochen habt, kann ich mich derzeit nicht für Euch verwenden. Dies ist nicht möglich, bevor der König Rom wieder verlassen hat. Wahrscheinlich können wir Eure Rangerhöhung sogar erst erreichen, nachdem ein neuer Papst gewählt worden ist. So lange werdet Ihr Euch mit dem Rang begnügen müssen, den Ihr derzeit einnehmt.

Solltet Ihr allerdings zu der Ansicht gelangen, es könnte sich für Euch lohnen, in die Dienste einer uns feindlich gesinnten Sippe zu treten, wären meine Verwandten und ich gezwungen, Kardinal Foscarellis Freunden mitzuteilen, wer diesen ermordet hat.«

D'Specchi fuhr heftig auf. »Es geschah auf Euren Befehl hin!«

»Unsere Anweisung lautete, ihm die geheime Botschaft abzunehmen, die er in Trastevere erhalten hat. Jeder Taschendieb hätte dies ohne Gewaltanwendung geschafft. Doch Euer Sohn war zu sehr darauf aus, seinen Dolch in Blut zu tauchen. Seid damit zufrieden, dass wir Francesca Orsinis Heirat mit Eurem Sohn zustimmen und dafür Sorge tragen werden, dass die gemeinsamen Kinder den Titel und den

Rang führen können, der ihnen von der Abkunft der Mutter her gebührt!«
Der letzte Satz stellte das Zugeständnis an Dario d'Specchi dar, dass spätestens seine Enkel einen hohen Adelsrang erhalten würden. Einen ähnlichen Lohn konnte er von niemand anderem erwarten.
Dies war auch seinem Besucher klar. Die Feinde der Orsinis würden ihn nur mit Geld abfinden, doch der goldene Glanz der Dukaten wog niemals einen höheren Stand in der Gesellschaft auf.
Dario d'Specchi begriff, dass er auf Gedeih und Verderb an die Familie Orsini gebunden war. »Ich bedauere, dass ich die Zeit Eurer Eminenz umsonst beansprucht habe«, würgte er hervor und musste sich zwingen, sich vor dem Kardinal zu verbeugen.
Dieser neigte lächelnd das Haupt, sah dann aber seinen Besucher wieder hochmütig an. »Euer Besuch war nicht vergebens. Ihr wisst nun, dass Eure Sippe selbst im ungünstigsten Fall mit der Generation Eurer Enkel im Rang hoch aufsteigen wird. Seid aber versichert, dass ich und auch der Herzog von Gravina uns bei passender Gelegenheit für Euch verwenden werden.«
Das war ein halbes Versprechen, welches d'Specchi beruhigen sollte. Bei sich dachte Kardinal Latino Orsini, dass es genügte, wenn Francesca ihren Rang als Contessa in dieser Ehe behalten und diesen an ihre Kinder vererben würde.
Dario d'Specchi war dies ebenfalls klar, und er verließ die Gemächer des Kardinals mit dem Gefühl, erneut zum Narren gehalten worden zu sein. Als er auf dem Vorplatz der Basilika San Pietro stand und auf deren Eingangstür blickte, durch die in wenigen Monaten der deutsche König Friedrich schreiten würde, um sie als römischer Kaiser wieder zu verlassen, kamen ihm vor Wut die Tränen. Er und sein Sohn

hatten alles getan, um das zu verhindern. Den Männern aber, die sie dazu gedrängt hatten, war ihr Einsatz nur noch ein Achselzucken wert.
»Ich werde meine Belohnung erhalten, und wenn es mit dem Teufel zugeht«, murmelte er und zuckte im nächsten Augenblick zusammen, als direkt neben ihm eine Stimme aufklang.
»Das werdet Ihr, Signore Dario!«
Er drehte sich um und sah einen Mann in einem weiten Umhang vor sich, dessen breitkrempiger Schlapphut die Gesichtszüge so beschattete, dass er ihn erst auf den zweiten Blick erkannte.
»Vicomte de …«
Der andere hob abwehrend die Hand. »Keinen Namen, Signore! Ich befinde mich inkognito in dieser Stadt. Aber ich kann nicht sagen, dass mir gefällt, was ich hier erfahren habe.«
»Mir auch nicht«, zischte d'Specchi beinahe zu laut.
»Wir sollten uns in aller Ruhe unterhalten, mein Freund. Ich kenne eine kleine verborgene Schenke, deren Wirt ein guter Freund ist. Dort haben wir alle Zeit der Welt für uns.«
Dario d'Specchi überlegte kurz und nickte. »Gegen einen Becher Wein habe ich nichts und auch nichts gegen ein Gespräch.«

17.

Die Schenke befand sich in einem so verrufenen Viertel, dass selbst die Stadtwachen es kaum wagten, diesen Teil von Rom zu betreten. Der Franzose schien sich hier jedoch auszukennen, denn er lotste d'Specchi auf kür-

zestem Weg zu der Schenke und begrüßte den Wirt wie einen alten Bekannten.
»Auch wieder einmal in der Stadt?«, fragte dieser lächelnd.
»Wie du siehst, mein Freund. Jetzt wünsche ich einen Krug Wein vom besten, zwei Becher und einen Platz, an dem mein Begleiter und ich ungestört reden können.«
»Das sollt Ihr alles haben. Kommt, ich führe Euch nach hinten. Dort hört Euch niemand zu.« Der Wirt winkte de Promont und d'Specchi, ihm zu folgen, und brachte sie in einen düsteren Raum, den selbst die Öllampe, die er auf den Tisch stellte, kaum zu erhellen vermochte.
Der Wein war überraschend gut, und d'Specchi fragte sich, ob der Wirt diesen ehrlich erstanden oder billig als Diebesgut gekauft hatte. Allerdings interessierte ihn das, was sein ausländischer Bekannter zu sagen hatte, weitaus mehr.
»Was wollt Ihr von mir?«, fragte er de Promont.
Der Franzose trank einen Schluck Wein und schnalzte dann genussvoll mit der Zunge. »Das ist ein Tropfen, wie ich ihn mir gefallen lasse. Man kann über euch Italiener sagen, was man will, doch Wein keltern könnt ihr.«
»Ich glaube kaum, dass Ihr mich eingeladen habt, um mit mir über die Güte unserer Weine zu sprechen!« Nach der Abfuhr durch Kardinal Latino Orsini war d'Specchis Geduld erschöpft.
Seufzend blickte de Promont ihn an. »Für einen Italiener seid Ihr von einer überraschenden Direktheit. Dabei sollte ein Gespräch genossen werden wie guter Wein.«
»Deswegen geltet ihr Franzosen auch als redefreudiges Volk«, antwortete d'Specchi bissig.
Der andere lächelte. »Ihr Römer steht uns darin gewiss nicht nach. Doch ich will Eure Neugier befriedigen. Bei meinem letzten Besuch in dieser Stadt kam ich zu der Überzeugung, dass ein großer Teil der maßgeblichen Herren den Besuch

des Steiermärkers Friedrich nicht nur ablehnt, sondern auch verhindern will. Jetzt aber sieht es so aus, als hätten sich selbst die größten Schreier mit diesem Besuch abgefunden. Sogar eine Kaiserkrönung soll stattfinden, habe ich mir sagen lassen! Erhebt sich denn kein Brutus, der Cäsar für seinen Hochmut bestraft?«

»Wir sind immer noch dabei, diesen Besuch zu verhindern«, erklärte d'Specchi, obwohl er wusste, dass sogar Kardinal Orsini seinen Widerstand gegen Friedrich III. aufgegeben hatte.

»Die römischen Herren haben sich in zu vielen Sippenfehden erschöpft und sind zu zahnlosen Löwen geworden. Jetzt wollen sie zusehen, wie der Steiermärker in ihre Stadt einzieht und sich die Kaiserkrone aufs Haupt setzt. Sie sind einfach zu begierig, auch von ihm zum Conte oder Marchese ernannt zu werden, um ihren römischen Titeln noch mehr Glanz zu verleihen.« Der Franzose legte eine kurze Pause ein und beobachtete d'Specchi durchdringend.

Trotz des düsteren Lichtes konnte er den Ärger auf dem Gesicht seines Gegenübers erkennen und stieß nach. »Die Herren haben wohl vergessen, dass auch andere Souveräne Titel und Würden verleihen können. Daran solltet auch Ihr denken!«

Das war ein unverbrämtes Angebot, und d'Specchi ging sofort darauf ein. »Was verlangt dieser Souverän für solche Titel und Würden?«

De Promont tat so, als müsse er überlegen, bevor er Antwort gab. »Anfangs wollten wir nur verhindern, dass der Steiermärker in diese Stadt kommt und seinem Titel als König der Deutschen auch noch den eines Kaisers des Heiligen Römischen Reiches hinzufügen kann. Mittlerweile wäre uns jedoch mehr daran gelegen, dass Friedrich III. zwar Rom betritt, es aber in einem Sarg wieder verlässt.«

»Ein Attentat also!« D'Specchi atmete scharf ein.

Zwar hatte sein Sohn vor seiner Verletzung bereits von einem Mordanschlag auf Friedrich gesprochen, doch der schien ihm angesichts der Leibwachen, die den König schützen würden, kaum durchführbar.
»Es würde sich für Euch lohnen, mein Freund«, lockte der Franzose. »Seine Majestät Charles VII. würde den Mann, der ihn von dem Steiermärker befreit, in den erblichen Rang eines Vicomte erheben, ebenso dessen Vater.« Letzteres setzte er noch rasch hinzu, um Dario d'Specchi selbst zu ködern, falls nicht dieser, sondern dessen Sohn den tödlichen Dolchstich ausführen würde.
»Den Titel eines Visconte …« Dieser Rang war gleichbedeutend mit dem, den er hier in Rom erwarten konnte. Allerdings würden nicht erst seine Enkel diesen Titel tragen, sondern er selbst und sein Sohn. Das Angebot war verlockend, doch d'Specchi schüttelte den Kopf. »König Friedrich dürfte gut bewacht werden, und es wird kaum möglich sein, an ihn heranzukommen.«
Vor allem, wenn man danach heil wieder herauskommen will – diesen Gedanken las de Promont seinem Gesprächspartner von der Stirn ab.
»Man muss dafür ebenso klug wie kühn sein«, erklärte der Franzose und verschwieg, dass es gar nicht in seinem Sinne war, den Attentäter entkommen zu sehen. Die Leibwachen des Königs sollten diesen ruhig in Stücke hauen und damit den Zorn der Römer anheizen. Wenn alles so lief, wie er es erhoffte, würde es nach dem Mord an Friedrich in Rom zu einem Aufstand kommen, der die kaiserlich gesinnten Würdenträger hinwegfegen und die eingeschworenen Feinde der Deutschen an die Macht bringen würde.
Mit einer freundschaftlichen Geste legte er den Arm um d'Specchi. »Überlegt es Euch, Signore Dario. Als Vicomte und damit als Vasall des Königs von Frankreich würdet Ihr

auch mit Landbesitz bedacht und könntet in der Wahl Eurer Schwiegertochter höher greifen als zu einem Mädchen aus einem bedeutungslosen Seitenzweig eines römischen Geschlechts.«

»Eine französische Grafentochter?«, fragte d'Specchi interessiert.

»Mit einer Mitgift, die das Vermögen eines Ercole Orsini bei weitem übertrifft«, schob de Promont ihm den nächsten Köder zu.

D'Specchi atmete schneller. Alles, was er je für sich und seinen Sohn erhofft hatte, bot der Franzose ihm nun an. Es gab nur ein Hindernis auf diesem Weg, welches beseitigt werden musste, und das war König Friedrich III. Doch er traute sich und Cirio zu, auch diese Aufgabe zu bewältigen.

»Ich will diese Zusage schriftlich haben«, erklärte er mit gepresster Stimme.

»*Oh non!* Wenn man das bei Euch finden würde …«, widersprach de Promont und wurde sofort unterbrochen.

»Ich will es nicht bei mir aufbewahren, sondern bei einem Priester, dem ich vertrauen kann. Dieser wird es nur mir oder meinem Sohn aushändigen. Mündliche Versprechungen habe ich mir schon zu viele angehört!«

D'Specchi bleckte die Zähne in die Richtung, in der er Ercole Orsinis Wohnturm vermutete, und füllte seinen Becher erneut. »Der Wein ist wirklich gut. Doch ich will auch den aus Burgund und dem Bordelais trinken, und zwar als Vicomte Dario d'Specchi, Herr auf Wasweißichwo.«

»Das werdet Ihr, mein Freund, das werdet Ihr!« De Promont klopfte dem Römer auf die Schulter und überlegte sich dabei, was es ihn kosten würde, den Priester, dem d'Specchi dieses verfängliche Schreiben anvertrauen wollte, zu bestechen, so dass dieser es ihm übergab und gegen einen harmlosen Brief austauschte.

18.

Obwohl Falko noch immer im Hause Ercole Orsinis verkehrte, wusste Elisabeth von Pater Luciano, dass ihr Geliebter sich tatsächlich der Sache des Königs verschrieben hatte und seine Besuche vor allem dazu dienten, Orsini falsche Informationen zu liefern und von diesem Dinge zu erfahren, die wichtig sein konnten. Da Pater Luciano Falkos Treue zum König ihrem Einfluss zuschrieb, glaubte sie nicht, eine Todsünde zu begehen, indem sie sich weiterhin dem jungen Ritter hingab. Dennoch versuchte sie, die Schuld, die sie dabei auf sich lud, so gut es eben ging, bereits in diesem Leben zu tilgen.

Das Gebet war nur eines der Mittel, um dies zu erreichen. Ein weiteres war das härene Unterhemd, das sie an den Tagen trug, an denen Falko sie nicht aufsuchte. Elisabeth hatte auch schon versucht, jeden zweiten Tag zu fasten, es aber nur kurze Zeit durchgehalten, weil sogar die Selbstkasteiung mit der Geißel nicht gegen ihre Hungeranfälle geholfen hatte. Auch an diesem Tag war sie so hungrig, dass sie ihre Gedanken kaum auf das Gebet richten konnte.

Zuletzt hielt sie inne und stand auf. Die Knie, die auf einem hölzernen Scheit geruht hatten, waren taub, und der Rücken schmerzte höllisch. Während sie stöhnend und seufzend die kleine Kapelle ihres Klosters verließ, tauchte Schwester Euphemia neben ihr auf und musterte sie besorgt. »Geht es Euch nicht gut, ehrwürdige Mutter?«

»Nein, nein! Es ist nichts«, antwortete Elisabeth, stieß aber im nächsten Augenblick einen Schmerzensruf aus und griff sich mit beiden Händen an den Rücken.

Schwester Euphemia wies mit einer ärgerlichen Geste auf die Tür. »Hier zieht es aber auch immer! Da ist es kein

Wunder, wenn Ihr Euch einen Hexenschuss holt. Wisst Ihr was? Wir begeben uns jetzt in Euer Zimmer, und ich reibe Euch den Rücken ein. Der Bruder Apotheker des Klosters hat mir eine Salbe angemischt, die Euch gewiss helfen wird.«

»Eine Salbe tut vielleicht ganz gut.« Elisabeth stöhnte erneut auf und stützte sich dann auf ihre Vertraute, um in ihre Kammer zurückzukommen. Unterwegs trafen sie auf mehrere Nonnen. Diese sahen sie an und schüttelten den Kopf, sagten aber erst etwas, als die beiden die Treppe hochgestiegen waren.

»Die deutsche Äbtissin übertreibt es mit ihren Gebeten. Ich will nicht hoffen, dass sie von uns verlangt, ebenso fromm zu sein wie sie«, meinte eine von ihnen giftig.

Eine andere Schwester lachte leise auf. »Ob die wirklich so fromm ist, wie sie tut, möchte ich bezweifeln. Wenn wir in der Kirche sind, um diese zu säubern und zu schmücken, erscheint meist ein junger deutscher Ritter bei ihr. Gibt euch das nicht auch zu denken?«

»Selbst wenn es so ist, tun die beiden auch nichts anderes als du und Bruder Cipriano. Oder glaubst du, wir merken es nicht, wenn du mit ihm zusammen hinter dem Hochaltar verschwindest?«, konterte eine andere Nonne fröhlich und brachte die restlichen damit zum Lachen.

Elisabeth hatte derweil ihre Kammer betreten und stemmte sich mit den Händen auf das Fußteil ihres Bettes, um den schmerzenden Rücken zu entlasten.

»Ich fühle mich wie eine alte Frau«, sagte sie mit einem schmerzlichen Lächeln.

»Unsinn! Ihr seid jung und kräftig und habt nur einen Zug in den Rücken bekommen. Ich hole jetzt die Salbe. Legt Euch derweil hin und ruht Euch aus!« Schwester Euphemia verließ den Raum, und als sie nach kurzer Zeit zurückkehr-

te, fand sie Elisabeth immer noch auf das Fußteil des Bettes gestützt vor.
»Ihr solltet Euch doch hinlegen«, sagte sie. »Am besten entkleidet ihr Euch vorher. Ich kann ja schlecht Euer Gewand einsalben, denn dem tut gewiss nichts weh.«
Ein Lächeln spielte um Elisabeths Lippen. »Da habt Ihr recht, Schwester Euphemia. Bitte helft mir!«
Die Nonne stellte den Salbentopf auf dem Hocker ab, der zusammen mit dem Bett, einer Truhe und dem Betstuhl die spärliche Einrichtung des Raumes bildeten, und griff dann zu. Es dauerte, bis sie Elisabeth das Ordenskleid und die Unterröcke über den Kopf gezogen hatte und die Äbtissin nur noch im Hemd dastand.
Als Elisabeth auch dieses abstreifte und sich bäuchlings auf das Bett legen wollte, schnaufte Schwester Euphemia erschrocken. »Heilige Muttergottes, Ihr seid doch nicht etwa schwanger?«
»Schwanger? Wie kommt Ihr darauf?« Im ersten Augenblick wollte Elisabeth über diesen Gedanken lachen, doch dann erinnerte sie sich daran, dass das, was Falko und sie getan hatten, dazu diente, die Menschheit fortzupflanzen.
»Hoffentlich nicht«, antwortete sie, während Schwester Euphemia ihr schon leicht gerundetes Bäuchlein betastete und ein ums andere Mal den Kopf schüttelte.
»Von Eurem Fasten kommt das hier gewiss nicht«, meinte sie. »Da hat unser Herr Jesus Euch ein Kindlein empfangen lassen.«
»Oh, Gott, nein! Diese Schande!« Elisabeth stöhnte auf und schalt in Gedanken Falko, weil dieser ihr so bedenkenlos beigewohnt hatte. Ihr Sinn für Gerechtigkeit sagte ihr jedoch, dass sie nicht weniger Schuld daran trug als er. Vielleicht sogar noch mehr, denn er hatte sich erst mit ihr vereint, nachdem sie ihn dazu aufgefordert hatte.

»Was machen wir nur?«, flüsterte sie so leise, als habe sie Angst, die Wände könnten mithören.

»Ihr hört jetzt erst einmal mit Eurem Fasten und den Kasteiungen auf und esst wieder genug. Oder wollt Ihr Euch auf diese Weise des Kindes entledigen?« Schwester Euphemia kannte Nonnen, die mit Hungern und Geißeln einen Abortus herbeigeführt und damit nach der Sünde der Unkeuschheit noch eine weitere, sehr viel schlimmere auf sich geladen hatten.

Elisabeth schüttelte den Kopf. »Um Himmels willen, nein! Ich frage mich nur, wie wir verhindern können, dass die ganze Welt über die Äbtissin spottet, die gleich zu Beginn ihres Aufenthalts an dieser heiligen Stelle Mutter geworden ist.«

»Da wird uns schon etwas einfallen«, antwortete Schwester Euphemia und beschloss, als Erstes die Kleider ihrer Oberin zu weiten. Als sie überlegte, wen sie in dieses Geheimnis einweihen konnte, schien es niemanden zu geben. Die einheimischen Nonnen durften es nicht erfahren, und ihre Mitschwester, die mit ihnen aus Würzburg gekommen war, erschien ihr nicht verschwiegen genug.

»Pater Luciano wird uns helfen!«, sagte die Äbtissin in dem Augenblick. »Er hat mich aufgefordert, alles zu tun, um Falko davor zu bewahren, ein Opfer dieser Römerin und ihres Vaters zu werden. Ich werde ihm schreiben.« Elisabeth klammerte sich an diese Hoffnung, und Schwester Euphemia stimmte erfreut zu, obwohl sie zweifelte, dass der Pater ihrer Oberin helfen konnte.

»Tut das, und zwar besser heute als morgen. Allerdings werdet Ihr es auch Falko Adler sagen müssen. Oder wie wollt Ihr ihm sonst erklären, dass die angenehmen Stunden mit Euch der Vergangenheit angehören?«

»Falko …«, flüsterte Elisabeth und begann zu weinen. Mehr denn je bedauerte sie, dass es ihre Bestimmung war, diesem

Kloster vorzustehen. Wie gerne wäre sie ihrem Geliebten als braves Eheweib auf seine Burg gefolgt!
Schwester Euphemia ließ ihr nicht die Zeit, dieser Vorstellung nachzuhängen. »So! Jetzt legt Ihr Euch erst einmal so hin, dass ich Euch den Rücken einreiben kann. Man darf über dem Morgen das Heute nicht vergessen.«

SIEBTER TEIL

Die Trennung

I.

Da er im Streit von Giso geschieden war, betrat Falko den Campo Santo Teutonico mit zwiespältigen Gefühlen und wandte sich erst einmal der Marienkapelle zu, um im Gebet den Mut zu finden, mit seinem Freund zu reden. Er war nicht der einzige Gläubige in dem kleinen Gotteshaus. Zwei Männer hatten sich unweit von ihm niedergelassen und unterhielten sich leise. Sie sprachen Deutsch, aber in einem Dialekt, den Falko nicht kannte. Eigentlich wollte er nicht lauschen, sondern beten. Da hörte er auf einmal die Namen Friedrich und Ladislaus und spitzte die Ohren.

»Friedrich von der Steiermark hat nicht das Recht, sich zum Kaiser krönen zu lassen! Nicht einmal deutscher König hätte er werden dürfen. Das steht allein Ladislaus von Österreich zu, dem Sohn und Enkel von Kaisern«, sagte gerade einer der beiden mit hasserfüllter Stimme.

Sein Landsmann hob beschwichtigend die Hand. »Jetzt regt Euch nicht auf. Der Herr von Eitzing weiß schon, was zu tun ist. Außerdem haben wir Freunde in Rom, die uns helfen werden.« Er wollte noch mehr sagen, wurde dann aber auf Falko aufmerksam, der keine fünf Schritte von ihm entfernt kniete, und wies seinen Begleiter mit einer Geste an, still zu sein.

Falko murmelte das Ave-Maria und tat so, als wäre er vollkommen im Gebet versunken. Dabei überschlugen sich seine Gedanken. Die beiden Männer stammten aus dem Reich, waren aber Feinde des Königs. Wusste Giso davon? In jedem Fall musste er ihm von der Begegnung und seinem Verdacht berichten.

Als die beiden Fremden die Kirche verließen, machte Falko nicht den Fehler, ihnen sofort zu folgen, sondern sprach ein weiteres Ave-Maria und das Vaterunser, bevor er sich erhob, vor dem Altar das Knie beugte und dann gemächlichen Schrittes die Kirchenpforte passierte.
Während er auf die Pilgerherberge zuging, sah er, dass die Fremden aus dem umfriedeten Bereich des Campo Santo Teutonico traten und die Richtung zur nächsten Tiberbrücke einschlugen. Falko hätte gerne gewusst, wer die Männer waren, denn er hatte weder sie noch die Wappen, die ihre Wämser schmückten, jemals gesehen.
Er wandte sich ab und strebte dem Teil der Pilgerherberge zu, in dem die Mitglieder seiner Reisegruppe Quartier bezogen hatten. Dort sah er sich ausgerechnet Margarete gegenüber. »Der verlorene Sohn kehrt zurück?«, fragte sie spöttisch.
Am liebsten hätte Falko auf den Fersen kehrtgemacht. Da es ihm jedoch wichtig erschien, Giso von seiner Begegnung in der Kapelle zu berichten, rang er sich ein Lächeln ab. »Dann lauft schon mal los, um mir zu Ehren ein Kalb zu schlachten!«
»Wie käme ich dazu? Ich bin weder Eure Schwester noch Eure Mutter«, fauchte Margarete ihn an.
»Gott sei Dank!«, entfuhr es Falko, er ließ das Mädchen stehen und machte sich auf die Suche nach Giso.
Der Priester saß mit Hilbrecht und Oskar von Frammenberg zusammen und diskutierte. Als er Falko entdeckte, verstummte er, und seine Miene wurde abweisend. »Was führt Euch hierher, Herr Ritter?«
Falko hatte sich einen freundlicheren Empfang erhofft und schluckte. »Pater Luciano schickt mich. Ich soll dir diese Botschaft überbringen!« Bei diesen Worten zog er einen kleinen Umschlag aus der Tasche und reichte ihn Giso, der

ihn misstrauisch von allen Seiten beäugte. Dann erst erbrach er das Siegel und las. »Pater Luciano erklärt, dass du treu zu König Friedrich stehst, und bittet mich, dir zu verzeihen.« Hatte Giso seinen Freund eben noch wie einen hohen Herrn angesprochen, um Distanz zu zeigen, wechselte er nun wieder in das persönliche Du.

»Es tut mir leid, dass wir uns gestritten haben«, erklärte Falko zerknirscht.

»Nicht der Rede wert! Setz dich, lass dir von Hilbrecht einen Becher Wein einschenken, und dann sag, was du in Trastevere beobachtet hast. Wird Pater Luciano noch immer bedroht?«

Falko schüttelte den Kopf. »Derzeit nicht. Aber ich sehe immer wieder Männer vor der Kirche und vor der Taverne herumlungern. Sie tragen lange Dolche in den Gürteln und gehören zu jenem Gesindel, dem ich ungern allein im Dunkeln begegnen möchte.«

»Das kann ich mir vorstellen. Ich möchte es auch nicht.« Giso lachte kurz auf, wurde dann aber ernst. »Die letzte Nachricht, die ich bekommen habe, lautet, dass der König sich im Dezember auf den Weg machen will.«

»Mitten im Winter?«, fragte Falko verwundert.

»Von der Neustadt bei Wien, von der aus der König aufbrechen will, muss er nicht die hohen Pässe überqueren wie wir auf unserer Reise. Er wird über Venedig, Ferrara, Bologna und Florenz nach Rom ziehen. Sein Gefolge ist nicht besonders groß, daher wird es keine Probleme mit der Unterbringung und Verköstigung geben.« Giso zählte Falko die hochrangigsten Begleiter auf, unter denen sich auch Ladislaus, der Sohn König Albrechts II. und Enkel Kaiser Sigismunds, befand.

»Du hast gewiss schon von dem Jungen gehört. Er ist der Erbe von Ungarn, Böhmen und Niederösterreich und überdies König Friedrichs Mündel. Dessen Feinde verlangen von ihm, ihnen den Knaben zu überlassen, damit sie sich des Erben zweier Kronen für ihre Zwecke bedienen können.«

»Aha! Das ist wohl der Grund!«, entfuhr es Falko.

»Was sagst du?«, fragte Giso, der sich in seinem Vortrag gestört fühlte.

»Ich habe vorhin in der Kirche zwei Herren belauscht, die von Ladislaus gesprochen haben. Sie meinten, die Kaiserkrone stünde nur diesem zu.«

Als Falko jetzt in Gisos Gesicht sah, spürte er, dass die letzten Schatten zwischen ihnen gewichen waren. Sein Freund kniff die Lippen zusammen und notierte sich etwas. »Kannst du mehr über diese beiden Männer sagen?«

Falko beschrieb ihm Aussehen und Kleidung sowie deren Wappen. »Sie sprachen einen mir unbekannten Dialekt, der ähnelte dem jenes bayrischen Ritters, welcher vor zwei Jahren auf Kibitzstein Rast gemacht hat.«

»Die Männer stammen gewiss aus Niederösterreich oder Böhmen. Den Herren dort passt es nicht, König Friedrich gehorchen zu müssen. Deshalb revoltieren sie immer wieder gegen ihn und behaupten, nur Ladislaus als ihr Oberhaupt anerkennen zu wollen. Dabei geht es ihnen um ihre eigene Macht.« Giso ballte kurz die Faust und sah Falko besorgt an.

»Mit Sicherheit haben diese Männer etwas vor, was gegen die Interessen des Königs gerichtet ist. Wir müssen die, die du beobachtet hast, ausfindig machen und überwachen. Daher schlage ich vor, du kehrst unverzüglich nach Trastevere zurück und informierst Pater Luciano.«

»Da Conte Orsini mich zum Mittagessen eingeladen hat, kann ich das nicht tun. Pater Luciano hat mir geraten, diese Einladungen nicht auszuschlagen, weil ich so Dinge in Erfahrung bringen könnte, die für uns wichtig sind.«

»Du willst Orsini überlisten?« Giso lachte kurz und schüttelte den Kopf.

Dann musterte er Falko genauer und wurde nachdenklich. »Mit deinem glatten Gesicht und deinen treuen Hundeaugen könnte es dir sogar gelingen. Die römischen Herrschaften sind allzu sehr von sich überzeugt. Dann wird eben Hilbrecht die Nachricht von den beiden Fremden Pater Luciano überbringen!«

»Es gibt nichts, was ich lieber täte!« Hilbrecht dachte weniger an den Priester als an Mariangela.

Giso stand auf und warf seinen Freunden einen auffordernden Blick zu. »Ich werde mich jetzt in den Lateran begeben in der Hoffnung, dort von Seiner Heiligkeit empfangen zu werden. Als es zum ersten Mal hieß, Friedrich wolle nach Rom, um sich zum Kaiser krönen zu lassen, ist Nikolaus V. von den Feinden des Königs mit der Lüge aufgehetzt worden, dieser käme nach Rom, um die Heilige Stadt zu unterwerfen. Deswegen hatte der Papst den Befehl gegeben, die römischen Stadtmauern wieder instand zu setzen und Truppen zu sammeln. Mittlerweile konnte Enea Piccolomini, der Bischof von Siena, ihn davon überzeugen, dass die Reise des Königs eine reine Pilgerfahrt ist, die dieser nur mit kleinem Gefolge antreten wird und nicht mit einem gewaltigen Heer. Jetzt hoffe ich, dass Seine Heiligkeit Friedrichs Reise unterstützt.«

Falko sah ihn erstaunt an. »Wie soll Seine Heiligkeit die Reise des Königs unterstützen?«

»Mit Geld, mein Freund, denn daran mangelt es Friedrich derzeit arg. Doch jetzt Gott befohlen!« Mit einer segnenden Geste verabschiedete Giso sich und verließ die Kammer.

Auch Falko und Hilbrecht standen auf. Letzterer gab seinem Freund einen leichten Rippenstoß. »Ich freue mich, dass du jetzt wieder richtig zu uns gehörst. Irgendwie war es langweilig ohne dich.«

»Ohne euch auch!« Falko gab den Stoß zurück und wandte sich zur Tür. »Wenn du nach Trastevere kommst, grüße Pater Luciano von mir und sage ihm, dass ich seine Mahnungen befolgen werde.«
»Mache ich«, versprach Hilbrecht und folgte ihm ins Freie.

2.

Unbeeinflusst von allen politischen Wirrnissen ging Elisabeth Schenk zu Limpurg ihren Aufgaben in der kleinen Nonnenabtei von Tre Fontane nach. Seit sie von ihrer Schwangerschaft wusste, hatte sie Falko nicht wiedergesehen, sich aber schon mehrfach überlegt, ihn rufen zu lassen. Allerdings hatte sie diesen Gedanken schnell wieder aufgegeben, denn er konnte ihr nicht helfen. Auch hatte sie Angst davor, ihm ihre Schwangerschaft zu gestehen. Nicht zuletzt deswegen hatte sie ihn in einem Brief mit dem Hinweis auf wichtige Pflichten gebeten, sie vorerst nicht mehr aufzusuchen. An diesem Morgen aber wachte sie aus einem Traum auf, in dem Falko ihrer römischen Rivalin gefolgt und von dieser ins Verderben geführt worden war.
Trieb sie ihn mit ihrer Weigerung, ihn zu empfangen, ins Lager der Feinde?, fragte sie sich voller Sorge.
Ungeduldig wartete sie auf Schwester Euphemia, die ihr beim Ankleiden helfen sollte, und atmete erst auf, als die alte Nonne vor ihr stand.
»Man sieht es jetzt schon recht deutlich«, erklärte diese nach einem prüfenden Blick. »Nun ja, die Zeit vergeht, und Euer Bäuchlein wächst. Ich weiß nicht, wie lange wir die anderen

Schwestern täuschen können. Wenn sie es nicht bereits wissen, heißt das. Ich höre sie immer wieder tuscheln.«
Elisabeth schlug erschrocken das Kreuz. »Dann bin ich wirklich entehrt!«
»Das hättet Ihr Euch früher überlegen müssen. Aber Ihr habt Euch mit dem jungen Ritter eingelassen. So ist es kein Wunder, dass Ihr empfangen habt.« Schwester Euphemia bedachte ihre Oberin mit einem tadelnden Blick, aus dem dennoch all die Liebe sprach, die sie für diese empfand. »Jetzt verzweifelt nicht! Uns wird schon etwas einfallen. Notfalls muss Falko Adler Euch helfen.«
»Um Marias willen, nein! Er darf nichts hiervon erfahren!« Elisabeth wehrte mit beiden Händen ab, konnte Euphemia aber nicht umstimmen.
»Er trägt die Verantwortung nicht weniger als Ihr. Daher ist es seine Pflicht, Euch beizustehen.«
»Was könnte er schon für mich tun?«, fragte Elisabeth mutlos. »Sein Besitztum befindet sich in Franken im Herrschaftsbereich meines Onkels Gottfried. Dorthin darf er mich nicht bringen.«
»Vielleicht findet er hier irgendwo um Rom herum einen Ort, an dem er Euch verbergen kann. Den anderen Nonnen sagen wir einfach, Ihr wollt eine gewisse Zeit als Klausnerin leben.«
Elisabeth seufzte tief. »Wenn wir das tun, wüsste jeder, warum es geschieht.«
Nun wurde Euphemia energisch. »Ihr dürft Euch hier nicht vergraben, bis das Kind aus Euch herauskommt. Ihr braucht Hilfe, und wenn Ihr diese von Falko Adler nicht annehmen wollt, von wem dann?«
Ich weiß es nicht, wollte Elisabeth schon sagen, schluckte die Worte aber wieder hinunter. »Einen könnte es geben, der mir helfen kann und auch die Möglichkeit dazu hat, nämlich Pater Luciano.«

»Hattet Ihr dem Pater nicht schon längst schreiben wollen? Wenn das noch nicht geschehen ist, dann tut es jetzt! Ich übergebe den Brief einem der Mönche des Klosters, und der wird ihn zum Pater nach Trastevere bringen.« Damit war für Schwester Euphemia die Sache entschieden.
Elisabeth nickte langsam und bat ihre Vertraute, ihr Papier, Tinte und Feder zu bringen. Da sie nicht wagte, dem Papier ihren Zustand anzuvertrauen, forderte sie den Pater nur auf, so bald wie möglich zu ihr zu kommen.

3.

Der Kardinal sah prächtig aus in seinem roten Ornat, dem gleichfarbigen Birett und den behandschuhten Fingern, an denen bis auf die Daumen jeweils drei wertvolle Ringe steckten. Ercole Orsini trat auf seinen Vetter zu, neigte das Haupt und küsste den größten Ring auf dem Mittelfinger der ausgestreckten Hand.
»Mein lieber Vetter, ich freue mich, dich zu sehen«, begann Kardinal Latino Orsini das Gespräch.
Auch wenn er seinen Verwandten duzte, so erwartete er im Gegenzug doch die Achtung, die ihm in seinem hohen kirchlichen Amt zukam. Ercole Orsini bemühte sich daher, ehrerbietig zu klingen. »Ich danke Euch, dass Ihr mich empfangt, Euer Eminenz.«
»Aber das ist doch selbstverständlich«, antwortete der Kardinal. »Für einen Verwandten habe ich immer Zeit. Was führt dich zu mir, mein Sohn?«
Ercole Orsini hoffte vergebens, einen Stuhl angeboten zu bekommen. So musste er stehen, während der Kardinal auf

einem bequemen Lehnstuhl saß. Es erbitterte ihn, doch er übte sich weiter in Höflichkeit. »Ich habe schon längere Zeit nichts mehr von unserem Sippenoberhaupt gehört. Selbst auf meine beiden letzten Briefe hat er mir nicht geantwortet!« Es war beschämend, bei der eigenen Familie betteln zu müssen, fand der Conte. Doch was blieb ihm anderes übrig, wenn er seine Tochter noch in Ehren verheiraten wollte.

»Es geht um die d'Specchis, genauer gesagt um Cirio d'Specchi«, fuhr er fort. »Er hat Francesca nach einem Besuch der Messe in den Katakomben aufgelauert und ihr Gewalt angetan. Davon ist sie schwanger geworden. Nun aber ziert der junge Herr sich, sie zu heiraten. Zuerst hieß es, er sei schwer verletzt und habe sich auf das Landgut seines Vaters zurückgezogen. Landgut, wenn ich das schon höre! Ein besserer Bauernhof ist es und so abgelegen, dass Fuchs und Hase sich bereits Meilen vorher gute Nacht sagen. Vor einigen Wochen habe ich mich mehrfach mit seinem Vater getroffen, der mit einer baldigen Heirat einverstanden zu sein schien. Doch seitdem habe ich nichts mehr von den beiden gehört, und das, obwohl diese Leute im Grunde Lumpengesindel sind und ich einen stolzen Namen trage.«

Der Kardinal merkte dem Conte an, wie sehr ihn dieser Umstand erzürnte, wusste jedoch selbst nicht, wie er das Verhalten der d'Specchis deuten sollte. »Signore Dario hat mir den Eindruck gemacht, als giere er auf diese Heirat. Immerhin hat er unseren Verwandten, den Herzog von Gravina, mehrfach bedrängt, diese Verbindung zu ermöglichen«, antwortete er nachdenklich.

»Im letzten Brief, den ich von dem Herzog erhalten habe, befahl dieser mir, meine Tochter unverzüglich dem jungen d'Specchi zum Weib zu geben. Doch Dario d'Specchi ließ mir ausrichten, sein Sohn sei noch zu schwach, um nach Rom zurückkehren und ins Ehebett steigen zu können.«

»Eigenartig, wirklich eigenartig!« Der Kardinal strich sich über die Stirn, als wolle er unangenehme Gedanken vertreiben, und beschloss, das Thema zu wechseln. »Seine Heiligkeit hat sich inzwischen entschieden, den deutschen König in Rom zu empfangen.«

Seine Taktik verfing jedoch nicht, denn Ercole Orsini war das Schicksal seiner Tochter im Augenblick wichtiger als Friedrich III. »Dann waren sowohl Foscarellis Tod wie auch diese verfluchte Verlobung meiner Tochter mit Cirio d'Specchi sinnlos!«

»Beruhige dich, Vetter! Es wird gewiss alles gut werden. Soviel ich weiß, leidet der junge d'Specchi immer noch unter seiner Verwundung. Er wird sicherlich bald genesen und Francesca heimführen können. Auch haben sich unsere Pläne nicht geändert. Wir warten vorerst nur ab, ob die Deutschen sich selbst zerfleischen. Immerhin hat Ulrich von Eitzing nach der Abreise des Königs die Stadt Wien besetzt und fordert vehement die Übergabe des jungen Ladislaus, um in dessen Namen ebenso unbeschränkt in Niederösterreich herrschen zu können wie Georg Podiebrad in Böhmen.«

Als der Kardinal den verwirrten Blick seines Verwandten bemerkte, blickte er ihn erstaunt an. »In deinem Haus geht ein Deutscher ein und aus, und du hast nichts von diesen Dingen erfahren?«

»Nicht, dass dieser … Wie heißt er gleich wieder?«

»Eitzing oder Podiebrad?«, half der Kardinal freundlicherweise aus.

»Eitzing! Mein Gast wusste noch nicht, dass dieser sich in Österreich festgesetzt hat.« Conte Orsini wollte seine nächsten Sätze zurechtlegen, doch sein geistlicher Verwandter schien zu glauben, er sei fertig, und ergriff wieder das Wort.

»Falko Adler dürfte es auch nicht wissen, denn er kommt aus Franken, und die dortigen Herren halten zum König. Von dem Streit der Habsburger untereinander haben sie wohl kaum etwas erfahren. In den österreichischen Landen hingegen halten viele den Knaben Ladislaus für den einzigen Erben der Königs- und – wie ich betonen möchte – auch der Kaiserkrone. Schließlich ist er der Sohn eines deutschen Königs und Enkel eines Kaisers. Uns gibt dieser Streit die Gelegenheit, von König Friedrich Zugeständnisse für jene Teile des Reiches zu erlangen, in denen sein Wort noch etwas gilt.«

Kardinal Latino Orsini klang zufrieden, als habe er niemals gefordert, Friedrich III. dürfe keinen Fuß über die Grenzen des Patrimonium Petri setzen, geschweige denn in Rom einreiten.

Für Conte Ercole sah es nun so aus, als habe er die Tugend seiner Tochter umsonst dem jungen d'Specchi geopfert, und nur der Gedanke, dass er die Unterstützung des Kardinals benötigte, um seinen Enkeln den Rang zu verschaffen, den er selbst innehatte, verschloss ihm den Mund.

Latino Orsini begriff durchaus, was sein Gegenüber bewegte, doch er gab nicht viel darauf. Töchter waren nun einmal dazu da, um Allianzen zu schmieden und gelegentlich einen treuen Gefolgsmann zu belohnen. Dennoch wollte er Conte Ercole nicht vor den Kopf stoßen.

»Ich werde mich dieser Sache annehmen und dafür Sorge tragen, dass weder dir noch deiner Tochter ein Schaden erwächst. Da Seine Heiligkeit zum jetzigen Zeitpunkt niemanden belohnen wird, der offen gegen König Friedrich Partei ergriffen hat, müssen die d'Specchis noch ein wenig auf einen höheren Adelsrang warten. Trotzdem sollte die Vermählung deiner Tochter bald gefeiert werden.«

»Wir werden nicht groß feiern können, denn Francescas

Bauch beginnt bereits zu wachsen. Man würde sie verspotten, wenn sie so vor den Traualtar tritt!« Ercole Orsini würde den d'Specchis niemals verzeihen, dass diese erst darauf gedrängt hatten, dass er dem jungen Mann seine Tochter ausliefern sollte, und sich nun, da diese entehrt war, in Schweigen hüllten.

Der Kardinal bedachte seinen Verwandten mit einem sanften Lächeln. »Bring deine Tochter auf dein Landgut, damit sie dem Gerede in Rom entzogen wird. Der Besuch des Königs wird in den nächsten Monaten alles andere überstrahlen. Daher wird sich niemand Gedanken um Francesca machen. Zurück wird sie dann entweder als verheiratete Frau oder nach der Geburt ihres Kindes als scheinbar jungfräuliche Braut kommen.«

»Und was soll aus dem Kind werden?«, fragte der Conte verärgert.

»Oh, ich vergaß! Wenn es nicht anders geht, ist es eben dir und deiner Gemahlin geboren worden. So alt ist Flavia nicht, als dass dies nicht möglich sein könnte.«

Du altes Schlitzohr, durchfuhr es Conte Ercole, denn der Vorschlag des Kardinals bot ihm die Gelegenheit, seinen ersten Enkel als einen Orsini zu erziehen und ihm den Namen d'Specchi zu ersparen. Daher schied er zufriedener von seinem Verwandten, als er es erwartet hatte, und kehrte in seinen turmähnlichen Palazzo zurück.

Für Francesca war es eine herbe Überraschung, als ihr Vater ihr erklärte, er werde sie am nächsten Tag auf seinen Besitz in den Albaner Bergen bringen, und sie überlegte verzweifelt, wie sie Falko davon in Kenntnis setzen konnte. Sie traute keiner der Mägde zu, ihn unauffällig aufzusuchen und dann auch noch den Mund zu halten. Auch sah sie keine Möglichkeit, ihm einen Brief zukommen zu lassen. Da sie sich für den Abend des nächsten Tages mit ihm in ihrer

Kapelle verabredet hatte, bat sie ihren Vater um zwei, drei Tage Aufschub. Doch wenn Ercole Orsini sich zu etwas entschlossen hatte, war es unmöglich, es ihm auszureden.
Aus diesem Grund blieb Francesca nach einer schlaflos verbrachten Nacht nichts anderes übrig, als am nächsten Morgen in die Sänfte zu steigen, die sie in ihr neues Heim bringen sollte. Während der ganzen Reise liefen ihr die Tränen über die Wangen, und sie haderte mit sich selbst, weil sie Falkos Vorschlag abgelehnt hatte, mit ihm zu fliehen. Sie war überzeugt, ihn nie wiederzusehen, und spürte nun schmerzhaft, wie sehr ihr Herz sich nach ihm sehnte.

4.

Da Falko sich entschlossen hatte, seine ganze Kraft in die Dienste des Königs zu stellen, ärgerte er sich beinahe, dass er sich an diesem Tag mit Francesca verabredet hatte. Zwar war er in ihren Armen glücklich gewesen, doch jetzt spürte er, dass es im Leben auch anderes gab, als nur der eigenen Lust zu folgen.
Am Vormittag durchquerte er die Stadt auf der Suche nach den beiden Männern, die er in der Marienkapelle des Campo Santo Teutonico belauscht hatte. Dabei überquerte er große Wiesen und gewaltige Ruinenflächen und schlängelte sich durch etliche Siedlungsinseln, die sich um Kirchen oder die Wehrtürme hochadeliger Geschlechter scharten.
Die Stadt war jedoch zu groß, um alle Teile durchforsten zu können, und es gab etliche Winkel, in denen sich ein Edelmann nicht ohne ein Dutzend Leibwächter wagen durfte. Mittag war bereits vorüber, als er seine Suche unterbrach,

um in einer Schenke am Fuß des Aventins einen Schluck Wein und ein einfaches Mahl zu sich zu nehmen.
Während er einen undefinierbaren Eintopf aß, blickte er immer wieder ins Freie. Auch wenn früher einmal weitaus mehr Menschen in Rom gelebt hatten, schoben sich die Leute draußen dicht an dicht durch die Straßen. Dabei handelte es sich nur zum Teil um Einheimische. Die meisten waren Pilger aus aller Herren Länder, und Falko sah sogar Menschen mit dunkler Hautfarbe, die ihn an Alika erinnerten, eine der engsten Freundinnen seiner Mutter. Er überlegte, den einen oder anderen von ihnen anzusprechen und nach Alikas Heimat zu fragen, die tief in Afrika an einem großen Strom liegen musste.
Als er einen der kraushaarigen, fast schwarzhäutigen Männer fragte, sah dieser ihn verständnislos an und erklärte, er sei hier in Rom geboren und habe Afrika nie gesehen.
Auch hier habe ich keinen Erfolg, dachte Falko niedergeschlagen, während er die hübsche Schankmaid zu sich rief, um zu bezahlen. Die junge Frau beugte sich tief zu ihm herab, und sein Blick wurde von ihren weißen Brüsten wie von einem Magnetstein angezogen. Erst als er bezahlt hatte und wieder auf der Straße stand, begriff er, dass das kleine Biest ihm für den Becher Wein und den schlichten Eintopf das Doppelte von dem abgenommen hatte, was Mariangela in Gaspares Taverne für ein richtiges Mahl mit Suppe und Braten zu verlangen pflegte.
»Narr!«, schalt er sich und machte sich daran, diesen und auch die beiden nächsten Stadtteile zu durchsuchen. Er wusste selbst, dass es leichter war, eine Nadel im Heuhaufen zu finden als die beiden Österreicher in dieser Stadt. Doch er wollte nicht einfach herumsitzen und auf den Zeitpunkt warten, an dem Francesca die Witwe-Irene-Kapelle betreten würde.

Schließlich erinnerte ihn der Stundenschlag von Santa Maria Maggiore daran, dass es an der Zeit war, zum Treffpunkt zu gehen. Er hatte niemanden gesehen, der den beiden gesuchten Österreichern auch nur entfernt ähnlich sah. Während seiner vergeblichen Suche hatte er sich beinahe zu weit von dem Stadtteil entfernt, in dem die Kapelle lag, und so musste er sich beeilen, rechtzeitig anzukommen.

Als er in die Kapelle trat, war sie leer. Einen Augenblick lang überlegte er, ob er sich geirrt hatte und zu früh gekommen war. Dann aber sagte er sich, dass Francesca gewiss bald erscheinen würde, und nahm auf einer der Bänke Platz.

Zum Beten war er zu aufgewühlt. Ihm kam es so vor, als wäre sein ganzes Leben aus dem Gleichgewicht geraten. Er liebte Elisabeth, und er liebte auch Francesca, und mit seiner Leidenschaft für beide häufte er immer mehr Sünden auf sein Haupt.

Um nicht erneut in quälenden Gedanken zu versinken, dachte er über König Friedrichs Stellung im Reich nach, die von etlichen Feinden bedroht wurde. Obwohl der König der Vormund von Ladislaus, dem Erben der Kronen Ungarns und Böhmens, war, weigerten sich die Stände dieser Länder, Friedrich zu gehorchen. Daher hatten es Männer wie Ulrich von Eitzing in Niederösterreich leicht, gegen den König zu rebellieren.

Von Giso wusste er, dass die Räte des Königs von diesem forderten, auf die Reise nach Rom zu verzichten und stattdessen seine Widersacher zu bekämpfen. Dennoch hoffte Falko, der König würde die Reise wagen und in der Heiligen Stadt einreiten. Friedrichs Krönung zum römischen Kaiser erschien ihm mit einem Mal sehr wichtig. Damit würde dieser zum ranghöchsten Herrscher der Christenheit und konnte die sakrale Macht seines hohen Ranges gegen seine Feinde einsetzen.

Falko sann auch über die Gefahren nach, die dem König in Italien und besonders in Rom drohten. Nachdem Seine Heiligkeit, der Papst, sich mit Friedrichs Besuch und der Kaiserkrönung abgefunden hatte, waren die meisten Hetzer verstummt. Gewiss aber heckten etliche in verschwiegenen Ecken weiterhin ihre verderblichen Pläne aus.
Während er in seiner Phantasie die Feinde des Königs bekämpfte und dabei zu hohen Ehren kam, verrann die Zeit, und erst der Glockenschlag von Santa Maria Maggiore machte ihm deutlich, dass er bereits zwei Stunden vergebens auf Francesca gewartet hatte. Mittlerweile war es so dunkel geworden, dass er kaum mehr das Altarbild erkennen konnte. Enttäuscht verließ er die Kapelle und starrte in die aufziehende Nacht. Er würde einige Zeit brauchen, den Campo Santo Teutonico zu erreichen. Mit einem Mal kam ihm Kardinal Foscarelli in den Sinn, der zu ähnlich später Stunde seinen Mördern begegnet war. Doch anders als der Kirchenmann hatte er ein Schwert und war im Kampf geübt.
Verärgert, weil an diesem Tag alles schiefgegangen war, wanderte Falko in Richtung Tiber. Der erste Stern glomm am Himmel auf, und in der Nähe kochte jemand sein Abendessen, der Wind trug den Geruch nach Rauch und Gewürzen mit sich. Jetzt bemerkte Falko, wie hungrig er war. Sein Magen würde jedoch warten müssen, denn zu noch späterer Nacht durch die Straßen zum Tiber zu laufen war nicht nach seinem Geschmack.
Unwillkürlich schloss er die Hand um den Schwertgriff, ließ diesen aber wieder los. Noch war niemand in der Nähe, der ihn hätte bedrohen können. Kurz darauf erreichte er eine weite Fläche, auf der nur geborstene Mauern und einzelne Säulen aufragten. Der Boden war uneben, und stellenweise hatte der Regen der vergangenen Nacht Pfützen hinterlassen, in die Falko in der Dunkelheit hineintrat.

Ein Geräusch machte ihn darauf aufmerksam, dass er sich nicht allein auf der Welt befand. Er widerstand dem Impuls, stehenzubleiben und sich umzusehen, sondern ging weiter, als hätte er nichts gehört. Die leisen Schritte kamen näher, und als er doch einmal über die Schulter zurückschaute, sah er zwei Gestalten, die ihm vorsichtig folgten.

Falko fragte sich, wer die Leute sein mochten. Hatte Ercole Orsini erfahren, was zwischen dessen Tochter und ihm geschehen war, und ihm Meuchelmörder auf den Hals gehetzt? War Francesca deshalb nicht gekommen? Oder handelte es sich um dieselben Schurken, die bereits Kardinal Foscarelli umgebracht hatten? Wenn dies so war, würde er den Freund des Fürstbischofs rächen.

Die Ruinenfläche blieb hinter ihm zurück, und Falko erreichte den nächsten besiedelten Stadtteil. Hier drangen verschiedenste Geräusche aus den Hütten und Häusern, und er konnte seine Verfolger nicht mehr hören. Unwillkürlich ging er schneller und stieß mit dem Schienbein hart gegen einen schweren Holzeimer.

Mit einem Fluch, bei dem Elisabeth sich voller Entsetzen bekreuzigt hätte, humpelte er weiter, denn er fürchtete, seine Verfolger könnten diesen Zwischenfall ausnützen wollen und ihn überfallen. Doch nichts geschah. Selbst als er die Tiberbrücke erreichte und überquerte, ließ sich keiner der Männer mehr sehen, und als er den Campo Santo Teutonico betrat, wusste er nicht, ob er aufatmen sollte, weil er unversehrt angekommen war, oder sich ärgern, dass er den Kerlen, die ihm gefolgt waren, keine Lektion hatte erteilen können.

»Ah, der Herr auf Kibitzstein kehrt zurück. Ihr konntet Euch heute wohl nicht von Eurer römischen Hure losreißen?«

Die höhnischen Worte ließen Falko herumfahren. Vor ihm stand Margarete mit einer Laterne in der Hand.

»Wen meinst du mit Hure?«, fragte er mit gepresster Stimme.
»Nun die, mit der Ihr es sogar in einer Kirche treibt!« Margarete war es gelungen, Giso und Hilbrecht zu belauschen, und verwendete dieses Wissen jetzt, um Falko zu zeigen, was sie von ihm hielt.
Dieser schwankte, ob er die Spötterin erwürgen oder einfach missachten sollte. Dann aber dachte er daran, dass loses Gerede Francescas Ruf gefährden konnte, und fasste sie mit einem harten Griff an der Schulter.
»Au, Ihr tut mir weh!«
»Hört mir gut zu! Wenn Ihr noch ein Wort gegen Contessa Francesca sagt, werdet Ihr es bereuen.«
»Sicher nicht so sehr wie Ihr, wenn Euer Verhältnis mit ihr bekannt wird«, gab Margarete kämpferisch zurück. »Conte Orsini wird nicht eher ruhen, bis man Euch tot vor seine Füße legt. Habt Ihr keine Angst davor?«
Das war zu viel. Bevor sie begriff, was geschah, saß ihr Falkos Hand im Gesicht.
Margarete schüttelte sich und sah ihn dann mit funkelnden Augen an. »Auch damit bringt Ihr mich nicht zum Schweigen, Herr Ritter. Ich weiß genau, dass Ihr nicht nur auf einem Anger weidet. Oder warum reitet Ihr sonst so oft zu Äbtissin Elisabeth, und das zu Zeiten, in denen sie sich allein in ihrem Haus befindet? Schon auf dem Weg nach Rom hättet Ihr der ehrenwerten Dame am liebsten die Röcke gehoben. Inzwischen dürfte es Euch wohl gelungen sein. Doch was wollt Ihr jetzt mit zwei Frauen anfangen? Sie etwa in den Orient entführen und dort nach der Art der Muselmanen mit ihnen zusammenleben?«
Nur der Gedanke, dass sie schwächer war als er, verhinderte, dass Falko ihr eine weitere Ohrfeige gab.
»Man hätte Euch schon längst Euren Giftzahn ziehen sol-

len«, sagte er mit mühsam unterdrückter Wut. »Ich bedauere den Mann, der Euch einmal ahnungslos zum Weibe nimmt.«
Margarete erinnerte sich daran, dass der Fürstbischof von Würzburg geplant hatte, sie mit Falko zu verheiraten, und brach in schrilles Lachen aus.
Aber sie beruhigte sich rasch wieder und musterte ihn mit herabgezogenen Mundwinkeln. »Gewiss bedauert Ihr meinen zukünftigen Gemahl nicht halb so sehr wie ich das arme Weib, das Euch als Ehefrau ertragen muss.«
Danach kehrte sie ihm mit hoch erhobenem Kopf den Rücken zu und verschwand in der Kammer, die sie mit Edelgunde und deren Magd teilte.

5.

Elisabeths Brief mit der Bitte an Pater Luciano, sie aufzusuchen, hatte diesen glücklich erreicht. Allerdings hatte er einige Tage lang zu viel zu tun. Doch an einem kühlen Morgen, den die aufgehende Sonne nicht mehr erwärmen konnte, schnürte der Pater seine Sandalen, um sich zu Fuß auf den Weg nach Tre Fontane zu machen. Obwohl er nicht wusste, aus welchem Grund die junge Äbtissin ihn gerufen hatte, war er in Sorge um sie. Da der Würzburger Fürstbischof fest zu Friedrich III. hielt, mochte es dessen Feinden in den Sinn kommen, sich Herrn Gottfrieds Nichte als möglicher Zwischenträgerin zu entledigen.
Doch als er nach einer angenehmen Wanderung durch die vom Spätherbst geprägte Landschaft den kleinen Nonnenkonvent erreichte, erschien ihm dieser Ort wie ein Hort des

Friedens. Ein Stück weiter im Mönchskloster ging es um einiges lauter zu, und in der Kirche waren die Stimmen von Männern und Frauen zu hören, gelegentlich sogar Lachen. Pater Luciano sagte sich, dass Fröhlichkeit keine Sünde war und es Gott gewiss besser gefiel, wenn man ihm mit Freude diente und nicht aus Zwang, so wie es bei etlichen Nonnen und Mönchen der Fall war, die von ihren Verwandten noch als Kinder ins Kloster gesteckt worden waren.

Diese Gedanken verloren sich jedoch schnell, als Schwester Euphemia ihn an der Pforte empfing und zu ihrer Oberin führte. Er hatte Elisabeth als schlanke Frau mit schmaler Taille kennengelernt, doch nun trug sie ein weites Kleid, das sich um ihre Leibesmitte bereits leicht spannte.

Im ersten Augenblick packte ihn heilige Wut, denn für so leichtfertig, eine Liebschaft anzufangen, hätte er die junge Äbtissin nicht gehalten. Dann aber kam ihm ein Verdacht, und er rang seinen Zorn nieder. Immerhin hatte sie ihn in ihrer Not zu sich gerufen, und er war bis jetzt noch niemandem seine Hilfe schuldig geblieben.

»Der Segen des Herrn sei mit dir, meine Tochter«, grüßte er, während Elisabeth demütig den Kopf senkte.

»Hochwürdiger Vater, ich danke Euch, dass Ihr gekommen seid!« Elisabeth krampfte die Hände zusammen und wusste nicht, was sie sagen sollte.

Dann aber hob sie den Kopf und blickte ihm in die Augen. »Ihr werdet schlecht von mir denken, hochwürdiger Vater, wenn ich das ausgesprochen habe, was mich bedrückt!«

Pater Luciano machte eine beruhigende Geste. »Ich bin ein guter Beobachter, meine Tochter, und glaube nicht, dass du dich der Sünde der Völlerei hingegeben hast, weil deine Taille sich weitet.«

Elisabeth schlug die Augen nieder und bat ihn, Platz zu nehmen, während sie selbst stehen blieb.

»Es war der junge Franke – Falko Adler, nicht wahr?«, fragte der Pater.

»Ja, hochwürdiger Vater. Ihr hattet mich gebeten, auf ihn einzuwirken, damit er ein treuer Ritter seines Königs bleibt, und ich wusste mir zuletzt keinen anderen Rat, als ihm zu gewähren, was er sich so sehr gewünscht hat.«

In ihrer Stimme schwang kein Vorwurf mit, fand Pater Luciano. Sie hatte mehr gegeben, als er von ihr gefordert hatte. Trotzdem fühlte er sich für das, was geschehen war, verantwortlich. Hätte er sie nicht gebeten, Falko Adler ins Gewissen zu reden, wäre sie niemals in Versuchung gekommen, diesem ihren Leib anzubieten.

»Ich weiß nicht, was ich sagen soll«, begann er voller Mitleid.

»Es ist … ich …, diese Schande!« Mehr als dieses Gestammel brachte Elisabeth nicht heraus.

Der Pater befahl ihr, ebenfalls Platz zu nehmen, und ergriff ihre eiskalten Hände. »Du hast getan, was du glaubtest, tun zu müssen. Wer wäre ich, dir dafür Vorhaltungen zu machen? Doch in einem hast du recht. Es würde kein gutes Licht auf dich und den von dir geleiteten Konvent werfen, wenn es hieße, die Oberin habe ein Kind entbunden. Du wirst daher nicht länger an diesem Ort bleiben können. Sorge dich nicht, ich habe Freunde am Heiligen Stuhl, die mir den Gefallen erweisen werden, dich mit einer neuen Aufgabe zu betrauen. Du wirst zunächst an einen Ort gebracht, an dem dir bestmögliche Pflege zuteilwird, und dort bleiben, bis du dein Kind zur Welt gebracht hast. Danach wirst du an anderer Stelle dem Herrn dienen.«

Elisabeth war erleichtert, den boshaften Blicken und Kommentaren der einheimischen Nonnen entkommen zu können, und küsste dem Pater die Hand. »Ich danke Euch, hochwürdiger Vater!«

Unterdessen überlegte dieser, ob der Ort, den er im Sinn hatte, auch wirklich der richtige war, bejahte es aber für sich. Allerdings durfte Elisabeth nicht spurlos verschwinden. Ihre Verwandten mussten es erfahren, ebenso Falko. Auch wenn er dem jungen Ritter vertraute, so mochte dieser sonst in seiner Enttäuschung Dinge tun, die verderblich waren.

»Du solltest vorher noch mit dem Vater deines Kindes sprechen, meine Tochter«, sagte er daher.

»Nein, niemals! Die Schwere der Sünde, die wir begangen haben, würde ihn zu Boden drücken.«

»Falko Adler mag ein noch junger Mann sein, doch er erscheint mir gefestigt genug, auch dieses Wissen tragen zu können«, wandte Pater Luciano ein.

»Nein, ich will es nicht. Ich schäme mich zu sehr!« Elisabeth schlug die Hände vors Gesicht und brach in Tränen uns.

Dem Pater lag auf der Zunge, ihr zu sagen, dass sie sich auch nicht geschämt hatte, ihre Blöße vor Falko aufzudecken. Da er jedoch wusste, dass Frauen in einer Art und Weise fühlten, die Männern unverständlich bleiben musste, unterließ er es und strich ihr über die Stirn. »Es wird alles gut werden, meine Tochter, vertraue mir. Ich werde selbst mit dem jungen Adler sprechen, damit er versteht, weshalb du so handeln musst.«

»Es wird seine Seele zu sehr belasten. Daher will ich nicht, dass er von dem Kind erfährt. Ich werde es der heiligen Kirche weihen und in ein Kloster geben.«

Pater Luciano hielt wenig davon, bereits kleine Kinder für ein geistliches Leben zu bestimmen, da viele als Erwachsene nicht die Berufung in sich fühlen würden, die dafür in seinen Augen unabdingbar war. Daher schüttelte er den Kopf.

»Das solltest du nicht tun, meine Tochter, denn nicht dein Kind hat gesündigt und muss Buße tun, sondern du und der

junge Mann. Lass das Kind so aufwachsen, dass es einmal selbst entscheiden kann, wie es sein Leben gestalten will.«
»Aber im Kloster kann ich es doch nicht bei mir behalten«, rief Elisabeth aus.
»Natürlich nicht! Deshalb soll Falko Adler für das Kind sorgen. Immerhin trägt er ebenfalls Schuld daran, dass es in deinem Leib heranwächst. Doch nun vergiss deine Sorgen und bitte die Heilige Mutter Maria im Gebet, dir ein gesundes Kind zu schenken. In drei Tagen werde ich dich abholen lassen. Bis dahin wird uns eine Ausrede einfallen, mit der wir den anderen Nonnen deine Abreise erklären können.«
Elisabeth küsste ein weiteres Mal die Hand des Paters. »Habt Dank, hochwürdiger Vater. Ich bitte Euch nur um eines: Ich würde Schwester Euphemia gerne bei mir behalten. Sie hat mir bisher treu zur Seite gestanden.«
»Und es geduldet, dass du mit Falko Adler Unzucht getrieben hast?«
Einen Augenblick lang wurde Pater Luciano heftig, sagte sich dann aber, dass er selbst diese unheilvolle Entwicklung in die Wege geleitet hatte, und entschuldigte sich. »Verzeih, ich wollte dich nicht kränken. Ich werde dafür sorgen, dass deine Vertraute dich begleiten kann. Doch nun muss ich Abschied nehmen, denn es gibt viel zu tun.«
Nicht nur für Elisabeth, fuhr es ihm durch den Kopf, sondern auch für den deutschen König, der seine Reise nach Italien bereits angetreten hatte. Mit dem Gefühl, dass allmählich mehr auf seinen Schultern lastete, als er tragen konnte, spendete der Pater Elisabeth seinen Segen und verließ sie.
Auf dem Flur fing Schwester Euphemia ihn ab. »Werdet Ihr meiner armen Oberin helfen?«, fragte sie besorgt.
Der Pater blieb stehen und musterte sie. Hatte er sie bis

eben noch für eine verantwortungslose Kupplerin gehalten, so änderte er jetzt seine Meinung. Die Frau war um Elisabeth besorgt und wirkte in keiner Weise leichtfertig.
»Ja, ich werde ihr beistehen«, sagte er leise. »Richte dich darauf ein, dass du sie in drei Tagen begleiten wirst. Ich werde dafür sorgen, dass deine Herrin eine andere Aufgabe erhält, die es ihr ermöglicht, die nächsten Monate in Abgeschiedenheit und Ruhe zu verbringen.«
Schwester Euphemia griff nach seiner Hand und führte sie zum Mund. »Ich danke Euch, hochwürdiger Herr. Ihr nehmt mir eine Riesenlast von den Schultern.«
»Und lade sie den meinen auf!« Ein trauriges Lächeln umspielte die Lippen des Paters. Dann segnete er auch Euphemia und verließ den kleinen Konvent.
Während er mit müden Schritten nach Rom zurückkehrte, dachte er darüber nach, wie grausam das Schicksal sein konnte, indem es zwei Menschen, die wie füreinander geschaffen waren, für immer trennte.

6.

Als Falko an diesem Mittag zu Ercole Orsinis Haus unterwegs war, zitterte er vor Anspannung. Dabei ging es ihm weniger um die Gespräche über Politik, die er mit seinem Gastgeber führen wollte, sondern vor allem darum, etwas über Francesca zu erfahren. War sie etwa krank, weil sie beim letzten Mal nicht in die Kapelle gekommen war?
Ganz in Sorge um seine Geliebte lenkte Falko sein Pferd auf die Mauer zu, die Ercole Orsinis Besitz umgab. Man musste

ihn von innen gesehen haben, denn das Tor wurde sofort geöffnet, und er konnte auf den Hof reiten. Dort stieg er aus dem Sattel, warf einem Knecht den Zügel zu und schritt zur Tür. Conte Orsini empfing ihn wie meist bereits auf der Schwelle.

»Ich freue mich, Euch zu sehen, Signore Adler!«

»Die Freude ist ganz meinerseits.« Falko spürte, dass der Zweikampf der Worte bereits begonnen hatte. Orsini würde alles versuchen, um ihm Geheimnisse zu entlocken, und er selbst wollte das Gleiche bei seinem Gastgeber tun.

Als Conte Ercole ihn in den Raum führte, in dem das Essen aufgetragen werden sollte, empfand Falko nicht zum ersten Mal einen gewissen Neid. Obwohl das Zimmer nicht größer war als fünf auf fünf Mannslängen, wirkte es mit seinen geschnitzten Wänden aus dunkel gebeiztem Holz und der vergoldeten Kassettendecke so prunkvoll wie ein Fürstensaal. Der Tisch mit seinen gedrechselten Beinen hätte jeden hohen Herrn in Deutschland entzückt, und auf den bequemen Lehnstühlen ließ es sich gemütlich sitzen. Weiter sorgten kunstvolle Gemälde an den Wänden für eine Pracht, die alles übertraf, was Falko jemals in seiner Heimat gesehen hatte.

Eines der Bilder war neu für ihn, und im ersten Augenblick hielt er es für ein Porträt von Francesca, denn die Frau darauf hatte das gleiche rotgold schimmernde Haar, die strahlenden Augen, die Nase und den Mund seiner Geliebten. Erst als er das Gemälde genauer musterte, entdeckte er einige Unterschiede in den Gesichtszügen.

»Meine Gemahlin!«, erklärte der Conte stolz. »Dieses Bild hing bis jetzt in meinen Räumen, doch ich fand, dass es hier besser hereinpasst.«

»Es ist wunderbar«, sagte Falko, »und es zeigt, von wem Eure Tochter ihre Schönheit geerbt hat!«

»Auch in meiner Familie gab und gibt es schöne Frauen.

Doch wollen wir uns nicht lieber an den Tisch setzen und über andere Dinge reden? Nur ein Narr nimmt beim Essen die Namen seiner Frau und seiner Töchter in den Mund.«
Falko empfand die Worte als Warnung, nicht nach Francesca zu fragen. Da er aber unbedingt wissen wollte, was mit der Tochter des Conte geschehen war, blieb er stehen und betrachtete weiterhin Contessa Flavias Porträt.
»In meiner Heimat gibt es solche Bilder nicht! Wenn Porträts existieren, sind sie plump im Vergleich zu diesem hier. Es ehrt Eure Gemahlin, denn es zeigt ihre Schönheit, ohne diese durch einen falschen Pinselstrich zu mindern.«
»Wollt Ihr ein Maler werden, weil Ihr Euch so für Bilder interessiert?«, fragte der Conte bissig.
Falko hob in scheinbarer Abwehr die Hände. »Um Gottes willen, nein! Ich bewundere die Schönheit dieses Gemäldes ebenso wie die Eurer Gemahlin und Eurer Tochter. Sähe man beide nebeneinander, wüsste man nicht, welcher von beiden man den Vorzug geben sollte. Verzeiht einem jungen Narren seinen Wunsch, doch ich würde gerne sowohl Eure Gemahlin wie Eure Tochter nebeneinander sehen.«
»Das wird nicht möglich sein, denn beide haben die Stadt verlassen, um sich in den Albaner Bergen zu erholen. Sie werden selbst zum Fest der Geburt Jesu nicht in die Stadt zurückkehren.«
Es traf Falko wie ein Schlag. Francesca war weggebracht worden! Hatte ihr Vater etwa entdeckt, was zwischen ihnen geschehen war? Wenn ja, so würde der Conte wahrscheinlich nicht zögern, ihn mit einem raschen Dolchstich oder Gift aus dem Weg zu räumen.
Falko schwitzte Blut und Wasser, als er an dem Tisch Platz nahm und die Diener den ersten Gang auftrugen. Seine Kehle war wie zugeschnürt, und er wagte es kaum, etwas von dem feinen Schinken und der Melone zu essen.

»Habt Ihr heute keinen Appetit, Signore?«, fragte der Conte nach einer Weile.
»Nun, eigentlich schon, aber mein Magen, wisst Ihr …«, stammelte Falko.
»Ihr habt wohl gestern dem Wein ein wenig zu stark zugesprochen!« Orsini lächelte verständnisvoll und ließ sich den nächsten Gang auftragen.
Da Falkos Teller aus derselben Schüssel gefüllt wurde wie der seines Gastgebers, griff er diesmal etwas herzhafter zu.
»Gewiss seid Ihr froh, dass König Friedrich bald in Rom erscheinen wird!«, begann der Conte das Gespräch.
»Es ist der Wunsch eines jeden deutschen Ritters, den König wenigstens ein Mal in seinem Leben zu sehen. Ich freue mich, dass dies an einem so heiligen Ort wie hier geschieht!«
Ehe er weiter ausholen konnte, stellte Ercole Orsini bereits die nächste Frage. »Ist es überhaupt sicher, dass der König kommt? Man hört so mancherlei aus Österreich, Ungarn und Böhmen. Herrn Friedrichs Herrschaft soll dort nicht sehr gesichert sein.«
Mit einem Achselzucken sah Falko von seinem Teller auf. »Davon weiß ich wenig. Dem Vernehmen nach soll mit Ungarn und Böhmen derzeit Frieden herrschen.«
»In Österreich allerdings nicht. Wie es heißt, hat ein gewisser Ernsting in Wien die Macht ergriffen.«
»Ihr meint gewiss Ulrich von Eitzing! Ein Ritter, der für kurze Zeit im Campo Santo Teutonico geweilt hat, erzählte mir von ihm. Es soll sich um einen Strauchdieb handeln, dem es bald so ergehen wird wie diesem Bratenstück!« Falko setzte das Messer an und schnitt das Fleisch mit einem raschen Schnitt in zwei Teile.
»Wenn Ihr meint!«, antwortete der Conte in verächtlichem Ton.

Seinen Informationen nach hatte Friedrich nicht nur Böhmen und Ungarn verloren, sondern mit Niederösterreich auch das letzte Gebiet, das zum Erbe des Prinzen Ladislaus zählte. Zwar trug der Habsburger den Titel eines deutschen Königs, doch im Grunde reichte seine Macht nicht über die Steiermark hinaus und wurde auch dort bereits in Frage gestellt.
Ercole Orsini konnte die Panik nicht mehr begreifen, die bei der Nachricht von Friedrichs Erscheinen ganz Rom erfasst hatte. Der deutsche König würde seine Krönung zum römischen Kaiser mit großem Heeresaufgebot erzwingen, hatte es geheißen. Zwingen, so viel war mittlerweile klar, konnte Friedrich niemanden zu irgendetwas. Wenn er nach Rom kam, dann als Bettler, der froh sein durfte, wenn der Papst ihm Nahrung und Obdach bot.
In der folgenden Stunde brachte der Conte das Gespräch immer wieder auf Friedrich III. und entlockte Falko einige interessante Informationen, ohne zu wissen, dass diese von Pater Luciano und Giso in der Absicht vorgegeben worden waren, ihn zu täuschen. Daher entschlüpfte ihm selbst die eine oder andere Neuigkeit, die Falko sich gut merkte.

7.

Giso wartete bereits im Campo Santo Teutonico, als Falko zurückkehrte, und bat Margarete, ihnen einen Krug Wein und zwei Becher zu bringen.
Bin ich denn eure Magd?, wollte das Mädchen schon fragen, besann sich aber eines Besseren, denn ihr fiel ein, dass sie auf diese Weise einiges mehr von dem Gespräch erlauschen konnte, als wenn sie nur in der Nähe der Tür saß und nähte.

»Nun, wie war es?«, fragte Giso neugierig.
Über Falkos Antlitz huschte ein Schatten. »Orsini hat seine Tochter aus der Stadt geschafft. Sie soll sich auf seinem Landgut befinden.«
Zwar interessierte Giso sich wenig für Francesca Orsini, doch er begriff, dass sein Freund Zuspruch brauchte. »Das tut mir leid. Trifft es dich sehr hart?«
Falko nickte und wollte etwas darauf sagen. Doch da mischte sich Margarete, die rasch zurückgekommen war, mit einem hellen Lachen ein. »Es wird den Ritter noch härter treffen, wenn er erfährt, dass auch seine zweite Buhle ihren Konvent bei der Abbazia Tre Fontane verlassen und sich an einen anderen Ort begeben hat.«
»Was sagst du da?« Es lag so viel Verzweiflung in Falkos Stimme, dass Margarete unwillkürlich Mitleid mit ihm bekam.
»Es tut mir leid, Euch betrübt zu haben. Doch ich bin heute Morgen nach Tre Fontane geritten, um Elisabeth zu besuchen. Da war sie bereits dabei, das Kloster zu verlassen und zu einer Abtei in den Bergen zu reisen. Sie …« Margarete stockte und überlegte, ob sie alles sagen sollte, was sie erfahren hatte. Da hörte sie Giso unwillig brummen.
Der Geistliche wusste von Pater Luciano, dass Elisabeth an einen Ort gebracht werden sollte, wo sie in Ruhe auf ihre Niederkunft warten konnte. Dies hatte er selbst Falko beibringen wollen, und zwar in einer schonenderen Weise, als Margarete es getan hatte. Wenn das Mädchen nun auch noch verriet, das Elisabeth schwanger war, würde niemand Falko daran hindern können, seine Geliebte zu suchen und aus dem Kloster herauszuholen, gleichgültig, welche Folgen dies für beide haben mochte.
Daher mischte er sich mit lächelnder Miene ein. »Die Gesundheit der Äbtissin hat ein wenig gelitten.«

»Sie war das letzte Mal, als ich sie gesehen habe, sehr blass, und sie hatte wohl auch geweint.« Für Falko sah es so aus, als hätte die junge Nonne ihr sündhaftes Verhältnis nicht länger ertragen können. Obwohl ihr Verlust ihn schmerzte, glaubte er, ihre Beweggründe zu verstehen. Sie war allzu sanft und fromm, und es musste ihr fürchterliche Gewissensqualen bereitet haben, sich ihm hinzugeben. Da er bereits selbst den Gedanken gefasst hatte, die fleischliche Beziehung mit ihr zu beenden, fühlte er trotz seiner Trauer um diese verlorene Liebe eine gewisse Erleichterung.

Margarete schenkte ihm und Giso Wein ein und biss sich dabei auf die Lippen. Dann sah sie Falko traurig an. »Ich bitte Euch um Verzeihung, Herr Ritter, weil ich Euch eben gekränkt habe. Elisabeth ist mir eine gute Freundin geworden, und ich weiß, wie sehr sie Euch liebt. Behaltet sie so im Gedächtnis, wie Ihr sie gekannt habt.«

»Ihr redet, als wäre sie bereits tot!«, beklagte Falko sich und kämpfte mit den Tränen.

Das tat auch Margarete weh, und da sie nicht wusste, was sie sagen sollte, ging sie beschämt davon.

Giso sah ihr kurz nach und schüttelte den Kopf. »Fast möchte man am guten Willen des Herrn zweifeln, weil er Eva und deren Töchter so geschaffen hat, wie sie sind. Er hätte ihnen weniger Haare und mehr Verstand schenken sollen!«

Trotz des Abschiedsschmerzes um Elisabeth formte sich ein Lächeln auf Falkos Lippen. »Nicht alle Frauen sind dumm! Denk nur an deine Mutter und an meine. Außerdem kenne ich genügend Männer, deren Verstand selbst von Margarete übertroffen wird.«

»Im Grunde ist sie ein braves Mädchen. Nur vermag sie sich weder mit einer stolzen Römerin noch mit einem Engel wie Elisabeth zu messen.«

Falko überlegte kurz und schüttelte den Kopf. »So hässlich, wie du tust, finde ich Margarete nicht. Solange sie den Mund hält, bietet sie sogar einen angenehmen Anblick. Doch ihrer Zunge hätte unser Herr im Himmel etwas mehr Zügel anlegen können.«
Das unerwartete Lob für Margaretes Aussehen überraschte Giso, und er musterte Falko durchdringend. Hatte sein Freund etwa vor, auch dieses Mädchen zu verführen, weil er Elisabeth für immer verloren hatte?
Falko aber fragte sich, ob er im Himmel bereits in Ungnade gefallen war, weil dieser ihm beide Frauen, die er liebte, entrissen hatte. Für einige Augenblicke wurde sein Gesicht starr, und Giso befürchtete schon, er würde sich in seinem Kummer verlieren. »Es tut mir leid! Auch wenn ich es nicht gutheißen kann, dass du mit zwei Frauen Unzucht getrieben hast, hätte ich dir gewünscht, wenigstens mit einer von ihnen dein Glück zu finden.«
»Vielleicht ist das immer noch möglich«, antwortete Falko kämpferisch.
Bei diesen Worten erbleichte Giso, denn für ihn hieß dies, dass sein Freund tatsächlich die junge Äbtissin aus dem Kloster holen wollte. Rasch legte er die Hand auf Falkos Schulter und sah ihn mahnend an. »An so etwas darfst du erst gar nicht denken!«
»Auch wenn Francesca eine Römerin ist und du und die anderen ihr feindselig gegenüberstehen, werde ich sie nicht im Stich lassen!«, fuhr Falko auf.
Seinem Freund fiel ein Felsblock vom Herzen. »Du meintest nicht Elisabeth?«
Falko lächelte traurig. »Wenn es möglich wäre, würde ich sie zum Weibe nehmen und von ganzem Herzen lieben. Doch sie fühlt sich der heiligen Kirche verpflichtet und würde ihr Gelübde niemals freiwillig brechen.«

»Wenigstens hast du dir einen Rest von Verstand bewahrt«, sagte Giso erleichtert. »Aber nun zu deiner Römerin. Wenn du sie unbedingt haben willst, so soll es von mir aus sein. Aber vorher wirst du deine ganze Kraft in den Dienst des Königs stellen. Er braucht jeden Mann!«
»Steht es wirklich so schlimm um ihn, wie Conte Orsini angedeutet hat?«, wollte Falko wissen.
»Im Grunde noch viel schlimmer. Er muss sich zahlreicher Feinde erwehren und vermag seine Herrschaft in der Steiermark nur noch mit Mühe zu behaupten.« Giso legte Falko nun die Situation König Friedrichs III. dar, so wie er sie von Pater Luciano und Reisenden aus dem Reich erfahren hatte. Danach sah es ganz so aus, als würde Friedrich bei seiner Rückkehr nicht einmal mehr sicher sein können, ob die Stadt Graz ihm noch die Tore öffnete.
Falko blickte seinen Freund verwundert an. »Und doch will der König nach Rom reisen?«
»Ihm bleibt kaum etwas anderes übrig«, erklärte Giso seufzend. »Friedrich weiß, auf welch schwankendem Boden er steht. Als gewählter deutscher König läuft er Gefahr, dass die Kurfürsten ihn absetzen und einen Gegenkönig ernennen, sei es seinen Bruder Albrecht, den Prinzen Ladislaus oder gar einen Franzosen. Doch sobald der Papst ihn zum Kaiser gekrönt hat, steht er weit über allen Fürsten im Reich und ist für diese unantastbar. Deshalb muss er nach Rom kommen, selbst wenn hinter ihm sein gesamter Besitz in Feindeshand fällt.«
Falko hörte aufmerksam zu und fragte sich, wie er an Friedrichs Stelle entschieden hätte. In einer solchen Situation die eigenen Lande zu verlassen erschien ihm vermessen. Da sprach sein Freund einen weiteren Grund an, der die Reise ebenfalls unverzichtbar machte.
»Der König will hier in Rom seine Braut empfangen und

sich vom Papst mit ihr vermählen lassen. Es handelt sich um eine königliche Prinzessin aus dem Hause Avis, das die Könige von Portugal stellt. Eine Ehe mit ihr erhöht Friedrichs Ansehen, und mit ihrer Mitgift wird er seine Feinde zurückdrängen und seine Herrschaft sichern können.«

»Woher weißt du das eigentlich alles? Von Pater Luciano?«, fragte Falko erstaunt.

»Von Briefen, die ich über ihn erhalte. Sie stammen von meinem Bruder …«

»Von Michi?«, platzte Falko heraus und korrigierte sich sofort. »Ich meine natürlich Ritter Michel von Ziegenhain.«

»Unter uns kannst du ihn ruhig Michi nennen«, antwortete Giso lachend. »Er gehört zu den Rittern, die für die Sicherheit des Kaisers verantwortlich sind, und er wird bald hier in Rom auftauchen, um die Vorbereitungen des Besuchs zu überwachen.«

»Michi kommt hierher? Das freut mich! Weißt du noch, wie er mich reiten gelehrt hat? Er hat mir auch beigebracht, ein Schwert zu halten, und mich im Kampfspiel immer wieder gewinnen lassen!« Falkos Augen leuchteten bei der Erinnerung an jene Zeiten hell auf. Doch nun war er kein Kind mehr, das mit Holzschwertern gegen Drachen und Riesen kämpfte, sondern ein freier Reichsritter, der dem König Vasallentreue geschworen hatte.

»Wenn Michi da ist, werden wir unseren Feinden in Rom schon die Giftzähne ziehen«, setzte er leise hinzu.

»Das werden wir«, bekräftigte Giso und sah Falko nach kurzem Schweigen fragend an. »Glaubst du, du wirst es verkraften, dass deine beiden Bettwärmerinnen fast gleichzeitig die Stadt verlassen haben?«

Wenn sie mir wenigstens das Bett hätten wärmen können, dachte Falko betrübt. Doch wenn er mit Francesca oder Elisabeth allein gewesen war, hatte alles in unziemlicher Eile

geschehen müssen. Da er jedoch Giso nichts von dem, was zwischen ihm und den beiden jungen Frauen geschehen war, berichten wollte, zuckte er mit den Achseln. »Ich werde es überleben!«
»Das hoffe ich. Allerdings wirst du dich vor Pater Luciano rechtfertigen müssen. Er will dich so bald wie möglich in Trastevere sehen«, antwortete Giso.
Da er seinen Freund kannte, gefiel ihm die Forderung des Paters wenig. Falko war ein verständiger Mann, doch seine Langmut kannte Grenzen. Wenn zu dem Schmerz um die verlorenen Geliebten auch noch heftige Vorwürfe und gar die Androhung des Höllenfeuers kamen, mochte es sein, dass er im Zorn der gemeinsamen Sache den Rücken kehrte.
»Nimm dir das, was Pater Luciano sagen wird, nicht zu sehr zu Herzen«, riet er Falko und schenkte die Becher noch einmal voll. »Auf den König und darauf, dass wir diesem so dienen werden, wie es in unseren Kräften steht!«
»Auf den König!«, antwortete Falko und führte den Becher zum Mund. Seine Gedanken galten jedoch mehr den beiden Frauen, die er liebte, und er hoffte, das Schicksal würde es ihm vergönnen, wenigstens Francesca als die Seine heimzuführen.

8.

Als Falko am nächsten Tag nach Trastevere aufbrach, schloss Hilbrecht sich ihm lachend an. »Das ist eine gute Gelegenheit, Mariangela wiederzusehen und von dem guten Wein zu trinken, der bei ihrem Vater im Keller steht. Der schmeckt weitaus besser als alles, was wir im Campo

Santo Teutonico bekommen. Hier ist nicht nur der Wein schlecht, sondern die ganze Pilgerherberge. Sie ist wirklich arg heruntergekommen.«

»Ein Schmuckstück ist dieser Ort, der für die Pilger deutscher Zunge geschaffen wurde, wahrhaftig nicht«, stimmte Falko seinem Freund zu. »Dabei soll den Überlieferungen zufolge der große Karl selbst ihn eingerichtet haben.«

»Seitdem hat sich viel verändert. Die Sankt-Salvator-Kirche ist so baufällig geworden, dass sie abgetragen werden muss. Deshalb gehen die Mönche, die das Hospiz führen, auch alle Gäste und Besucher um Spenden für eine neue Kirche an. Dabei müssten das Hospiz selbst und die Pilgerherberge ebenfalls dringend ausgebessert werden.«

Hilbrecht zählte noch ein paar Beispiele auf, an was es im Campo Santo Teutonico alles mangelte. Doch seine Hoffnung, Friedrich III. würde eine größere Summe opfern, um die Anlage zu erneuern, verflog schnell, als sein Freund ihm erklärte, dass der König kaum in der Lage war, seine Reisekosten zu begleichen.

»Irgendwie ist das Campo Santo Teutonico wie ein Spiegelbild des Reiches – alt und derzeit nicht gerade gefestigt«, setzte Falko hinzu.

»Da hast du schon recht. Aber mit Rittern wie uns an seiner Seite wird Friedrich III. die Kaiserherrschaft wieder aufrichten und die gierigen Herzöge und Fürsten, die ihre schwächeren Nachbarn bedrängen, in die Schranken weisen.«

Gerne hätte Falko ihm zugestimmt. Doch nach allem, was er von Giso erfahren hatte, würde Friedrich III. selbst noch als Kaiser kämpfen müssen, um sich in seinen eigenen Erblanden zu behaupten. Er verfolgte diesen Gedanken jedoch nicht weiter, sondern blickte zum Himmel, der sich an diesem Tag grau über der Stadt spannte und baldigen Regen

versprach. Außerdem strich vom Gianicolo ein kalter Wind herab, der ihn frösteln ließ.
»In der Heimat dürfte es bereits Winter sein«, sagte er und verriet damit seine Sehnsucht nach Franken und insbesondere nach Kibitzstein.
Hilbrecht zog eine Grimasse. »Im Schwarzwald liegt gewiss schon Schnee! Was könnten wir dort für herrliche Schneeballschlachten machen!«
»Kindskopf!«, lachte Falko. »Außerdem gibt es dort keine Mariangela! Und um die geht es dir doch.«
»Die würde ich mitnehmen!« Einen Augenblick lang stellte Hilbrecht sich vor, wie es sein würde, wenn er das Mädchen einfach vor sich in den Sattel hob und antrabte.
Falko wusste nicht, ob er seinem Freund Erfolg wünschen sollte. Als Gemahlin war die Tochter eines Tavernenwirts für einen Edelmann undenkbar. Außerdem würde es für Hilbrecht unmöglich sein, eine passende Gattin zu bekommen, solange er ein eheähnliches Verhältnis mit einem solchen Mädchen unterhielt. Allerdings musste Hilbrecht nicht die eigene Sippe weiterführen, da er genug ältere Brüder hatte. In der Hinsicht war sein Freund besser dran. Er selbst musste eine Frau aus einem alten Geschlecht heiraten, um das Ansehen Kibitzsteins zu erhöhen. Da wäre Francesca als Tochter eines römischen Grafen die ideale Braut.
»Wenn Mariangela sich noch lange weigert, wird dir nichts anderes übrigbleiben, als sie zu entführen und zu zwingen, deine Geliebte zu werden«, schlug er aus einer Laune des Augenblicks vor.
Erschrocken sah Hilbrecht ihn an. »Würdest du so etwas tun?«
»Nein, wahrscheinlich nicht«, bekannte Falko. »Ich wollte dir nur Hilfe anbieten, um auch von dir Hilfe zu erhalten.«
»Du weißt, dass ich dir immer helfen werde, nur nicht dabei,

ein Mädchen gegen seinen Willen zu entführen.« Hilbrechts Stimme klang mahnend, denn er nahm an, es ginge Falko um Elisabeth.

»Francesca wird freiwillig mit mir gehen«, antwortete Falko zu seiner Erleichterung. »Wir müssen nur herausfinden, wohin ihr Vater sie gebracht hat.«

»Das kann nicht so schwer sein, denn so viele Landgüter dürfte Graf Orsini nicht besitzen. Oder glaubst du, er hat sie zu Verwandten schaffen lassen?«

»Zu mir hat er gesagt, sie würde sich auf seinem Landgut aufhalten«, erklärte Falko.

»Dann solltest du in Erfahrung bringen, wo es sich befindet, und es durch Frieder ausforschen lassen. Wenn es dann so weit ist, reiten wir hin, befreien die Schöne, und du kannst mit ihr in die Heimat zurückkehren!« Lachend streckte Hilbrecht seinem Freund die Hand hin, um seine Bereitschaft zu zeigen, bei Francescas Entführung mitzuhelfen.

Mittlerweile lag Trastevere vor ihnen, und während Hilbrecht sich Gaspares Taverne zuwandte, um dort auf seinen Freund zu warten, ritt Falko zur Kirche. Dort stieg er aus dem Sattel, band den Zügel seines Pferdes um eine Säule und betrat das Kirchenschiff. Er beugte das Knie und setzte sich ganz hinten auf eine Bank, denn diesmal wollte er, bevor er zu Pater Luciano ging, um sich von diesem die Leviten lesen zu lassen, noch ein Gebet sprechen.

Das zornige Wiehern seines Hengstes riss Falko aus seiner Andacht. Er sprang auf, eilte zur Tür und sah, wie drei Kerle versuchten, sein Pferd wegzuführen.

»Verdammte Schurken, wollt ihr meinen Gaul in Ruhe lassen!«, schrie er auf Deutsch und wiederholte die Worte dann in dem hier gebräuchlichen Dialekt.

Die Männer wandten sich zu ihm um und griffen nach ihren Dolchen. Sie gehörten zu Giannis Bande und hatten Falko das Pferd stehlen wollen, damit dieser den Rückweg zu Fuß antreten musste. Jetzt überlegten sie, ob sie es riskieren sollten, sich mit einem Gegner anzulegen, dessen Schwert um einiges länger war als ihre Waffen.

Mit einem Schnauben entschied der Anführer, dass es besser war, zu verschwinden. »Kommt mit!«, forderte er seine Kumpane auf und tauchte in das Gewirr der Gassen von Trastevere ein. Die gaben jetzt ebenfalls Fersengeld und ließen den Hengst mitten auf dem Platz stehen.

Falko ging zu dem Tier und tätschelte ihm den Hals. »Gut gemacht, mein Braver. Du hast früh genug gewiehert, so dass ich dieses Gesindel verjagen konnte.«

»Auch in der Heiligen Stadt sollte man nicht nur auf Gott vertrauen!«

Pater Luciano war auf die Szene aufmerksam geworden und kam nun langsam auf Falko zu. »Ich freue mich, dass du meinem Ruf gefolgt bist, mein Sohn. Doch du solltest auf dem Rückweg achtgeben, damit dieses Gesindel es nicht noch einmal und dann aus dem Hinterhalt versucht.«

»Ich bin nicht allein gekommen, hochwürdiger Vater. Hilbrecht wartet in Gaspares Taverne auch mich. Er würde sich freuen, auf diese Kerle zu treffen. Immerhin hat er noch eine Rechnung mit ihnen offen.« Falko atmete tief durch und fragte dann, wo er seinen Hengst unterbringen könne.

»Binde ihn an den Baum vor meinem Haus. Von dort wird ihn gewiss keiner stehlen. Und nun komm!« Noch wusste der Pater nicht genau, wie er mit Falko verfahren sollte, denn der junge Mann hatte immerhin mit einer Braut Christi fleischlich verkehrt.

Falko folgte dem Pater, schlang den Zügel um den Baum und betrat mit hängendem Kopf das Pfarrhaus. Es wäre ihm lieber gewesen, Bruno von Reckendorf und Siffer Bertschmann gleichzeitig im Kampf gegenüberzustehen, als sich vor dem Pater verantworten zu müssen. Im nächsten Moment fragte er sich verwundert, weshalb er ausgerechnet jetzt an jenen Edelmann dachte, der ihn am Vortag des fürstbischöflichen Turniers auf eine so beleidigende Weise herausgefordert hatte.

»Wem drehst du in Gedanken gerade den Hals um, mein Sohn? Ich hoffe doch nicht mir?« Pater Luciano hatte den Wechsel des Mienenspiels seines Gastes verfolgt und fragte sich, ob dieser sich mit kriegerischem Hochmut gegen ihn zu behaupten hoffte.

Falko erschrak und machte eine abwiegelnde Geste. »Um Gottes willen, nein, hochwürdiger Vater! Ich habe an einen Mann in meiner Heimat gedacht, der mir feindlich gegenübersteht. Hier in der Ferne vergisst man so etwas leicht und wird dann nach der Heimkehr davon überrascht.«

»Ich glaube nicht, dass du dich überraschen lassen wirst, Falko Adler. Wie ich schon einmal sagte, hast du Verstand. Nur solltest du ihn auch so verwenden, dass er dir nützt.« Der Pater legte eine Pause ein und fragte dann, ob sein Gast Wein wolle.

»Ja, danke!«, antwortete Falko, der eher eine geharnischte Predigt erwartet hatte als einen kühlen Trunk.

Pater Luciano setzte sich und musterte den jungen Mann. »Setz dich!«, sagte er, da er es mühsam fand, zu Falko aufschauen zu müssen.

Während sein Gast der Anweisung folgte, rief der Pater sich die Worte ins Gedächtnis zurück, mit denen er ihn hatte empfangen wollen. »Du weißt, dass die Äbtissin Elisabeth das kleine Nonnenkloster von Tre Fontane verlassen hat?«

Falko nickte. »Giso hat es mir gesagt.«

»Er hätte es lassen sollen, denn ich wollte es dir mitteilen. Weißt du auch, weshalb sie aus der Umgebung von Rom geflohen ist?«

Diesmal schüttelte Falko den Kopf. »Nein!«
»Ich würde mich freuen, sagen zu können, ihr wäre das Sündige eures Tuns bewusst geworden und sie würde deine Nähe fliehen, um nicht noch länger zu sündigen. Doch so einfach ist es leider nicht.«
»Ist Elisabeth schwer erkrankt?«, fragte Falko erschrocken. »Sie kam mir bei unserer letzten Begegnung arg blass vor.«
»Sie ist nicht kränker als jede andere Frau, die im dritten oder vierten Monat schwanger ist!«
»Elisabeth ist schwanger?« An diese Möglichkeit hatte Falko noch gar nicht gedacht und schämte sich nun abgrundtief.
»Würde bekannt, dass du einer Äbtissin und dazu noch der Nichte des Fürstbischofs von Würzburg zu einem Kind verholfen hast, wäre dir der Kirchenbann gewiss, und nur eine Wallfahrt nach Jerusalem könnte dich wieder freisprechen. Damit aber würde auch das Ansehen eines wahren Engels in den Schmutz getreten, und das will ich verhindern. Dies heißt allerdings nicht, dass du straffrei ausgehen wirst.«
Falko interessierte sich weniger für eine mögliche Strafe als um das Wohlergehen seiner Geliebten. »Elisabeth darf nichts geschehen! Sie ist, wie Ihr selbst gesagt habt, ein Engel in Frauengestalt.«
»Aber ein Engel, der einen augenfälligen Fehltritt begangen hat. Elisabeth wird vorerst in den Bergen bleiben und dort ihr Kind zur Welt bringen. Um euer beider Seelenheil willen dürft ihr euch nicht mehr sehen. Daher werde ich dir zur rechten Zeit das Kind übergeben, damit du dafür sorgen kannst. Erzähle bei dir zu Hause, es sei von einer Magd, die dir während deines Aufenthalts in Rom das Bett gewärmt hat. Das arme Würmchen hat es zwar nicht verdient, als Dienstbote aufwachsen zu müssen, da es aus edelstem Blut

stammt, doch es ist die einzig mögliche Erklärung, die du geben kannst.«
»Ja, aber … ich …«, stotterte Falko, ohne auch nur einen halben Satz zustande zu bringen.
Was soll ich mit einem Kind?, schrie er in Gedanken auf. Er konnte sich doch nicht mit einer Wiege vor sich auf dem Sattel in die Heimat aufmachen. Wer sollte das kleine Wesen ernähren? Es brauchte schließlich die Mutter und eine Amme, die es stillte.
Pater Luciano ahnte, was den jungen Mann bewegte, und war bereit, das Seine zu tun, um ihm zu helfen. Nun aber reichte er Falko einen Umschlag, der mehrere Briefe enthielt.
»Das hier wirst du Giso übergeben. Er weiß, was damit geschehen soll. Und nun gehe in die Kirche und bete zehnmal das Ave-Maria und ebenso oft das Vaterunser! Es ist dies der erste Teil der Strafe, die ich über dich verhänge. Dich selbst zu kasteien, erspare ich dir jedoch. Es mag sein, dass du in der nächsten Zeit deine ganze Kraft brauchst, um die Feinde des Königs niederzuhalten. Und nun geh! Meinen Segen muss ich dir verweigern, bis ich zu der Überzeugung gelangt bin, dass du ihn wieder verdienst.«
Falko verneigte sich vor dem Pater und verließ das Haus. Draußen hatte es mittlerweile zu regnen begonnen, als seien alle Schleusen des Himmels geöffnet worden. Sein Pferd war noch da, doch als er den Umhang, den Frieder hinter dem Sattel festgebunden hatte, an sich nehmen wollte, war dieser verschwunden.
Ganz so sicher, wie der Pater glaubte, war es vor seinem Haus also doch nicht, dachte Falko mit einem gewissen Spott. Er aber musste durch den dichten Regen und tiefe Pfützen zur Taverne laufen und fluchte dabei nicht wenig.

9.

Hilbrecht staunte nicht schlecht, als Falko vor Nässe triefend die Taverne betrat. »Was ist denn mit dir los? Wo ist dein Mantel?«, fragte er.

»Der ist mir gestohlen worden, und das bei dem Sauwetter! Obwohl es vom Pfarrhaus hierher nur ein paar Klafter sind, bin ich nass bis auf die Haut. Ich hätte nichts dagegen, wenn ich mich ausziehen und meine Sachen trocknen könnte. Ein Becher warmen Weins würde mir ebenfalls guttun.«

Noch während er redete, winkte Falko Mariangela zu sich. Diese kam neugierig näher und sah die Wasserlache, die sich zu seinen Füßen ausbreitete. »Ich bringe Euch gleich einen Becher Würzwein, Herr. Hinter jener Tür könnt Ihr Eure nassen Sachen ausziehen. Meine Mutter wird sie in der Küche vor den Herd hängen. Damit Ihr aber nicht nackt wie ein Frosch herumsitzen müsst, werde ich Euch eine Decke bringen, in die Ihr Euch einhüllen könnt.«

Während Mariangela entschwand, trat Falko in die gewiesene Kammer und Hilbrecht folgte ihm. Kurz darauf kehrte die Wirtstochter mit einer alten Pferdedecke und einem Becher warmen, gewürzten Weines zurück.

»Soll ich mich umdrehen, wenn Ihr Euch auszieht, oder gar den Raum verlassen, damit Euer Schamgefühl nicht verletzt wird?«, fragte sie spöttisch.

»Wenn es einen Preis für die schärfste und flinkste Zunge gäbe, ich wüsste nicht, ob ich ihn Margarete oder Mariangela zugestehen sollte«, antwortete Falko grollend und begann, sich aus seiner Kleidung zu schälen. Da Mariangela in der Kammer blieb und gar nicht daran dachte, wegzuschauen, kehrte er ihr den Rücken zu.

Hilbrecht gefiel das Interesse des Mädchens an seinem

Freund überhaupt nicht. Daher stellte er sich zwischen sie und ihn und deutete auf den Wein. »Weißt du was, Mariangela? Du könntest uns frischen bringen. Der Krug ist schon halbleer!«
»Ich würde sagen, er ist noch halbvoll«, zwitscherte die Wirtstochter, verließ aber doch den Raum und kehrte erst zurück, als Falko sich seiner Sachen entledigt hatte und in die Decke gehüllt am Tisch saß.
»Was ich noch fragen wollte, Herr Ritter. Was macht Ihr, wenn Ihr die Taverne verlasst? Bis zum Campo Santo Teutonico ist es ein wenig weiter als von Pater Lucianos Haus hierher.«
»Ich hoffe, ich kann mir die Decke hier leihen und als Mantel verwenden.« Für ein paar Danari würde Mariangelas Vater dies mit Sicherheit tun, dachte Falko, denn er hatte selten einen Mann erlebt, der so versessen darauf war, Geld zu verdienen. Dabei lebte Gaspare mit seiner Familie in angenehmen Verhältnissen und hatte es eigentlich nicht nötig, so raffgierig zu sein.
Mariangela tat, als müsse sie überlegen, und nickte schließlich. »Ich will nicht ungefällig sein. Ich könnte Euch auch einen richtigen Umhang leihen. Er stammt noch von diesem elenden deutschen Ritter, den Herr Hilbrecht glücklicherweise früh genug vertrieben hat.«
»Rudolf von Ottmeringen!« Hilbrecht stieß diesen Namen wie einen Fluch aus. Noch immer ärgerte er sich, weil der Mann ihm entkommen war. Auch Mariangela durchlebte in Gedanken noch einmal jene beängstigende Szene, während Falko sich an den Kampf im Wald erinnerte, bei dem er sechs von Ottmeringens Bewaffneten getötet hatte.
»Ich hoffe, der Kerl kommt uns irgendwann vor die Klinge, denn er hat noch einiges gut bei uns!« Falko spülte seinen Ärger mit einem Schluck Wein hinunter und lächelte an-

schließend Mariangela zu. »Den Mantel nehme ich gerne, denn es sieht nicht so aus, als würde es so schnell aufhören zu regnen.«
Das Mädchen knickste und verschwand, um eine Weile später mit Falkos trockenen Sachen und Rudolf von Ottmeringens Mantel zurückzukommen. »Hier, Herr Ritter! Ich hoffe, es ist Euch ein gutes Trinkgeld wert.«
»Das wirst du bekommen!« Falko wollte schon nach seinem Beutel greifen, doch da winkte Mariangela ab.
»Das könnt Ihr später zusammen mit Eurer Zeche zahlen. Jetzt muss ich zurück in die Küche, Mama helfen.«
Hilbrecht sah ihr durch die offen gebliebene Tür nach, bis sie die Gaststube durchquert hatte, und seufzte. »Sie ist wie eine Burg, die sich einfach nicht erobern lassen will. Dabei würde ich sogar meinen adeligen Namen für sie aufgeben.«
»Warum solltest du das tun?«, fragte Falko. »Es gibt so viele Bastarde hoher Herren, die stolzer auftreten als ehelich geborene Kinder. Was macht es da, wenn du mit diesem Mädchen noch ein paar mehr in die Welt setzt?«
»Wenn sie wenigstens zulassen würde, dass wir der Welt Kinder schenken!« Hilbrecht trank seinen Becher aus und schüttelte den Kopf. »Im Grunde macht sie sich nur über mich lustig. Ich sollte sie vergessen und mir zu Hause ein Mädchen suchen, das besser zu mir passt.«
Falko hob erstaunt den Kopf. »Und warum tust du das nicht?«
»Weil ich Mariangela liebe und weiß, dass ich sie niemals vergessen werde.« Hilbrecht wollte noch mehr sagen, doch da kehrte die Wirtstochter mit Falkos Stiefeln zurück.
»Ihr habt Euch ja noch gar nicht angezogen, Herr Ritter. Lasst mich aber erst gehen, damit meine jungfräulichen Wangen nicht vor Scham erröten.«

Mariangelas Lachen nahm den Worten etwas von ihrer Wirkung, dennoch rief Falko ihr »Giftzahn!« nach, als sie wieder verschwand.
Kopfschüttelnd schloss er die Tür hinter ihr, zog sich an und klopfte anschließend Hilbrecht auf die Schulter. »Wir sollten zum Campo Santo Teutonico zurückkehren. Es dämmert bereits, und ich möchte ungern durch die Nacht reiten. Dafür haben wir zu viele spezielle Freunde hier.«
»Das kannst du laut sagen«, antwortete Hilbrecht und rief nach Mariangela, um die Zeche zu bezahlen. Auch Falko gab ihr das Geld, das sie von ihm forderte, und legte noch einmal dieselbe Summe dazu.
»Fürs Wäschetrocknen und auch für so manches liebe Wort aus deinem Mund. Es geht mir jetzt besser als vorhin.«
»Hat unser Pater Euch arg den Schopf gebürstet? Dann müsst Ihr aber ein schlimmer Sünder sein!« Mariangela sprang gerade noch rechtzeitig beiseite, um Falkos allerdings nicht besonders festem Schlag zu entgehen, und wünschte den beiden noch einen guten Heimritt. Lachend schlüpfte sie aus der Kammer.
»Und die würdest du heiraten wollen? Die ist ja fast so schlimm wie Margarete!« Falko schüttelte sich und verließ den Raum. Auf dem Hof führte Gaspares Knecht ihre Pferde heran und machte dabei eine Handbewegung, als wolle er Geld zählen. Hilbrecht warf ihm eine Münze zu.
»*Grazie*, Signore!«, rief der Mann und öffnete das Tor.
Falko und Hilbrecht trabten hinaus und schlangen ihre Mäntel enger um die Schultern, um sich vor dem unangenehm kalten Regen zu schützen.
Nach einer Weile wandte Hilbrecht sich Falko zu. »Du hast mich auf dem Herritt gefragt, ob ich dir helfen werde, Francesca zu entführen.«
»Ihr Vater will sie mit einem Unwürdigen verheiraten, und

das will ich ihr ersparen. Außerdem liebe ich sie«, antwortete Falko hitzig.
»Wenn du sie entführst, wirst du dir etliche Herren hier in Rom zum Todfeind machen.« Im selben Moment begriff Hilbrecht, dass seine Bemerkung so klang, als zögere er, Falko beizustehen, und beeilte sich, diesen Eindruck zu verwischen. »Ich bin auf jeden Fall dabei, das ist klar!«
»Danke! Aber jetzt sollten wir achtgeben. Wir kommen an die Stelle, an der du letztens überfallen worden bist. Meinem Gefühl nach treibt sich dort auch heute wieder Gesindel herum.« Falko spornte seinen Hengst an und griff unter dem Mantel zum Schwert.
Auch Hilbrecht behielt die alten Mauern scharf im Auge. Sie erreichten die Ruinen und ritten an ihnen vorbei. Falko schnaubte schon erleichtert, als auf einmal eine Seilschlinge auf ihn zuflog. Instinktiv bückte er sich und schlug mit der linken Hand nach oben, um die Schlinge abzuwehren. Dies gelang ihm, und die Leine fiel wirkungslos in den Straßenmatsch. Dafür aber legte sich die Schlinge des zweiten Seils um Hilbrechts Schulter. Ein halbes Dutzend Kerle zerrten am Seil und rissen ihn aus dem Sattel.
Falko wendete sein Pferd auf der Hinterhand, sprengte auf die Kerle zu und ritt sie über den Haufen. Gleichzeitig hieb er mit dem Schwert zu und verletzte mehrere Schurken. Einer erwies sich jedoch als besonders hartnäckig, denn er tauchte unter einem Schwertstreich hindurch und packte Falkos Mantel mit einem heftigen Ruck.
Zum Glück für Falko öffnete sich die Schließe des Umhangs, und so konnte er sich im Sattel halten. Allerdings war nun der zweite Mantel an diesem Tag fort, denn der bullige Kerl mit dem kleinen Kopf, in dem er erst jetzt Rudolf von Ottmeringen erkannte, rannte mit dem Mantel davon und verschwand zwischen den Ruinen. Falko folgte ihm zu

Pferd, verlor ihn aber rasch aus den Augen und kehrte schließlich grummelnd zu Hilbrecht zurück.
Dieser hatte sich aus der Schlinge befreit und hielt einen der Wegelagerer in Schach, der während des kurzen Kampfes verletzt worden war. »Na, was sagst du?«, rief er Falko entgegen. »Jetzt haben wir endlich einen der Kerle und können ihm Fragen stellen.«
»Von mir erfahrt ihr nichts!«, stieß der Verletzte hervor.
»Ich glaube doch«, antwortete Hilbrecht grinsend. »Bis jetzt habe ich noch jeden zum Sprechen gebracht. Das stimmt doch, Falko, oder bist du anderer Meinung?«
»Natürlich nicht! Kerle wie dieser halten viel aus, bevor sie tot sind. Mal sehen, wie es ihm gefällt, wenn wir ihm die Knochen brechen und die Enden gegeneinander pressen. Der Letzte, bei dem du das gemacht hast, war schließlich glücklich, als du ihm die Kehle durchgeschnitten hast!« Falko flunkerte ebenso schamlos wie sein Freund und trieb ihren Gefangenen damit in Panik.
»Ich darf nichts sagen. Sie bringen mich sonst um!«, stieß dieser entsetzt aus.
»Wenn du nichts sagst, bringen *wir* dich um. Du hast die Wahl«, erwiderte Hilbrecht und bat Falko, den Mann zu fesseln, während er ihm das Schwert an die Kehle hielt.
Kurz darauf lag der Kerl wie ein erlegter Hirsch vor Hilbrechts Sattel, und auf dem weiteren Heimweg überlegten die beiden Freunde scheinbar genüsslich, welchen Foltern sie ihn unterwerfen sollten.

10.

Im Campo Santo Teutonico waren neue Gäste eingetroffen. Bunt gescheckt gekleidete Waffenknechte bewachten einen robusten Ochsenkarren, der so aussah, als könnte er schwere Lasten bewältigen. Auffällig an der Plane des Wagens war das Nürnberger Wappen, das auch die Bewaffneten auf ihrer Kleidung trugen.
»Was ist denn hier los?«, fragte Falko Margarete, die ihm als Erste über den Weg lief.
Verblüfft sah sie zuerst ihn und dann den Gefangenen an. Falko und der Gefesselte waren durch den Regen bis auf die Haut durchnässt, und die Kleidung des auf Hilbrechts Pferd liegenden Mannes schimmerte wegen des verlorenen Blutes rosa.
»Ihr seid wirklich unvernünftig, Herr Ritter, bei einem solchen Wetter ohne Mantel auszureiten. Selbst ein Blinder hätte sehen können, dass es heute regnen würde. Jetzt müssen meine Tante und ich dafür sorgen, dass es Euch nicht auf die Lunge schlägt!«, tadelte Margarete ihn und suchte in Gedanken bereits die Kräuter aus, die sie für den Sud verwenden wollte. Zu der normalen Mischung würde sie ein paar hinzufügen, die ihr nicht ihrer Wirkung wegen, sondern wegen des durchdringenden Geschmacks für Falko gerade recht kamen.
Dann erinnerte sie sich an seine Frage. »Der Wagen und seine Begleiter stammen aus Nürnberg. Der Anführer der Gruppe ist Herr Nikolaus Muffel, und in seiner Begleitung befindet sich ein Verwandter des hochwürdigen Herrn Giso.«
»Ein Verwandter, sagst du? Das kann nur Michi sein!« Falko sprang aus dem Sattel und eilte in die Herberge. Daher

blieb es an Hilbrecht hängen, den Gefangenen ins Haus zu schaffen und einzusperren. Aber auch ihn drängte es, die neuen Gäste zu begrüßen, und so rief er seinen Knappen Hans zu sich und wies ihn an, auf den verletzten Schurken aufzupassen.

»Hol dir Frieder zu Hilfe und versorgt die Wunden des Kerls. Ich möchte nicht, dass er sich früher aus dieser Welt davonstiehlt, als ich es gestatte!«

»Mach ich, Herr!«, antwortete Hans und fragte sich, weshalb sein Herr sich so grimmig gab. Dann streifte sein Blick die angstvolle Miene des festgesetzten Schurken, und er begriff, dass der Kerl zum Sprechen gebracht werden sollte.

»Keine Sorge, Herr! Ich gebe schon acht, dass der Gefangene vorerst am Leben bleibt«, setzte er hinzu und stieß einen Pfiff aus, der Frieder herbeirufen sollte.

Da ihre Herren oft ohne Knappen losritten, blieben die beiden jungen Männer zumeist sich selbst überlassen und erledigten Botengänge für Giso, Margarete und Edelgunde. Die beiden Frauen halfen ihnen im Gegenzug, die Kleidung ihrer Herren in Ordnung zu halten, und Giso spendete ihnen neben seinem Segen auch den einen oder anderen Becher Wein.

Unterdessen eilte Hilbrecht zu der Kammer, die Giso, Ritter Oskar und ihm als Quartier zugewiesen worden war. Als er eintrat, sah er tatsächlich Gisos Bruder, der unter dem Namen Michel von Ziegenhain in König Friedrichs Diensten stand. Bei ihm war ein Mann in der Tracht eines wohlhabenden Kaufherrn, der gerade einen Becher Würzwein an die Lippen führte.

»Das ist Herr Nikolaus Muffel aus Nürnberg. Er ist ebenso wie ich im Auftrag König Friedrichs nach Rom gekommen«, erklärte Michi, der seinen nicht gerade kleinen Bruder noch um eine halbe Kopflänge überragte.

»Ich freue mich, Euch zu sehen. Unser letztes Zusammentreffen ist schon ein paar Jahre her«, antwortete Hilbrecht lachend.
»Das war noch zu der Zeit, als der ältere Henneberg Kibitzstein erobern wollte. Mein Gott, wird der sich geärgert haben, als sein jüngerer Bruder ausgerechnet Lisa als Braut heimgeführt hat.« Michel von Ziegenhain klopfte Hilbrecht auf die Schulter und zog ihn kurz an sich.
Dann wies er mit dem Kinn auf Falko. »Unseren Heißsporn habe ich schon begrüßt. Er sagte etwas von einem Überfall und einem Gefangenen, den ihr gemacht haben wollt.«
»Den habe ich zwei Kammern weiter eingesperrt. Hans und Frieder bewachen ihn, damit er uns nicht entwischt. Aber da Ihr bereits hier seid, wird wohl auch der König bald in Rom erscheinen.«
Hilbrecht war begierig, Friedrich III. mit eigenen Augen zu sehen und vielleicht sogar mit ihm sprechen zu können. Mit etwas Glück würde der König ihn in seine Dienste nehmen und ihn dafür mit einer Burg belehnen. Damit wäre er von seinem Vater und seinen Brüdern unabhängig und könnte heiraten, wen er wollte, und wenn es die Tochter eines Tavernenwirts aus Trastevere war.
»Wir sehen uns den Kerl gleich mal an. Was mich betrifft, so bin ich froh, euch alle wohlbehalten hier anzutreffen. Ihr werdet mir dabei helfen müssen, das, was sich auf dem Wagen befindet, zu bewachen.«
»Und was ist das?«, wollte Falko wissen.
Michel fasste ihn und Hilbrecht an der Schulter und zog sie zu sich heran. »Die Reichskleinodien«, sagte er so leise, dass sie ihn kaum verstehen konnten.
»Was?«, entfuhr es Falko, doch bevor er noch mehr sagen konnte, legte Michel ihm die Hand auf den Mund.
»Kein Wort! Zu niemandem! Verstanden?«

Falko nickte eingeschüchtert. »Ich habe verstanden!«

»Ich auch«, erklärte Hilbrecht und zwinkerte Falko zu. Diese Aufgabe war mehr nach seinem Geschmack, als Briefe zwischen Pater Luciano und Giso hin und her zu tragen.

»Und was genau sollen wir tun?«, fragte Falko.

»Du, Herr von Frammenberg, Hilbrecht und ich werden abwechselnd Wache halten, und zwar Tag und Nacht. Wenn du willst, kannst du gleich beginnen. Um Mitternacht weckst du mich, morgen in der Früh übernimmt Hilbrecht die Wache.«

Michel von Ziegenhain wollte noch mehr sagen, doch da kam Frau Edelgunde auf ihn zu und wies empört auf Falko, der noch immer in seinen nassen Kleidern steckte.

»Herr Falko wird heute Abend gar nichts bewachen, sondern sich sofort ausziehen. In meiner Kammer steht ein Zuber mit heißem Wasser, in dem er seine erstarrten Glieder aufwärmen kann. Margarete bereitet ihm gerade einen heilenden Trunk zu. Sonst wird die Kälte ihm auf die Lunge schlagen.«

»Dann übernehme ich die erste Wache«, stöhnte Hilbrecht.

Frau Edelgunde schüttelte den Kopf. »Das kann mein Oskar machen. Dann hat er wenigstens etwas zu tun. Er langweilt sich in diesem Rom.«

Unterdrücktes Lachen antwortete auf ihre Worte. Trotzdem sahen alle bis auf Falko ein, dass es besser war, wenn er sich erst einmal aufwärmte, bevor er Wache hielt. Falko hingegen behauptete, es würde wohl reichen, wenn er sich umzog, war aber bei Edelgunde an die Falsche geraten.

»Nichts da! Ich weiß, wie schnell das Wetter einem Mann auf die Lunge schlagen kann. Bei meinem Oskar war es auch so. Der dachte ebenfalls, er wäre so stark wie eine Eiche, und ritt in einen regnerischen Tag hinaus. Als er zurückkam, war er vollkommen durchgefroren und zitterte. Gerade noch, dass ich ihn ins Bett bekommen habe. Er hat es dann vier Wochen nicht verlassen können und sich schier die Lunge aus dem Leib gehustet. Hätte unsere Kräuterfrau nicht das richtige Mittel gefunden, hätte ich ihn vielleicht sogar verloren.«

»Verlieren wollen wir Falko wahrlich nicht. Also, mein Freund, folge der Dame!« Giso versetzte dem Junker einen aufmunternden Schubs und wandte sich an seinen Bruder. »Wenn es sein muss, kann ich ebenfalls Wache halten.«

»Da müsstest du mit dem Schwert besser umgehen können als mit dem Weihwasserschwengel«, spottete Michel und verließ mit Ritter Oskar den Raum, um den Wagen mit den Reichskleinodien aufzusuchen.

Falko wurde von Frau Edelgunde in deren Kammer geführt und fand dort einen großen, wassergefüllten Zuber vor, aus dem dichter Dampf aufstieg. Vorsichtig steckte er den Finger hinein und zuckte zurück. »Haltet Ihr mich für ein Schwein, das nach dem Schlachten gebrüht werden muss, damit die Borsten abgehen?«

»Der Knecht wird gleich ein paar Eimer kalten Wassers bringen, das ich einmischen will. Zieht Euch derweil schon einmal aus«, antwortete Edelgunde ungerührt.

»Hier?«

»Glaubt Ihr, ein unbekleideter Mann könnte mich noch erschrecken? Dafür habe ich meinen Oskar schon zu oft nackt gesehen!«, erklärte Frau Edelgunde resolut.

Falko blieb nichts anderes übrig, als sich seiner Kleider zu entledigen und zu warten, bis die Dame den Knecht, der mit zwei vollen Eimern gekommen war, anwies, diese in den Bottich zu schütten. Im nächsten Augenblick trat Margarete herein, in der Hand ein Tablett mit einem Krug und einem Becher. Als sie Falko im Adamskostüm entdeckte, kicherte sie. Mit einem Sprung war Falko in der Wanne und stöhnte auf, denn das Wasser war immer noch sehr heiß.

Während Margarete schallend zu lachen begann, sah Frau Edelgunde ihn kopfschüttelnd an. »Ihr hättet warten sollen, bis der Knecht einen weiteren Eimer mit kaltem Wasser gebracht hat!«

Falko wäre gerne wieder aus dem heißen Wasser gestiegen, wollte sich jedoch nicht erneut Margaretes Gelächter aussetzen und biss die Zähne zusammen.

»Es geht schon«, presste er hervor und trieb in Gedanken den Knecht an, schneller zu machen.

»Es ist beruhigend zu wissen, dass Ihr die Hitze so gut vertragt, Herr Ritter. Dann wird das Höllenfeuer Euch nicht zu arg quälen«, spottete Margarete und fing sich einen leichten Knuff ihrer Verwandten ein.

»Mit so etwas spottet man nicht! Außerdem ist Junker Falko ein ehrenhafter junger Mann, der gewiss nichts getan hat oder tun wird, das ihn dem Satan ausliefern würde!«

Margarete bedachte ihre Tante mit einem vieldeutigen Blick und stellte ihr Tablett ab. »Da Ihr bereits von außen erhitzt seid, könnt Ihr es nun inwendig tun«, sagte sie zu Falko und reichte ihm den Becher. Dabei riskierte sie einen Blick in den Bottich und feixte dabei in einer Weise, dass der Junker sie ins Pfefferland wünschte.

II.

Durch das Fenster war in der Ferne das Meer zu sehen. Früher hatte Francesca diesen Anblick geliebt, doch in diesen Tagen und Wochen konnte sie nur daran denken, dass sie hier wie eine Gefangene leben musste. Sie fühlte sich so einsam wie noch nie zuvor. Dazu kam, dass sich

Annunzia, seit ihre Mutter wieder in die Stadt zurückgekehrt war, wie eine Kerkermeisterin aufführte.
Francesca hätte ihre ehemalige Zofe am liebsten zum Teufel gejagt, musste deren Anwesenheit aber trotz ihres Widerwillens hinnehmen. Annunzia hatte bereits ihrer Mutter bei deren Schwangerschaft beigestanden und wusste daher besser als die alte Lina, welche Pflege eine Frau unter diesen Umständen benötigte. Allerdings wäre auch die andere Magd nicht die Gesellschaft gewesen, die Francesca sich wünschte. Im Grunde sehnte sie sich nach einem einzigen Menschen, aber der wusste nicht einmal, wo sie sich befand.
»Falko!« Als Francesca den Namen aussprach, erschrak sie selbst.
Annunzia durfte auf keinen Fall von ihm erfahren, denn sie glaubte ebenso wie ihre Eltern, sie wäre in den Katakomben von Cirio d'Specchi geschwängert worden. Doch ihr Verlobter war nicht ans Ziel gekommen. Zudem hatte ihre Monatsblutung nach dem Vorfall in den Katakomben noch einmal eingesetzt, und so konnte sie erst zwei oder drei Wochen später empfangen haben. Wie gerne hätte sie Falko mitgeteilt, dass sie sein Kind unter dem Herzen trug. Aber da sie keinen Boten zu ihm schicken konnte, blieb ihr nur die Hoffnung, dass er nach ihr suchte und sie auch fand.
Als Annunzia hereinkam, drehte Francesca sich nicht zu ihr um. Diese Missachtung quittierte die Zofe mit einem Schnauben. »Ihr solltet nicht so viel aus dem Fenster schauen, Herrin. Davon werdet Ihr trübsinnig!«
»Ich bin trübsinnig!« Francescas Stimme klirrte, und ihr Unterton hätte die Zofe warnen sollen.
Doch seit Conte Orsini Annunzia die Aufsicht über seine Tochter übertragen hatte, nahm diese keine Rücksicht mehr auf ihre junge Herrin. »Das ist doch kein Wunder! Starrt nicht einfach in die Gegend, sondern sucht Euch eine ange-

nehme Beschäftigung. Ihr könntet ein Altartuch besticken oder ein Hemd für Euren Verlobten! Signore Cirio würde sich gewiss über ein solches Zeichen der Zuneigung freuen.«
Geschwätzige Alte, dachte Francesca. Cirio d'Specchi würde sie höchstens ein Hemd aus Dornen schenken, und das auch nur, wenn diese lang und spitz genug waren.
Annunzia redete munter weiter. »Ein wenig enttäuscht bin ich schon von Signore Cirio. Auch wenn er verletzt gewesen ist, so hätte er Euch nach seiner Genesung aufsuchen können.«
Francesca erinnerte sich an den harten Hieb, den Falko ihrem aufdringlichen Verlobten versetzt hatte. Zwischenzeitlich hatte sie bereits gehofft, Cirio wäre tot und sie hätte ihre Freiheit zurückgewonnen. Zu ihrem Leidwesen hatte der Mann den Schlag überlebt.
»Wenn ich Euch so ansehe, Contessa, ist es wahrlich ein Jammer, dass uns niemand besucht. Es würde Euch auf andere Gedanken bringen. Wenn Signore Cirio verhindert ist, so hätte er doch seine Schwestern schicken können.«
»Bloß nicht!«, stieß Francesca hervor. »Diese Gänse fehlen mir gerade noch.«
»So dürft Ihr doch nicht über Eure zukünftigen Schwägerinnen reden!«, tadelte die Zofe sie entrüstet.
»Wie ich über die vier Cs rede, ist meine Sache, verstanden? Vergiss nicht, dass du nur eine Magd bist. Wenn du mich zu sehr erzürnst, befehle ich dem Kastellan, dich mit der Rute zu züchtigen.« Francesca hasste diese Frau und hatte ihr nicht vergessen, dass diese ihr Stelldichein mit Antonio Caraciolo verraten und damit den Tod des jungen Edelmanns verschuldet hatte.
Ihre Drohung brachte Annunzia für einen Augenblick zum Schweigen. Es war nicht gut, dachte die Magd, dass ihrer Herrschaft nur dieses eine Kind geboren worden war. Ein

Bruder oder eine Schwester hätten verhindert, dass das Mädchen so verzogen wurde. Die Eltern hatten kein großes Problem damit, denn so kühn, diese zu erzürnen, war Francesca nur selten. Als Zofe aber musste sie sich mit dem Eigensinn des Mädchens herumschlagen und wurde, wenn es sich schlecht benahm, auch noch von dessen Mutter gerügt.

»Ihr solltet an das Kind denken, das Ihr Signore Cirio in wenigen Monaten schenken werdet«, mahnte Annunzia, weil ihr nichts anderes mehr einfiel.

Nun musste Francesca sich ein Lachen verbeißen. Cirio d'Specchi hatte nicht den geringsten Anteil an der Zeugung ihres Kindes, und sie fragte sich, ob das Kleine das blonde Haar und die blauen Augen des Vaters erben würde. Beinahe wünschte sie, es wäre so. Dann würde Cirio jeden Tag an sein Versagen erinnert. Im nächsten Moment aber entsann sie sich der fast spielerischen Art, mit der ihr Verlobter Antonio Caraciolo umgebracht hatte, und es schauderte sie. Cirio d'Specchi würde auch vor einem Kind nicht haltmachen, von dem er annahm, es sei nicht das seine.

In dem Augenblick sehnte sie Falko mehr denn je herbei und fragte sich, ob es wirklich so schrecklich wäre, mit ihm im fernen Germanien zu leben.

12.

Wie viele Meilen er bereits zurückgelegt hatte, wusste Bruno von Reckendorf nicht zu sagen. Tag um Tag war er den Zeichen gefolgt, die den Weg zum Grab des heiligen Jakobus in Spanien wiesen, hatte in Pilgerherbergen

und Burgen übernachtet und kam, wie er hoffte, seinem Ziel langsam näher.
An diesem Tag aber zweifelte er daran, ob er Santiago jemals erreichen würde. Die Schwäche in seinen Gliedern, die er seit ein paar Tagen spürte, war noch schlimmer geworden, und er fiel immer wieder in einen kurzen, dumpfen Schlaf, aus dem er bald wieder hochschreckte, weil er vom Pferd zu fallen drohte. Sein Rücken war schweißnass, obwohl der Wind kühl über das flache Land blies, und als er den linken Handschuh auszog und mit den Fingern die Stirn berührte, fühlte diese sich heiß und trocken an.
»Seid Ihr krank?«, fragte Bertschmann, der direkt hinter seinem Pferd ging.
Wie gerne hätte Reckendorf mit Nein geantwortet. Doch er wollte seinen Getreuen nicht belügen, auch wenn das Verhältnis zwischen ihnen immer noch so angespannt war wie vor der Abreise.
»Ich fühle mich ein wenig schwach. Daher werden wir in der nächsten Pilgerherberge ein paar Tage bleiben, bis ich wieder auf den Beinen bin!« Da der Junker sich nicht zu seinem Gefolgsmann umsah, entging ihm dessen verächtliche Geste.
Bertschmann dachte an die vielen Meilen, die er zu Fuß durch Hitze, Regen und Wind zurückgelegt hatte, und das nur, weil sein Herr vor dem Fürstbischof von Würzburg eingeknickt war. Dabei wäre es für Reckendorf ein Leichtes gewesen, Freunde und Verwandte um sich zu scharen und Gottfried Schenk zu Limpurg dazu zu zwingen, sich ebenfalls auf seine Seite zu stellen. Nach ein paar harten Schlägen hätte die Witwe von Kibitzstein vor der Übermacht kapitulieren müssen.
Auch hatte er an der Tatsache zu kauen, dass sein Herr die Absicht, ihn mit dessen Schwester zu verheiraten und ihm

eine Burg aus seinem eigenen Besitz zu überlassen, nicht mehr erwähnt hatte. Stattdessen sah es so aus, als bereue der Junker sein Versprechen bereits. Nicht zuletzt deswegen empfand Bertschmann wenig Mitleid mit Reckendorf, der sich eben im Sattel krümmte, als quälten ihn Magenschmerzen.

Einer der Männer schloss zu Bertschmann auf. »Was ist mit dem Herrn?«, fragte er leise.

»Er ist krank! Wahrscheinlich hat ihn das Fieber gepackt, von dem die Mönche im letzten Kloster gesprochen haben«, antwortete der Kastellan.

Der Waffenknecht machte eine abwehrende Handbewegung. »Beim heiligen Martin und Sankt Georg, nur das nicht! Was ist, wenn das Fieber uns ebenfalls erfasst? Dann krepieren wir in der Ferne und werden wie Hunde am Straßenrand verscharrt.«

Die Angst vor der Seuche brachte die Waffenknechte dazu, mehr als zehn Mannslängen hinter Reckendorf zurückzubleiben. Dabei unterhielten sie sich leise. Gewohnt, als ausgesuchte Krieger ihres Herrn hoch zu Ross durch die Lande zu reiten, guten Wein zu trinken und immer genug Fleisch essen zu können, passte es ihnen gar nicht, Meile um Meile zu Fuß zurücklegen und sich mit der einfachen Pilgersuppe, einem Stück Brot und Wasser zufriedengeben zu müssen, welches im günstigsten Fall mit einem Schuss Wein veredelt worden war.

Das war Bertschmann ebenfalls klar, und er hatte schon längere Zeit überlegt, ob er nicht Bruno von Reckendorf verlassen und auf eigene Faust durch die Lande ziehen solle. Bislang hatte ihm dazu das Geld gefehlt. Nun aber wurde sein Blick immer wieder von dem schweren Beutel angezogen, der am Gürtel seines Herrn hing.

»Kannst du mir sagen, warum wir nach Spanien laufen sol-

len? Es war doch nicht unsere Schuld, dass Reckendorf versagt hat«, raunte er dem neben sich gehenden Mann zu.
Der sah ihn verwundert an. »Warum sagt Ihr so etwas?«
»Weil es mich ärgert, für etwas zahlen zu müssen, was ich nicht zu verantworten habe. Wer hat denn den Überfall auf den Reisezug der Kibitzsteinerin befohlen?«
»Ihr wart es nicht«, stimmte der Waffenknecht ihm zu und schob ebenso wie Bertschmann die Tatsache beiseite, dass dieser den Junker aufgefordert hatte, die Überfallenen niederzumachen und Jungfer Hildegard von allen Männern ihres Trupps schänden zu lassen. Stattdessen haderte er mit sich, weil er Reckendorf nicht schon in Franken den Dienst aufgekündigt hatte, um sich den weiten Weg durch Hitze und Staub zu ersparen.
»Was meint Ihr, Bertschmann, sollen wir noch weiter hinter Reckendorf herlaufen oder unser Glück in die eigenen Hände nehmen?«, fragte er.
Das war das Stichwort, auf das der Kastellan gewartet hatte. »Reckendorf ist krank und wird gewiss bald sterben. Wenn wir noch länger bei ihm bleiben, werden wir genau wie er am Straßenrand krepieren. Allerdings haben wir kein Geld, und vom Betteln will ich nicht leben müssen.«
»Ich auch nicht«, antwortete der Waffenknecht und schielte nun ebenfalls auf Reckendorfs Beutel. Doch weder er noch Bertschmann trauten sich, ihren Herrn zu berauben. In den nächsten Stunden redeten beide mit den übrigen Waffenknechten, und trotz einiger Einwände waren zuletzt alle bis auf Reckendorfs Knappen der Meinung, dass es besser sei, sich von ihrem Herrn zu trennen.
Als der Knappe sich weiter sträubte, legte einer der Männer die Hand an den Griff seines Dolches. »Entweder du kommst mit uns, oder du fährst zusammen mit dem Herrn in die Grube!«

Bertschmann legte dem Knappen den rechten Arm um die Schulter. »Reckendorf ist es nicht wert, dass du dich für ihn opferst. Diene mir, so wie du ihm gedient hast, und du wirst es nicht bereuen.«
»Ja, aber …«, begann der junge Mann und sah dann, wie sein Herr im Sattel wankte, vom Pferd rutschte und regungslos liegen blieb. Nun hätte er Reckendorf zu Hilfe eilen müssen. Die Angst vor Bertschmann und den übrigen Männern ließ ihn jedoch auf der Stelle verharren.
Bertschmann blieb ebenfalls stehen und sah sich prüfend um. Vor ihnen und hinter ihnen war die Straße verlassen.
»Entweder tun wir es jetzt, oder wir bleiben Reckendorfs Knechte, solange wir leben«, rief er seinen Begleitern zu.
Einige scheuten nun doch davor zurück, Reckendorf zu verlassen. »Wir können den Herrn doch nicht einfach hier liegen lassen«, wandte einer ein.
»Da hast du recht«, erklärte Bertschmann, »aber anders, als du denkst! Wir können es uns nicht leisten, Reckendorf so liegen zu lassen. Wenn er gefunden wird und noch in der Lage ist, uns des Verrats und Diebstahls zu bezichtigen, kann es uns den Hals kosten.«
Er zog seinen Dolch, trat auf seinen Herrn zu und bückte sich über ihn. Als er die erschrockenen Blicke einiger Männer sah, zögerte er jedoch, Reckendorf die Kehle durchzuschneiden. Wenn er sich der Gefolgschaftstreue der anderen sicher sein wollte, durfte er ihnen kein schlechtes Beispiel geben. Daher begnügte er sich, Reckendorfs Beutel von dessen Gürtel zu schneiden und sich unters Hemd zu stecken.
»Fangt den Gaul ein«, befahl er und sah zufrieden, dass drei Männer dem Tier nachliefen, das weiter vorne einen Fleck grünen Grases entdeckt hatte und trotz seines Zaumes daran rupfte.

»Zieht ihn aus!«, befahl Bertschmann und zeigte auf den Junker, der starr zu seinen Füßen lag.
»Warum?«, fragte einer verwirrt.
»Weil wir es uns nicht leisten können, einen Edelmann neben der Straße liegen zu lassen. Ist er jedoch nackt, kann er genauso gut ein Bettler sein.« Froh über diesen Einfall trat Bertschmann einen Schritt zurück und machte eine auffordernde Geste.
»Aber was ist mit der Seuche?«, platzte einer der Männer heraus.
»Glaubst du, die hängt an seinen Kleidern?«, spottete der Kastellan.
Er hätte Reckendorf auch selbst ausgezogen, wollte sich aber nicht auf die Stufe der Waffenknechte stellen. Wenn er schon seinem bisherigen Herrn den Dienst aufsagte, musste er der unumstrittene Anführer sein. Noch herrschte zwischen Frankreich und England ein erbitterter Krieg, und daher waren erfahrene Soldaten auf beiden Seiten willkommen. Bertschmann hoffte jedoch auf mehr als schlichten Sold, nämlich den Ritterschlag durch einen der Könige oder Fürsten, eine Burg mit genug Land und eine Braut aus edlem Geblüt, die ihm mehr in die Ehe mitbrachte als die jämmerliche Burg in Frankenland, die Reckendorf ihm als Jungfer Margaretes Mitgift angeboten hatte.
Während die Gedanken des Kastellans weit über den Tag hinausgriffen, schälten zwei Waffenknechte Reckendorf aus seinen Kleidern.
»Was machen wir damit?«, fragten sie Bertschmann.
Dieser sah auf das mit Halbedelsteinen verzierte Wams und fand, dass es ihn selbst gut kleiden würde. Nur die Stiefel waren ihm zu klein.
»Steckt alles in die Satteltaschen. Ich werde unterwegs eine Wäscherin suchen. Wenn wir an den Hof König Karls von

Frankreich kommen, muss ich etwas darstellen, und das kann ich in dieser Tracht besser als mit dem Zeug, das ich am Leib trage. Und nun kommt! Wir haben lange genug geschwätzt. Sonst taucht noch jemand hier auf.«
Bertschmann trat auf das Pferd zu, schwang sich in den Sattel und atmete zufrieden durch. Endlich war er wieder sein eigener Herr, wie es sich für einen Mann seiner Abstammung gehörte. Er gab den Männern einen herrischen Wink, ihm zu folgen, und ritt einige hundert Schritt bis zu dem Kreuzweg zurück, den sie kurz vorher passiert hatten. Dort bog er nach links ab. Reckendorf, der splitternackt hinter ihnen zurückblieb, gönnte er keinen Blick mehr.

13.

Eine Pilgergruppe zog durch die Landschaft, die nach der Hitze des Sommers und des Herbstes nach den ersten Regenfällen des Winters lechzte. Noch immer war es ungewöhnlich warm, doch im Süden trugen die Pyrenäen bereits weiße Kappen. Der Pilgerführer wusste, dass sie sich schon bald nach der Hitze zurücksehnen würden, über die seine Begleiter derzeit stöhnten.
Plötzlich stieß eine Frau einen schrillen Schrei aus. »Seht doch! Dort liegt ein Toter.«
Die Gruppe blieb stehen und starrte auf den nackten Mann. Der Pilgerführer schlug ein Kreuz und sah seine Schäflein an. »Wir sollten ihn begraben, wie es einem Christenmenschen zukommt!«
»Nein, er lebt noch«, flüsterte da die Frau, die den Reglosen entdeckt hatte.

Nun sah es auch der Pilgerführer. Der Nackte stöhnte leise und streckte die Finger der rechten Hand aus.
»Was machen wir mit ihm?«, fragte der Pilger, den die anderen zu ihrem Sprecher ernannt hatten.
»Wie es aussieht, wurde der Mann von Räubern überfallen und ausgeraubt. Ihn hier liegen zu lassen ist eines wahren Christenmenschen unwürdig. Wir würden damit des Segens verlustig gehen, den wir während der Wallfahrt ansammeln konnten. Schlagt im Wald zwei lange Stangen und fertigt aus ihnen und einem Mantel eine Trage. Wir bringen den Mann zum nächsten Hospiz«, erklärte der Pilgerführer.
»Aber was ist, wenn er die Seuche hat?«, wandte einer der Pilger ein.
Der Pilgerführer bedachte ihn mit einem verächtlichen Blick. »Wenn es Gott, unserem Herrn, gefällt, dich durch eine Seuche dahinraffen zu lassen, wird dies geschehen, wo auch immer du dich aufhalten magst. Wenn er es jedoch nicht will, wirst du nicht nur diese Pilgerfahrt überstehen, sondern so lange leben, bis der Herr dich auf eine andere Weise von dieser Welt nimmt. Also greift zu!«
Auf diese scharfen Worte wussten die anderen nichts zu erwidern, und als sie nach einer Weile ihren Weg fortsetzten, trugen vier von ihnen eine primitive Trage, auf der Bruno von Reckendorf lag.
Am Abend erreichten sie das nächste Kloster und erhielten von den Nonnen nicht nur doppelten Segen für ihre gute Tat, sondern neben der einfachen Pilgersuppe mit Brot sogar etwas Fisch von der Tafel der Äbtissin.
Zufrieden, ein gottgefälliges Werk getan und damit die Wirkung ihrer Pilgerfahrt erhöht zu haben, reiste die Gruppe am nächsten Morgen weiter, während Bruno von Reckendorf im Hospiz des Klosters vor sich hin dämmerte.

14.

Es dauerte etliche Tage, bis der Junker wieder einen klaren Gedanken fassen konnte. Zunächst begriff er nicht, was um ihn herum geschah. Sein Körper fühlte sich wie zerschlagen an, und er vermochte vor Schwäche nicht einmal die Hand zu rühren. Noch während er über seine Situation nachdachte, schwanden ihm erneut die Sinne, und er wachte erst am Abend wieder auf.

Um ihn herum hörte er das Stöhnen anderer und öffnete mühsam die Augen. Wie es aussah, befand er sich in einem düsteren Gewölbe, dessen Grenzen er nicht zu erkennen vermochte. Er lag auf einem einfachen, schmalen Bett und war mit einer dünnen Decke zugedeckt. Um ihn herum standen weitere Betten, und auf jedem lag ein Mensch.

»Was ist geschehen?«, fragte er mit matter Stimme.

Eine Gestalt in einem weiten, dunklen Kleid und einer ausladenden Haube beugte sich über ihn und sagte ein paar Worte, die er nicht verstand. Dann griff eine kühle Hand an seinen Nacken und hob den Kopf, während ihm eine zweite Hand einen Becher an die Lippen hielt. Es war nur Wasser, versetzt mit ein wenig Wein, doch Junker Bruno erschien es, als hätte er nie etwas Köstlicheres getrunken.

»Habt Dank!«, murmelte er, als der Becher leer war.

Zwar verstand er immer noch keines der Worte, mit denen die Gestalt antwortete, begriff aber, dass es sich um eine Frau in der Nonnentracht eines ihm unbekannten Ordens handeln musste. Diese verschwand und kam bereits nach kurzer Zeit mit einem kleinen Tonbecher wieder. Sie bedeutete ihm, dass er dessen Inhalt ebenfalls trinken sollte. Als die dunkle, stechend riechende Flüssigkeit seinen Schlund hinunterrann, hatte er das Gefühl, Feuer zu schlucken.

Reckendorf hustete und beugte sich über den Rand des Bettes, um zu erbrechen. Mit fester Hand zwang ihn die Nonne wieder auf sein Lager zurück, zog die Decke hoch und ging zum nächsten Kranken.
Nun erinnerte Reckendorf sich daran, dass er sich schon in den letzten Tagen der Reise nicht gut gefühlt hatte. Wie es aussah, hatte ihn eine Krankheit erfasst, und es würde wohl eine gewisse Zeit vergehen, bis er seinen Weg fortsetzen konnte. Hoffentlich wird Bertschmann und den anderen der Aufenthalt nicht zu langweilig, dachte er und zollte dann erneut seiner Erschöpfung Tribut.
Als er wieder erwachte, war es dunkel. Nur am anderen Ende des Raumes spendete eine Öllampe Licht. Um sich herum hörte er das Husten und Stöhnen der Kranken, die selbst im Schlaf keine Linderung fanden. Ein wenig wunderte Reckendorf sich, weil er bisher noch keinen seiner Männer gesehen hatte.
»Sie werden wohl in ihrem Quartier sitzen und kommen, wenn sie erfahren haben, dass es mir bessergeht«, sagte er zu sich selbst und zog damit die Aufmerksamkeit einer Nonne auf sich, die auf einem Stuhl sitzend wachte.
Was sie sagte, verstand er nicht, dafür aber zeigte er sich auf den Mund und bedeutete ihr, Durst zu haben. Sofort brachte sie ihm einen Becher des mit Wein versetzten Wassers. Diesmal musste sie ihm nur noch beim Aufrichten helfen. Den Becher hielt er bereits selbst. Da sie die Öllampe neben sich gestellt hatte, sah er den erfreuten Zug auf ihrem Gesicht und das Lächeln, mit dem sie ihm ein Stück Brot reichte, das er ins Wasser eintunken und essen konnte.
Als sie ihn wieder verlassen hatte, lag Junker Bruno noch lange wach. Am nächsten Morgen erschien eine andere Nonne mit zwei Mägden, die ihn kurzerhand aus dem Bett holten. Erschrocken merkte er, dass er unter der Decke

nackt war. Während eine der Mägde ihn festhielt, da seine Beine ihn noch nicht richtig trugen, brachte die andere einen einfachen Kittel herbei, und die Nonne machte ihm mit Zeichen klar, dass er diesen überstreifen sollte.

»Was ist mit meinen Kleidern?«, fragte er verwirrt.

»Sie wurden nicht bei dir gefunden«, erklärte die Nonne in einem verwaschenen, aber verständlichen Deutsch.

Froh, jemanden zu haben, mit dem er reden konnte, fragte der Junker nach seinen Begleitern.

Die Nonne sah ihn erstaunt an. »Du bist krank am Straßenrand gefunden worden. Niemand war bei dir.«

»Aber das kann nicht sein. Meine Männer ...« Junker Bruno schüttelte verwirrt den Kopf.

Doch als er weitere Fragen stellen wollte, lächelte die Nonne nur und erklärte, sie müsse sich nun um ihre anderen Patienten kümmern.

Bruno von Reckendorf begriff gar nichts mehr. Als er gegen Mittag die Gelegenheit erhielt, noch einmal mit der Krankenpflegerin zu sprechen, bestätigte die Frau ihm, dass er nackt und ohne jeden Besitz von frommen Pilgern gefunden und zu ihrem Kloster gebracht worden war.

»Aber wo ist mein Geld?«, fragte er, da er sich vor der Pilgerfahrt gut damit versorgt hatte.

»Du hattest nichts bei dir. Anscheinend bist du unterwegs entkräftet zusammengesunken, und dann haben üble Gesellen dich um alles gebracht, was du bei dir trugst, einschließlich deiner gesamten Kleidung.«

»Das ist unmöglich!«, rief der Junker entsetzt. »Meine Waffenknechte hätten dies niemals zugelassen!«

Kaum hatte er die Worte ausgesprochen, begriff Reckendorf, dass nur seine eigenen Leute ihn um Kleidung, Pferd und Geld hatten bringen können.

Weshalb haben sie das getan?, fragte er sich. Zwar hatte er

sich in letzter Zeit mehrfach mit Bertschmann gestritten, doch das war kein Grund für einen solch üblen Verrat. Auch hätten sein Knappe und die Waffenknechte niemals mitgemacht.
Die Nonne sah ihn mitleidig an, vermochte aber nur ihre Worte zu wiederholen und trat dann an ein anderes Bett.
Reckendorf blieb in einem Zustand zurück, der ihn wünschen ließ, die Seuche hätte ihn dahingerafft. Er hatte Bertschmann und seine Männer gut behandelt und ihnen vertraut. Weshalb mussten sie ihn so im Stich lassen? Hatte vielleicht die Angst vor der Seuche sie zu Verrat und Raub getrieben? Doch selbst das war keine Entschuldigung, ihn hilflos und nackt am Straßenrand liegen zu lassen.
Als das erste Entsetzen nachließ, überlegte Bruno von Reckendorf, wie es weitergehen sollte. Zunächst schien es ihm am besten, zur nächsten Burg zu gehen und sich dort als deutscher Edelmann zu erkennen zu geben. Dann aber stellte er sich vor, was er zu einem zerlumpten, barfüßigen Fremden sagen würde, der nach Reckendorf kommen und behaupten würde, er wäre ein Baron aus dem Süden Frankreichs. Bei guter Laune würde er ihm etwas zu essen geben lassen und dann fortschicken. Mehr konnte auch er nicht erwarten, zumal er kein Wort der hier gebräuchlichen Sprache verstand.
Als die Nonne wieder zu ihm kam, fasste er nach deren Händen. »Was soll ich jetzt ohne Geld und Kleidung machen, ehrwürdige Mutter?«
»Der Herr wird für dich sorgen, mein Sohn. Gräme dich auch nicht wegen deines bloßen Leibes. Du darfst den Kittel, den du jetzt trägst, behalten. Für alles Weitere werden mitleidige Menschen sorgen.«
Für Reckendorf hieß das, er würde als Bettler durch das Land ziehen müssen. Zuerst schrie alles in ihm: »Niemals!«

Doch als er weiter darüber nachsann, begriff er, dass ihm nichts anderes übrigbleiben würde. Es war seine einzige Chance, jemals wieder nach Hause zu kommen.
Der Gedanke erschreckte ihn, und so war er erst nach einer ganzen Weile in der Lage, seine nächsten Schritte zu überdenken. Am meisten verlockte es ihn, sich umgesäumt auf den Heimweg zu machen, um sich zu Hause neu auszurüsten und den Weg nach Santiago de Compostela noch einmal in Angriff zu nehmen.
Damit aber würde er sich vor dem Fürstbischof bis auf die Knochen blamieren. Auch wusste er nicht, ob dieser ihm einen zweiten Versuch zubilligen würde. Fast noch mehr fürchtete er Hildegards Spott, denn die Jungfer würde ihn zu Recht für einen elenden Versager halten.
Er hatte etwa die Hälfte der Strecke bis zum Grab des Apostels Jakobus bewältigt. Kehrte er nun um, hatte er diesen Weg umsonst zurückgelegt. War es da nicht besser, weiterzugehen und darauf zu hoffen, jemandem zu begegnen, der ihn kannte und ihm helfen würde? Immerhin pilgerten viele hohe Herrschaften aus Deutschland zum Grab des heiligen Apostels. Dieser Gedanke gab schließlich den Ausschlag.
Als die Krankenpflegerinnen am nächsten Tag die Morgensuppe brachten, setzte Junker Bruno sich auf sein Bett und aß ohne Hilfe. Viel länger, sagte er sich, durfte er den frommen Frauen nicht zur Last fallen. Diese taten jetzt schon mehr für ihn, als es ihre Pflicht erforderte.
Sobald er wieder halbwegs auf den Beinen stehen konnte, machte er sich mit dem Segen der Schwestern, einem Beutel mit Brot, Oliven und hartem Käse sowie einer mit wässrigem Wein gefüllten Lederflasche auf den Weg. Als er das Kloster verließ und auf die Berge im Süden blickte, sagte er sich, dass nun ein langer, sehr harter Weg vor ihm lag. Er war jedoch wild entschlossen, diesen zu bewältigen und dem Fürstbi-

schof den Beweis zu überbringen, dass er in Santiago gewesen war. Unterwegs dachte er kurz an seine verschwundenen Gefolgsleute, fühlte aber zu seiner Überraschung weniger Hass auf sie als vielmehr die Erleichterung, jeder Verpflichtung Bertschmann gegenüber ledig zu sein.

15.

Im fernen Rom traten Falko, Hilbrecht und Michel von Ziegenhain in die Kammer, in die sie ihren Gefangenen gesperrt hatten. Nachdem der Kerl sie anfangs beschimpft und mit der Rache seiner Freunde gedroht hatte, war ihm in den zwei Tagen unfreiwilligen Fastens klargeworden, dass die Tedeschi nicht mit sich spaßen ließen. Doch mehr als seinen Namen – Renzo – hatte er bislang nicht verraten.

Hilbrecht blieb neben der Tür stehen und zog sein Schwert, um jeden Fluchtversuch des Mannes zu vereiteln, während Michel diesem einen Fußtritt versetzte.

»Steh gefälligst auf, wenn Ritter mit dir sprechen.«

»Ich will nicht mit euch sprechen!« Renzo gab sich immer noch verstockt, doch als Falko eine kleine Flasche unter seinem Wams hervorholte, sie öffnete und genüsslich trank, verzerrte sich sein Gesicht.

»Ihr wollt mich wohl verhungern und verdursten lassen?«

»Dann gäbe es einen Schurken weniger auf der Welt.« Falko lächelte dabei so böse, als schiene ihm das die beste Lösung zu sein.

»Das könnt ihr nicht machen. Meine Freunde …«

»Bis jetzt haben wir keinen von denen gesehen. Vielleicht sind sie gar nicht deine Freunde. Das könnte ich ihnen nicht verdenken. So einen wie dich würde ich auch nicht Freund nennen wollen«, stichelte Falko.

»Sie werden mich retten!«, stieß der Gefangene hervor.

»Nicht, wenn wir dir vorher …« Falko beendete den Satz nicht, machte aber eine Geste, als wollte er dem anderen die Kehle durchschneiden.

»Das dürft ihr nicht!« Diesmal konnte man die Angst, die den Schurken in ihren Klauen hielt, deutlich vernehmen.

»Wir lassen mit uns reden – vielleicht«, antwortete Falko. »Allerdings solltest du uns vorher sagen, was wir wissen wollen. Wir sind sehr neugierige Leute!«

»Aber ich weiß doch selbst nichts«, presste Renzo hervor.

»Ich glaube, wir vertun unsere Zeit mit dem Kerl!« Michel griff zum Schwert, brachte die Klinge aber nur halb aus der Scheide, da sank der Gefangene vor ihm auf die Knie.

»Gnade! Ich weiß wirklich nichts. Ich bin nur ein armer Mann, der von kleinen Handreichungen lebt.«

»Wie Leute überfallen, Kardinäle umbringen und so weiter!« Falko grinste und packte den Mann bei der Schulter. »Uns ist klar, was wir von dir zu halten haben. Wenn wir dich den päpstlichen Behörden übergeben, hast du Glück, wenn du gleich hingerichtet und nicht als Sklave auf die Galeeren verkauft wirst.«

»Frag ihn nach unserem Freund Gianni«, schlug Hilbrecht vor.

Falko zwang den Gefangenen, ihm in die Augen zu sehen. »Also, was ist?«

Seine Stimme hatte jeden Anflug von Freundlichkeit verloren. Renzo schluckte mehrmals und wollte den Kopf wegdrehen, um dem kalten Blick zu entkommen, doch Falko hielt ihn unbarmherzig fest.

»Rede!«

Für einen Augenblick sah es so aus, als wolle der Gefangene

weiterhin Widerstand leisten, dann aber presste er die Worte so rasch hervor, dass sie fast unverständlich waren. »Gianni ist der Anführer einer Bande von Bettlern, Dieben und Räubern. Wenn er erfährt, dass ich ihn verraten habe, wird er mich umbringen.«

»Sieh es richtig! Wenn du uns alles erzählst, was wir wissen wollen, bleibst du vorerst am Leben. In dieser Zeit kann sich einiges ereignen, das Gianni daran hindern mag, dir das Lebenslicht auszublasen.«

Renzo sog Falkos Worte förmlich in sich auf. Ihn erschreckte die berechnende Art des jungen Ritters, die sich so sehr von dem hitzigen Zorn seiner Landsleute unterschied.

»Ich werde reden, Signore. Doch Ihr müsst mir schwören, mich vor meinen ehemaligen Kumpanen zu beschützen.«

»Wie stellst du dir das vor?«, fragte Michel grimmig, doch da hob Falko die Hand.

»Lass es gut sein, Michi. Der Mann hat recht. Es wäre grausam von uns, ihn zu verhören und anschließend unseren Feinden auszuliefern.«

Renzo nickte mit neu erwachender Hoffnung. »Ihr seid ein wahrer Edelmann, Signore. Wenn Ihr erlaubt, diene ich Euch als Knecht. Ich kann sehr gut mit Pferden umgehen.«

»Und sie noch besser stehlen, was?« Michel war mit Falkos halbem Versprechen nicht einverstanden, sagte sich dann aber, dass es besser war, über ihre Feinde Bescheid zu wissen, als einen kleinen Lumpen an den Galgen zu bringen. Daher fasste er den Mann ins Auge und bleckte die Zähne. »Sprich endlich, aber rede nicht mehr so schnell. Wir wollen dich schließlich auch verstehen!«

Als Renzo nickte, stellte Falko die nächste Frage. »Was haben du und Gianni mit dem Junker von Ottmeringen zu tun?«

»Mit wem?«, fragte der Römer erstaunt.

»Der Kerl will uns doch nur eine lange Nase drehen«, brummte Michel.
Falko bremste ihn erneut. »Nein, er kennt Ottmeringen tatsächlich nicht oder, besser gesagt, nicht unter diesem Namen. Wir meinen diesen hünenhaften Deutschen mit dem kleinen Kopf, der bei den Überfällen auf Hilbrecht und dem auf uns beide mitgemacht hat.«
»Rodolfo, der Tedesco! Den hat Gianni vor einigen Wochen gebracht. Wusste nicht, dass der ein Edelmann sein soll. Er frisst wie ein Schwein, säuft wie ein Kamel und rammelt wie ein Ziegenbock. Kraft hat er allerdings und Mut auch. Als dieser Herr dort an der Tür ihm letztens ein paar Zähne eingetreten hat, hat er sie ausgespuckt und danach in unserer Schenke mehr Wein getrunken als jeder andere.«
»Er gehört also zu eurer Bande?«
Der Gefangene nickte. »*Si,* Signore.«
»Warum habt ihr Kardinal Foscarelli umgebracht?« Es war ein Schuss ins Blaue.
Renzo schlug das Kreuz und sah dabei aus, als stünde der Teufel vor ihm, um ihn in die Hölle zu schleppen. »Ich wusste nicht, dass er ein Kardinal war. Er trug nämlich andere Kleider. Erst hinterher habe ich es erfahren und zittere jetzt davor, von unserem Herrn Jesus Christus am Tag des Jüngsten Gerichts verworfen zu werden.«
Der Mann mag ein Gauner sein, aber er ist ein gläubiger Christ, dachte Falko. Vielleicht konnte aus ihm sogar noch ein ehrlicher Mann werden. Er war bereit, ihm diese Chance zu geben. Nun fragte er nach den Hintermännern der Bande, merkte aber rasch, dass Renzo nur sehr wenig über diese wusste.
»Meistens haben wir die Aufträge unter Giannis Kommando erledigt. Nur ein paarmal hat uns ein Signore dabei begleitet. Der hat auch den Kardinal erstochen.«

»Wie heißt dieser Mann?«, bohrte Falko weiter.
»Er hat seinen Namen nie genannt. Selbst für Gianni war er immer nur der Signore. Er ist aber auf alle Fälle ein Mann von Adel.«
»Das schränkt die Zahl der Verdächtigen schon einmal ein«, bemerkte Michel spöttisch.
»Wie sah er aus?«, setzte Falko das Verhör fort.
Renzo runzelte die Stirn. »Nun«, meinte er zögernd, »ich habe den Signore eigentlich immer nur des Nachts gesehen. Er ist etwas kleiner als Ihr und schlank, hatte aber immer eine Larve vors Gesicht gebunden. Gesprochen hat er nur mit Gianni, und zwar so, dass wir nichts mitbekommen konnten. Wenn er wirklich einmal ein lautes Wort gesagt hat, dann nur mit verstellter Stimme. Auf jeden Fall ist er ein gnadenloser Mann. Wüsste er, dass ich etwas über ihn erzähle, wäre ich selbst in einer bewachten Kammer meines Lebens nicht mehr sicher.«
»Dir wird schon nichts passieren«, versprach Falko. »Was weißt du über die Pläne dieses Mannes? Hat Gianni etwas erwähnt?«
»Nicht, dass ich wüsste. Allerdings …« Renzo verstummte einen Augenblick und sah dann zu Falko auf. »Gianni sagte einmal, dass ein sehr hoher Herr sterben müsse, wenn er nach Rom käme.«
Damit ist der König gemeint!, durchfuhr es Falko, und er sah seinen Freunden an, dass sie das Gleiche dachten. »Was weißt du darüber?«, fragte er erregt.
»Nicht mehr als das, was ich gesagt habe, Herr!« Renzo sah Falko so treuherzig an, dass dieser ihm glaubte.
»Wir werden die Augen offen halten müssen«, sagte er zu seinen Freunden und stellte die nächsten Fragen.
Renzo beantwortete diese, so gut er konnte, und so erfuhren Falko, Hilbrecht und Michi doch noch einiges. Auch wenn

ihr Gefangener den Namen dieses Signore nicht kannte, wusste er doch, dass der Edelmann ein Haus in der Nähe des Pantheons bewohnte und im Namen eines noch höher gestellten Herrn handelte. Auch der Vater des Mannes sollte diesem unbekannten Edelmann bereits in ähnlicher Weise gedient haben und es auch weiterhin tun.

Zufrieden beendete Falko das Verhör und klopfte Renzo auf die Schulter. »Ich werde dich in meine Dienste nehmen. Wage es aber nicht, mich zu betrügen oder gar zu verraten!«

Renzo kniete sich vor ihm hin und presste seine rechte Hand aufs Herz. »Ich werde Euch mit aller Kraft dienen, mein Herr!«

»Ich will es glauben!« Falko überlegte kurz und sah dann Frieder an. »Ich glaube, es ist nicht mehr nötig, Renzo einzusperren. Bring ihm Wasser, einen Krug Wein und etwas zu essen. Morgen weist du ihm eine Arbeit zu, damit er sich nützlich machen kann!«

»Es würde mich nicht wundern, wenn der Kerl heute Nacht klammheimlich verschwindet«, erklärte Ritter Michel missmutig.

Falko blieb stehen und sah ihn lächelnd an. »Das glaube ich nicht, und wenn doch, so wird er uns zu diesem geheimnisvollen Auftraggeber führen. Oder denkst du, ich lasse ihn so schnell aus den Augen?«

»Also werden wir nicht nur die Reichskleinodien, sondern auch noch diesen Kerl bewachen müssen! Dabei haben wir bereits genug zu tun.«

»Frieder und Hans werden sich um Renzo kümmern. Die beiden kennen sich in Rom wahrscheinlich besser aus als Hilbrecht und ich zusammen«, antwortete Falko lächelnd. »Fast wünschte ich, Renzo würde tatsächlich fliehen und uns zu seinen Hintermännern führen. Etwas sagt mir jedoch, dass er das nicht tun wird. Im Grunde ist er ein armer

Teufel, der zeit seines Lebens zusehen musste, wo er die nächste Mahlzeit herkriegt. So rasch wird er die Futterkrippe, an der er steht, nicht verlassen, zumal er sich vor seinen ehemaligen Freunden fürchtet. Wir müssen nun herausfinden, welcher Edelmann in der Nähe des Pantheons wohnt und einen Sohn hat, auf den Renzos Beschreibung zutreffen könnte. Wenn wir das wissen, werden wir diesen Schurken entlarven!«

»Das wird sich zeigen«, antwortete Michel, dem die Sorge um den König und die Reichskleinodien schier den Schlaf raubte.

Hilbrecht hingegen war Feuer und Flamme für Falkos Plan und erbot sich, am nächsten Tag nach Trastevere zu Pater Luciano zu reiten. »Vielleicht kann er uns sagen, wer dieser Edelmann ist«, setzte er mit blitzenden Augen hinzu.

Zwar wusste Falko, dass sein Freund vor allem Mariangela wiedersehen wollte. Dennoch erschien es auch ihm besser, erst einmal den Pater von Santa Maria in Trastevere zu fragen. Jeder andere würde die entsprechenden Personen möglicherweise warnen, und das wollte er vermeiden.

16.

Wenig später saß Falko mit Michel, Giso und Ritter Oskar zusammen in einem kleinen, abgelegenen Raum, während Hilbrecht mit den Nürnberger Stadtknechten die Reichskleinodien bewachte.

Nach einer Weile ergriff Michel das Wort. »Ihr seid länger in der Stadt und könnt mir vielleicht sagen, wie ein Anschlag auf Seine Majestät durchgeführt werden könnte.«

»Das kann zu allen Zeiten und Orten geschehen«, antwortete Falko. »Allerdings würde ich weder versuchen, in Herrn Friedrichs Schlafgemach einzudringen, noch, ihn in Sankt Peter anzugreifen. Da sind zu viele Leibwachen um ihn herum.«

»Und wann würdest du es tun?«, fragte Michel weiter.

Falko runzelte die Stirn. »Beim Einzug des Königs in die Stadt, wenn die Straßen voller Menschen sind! Dort wäre ich mit zwei Schritten beim König, könnte ihn niederstechen und mich dann zwischen den Leuten in Sicherheit bringen. Würden Friedrichs Leibwachen mir folgen wollen, käme es zu einer Straßenschlacht, denn wir Deutschen sind hier nicht gerade beliebt.«

»Also müssen wir auf diesen Wegen besonders aufpassen«, schloss Michel aus seinen Worten.

»Ja! Das gilt auch für Friedrichs Ritt zur Krönung und natürlich dann, wenn er die Stadt wieder verlässt.«

Oskar von Frammenberg nickte zustimmend. »Unser Freund hat recht! Die Wege durch die Stadt bieten die günstigsten Gelegenheiten für einen Meuchelmord. Wenigstens kennen wir mit Gianni den Anführer dieser Bande.«

»Unteranführer«, wandte Falko ein. »Der Anführer selbst ist ein hoher Herr, der sich die Hände gewiss nicht selbst schmutzig machen wird. Gefährlicher erscheint mir der Mann, der Kardinal Foscarelli umgebracht hat. Der wird auch vor einem Mordanschlag auf König Friedrich nicht zurückschrecken.«

»Der geheimnisvolle Signore aus der Umgebung des Pantheons? Ich hoffe, Hilbrecht kann bei seinem Besuch in Trastevere etwas über ihn erfahren«, erklärte Giso, der sich weder von seinem Bruder noch von Falko das Heft aus der Hand nehmen lassen wollte.

»Ich würde Hilbrecht gerne begleiten, aber ich bin zur Wache bei den Reichskleinodien eingeteilt«, antwortete Falko. »Aber vielleicht kann Ritter Michel …«

»Nenne mich Michi wie in alter Zeit«, wies dieser ihn zurecht. »Außerdem kann ich nicht mit, denn ich habe morgen eine Audienz beim Camerlengo Seiner Heiligkeit. Es gilt, den Besuch des Königs vorzubereiten.«

»Dann soll Ritter Oskar Hilbrecht begleiten. Ich will ihn ungern allein reiten lassen. Wir haben die Handlanger unserer Feinde bereits zwei Mal verprügelt, und es könnte sein, dass sie sich revanchieren möchten.«

»Das wollen wir nicht hoffen! Aber zwei deutsche Ritter werden doch mit einem halben Dutzend solcher Kerle fertig werden«, wandte Michi ein.

»Ich fürchte eher, dass sie es mit einem ganzen Dutzend versuchen werden, und das sind selbst für zwei wackere Männer zu viel!« Falko dachte an Gianni, der sich ihnen auf plumpe Weise hatte aufdrängen wollen, und vor allem an jenen Mann im Hintergrund, dessen Dolch selbst vor einem Gesalbten des Herrn nicht haltmachte.

»Ich werde froh sein, wenn der Kaiser hier war und Rom wieder verlassen hat«, sagte er leise, denn ihm war ebenso wie seinen Freunden bewusst, dass die nächsten drei Monate die härteste Zeit ihres Lebens werden würde.

Dann musste er daran denken, dass die Angelegenheiten Friedrichs III. ihn davon abhielten, nach Francesca zu suchen. Aber sie war ein kluges Mädchen und würde verstehen, dass seine Pflicht dem König gegenüber an erster Stelle stand.

ACHTER TEIL

Der König

1.

Dario d'Specchi betrachtete seinen Sohn mit einem Gefühl ohnmächtiger Wut. Zwar waren Cirios Verletzungen im Lauf der Monate verheilt, aber sie hatten Spuren hinterlassen, die ihn für den Rest seines Lebens entstellten. Die rechte Gesichtshälfte war eingedrückt, die Nase ragte nach links, und das rechte Auge wirkte wie eine rote Murmel.

»Du solltest eine Augenklappe tragen«, riet d'Specchi schaudernd seinem Sohn.

»Es müsste schon eine Maske sein, die nur eine Öffnung für das linke Auge lässt!« Cirio d'Specchi klang bitter, denn bis zu jenem verhängnisvollen Tag in den Katakomben hatte er als ausnehmend hübscher junger Mann gegolten. Nun aber würden sich die Damen mit Grausen von ihm abwenden. Dazu kam der stechende Schmerz in den nach Angabe des Arztes zertrümmerten und wirr zusammengewachsenen Knochen, den er jedes Mal empfand, wenn die Regenwolken vom Tyrrhenischen Meer kommend ihre Wassermassen über Rom ergossen.

Cirio bedrückte jedoch nicht nur sein Aussehen. »Habt Ihr endlich herausbringen können, wer mich damals niedergeschlagen hat, Herr Vater? Ich werde es dem Kerl und seinen Kumpanen mit Zins und Zinseszins zurückzahlen.«

»Bedauerlicherweise nein! Selbst der senile Mönch, der die Katakomben bewacht, will nichts gesehen haben. Fast scheint es, als sei unser Feind wie ein Geist aus dem Nichts aufgetaucht und wieder verschwunden.«

»Ich muss wissen, wer es war!«, fuhr Cirio auf.

»Glaubst du etwa, ich nicht?« Der ältere d'Specchi knirschte mit den Zähnen. Seit Monaten forschte er nach dem Mann, dem sein Sohn diese Wunde zu verdanken hatte, und hatte darüber beinahe seine eigenen Pläne vergessen.

Nun besann er sich wieder darauf. »Nur gut, dass die Französin, die de Promont dir versprochen hat, sich nicht weigern kann, die Ehe mit dir einzugehen.«

»Vorher aber muss der Steiermärker sterben!« Dies war der Haken an der Sache, dessen war Cirio sich bewusst. Wie zu erfahren gewesen war, wurde der deutsche König auf dieser Reise gut bewacht.

»Wann wird Friedrich in Rom auftauchen?«, fragte er seinen Vater.

»Unseren Informanten nach hat er Bologna bereits verlassen und dürfte nun in Florenz weilen. Welch ein armseliger Monarch! Sein Gefolge ist winzig, und außer seinem Bruder Albrecht und seinem Neffen Ladislaus begleitet ihn kein einziger hoher Edelmann. Dazu kann er nicht einmal die Geschenke seiner Gastgeber erwidern. Es heißt sogar, er brächte sein Reisegeld nur auf, indem er Titel und Würden verkauft!«

Während Dario d'Specchi lachen musste, wanderten die Gedanken seines Sohnes in eine andere Richtung. »Vielleicht haben wir uns dem falschen Ziel verschrieben. Wenn die Informationen unserer Freunde zutreffen, würde Friedrich von der Steiermark uns für eine Handvoll Dukaten zu Freiherren oder Grafen machen. Damit wären wir weder auf diese hochnäsigen Orsinis noch auf de Promont angewiesen, um höher aufzusteigen.«

»Wir sind Guelfen und keine Speichellecker eines germanischen Wilden!«, wies ihn sein Vater zurecht.

»Die Orsinis sind Guelfen. Wir selbst sind nur kleine Edelleute, die für die Brosamen dankbar sein dürfen, die uns die

wirklich hohen Herren von ihrem Tisch zukommen lassen.«
Sein Vater machte eine wegwerfende Handbewegung. »Um die Seiten zu wechseln, ist es längst zu spät. Der Herzog von Gravina kann sich das erlauben, denn er ist ein mächtiger Herr. Uns aber würde es das Genick brechen.«
»Wahrscheinlich! Wenn ich daran denke, dass der Papst aus Angst vor diesem lächerlichen König die Mauern von Rom hat erneuern und Söldner anwerben lassen! Dabei ist der Steiermärker nicht einmal in der Lage, die Wirte zu bezahlen, die ihn unterwegs beherbergen.«
Cirio d'Specchi brach in ein bellendes Gelächter aus, verstummte aber rasch wieder und sah seinen Vater fragend an.
»Was sollen wir tun?«
»Wir werden Friedrich III. töten. Gelingt es uns, wird Karl von Frankreich uns zu Vizegrafen ernennen, und du erhältst eine reiche Erbin zum Weib«, antwortete sein Vater.
»Und wenn es uns nicht gelingt?«
»Heiratest du Francesca Orsini und drängst darauf, dass deren Verwandte uns einen Titel besorgen.« Dario d'Specchi war bereit, ein gewisses Risiko einzugehen, wollte aber auch keinen der Fäden loslassen, die er im Augenblick in der Hand hielt. Daher klopfte er seinem Sohn auf die Schulter und sagte sich, dass sie beide zu den Gewinnern zählen würden, ganz gleich, in welche Richtung sich die Sache entwickelte.

2.

Beide d'Specchis ahnten nicht, dass ihr Gespräch von Darios Ehefrau belauscht worden war. Isotta war nicht neugierig, sondern höchst besorgt und wollte daher wissen, was ihr Mann und dessen Sohn sich zu sagen hatten. Der geplante Mord an König Friedrich erschreckte sie nicht weniger als die Kaltschnäuzigkeit, mit der die beiden zu Werke gingen. Aber es wunderte sie nicht, denn sie traute ihrem Mann und ihrem Stiefsohn schon lange alles Schlechte zu. Nun überlegte sie, ob sie beichten sollte, was sie erfahren hatte. Erschrocken schlug sie das Kreuz. Der Priester war ein guter Freund ihres Mannes, vielleicht sogar sein Verbündeter, und würde sie, ohne mit der Wimper zu zucken, an Dario verraten. Zudem gab es einen weiteren gewichtigen Grund, der sie all die Jahre zum Schweigen verurteilt hatte.

Tränen traten ihr in die Augen, als sie an das Mädchen dachte, das in einer Taverne in Trastevere aufwachsen musste, obwohl sie sehr viel mehr Recht darauf hatte, in diesem Hause zu leben, als der Bastard ihres Mannes.

Marioza hatte sie heimlich wissen lassen, dass ein deutscher Edelmann an Mariangela Interesse gefunden hatte. Auch wenn es sie schmerzte, daran zu denken, dass ihre Tochter nur die Mätresse und niemals sein Eheweib werden konnte, wünschte sie sich, der Ritter würde Mariangela mitnehmen und das Mädchen damit aus der Reichweite ihres Mannes bringen. Mariangelas Leben, das hatte Dario d'Specchi ihr angedroht, würde er in dem Augenblick auslöschen, in dem sie sich gegen ihn und seine Pläne stellte.

»Ich muss mit Marioza reden«, flüsterte sie und schlug sich erschrocken auf den Mund.

Wenn ihr Mann sie gehört hatte, ging es ihr schlecht. Zitternd presste sie sich gegen die Wand und atmete erst auf, als keiner der Männer die Tür öffnete. Sie durfte sich nicht beim Lauschen erwischen lassen, denn die beiden würden ihr das Genick brechen und dann so tun, als wäre sie die Treppe hinabgestürzt. Doch wenn sie starb, würden auch Marioza, Gaspare und vor allem Mariangela nicht mehr lange zu leben haben.

3.

Falko war froh um den warmen Wein, den Margarete ihm reichte. »Danke«, sagte er. »Es ist kalt und regnet so heftig, als wolle der Herrgott alle Wasser der Welt über Rom ausgießen. Ist Ritter Michel schon zurück?«
»Nein, der befindet sich noch im Vatikan. Es gibt Probleme wegen der Unterbringung des königlichen Gefolges.«
»Davon habe ich gehört. Die Herren in Rom stellen sich so an, als käme Friedrich mit einem großen Heer«, antwortete Falko ungehalten. »Dabei sind es nur ein paar hundert Mann. Aber selbst die sollen, wenn es nach den Römern geht, draußen vor der Stadt lagern. Langsam habe ich von diesem elenden Ort die Nase voll. Alle tun so, als wäre dieser Haufen Ruinen etwas Besonderes und wir Wilde, die eben gelernt haben, sich wie Menschen zu bewegen.«
Margarete konnte Falkos Unmut verstehen. Ähnliche Klagen hatte sie auch schon von Hilbrecht, Ritter Oskar, Giso und dessen Bruder vernommen. »Ich bin ebenfalls froh, wenn wir die Stadt verlassen können, auch wenn mein Bru-

der mir in der Heimat wahrscheinlich schon einen Bräutigam ausgesucht hat. Da es das Schicksal eines Weibes ist, verheiratet zu werden, wenn es sich nicht hinter Klostermauern verstecken will, bleibt es sich jedoch gleich, ob er es heute tut oder in einem Jahr.«

»Ich wünsche dir, dass du einen Mann bekommst, der dich achtet und gewiss nicht schlägt!« Vor zwei Monaten hätte Falko sich eher die Zunge abgebissen, als so etwas zu sagen. Doch irgendwann hatten Margarete und er gemerkt, dass es ihnen nichts brachte, wenn sie mit den Köpfen aneinanderstießen wie junge Widder. Immerhin standen sie beide auf der gleichen Seite.

»Sobald der König wieder weg ist, werde ich heimreisen. Ich muss vorher nur noch eine Sache erledigen. Wenn du so lange warten willst, kannst du dich meinem Reisezug anschließen.«

»Danke! Ich werde es mir überlegen. Unter Eurem Schutz kam ich mir auf dem Herweg geborgen vor.«

Margarete war Falko für das Angebot dankbar, spürte dann aber wieder den Spottteufel in sich, den sie entschwunden glaubte. »Ihr wollt wohl nach Eurer Römerin suchen, die Euch vor ein paar Monaten den einen oder anderen angenehmen Augenblick bereitet hat?«

Als Margarete Falkos zornig werdende Miene sah, bedauerte sie ihre Worte. »Es … es tut mir leid!«

Falko hatte bereits mit einer harschen Bemerkung antworten wollen, wurde aber durch ihre Entschuldigung entwaffnet. »Schon gut!«, meinte er brummig. »Du hast ja recht. Ich will tatsächlich Francesca suchen und sie mit nach Franken nehmen.«

Jetzt erst merkte Falko, dass er Margarete die ganze Zeit bereits duzte, und senkte den Kopf. »Verzeiht, wenn ich Euch gekränkt haben sollte, doch Eure Tante hat mich aufgefordert, sie wie eine Verwandte zu behandeln. Unwillkürlich habe ich das jetzt auch bei Euch getan.«

Überrascht und ein wenig nachdenklich wiegte Margarete den Kopf. »Ich habe nichts dagegen, wenn Ihr mich duzt. Nur würde ich dann das Gleiche mit Euch tun wollen, um nicht wie eine Magd zu erscheinen.«

»Ihr und eine Magd! Dafür würde Euch – oder besser dich – niemand halten.«

Da Falko aufrichtig klang, sah Margarete ihn verwundert an. Bisher hatte er sie als Frau ignoriert. Stach ihn nun der Hafer, weil er schon längere Zeit auf seine beiden Beischläferinnen hatte verzichten müssen? Wenn das der Fall war, würde sie ihm unmissverständlich klarmachen, dass sie nicht auf sein glattes Gesicht und seinen treuen Blick hereinfallen würde.

»Nun, ich kleide mich auch nicht wie eine Magd«, sagte sie und versuchte dann, das Gespräch in eine andere Richtung zu lenken. »Es ist bedauerlich, dass Pater Luciano uns nicht helfen konnte, Kardinal Foscarellis Mörder zu finden.«

Falko zog die Stirn kraus. Wie es aussah, blieben Geheimnisse nicht lange welche, wenn Margarete in der Nähe war. Dabei war ihm wieder einmal nicht aufgefallen, dass sie ihn und seine Freunde belauscht hatte.

»In der Umgebung des Pantheons leben viele Schreiber und Notare, die zum niedrigen Adel zählen, und die meisten davon haben Söhne, auf die Renzos vage Beschreibung zutrifft.«

»Was wirst du jetzt tun?«, fragte Margarete.

»Wir warten auf den König und halten dann Ohren und Augen offen.«

»Ich hoffe, das reicht! Aber du wirst auch auf den Prinzen Ladislaus achtgeben müssen. Es mag sein, dass die Österreicher, die du vor einiger Zeit belauschen konntest, seinetwegen gekommen sind.«

Margarete genoss es, Falko zu beweisen, wie viel sie wusste. So leise und versteckt, wie er und seine Freunde glaubten, waren sie bei ihren Beratungen nicht gewesen. Sie und ihre Tante hatten immer wieder dafür sorgen müssen, dass niemand sonst die Männer belauschte.

Und so etwas will das überlegene Geschlecht sein, dachte sie spöttisch. Dabei können sie nicht einmal über die Nasenspitze hinaus denken. In ihren Gedanken verstrickt, hätte sie beinahe Falkos Frage überhört.

»Was ist mit dem Prinzen?«

»Sowohl die böhmischen Stände wie auch die Magnaten von Ungarn fordern, dass der Knabe ihnen übergeben wird. Sie erkennen König Friedrich nicht als dessen Vormund an. Daher wäre es möglich, dass man ihn entführen will. Wo ginge das besser als in dieser Stadt, in der Friedrich und seine Männer unbeliebte Fremde sind?«

Margaretes Worte hörten sich so schlüssig an, dass Falko sich fragte, wo er, Giso und die anderen ihren Verstand gelassen hatten. Bis jetzt war in ihren Überlegungen nur von einem Mordanschlag auf den König die Rede gewesen. An eine Entführung des böhmisch-ungarischen Thronfolgers hatte keiner von ihnen gedacht.

»Danke für den Rat. Aber wie bist du darauf gekommen?«, fragte er sie.

»Glaubst du, wir Frauen hätten keinen Kopf zum Denken? Ihr Männer habt bei Tisch immer wieder erwähnt, dass der Prinz sich im Gefolge des Königs befindet. Zudem hat Ritter Michel erzählt, wie schwer Herr Friedrich in seinen Stammlanden kämpfen muss. Da liegt es doch auf der Hand, dass Ladislaus' Anhänger ihn hier in Rom aus dem Gewahrsam des Königs entführen und mit ihm flüchten könnten.«

In Falkos Ohren klang es so, als wolle Margarete ihm beweisen, dass ihr Verstand dem seinen überlegen sei. Gerade weil sie in diesem Fall recht hatte, ärgerte es ihn, und er nahm sich vor, mit Michel und den anderen über Prinz Ladislaus zu sprechen. Nun aber reichte er Margarete den leeren Becher zurück und bat sie, ihm noch einmal Würzwein zu besorgen.
»Wie war das mit der Magd?«, fragte sie ungehalten und rief dann nach Renzo, der den Campo Santo Teutonico seit seiner Gefangennahme nicht mehr verlassen hatte und von ihr und ihrer Tante zu all den kleinen Arbeiten gerufen wurde, die sie selbst nicht erledigen konnten oder wollten.

4.

Falko traf seine Freunde erst beim Abendessen wieder. Nur Oskar von Frammenberg fehlte, weil er die Reichskleinodien zu beaufsichtigen hatte. Diese befanden sich inzwischen an einem sicheren Ort im Vatikan, doch Nikolaus Muffel bestand darauf, dass neben den Waffenknechten auch einer der Ritter die Kammer bewachte. Diese Pflicht wurde Falko und seinen Freunden zunehmend lästig, denn sie hätten viel lieber weiter die Gegend um das Pantheon durchsucht.
Nachdem die Freunde eine Zeitlang stumm gegessen hatten, musterte Michel Falko. »Was ist los? Ich sehe dir doch an, dass dich etwas bedrückt.«
»Es geht um Prinz Ladislaus. Margarete befürchtet, er könnte hier in Rom von Ulrich von Eitzings Leuten ent-

führt werden, vielleicht aber auch von den Böhmen oder Ungarn.«

Im ersten Augenblick wollte Michel abwinken, dann aber wurde seine Miene ernst. »Das Mädchen könnte recht haben. Nur wie kommt sie darauf?«

»Weil sie Augen und Ohren offen hält«, klang da Frau Edelgundes Stimme auf. Sie hatte auf einem Schemel draußen neben der Tür gesessen, damit kein Unbefugter in die Nähe kommen und mithören konnte. Jetzt walzte sie herein und sah die vier Männer kopfschüttelnd an.

»Ihr solltet besser achtgeben, meine Herren! Auf dem Gang treiben sich immer wieder Leute herum, die für unsere Feinde spionieren könnten. Wenn Margarete und ich nicht regelmäßig dort Wache halten würden, wüsste bald ganz Rom, was ihr miteinander besprecht.«

»Beim Teufel, das ist …«, rief Michel und wurde sofort von Edelgunde unterbrochen.

»… eine sehr schlechte Sache! Oder glaubt ihr, eure Feinde hätten keine Spione im Campo Santo Teutonico?«

»Es würde mich wundern, wenn es anders wäre«, stimmte Falko ihr zu.

»Daher solltet ihr euch besser vorsehen«, erklärte die Frau und zog mit zufriedener Miene ab.

»Weiber!«, stöhnte Giso, aber erst, nachdem sie es nicht mehr hören konnte.

»Wenigstens hat sie uns gewarnt! Wir sollten in Zukunft tatsächlich vorsichtiger sein.« Falko trat an die Tür und öffnete sie. Direkt davor war niemand zu sehen. Weiter vorne aber entdeckte er Margarete, die auf einem Schemel saß und eines ihrer Kleider ausbesserte. Sie hob den Kopf und blickte spöttisch lächelnd zu ihm her.

Tief durchatmend schloss Falko wieder die Tür und wandte sich an seine Freunde. »Wir können froh sein, dass die Damen auf uns aufpassen. Ohne sie würden wir uns im Netz unserer Feinde verfangen.«

»Jetzt übertreib mal nicht!« Giso machte eine abwehrende Handbewegung und fragte anschließend seinen Bruder, was in den nächsten Tagen zu tun wäre.

»Wir müssen den Weg abgehen, den der König nehmen wird, samt allen Seitengassen und den Plätzen in der Umgebung. Wenn jemand es wirklich wagen sollte, den König zu bedrohen, müssen wir in der Lage sein, den Kerl quer durch die halbe Stadt zu verfolgen.«

»Das machen wir beide!« Falko deutete auf Hilbrecht und sah diesen nicken.

»Aber nicht allein«, schränkte Michi ein. »Ritter Oskar und ich werden uns ebenfalls umsehen. Auch Giso sollte es tun. Als Geistlicher kommt er leichter durch die Menge als wir Bewaffneten.«

Falko stützte die Hände auf den Tisch. »Daher sollten wir nicht als deutsche Ritter zu erkennen sein, zumal Schwerter bei einem Kampf zwischen dicht stehenden Leuten keine geeigneten Waffen sind. Wir werden uns wie Einheimische kleiden und ein paar scharfe Dolche einstecken!«

Hilbrecht stimmte ihm sofort zu, und auch Michi gab nach kurzer Überlegung sein Einverständnis. »Das sollten du und Hilbrecht machen. Ritter Oskar und ich aber werden uns nicht verkleiden. Unsere Feinde erwarten, deutsche Ritter zu sehen, und da wollen wir sie nicht enttäuschen. Außerdem ziehen wir die Augen auf uns, und das kann euch zum Vorteil gereichen.«

»Damit ist alles gesagt!« Falko stand auf und nickte seinen Freunden zu. »Wenn ihr nichts dagegen habt, reite ich zum Pantheon und sehe mich dort noch einmal um.«

»Willst du eine Nadel im Heuhaufen suchen?«, fragte Michel spöttisch. »Aber mach es ruhig. Vielleicht lockst du damit unsere Feinde aus ihrem Bau. Lass dich nicht abstechen!«

»Ich werde mich hüten!« Falko stand geschmeidig auf und zog seine Kleidung straff. »Bis bald.«

Mit diesem Gruß verließ er den Raum und schritt draußen an Margarete vorbei, ohne sie zu beachten. Seine Gedanken beschäftigten sich weniger mit ihren gemeinsamen Feinden als mit Elisabeth und Francesca. Von Pater Luciano wusste er, dass die junge Äbtissin in einem kleinen Kloster in den Bergen Unterschlupf gefunden hatte und von vertrauenswürdigen Nonnen betreut ihrer Niederkunft entgegensah. Er hatte ihr sogar einen Brief geschrieben, aber gleichzeitig von dem Pater erfahren, dass er Elisabeth nie mehr wiedersehen durfte, um sie und auch sich selbst nicht noch einmal in Sünde zu stürzen. Dieser Verzicht schmerzte ihn zutiefst, doch um ihrer beider Seelenheil willen war er dazu bereit.

Anders stand es mit Francesca. Obwohl er deren Vater gelegentlich aufsuchte, hatte er nicht in Erfahrung bringen können, an welchen Ort der Conte seine Tochter hatte bringen lassen. Doch sobald König Friedrich zum Kaiser gekrönt war und Rom wieder verlassen hatte, würde er sich auf die Suche nach seiner Geliebten machen.

Mit einem Mal kam ihm Margarete in den Sinn. Diese wies weder den Liebreiz Elisabeths noch Francescas sinnbetörende Schönheit auf, war aber auf ihre Weise ebenfalls sehr hübsch. Außerdem hatte sie sich als kluges Mädchen erwiesen und wies alle hausfraulichen Tugenden auf, die ein Mann sich wünschen konnte. Bei diesem Gedanken lachte Falko über sich selbst. Wenn er jetzt schon dieses stachelige Mädchen begehrenswert fand, wurde es wohl Zeit, zu einer Hure zu gehen.

5.

Der Ausflug in das Viertel um das Pantheon brachte kein Ergebnis, außer, dass Falko von dem gewaltigen Rundbau mit seinen wuchtigen Säulen wie erschlagen war. Als es Nacht wurde, kehrte er mit leeren Händen ins Campo Santo Teutonico zurück. Da seine Freunde unterwegs waren, tröstete er sich mit dem Mahl, das Edelgunde ihm auftischte und das nach Heimat schmeckte.

»Das Essen war eigentlich für meinen Oskar gedacht, aber der ist mit Hilbrecht nach Trastevere geritten und wird dort speisen«, erklärte sie und wies Mia, ihre Magd, an, auch für sie einen Teller zu füllen.

Margarete hatte ebenfalls Appetit auf den schlichten Eintopf und setzte sich zu ihnen.

»Wenn es dich interessiert, Falko: Der König hat Florenz erreicht«, berichtete sie zwischen zwei Löffeln Suppe.

»Florenz also! Dann wird er auch bald in Rom einziehen.« Erleichtert dachte Falko daran, dass es nicht mehr lange dauern konnte, bis er endlich nach Francesca suchen und mit ihr in die Heimat zurückkehren konnte.

»Die Italiener spotten über Friedrich und nennen ihn einen argen Geizhals. Doch was soll er geben, wenn er nichts hat?«, warf Edelgunde missmutig ein. Auch sie sehnte sich in die Heimat zurück, hatte ihren Mann aber zum Bleiben überredet, um wenigstens ein Mal im Leben den König zu sehen.

Falko kannte König Friedrich nur aus den Erzählungen seiner Schwester Trudi und deren Ehemanns Peter von Eichenloh sowie durch die Berichte seines Freundes Michel von Ziegenhain. Von großen Reichtümern war nie die Rede gewesen, dafür oft von Ärger mit Nachbarn und den Stän-

den in den Erbreichen des Prinzen Ladislaus. Nun, da der König auf dem Weg nach Rom war und sich zum Kaiser krönen lassen wollte, herrschte in Österreich offener Aufruhr.
Nachdenklich schüttelte er den Kopf. »Ich weiß nicht, ob es so erstrebenswert für Friedrich III. ist, sich vom Papst eine Krone aufs Haupt setzen zu lassen, die dieser ihm im Grunde gar nicht gönnt!«
Margarete stimmte ihm zu. »Was hat Friedrich davon, wenn er sich römischer Kaiser nennen kann? Als deutscher König hat er nicht weniger Macht!«
»Als König können ihn die Kurfürsten absetzen, als Kaiser jedoch nicht«, wandte Edelgunde ein.
»Das stimmt leider. Die Kurfürsten sehen sich als große Herren und nehmen sich das Recht heraus, uns kleine Reichsritter ihrer Herrschaft zu unterwerfen. An dieser Stelle müsste der König einschreiten und die reichsfreien Ritter und Städte schützen. Doch Friedrich weiß nicht einmal seine eigenen Erblande zu bewahren«, sagte Falko erregt.
Seine Miene wurde düster, denn in den gut zehn Jahren, die Friedrich bereits deutscher König war, hatte dieser kaum seine Position behaupten, geschweige denn etwas für die von stärkeren Nachbarn bedrohten kleinen Reichsherrschaften tun können.
»Wenn er erst Kaiser ist, wird alles besser«, prophezeite Edelgunde und wies Mia an, Falkos Schüssel noch einmal zu füllen. »Hol uns Wein, damit das Essen besser rutscht«, befahl sie ihr noch und lenkte das Gespräch auf ein weniger gewichtiges Thema.
Da Edelgunde und Margarete die Unterhaltung nun fast alleine bestritten, wanderten Falkos Gedanken nach Kibitzstein, und er fragte sich, was seine Mutter zu einer Schwie-

gertochter wie Francesca sagen würde. Leicht würde es für beide nicht werden, doch er hoffte auf ihre Einsicht und auf beider Liebe zu ihm.

»Musst du nicht in den Vatikan und Ritter Michel ablösen?«, fragte Margarete ihn mit einem Mal.

Falko zuckte erschrocken zusammen. »Das habe ich ganz vergessen. Entschuldigt mich!« Er stand so schnell auf, dass sein Hocker umkippte, und hastete in die Kammer, die er nun mit Michel teilte. Kurz darauf kam er gestiefelt und gespornt zurück und brüllte bereits auf dem Flur nach seinem Knappen, der ihn die paar Schritte zum Vatikan begleiten sollte.

Margarete sah ihm lachend nach. »Junker Falko würde wohl noch seinen Kopf vergessen, wenn der nicht angewachsen wäre.«

»Gehst du nicht ein wenig hart mit ihm ins Gericht?«, fragte ihre Tante. »Im Gegensatz zu etlichen deutschen Edelleuten, die hier im Campo oder anderswo in Rom Unterkunft gefunden haben, ist er stets höflich und hilfsbereit. Erinnerst du dich, wie er vor zwei Tagen diesen Sachsen zurechtgewiesen hat, der beinahe ein kleines Mädchen über den Haufen geritten hätte? Ich dachte, es würde mitten auf der Straße zum Zweikampf zwischen den beiden kommen. Aber der Sachse hat dann doch gekniffen.«

»Ein paar gute Seiten will ich ihm zugestehen, doch die wiegen die Last seiner Sünden niemals auf«, antwortete Margarete kratzbürstig. »Oder kennst du einen anderen Mann, der sowohl mit einer Braut des Herrn wie auch mit einer adeligen Jungfrau Unzucht treibt?«

»Bist du etwa eifersüchtig?«, fragte Edelgunde spöttisch.

Margarete kniff die Lippen zusammen und schüttelte den Kopf. Aber ihre Tante sah deutlich, wie sie errötete.

6.

Auch in der Casa d'Specchi wurde in diesen Tagen viel über die Reise König Friedrichs gesprochen. Sowohl dem Vater wie auch dem Sohn war bewusst, wie gefährlich ein Anschlag auf den kommenden römischen Kaiser sein würde. Doch keiner von ihnen war bereit, dieses Vorhaben aufzugeben. An diesem Abend berieten sie sich mit Gianni, dessen Bande eine wichtige Rolle in ihren Plänen zukam. Das war dem Anführer des Straßenpacks wohl bewusst, und er versuchte, den Preis für seine Hilfe so hoch wie möglich zu treiben: »Meine Leute sind ehrliche Banditen, die einen Trottel, der sich in der Nacht allein durch die Stadt traut, niederschlagen und seiner Börse berauben können – oder ein Haus ausräumen, wenn es nötig ist. Sie stechen auch das eine oder andere Mal mit dem Messer zu, aber das, was Ihr plant, Signore Dario, geht über deren Verständnis hinaus. Einen König am helllichten Tag inmitten seiner Wachen anzugreifen – das macht keiner von ihnen.«

»Sind deine Leute Feiglinge geworden?«, fragte Cirio d'Specchi verärgert. »Es muss nur einer nahe genug an diesen Deutschen herankommen und einen sauberen Messerstich anbringen. Danach verschwindet er in der Menge und ward nie mehr gesehen.«

»Eher wird er von den Leibwächtern des Königs in Stücke gehackt«, gab Gianni zurück.

»Nicht, wenn er schnell und geschickt ist!«

Gianni sah Cirio d'Specchi an und bemühte sich um eine unbeteiligte Miene. Ihn erschreckte das Aussehen des jungen Mannes, der einmal als einer der hübschesten Jünglinge Roms gegolten hatte. Davon war nichts übrig geblieben. Der flammende Blick des linken Auges zeigte jedoch, dass

Cirio nichts von seiner Leidenschaft verloren hatte und womöglich noch gefährlicher geworden war als früher.
»Warum macht Ihr es nicht selbst?«, fragte Gianni. »Meine Männer mischen sich derweil unter die Menge, und wenn die Deutschen ihre Schwerter ziehen, fliegen ihnen die Steine um die Ohren.
»Glaubst du, ich habe Angst?« Cirio d'Specchis Stimme trieb Gianni eine Gänsehaut über den Rücken.
Der Mann ist verrückt, fuhr es ihm durch den Kopf. Er selbst war ein kleiner Gauner, der gelegentlich einen Mordauftrag erledigte, sonst aber von Diebstählen lebte und davon, Schutzgeld von Wirten und Handwerkern zu erpressen. Der junge d'Specchi jedoch genoss es zu töten – und ein König stand auf der Liste seiner potenziellen Opfer ganz weit oben. Gianni überlegte schon, ob er sich mit seinen Leuten diesmal ganz heraushalten sollte. Doch da legte der ältere d'Specchi eine Samtbörse auf den Tisch, und das Geräusch der aneinanderreibenden Goldmünzen klang allzu verführerisch.
»Wir werden Euch helfen, Signore Cirio, so weit es in unserer Macht steht.« Damit war das Versprechen gegeben. Gianni atmete einmal tief durch und zwang sich zu einem Lächeln. »Auf jeden Fall werden wir die deutschen Ritter beschäftigen, so dass sie Euch nicht behelligen können, während Ihr ihren König absticht.«
»Ich hoffe, deine Gossenratten machen ihre Sache gut!« In Cirios Stimme schwang ein warnender Unterton, der jedoch seine Wirkung verfehlte.
Gianni hatte sich entschlossen, den d'Specchis zu helfen, solange er keinen eigenen Mann opfern musste. Nachdem er einen bei dem Überfall auf den Priester von Trastevere und einen zweiten an die Deutschen verloren hatte, waren andere einfach verschwunden, und seitdem mangelte es ihm an zuverlässigen Leuten. Zum Glück hatten die beiden, die in Gefangenschaft

geraten waren, zu wenig über ihn und die anderen Bandenmitglieder gewusst und sie daher nicht verraten können. Trotzdem wagte Gianni sich nicht mehr in die Nähe des Campo Santo Teutonico und mied auch Trastevere, so gut es ging.

»Wir tun alles, was wir können«, beantwortete er Cirios Einwurf.

»Ihr müsst mehr tun, als nur mit Steinen werfen. Einer sollte bereitstehen, um den König anzugreifen, wenn ich durch einen dummen Zufall nicht an Friedrich herankomme.«

Cirio d'Specchi ging es vor allem darum, das eigene Risiko zu vermindern. Wenn einer von Giannis Männern Friedrich umbrachte, würden sein Vater und er den Preis dafür von de Promont genauso einfordern können, als wären sie es selbst gewesen.

Unterdessen überlegte Gianni, ob es unter seinen Männern jemanden gab, der einen Mordanschlag auf den König ausführen konnte, doch da war keiner, dem er diese Aufgabe zutraute.

Da fiel ihm Rodolfo ein, sein neuestes Bandenmitglied. Der Deutsche, der behauptete, ein Edelmann zu sein, ließe sich jedoch kaum unauffällig einsetzen. Die meisten Römer reichten dem Hünen nicht einmal bis zu den Schultern. Deswegen würde der Kerl auch in einer Menschenmenge, wie sie bei König Friedrichs Einzug zusammenlief, nicht zu übersehen sein. Wenn der Steine auf Friedrichs Begleiter warf, würden die Wachen ihm leicht folgen können und im schlimmsten Fall sogar das geheime Versteck seiner Bande entdecken. Bei diesem Gedanken beschloss Gianni, Rudolf von Ottmeringen zu opfern, um sich selbst und seine anderen Kumpane nicht zu gefährden.

»Einen hätte ich, der es übernehmen könnte. Aber der macht es nicht für einen Gigliato oder zwei. Dem müsstet Ihr schon fünfhundert Dukaten geben – oder noch mehr.«

»Fünfhundert Dukaten ist mir die Sache wert«, antwortete Dario d'Specchi, der seinem Sohn den Anschlag auf den deutschen König ersparen wollte. Das eingedrückte Gesicht mit dem starren roten Auge war so auffällig, dass man ihn überall erkennen würde. Auch durfte Cirio keine Maske tragen, denn damit würde er das Misstrauen der Deutschen erregen. Diese Leute waren zwar plump und von wenig Verstand, konnten aber äußerst hartnäckig sein.
»Wenn dieser Mann den König tötet, soll er die fünfhundert Dukaten haben. Sag ihm das!« Da Dario d'Specchi ähnlich wie Gianni nicht glaubte, dass der Meuchelmörder den Leibwachen des Königs entkommen würde, konnte er ihm diese Summe mit leichter Hand versprechen.
»Fünfhundert Dukaten! Abgemacht! Doch wenn Rodolfo es nicht überlebt, erhalte ich das Geld«, rief Gianni, der eine gute Gelegenheit sah. Entweder gingen die d'Specchis darauf ein, oder sie würden den König ohne seine Hilfe und die seiner Männer umbringen müssen.
Vater und Sohn wechselten noch einen kurzen Blick, dann nickten sie wie ein Mann. »Du sollst das Geld bekommen – wenn der König tot ist.«
Cirio d'Specchis Blick entnahm Gianni, dass Rudolf von Ottmeringen besser nicht versagen sollte. Da er aber die Bärenkräfte des Deutschen kannte, zweifelte er nicht an dessen Erfolg.
»Keine Sorge!«, sagte er daher. »Rodolfo ist stark wie ein Bär. Er wird den Ring der Leibwachen durchbrechen und Friedrich in Stücke hauen. Dann werden wir mit unseren Steinen dafür sorgen, dass er entkommen kann.« Das Letzte war eine Ausrede, und die d'Specchis wussten dies auch. Doch allen dreien ging es nur um den eigenen Vorteil und darum, selbst ungeschoren aus der Sache herauszukommen.

7.

Die Menge stand so dicht, dass es kaum ein Durchkommen gab. Falko schob einen stark nach Zwiebeln riechenden Mann beiseite und arbeitete sich weiter nach vorne. Längst hatte er Hilbrecht aus den Augen verloren, und selbst die Straße, die der König in Kürze passieren würde, sah er nur, wenn er sich streckte. Er ärgerte sich über sich selbst, nicht vorhergesehen zu haben, dass so viele Menschen zusammenlaufen würden, um Friedrich III. zu sehen. Sämtliche Bewohner Roms schienen die Straßen zu säumen, und dazu kamen Besucher der Stadt und ein Haufen Neugieriger aus dem Umland.

Wie sollte er in dieser Masse an Leibern jemanden entdecken, der Übles im Sinn hatte? Dabei verließ Michi sich auf ihn und Hilbrecht. Sie beide trugen die schlichte Tracht einfacher Bürger, um sich nicht von den Einheimischen zu unterscheiden, und konnten zumindest genauso fluchen wie diese. Das tat Falko auch ausgiebig, als ihm jemand einen Ellbogen hart in die Seite stieß.

Der Mann antwortete mit einer unzüchtigen Bemerkung, für die Falko ihm normalerweise eine Tracht Prügel verabreicht hätte. Doch er war nicht gekommen, um sich mit einem Römer zu streiten, sondern um zu verhindern, dass jemand einen Anschlag auf den König unternahm. Mühsam kämpfte er sich weiter vorwärts, hörte aber gleichzeitig im Rücken die lauten Rufe der Leute, an denen der König gerade vorbeiritt.

»*Avaro* – Geizhals!«, war noch die harmloseste Bemerkung. Wie es aussah, streute Friedrich keine oder zumindest nicht genug Münzen unter das Volk.

Falko verkrampfte sich innerlich vor Sorge. Das Gemüt der

Römer war leicht entflammbar, und wenn die Meuchelmörder sich das zunutze machten, war hier bald der Teufel los. Für einige Augenblicke streifte sein Blick die nahen Häuserfronten. Wie leicht konnte ein Armbrustbolzen aus einem Fenster abgeschossen werden! Im nächsten Moment schloss Falko diese Möglichkeit bereits wieder aus. Kein Hausherr würde Meuchelmördern einen Schuss erlauben, denn danach würde sein Heim von den deutschen Söldnern gestürmt und alle Bewohner umgebracht werden. Wenn jemand den König töten wollte, musste er es auf der Straße tun.

Die Rufe kamen näher, und sie wurden nicht freundlicher. Immer heftiger beschimpften die Römer Friedrich als Geizkragen und wünschten ihm alles Schlechte an den Hals. Daher war Falko froh, dass die Begleiter des Königs die hiesige Sprache zum größten Teil nicht verstanden. Andernfalls wäre eine Prügelei mit anschließender Straßenschlacht unvermeidbar gewesen.

»Lass dich nicht ablenken!«, befahl er sich selbst und drang weiter vor.

Auf einmal sah er eine bekannte Gestalt vor sich und stutzte. Das war doch Gianni! Seit dem Überfall auf Hilbrecht war der Bandit wie vom Erdboden verschluckt gewesen. Ihn hier wiederzusehen war für Falko ein Zeichen, dass ihre Feinde bereit waren zu handeln. Er streckte sich und hielt nach Hilbrecht Ausschau, um diesen auf Gianni aufmerksam zu machen. Da entdeckte er Rudolf von Ottmeringen.

Der Hüne ragte weit aus der ihn umgebenden Menge heraus. Mit spielerischer Leichtigkeit drängte er die Umstehenden beiseite, um näher an die Straße heranzukommen. Dabei wechselte er einen kurzen Blick mit Gianni. Dieser nickte und gab einigen Männern in seiner Nähe ein Zeichen.

»Hier wird es geschehen!«, murmelte Falko auf Deutsch und sah einige irritierte Blicke auf sich gerichtet. Er scherte sich jedoch nicht darum, sondern hielt auf Rudolf von Ottmeringen zu, den er für den gefährlichsten Gegner hielt. Doch was war, wenn der Kerl das Gefolge des Königs nur ablenken sollte, während ein anderer den Mordanschlag durchführte?

Der König war bereits ganz nah, und Falko sah, wie Rudolf von Ottmeringen sich durch die Menge nach vorne schob. Ein langer Dolch hing an der Seite des Junkers, und seine Miene wirkte so entschlossen, dass Falko kein Zweifel an seinen Absichten blieb.

»Halt, du Schurke!«, schrie er, um Junker Rudolf auf sich aufmerksam zu machen.

Der Ottmeringer schnellte herum und stieß ein wildes Gebrüll aus. »Du Lumpenhund! Jetzt zahle ich es dir heim!«

Bei Falkos Anblick vergaß Rudolf von Ottmeringen sowohl den Auftrag, den König zu töten, wie auch die versprochene Belohnung, mit der er Rom verlassen und nach Hause zurückkehren hätte können. In seinen Augen trug Falko die alleinige Schuld an seinem Elend. Hätte dieser nicht im Elsass seine Leute erschlagen, wäre Margarete in seine Hände gefallen, und er hätte niemals die weite Reise in diese abscheuliche Stadt antreten müssen.

Falko sah den Junker auf sich zukommen, fand sich aber so in der Menge eingekeilt, dass es ihm unmöglich war, seinen Dolch zu ziehen.

Rudolf hingegen hielt seine Waffe bereits in der Hand und räumte die Menschen, die zwischen ihm und seinem Feind standen, mit heftigen Armbewegungen beiseite.

»Jetzt habe ich dich!«, schrie er und holte aus.

Da er noch immer nicht zum Dolch greifen konnte, riss Falko das rechte Bein hoch. Obwohl er den Hünen nur am Oberschenkel traf, verschaffte er sich genug Zeit, die Leute um ihn herum beiseitezustoßen. Nun bekam er seine Dolchhand frei, und als Ottmeringen erneut auf ihn losging, hielt auch er eine Waffe in der Hand.

Inzwischen war Gianni auf die Szene aufmerksam geworden und stieß einen wuterfüllten Ruf aus. »Der König, du Narr!«

Gleichzeitig drängte er sich nach vorne und wollte den Junker packen. Dieser schüttelte ihn jedoch ab wie ein lästiges Insekt und stach zu.

Falko bückte sich im Reflex, und so fegte Ottmeringens wilder Stoß über seinen Scheitel hinweg. Gleichzeitig traf seine eigene Klinge den anderen in den Unterleib.

Junker Rudolf stieß einen kurzen Schmerzlaut aus und stürmte erneut wie ein gereizter Bulle auf Falko los. Der ließ sich fallen und wollte sich zur Seite rollen, doch es waren einfach zu viele Menschen um ihn herum. Er musste einen harten Fußtritt von Ottmeringen hinnehmen, aber als der andere noch einmal zutreten wollte, rammte Falko ihm die Dolchklinge von unten durch die Sohle.

»Verdammter Hund!«, stieß der Junker aus und wankte.

Falko kam auf die Beine, unterlief einen weiteren Stoß seines Gegners und traf diesen im rechten Oberarm. Obwohl Ottmeringen den Dolch loslassen musste, gab er nicht auf, sondern packte Falko mit der Linken und stieß mit der Stirn nach dessen Gesicht. Falko konnte den Kopf gerade noch wegdrehen, so dass der andere ihn nur streifte. Zu mehr kam Junker Rudolf nicht, denn mittlerweile war Ritter Michel auf sie aufmerksam geworden und forderte mehrere Waffenknechte auf einzugreifen.

Ehe Ottmeringen sich's versah, wurde er von rauhen Händen gepackt und auf die Straße geschleift. Michels Männer schlangen ihm Seile um Handgelenke und Fußknöchel und schleppten ihn fort.

Nun erst bemerkte Falko, dass der König während seines kurzen Kampfes mit Junker Rudolf sie bereits passiert hatte und ein ganzes Stück weiter vorne ritt. Da einige Passanten aussahen, als wollten sie eingreifen und den Gefangenen befreien, hob Falko die Hand.

»Dieser elende Deutsche wollte mich umbringen. Der Teufel soll ihn holen!« Nie war ihm der hier gesprochene Dialekt flüssiger über die Lippen gekommen als in diesem Augenblick.

Die Mienen der anderen entspannten sich, und einige lachten sogar. »Gut gemacht! Man muss diesem Gesindel zeigen, wer in unserer Heiligen Stadt das Sagen hat, und das sind weder dieser Geizhals von einem König noch seine stinkenden Barbaren!« Der Sprecher klopfte Falko auf die Schulter, spie dann in die Richtung aus, in der Friedrich verschwunden war, und schloss sich der hinter Friedrichs Zug herströmenden Menge an.

Mittlerweile war es Hilbrecht gelungen, sich zu Falko durchzukämpfen. Doch als er den Mund öffnen und etwas sagen wollte, machte dieser eine abwehrende Handbewegung und sprach ihn im römischen Dialekt an. »Wir müssen Gianni erwischen!«

Falko versuchte, den Mann ausfindig zu machen, sah aber nur die Menschenmenge, die sich langsam zerstreute und dabei immer noch über Friedrichs Geiz schimpfte, da dieser es im Gegensatz zu anderen hohen Herrschaften versäumt hatte, bei seinem Einzug in die Heilige Stadt Gold- und Silbermünzen unter das Volk zu streuen.

»Dort ist er!« Hilbrecht packte Falko am Arm und zeigte in eine Gasse. In seiner Erregung sprach er deutsch, doch zum Glück leise genug, dass es keinem auffiel. Sie folgten dem

Gesuchten, wurde aber von einigen Streithähnen behindert. Als sie die Verfolgung erneut aufnehmen konnten, war von Gianni nichts mehr zu sehen.

8.

Cirio d'Specchi hatte sich ebenfalls unter das Volk gemischt, um Friedrichs Tod mitzuerleben oder diesen notfalls selbst töten zu können. Um nicht aufzufallen, hatte er sich zunächst im Hintergrund gehalten und sein Gesicht unter einer weiten Kapuze verborgen. Doch als der Lärm der Menge immer lauter wurde und ihm anzeigte, dass der König sich näherte, schob er sich nach vorne. Nur wenige Schritte von sich entfernt sah er den deutschen Hünen, den Gianni mit dem Mord beauftragt hatte.

Zufrieden, weil alles nach Plan zu laufen schien, nahm Cirio den plötzlich einsetzenden Tumult erst wahr, als er von der Straße gedrängt wurde. Verwirrt sah er sich um und bemerkte zu seinem Schrecken, dass der vorgesehene Meuchelmörder statt auf den König, der sich bis auf wenige Schritte genähert hatte, auf einen Fremden losging.

»Verfluchter Hund!«, stieß er aus und versuchte, sich durch die dicht stehenden Menschen zu schieben, um das Werk selbst zu vollbringen. Doch die Menge war in Bewegung geraten und riss ihn mit sich wie ein Stück morsches Holz. Bei seinen Versuchen, sich gegen den Strom der Leute zu stemmen, erhielt er ein paar schmerzhafte Ellbogenstöße und musste hilflos mit ansehen, wie der König an ihm vorbeiritt und in Richtung Vatikan entschwand.

Alle Flüche der Welt erschienen ihm zu schwach, um die

Gefühle auszudrücken, die in ihm tobten. Nur einen Schritt weit von seinem Aufstieg in den hohen Adel entfernt, hatte dieser närrische Deutsche mit seinem Angriff auf den anderen deutschen Barbaren die Wartenden an der entscheidenden Stelle in Panik versetzt und ihn damit behindert.
»Der Teufel soll ihn holen und Gianni gleich dazu! Warum hat der Kerl nur so einen Trottel für diese Aufgabe ausgewählt?« Wuterfüllt starrte Cirio in Richtung Vatikan und sah zufällig Gianni in einer Gasse verschwinden. Zu seiner Verwunderung folgte ihm der Fremde, den Ottmeringen angegriffen hatte, mit einem zweiten Mann.
»Die kennen Gianni!« Diese Erkenntnis wirkte auf Cirio wie ein Guss eisigen Wassers.
Ich hätte die Sache allein durchziehen sollen, sagte er sich zähneknirschend und sah eine Fülle neuer Probleme vor sich auftürmen. Was war, wenn Gianni von seinen Verfolgern erwischt wurde und ihn anschwärzte? Feinde hatten er und sein Vater in Rom wahrlich genug, und der Herzog von Gravina würde sich wohl kaum für sie verwenden. Wahrscheinlich war es diesem sogar ganz angenehm, sich ihrer auf solch einfache Weise entledigen zu können.
Er überlegte, wohin Gianni sich gewandt haben mochte, und rannte ebenfalls in diese Richtung. Da er jeden Winkel in Rom kannte, erreichte er schon bald eine kleine Kirche, bei der er sich schon öfter mit dem Mann getroffen hatte. Er brauchte nicht lange zu warten, da bog dieser keuchend um die Ecke und atmete sichtlich auf, als er ihn sah.
»Signore Cirio! Gott sei Dank, dass ich Euch treffe. Zwei Verfolger sind hinter mir her. Es handelt sich um diese Deutschen, mit denen meine Leute und ich schon ein paarmal aneinandergeraten sind.«
In dem Augenblick begriff Cirio d'Specchi, dass seine Lage

noch weitaus heikler war, als er befürchtet hatte. Er fasste Gianni bei der Schulter und zog ihn in den Schatten der Kapelle.
»Keine Sorge, deine Verfolger werden dich nicht erwischen!«, sagte er mit einem verzerrten Lächeln.
Noch während sein Verbündeter ihm einen dankbaren Blick schenkte, zog er unbemerkt seinen Dolch und stieß zu. Gianni riss den Mund auf, brachte aber keinen Laut mehr heraus und rutschte zu Boden.
Cirio d'Specchi überzeugte sich noch, dass der Mann tot war, dann verließ er die Stätte schnell, aber ohne auffällige Hast. Zunächst fühlte er sich erleichtert, weil Gianni nicht mehr in der Lage war, ihn ans Messer zu liefern, um den eigenen Hals aus der Schlinge zu ziehen. Bald aber wurde ihm klar, dass auch andere von seiner Verbindung zu diesem Banditen wussten, und die konnte er wahrlich nicht alle umbringen.
Zum ersten Mal in seinem Leben verspürte er Angst. Sowohl sein Vater wie auch er hatten im Auftrag des Herzogs von Gravina betrogen und gemordet. Doch außer einigen Beuteln Gold und der Verbindung zu unberechenbaren Banditen hatte es ihnen nichts eingebracht. Nun würden sie Rom umgehend verlassen und ins Ausland fliehen müssen. Von diesem Gedanken getrieben, erreichte er das Haus seines Vaters, öffnete die Tür und rannte die Treppe hinauf.
Dario d'Specchi erwartete seinen Sohn oben am Treppenabsatz. »Und? Ist es gelungen?«, fragte er angespannt.
»Merda!«, antwortete Cirio nur.
Dieses Schimpfwort sagte dem alten d'Specchi genug. Erregt kam er seinem Sohn entgegen und packte ihn bei der Brust. »Was ist geschehen?«
»Gianni hat versagt. Er hat einen Mann auf Friedrich ange-

setzt, der so dumm war, sich von dessen Schnüffelnasen erwischen zu lassen, bevor er etwas tun konnte. Bei dem darauffolgenden Tumult bin ich abgedrängt worden und konnte nicht einmal mehr in die Nähe des Königs gelangen. Ich glaube nicht, dass wir noch einmal eine Gelegenheit finden, Friedrich zu töten. Uns bleibt nur die Flucht nach Frankreich!«

»Was willst du dort?«, fragte sein Vater bissig. »Glaubst du vielleicht, der französische König belohnt Versager? De Promont wird uns stattdessen als unliebsame Mitwisser aus dem Weg räumen. Wir gehen besser nach Neapel.«

»Und werden dort von Antonio Caraciolos Verwandten umgebracht. Oder glaubst du, die Umstände seines Todes werden lange ein Geheimnis bleiben?« Noch während Cirio überlegte, welches Land ihnen überhaupt noch Sicherheit bot, glättete sich die Miene seines Vaters.

»Du hast mich eben auf den richtigen Weg geführt, mein Sohn. Es gibt noch jemanden, dem nicht daran gelegen sein dürfte, dass bekannt wird, wie und vor allem warum Caraciolo ums Leben gekommen ist, nämlich Ercole Orsini. Dessen Tochter würde ohne eine Heirat mit dir wie eine Hure dastehen. Also werden wir uns zu dem Conte begeben und darauf dringen, dass deine Ehe mit Francesca umgehend geschlossen wird. Sobald dies geschehen ist, muss der Herzog von Gravina uns als Verwandte vor unseren Feinden schützen!«

»Francesca ist eine Hure!«, erklärte Cirio mit knirschender Stimme. »Ich glaube nicht, dass ich sie damals geschwängert habe.«

»Und wenn ihr Kind vom Teufel selbst gezeugt worden wäre, wirst du sie heiraten! Eine andere Möglichkeit bleibt uns nicht. Und wage es nicht, sie schlecht zu behandeln. Oder willst du, dass ihr Vater und ihre restliche Familie auf

den Gedanken kommen, sie wäre als Witwe besser dran denn als Ehefrau?«
Cirio nickte erschrocken. »Du hast recht, Vater! Francesca Orsini ist derzeit der einzige Trumpf, den wir noch in Händen halten. Oh, Herrgott im Himmel, warum tust du mir das an?«
»Du hättest nur den König töten müssen, dann sähe jetzt alles anders aus«, antwortete sein Vater kalt und rief nach seinem Leibdiener, der ihm Mantel und Schwert holen sollte. »Auch du solltest in Zukunft dein Schwert umhängen, mein Sohn. Das Schwert ist die Waffe des Edelmanns, der Dolch hingegen das Werkzeug der Meuchelmörder.«

9.

Falko sah Gianni auf dem Straßenpflaster liegen und fluchte. »Verdammt! Jemand hat den Kerl abgestochen!«
»Was sagst du?« Hilbrecht schloss keuchend zu ihm auf und verzog das Gesicht. »Ist der Schurke wirklich tot?«
»Es sieht so aus!« Verärgert beugte Falko sich über Gianni. Die geringe Hoffnung, es könnte noch Leben in ihm sein, erfüllte sich nicht.
Hilbrecht hob hilflos die Hände. »Wieso ist der Mann ausgerechnet jetzt umgebracht worden? Das ergibt doch keinen Sinn.«
»Vielleicht doch!«, sagte Falko. »Gianni war mit Rudolf von Ottmeringen im Bunde, und die beiden wollten den König ermorden. Das hier dürfte wohl die Strafe für ihr Versagen sein.«

»Du meinst, Gianni sei deswegen umgebracht worden? Aber wer hätte das tun sollen?«
»Derjenige, der ihm und Ottmeringen den Auftrag für das Attentat gegeben hat. Komm, wir fragen die Leute, die hier wohnen, ob sie etwas gesehen haben.« Ehe Hilbrecht antworten konnte, ging Falko zum nächsten Hauseingang und klopfte. Es dauerte eine Weile, bis die Tür geöffnet wurde und eine alte Frau den Kopf herausstreckte.
»Was willst du?«, fragte sie unfreundlich.
»Hier ist eben jemand ermordet worden. Hast du etwas gesehen, vielleicht einen Mann, der eilig von hier fortgegangen ist?«, fragte Falko.
Die Alte verzog das Gesicht. »Du bist wohl ein Deutscher, was? Kannst unsere Sprache aber ganz gut sprechen. Nein, ich habe nichts gesehen. Und jetzt Gott befohlen!« Damit schlug sie die Tür zu.
»Entweder hat sie nichts gesehen, oder sie wollte nichts sehen«, warf Hilbrecht ein.
»Fragen wir den Nächsten!« Falko war nicht bereit, so rasch aufzugeben, doch er hatte kein Glück. Niemand wollte den Mord beobachtet haben. Dafür erhielt er die Beschreibung von mehreren Männern, die sich hier vor kurzem aufgehalten hatten. Doch die waren dick oder dünn gewesen, alt oder jung, und angeblich hatte kein Einziger ein besonderes Merkmal aufgewiesen.
Allein eine Magd mittleren Alters rieb sich nachdenklich die Nase und sah zu Falko auf. »Von dem Mord habe ich nichts mitbekommen«, sagte sie. »Aber vorhin ist ein Mann, der wie ein Edler gewirkt hat, in einem einfachen Umhang die Straße entlanggegangen. Ich dachte schon, was für ein hübscher Bursche! Dann habe ich seine andere Gesichtshälfte gesehen! Die sah so schrecklich aus, als hätte ihm jemand mit einem Hammer den Kopf eingeschlagen.«

Die Frau schüttelte sich und erklärte, dass sie jetzt weitermüsse, wenn sie von ihrer Herrschaft nicht Schläge erhalten wolle. Falko drückte ihr ein paar Danari in die Hand und wandte sich zu Hilbrecht um.

Der winkte kurz ab und lachte. »Glaubst du, was dieses Weib erzählt hat? Gewiss hat sie sich das aus den Fingern gesogen.«

»Nein, so etwas erfindet man nicht. Wir sollten auf alle Fälle Augen und Ohren offen halten und nach einem Mann mit eingedrücktem Gesicht fragen!« Unwillkürlich dachte Falko an den Kerl, der in den Katakomben über Francesca hergefallen war und den er mit dem Schwertknauf niedergeschlagen hatte. Nun bedauerte er es, sie nie nach dem Mann gefragt zu haben.

Da klang auf einmal eine zornige Stimme auf. »Dort liegt der Tote, und das sind seine Mörder!«

Falko schnellte herum und sah einen Kerl, der von seinem Aussehen her zu Giannis Bande passte, sowie zwei Waffenknechte mit dem päpstlichen Abzeichen auf ihren Waffenröcken, die im nächsten Moment ihre Spieße auf ihn und Hilbrecht richteten.

»Was soll der Unsinn?«, fragte Falko zornig.

»Mitkommen! Mit Mördern machen wir kurzen Prozess«, schnauzte der dickere der beiden Büttel ihn an.

»Wir sind keine Mörder, sondern forschen selbst nach den Männern, die diesen Kerl umgebracht haben«, rief Hilbrecht erbost.

»Das da sind lumpige Tedeschi, genauso wie dieser Bettlerkönig, der heute in Rom eingezogen ist und keinen einzigen Danaro unters Volk gestreut hat«, hetzte der Mann die Wachen auf, die er selbst gerufen hatte.

»Ich bin Falko Adler, Reichsritter auf Kibitzstein, und das ist mein Freund und Reisebegleiter Hilbrecht von Hettenheim«, stellte Falko sich und Hilbrecht vor.

»Maul halten! Mitkommen!«, knurrte der Büttel und stupste ihn mit der Spitze seines Spießes an.
Falko stand kurz vor dem Platzen und sah, dass es Hilbrecht nicht anders erging. Aber er wusste, dass es nichts brachte, sich mit den römischen Stadtwachen zu streiten oder gar zu prügeln, weil Anwohner und Passanten diesen sofort zu Hilfe eilen würden.
»Wir kommen mit«, sagte er daher und sah den Kerl, der die Büttel geholt hatte, noch einmal genau an.
Der Mann wich erbleichend zurück, drehte sich auf einmal um und rannte davon.
»Der Bursche hat Angst!«, raunte Falko Hilbrecht zu, während die beiden Büttel dem Mann nachriefen, er solle zurückkommen. Plötzlich schoss Falko ein Gedanke durch den Kopf. »So, jetzt ist euch der richtige Mörder durch die Lappen gegangen!«
Die Büttel drehten sich unwillkürlich um, und für einen Augenblick sah es so aus, als wollten sie hinter dem Mann herrennen.
Dann aber wandten sie sich wieder ihm und Hilbrecht zu. »Mitkommen!«
»Ihr habt doch sicher Durst!« Ein Gigliato blitzte in Falkos Fingern auf, und er sah, wie sich die beiden Männer die Lippen leckten. Einer von ihnen brummte kurz. »Aber damit könnt ihr euch nicht freikaufen!«
»Das wollen wir auch nicht. Wir wollen nur, dass einer von euch zum Campo Santo Teutonico geht und dort Ritter Michel von Ziegenhain oder dessen Bruder, Hochwürden Giso, Bescheid gibt, wo wir zu finden sind. Die beiden werden dafür sorgen, dass wir freikommen.«
Die beiden Wachen unterhielten sich kurz, dann nickte der Dicke, der anscheinend der Anführer war. »Also gut! Wir bringen euch jetzt in die Engelsburg und sperren euch ein.

Danach suchen wir diese Tedeschi auf. Ich hoffe, wir bekommen dafür ein gutes Trinkgeld!«
»Das werdet ihr!« Falko steckte ihnen ein paar Münzen zu und sah sich insofern bestätigt, da die Büttel sie nicht mehr wie Gefangene vor sich herscheuchten, sondern wie gute Freunde neben ihnen gingen. Wenn sie nun auch noch Michi oder Giso Bescheid gaben, würden Hilbrecht und er in wenigen Stunden wieder auf freiem Fuß sein. Zumindest hoffte er es.

10.

Ercole Orsini betrachtete das Gesicht des jungen d'Specchi und fragte sich, was Francesca zu diesem Anblick sagen würde. Da ihre Schwangerschaft bereits fortgeschritten war, wollte er es ihr nicht zumuten, ihren zukünftigen Mann vor der Geburt zu sehen. Sonst bestand die Gefahr, dass sie vor Schreck ihr Kind verlor.
»Nun, Ihr habt Euch viel Zeit gelassen, hier zu erscheinen, Signore Cirio«, sagte er ausweichend.
»Zuerst hat mich meine Verletzung davon abgehalten, zu Euch zu kommen, und dann folgten unaufschiebbare Verpflichtungen.« Cirio d'Specchis Stimme klang gepresst, denn er hasste es, betteln zu müssen. Nur der Gedanke, dass die Heirat mit Francesca die einzige Möglichkeit darstellte, sich der Hilfe der weitverzweigten Orsini-Sippe zu versichern, ließ ihn eine harsche Antwort hinunterschlucken.
»Da Ihr bisher verhindert gewesen seid, werdet Ihr wohl abwarten können, bis meine Tochter von Eurem Kind ent-

bunden ist. Ich will sie ungern in diesem Zustand vor den Traualtar führen!«, erklärte Francescas Vater.
Damit waren die beiden d'Specchis nicht einverstanden. »Meine Sehnsucht nach Eurer Tochter ist zu groß, um noch länger warten zu können«, stieß Cirio hervor.
»In dem Zustand, in dem meine Tochter sich befindet, werdet Ihr Eure Sehnsucht nach ihr noch ein paar Monate bezähmen müssen!«, spottete Ercole Orsini.
Dario packte den Arm des Conte. »Ich will meinen ersten Enkel nicht als Bastard geboren sehen! Daher muss die Ehe unverzüglich geschlossen werden!«
»Ich will, dass das Kind in einer ehrlichen Ehe geboren wird!« Mehr denn je hatte Cirio d'Specchi das Gefühl, Conte Ercole wolle ihm seine Tochter entziehen, und das trotz ihrer Schwangerschaft, für die es nach außen hin nur einen Mann geben durfte, der dafür verantwortlich war, nämlich er selbst.
Francescas Vater überlegte kurz und gab schließlich dem doppelten Drängen der d'Specchis nach. »Also gut! Ich verlange jedoch, dass die Hochzeit im Stillen abgehalten wird, ohne große Feier und den üblichen Mummenschanz. Auch wird meine Tochter bis zu ihrer Niederkunft in meinem Haus bleiben.«
Die letzte Forderung war dem Jähzorn geschuldet, der sich bei Cirio schon mehrfach Bahn gebrochen hatte. Er hielt diesen für fähig, Francesca zu schlagen, wenn sie ihm widersprach. Es würde auch so schon schwierig genug sein, das Mädchen dazu zu bewegen, Cirio das Jawort zu geben. Früher mochte dieser ein hübscher Jüngling gewesen sein, doch mittlerweile sah er mit dem eingedrückten Gesicht und dem blutroten Auge wie ein Dämon aus.
Zwar hätte Dario d'Specchi das Mädchen lieber unter seinem Dach gesehen, aber es erschien ihm klüger einzulen-

ken, als den Conte durch weiteres Drängen kopfscheu zu machen.

Aus diesem Grund zog er seinen Sohn zur Seite und nickte.

»Es sei, wie Ihr es wünscht, Conte Ercole. Ich werde überglücklich sein, Francesca als Schwiegertochter an meine Brust drücken zu können.«

»Was wegen ihres dicken Bauches derzeit etwas schwierig sein dürfte«, antwortete der Conte grimmig.

Er war jedoch zufrieden. Zum einen würde er mit der Heirat dem Ansinnen seines Verwandten, des Herzogs von Gravina, endlich nachkommen, und zum anderen hatte er Francesca genug Zeit verschafft, um sich an eine Ehe mit Cirio d'Specchi zu gewöhnen. Er wollte seine Gäste bereits wieder verabschieden, als der ältere d'Specchi eine weitere Forderung stellte.

»Die Hochzeit kann hier in Eurem Haus ohne überflüssige Zeugen und Gäste stattfinden, doch ich will, dass die Ehe von Seiner Eminenz Kardinal Latino Orsini geschlossen wird!«

Da der Kardinal sich stets für die d'Specchis verwendet hatte, war dies in Ercole Orsinis Augen vertretbar. »Ich werde mich darum kümmern. Vorher aber muss Francesca wieder in die Stadt gebracht werden. Wenn es so weit ist, sende ich Euch einen Boten!«

»Wenn Ihr erlaubt, werde ich Francesca selbst abholen«, bot Cirio an.

Conte Ercole musterte ihn mit herabgezogenen Mundwinkeln. »Lieber nicht! Wenn Francesca Euch so sähe, würde sie sich weigern, nach Rom zu kommen. Wartet, bis ihre Mutter und ich mit ihr reden können.«

»Das wird das Beste sein!« Dario d'Specchi versetzte seinem Sohn, der unwillig auffahren wollte, einen Rippenstoß. »Willst du wirklich, dass das Mädchen schreiend vor dir davonläuft? Lass den Eltern Zeit, ihr zu erklären, dass dich eine ruchlose Hand entstellt hat.«

»Ich sehe, man kann vernünftig mit Euch reden, Signore Dario«, sagte der Conte und bedachte seinen künftigen Schwiegersohn mit einem so verächtlichen Blick, dass es diesem in den Fingern zwickte, ihn mit einem Dolchstoß in die Ewigkeit zu befördern.

11.

Die Büttel sperrten Falko und Hilbrecht in den Kellern der Engelsburg ein und gingen wieder. Während Hilbrecht sich auf eine der schmalen Pritschen setzte, die Gefangenen als Lagerstatt dienen sollte, durchmaß Falko den Raum mit langen Schritten.

Mit einem Mal blieb er stehen und sah mit grimmiger Miene auf seinen Freund herab. »Der Teufel soll die Kerle holen! Wir sitzen hier fest, und der Schurke, der Gianni und Ottmeringen beauftragt hat, den König umzubringen, kann in aller Ruhe das Weite suchen.«

»Glaubst du wirklich, dass es den Mann mit dem eingedrückten Gesicht überhaupt gibt? Vielleicht wollte die Magd sich über uns lustig machen!«

»Das glaube ich nicht. Zumindest kann ich mir vorstellen, dass so ein Kerl existiert.« Mehr wollte Falko nicht verraten. Er nahm an, dass es sich um jenen Edelmann handelte, der Francesca Gewalt hatte antun wollen, war sich dessen aber nicht sicher. Aber wenn er herausfand, dass dieser Mann und der Mörder von Gianni ein und dieselbe Person waren, würde er ihn auch für diese Schandtat bezahlen lassen.

»Glaubst du, dass wir in dieser feudalen Unterkunft etwas zu essen erhalten? Ich bekomme Hunger!«, sagte Hilbrecht und schüttelte dann den Kopf. »Es war einfach Pech, dass der Mörder Gianni früher gefunden hat als wir. Von dem Schurken hätten wir einiges erfahren können.«
»Und genau das wollte sein Mörder verhindern. Aber wir werden ihn trotzdem erwischen.«
»Wenn wir je wieder hier herauskommen, heißt das! Immerhin befinden wir uns im Kerker des Papstes, in den sonst nur Ketzer und ähnliches Gesindel eingesperrt werden«, antwortete Hilbrecht schaudernd.
»Michi und Giso werden schon dafür sorgen, dass man uns freilässt.« Falko nahm seine Wanderung durch den Raum wieder auf. Es waren zehn Schritte in die eine Richtung und ebenso viele wieder zurück. Zunächst zählte er noch mit, gab es aber schließlich auf. Stattdessen lauschte er auf die Geräusche, die von draußen hereindrangen. Gelegentlich hörte er das Seufzen und Jammern anderer Gefangener und hie und da Schritte, die jedoch nicht näher kamen.
»Verdammt! Hoffentlich haben die Büttel das Trinkgeld nicht genommen, ohne zum Campo Santo Teutonico zu gehen«, sagte er nach einer Weile und fluchte. »Vielleicht haben sie weder Ritter Michel noch Giso finden können. Immerhin gehören die beiden zum Gefolge des Königs und könnten sonst wo sein.«
Hilbrecht konnte die Unruhe seines Freundes nicht so recht nachvollziehen. Auch wenn es ihnen nicht passte, eine oder zwei Nächte in diesem Kerker verbringen zu müssen, so blieb ihnen doch nichts anderes übrig, als zu warten. Daher war es sinnlos, sich darüber aufzuregen.
Falko seufzte tief und verriet dann seine Befürchtungen. »Vielleicht melden die Büttel es auch gar nicht weiter, und

wir werden als Giannis Mörder verurteilt und hingerichtet!«
»Das glaube ich nicht. Und jetzt setz dich! Mit deinem Herumlaufen machst du auch mich ganz zapplig.« Mit diesen Worten wies Hilbrecht auf das freie Bettende neben sich und brachte Falko so weit, dort Platz zu nehmen.
Aber es war, als habe sich eine unsichtbare Schranke zwischen ihnen aufgerichtet, denn sie wechselten längere Zeit kein Wort. Als Falko schließlich das Gespräch wieder in Gang bringen wollte, vernahmen sie vor dem Kerker Schritte und dann Stimmen.
»Das ist doch Giso!«, rief er und sprang auf.
Auch Hilbrecht hielt es nicht mehr auf seinem Platz. »Giso, hörst du uns?«
»Ja«, scholl es zurück.
Im nächsten Augenblick wurde der Schlüssel umgedreht, und die Tür schwang auf. Als Erstes sahen sie jedoch nicht ihren geistlichen Freund, sondern Margarete. Diese steckte neugierig den Kopf herein, begann bei ihrem Anblick zu lachen und drehte sich zu jemandem um. »Ja, das sind die beiden Ritter, die im Auftrag des Königs dessen Weg überwacht haben. Ihnen ist es zu verdanken, dass der geplante Anschlag auf Seine Majestät verhindert werden konnte. Ich frage mich nur, wie sie in diese Lage geraten konnten.«
»Sie wurden als Mörder eingeliefert«, antwortete jemand mit einem gewissen Bedauern.
»Wer ist denn ermordet worden?«, fragte Margarete interessiert.
»Dieser Lump Gianni«, mischte Falko sich ein. »Hilbrecht und ich sind um einen Lidschlag zu spät gekommen. Dabei hätten wir diesen Schurken liebend gerne gefragt, wer ihm den Auftrag zu diesem Anschlag erteilt hat.«
Der Beamte in Margaretes Begleitung bestätigte Giannis

Tod, erklärte aber, dass ein Zeuge gesehen haben wollte, wie Falko und Hilbrecht diesen umgebracht hätten.
»Bei dem Kerl handelt es sich um einen von Giannis Spießgesellen, der bei dem Überfall auf Hilbrecht und später bei dem auf uns beide mit von der Partie war! Vielleicht hat er Gianni sogar eigenhändig umgebracht und wollte den Verdacht auf uns lenken. Als die Büttel ihn befragen wollten, ist er abgehauen.« Falkos Ärger über seinen Misserfolg und die Behandlung im Kerker war so angewachsen, dass er kurz vor einem Wutausbruch stand.
Dies schien Giso zu spüren, denn er schob Margarete beiseite und trat in den Kerker. »Es war ein großer Fehler, diese beiden Edelleute zu verhaften. Jetzt ist der wahre Mörder Giannis und wahrscheinliche Hintermann des Mordplans gegen Seine Majestät König Friedrich III. entkommen.«
Dieses Argument wog schwer, daher beeilte sich der päpstliche Beamte zu erklären, dass die beiden Herren sich auf freiem Fuße befindlich fühlen sollten.
»Mille grazie!«, bellte Falko und verließ die Zelle. Er ging an der kichernden Margarete vorbei und wandte sich ärgerlich an Giso. »Weshalb musstest du das Weib da mitbringen?«
»Es ging um Ottmeringen. Ich wollte, dass er sie sieht, und tatsächlich hat sie ihn dazu gebracht, alles zu gestehen – und zwar nicht nur in der Beichte. Daher kann ich dir sagen, dass der Überfall auf Jungfer Margarete von seiner Mutter geplant war, um sie zu zwingen, ihn zu heiraten.«
»Deshalb mussten zwei wackere Männer und ihre Leibdienerin sterben?« Falko starrte seinen Freund verblüfft an.
Giso winkte ab. »Das ist jetzt zweitrangig! Wichtiger ist, dass Rudolf von Ottmeringen den geplanten Mordanschlag gegen König Friedrich zugegeben hat. Er sollte fünfhundert Dukaten dafür erhalten. Ein jämmerlicher Preis für einen Königsmord, findest du nicht auch?«

»Sagt bloß, ihr seid schon länger hier und habt euch um diesen Schurken gekümmert, während Hilbrecht und ich in der Zelle schmachten mussten?«, fragte Falko aufgebracht.
»Natürlich! Da ihr im Gegensatz zu Ottmeringen nicht auf den Tod verwundet gewesen seid, konnten wir euch warten lassen. Bei ihm ging das nicht.«
»Ottmeringen wird sterben?«
»Er ist tot. Aber keine Sorge, für diesen Dolchstich wird dich niemand rügen oder gar einsperren, denn du hast dem König damit einen großen Dienst erwiesen. Ihr beide seid heute Abend an seinen Tisch eingeladen. Das ist eine hohe Ehre, findest du nicht auch?« Giso klopfte Falko auf die Schulter und forderte ihn dann auf, mitzukommen.
»Es sei denn, du hast Lust, länger hierzubleiben«, fügte er spöttisch hinzu und sprang beiseite, da der Schlag, den Falko ihm versetzen wollte, über ein freundschaftliches Maß hinauszugehen schien.

12.

Durch seinen Kampf mit Rudolf von Ottmeringen hatte Falko die Gelegenheit verpasst, den König zu sehen. Daher war er sehr gespannt, als er sich zusammen mit Hilbrecht, Michel und Giso den Gemächern näherte, die Friedrich als Unterkunft dienten. Auf dem Weg dorthin standen immer wieder Wachen, aber nicht alle trugen deutsche Kleidung und Wappen. Ein Teil von ihnen gehörte zur päpstlichen Garde und war dem Gast von Nikolaus V. zur Verfügung gestellt worden. Auch wenn der erste Mordanschlag durch Falkos Eingreifen gescheitert war, wollte der Papst verhindern, dass ein weiterer Versuch unternommen werden konnte.

Der Saal, in den man Falko und Hilbrecht führte, war in verschwenderischer Pracht mit Bildern übersät. Da Giso schon einige Male an diesem Ort gewesen war, konnte er seinen Freunden erklären, welche Heiligen und Märtyrer des Christentums hier abgebildet waren. Er verriet ihnen auch, dass mehrere der Heiligen die Gesichter von Geliebten oder Bastardsöhnen eines Papstes erhalten hatten. Das gefiel Falko nicht sonderlich, insbesondere stieß ihn die Darstellung einer Frau ab, die ausgerechnet als keusche Susanna im Bade porträtiert worden war. Keusch würde er ein Weib niemals nennen, das mit dem Oberhaupt der Christenheit Kinder in die Welt gesetzt hatte.

Dann musste er an Elisabeth denken und fühlte sich beschämt. Er hatte mit der jungen Äbtissin genau dasselbe getan und sie dabei geschwängert. Also durfte er, der selbst nicht ohne Sünde war, nicht den ersten Stein werfen.

»Ein schöner Saal«, sagte er zu Giso, um seine Unsicherheit zu verbergen. »So etwas gibt es bei uns daheim nicht.«

»Dafür müsstet Ihr schon Künstler aus unseren Landen in Eure nordischen Wälder holen«, erklärte ein römischer Prälat, der seine Worte gehört hatte.

»Fast wäre ich geneigt, es zu tun.« Falko bewunderte nun die Bilder, ohne weiter darüber nachzudenken, wie viele von ihnen Nepoten und Huren von Päpsten und Kardinälen darstellen mochten.

»Die ganz großen Künstler werdet Ihr nicht dazu bewegen können. Aber selbst jene, die einen Aufenthalt im Ausland ins Auge fassen könnten, übertreffen Eure Maler bei weitem!« Der Prälat genoss Falkos Bewunderung und beschloss, einen Maler, der bisher in Rom noch nicht hatte

Fuß fassen können, über die Alpen zu schicken, damit dieser sich dort einen Namen machen konnte.
»Es wäre einen Versuch wert!«, sagte Falko, der an den großen Saal von Kibitzstein dachte, dessen Wände genug Platz für Bilder boten.
»Komm jetzt, der König will dich sehen!« Giso zupfte Falko am Ärmel, verbeugte sich ehrerbietig vor dem Kirchenmann und trat dann auf den Tisch zu, an dem Friedrich III. saß.
Dieser blickte ihnen interessiert entgegen. »Das sind also die beiden jungen Herren, die heute über Unser Leben gewacht haben!«
Seine Miene blieb unbewegt, und er forderte Falko und Hilbrecht mit einer knappen Geste auf, an seiner Tafel Platz zu nehmen.
Falko nahm die Gelegenheit wahr, den erwählten König der Deutschen und baldigen Kaiser des Heiligen Römischen Reiches gründlich zu mustern, ohne aufdringlich zu wirken. Friedrich war ein hochgewachsener Mann, der mehr zur Hagerkeit als zur Fülle neigte. Dunkelblonde Locken fielen ihm auf die Schultern, und er trug einen kurz gehaltenen Kinnbart. Sein zeremonieller Rock war dicht mit Goldfäden besetzt, und auf dem Kopf trug er eine ebenfalls mit Goldfäden verzierte Kappe. Auf ein Schwert oder einen Dolch hatte er verzichtet. Allerdings standen mehrere Leibwächter in seiner Nähe und beobachteten jede Bewegung der Gäste mit Argusaugen.
Der König wirkte hoheitsvoll, aber auch sympathisch, sagte Falko sich und bedauerte, dass Eleonore von Portugal, Friedrichs Braut, nicht zu der Tischgesellschaft zählte. Die junge Dame hatte der Anstrengung der Reise Tribut zollen müssen und sich bereits zur Ruhe begeben.
Dafür saßen zwei Personen am Tisch, die Falko nicht erwar-

tet hatte, nämlich Edelgunde von Frammenberg und Margarete. Beide waren mit Ritter Oskar gekommen, der vor Jahren einmal die Steiermark bereist und dort mit Friedrich Bekanntschaft geschlossen hatte. Bislang hatte Falko Margarete stets im derben Reisekleid oder im schlichten Gewand gesehen. Diesmal aber trug sie ein mit Silberfäden durchwirktes Gewand aus grünem Samt, das von gutem Geschmack zeugte und ihr ausgezeichnet stand. Es war zwar nicht mit Juwelen verziert wie die Kleidung der übrigen Damen bei Tisch, hob sie aber trotzdem unter den Gästen hervor.

Falko fragte sich, wo er bisher seine Augen gehabt hatte. Margarete war tatsächlich ein ausnehmend hübsches Mädchen. Doch diese Überlegung lenkte seine Gedanken auf Francesca, gegen deren Schönheit Margarete allerdings verblasste.

»Ihr seid der Reichsritter auf Kibitzstein?« König Friedrichs Frage beendete Falkos Sinnieren.

Rasch wandte er sich dem Herrscher zu und nickte. »Ja, Euer Majestät, der bin ich!«

»Wir haben Eure Schwester kennengelernt. Ein sehr tapferes Mädchen, will mir scheinen.«

Falko lächelte erfreut. »Das stimmt, Euer Majestät. So leicht wird Trudi nicht bang.«

»Eure Schwester hat Uns damals wertvolle Dienste geleistet, ebenso wie Ihr heute. Ihr sollt Unseren Dank erhalten.«

»Euer Majestät sind zu gütig!« Den Wert des königlichen Versprechens konnte Falko nicht einschätzen, doch war er bereits stolz, weil Friedrich ihn vor allen Gästen herausgehoben hatte. Dann dachte er an Hilbrecht, der sich ebenfalls nach Kräften für den König eingesetzt hatte, und brachte die Sprache auf ihn. »Darf ich Eurer Majestät meinen Freund Hilbrecht von Hettenheim vorstellen? Seine

Verdienste am heutigen Tag sind nicht geringer als die meinen!«
»Herr von Hettenheim kann sich glücklich schätzen, einen Freund wie Euch zu haben«, antwortete Friedrich III. und nickte Hilbrecht zu.
Dieser wusste nicht so recht, was er sagen sollte. Im Allgemeinen war er schüchterner als Falko und fühlte sich in solch prunkvoller Umgebung und zwischen all den hohen Würdenträgern nicht wohl.
Falko aber begriff, dass er gerade die Gelegenheit erhielt, etwas für seinen Freund zu bewirken. »Junker Hilbrecht trägt zwar den Namen Hettenheim, ist aber nur ein jüngerer Sohn, der sich erst Besitz erwerben muss.«
Hilbrecht war es peinlich, so über sich sprechen zu hören, und er stieß Falko mit dem Fuß an, damit dieser nicht weiterredete.
Der König musterte die beiden mit dem Anflug eines Lächelns und wandte sich dann an einen seiner Tischgenossen. »Treue muss belohnt werden. Sorgt also dafür, dass die beiden jungen Ritter Uns als gnädigen und großzügigen Herrscher in Erinnerung behalten.«
Bei dem Wort großzügig lachten einige der italienischen Gäste, die der deutschen Sprache mächtig waren. Der armselige Einzug des Königs, über den sich schon das Volk an der Straße erregt hatte, war ihnen nicht verborgen geblieben.
Friedrich tat so, als hätte er nichts gehört, und verwickelte Falko in ein Gespräch über die Verhältnisse in Franken, um die er sich, wie er bedauernd sagte, leider nicht in dem Ausmaß kümmern konnte, wie er selbst es wünschte.
»Wir hoffen, dass dies sich in Zukunft ändern wird«, sagte er und wandte sich seinen übrigen Gästen zu.
Falkos Stolz, dass der König ausgerechnet mit ihm als Ers-

ten gesprochen hatte, erhielt einen herben Schlag, als er Margaretes spöttische Miene bemerkte. Auch sie wurde vom König geehrt, indem er sie ansprach. Zwar wechselte Friedrich nur ein paar Worte mit ihr, doch als sie danach zu Falko hinsah, las dieser in ihrem Blick die Aufforderung, er solle sich nicht zu viel auf diesen Abend einbilden.
Das tat er auch nicht, denn ihm reichte es, wenigstens ein Mal am Tisch des Königs gesessen zu haben. Weitere Ansprüche wollte er nicht erheben. Das, so riet er Margarete im Stillen, sollte sie ebenfalls nicht tun. Zwar hatte sie dem Vernehmen nach ein gewisses Erbe zu erwarten, doch im Grunde war sie nur ein Mädchen aus einfachem Adel, auch wenn ihre Ahnen diesen Rang bereits vor mehreren hundert Jahren errungen hatten und nicht, wie seine Eltern, vor knapp drei Jahrzehnten.

13.

Für Francesca Orsini war es wie eine Erlösung aus tiefster Not, als der Haushofmeister ihres Vaters auf dem Landsitz erschien und ihr erklärte, sie solle am nächsten Tag in die Stadt zurückgebracht werden. Allerdings gab er keinen Grund dafür an, sondern verabschiedete sich in beinahe unziemlicher Eile von ihr und verließ ihr Zimmer schneller, als er es betreten hatte.
Während sie auf die Tür starrte, die sich hinter dem Mann geschlossen hatte, fragte sie sich, ob er sie verachtete, weil sie unverheiratet schwanger geworden war. Sie bedachte ihn schließlich mit einer abwertenden Geste und griff sich an den Bauch, der ihr mit jedem Tag ausladender vorkam.

Ihre Miene hätte Annunzia warnen sollen, sie nicht anzusprechen. Doch die Freude, das einsame Landgut mit seinen biederen Knechten und Mägden verlassen und wieder in die Stadt zurückkehren zu können, machte die Zofe übermütig.
»Der Heiligen Jungfrau sei es gedankt! Endlich kommen wir wieder nach Hause. Hier kam ich mir wie eine Verbannte vor.«
Francesca lachte spöttisch auf. »Du hast dich doch danach gedrängt, mich zu begleiten!«
»Ihr seid bis in den Grund Eures Herzens böse!« Die Zofe zischte und machte mit den Fingern eine Bewegung, als beiße eine Schlange mit ihren Giftzähnen zu. Angst vor Francesca hatte sie keine mehr. Die junge Frau war viel zu plump, um Gegenstände zielsicher zu werfen oder sie gar verprügeln zu können.
»Immerhin ist Eure Torheit daran schuld, dass ein junger Edelmann ums Leben gekommen ist«, stichelte sie weiter. Sie genoss es, Francesca all das heimzahlen zu können, was sie wegen dieser ungezogenen Orsini-Tochter hatte erdulden müssen. War das Mädchen erst einmal mit dem jungen d'Specchi verheiratet, würde es rasch Demut lernen. Signore Cirio war keiner, der seiner Frau auch nur das Geringste durchgehen ließ.
In letzter Zeit hatte Francesca tatsächlich öfter an Antonio Caraciolo gedacht und sich schlecht gefühlt, weil er ihretwegen ums Leben gekommen war. Den tödlichen Dolchstich aber hatte Cirio d'Specchi dem jungen Edelmann zugefügt – und daran war in erster Linie Annunzias Verrat schuld.
Mit verächtlicher Miene blickte sie ihre Zofe an und spie vor ihr aus. »Conte Caraciolos Tod kommt allein auf dein Haupt! Du hast ihm den Mörder auf den Hals gehetzt.«
Annunzias Augen flammten empört auf. »Das musst ausge-

rechnet du sagen, du Hure! Wer weiß, ob dein Kind überhaupt von Signore Cirio ist. Du hast dich doch wie eine rollige Katze an jeden Mann herangemacht.«
In ihrer Erregung vergaß sie die gebotene Höflichkeit ihrer Herrin gegenüber und redete sie wie eine einfache Dienstmagd an. Zu anderen Zeiten hätte Francesca sie geohrfeigt, nun aber war sie zu schwerfällig dafür. Doch ihr Blick drohte der Zofe alle erdenklichen Strafen an.
Annunzia begriff nun selbst, dass sie sich vergessen hatte, und wich erschrocken zurück. Selbst wenn Cirio d'Specchi Francesca nur heiratete, um weiter aufzusteigen, so würde er niemals dulden, dass eine einfache Dienstmagd seine Frau schmähte. Auch lief sie Gefahr, dass Francesca die Sache ihrem Vater gegenüber aufbauschte und dieser sie für die Lügen seiner Tochter bestrafte.
»Ihr seid eine Bettmagd des Teufels!«, rief sie aus und zog sich eilig zurück.
Francesca sah ihr vor Wut kochend nach und sagte sich, dass Annunzia ihr nach ihrer Heirat nicht über die Schwelle kommen durfte. Bei dem Gedanken fragte sie sich, wen sie heiraten sollte. Früher hatte sie Cirio d'Specchi lediglich verachtet, doch seit dem Mord an Antonio Caraciolo und seinem versuchten Übergriff in den Katakomben hasste sie ihn wie die Pest. Unwillkürlich flogen ihre Gedanken zu Falko. Auch wenn sie dem Tedesco gram war, weil er bis jetzt noch nicht hier aufgetaucht war, so sehnte sie sich doch mit allen Fasern ihres Seins nach ihm.
Mit einem sinnenden Lächeln strich sie sich über den Leib und freute sich, weil sie zurück nach Rom gerufen wurde. Dort würde sie eine Gelegenheit finden, sich mit Falko in Verbindung zu setzen.
Doch was war, wenn er die Stadt enttäuscht verlassen hatte und bereits in seine Heimat zurückgekehrt war? Für einige

Augenblicke krümmte sie sich vor Angst. Diese schreckliche Vorstellung verflog, als sie sich erinnerte, dass der deutsche König zurzeit in Rom weilen sollte. Bevor Friedrich III. nicht abreiste, würde auch Falko es nicht tun. Daher erschien es ihr doppelt wichtig, so rasch wie möglich in die Stadt zu gelangen.

14.

Das neue Wams engte Falko ein, und die straff sitzenden Beinlinge zwickten an seiner empfindlichsten Stelle. Doch er konnte nicht einfach nach unten greifen und die Kleidung zurechtzupfen, solange er im Blickfeld Ihrer Königlichen Hoheit, der Prinzessin Eleonore, stand. Sein einziger Trost war, dass Hilbrecht mit den gleichen Problemen zu kämpfen hatte. Ihnen war einfach zu wenig Zeit geblieben, sich die festliche Kleidung richtig anpassen zu lassen. Es hatte dem König gefallen, sie beide mit dem Schutz seiner zukünftigen Gemahlin zu betrauen, und dabei hatten sie nicht in ihren alten, bereits schäbig gewordenen Gewändern auftreten können.

Nun trug jeder von ihnen ein aus verschiedenfarbigen Stoffbahnen zusammengenähtes Wams, modisch bunt gemusterte Beinlinge und aus Golddraht geflochtene Stirnbänder. Die Haare waren von Edelgunde und Margarete kräftig durchgekämmt worden und fielen ihnen in weichen Locken bis auf die Schultern.

Da ihn Langeweile zu überkommen drohte, überlegte Falko, vor wem sie die junge Dame beschützen sollten. Zum einen waren die zierlichen Zeremonialschwerter für einen harten Kampf nicht geeignet, und zum anderen standen ge-

nug Krieger vor der Basilika, um jeden Attentäter abzuschrecken.
Doch Michel von Ziegenhain war misstrauisch wie ein alter Dachs und hätte am liebsten bis auf den Papst, dessen Ministranten und ein paar ausgesuchte Gäste keinen Menschen in die Kirche des heiligen Petrus eintreten lassen, die noch aus der Zeit des großen Kaisers Konstantin stammen sollte. Doch an der Feier, in deren Verlauf der deutsche König und zukünftige römische Kaiser Friedrich die Ehe mit einer königlichen Prinzessin aus Portugal schloss, mussten so viele Würdenträger teilnehmen, wie die Basilika fassen konnte. Alle Welt sollte miterleben, wie die beiden Menschen aus königlichem Geblüt zusammengegeben wurden. Angesichts der vielen Besucher war es eine ernstzunehmende Aufgabe, zu verhindern, dass Prinzessin Eleonore etwas zustieß, und die würden Hilbrecht und er erfüllen.
Um sich von den engen Beinlingen abzulenken, betrachtete Falko eingehend die junge Braut. Sie war ein ganzes Stück kleiner als Friedrich, grazil und hatte das dunkle Haar und die dunklen Augen des Südens. Falko fand sie hübsch, hatte aber gehört, dass Friedrich III. bei ihrem Anblick seine Ärzte besorgt gefragt hatte, ob ein so zierliches Weib ihm jene gesunden Söhne gebären konnte, die für den Fortbestand der Dynastie unabdingbar waren.
Die Antwort musste zur Zufriedenheit des Königs ausgefallen sein, denn er wirkte stolz und hoheitsvoll, als er Eleonores Hand ergriff und ihr den Ring überstreifte. Der Papst sprach seinen Segen dazu, und die Chorknaben stimmten ein Lied an. Falko erschien es wie Engelsgesang, und er wandte für einen Augenblick den Kopf, um die jungen Sänger in ihren weißen Hemden zu betrachten.
Auf Hilbrechts leises Räuspern hin richtete er seine Aufmerksamkeit wieder auf das Brautpaar, das diesen Augen-

blick zu genießen schien. Friedrich hatte eine Braut aus königlichem Hause gewonnen und damit seine Stellung unter den Monarchen Europas gefestigt, Eleonore sonnte sich ihrem Lächeln nach in der Aussicht, sich bald Kaiserin nennen zu dürfen.

So bescheiden Friedrichs Einzug in Rom auch ausgefallen sein mochte, diesen Tag versuchte er groß zu feiern. Dennoch fanden die Geschenke und Geldsummen, die sein Kämmerer und dessen Untergebene an die Ministranten, die Sänger und die übrigen Beteiligten austeilten, offensichtlich nicht deren Zustimmung.

Auch Falko und Hilbrecht erhielten als Trabanten der jungen Königin ein paar Münzen in die Hand gedrückt. Da sie ihre Aufgabe jedoch nicht wegen eines erhofften Lohnes erfüllten, zählten sie zu den wenigen, die sich nicht über Friedrichs angebliche Knausrigkeit ereiferten.

Auch beim anschließenden feierlichen Bankett war es Falkos und Hilbrechts Aufgabe, die Braut des Königs zu beschützen. Beide stellten sich seitwärts hinter ihren Stuhl, die jeweils rechte Hand am Schwertgriff, und sahen zu, wie die übrigen Gäste tafelten. Sie selbst würden erst essen können, wenn das Brautpaar sich in seine Gemächer zurückgezogen hatte. Dieser Umstand störte Falko jedoch ebenso wenig wie die spöttischen Blicke Margaretes, die mit ihrer Tante und deren Mann zu den Festgästen zählte.

Mit einem Mal fragte sich Falko, ob Margarete seine Beinlinge absichtlich so eng genäht hatte. Da Hilbrecht mit den gleichen Problemen kämpfte, war es wohl der Eile geschuldet, in der die Kleidung hatte gefertigt werden müssen. Allerdings sahen sein Freund und er in diesen Gewändern gut aus, und es erfüllte ihn mit Freude, hier stehen zu dürfen. Davon würde er noch seinen Enkeln erzählen können, dachte er mit einem versonnenen Lächeln.

An diesem Abend geschah nichts Unvorhergesehenes, und so standen die beiden jungen Männer wie Statuen da. Sie sahen den Hofzwergen bei ihren Späßen zu, lauschten den Melodien der Musikanten und ließen ansonsten ihren Gedanken freien Lauf. Falko bedauerte, dass Francesca nicht hier sein konnte. Es hätte ihr gewiss gefallen, und vielleicht wäre es ihnen sogar gelungen, miteinander zu sprechen. Nun musste er weiter darauf warten, dass er Zeit fand, sie zu suchen. Zu seinem Leidwesen würde das so schnell nicht der Fall sein. Zwar wollten Friedrich und seine Gemahlin nach der Krönung Neapel aufsuchen, um König Alfonso, Eleonores Onkel, ihre Aufwartung zu machen. Aber Michel hatte ihn und Hilbrecht damit beauftragt, über den in Rom zurückbleibenden Prinzen Ladislaus zu wachen.

Dies war ebenfalls eine ehrenhafte Aufgabe, doch sie passte nicht in Falkos Pläne. Was war, wenn er Francesca erst fand, nachdem ihr Vater sie mit einem anderen Mann verheiratet hatte? Der Gedanke brachte ihn beinahe dazu, die Hochzeitsgesellschaft zu verlassen und sich unverzüglich auf die Suche zu machen. Damit jedoch würde er Königin Eleonore tödlich beleidigen, den König erzürnen und Michi, der ihm vertraute, zutiefst enttäuschen.

15.

Drei Tage später schritten Falko und Hilbrecht in König Friedrichs Gefolge durch das Tor von Sankt Peter. Diesmal kamen sie als geladene Gäste, denn der Papst hatte Königin Eleonore ein Geleit aus jungen römischen Edelleuten beiderlei Geschlechts gegeben.

Obwohl die Edlen Roms sich lange gegen Friedrichs Besuch und dessen Krönung gesträubt hatten, wollte jetzt keiner von ihnen fehlen. Nie zuvor hatte Falko so prunkvolle Roben und glitzernde Edelsteine gesehen wie an diesem Tag. Es schien, als wolle Rom allen Glanz entfalten, um die Armut des Königs noch einmal für alle augenfällig zu machen.

Doch selbst wenn Friedrich dies so empfand, war ihm nichts anzumerken. Am Eingang der Basilika hatte er dem Papst nach alter Sitte andeutungsweise den Fuß geküsst und danach einen Eid darauf geleistet, die Gesetze der Stadt und der Bürger zu achten.

Es gab etliche römische Adelige, die den König daraufhin hochleben ließen. Ihre Angst vor einer Besetzung ihrer Stadt durch deutsche Truppen war längst entschwunden, und so applaudierten sie heftig, als der Papst den König zum Sohn der heiligen Kirche ernannte und damit in das Domkapitel von Sankt Peter aufnahm. Selbst als Seine Heiligkeit Friedrich III. in einer kurzen Ansprache den neuen Kaiser nannte, unterblieb jegliche Unmutsäußerung.

Falko wunderte sich über die Wendigkeit des römischen Geistes, der jemand in einem Augenblick verdammen und im nächsten umjubeln konnte. Allerdings war es ihm so lieber, als wenn er und andere den König und dessen Gemahlin gegen einen wütenden Mob hätten verteidigen müssen.

Mehr als nach Friedrich und Eleonore hielt er nach Francesca Ausschau, die er unter den römischen Edeldamen vermutete. Doch sosehr er sich auch anstrengte, er fand sie nicht.

Daher wandte er sich wieder der Krönungszeremonie zu. Am Hochaltar sprachen drei Bischöfe im vollen Ornat Gebete, worauf Friedrich sich nach alter Sitte wie ein Priester bei seiner Weihe zu Boden warf, um Jesus Christus und die heilige Kirche zu ehren. Anschließend erhielt er zusammen mit den Kardinälen und Bischöfen die Kommunion mit Brot und Wein.

Nun begann das Hochamt, das in feierlicher Art zelebriert wurde und mit der Frage eines päpstlichen Diakons an die in der Basilika versammelten adeligen Herren Roms endete, ob es in ihrem Sinne wäre, Friedrich als ihren Kaiser anzuerkennen und ihm nach Geheiß der Apostel zu dienen.

Es wunderte Falko nicht, dass diejenigen, die am meisten gegen Friedrichs Besuch gehetzt hatten, zu den Ersten zählten, die die altüberlieferte Formel »Es geschehe!« riefen.

Friedrich leistete den Schwur, stets ein treuer Diener des Glaubens zu sein, die Macht des Heiligen Römischen Reiches zu mehren und die Armen und Schwachen zu schützen, auf das Evangelienbuch.

Daraufhin wurde er vom Papst gesalbt, der dabei auf David hinwies, welcher in ähnlicher Weise von dem Richter Samuel zum König Israels gesalbt worden sei, und anschließend mit den kaiserlichen Gewändern bekleidet. Zuletzt wurden Friedrich die Reichsinsignien einzeln übergeben und ihm die Krone aufs Haupt gesetzt.

Als sich der Papst, die geistlichen Würdenträger und die Edlen Roms schließlich vor dem neuen Kaiser verneigten, um dessen erhabene Stellung im Reich und dem Erdkreis zu bezeugen, atmete Falko auf. Da ihn seine eigenen Probleme beschäftigten, war er froh, nicht zum anschließenden Krönungsmahl eingeladen worden zu sein.

Gemeinsam mit einigen Rittern aus Friedrichs Gefolge suchten Hilbrecht und er eine in der Nähe gelegene Taverne auf, um sich nach den langen Stunden in der Basilika von Sankt Peter mit ein paar Bechern Wein und einem guten Stück Braten zu stärken.

Zuerst schwiegen die meisten, denn sie waren von dem Glanz beeindruckt, mit dem Friedrich gekrönt worden war.

Bald aber löste der Wein die Zungen, und jeder wollte berichten, wie er diese Feier erlebt hatte.
Falko hielt sich zurück, da seine Gedanken mehr Francesca galten als dem neuen Kaiser, auch wenn er stolz darauf war, Zeuge eines Ereignisses geworden zu sein, das es auf der ganzen Welt kein zweites Mal geben konnte.
Gedankenverloren ließ er seine Blicke schweifen und stutzte. Am Nebentisch saßen zwei Männer, die ihn an die Österreicher erinnerten, welche er in der Marienkapelle des Campo Santo Teutonico belauscht hatte. Auf den zweiten Blick stellte er fest, dass es sich tatsächlich um die beiden Edelleute handelte. Bei ihnen saß ein Mann in bürgerlicher Tracht, der leise, aber heftig auf sie einredete. Dabei blickte er mehrmals zu ihrer Tafel herüber, an der vor allem Ritter aus der Steiermark saßen, die Friedrich treu ergeben waren, und verzog das Gesicht.
Unauffällig stupste Falko Hilbrecht an. »Vorsicht! Schräg vor uns sitzen die beiden Herren, die auf Friedrich geschimpft und sich als Ladislaus' Vasallen bezeichnet haben.«
Hilbrecht stieß die Luft aus den Lungen. »Bist du dir sicher?«
»So sicher wie das Amen in der Kirche. Ich frage mich, was sie hier wollen und wer der Kerl in ihrer Begleitung ist.«
»Das kann ich Euch sagen, Kibitzstein«, antwortete einer der Steirer. »Bei dem Mann handelt sich um den Lehrer des Prinzen Ladislaus. Kaspar Wendel heißt er. Ich mag ihn nicht, denn er ist mir zu gelehrt!« Der Mann lachte, ließ sich seinen Becher wieder füllen und hatte das kurze Zwischenspiel bereits wieder vergessen.
Falko hingegen beobachtete Kaspar Wendel und die beiden Edelleute aus den Augenwinkeln. Am liebsten wäre er eine Maus gewesen, die unter den anderen Tisch hätte huschen und lauschen können. Irgendetwas heckten die drei aus,

darauf hätte er seinen gesamten Besitz verwettet. Da er zu unruhig war, um tatenlos zusehen zu können, stand er auf, murmelte, dass er zum Abtritt müsse, und verließ die Gaststube. Um nicht aufzufallen, schlug er draußen sein Wasser ab und kehrte wieder in die Wirtsstube zurück. Dort setzte er sich nicht mehr auf seinen alten Platz neben Hilbrecht, sondern forderte die Männer auf, zusammenzurücken, und ließ sich am äußersten Ende der Bank nieder. Zwar saß er nun mit dem Rücken zu den drei Verschwörern, aber nahe genug, um einzelne Worte der leise geführten Unterhaltung verstehen zu können.

»Friedrich … falsche Kaiser …, nimmt Ladislaus … Würde weg … nicht dulden … handeln, bald … fort …«, vernahm er. Für sich ergänzte er die Bruchstücke in etwa so: »Friedrich ist der falsche Kaiser und nimmt Ladislaus die ihm zustehende Würde weg. Das werden wir nicht dulden. Wir müssen handeln, sobald Friedrich fort ist.«

Da die Verschwörer warten wollten, bis der Kaiser Rom verlassen hatte, hielt Falko einen Anschlag auf Friedrichs Leben für nicht wahrscheinlich. Eher planten sie etwas, bei dem der Kaiser ihnen im Weg war.

Von Michel hatte er gehört, dass Ulrich von Eitzing und auch der böhmische Statthalter Georg von Podiebrad schon mehrfach versucht hatten, sich des Prinzen Ladislaus zu bemächtigen. Falko erinnerte sich, dass auch Margarete ihn auf diese Gefahr hingewiesen hatte. Da Friedrichs Gefolgsleute in Rom Fremde waren, konnte ein Entführungsversuch in dieser Stadt eher von Erfolg gekrönt sein als in der Heimat. Er wollte schon zu Michel gehen und ihm von seiner Entdeckung berichten. Doch wie er Gisos Bruder kannte, würde dieser Kaspar Wendel sofort festsetzen lassen. Damit aber war das Problem nicht aus der Welt geschafft, denn dessen Kumpane würden wahrscheinlich auf eigene Faust

versuchen, des Prinzen habhaft zu werden. Daher nahm er sich vor, ein Auge auf Prinz Ladislaus zu haben und die Pläne der Gegner des Kaisers zu durchkreuzen.
Mit einem Mal fühlte Falko, wie es bei dem Gedanken, der Prinz könnte durch seine Schuld in die Hände der Feinde geraten, heiß in ihm aufstieg. Ging er nicht ein zu großes Risiko ein, wenn er sich allein auf die Jagd nach den Verschwörern machte? Andererseits hatte er den Wunsch, sich Friedrich als treuer Vasall anzudienen. Diese Absicht überwog schließlich alle Bedenken. Wenn der Kaiser ihn belohnte und vielleicht sogar in den Stand eines Reichsfreiherrn erhob, konnte er möglicherweise offen um Francescas Hand anhalten.

16.

Früher hatte es Francesca gefallen, in einer Pferdesänfte zu reisen. Doch an diesem Tag schaukelte das Ding in einer Weise, als würden die Pferde betrunken hin und her wanken. Außerdem war es so eng, dass sie sich kaum zu rühren vermochte. Annunzia saß ihr gegenüber und beobachtete jede ihrer Regungen. Dabei hatte sie eine höhnische Miene aufgesetzt, in die Francesca am liebsten mit der Faust hineingeschlagen hätte.
»Gleich sind wir in Rom«, erklärte die Zofe, als der Reisezug plötzlich anhielt. Neugierig öffnete sie den Vorhang und sah hinaus. »Was ist denn jetzt schon wieder los?«
»Verzeihung! Wir müssen anhalten, um die Straße für den König der Deutschen freizumachen«, erklärte Ercole Orsinis Haushofmeister, der ihnen als Reisemarschall diente.

Trotz der Krönung war Friedrich III. für ihn nicht der Kaiser des Heiligen Römischen Reiches, sondern nur das Oberhaupt der Barbaren jenseits des Alpengebirges.
Annunzia wollte den Kaiser sehen und streckte den Kopf noch weiter aus der Sänfte hinaus. Dabei stützte sie sich auf Francescas Knie.
»Tu deine Hand weg!«, fauchte diese sie an.
»Habt Euch doch nicht so! Mit Eurem dicken Bauch könnt Ihr ohnehin nicht hinausschauen!« Die Zofe kümmerte sich nicht um Francescas Unmut, sondern starrte nach vorne. Ihre Vorstellungen von einem prachtvollen Aufzug wurden jedoch enttäuscht.
Friedrich folgten nur wenige hundert Leute, und er selbst glich in seinem weiten, schon leicht abgetragenen Reisemantel eher einem armen Ritter.
Mit einem verächtlichen Schnauben setzte Annunzia sich wieder. »Und so etwas will Kaiser sein! Euer Vater und Euer Bräutigam würden sich schämen, sich so schäbig gekleidet zu zeigen.«
Francesca achtete nicht auf sie, sondern stemmte sich schwerfällig hoch und blickte selbst ins Freie. Der Kaiser war bereits ein ganzes Stück weitergeritten, und so nahm sie den prachtvollen Reisewagen wahr, den Kaiserin Eleonore benutzte, und die aus deutschen Rittern und römischen Jünglingen bestehende Leibwache, die diesen umgab. Die jungen Römer waren vom Papst neu eingekleidet worden und glänzten in ihren mit Gold- und Silberfäden bestickten Röcken. Die Deutschen hingegen waren in Eisen gewandet und wirkten auf Francesca wie wachsame Hunde, die bereit waren, sich auf jeden zu stürzen, der ihrer Herrin zu nahe kam.
»Nun, ich würde mich nicht schämen, auf diese Weise zu reisen«, sagte sie zu ihrer Zofe und nahm wieder Platz. Kurz

darauf wurde die Straße freigegeben, und ihr Reisezug konnte seinen Weg fortsetzen.
Nicht mehr lange, da zogen sie in die Stadt ein und erreichten bald Ercole Orsinis Palazzo. Contessa Flavia hatte sich zum Empfang ihrer Tochter eingefunden und nahm traurig deren blasses, leicht fleckiges Gesicht und die unbeholfene Gestalt wahr. Dabei erinnerte sie sich, dass sie vor neunzehn Jahren, als sie mit Francesca schwanger gegangen war, nicht anders ausgesehen hatte.
»Sei mir willkommen, mein Kind«, sagte sie und küsste ihre Tochter auf die Wange.
Francesca knickste, musste dabei aber von ihrer Mutter festgehalten werden, damit sie nicht vornüberkippte.
»Sachte! Du brauchst mich und auch deinen Vater nicht durch einen Fußfall zu ehren. Dein Zustand entschuldigt dich.«
»Ich hoffe, es ist bald vorbei. Ich fühle mich wie ein mit Sand gefüllter Sack, der auf Entenbeinen watschelt!« Francesca betrachtete ihren ausladenden Leib mit einem zornigen Blick, der sich aber sofort wieder verlor, als sie an das kleine Wesen dachte, das in ihr wuchs.
»Es dauert nicht mehr lange«, versuchte ihre Mutter sie zu trösten. »In wenigen Wochen wirst du dein Kind in die Arme einer Amme legen und dich deinem Gemahl widmen können.«
»Gemahl?«, fragte Francesca erschrocken. Sollten die Eltern sie etwa zurückgeholt haben, um sie zu verheiraten? Wenn das der Fall war, würde sie rasch handeln müssen.
»Hast du vergessen, dass du mit Signore Cirio d'Specchi, dem Vater deines Kindes, verlobt bist?«, fragte Contessa Flavia erstaunt.
Am liebsten hätte Francesca ihrer Mutter ins Gesicht gesagt, wer sie wirklich geschwängert hatte, doch damit würde sie

sich selbst der Strafe ihres Vaters und Falko dessen Rache ausliefern. Daher wandte sie sich schweigend ab und schritt auf die Eingangstür zu.

Ihre Mutter folgte ihr und legte ihr die Hand auf den Unterarm. »Übrigens wird Signore Cirio heute Abend mit uns speisen. Seine Eltern und seine Schwestern werden ebenfalls kommen.«

Wie ihr Mann hoffte Contessa Flavia, die Anwesenheit der anderen Gäste würde verhindern, dass ihre Tochter ihrem Abscheu vor Cirios Aussehen lautstark Ausdruck gab. Ganz sicher war sie sich jedoch nicht, denn Francesca verachtete die vier Schwestern des jungen Mannes nicht weniger als diese sie.

»Über eine Sache müssen wir noch reden«, erklärte sie und führte ihre Tochter in ihre eigenen Gemächer.

Annunzia folgte ihnen und blieb an der Tür stehen. »Benötigt Ihr etwas, gnädigste Contessa?«, fragte sie Flavia.

Bevor diese etwas sagen konnte, tat Francesca so, als würde sie die Worte auf sich beziehen. »Ja, ich benötige Lina zu meiner Bedienung. Du kannst an ihrer Stelle in der Küche helfen, denn ich will dich niemals mehr in meiner Nähe sehen. Das gilt auch für den Fall einer Heirat. Sollte jemand versuchen, dich mir aufzudrängen, wirst du sterben!«

Obwohl ihre junge Herrin es im ruhigen Ton gesagt hatte, begriff Annunzia, wie ernst es Francesca mit dieser Drohung war, und sah deren Mutter erschrocken an.

Flavia war nicht weniger bestürzt als die Zofe und überlegte, wie sie reagieren sollte. Ihre Tochter war nicht mehr das trotzige Kind, das sich mit Naschwerk versöhnen ließ, und ihr Hass auf Annunzia würde daher nicht so rasch weichen. Sie fragte sich, was auf dem Landgut vorgefallen sein mochte. Sie hatte die Zofe Francesca mitgegeben, damit das Weib

ihrer Tochter dienen sollte, aber Annunzia hatte sich wahrscheinlich als Zuchtmeisterin aufgespielt.
Verärgert wandte sie sich an die Dienerin. »Du hast Francesca gehört! Geh und schicke Lina in die Kammer meiner Tochter, um dort aufzuräumen. Sie soll Francesca ab jetzt bedienen und sie später in die Casa d'Specchi begleiten. Für dich finden wir eine andere Arbeit im Haus.«
Annunzia war empört. Nach so vielen Jahren treuer Dienste sollte sie auf den Stand einer einfachen Magd herabgesetzt werden, während diese Schlafmütze Lina Francesca als neue Zofe dienen durfte. Das hieß, ihr bisher recht leichtes Leben gegen harte Arbeit eintauschen zu müssen, mit der Aussicht, von der Beschließerin bis hinab zur Köchin von allen, die über ihr standen, wegen jeder Kleinigkeit geschlagen zu werden. Das hatte sie nicht verdient. Schnaubend verließ sie die Kammer, stapfte die Treppe hinab und platzte in die Küche.
Dort ließ sie sich von der Köchin einen Teller füllen und Wein einschenken. Anschließend berichtete sie den staunenden Zuhörerinnen, wie es ihr und Francesca auf dem Landgut ergangen war. Mit einem zufriedenen Lächeln nahm sie wahr, dass auch Lina an ihren Lippen hing. Eigentlich hätte sie der Alten sagen müssen, dass diese nach oben gehen und Francescas Gepäck einräumen sollte, doch das unterließ sie. Die elende Schlafmütze sollte Francescas Zorn spüren, wenn diese ihr Zimmer betrat und dort noch alles so vorfand, wie die Knechte es hinterlassen hatten.

17.

Während Annunzia die Aufmerksamkeit der Mägde genoss, stand ihre Herrin vor dem Problem, Francesca erklären zu müssen, dass Cirio d'Specchis Aussehen durch eine Verletzung gelitten hatte. Die Contessa überlegte lange, wie sie beginnen sollte, und schilderte Francesca erst einmal den Besuch des deutschen Königs und jetzigen römischen Kaisers in der Stadt, die Feiern zu dessen Heirat mit der Portugiesin Eleonore von Portugal und die Krönung beider durch den Papst. Erst später, als Francescas Neugier gestillt war und diese sich entspannt auf ihrem Stuhl zurücklehnte, kam die Mutter auf Cirio d'Specchi zu sprechen.

»Du wirst dich gewiss gewundert haben, warum dein Verlobter unser Haus so lange gemieden hat. Das geschah nicht aus Scham oder gar Zorn. An jenem Tag in den Katakomben ist er, nachdem du in jungfräulichem Erschrecken vor ihm geflohen bist, von ruchlosen Feinden niedergeschlagen und schwer verletzt worden. Der Arme hat viele Tage mit dem Tod gekämpft und sich während der langen Zeit seiner Genesung auf den Landsitz seines Vaters zurückziehen müssen.«

Francesca folgte den Ausführungen ihrer Mutter scheinbar erstaunt und entsetzt, hatte aber Mühe, ernst zu bleiben. Wie es sich anhörte, glaubten ihre Eltern fest daran, Cirio d'Specchi wäre bei ihr zum Erfolg gekommen und hätte sie geschwängert. Sie ahnten nicht, dass sie nicht aus jungfräulicher Scham vor ihm geflohen war. Auch hatte sie sich Falko höchst schamlos angeboten. Geschwängert hatte dieser sie allerdings erst kurz darauf bei einem ihrer heimlichen Treffen in der Kapelle ihrer Familie.

»Nun ist Signore Cirio zwar wieder gesund, aber er trägt die Spuren seiner schlimmen Verletzung im Gesicht. Sein Aussehen mag dir schrecklich, vielleicht sogar abstoßend vorkommen, doch sei versichert, dass etliche Kriegshelden noch fürchterlicher entstellt sind und doch von ihren Frauen und Kindern geliebt und verehrt werden.
Um dich nicht zu sehr zu erschrecken, hat Signore Cirio versprochen, in deiner Gegenwart eine Augenbinde zu tragen.«
Das Letzte setzte Flavia Orsini schnell noch hinzu, in der Hoffnung, Francesca würde sich mit der Situation abfinden und es an diesem Abend nicht zum Eklat kommen lassen. Vorsichtshalber hatten ihr Gemahl und sie nur die d'Specchi-Familie eingeladen und keine weiteren Freunde. Gemeinsam würde es ihnen gelingen, so hoffte sie, Francesca im Zaum zu halten.
Allen Befürchtungen ihrer Mutter zum Trotz graute es Francesca nicht schon im Vorhinein vor Cirio d'Specchis Verletzung, sondern sie wünschte ihm sogar, möglichst grässlich auszusehen. Das erschien ihr als die gerechte Strafe für seine Absicht, ihr an einem so heiligen Ort wie den Domitilla-Katakomben Gewalt anzutun.
Die Gelassenheit, mit der sie die Worte ihrer Mutter aufnahm, bestärkten diese in dem Glauben, dass Francesca während ihres Aufenthalts auf dem Land Vernunft angenommen hatte und sich nicht mehr gegen den Willen des Vaters auflehnen würde. In dieser Meinung wurde sie noch bestärkt, als wenig später die Gäste erschienen und Francesca diese zwar distanziert, aber doch höflich begrüßte.
Auch Ercole Orsini atmete auf, als seine Tochter bei Cirios Anblick weder zu schreien begann noch in Ohnmacht fiel. Allerdings hatte der junge Mann sich prachtvoll gekleidet und ein schillerndes Seidenband so um den Kopf gewickelt,

dass die schlimmsten Stellen seiner Verletzung bedeckt wurden. Außerdem befleißigte Cirio sich Francesca gegenüber größter Zuvorkommenheit, und sein Vater schloss sie scheinbar höchst erfreut in die Arme.

»Meine liebe Francesca, Ihr wisst nicht, wie sehr ich mich freue, Euch bald Tochter nennen zu dürfen«, säuselte er und winkte dann seine Frau nach vorne. »Begrüßt die Braut unseres Sohnes!«

Isotta d'Specchi trat auf Francesca zu und gönnte ihr eine knappe Umarmung. Umso euphorischer gebärdeten sich ihre Töchter. Selbst Celestina, die sonst nie ein gutes Haar an Francesca gelassen hatte, war diesmal die Freundlichkeit in Person. »Ihr wisst gar nicht, wie glücklich ich bin, bald die Patin Eures Erstgeborenen zu sein«, sagte sie schmeichlerisch und schlang die Arme um Francesca, als wolle sie diese nie mehr loslassen.

»Ach, sind die Paten bereits bestimmt worden?«, antwortete diese mit nicht zu überhörendem Spott.

»Nur die von unserer Seite, liebste Francesca. Natürlich könnt Ihr Euch auch selbst welche aussuchen«, beeilte Dario d'Specchi sich, ihr zu versichern.

Er hatte seinen Sohn, aber auch Frau und Töchter darauf eingeschworen, alles zu tun, um sich das Wohlwollen des Grafen Ercole und dessen Gemahlin zu bewahren und Francesca wie ein liebes Mitglied in ihre Familie aufzunehmen. Zwar hatte Kaiser Friedrich die Stadt verlassen, doch es trieben sich nach wie vor etliche deutsche Ritter in Rom herum. Diese Leute und die Untergebenen des Papstes suchten noch immer nach den Hintermännern des misslungenen Anschlags auf Friedrich, und daher erschien es d'Specchi unabdingbar, sich des Schutzes der Orsini-Sippe zu versichern.

Die Haltung der Gäste machte einen guten Eindruck auf Ercole Orsini und Contessa Flavia, auch wenn ihnen Francescas zukünftige Schwiegermutter etwas zu sehr auf Abstand bedacht zu sein schien. Francesca ließ sich von der scheinbaren Freundlichkeit der d'Specchis jedoch nicht blenden. Sowohl Celestinas Verwandlung in eine liebevolle Schwägerin wie auch Cirios Bemerkung, wie glücklich er sich schätze, nicht nur ein so schönes Weib zu gewinnen, sondern auch bald Vater eines strammen Sohnes zu sein, klangen in ihren Ohren verlogen. Cirio d'Specchi musste doch wissen, dass er sie unmöglich hatte schwängern können. Oder glaubte er tatsächlich das Märchen, dass sie nach erfolgtem Geschlechtsverkehr vor ihm geflohen wäre und irgendeiner ihn bei der Suche nach ihr niedergeschlagen hätte?

Dieser Umstand machte ihn ihr nicht sympathischer. Sie mochte keine Männer, die sich damit brüsteten, eine Frau gegen deren Willen genommen zu haben. Mehr denn je sehnte sie sich nach Falkos Nähe und sagte sich, dass selbst ein Leben in den kalten und nebelverhangenen Urwäldern Germaniens einer Ehe mit Cirio d'Specchi vorzuziehen sei. Daher ließ sie die Gäste reden, was diese auch reichlich taten, und fand als Einzige der gesamten Sippe Isotta sympathisch. Diese ergriff zwar nur selten das Wort, bedachte aber ihren Sohn mit finsteren Blicken und strich ihr sogar einmal wie tröstend über die Hand.

Wie wenig die Mutter in ihrer Familie zählte, stellte Francesca jedes Mal fest, wenn Celestina dieser über den Mund fuhr. Anstatt seine Tochter zurechtzuweisen, stimmte Dario d'Specchi Celestina zu und gab seine Gemahlin mehrfach der Lächerlichkeit preis.

So wie Isotta, sagte Francesca sich, wollte sie wahrlich nicht leben wollen, und legte sich ihre nächsten Schritte zurecht.

18.

Um Prinz Ladislaus so beschützen zu können, wie er es für nötig hielt, blieb Falko nichts anderes übrig, als den Campo Santo Teutonico erneut zu verlassen und sich im Lateranpalast einzuquartieren. Da er nun öfter mit Kaiser Friedrichs Mündel sprechen konnte, hatte er sich eine Meinung über den Knaben gebildet. Trotz seiner elf Jahre war Ladislaus sich voll und ganz der Bedeutung bewusst, die er als Erbe des deutschen Königs und niederösterreichischen Herzogs Albrecht und vor allem seiner Mutter Elisabeth als König von Böhmen und Ungarn genoss. In dieser Haltung wurde er von seinem Lehrer Kaspar Wendel bestärkt, der dem Knaben zudem mit geschickt gesetzten Worten das Gefühl zu vermitteln suchte, von seinem Vormund schlecht behandelt zu werden.

An Friedrichs Stelle hätte Falko diesen Lehrer längst zum Teufel gejagt, aber ihm war klar, dass der Kaiser auf die Stände in Niederösterreich und die Reichsverweser von Ungarn und Böhmen, die hinter Wendel standen, Rücksicht nehmen musste. So war es beinahe ein Wunder, dass Ladislaus trotz der ständigen Einflüsterungen an Friedrich hing und seinem Lehrer widersprach, wenn dieser den Kaiser in ein zu schlechtes Licht rückte.

Falko fragte sich jedoch, was sein würde, wenn der Knabe noch stärker unter Kaspar Wendels Einfluss geriet. Würde er sich dann offen gegen seinen Vormund stellen und die Zahl der Feinde verstärken, die nach Friedrichs Fersen schnappten? Dies war auch für ihn persönlich wichtig, denn als freier Reichsritter auf Kibitzstein war er ein Vasall des Kaisers und auf dessen Schutz gegen gierige Nachbarn wie den Markgrafen Albrecht Achilles von Brandenburg-Ansbach oder die beiden Fürstbischöfe von Würzburg und Bamberg angewiesen. Wenn die Macht des Kaisers nicht mehr ausreichte, diese im Zaum zu halten, konnte es einem von ihnen einfallen, ihm den Huldigungseid abzupressen.

An diesem Morgen saß Falko auf einem Mauervorsprung unterhalb des Lateranpalastes und ließ sich von Hilbrecht, der die beiden Österreicher beobachtet hatte, auf den neuesten Stand bringen.

»Die Kerle sind in den letzten Wochen wohl nicht in der Stadt gewesen. Zumindest laut Aussage des Stallknechts, mit dem ich über sie gesprochen habe«, erklärte Hilbrecht gerade.

Falko bedachte ihn mit einem mahnenden Blick. »Du hast hoffentlich kein Aufsehen erregt oder gar Misstrauen?«

»Für wen hältst du mich? Ich habe mich nur erkundigt, wem der stattliche Rotfuchs gehört, den einer der beiden Männer am Vortag geritten hat, und so getan, als wolle ich ihn kaufen. Der Knecht meinte daraufhin, dass der Ritter dieses Pferd und drei andere auf seinen Rat hin erst vor wenigen Tagen selbst gekauft habe. Es handelt sich um ebenso schnelle wie ausdauernde Reisepferde, mit denen der Edelmann angeblich seine Zucht verbessern will. Glaubst du das?«

»Nein! Das war ein vorgeschobener Grund. Um gute Pferde zu kaufen, muss man nicht nach Rom reisen. Ich bin davon überzeugt, die Männer wollen ihre unguten Pläne in den nächsten Tagen durchführen.«

Nachdenklich starrte Falko auf das Gemäuer des Palastes und legte Hilbrecht die Hand auf die Schulter. »Gut gemacht! Ich hätte es nicht besser gekonnt.«

»Du hast ja auch von mir gelernt«, sagte Hilbrecht lachend und kehrte damit das eine Jahr heraus, welches er Falko vorausshatte.

Dieser reagierte nicht auf den Scherz, sondern schüttelte sich wie unter einem kalten Guss. »Wären die Männer mit überzähligen Pferden in Rom eingeritten, hätten sie Misstrauen erregt. Daher mussten sie die Tiere hier kaufen. Wenn es ihnen jetzt gelingt, den Prinzen unauffällig zu entführen, können sie mit ihm die Stadt verlassen, ohne dass es jemandem auffällt.«

»Aber wie wollen sie den Prinzen entführen? Immerhin wird er ständig bewacht«, wandte Hilbrecht ein.

»Wenn ich das wüsste!« Falko überlegte, wie er an der Stelle dieser Leute handeln würde. »Lange werden sie nicht warten! Der Kaiser kann jederzeit einen Boten schicken, der Ladislaus fortholt. Ich würde sagen, es passiert heute oder spätestens morgen Nacht.«

»Also werden wir in den beiden Nächten nicht zum Schlafen kommen!«

Falko nickte. »Wenn die Kerle den Prinzen erst morgen Nacht entführen, dürftest du recht haben. Bitte Ritter Oskar um Unterstützung und halte mit ihm zusammen das Quartier der österreichischen Ritter unter Bewachung. Ich kümmere mich um den Prinzen und dessen Lehrer.«

»Und was ist mit Ritter Michel?«, fragte Hilbrecht.

»Michel wird morgen mit Nikolaus Muffel und seinen Leuten aufbrechen, um die Reichskleinodien zurück nach Nürnberg zu bringen. Wir sollten ihn nicht noch mit dieser Sache belasten.«

Mit einem verkrampft wirkenden Lächeln klopfte Falko seinem Freund auf die Schulter und erklärte, dass er jetzt wieder zu Ladislaus zurückkehren müsse. »Nicht, dass Kaspar Wendel ihn zu einem Spaziergang überredet, von dem er nicht wiederkehrt.«

Hilbrecht wollte ihn noch fragen, wie ein Spaziergang am Tag mit seiner Theorie zusammenpasse, der Knabe würde in der Nacht entführt, sah ihm aber nur stumm nach und ging zum Campo Santo Teutonico, um mit Ritter Oskar zu sprechen. Auch wenn er Falko voll und ganz vertraute, wollte er auch die Meinung dieses erfahrenen Mannes hören.

19.

Noch nie hatte Francesca die Abendstunde mehr herbeigesehnt als an diesem Tag. Nachdem ihr Vater ihr erklärt hatte, sie werde am nächsten Tag in aller Stille mit Cirio d'Specchi getraut, wollte sie die Nacht nicht mehr unter dem Dach dieses Hauses verbringen. Durch geschicktes Fragen hatte sie von ihrem Vater erfahren, dass Falko sich noch in Rom befand und eine Rolle beim Besuch des Kaisers gespielt hatte. Nun klammerte sie sich an die Hoffnung, er werde sie vor ihrem verhassten Verlobten beschützen.

Als sich vom Osten her die ersten Schatten der Dämmerung über die Stadt senkten, nahm Francesca eines ihrer alten Schultertücher und presste es sich gegen die Brust. Wohl war ihr nicht dabei zumute, ihr Elternhaus heimlich und zu später Stunde zu verlassen, doch es musste sein. Sie horchte, ob sich jemand im Flur aufhielt, und trat, als sie nichts hörte, aus ihrem Zimmer. So rasch, wie es ihr mit ihrer Leibesfülle möglich war, stieg sie die Treppen hinab und verließ den Wohnturm durch die Rückpforte. Dort schlang sie ihr Schultertuch um sich, trat auf das Tor zu und öffnete es wie eine Magd, die es nicht wagte, den Torwächter zu behelligen.

Zu ihrer Erleichterung war es bereits zu dunkel, als dass dieser sie erkennen konnte. »Wenn du zurückkommst, musst du klopfen, denn ich lege jetzt den Riegel vor«, rief er ihr noch nach und wollte das Tor verschließen.

Da tauchte eine weitere Gestalt auf. »Halt, ich will auch noch nach draußen!«

»Ist was im Haus geschehen, weil ihr Weiber alle losrennt?«, fragte der Mann verwundert, öffnete aber noch einmal und ließ Annunzia hinaus.

Diese eilte so vorsichtig hinter der jungen Herrin her, dass sie nicht von ihr bemerkt wurde. Francescas Ausflug würde gewiss nicht Signore Cirios Zustimmung finden, davon war sie überzeugt, und sie bezweifelte auch, dass Conte Orsini gutheißen würde, was auch immer seine Tochter planen mochte.

Unterdessen hastete Francesca in Richtung Tiber und überquerte den Fluss, ohne behelligt zu werden. Sie atmete auf, als sie an das Tor des Campo Santo Teutonico trat und den dortigen Wächter aufforderte, sie einzulassen.

»Huren dürfen hier nicht herein!«, antwortete dieser ungerührt.

Da schlug Francesca ihr Schultertuch zurück und zeigte auf ihren Bauch. »Glaubst du etwa, ich wäre eine Hure? Ich muss mit einem deutschen Ritter sprechen.«

Die vornehme Sprache, derer sie sich bediente, verwirrte den Mann, und er öffnete mit einem Brummen die Pforte. »Wenn du hier unerwünscht bist und Schläge bekommst, ist es nicht meine Schuld.«

Francesca hörte es nicht mehr. So schnell ihre schwerfällige Gestalt es zuließ, eilte sie weiter und sprach die erste Frau an, der sie begegnete.

»Kannst du mir sagen, wo ich Ritter Falko Adler auf Kibitzstein finde?« Da sie nicht sofort Antwort erhielt, dachte sie, die andere wäre nur des Deutschen mächtig. Diese Sprache würde sie zwar lernen müssen, wenn sie mit Falko zusammenlebte, doch vorerst kannte sie keine drei Wörter dieses barbarischen Dialekts. Daher wiederholte sie ihre Frage noch einmal ganz langsam und achtete darauf, Falkos Namen so auszusprechen, wie dieser es ihr erklärt hatte.

»Zu Falko Adler willst du?«, antwortete ihr Gegenüber in einem recht gut verständlichen römischen Dialekt.

»Ja!«, sagte Francesca, die erleichtert war, sich verständigen zu können.

Margarete hatte Wein für Pater Luciano und Giso holen wollen, die in ihrer Kammer zusammensaßen und sich berieten. Nun sah sie jene Frau vor sich, um derentwillen Falko bereit gewesen war, sich mit seinen besten Freunden zu entzweien. Allerdings wirkte Francesca nicht mehr so strahlend wie im letzten Herbst. Fast schien es Margarete, als sei die Römerin krank. Trotzdem zwang etwas in ihr sie zu einer scharfen Antwort.

»Wenn du zu Falko Adler willst, bist du hier am falschen Ort. Der ist vor mehreren Tagen in den Lateranpalast gezogen.«

Für Francesca war es wie ein Schlag. Sie hatte alles riskiert und ihre Familie verlassen, und nun stand sie mit leeren Händen da. Tränen traten ihr in die Augen, und sie fühlte sich auf einmal so schwach, dass sie schwankte.

»Was habt Ihr?« In Margarete gewann das Mitleid die Oberhand, und sie fasste rechtzeitig zu, um Francesca zu stützen. Nun erst nahm sie den angeschwollenen Leib der Frau wahr und begriff. »Ihr seid schwanger! Stammt das Kind von Falko?«

Francesca nickte unter Tränen. »Ja! Aber meine Eltern wollen mich morgen mit einem Mann verheiraten, den ich aus tiefster Seele verabscheue.«

Das würde ich dir vergönnen, dachte Margarete und schämte sich sogleich für ihre Bosheit. Gleichgültig, was die ande-

re auch getan haben mochte, sie war ein Weib, das Hilfe benötigte. Daher fasste sie Francesca unter und führte sie auf das Gebäude zu, in dem sie selbst untergebracht war.
»Kommt erst einmal mit mir und ruht Euch aus. Ich werde Herrn Hilbrechts Knappen zu Ritter Falko schicken und diesen holen lassen. Glaubt mir, es wird alles gut.«
»Ich danke Euch!« Francesca lächelte Margarete an und vertrieb damit die letzten Vorbehalte, die diese noch gegen sie hegen mochte.
Keine von ihnen hatte wahrgenommen, dass Annunzia Francesca bis zum Tor des Campo Santo Teutonico gefolgt war. Die Zofe erinnerte sich nun an jenen Tag im letzten August, an dem Cirio d'Specchi in den Katakomben niedergeschlagen worden war und ein deutscher Ritter Francesca nach Hause gebracht hatte. Dieser hatte später Interesse an dem Mädchen gezeigt, war aber von Conte Ercole abgewiesen worden.
Hatte der Deutsche seine Absichten auf Francesca danach wirklich aufgegeben?, fragte die Zofe sich nun. Immerhin hatte Francesca damals durchgesetzt, dass sie in die Küche verbannt und statt ihrer Lina zu deren Zofe ernannt worden war.
Die alte Magd war dumm genug, dem Mädchen Freiheiten zu gewähren, die es niemals hätte haben dürfen. Außerdem schlief Lina bei der Messe gerne ein und war deshalb schon ein paarmal vom Priester gerügt und mit Strafen belegt worden. Hatte sie auch in der Kapelle der heiligen Witwe Irene geschlafen, während Francesca und dieser Deutsche sich in der Sakristei getroffen und dabei Dinge miteinander getrieben hatten, für die ein Antonio Caraciolo bereits beim Versuch Cirios Rache zu spüren bekommen hatte?
Der deutsche Ritter war auch bei der Messe in den Katakomben gewesen, daran glaubte Annunzia sich erinnern zu

können. War er Francescas Hilferufen gefolgt und hatte Cirio d'Specchi niedergeschlagen? So muss es gewesen sein!, sagte sie sich. Was dann geschehen war, konnte die Zofe sich ebenfalls denken. Francesca hatte sich diesem lumpigen Deutschen schamlos hingegeben und auch später Unzucht mit ihm getrieben. War doch Conte Orsinis Familienkapelle, in der nur einmal im Monat eine Messe gehalten wurde, ein idealer Ort für die heimlichen Treffen eines Liebespaars.

Annunzia beschloss, nach Hause zurückzukehren und Francescas Vater zu berichten, was sie in Erfahrung gebracht hatte. Doch auf halben Weg entschied sie sich anders. Von Dario und Cirio d'Specchi würde sie gewiss eine weitaus höhere Belohnung erhalten als von ihrem Herrn.

20.

Mit dem festen Willen, Francesca die Schläge und vor allem ihre Degradierung zur einfachen Magd heimzuzahlen, erreichte Annunzia das Heim der d'Specchis und klopfte hastig gegen das Tor. »Macht auf, ich bringe eine wichtige Botschaft für die beiden Herren!«

Ein Hund schlug an, und dann öffnete ein Knecht die kleine Pforte im Tor, die für Fußgänger gedacht war. Zwei weitere Knechte standen mit gesenkten Spießen in der Hand hinter ihm.

»Was willst du?«, fragte der Mann unfreundlich.

»Ich muss die beiden Herren sprechen, sofort! Es geht um die Ehre der d'Specchis«, presste Annunzia hervor.

Der Torwächter wollte sie schon wegschicken, da erkannte

einer der Knechte die späte Besucherin. »Halt, das ist doch Annunzia aus Conte Orsinis Haushalt! Lasst sie herein.«
Der Wächter trat beiseite, damit die Frau passieren konnte, während der Knecht zum Haus lief, um Dario d'Specchi und dessen Sohn zu rufen. Es dauerte eine Weile, bis die beiden erschienen. Cirio hatte sich mit einem langen Dolch und einem Schwert bewaffnet, ließ diese jedoch sinken, als er die Zofe seiner Verlobten vor sich sah.
»Was gibt es?«, fragte er. »Kommt Francesca etwa nieder?«
Annunzia schüttelte erregt den Kopf. »Nein, Signore Cirio. Sie ist aus ihrem Elternhaus entflohen und zu ihrem deutschen Liebhaber gelaufen.«
Da Cirio seiner Verletzung wegen längere Zeit nicht in Rom gewesen war, hatte er nichts von Falko und dessen Besuchen bei Orsini erfahren.
Im Gegensatz zu ihm wusste sein Vater sofort, von wem Annunzia sprach, und packte sie mit hartem Griff. »Los, rede! Sonst schüttele ich dich, bis deine Knochen auseinanderfliegen!«
»Ich rede ja schon«, rief Annunzia furchtvoll. »Francesca hat heute Abend heimlich den Palazzo verlassen und ist zum Campo Santo Teutonico gegangen. Dort ist dieser verfluchte Deutsche untergebracht, der sie an jenem schrecklichen Tag bei den Katakomben gefunden haben will. Ich bin fest davon überzeugt, dass der Mann Signore Cirio niedergeschlagen und danach mit Francesca übelste Unzucht getrieben hat. Die beiden haben sich später immer wieder getroffen und in der Sakristei der Sankt-Irenen-Kapelle das miteinander getan, was Ihr, meine Herren, an jenem Tag, an dem der junge Caraciolo starb, gerade noch verhindern konntet.«
»Diese verfluchte Hure! Ich bringe sie um!«, schäumte Cirio auf.

Sein Vater dachte daran, wie dringend sie der Hilfe der Orsinis bedurften, und ließ Annunzia los, um seinen Sohn zurechtzuweisen. »Nimm Vernunft an, du Narr! Francesca muss dein Weib werden – und wenn sie mit hundert Deutschen gehurt hätte. Komm! Wir holen sie zurück! Conte Ercole wird uns dankbar sein.«
»Der Deutsche wird sich sein Liebchen nicht so einfach wegnehmen lassen«, stichelte Annunzia.
»Tino, rufe die Knechte zusammen! Sie sollen sich bewaffnen und uns begleiten«, befahl der ältere d'Specchi einem seiner Männer und eilte ins Haus zurück, um selbst Dolch und Schwert zu holen.
Sein Sohn blieb im Hof stehen und starrte Annunzia düster an. »Du sagst, dieser Deutsche hätte mir diese Wunde beigebracht?«
»Da bin ich mir ganz sicher. Ich habe ihn während der Messe in den Katakomben gesehen. Das ist mir aber erst vorhin wieder eingefallen. Oh, Heilige Maria Muttergottes, weshalb hat mein Herr seine Tochter an jenem Tag nicht gezüchtigt, sondern ihr sogar noch erlaubt, mich als Zofe zu verstoßen! Ich hätte verhindert, dass Francesca verbotene Wege beschreitet.«
Annunzia versuchte, sich in ein möglichst gutes Licht zu rücken, um die Belohnung, die sie sich erhoffte, zu steigern. Doch Cirio kümmerte sich nicht mehr um sie, sondern ließ seinen Blick über die sechs Knechte schweifen, die auf die Schnelle zusammengerufen worden waren, und verließ an ihrer Spitze das Anwesen, bevor sein Vater wieder aus dem Haus getreten war.

21.

In dieser Nacht würde es geschehen! Davon war Falko überzeugt. Kaspar Wendel war den ganzen Nachmittag fahrig gewesen und hatte beim Abendessen sogar seinen Weinbecher umgestoßen. Da das Mahl nur im kleinen Kreis eingenommen worden war, hatte Falko daran teilnehmen dürfen und sich dabei mit Ladislaus unterhalten.

Zwar erschien ihm der Knabe sehr von sich eingenommen, aber dem Erben zweier Kronen musste man dies nachsehen, zumal der Prinz jedermann mit ausgesuchter Höflichkeit begegnete. Zu Falkos Erstaunen neidete er Friedrich III. die Kaiserkrone nicht, sondern war im Gegenteil froh, dass diese für das Haus Habsburg bewahrt worden war. Allerdings sah Ladislaus in seinem Verwandten nur einen Platzhalter, dem er selbst einmal nachfolgen wollte. Da er fünfundzwanzig Jahre jünger war als Friedrich, schien dies auch Falko sehr wahrscheinlich.

Daher tat oder sagte er nichts, was den zukünftigen König von Böhmen und Ungarn verärgern konnte. Beinahe hätte er während des interessanten Gesprächs sogar seinen Verdacht fallengelassen. Doch als Kaspar Wendel die Tafel aufhob und Ladislaus aufforderte, sich in sein Schlafgemach zu begeben, spürte Falko seine Anspannung wachsen.

Ladislaus gefiel es nicht, dass so über ihn bestimmt wurde, und er blieb sitzen. »Ich habe aber noch Durst!«

»Begebt Euch ruhig in Eure Gemächer, Königliche Hoheit. Ich werde Euch etwas zu trinken bringen.« Kaspar Wendel nickte der kleinen Tischgesellschaft noch kurz zu und verließ den Raum.

Der Prinz sah ihm nach und stand auf. »Ich bitte die Herren, mich zu entschuldigen. Noch bin ich nicht Herr über meine Entscheidungen und muss in großen Dingen meinem edlen Verwandten Friedrich und in kleinen meinem Schulmeister gehorchen.«

In Falkos Ohren klang das nicht so, als würde Ladislaus seinen Lehrer länger als für den Unterricht nötig in seiner Nähe dulden. Daher war es unwahrscheinlich, dass der Prinz Wendel freiwillig folgen würde.

Nun aber hieß es, sich auf die Lauer zu legen, ohne Verdacht zu erregen. Falko hatte sich bereits eine kleine, als Abstellraum benutzte Kammer ausgesucht, von der aus er die Tür zu Ladislaus' Schlafgemach überwachen konnte. Er verließ die Tischrunde kurz nach dem Prinzen und gelangte gerade noch rechtzeitig in den Raum, bevor Kaspar Wendel mit einem Krug und einem Becher in der Hand die Treppe heraufkam. Da diese Arbeit normalerweise von den Dienern erledigt wurde, erhärtete sich Falkos Verdacht.

Vor Ladislaus' Tür blieb Wendel stehen und blickte sich rasch um. Dann zog er ein kleines Fläschchen unter seinem Wams hervor, entkorkte es mit den Zähnen und goss den Inhalt in den Krug.

Falko hielt die Tür nur einen winzigen Spalt auf, so dass er hinaussehen konnte, und nickte angespannt. Er hatte sich nicht geirrt. Erleichtert zog er einen Stuhl zur Tür und setzte sich. Ich darf nicht einschlafen, beschwor er sich und war nun froh um seine zittrige Anspannung, die ihn wach halten würde.

Außerdem war er überzeugt, dass Wendel sich nicht viel Zeit lassen konnte. Von Gisos und Michis Mutter, der mittlerweile verstorbenen Ziegenbäuerin, wusste er ungefähr, wie schnell Betäubungstränke wirkten und wie lange sie anhielten. Kaspar Wendel musste unbedingt vermeiden, dass der Prinz sich ausgerechnet in dem Augenblick zu regen begann, in dem er ihn an den Wachen vorbeibrachte. Doch wie wollte Wendel den ohnmächtigen Jungen unauffällig aus dem Palast bringen?

Nun machte er sich Vorwürfe, weil er einen so wichtigen Punkt außer Acht gelassen hatte. Daher öffnete Falko die Tür und beobachtete, wie die Lampe niederbrannte, die den Flur erhellte. Wenn sie ganz erlosch und Wendel mit dem Prinzen so leise das Zimmer verließ, dass er es nicht bemerkte, hatte er Kaiser Friedrich einen Bärendienst erwiesen.

In den nächsten Minuten starb Falko tausend Tode vor Sorge um den Prinzen. Warum habe ich nicht auf Hilbrecht gehört und Michi zu Hilfe gerufen?, fragte er sich. Auch gab es hier im Palast genug Gefolgsleute von Kaiser Friedrich, die eine Entführung des Prinzen hätten verhindern können. Doch er hatte selbst der Held sein wollen und damit vielleicht alles verspielt.

Ein Geräusch aus der Kammer des Prinzen ließ Falko aufmerksam werden. Noch brannte die Öllampe, die den Flur erhellte, wenn auch nur schwach. Dennoch konnte er erkennen, dass die Tür geöffnet wurde und Wendel den Kopf heraussteckte. In diesem Augenblick war er froh um das winzige, stark flackernde Licht, denn bei größerer Helligkeit hätte Wendel bemerkt, dass eine der gegenüberliegenden Türen halb offen stand.

Der Lehrer des Prinzen zog sich in die Kammer zurück, kam aber kurz darauf wieder zum Vorschein. Nun trug er einen zusammengerollten Teppich über seiner Schulter. Im ersten Augenblick war Falko verwirrt. Dann aber erinnerte er sich an eine Sage, die Giso einmal erzählt hatte.

Kleopatra, die Tochter des Pharaos von Ägypten, der Moses und die Israeliten bei deren Flucht verfolgt und ein erbärmliches Ende im Schilfmeer gefunden hatte, war in einen Tep-

pich gehüllt zu dem römischen Kaiser Julius Cäsar gebracht worden, und zwar, wie sein geistlicher Freund unter vorgehaltener Hand geflüstert hatte, mit nichts anderem bekleidet als ihrer Haut.
Wollte Kaspar Wendel den Prinzen nun auf gleiche Weise aus dem Palast schaffen? Dick genug sah die Teppichrolle aus. Daher schlich Falko hinter Ladislaus' Lehrer her, bis dieser auf ein paar Wachen traf.
»Was tragt Ihr denn noch mitten in der Nacht herum?«, fragte einer der Männer aufgeräumt.
»So spät ist es noch nicht! Ich habe mit Seiner Königlichen Hoheit, dem Prinzen, gebetet, und da sagte er mir, wie sehr ihm dieser Teppich gefallen habe und dass er ihn gerne als Geschenk Seiner Heiligkeit mit in die Heimat nehmen würde. Um der Laune des Knaben zu gehorchen, habe ich den Teppich zusammengerollt und bringe ihn zu den Fuhrleuten.«
»Der Prinz wird sich freuen, wenn er die kahlen Gemächer seiner Heimat damit schmücken kann!« Der Wächter wollte Kaspar Wendel vorbeilassen, doch da machte Falko sich bemerkbar.
»Einen Augenblick, wenn es genehm ist. Wenn Ihr erlaubt, würde ich mir diesen Teppich gerne ansehen. Ich habe nämlich meiner Mutter versprochen, ihr ebenfalls einen aus Rom mitzubringen.«
»Dieser Teppich ist für den Prinzen und geht Euch nichts an«, fuhr Wendel erregt auf und wollte weitergehen.
Da vertrat Falko ihm den Weg. »Seid Ihr aber ungefällig! Ansehen werde ich ihn mir doch können.«
Wendels Augen flackerten, und auf seinem Gesicht machte sich Angst breit. »Es geht nicht! Ich will ins Bett und kann mich nicht auch noch mit Euch aufhalten.«
»Trotzdem werdet Ihr diesen Teppich hier auf der Stelle

ausrollen!« Falkos Stimme hatte jeden verbindlichen Klang verloren, und er griff zum Schwert.
Nun begriffen die Wachen, dass es hier um mehr gehen musste als um einen Teppich, und traten neugierig näher. Wendel versuchte Falko wegzustoßen, um an ihm vorbeizukommen. Doch bevor er sich's versah, hatte dieser ihm den ungewöhnlich schweren Teppich entrissen, auf den Boden gelegt und zerrte nun an dem freien Ende, so dass das dicke Gewebe sich entrollte.
Die Wachen schrien wütend auf, als sie den betäubten Prinzen entdeckten. »Was soll denn das?«, rief einer von ihnen und hielt Kaspar Wendel fest, der wild um sich schlug, um freizukommen.
»Wirst du wohl Ruhe geben!«, schrie der Wächter, brauchte jedoch die Hilfe seines Kameraden, um den Lehrer zu bändigen.
Mittlerweile war auch der Haushofmeister, dem Kaiser Friedrich die Aufsicht über seinen jungen Verwandten übertragen hatte, wach geworden und stürzte noch im Hemd, aber mit dem Schwert in der Faust aus seiner Kammer.
»Der Kerl hier hat den Prinzen eingewickelt und wollte ihn wegtragen«, berichtete der Anführer der Wachen.
»Wendel? Aber das ist … Verflucht soll er sein! Zum Glück habt Ihr ihn rechtzeitig erwischt.«
Der Haushofmeister atmete erleichtert auf, während die Nachtwachen auf Falko zeigten. »Ohne diesen jungen Ritter wäre uns der Schurke womöglich entkommen.«
Der Haushofmeister drehte sich zu Falko um und streckte ihm die Hand entgegen. »Falko Adler, nicht wahr? Habt Dank! Ich weiß nicht, was geschehen wäre, wenn Wendel seinen infamen Plan hätte in die Tat umsetzen können.«
»Draußen auf der Straße dürften seine Spießgesellen mit

Pferden auf ihn warten. Seht zu, dass Ihr diese ebenfalls festsetzen lasst. Ach ja, wenn Ihr meinen Freund Hilbrecht von Hettenheim, der diese Männer ausfindig gemacht hat und überwacht, belohnen wollt, so schenkt ihm den Rotfuchs, den die Herrschaften höchstwahrscheinlich als Reittier für den Prinzen gekauft haben.«

Falko fühlte sich wie auf Wolken. Eben hatte er dem Kaiser zum zweiten Mal einen wertvollen Dienst erweisen können, und er hoffte, dass Friedrich III. sich daran erinnern würde. Nun aber sah er zu, wie der Haushofmeister des Prinzen eine Rotte Krieger zusammenrief und mit diesen nach draußen stürmte. Er folgte ihnen etwas langsamer und kam gerade noch rechtzeitig, um zu sehen, wie die beiden Herren aus Österreich samt ihren Knechten von ihren Pferden gezerrt und verhaftet wurden.

Kaum war dies geschehen, schälten sich Hilbrecht und Ritter Oskar aus dem Dunkel der Nacht. Sie steckten ihre Schwerter weg, mit denen sie die Entführer an der Flucht hatten hindern wollen, und umarmten Falko lachend.

»Na, das haben wir geschafft!«, rief Hilbrecht, während der alte Ritter in die Richtung wies, in der Sankt Peter und das Campo Santo Teutonico lagen.

»Ich glaube, jetzt können wir nach Hause gehen, meint ihr nicht auch? Na ja, unser Zuhause ist es nicht so richtig. Das liegt viele Meilen im Norden!« Heimweh schwang in seinen Worten mit und schlug auch eine Saite in Falko an.

»Wir werden bald nach Hause reisen. Vorher muss ich jedoch noch jemanden suchen.«

»Wir helfen dir dabei, nicht wahr, Herr Oskar?« Hilbrecht sah den alten Ritter grinsend an.

Dieser zog eine zweifelnde Miene. Die Entführung einer jungen Dame war eine gefährliche Angelegenheit, und sie würden auf dem Heimweg jederzeit mit Verfolgern rechnen müssen. Da er Falko mochte, wollte er ihn jedoch nicht im Stich lassen.

»Darüber reden wir morgen, wenn wir ausgeschlafen sind. Jetzt winkt mir der Bettzipfel doch zu sehr!« Damit fasste er die beiden Jüngeren unter und führte sie in Richtung des Vatikans. Unterwegs stimmte Hilbrecht lauthals ein Lied an und hörte fast im gleichen Augenblick eine Römerin schneller schimpfen, als er sie verstehen konnte.

22.

Dario d'Specchi hastete hinter seinem Sohn her, denn er fürchtete, dieser würde sich von seinem Zorn hinreißen lassen.

»Wir brauchen Francesca – und zwar lebend!«, beschwor er ihn atemlos. Doch als er im Schein einer Laterne in Cirios starres Gesicht blickte, beschlich ihn das Gefühl, einem Felsblock zu predigen.

Etwa zu der Zeit, in der Falko Kaspar Wendels infamen Plan zum Scheitern brachte, erreichten die d'Specchis mit ihren Männern den Campo Santo Teutonico.

Die beiden Wachtposten am Tor dachten jedoch nicht daran, ihnen den Weg freizugeben. »Ihr könnt nicht mitten in der Nacht und dann auch noch bewaffnet hier eindringen. Kommt morgen wieder!«, beschied einer von ihnen dem wutschnaubenden Cirio.

Dario d'Specchi gelang es im letzten Moment zu verhindern, dass sein Sohn den Mann einfach niederstach. Weichen wollte aber auch er nicht, und so gab er seinen Knechten einen Wink. Bevor die beiden Wächter sich's versahen,

wurden sie gepackt und niedergerissen. Ein Knüppel sauste auf ihre Köpfe und versenkte sie in tiefe Bewusstlosigkeit.
»Weiter!«, befahl Cirio und stürmte durch das Tor. Drinnen blieb er kurz stehen und blickte sich um. Zu seiner Linken lagen der Pilgerfriedhof der Deutschen und dahinter die baufällige Salvatorkirche. Weiter vorne konnte er den Schattenriss der Marienkapelle erahnen, und auf der rechten Seite schlossen sich das Pilgerhospiz und die Pferdeställe an. Der Lichtschein, der aus einem Fenster des Anbaus der Herberge drang, zog Cirios Aufmerksamkeit auf sich. Er eilte weiter, erreichte die Tür des Hospizes und fand diese unverschlossen. Als er eintrat, stellte sich ihm ein Mönch entgegen.
»Was soll das?«, fragte dieser angesichts der blanken Schwerter und Dolche.
Cirio versetzte ihm mit der flachen Klinge einen Schlag auf den Kopf. »Hier hast du die Antwort! Wo ist Falko Adlers Quartier?«
Der Mönch presste sich die Hand gegen die Platzwunde und sah fassungslos auf das Blut, das von seinem Gesicht rann. Mit einem ersterbenden Seufzer sank er in sich zusammen.
»Du Narr hast ihn erschlagen!«, fuhr d'Specchi Cirio an.
Dieser lachte nur misstönend und befahl: »Weiter!«
Dario schien es, als sei ein Dämon in seinen Sohn gefahren, und er fürchtete das Schlimmste.
Cirio packte die Lampe, die den Eingang beleuchtete, rannte den Gang bis zu dem Anbau entlang und stieg dort die Treppe empor, um zu der Kammer zu gelangen, deren Lichtschein ihm ins Auge gefallen war. Als er die Tür aufriss, sah er jedoch nur zwei Geistliche an einem Tisch sitzen und sich unterhalten.

Bei seinem Anblick erhoben sie sich und sahen ihn fragend an.
»Wo ist Falko Adler?«, herrschte Cirio die beiden an, bevor sie etwas sagen konnten.
»Was wollt Ihr von ihm?«, fragte der jüngere der beiden Priester mit deutschem Akzent.
»Das geht dich einen Schweinefurz an! Also, wo ist er?« Cirio fuchtelte mit dem Schwert vor dem Gesicht des Geistlichen herum und sah aus, als wolle er jeden Augenblick zuschlagen.
Giso ließ sich jedoch nicht einschüchtern, sondern langte nach hinten zum Weinkrug, um sich mit diesem zur Wehr zu setzen.
In dem Augenblick wurde weiter hinten eine Tür geöffnet, und Edelgunde von Frammenberg steckte, von der Unruhe auf dem Flur angelockt, den Kopf heraus. Da sah sie die bewaffneten Italiener, schlug erschrocken das Kreuz und wollte die Tür wieder schließen. Bevor sie jedoch den Riegel vorlegen konnte, eilten zwei von d'Specchis Knechten heran und rammten die Tür auf. Außer Edelgunde befanden sich noch deren Magd Mia, Margarete sowie Francesca im Raum. D'Specchis Knechte erkannten die Schwangere sofort, weil sie sie früher regelmäßig während ihrer Kirchgänge gesehen hatten.
»Hier ist sie, Herr!«, rief einer und wich zurück, um Dario d'Specchi Platz zu machen. Dieser stürzte in den Raum und sah Francesca aufatmend an. Den anderen Frauen in der Kammer schenkte er keinen Blick.
»Wir haben sie, Cirio! Das ging besser als erhofft.«
Sein Sohn kam mit grimmiger Miene herein. Da er keine Binde trug, konnte man sein zerschlagenes Gesicht und das blutige Auge deutlich sehen.
Francesca starrte ihn entgeistert an und wich mit einem

Aufschrei vor ihm zurück. Auch Margarete grauste bei dem Anblick, während Edelgunde, die in ihrem Leben schon etliche verwundete und vernarbte Krieger gesehen hatte, zornig auf die beiden d'Specchis zutrat. »Das ist unser Quartier. Hier habt ihr nichts verloren. Also verschwindet!«

Während Cirio nur verächtlich schnaubte, wandte sein Vater sich an Francesca. »Ihr kommt jetzt mit uns und werdet morgen meinen Sohn heiraten!«

Francesca schüttelte den Kopf, dass ihre Locken aufstoben. »Niemals!«

»Sie steht unter dem Schutz des Campo Santo Teutonico. Ihr dürft ihr hier nichts tun!« Margarete schob sich zwischen die d'Specchis und Francesca und versuchte, energisch zu klingen.

»Euer Campo Santo kümmert mich einen Dreck!«, brüllte Cirio und drohte ihr mit dem Schwert.

»Ich werde weder mit Euch gehen noch dieses Schiefgesicht heiraten!« Francesca hatte ihren ersten Schrecken überwunden und blickte Cirio hasserfüllt an. »Ihr habt kein Recht auf mich! Ihr seid ja nicht einmal in der Lage, einem Weib Gewalt anzutun, selbst wenn man sie Euch wie eine Stute zuführt. Mein Kind ist von einem anderen Mann, einem, der sich nicht niederschlagen lässt wie ein Narr! Ihn werde ich heiraten!«

Ihre Worte trafen Cirio d'Specchi wie ein glühendes Eisen. Bevor sein Vater es verhindern konnte, schnellte er nach vorne und schlug mit dem Schwert zu. Trotz ihrer Leibesfülle gelang es Francesca, der Klinge auszuweichen. Doch da riss ihr Verlobter die Dolchhand nach vorne, und diesmal traf er.

Francesca stieß einen leisen Seufzer aus und sank zu Boden.

»Mörder! Mörder!«, schrie Margarete und packte den

nächstbesten Gegenstand, um ihn auf Cirio zu werfen. Dieser wehrte das Wurfgeschoss mit einem Arm ab und starrte auf die am Boden liegende Frau, aus deren Leib der Griff seines Dolches herausragte.
Er bückte sich und riss die Klinge aus der Wunde. »Die Hure ist tot! Jetzt hole ich mir noch ihren Buhlen!«
Im gleichen Augenblick drang jemand wutschnaubend in den Raum.

23.

Falko, Hilbrecht und Ritter Oskar waren bester Laune, als sie zum Campo Santo Teutonico zurückkehrten. Doch das halb offen stehende Tor zeigte ihnen, dass etwas nicht stimmte. Hilbrecht trat als Erster hindurch und wäre beinahe über einen bewusstlosen Wächter gestolpert.
»Hier liegt jemand!«, rief er überrascht.
»Das ist eine der Nachtwachen. Und da ist der andere! Hier ist etwas Übles im Gange.« Von einem unguten Gefühl getrieben, eilte Falko weiter und hörte schon bald laute Stimmen und das Kreischen von Frauen. Ein blutender Mönch, der ihm über den Weg lief, rief etwas von Überfall und Mord.
So schnell war Falko noch nie durch die Gänge und über die Treppen der Pilgerherberge gestürmt. Am Eingang zu der Kammer, in der Margarete, Edelgunde und deren Magd untergebracht waren, sah er zwei bewaffnete Knechte, die Giso und Pater Luciano in Schach hielten. Als die Kerle ihn sahen, stießen sie einen Warnruf aus. Sofort kamen zwei weitere Knechte und ein älterer Adeliger aus der Kammer.

»Das hier geht Euch nichts an!«, rief der Edelmann Falko zu.
Dieser zog im Laufen sein Schwert und ging auf den Mann los. Hinter sich hörte er Hilbrecht und Ritter Oskar keuchen.
Die anderen waren zu fünft und wurden eben durch einen weiteren Knecht verstärkt. Da ihnen nur drei Gegner gegenüberstanden, trat Dario d'Specchi siegessicher beiseite und hetzte seine Knechte auf Falko und dessen Begleiter.
Den ersten schleuderte Falko mit einem heftigen Schlag beiseite und rammte dem nächsten den Griff seines Schwerts in den Leib. Dann war er an der Tür, blickte hinein und sah Francesca in einer Blutlache auf dem Boden liegen.
Während Hilbrecht und Ritter Oskar Dario d'Specchi und dessen Männer daran hinderten, Falko von hinten anzugreifen, fuhr dessen Schwert auf den letzten Knecht zu, schlug seinen Spieß mittendurch und drang tief ins Fleisch des Mannes.
Ohne den Verletzten zu beachten, suchte Falko nach dem nächsten Gegner.
Margarete deutete mit zitternden Fingern auf Cirio. »Der da hat Francesca umgebracht!«
Falko stieß einen Schrei aus, bei dem es dem jungen d'Specchi kalt über den Rücken lief. Zum ersten Mal in seinem Leben empfand Cirio Todesangst. Seine Absicht, Francescas Liebhaber zu töten, war vergessen. Er wollte nur noch fort von diesem teutonischen Berserker, in dessen Augen er sein Urteil gelesen hatte.
Falko nahm den Blick wahr, mit dem sein Feind die Tür streifte, und stellte sich so, dass der Mann nicht an ihm vorbeikommen konnte.
Cirio d'Specchi begriff, dass es etwas anderes war, einem zu allem entschlossenen Mann von Angesicht zu Angesicht ge-

genüberzustehen, anstatt mit dem Dolch aus dem Hinterhalt zu töten. Er sprang auf Margarete zu, um sie an sich zu reißen und als Schutzschild zu benutzen. Das Mädchen erkannte jedoch seine Absicht, ließ sich fallen und rollte von ihm weg. Im nächsten Augenblick stürzte Falko heran und schwang sein Schwert mit aller Kraft.

Cirio d'Specchi wollte parieren, aber seine Waffe wurde ihm aus der Hand geschlagen. Dann spürte er, wie die Schneide des Schwertes ihm den Arm durchschlug.

»Ich ergebe mich!«, kreischte er noch.

Doch Falko stieß nun von unten zu. Die Klinge bohrte sich in das Herz des Mörders seiner Geliebten und durchtrennte dessen Lebensfaden.

Draußen auf dem Flur hatten Hilbrecht und Ritter Oskar es mit sechs Gegnern zu tun, und nur die Enge, in der sich die Angreifer gegenseitig behinderten, hatte bisher ihre Niederlage verhindert. Zu ihrem Glück kamen ihnen nun Giso, Renzo und andere Gäste des Campo Santo Teutonico zu Hilfe.

Dario d'Specchi hatte im Auftrag der Orsinis schon einige Leute umgebracht, aber ebenso wie sein Sohn hatte er noch nie einen ehrlichen Kampf ausfechten müssen. Nun trieb Ritter Oskar ihn vor sich her und schlug ihm Wunde um Wunde.

»Gnade!«, schrie d'Specchi schließlich und ließ sein Schwert fallen.

Ritter Oskar senkte seine Waffe und trat einen Schritt zurück. Im gleichen Augenblick stieß sein Gegner mit dem Dolch zu. Aber bevor er den Ritter verletzen konnte, trennte Hilbrecht ihm mit einem Hieb den Arm von den Schultern. Noch während Dario d'Specchi brüllend vor Wut und Angst zurückwich, schwang Ritter Oskar voller Zorn über die Heimtücke des Römers sein Schwert und tötete ihn.

Keuchend drehte er sich zu Hilbrecht um. »Der Schurke hätte mich beinahe überrascht. Danke! Ohne Euch hätte meine Edelgunde als Witwe nach Franken zurückkehren müssen.«

Hilbrecht nickte und sah sich nach weiteren Feinden um. Doch es gab keine mehr. Zwei Knechte hatte er selbst erledigt, einen Ritter Oskar, einen anderen Falko und die beiden restlichen die ihnen zu Hilfe geeilten Ritter. Zuerst stellte sich bei ihnen Erleichterung ein, doch als sie in die Kammer traten und die reglos am Boden liegende Francesca sahen, schlugen beide erschrocken das Kreuz.

»Es waren Schurken ohne Ehre und ich ein Narr ohne Verstand«, klang da Pater Lucianos Stimme auf. »Ich hätte an die d'Specchis denken müssen, als von Orsinis Handlangern in der Nähe des Pantheons die Rede war, doch ich habe mich nicht an sie erinnert. Jetzt trage ich die Schuld am Tod dieser jungen Frau.«

»Ich bin schuld, ich allein!« Falko schrie klagend auf wie ein verwundetes Tier, während er sich über Francesca beugte und sie in die Arme schloss. Dabei bemerkte er, dass sie schwanger war, und verfluchte sich, weil er den Hüter für den königlichen Knaben Ladislaus gespielt hatte, anstatt sie zu suchen.

Seine Freunde standen neben ihm und wussten nicht, wie sie ihn trösten sollten. Schließlich wandte Pater Luciano sich an Ritter Oskar und bat ihn, die Toten mit Hilfe der Leute wegzubringen, die sich draußen angesammelt hatten. Als der Leichnam des jungen d'Specchi hinausgeschafft worden war, schloss er die Tür, damit keine Fremden Falko in seiner Trauer stören konnten.

Kurze Zeit später aber schlug Francesca die Augen auf und sah Falkos Gesicht über sich. »Du bist es wirklich! Also bin ich endlich heimgekommen.«

»Du lebst? Bei Gott, welche Freude!« Falko hob Francesca vorsichtig auf und legte sie auf das Bett, das Margarete und ihre Tante miteinander teilten.

»Rasch, holt einen Arzt!«, rief er den anderen zu.

Margarete und dem Pater war jedoch klar, dass kein Arzt der Welt die junge Frau mehr retten konnte.

NEUNTER TEIL

Die Töchter der Sünde

I.

Die Mönche hatten die Leichen der d'Specchis und ihrer Knechte in den Hof schaffen lassen, und die Männer, die Falko und seinen Freunden gegen ihre Feinde beigestanden hatten, waren ebenso in ihren Kammern verschwunden wie die unvermeidlichen Gaffer. Nun war es in diesem Teil des Campo Santo Teutonico still geworden.

Falko kniete neben dem Bett, auf dem Francesca lag, und hielt deren Rechte in beiden Händen. Auf seinen Wangen glänzte es nass, und wenn er ein Wort sagte, klang es so schwach, dass die anderen ihn kaum verstehen konnten.

Margarete, die so gerne ihren Spott mit ihm getrieben hatte, zerbrach es nun schier das Herz, ihn so verzweifelt zu sehen. Auch Pater Luciano spürte, wie sein Groll auf den jungen Mann schwand. Falko mochte gesündigt haben, doch in dieser Stunde tat er wahrlich Buße.

»Sei nicht traurig, wenn ich gehen muss! Ich werde vom Himmel auf dich niederschauen und für dich beten.« Es kostete Francesca Mühe, dies zu sagen, doch sie wollte Falko die Schuldgefühle nehmen, die sich auf seinem Gesicht abzeichneten. »Der Himmel hat nicht gewollt, dass ich über die Fluren deiner Heimat wandeln kann. Es war mir vorbestimmt, hier zu sterben, so wie es dir vorbestimmt war, meinen Tod an diesen verfluchten d'Specchis zu rächen.« Für einen Augenblick war sie wieder die stolze und leidenschaftliche Römerin, dann aber wurde ihr Blick weich, und sie berührte mit der freien Hand ihren Leib.

»Mir tut es nur leid, dass …« Sie brach ab und blickte den Pater an. »Hochwürdiger Herr, ich würde jetzt gerne die

Beichte ablegen, um so unbelastet von Sünden, wie es nur möglich ist, vor unseren Herrn Jesus Christus treten zu können.«

»Gerne, meine Tochter!« Pater Lucianos Stimme schwankte, als er die Anwesenden aufforderte, den Raum zu verlassen. Falko schien ihn nicht zu hören und musste von Hilbrecht und Margarete hinausgeführt werden.

Als auch Giso gehen wollte, hielt Francesca ihn auf. »Bleibt! Mir ist wohler, wenn mir zwei Geistliche den Beichtsegen spenden.«

Giso atmete tief durch und stellte sich neben den Pater. Auch er spürte eine Verzweiflung in sich, die Falko nicht weniger als Francesca galt. »Es tut mir leid, dass ich mich von diesen Schurken habe abhalten lassen, Euch zu Hilfe zu kommen, Contessa«, sagte er voller Selbstvorwürfe.

»Sie hätten Euch getötet, und ich würde mit noch größerer Schuld vor den himmlischen Richter treten, als es jetzt bereits der Fall ist!« Francesca lächelte, sah dann aber die beiden Priester mit entschlossener Miene an.

»Ich benötige Eure Hilfe, meine Herren, denn ich will noch im Tod über Cirio d'Specchi triumphieren!«

»Ihr solltet nicht an Triumph denken, sondern an die Rettung Eurer Seele«, wies Pater Luciano sie sanft zurecht.

»Es geht um mein Kind! Ich will nicht, dass es zusammen mit mir stirbt. Von anderen Frauen weiß ich, dass Kinder ab dem siebten Monat überleben können. Ich habe mein Kind jetzt sieben Monate in mir getragen. Doch nun müssen unsere Wege sich trennen.«

Während Giso nicht recht begriff, worauf Francesca hinauswollte, schlug Pater Luciano erschrocken das Kreuz. »Ihr wollt, dass wir Euch den Leib aufschneiden und das Kind herausholen?«

Francesca nickte. »Das will ich! Wenn mein Kind überlebt,

so wird ein Teil von mir mit in Falkos Heimat ziehen und die Trauben von den Weinbergen Kibitzsteins essen.«

»Es wäre Euer sofortiger Tod«, wandte Giso ein.

Um Francescas Lippen spielte ein trauriges Lächeln. »Ich opfere mein Leben lieber meinem Kind, als ein paar Stunden oder einen Tag später völlig nutzlos zu sterben!«

Giso wich mit schreckensbleicher Miene vor ihr zurück. »Das ist unmöglich! Das können wir nicht tun!«

»Sie hat recht! Zwar graut mir davor, doch wenn es Gottes Wille ist, das Kind zu erhalten, dürfen wir uns Contessa Francescas Wunsch nicht verweigern.« Pater Luciano schlug mehrmals abwehrend das Kreuz, doch er war lebenserfahrener als Giso und wollte nicht, dass die junge Frau den Weg in die Ewigkeit mit einer weiteren schweren Last antreten musste.

»Allein werden wir das nicht schaffen!« Giso war kurz davor, sich umzudrehen und so weit davonzulaufen, wie ihn seine Füße trugen.

»Wir brauchen die Frauen! Los, hole Signora Edelgunde und Margarete. Sage ihnen, sie sollen ein scharfes Messer mitbringen!« Der Pater versetzte Giso einen Stoß, der diesen so weit zur Besinnung brachte, dass er den Befehl ausführen konnte.

Draußen sah Giso sich Falko gegenüber, der sofort wieder zu Francesca zurückwollte. Mit aller Kraft hielt er ihn zurück. »Nein, das darfst du nicht. Was jetzt kommt, ist Frauenarbeit!« Der junge Priester schämte sich, weil er Edelgunde und Margarete vorschob, aber er sah keinen anderen Weg, Falko fernzuhalten. Verzweifelt wandte er sich an Hilbrecht.

»Führe unseren Freund nach draußen und setze dich mit ihm in den Garten, bis wir euch rufen.«

»Mache ich!« Hilbrecht packte Falko unter der Achsel und

zog ihn mit sich. »Komm mit! Wir werden einen Becher Wein trinken und warten, bis man dich ruft.«

»Ich kann jetzt nichts trinken«, fuhr Falko auf.

»Auch gut, dann sitzt du eben neben mir, während ich trinke. Hast du Hans oder Frieder gesehen? Sie könnten uns jetzt leuchten!«

Falko schüttelte den Kopf. »Ich weiß nicht, wo die beiden sich herumtreiben. Eigentlich hätten sie hier sein und Francesca beschützen müssen. Ich bringe die Kerle um!«

»Du hast heute schon genügend Männern das Lebenslicht ausgeblasen. Also lass diese beiden armen Narren in Ruhe. Sie hätten ohnehin nichts tun können, denn die d'Specchis und ihre Bande hätten sie in Stücke geschlagen, bevor sie auch nur ihre Klingen aus den Scheiden gebracht hätten.«

Hilbrechts beschwörender Ton brachte Falko zur Besinnung. »Du hast recht! Die beiden wären getötet oder zumindest schwer verletzt worden. Trotzdem wird Frieder einiges von mir zu hören bekommen.«

»Tu das, wenn es dich erleichtert! Doch jetzt komm mit und lass die Frauen arbeiten. Ich weiß zwar nicht, was sie bewirken können, doch da Pater Luciano es so will, wird es schon das Richtige sein!« Damit schob Hilbrecht seinen Freund den Flur entlang, nahm unterwegs eine Laterne an sich und erreichte kurz darauf mit Falko zusammen den Hof, in dem immer noch die leblosen Körper der d'Specchis lagen.

2.

Während die beiden Freunde das Haus verließen, betraten Margarete und Edelgunde die Kammer. Letztere hielt ein scharfes Messer in der Hand, und ihr Gesicht war so weiß wie frisch gefallener Schnee. Im Gegensatz zu ihrer Nichte war ihr klar, aus welchem Grund man sie gerufen hatte, und ihr graute davor. Doch ebenso wie Pater Luciano war sie bereit, das Verlangte zu tun.

Als sie auf Francesca hinabblickte, lag diese reglos und mit geschlossenen Lidern da, so als wäre sie bereits tot.

Im nächsten Augenblick schlug die Römerin jedoch die Augen auf und sah die beiden Frauen an. »Habt ihr Falko weggebracht?«

Margarete nickte. »Hilbrecht hat ihn nach draußen geführt.«

»Gut!« Francesca atmete tief ein und winkte sie näher zu sich. »Schwört mir, dass Falko niemals erfährt, was hier geschieht! Es würde sein Gemüt zu sehr belasten. Auch will ich nicht, dass er unserem Kind die Schuld an meinem Tod gibt.«

»Was ist mit dem Kind?«, fragte Margarete verständnislos.

»Sie will, dass wir es ihr aus dem Leib schneiden, damit es ihren Tod überlebt«, flüsterte Giso mit tonloser Stimme.

»Heilige Maria Muttergottes, nein!« Margarete streckte abwehrend die Hände aus.

Doch ihre Tante kniff sie schmerzhaft in den Arm. »Nimm Vernunft an, Mädchen! Oder geh wieder, wenn du glaubst, es nicht ertragen zu können.«

»Aber …« Margarete brach ab, straffte die Schultern und nickte. »Wir werden es tun!«

»Ich würde es Euch gerne ersparen. Aber ich brauche Eure Hilfe, denn ich will keine fremde Frau Zeugin unseres Tuns werden lassen.«

Der Pater nickte Margarete und Edelgunde dankbar zu und stellte dann die Frage, die sie alle bewegte. »Wer wird schneiden?«
»Ich habe das Messer mitgebracht und werde es tun!« Es kostete Edelgunde Überwindung, dies zu sagen, doch sie traute weder den beiden Priestern noch Margarete die ruhige Hand zu, die für diesen Eingriff nötig war. Sie würden Francesca unnötig viele Schmerzen zufügen, und das wollte sie dieser tapferen Frau ersparen.
Mit einer verzweifelten Geste sah sie zu dem Pater auf. »Um das zu vollbringen, ist mehr nötig als nur ein scharfes Messer. Ich brauche Licht! Viel Licht! Und noch mehr heißes Wasser!«
»Ich hole Kerzen«, rief Giso und eilte davon.
»Und ich Wasser!« Margarete folgte ihm auf dem Fuß.
»Ich hoffe, sie kommen wieder!« Pater Luciano atmete sichtlich auf, als beide kurz hintereinander zurückkehrten. Giso hatte mehrere Kerzen aus der Marienkapelle geholt, und Margarete schleppte zwei große Eimer des dampfenden Wassers herbei, welches in der großen Küche für die Pilger bereitgehalten wurde.
»Das ist noch nicht alles«, fuhr Edelgunde fort. »Wir werden die Blutung stillen müssen. Könnt Ihr mir Ruprechtskraut und Wiesenknopftee besorgen, Pater?«
»Ich kenne diese Pflanzen nicht.«
»Der Bruder Apotheker wird sie kennen. Fragt ihn, ob er auch Johanniskraut vorrätig hat. Dessen Sud lindert die Schmerzen. Und du, Kind, besorgst genügend Tücher, mit denen wir das Blut auffangen können.« Edelgunde atmete tief durch und sandte ein Gebet an die Heilige Jungfrau, ihr in dieser Stunde beizustehen.
Als der Pater und Margarete mit dem Verlangten zurückgekehrt waren, forderte sie ihre Nichte auf, mit ihr zusammen

Francesca zu entkleiden. Danach fragte sie die Verletzte, ob sie Wein wolle, um die Schmerzen besser ertragen zu können.

Francesca schüttelte den Kopf. »Sollte Gott mir die Gnade erweisen, mein Kind doch noch sehen zu dürfen, will ich das mit wachen Sinnen tun.«

»Gut! Dann trink zuerst das hier und beiß danach auf den Lappen!« Edelgunde reichte Francesca einen Becher mit dem Johanniskrautabsud und danach einen weiteren mit Ruprechtskraut. Anschließend steckte sie ihr ein Stück zusammengefaltetes Tuch in den Mund, schlug noch einmal das Kreuz und nahm das Messer zur Hand. Dabei betete sie ein Ave-Maria nach dem anderen.

Margarete fiel mit ein, und zuletzt sprachen auch die beiden Priester das Gebet mit. Sogar Francesca flüsterte ein paar Strophen, biss dann aber in das Tuch. Sie wollte nicht schreien, da sie Angst hatte, Falko könnte es hören und hereinplatzen.

Oh, Heilige Mutter Maria, lass es bald vorbei sein, flehte sie, denn sie spürte, dass ihr Lebensfunken zu erlöschen drohte.

»Jetzt bin ich so weit! Komm, Margarete, du musst mir helfen. Mögen alle Heiligen uns beistehen!« Edelgunde gelobte der heiligen Brigitta von Kildare und der heiligen Margareta von Antiochia etliche Kerzen und Messen, wenn das Kind am Leben blieb.

Was dann folgte, erschien allen Beteiligten wie eine Strafe des Himmels, der sie sich unterziehen mussten. Während Pater Luciano und Giso Francesca festhielten, damit diese nicht von Schmerzen gepeinigt um sich schlug, betastete Edelgunde den straffen Bauch der Schwangeren und setzte den Schnitt an. Er durfte nicht zu lang sein, gerade groß genug, um das kleine Wesen ans Licht der Welt holen können. Schweiß trat ihr auf die Stirn, während sie das Messer von

oben nach unten führte, und sie litt beinahe mehr als die junge Frau, die sich kaum dagegen aufbäumte, sondern das Ganze wie betäubt über sich ergehen ließ.
Schließlich erschien ihr der Schnitt lang genug. Sie griff in den Leib der Schwangeren, löste vorsichtig das kleine Bündel heraus, durchschnitt die Nabelschnur und reichte das Kind ihrer Nichte.
»Binde schnell die Nabelschnur ab!«, befahl sie, während sie die Wunde zudrückte und mit sauberen Tüchern abdeckte.
»Bei Gott, ist das winzig!«, entfuhr es Margarete, während sie der Anweisung ihrer Tante folgte. Sie war überzeugt, dass dieses Kind die nächste Stunde nicht überleben würde. Trotzdem tauchte sie es in einen der Eimer und wusch Blut und Schleim von ihm ab.
Da klang ein dünnes Stimmchen auf, und das Kleine regte Arme und Beine.
»Heiliger Christophorus, es lebt tatsächlich!« Auch Giso konnte es kaum glauben. Da hob Margarete das Neugeborene Francesca entgegen.
»Es ist ein Mädchen! Du hast eine Tochter geboren!«
Francesca streckte die rechte Hand aus und berührte sanft das Kind. Aus ihren Augen rannen Tränen, und auf ihr Gesicht trat ein so seliger Ausdruck, dass Pater Luciano ergriffen das Knie beugte und ein kurzes Gebet sprach.
Dann sah er zu Margarete auf. »Du hast das Kind ins Wasser getaucht und damit die heilige Taufe vollzogen. Jetzt brauchen wir nur noch einen Namen für die Kleine.«
Alle sahen Francesca an, doch diese schüttelte mit letzter Kraft den Kopf. »Nicht meinen Namen! Er würde zu starke Erinnerungen hervorrufen.«
»Welchen dann?«, wollte Margarete wissen.
»Den seiner Mutter und meiner Mutter«, flüsterte Francesca.

»Also Marie Flavia?«
»Marie Flavia!« Pater Luciano zeichnete mit Wasser das Kreuz auf die winzige Stirn des Säuglings und segnete auch die Mutter. Diese sah ihn mit banger Miene an. »Darf ich Falko noch einmal sehen?«
Der Pater nickte und schickte Giso los.
»Aber nicht so!«, wandte Edelgunde ein und beeilte sich, die blutigen Laken wegzuräumen. Nachdem sie Francescas Leib mit festen Leinentüchern umwickelt hatten, um die Blutung zu stillen, opferte Margarete eines ihrer Kleider und zog es der Verletzten mit Hilfe ihrer Tante über. Nachdem sie Francesca noch einmal den Absud von Ruprechts- und Johanniskraut eingeflößt und sie mit einem sauberen Laken zugedeckt hatte, fasste diese sie am Ärmel. »Versprich mir, dass du auf meine Tochter achtgibst!«
»Ich werde sie hüten, als wäre sie mein eigenes Kind. Das schwöre ich!« Margarete schluckte die Tränen, die in ihr aufstiegen, nahm den Säugling wieder an sich und hielt ihn so, dass die Mutter ihn sehen konnte.
Kurz darauf kehrte Giso mit Falko zurück. Dieser hatte zuerst nur Blicke für Francesca und kniete neben ihr nieder. »Geht es dir besser, mein Schatz?«, fragte er bang.
Francesca deutete ein Kopfnicken an. »Viel besser! Jetzt kann ich beruhigt in die Ewigkeit eingehen, denn ich habe dir das Wertvollste hinterlassen, das Gott uns geschenkt hat!« Sie zeigte auf das winzige Kind, das eben sein kleines Mündchen verzog und damit anzeigte, dass es Hunger hatte.
»Was ist das?«, fragte Falko verblüfft.
»Deine Tochter, du Stoffel!«, fauchte Margarete ihn an und schaukelte die Kleine, die von dem scharfen Ton erschreckt zu greinen begann.
»Aber was …?«

Da trat Pater Luciano an Falkos Seite und legte ihm die Hand auf die Schulter. »Danke unserem Herrn Jesus Christus, denn er hat ein Wunder geschehen und dieses Weib von einem gesunden Kind entbinden lassen. Mach ihr den Weg, der jetzt vor ihr liegt, nicht noch schwerer, als er bereits ist!«

»Sie heißt Marie Flavia«, hauchte Francesca. Dann versank sie in einer tiefen Bewusstlosigkeit, aus der sie in den Tod hinüberdämmern würde.

Falko stöhnte verzweifelt auf und wollte sich über Francesca werfen. Giso und Hilbrecht hinderten ihn daran und führten ihn nach draußen. Unterdessen hing Pater Luciano seinen Gedanken nach und sah dann die beiden Frauen entschlossen an.

»Niemand darf erfahren, wer sie ist und wie sie starb. Begrabt sie schlicht und ohne Namen. Ich werde derweil das Kind an mich nehmen. Ich kenne eine brave Frau in Trastevere, die vor kurzem geboren hat und es nähren kann. Bis ich zurückkehre, soll es so sein, als wäre Francesca noch am Leben.«

Weder Margarete noch ihre Tante begriffen, was er damit bezweckte, nickten aber gehorsam und warteten betend, bis Francesca verschieden war. Danach richteten sie die Tote für die Beisetzung her und sorgten dafür, dass keine Spuren jener grauenhaften Operation zu erkennen waren, mit der sie die kleine Marie Flavia ans Licht der Welt geholt hatten.

3.

Während Francesca noch in der Nacht in aller Stille als angeblich unbekannte deutsche Pilgerin begraben wurde, brachten die Mönche am nächsten Morgen die acht getöteten Männer zur Casa d'Specchi. Die Frauen des Hauses waren gewohnt, dass Dario d'Specchi und sein Sohn die eine oder andere Nacht ausblieben, und daher hatte sich niemand Sorgen gemacht. Umso größer war das Entsetzen, als die Töchter die starren Leiber ihres Vaters und des Bruders vor sich sahen. Im nächsten Augenblick hallte das Wehklagen der vier weit durch die Straßen.

Isotta d'Specchi schien ungerührt und fragte schließlich einen der Mönche, was geschehen sei.

Der Mann sah sie so abweisend an, als hoffe er, sie würde sich mit ihren Fragen an jemand anderen wenden, bequemte sich dann aber doch zu einer Antwort. »Euer Gemahl hat sich mit seinen Begleitern gewaltsam Einlass ins Campo Santo Teutonico verschafft und eine Gruppe deutscher Pilger angegriffen. Dabei soll eine Frau verletzt oder getötet worden sein. Schließlich gerieten sie mit mehreren Rittern aneinander und unterlagen. Mehr weiß ich nicht.«

Der Mönch zeichnete das Kreuz in die Luft und verließ das Haus so rasch, als fliehe er vor dem Teufel.

Isotta d'Specchi kehrte in den Raum zurück, in dem ihr Mann und sein Sohn aufgebahrt lagen, betrachtete aber weniger deren Leichen als ihre Töchter. Wie es aussah, ebbte zumindest bei ihrer Ältesten der Schmerz um Vater und Bruder bereits ab.

»Wir müssen meinen Gatten rufen! Er ist jetzt das Oberhaupt der Familie und wird wissen, was zu tun ist«, erklärte Celestina und sah sich mit aufleuchtenden Augen um. »Das

Haus ist besser als das, in dem wir jetzt wohnen. Also werden wir hierherziehen.«

Sie konnte ihre Zufriedenheit nicht verbergen. Ihr Vater hatte als wohlhabend, für einige sogar als reich gegolten, und da sie die älteste Tochter war, fühlte sie sich als natürliche Erbin.

Nun vergaßen auch ihre Schwestern die Trauer. Clementina rief empört, dass sie einen Goffredo Iracondia niemals an der Stelle ihres Vaters oder Bruders sehen wolle. Concettina und Cristina stimmten ihr eifrig zu, und so entspann sich ein heftiger Streit.

Isotta hielt sich heraus, obwohl ihr als Witwe das erste Recht auf das Erbe zustand. Aber ihr war klar, dass die Töchter sich sofort gegen sie zusammenschließen würden, wenn sie etwas sagte. Auch das war das Werk ihres Ehemanns. Er hatte dafür gesorgt, dass seine Verachtung für sie sich auf die Mädchen übertragen hatte. In diesem Haus war sie nur ein Schatten gewesen, und das würde sie auch bleiben.

»Sollen sie sich doch wie Hunde um einen Knochen balgen!«, sagte Isotta zu sich selbst, drehte sich um und stieg die Treppe nach oben. Als Erstes betrat sie die Kammer ihres Mannes, suchte auf dem Sims den Schlüssel zu seiner Geldtruhe und öffnete diese. Der Anblick der vielen Dukaten ließ sie kalt. Dennoch teilte sie den Schatz in sechs gleiche Teile, legte vier davon in die Kiste zurück und barg den Rest in einem Laken, das sie wie einen Beutel zusammenfaltete. Diesen trug sie in ihr Zimmer und teilte dort den Schmuck auf, den sie nur gelegentlich hatte tragen dürfen, weil er für Cirios Ehefrau bestimmt gewesen war. Auch von diesem nahm sie zwei Sechstel an sich. Danach suchte sie zwei schlichte Kleider heraus, fügte mehrere Unterröcke und einen Umhang hinzu und wandte sich zum Gehen. Erst jetzt bemerkte sie, dass Celestina

nach oben gekommen war und ihr verblüfft zugesehen hatte.
»Was machst du da?«, fragte die Tochter.
Über Isottas Gesicht huschte ein herber Zug. »Ich teile das Geld und den Schmuck auf und nehme mit, was …«
»Das war aber mehr, als dir zusteht!« Celestina sah ganz so als, als wolle sie der Mutter das meiste wieder entreißen.
»Es ist nicht für mich allein, sondern auch für die Tochter, die ich geboren habe und die euer Vater gegen seinen Bastard von einer Geliebten ausgetauscht hat. Unser Herr im Himmel hat ihn dafür gestraft und seinen Sohn ebenfalls. Nun gehe ich und kehre niemals zurück.« Mit diesen Worten lud Isotta sich ihr Bündel auf und verließ die Kammer.
Celestina folgte ihr bis zur Haustür. »Du brauchst nicht zu glauben, dass du mehr bekommst als das, was du da mitschleppst – und dieser andere Balg auch nicht!«
Mit einer verächtlichen Handbewegung drehte Isotta sich zu ihr um. »Dieser andere Balg, wie du es nennst, ist mehr deine Schwester, als Cirio je dein Bruder hat sein können. Du aber hast ein Herz aus Stein!«
Ohne ihre Tochter weiter zu beachten oder dem Haus noch einen letzten Blick zuzuwerfen, verließ sie das Anwesen. Am Hoftor bemerkte sie eine Person, die hinter ihr das Grundstück verließ und verstohlen um die Ecke huschte. Sie erkannte Annunzia, Francescas ehemalige Zofe, und ihr Anblick erinnerte Isotta daran, dass eine Frau verletzt oder gar umgebracht worden sein sollte. Nun konnte sie sich denken, wer damit gemeint war. Daher lenkte sie ihre Schritte nicht wie geplant nach Trastevere, sondern zu Ercole Orsinis Palazzo.
Dort war Francesca bereits vermisst worden, und gerade unterzogen der Hausherr und seine Gemahlin die Magd

Lina einem scharfen Verhör. Isotta d'Specchis Ankunft war daher eine unliebsame Störung.
»Lass ihr ausrichten, dass sie später wiederkommen soll«, sagte der Conte voller Groll.
Contessa Flavia hob beschwichtigend die Hand. »Das wäre äußerst unhöflich. Immerhin hat Signora Isotta uns bislang nur selten aufgesucht, und ich hatte immer den Eindruck, es sei ihr nicht recht, dass ihr Sohn unsere Tochter heiraten soll.«
»Die d'Specchis müssten uns die Füße küssen, dass wir ihnen Francesca überlassen!« Ercole Orsini war nicht bereit, Isotta zu empfangen, erhob aber keinen Einwand, als seine Gemahlin den Raum verließ, um die Besucherin zu begrüßen.
Contessa Flavia trieb nicht zuletzt die Hoffnung, Isotta d'Specchi würde ihr mitteilen, dass Francesca sich in deren Haus befände. Doch als sie das bleiche, starre Gesicht der Besucherin wahrnahm, erschrak sie. »Meine Liebe, was ist geschehen?«
»Ich bitte Euch, Euren Gemahl hinzuzuholen, bevor ich es Euch berichte, Contessa Flavia. Meine Worte sind auch für ihn bestimmt!« Isottas Stimme klang wie zerbrechendes Glas und ängstigte die Hausherrin noch mehr.
Rasch wandte Flavia sich um und rief eine Dienerin herein. »Hole den Herrn, aber auf der Stelle!«
Die Magd eilte davon, und kurz darauf trat der Conte ein. Auch er sah der Besucherin an, dass sie schlechte Nachrichten brachte. Noch während er sich fragte, ob die d'Specchis sich nun doch gegen eine Heirat entschieden hatten, begann diese zu sprechen.
»Conte, Contessa, was ich zu erzählen habe, ist entsetzlich. Mein Ehemann und dessen Sohn haben gestern Abend unser Haus verlassen und sind wie Räuber in den geschützten

Bereich des Campo Santo Teutonico eingedrungen. Dort fanden sie Contessa Francesca vor, die sich vor der aufgezwungenen Ehe mit Cirio d'Specchi dorthin geflüchtet hatte. Dem Vernehmen nach hat Cirio die junge Dame erdolcht oder zumindest schwer verwundet. Er selbst, mein Gatte und die sechs Knechte, die sie mitgenommen hatten, fielen anschließend den Schwertern der deutschen Ritter zum Opfer. Wenn Ihr Euch fragt, weshalb mein Ehemann wusste, wo Contessa Francesca sich befand, kann ich es Euch sagen. Ihre Zofe Annunzia hat es ihm verraten!«

Isotta sah keinen Grund, die Orsinis zu schonen. Immerhin waren ihr Mann und dessen Sohn im Namen dieser Familie zu Mördern geworden. Nach den letzten Worten verabschiedete sie sich mit einem knappen Knicks und verließ das Haus. Dabei entging ihr, dass Annunzia hinter ihr durch das Tor des Orsini-Anwesens schlüpfte.

Nach Dario und Cirio d'Specchis Tod hatte die Zofe begriffen, dass sie von der Witwe und deren Töchtern nichts zu erwarten hatte, und kehrte daher zu ihrer Dienstherrschaft zurück. Ihre Hoffnung, ungesehen in die Küche zu gelangen und so zu tun, als wäre sie gerade von einer Besorgung zurückgekehrt, erfüllte sich jedoch nicht, denn sie lief Conte Ercole geradewegs in die Arme.

»Komm her, Annunzia! Ich habe mit dir zu reden.«

Die Zofe blieb stehen und kam dann wie das personifizierte schlechte Gewissen auf ihn zu. »Ihr wünscht, gnädiger Herr?«

»Du bist gestern zu den d'Specchis gegangen?«

»Nur aus Sorge, Herr«, antwortete Annunzia mit leiser Stimme.

»Aus Sorge um wen?«

»Um Contessa Francesca. Leider durfte ich ihr nicht mehr so dienen wie früher, sonst hätte ich sie von ihrem törichten

Vorhaben abbringen können. So aber konnte ich ihr nur heimlich folgen und musste zusehen, wie sie zu diesem verfluchten Deutschen floh, der so lange in Eurem Haus ein und aus gegangen ist. Der Kerl war ihr Liebhaber und vielleicht sogar der Vater ihres Kindes.
Die beiden haben Euch schamlos belogen, denn sie sind sich nicht erst außerhalb der Katakomben begegnet. Dieser elende Falko Adler hatte nämlich die Messe zu Ehren der heiligen Märtyrer Nereus und Achilleus besucht. Wahrscheinlich hat er dort auch mit Contessa Francesca jenen perfiden Plan ausgeheckt, Signore Cirio zu töten. Nur durch die Gnade des Himmels und aller Heiligen hat der junge d'Specchi den hinterhältigen Hieb des Deutschen überlebt! Da Ihr Eurer Tochter jedoch ihren Willen gelassen und Lina zu deren Zofe gemacht habt, konnte sie ihr schändliches Verhältnis zu dem Deutschen fortsetzen. Was glaubt Ihr, warum sie so oft in Eurer Familienkapelle gebetet hat?«
Annunzia bog die Tatsachen so zurecht, dass sie jede Schuld an den Ereignissen von sich weisen konnte. Doch der Conte durchschaute sie, und während Contessa Flavia, die hinzugekommen war, sich schier in Tränen auflöste, stieß Ercole Orsini einen gotteslästerlichen Fluch aus. Dann fasste er Annunzia mit hartem Griff und stieß sie vor sich her.
»Gnädiger Herr, was habt Ihr vor?«, rief die Zofe erschrocken, als es immer weiter die Treppen hinaufging, bis sie schließlich das oberste Stockwerk des Wohnturms erreichten.
In einem düsteren Gemach mit schmalen Schießscharten ließ der Conte sie los. »Du hast unsere Tochter zwei Mal verraten, und der zweite Verrat wiegt umso schwerer, weil du nicht zu mir oder meiner Gemahlin gekommen, sondern zu den d'Specchis gelaufen bist.«

»Es ging mir nur um Francescas Ehre, gnädiger Herr! Ich wollte …«
Der Conte holte aus und ohrfeigte Annunzia so, dass sie rückwärts gegen die Mauer stolperte. »Dir ging es nur darum, dich an Francesca zu rächen, weil sie deine Heimtücke erkannte und dich deswegen nicht mehr als Zofe dulden wollte! Nun klebt das Blut meiner Tochter und meines Enkelkinds an deinen Händen! Dafür wirst du deine Strafe erhalten. Entweder nimmst du einen der Stricke, die dort in der Ecke liegen, und erhängst dich, oder du wirst hier oben verschmachten.«
»Nein! Gnade, Herr! Außerdem soll Francesca nicht tot sein. Zwar wurde sie verletzt, doch haben die Deutschen sie fortgeschafft. Gewiss wird sie bald genesen sein und zu Euch zurückkehren!!« Mit jedem Wort kroch Annunzia näher auf Conte Ercole zu und umschlang zuletzt dessen Knie mit den Armen.
Ihr Herr schüttelte sie mit einem heftigen Tritt ab, stieg ein paar Schritte die Treppe hinab und verschloss die Falltür über sich mit drei festen Riegeln. Annunzias Kreischen verfolgte ihn so lange, bis er ein Stockwerk tiefer die Tür nach oben verriegelte und zusätzlich mit einem festen Schloss sicherte.
Als Ercole Orsini zu seiner Gemahlin zurückkehrte, wirkte seine Miene wie aus Stein gemeißelt.
Contessa Flavia starrte ihn mit tränenblinden Augen an. »Was habt Ihr getan?«
»Die Verräterin bestraft! Bei Gott, wir haben Annunzia zu unserem eigenen Verderben ins Haus geholt.«
»Aber was machen wir mit unserer Tochter? Wir müssen sie suchen!«
»Wir haben keine Tochter mehr! Francesca hat den Weg der Schande gewählt. Jetzt ist es, als hätte ich sie nie gezeugt und

Ihr sie nie geboren.« Nur der Ausdruck in den Augen des Conte zeugte von dem Schmerz, der ihn durchtobte.
Er zog seine Gattin an sich und schüttelte immer wieder den Kopf. »Wir hätten damals, als Francesca sich heimlich mit Conte Antonio Caraciolo getroffen hat, beide gewähren lassen und den jungen Edelmann hinterher zwingen sollen, unsere Tochter zu heiraten. Stattdessen hat sie sich mit einem Deutschen eingelassen und noch mehr Schande über uns gebracht. Doch nun ist sie für uns gestorben, und wir werden nie mehr von ihr reden.«
Es klang so endgültig, dass es Contessa Flavia bis ins Mark erschütterte. Ihr wurde schmerzhaft klar, dass sie nur noch in ihren Träumen um die Tochter weinen durfte.

4.

Der Weg nach Trastevere war lang, doch Isotta wagte es nicht, sich Sänftenträgern anzuvertrauen. Das schwere Bündel, welches sie bei sich trug, hätte diese verlocken können, sie in einen abgelegenen Winkel der Stadt zu tragen und dort auszurauben. Doch auch so war der Weg nicht ungefährlich, und sie atmete auf, als sie die ersten Häuser des Ortes erreichte und den Turm von Santa Maria in Trastevere über die Dächer aufragen sah.
Da sie es nicht wagte, sich ohne Vorbereitung ihrer jüngsten Tochter zu offenbaren, lenkte sie ihre Schritte zur Kirche. Auf dem Weg dorthin kam sie an Gaspares Taverne vorbei und sah das Mädchen mit einem Besen den Dreck vor der Tür wegkehren. Die Ähnlichkeit mit ihren anderen Töchtern, vor allem mit Cristina, war so frappant, dass es

ihr einen heftigen Stich versetzte. Eine solch niedere Arbeit hätte einer ihrer Töchter niemals zugemutet werden dürfen.
Fluchtartig lief sie weiter und blieb schwer atmend stehen, als sie die Kirche erreicht hatte und die herrlichen Mosaiken über sich sah, die den Eingang schmückten. Sie trat ein und kniete vor der Statue der Mutter Jesu nieder.
Dort fand Pater Luciano sie, als er einige Zeit später die Kirche betrat. Er hatte die kleine Marie Flavia einer Amme anvertraut und dieser fünfzig Dukaten Belohnung versprochen, wenn das Kind am Leben blieb. Nun wollte er für Francesca und deren Tochter ein Gebet sprechen. Die Frau aber, die sich verzweifelt an den Sockel der Statue klammerte, schien seinen Zuspruch zuerst zu benötigen.
»Kann ich dir helfen, meine Tochter?«, fragte er besorgt.
»Ja, hochwürdiger Herr! Ich will mein Gewissen erleichtern und bitte Euch, mir bei dem Gang beizustehen, der der schwerste in meinem Leben sein wird.«
»Du glaubst doch nicht etwa zu sterben?« Pater Luciano schlug erschrocken das Kreuz, atmete aber auf, als die Frau den Kopf schüttelte.
»Nein! Ich muss eine Schuld begleichen, die wie ein Mühlstein um meinen Hals hängt und mich niederdrückt.«
Der Pater betrachtete sie jetzt genauer und erkannte die Ähnlichkeit zu seinem Schützling in der Taverne. »Du bist Mariangelas Mutter?«
Statt einer Antwort brach Isotta in Tränen aus, und es dauerte eine Weile, bis sie wieder sprechen konnte. »Ihr wisst es?«
»Marioza hat es gebeichtet, allerdings keinen Namen genannt. Sie sagte nur, dass eine Edeldame ihre Tochter weggegeben hätte, um einen Bastard ihres Gemahls als ihren Sohn aufzuziehen!« Die Stimme des Paters klang strafend, denn

er sah in einem solchen Tun einen Verstoß gegen Gottes Willen.
Isotta senkte bedrückt den Kopf. »Mit dieser Schuld muss ich leben bis ans Ende meiner Tage. Glaubt mir, hochwürdiger Herr, ich habe mich dagegen gesträubt, so gut ich es vermochte. Doch nach vier Töchtern wollte mein Ehemann keine fünfte mehr haben. Da er zum gleichen Zeitpunkt seine Geliebte geschwängert hatte, zwang er mich, meine Tochter nach der Geburt meiner Zofe Marioza zu übergeben. Diese hatte sich gerade mit dem Sohn eines Gastwirts eingelassen. Mein Mann kaufte den beiden hier in Trastevere eine Taverne und bedrohte sie und auch mich mit dem Tod, sollten wir je etwas darüber verlauten lassen. Er hat das Mädchen auch nur deshalb am Leben gelassen, damit er mich zwingen konnte, seinen Bastard als Sohn aufzuziehen.«
Während Isottas Beichte reimte der Pater sich so einiges zusammen. »Dein Mann war Dario d'Specchi?«
»Ja!«
»Mariangela ist damit deine und seine Tochter?«
Isotta nickte.
»Was geschah mit der Mutter des Jungen?«
»Mein Mann hat erklärt, sie sei während der Geburt gestorben. Doch ich bin überzeugt, dass er sie mit eigener Hand getötet hat, um vor Forderungen und Erpressung sicher zu sein. Er wollte auch Mariangela umbringen, aber ich habe um das Leben meines Kindes gekämpft wie eine Löwin.«
Da Isotta befürchtete, der Pater würde ihr nicht glauben, fasste sie nach seinem Ärmel. »Bitte helft mir! Ich will meine Tochter wenigstens ein Mal in meinen Armen halten.«
Pater Luciano fand, dass es grausam wäre, die verzweifelte Frau wegzuschicken, und befahl ihr daher, mit ihm zu kommen. Auf dem Weg ins Pfarrhaus bat er seinen Küster, zur Taverne zu gehen und Marioza und Mariangela zu holen.

Es dauerte nicht lange, da traten die beiden Frauen ins Pfarrhaus und knicksten. Während der Blick des Mädchens über Isotta d'Specchi hinwegglitt, erkannte Marioza ihre frühere Herrin und krampfte die Hände ineinander.
»Heilige Madonna! Was ist geschehen?«
Isotta hob den Kopf. »Mein Gatte und sein Sohn sind in der letzten Nacht im Kampf mit deutschen Rittern umgekommen. Daher bin ich endlich frei, zu dem zu stehen, was mir bisher verboten war.«
»Bei allen Heiligen, Signore Dario ist tot!« Erschrocken schlug Marioza das Kreuz, wirkte aber so erleichtert, als sei sie von einer geheimen Angst erlöst worden.
»Und Cirio auch! Der Herr sei ihren Seelen gnädig.« Isotta seufzte, wenn auch mehr aus Erleichterung, weil sie die beiden Männer nun nicht mehr zu fürchten brauchte.
Dann sah sie Mariangela an, die das Ganze verwirrt verfolgte. *»Mia figlia!«*
Das Mädchen schüttelte den Kopf und klammerte sich an Marioza. Diese küsste sie auf die Wange und kniete neben Isotta nieder. »Herrin, Ihr wisst nicht, wie glücklich ich bin, dass wir dieser Lüge entronnen sind!«
»Wovon redet ihr?«, fragte Mariangela, der das unverständliche Gerede zu viel wurde.
Der Pater fasste nach ihrer Hand. »Es stimmt! Signora Isotta ist deine leibliche Mutter. Sie musste dich ihrer Zofe überlassen und einen Bastard aufziehen, den dein Vater mit einer anderen Frau gezeugt hat.«
Mariangela wich vor Isotta zurück. »Das hier ist meine Mutter, der all meine Liebe gilt«, stieß sie erregt hervor und deutete auf Marioza.
»Kind, versteh mich doch! Ich musste dir erzählen, ich sei deine Mutter«, rief diese verzweifelt.
»Ich habe es nicht freiwillig getan«, flüsterte Isotta unter

Tränen. »Marioza, bitte hilf mir! Meine Tochter soll es sehen.«
Sie kehrte ihrer einstigen Zofe den Rücken zu und bat sie, ihr Kleid aufzuschnüren.
Marioza nickte unter Tränen und begann, deren Rücken zu entblößen. Als das letzte Hemd entfernt war, konnten der Pater und Mariangela die vielen weißen Narben sehen, die sich kreuz und quer über Isottas Rücken zogen.
»Mehr mag ich nicht zeigen«, sagte diese mit zittriger Stimme. »Doch seid versichert, dass ich weiter unten noch schlimmer aussehe.«
»Oh, Heilige Maria Muttergottes! Wie entsetzlich!«, brach es aus Mariangela hervor.
»Dieser Mann war eine Bestie und hat einen viel zu leichten Tod erlitten!« Der Pater ballte die Fäuste und bat Marioza, ihre Herrin wieder anzukleiden.
Erleichtert bemerkte er, dass Mariangela ihrer Pflegemutter dabei half. Auch das Mädchen weinte nun, und er hoffte, dass die Tränen die letzte Bitterkeit hinwegschwemmten. Das entband ihn jedoch nicht von der Frage, wie es jetzt weitergehen sollte.
Als er Isotta nach ihren Vorstellungen fragte, hob diese hilflos die Arme. »Meine anderen Töchter würden Mariangela niemals als Schwester anerkennen, sondern sie beschimpfen und quälen.«
»Dann ist es das Beste, wenn ich in der Taverne bleibe«, erklärte Mariangela ohne Bedauern.
»Nein, das wirst du nicht! Ich habe aus dem Haus meines Mannes so viel an Geld und Schmuck mitgenommen, wie dir und mir als Erbe zusteht.« Mit diesen Worten öffnete Isotta ihr Bündel, legte den Beutel mit den Wertsachen auf den Tisch und schob allen Schmuck und das meiste Geld zu Mariangela hinüber.

»Das gehört dir. Der Rest wird meine Mitgift sein, mit der ich in ein Kloster eintreten kann.«
»Wäre die Sorge um Mariangela nicht, würde ich Euch begleiten, Herrin. Mein Mann und ich leben nicht mehr gut zusammen. Wir werden das Geld vor ihm verbergen müssen, sonst nimmt er es für sich.«
»Das Geld nehme ich für Mariangela in Verwahrung. Doch was ihre Zukunft betrifft: Da gibt es doch diesen jungen deutschen Ritter, der sie zu seiner Geliebten machen wollte.« Pater Luciano wollte noch mehr sagen, wurde aber von Mariangela unterbrochen. »Hilbrecht behauptet sogar, dass er mich heiraten würde, nur um mich zu bekommen, aber ich …«
»Magst du ihn? Ich halte ihn für einen guten Mann, und als eheliche Tochter Dario und Isotta d'Specchis bist du ihm im Rang ebenbürtig«, unterbrach der Pater sie.
Während das Mädchen verwirrt den Kopf schüttelte, brachte ihre Mutter einen Einwand. »Ausgerechnet ein Deutscher! Aber das geht doch nicht …« Isotta brach ab, sah ihre Tochter an, als wolle sie sich jede ihrer Regungen einprägen, und nickte dann. »Es muss wohl gehen, und ich denke, es wäre das Beste für dich. Die Missgunst deiner Schwestern würde dich überall in Rom und auch in anderen Teilen Italiens verfolgen. Doch jenseits der Alpen könntest du leben, wie es dir angemessen ist.«
»Mit Hilbrecht?« Mariangela schnaubte leise. Zwar mochte sie den jungen Mann, aber … im Grunde sprach gar nichts gegen ihn, beendete sie den Gedankengang. Nichts außer ihrem verletzten Stolz, weil er sie zuerst als Geliebte für die Zeit seines Aufenthalts in Rom hatte gewinnen wollen.
»Ich werde ihn prüfen, ob er deiner würdig ist, mein Kind«, erklärte der Pater, dem ihr innerliches Schwanken nicht entging. Lächelnd nahm er ein Blatt Papier zur Hand und be-

gann zu schreiben. »Es ist dies eine Erklärung, die du, Marioza, und deine frühere Herrin unterschreiben werdet. Darin bekundet ihr beide die eheliche Geburt dieses Mädchens. Ich werde dafür sorgen, dass dieses Blatt vom Heiligen Stuhl gesiegelt wird. Vielleicht reicht mein Einfluss sogar so weit, dass Mariangela einen richtigen Adelsbrief erhält, der sie jeder ritterlichen Familie in Deutschland als Schwiegertochter willkommen sein lässt.«

»Ich danke Euch, hochwürdiger Herr!« Isotta kniete vor dem Pater nieder und küsste den Saum seiner Soutane. Auch Marioza tat es, doch als auch Mariangela niederknien wollte, hielt er sie auf.

»Das darfst du nicht, denn du bist schuldlos an allem. Und ihr, meine Töchter, erhebt euch! Unser Herr Jesus Christus weiß, wie ihr gelitten habt, und wird euch eure Sünden vergeben. Wenn ihr erlaubt, werde ich euch beide einem guten, wahrhaft frommen Kloster empfehlen, in dem die Wunden eurer Seelen heilen können.« Während er sprach, blickte der Pater auf das beschriebene Blatt Papier, und seine Gedanken wanderten zu einem weiteren, ebenso schwerwiegenden Problem, das es noch zu lösen galt.

5.

Für Falko verging die Zeit im Campo Santo Teutonico so langsam, als stemmte der Teufel selbst sich gegen deren Lauf. Noch nie in seinem Leben hatte er sich so sehr nach den Orten seiner Kindheit und nach seiner Mutter im fernen Kibitzstein gesehnt. Wäre es nach ihm gegangen, hätten sie umgehend die Heimreise antreten können.

Doch als er dies zu Margarete sagte, fuhr diese wie von der Tarantel gestochen auf. »Du hast wohl ganz vergessen, dass du eine Tochter hast! Wenn du einfach abreist, verrätst du Francesca und ihr Vermächtnis. Ich habe nie eine edelmütigere Frau gesehen als sie. Du wärest ihrer niemals wert gewesen!«

Nach diesen heftigen Worten schlug sie die Hände vors Gesicht und brach in Tränen aus.

Falko starrte sie verdattert an und schämte sich gleichzeitig. »An das Kleine habe ich nicht mehr gedacht. Lebt es überhaupt noch?«

»Würdest du, wie es sich gehört, nach Trastevere reiten und mit Pater Luciano sprechen, wüsstest du es. Ich war gestern mit Hilbrecht dort und habe Francescas Tochter in meinen Armen gehalten. Sie ist bereits gewachsen und so munter, wie man es sich nur wünschen kann.«

»Allerdings schläft sie die meiste Zeit!« Hilbrecht hatte sich zu ihnen gesellt und lächelte versonnen. »Man sollte es nicht glauben, aber in Marie Flavia steckt eine Kraft, die sie alle Widrigkeiten ihrer frühen Geburt überstehen lässt. Du solltest wirklich einmal mitkommen und sie dir ansehen!«

»Pater Luciano hat es mir vorerst verboten, bis ich meine Seele im Gebet gereinigt habe.«

»Du hörst dich an wie ein kleiner Junge, der sich zu Unrecht gemaßregelt fühlt«, spottete Margarete.

Bevor Falko eine scharfe Antwort geben konnte, griff Hilbrecht ein. »Haltet Frieden, alle beide! Dies ist keine Zeit für harsche Worte. Falko, ich verstehe deine Trauer um Francesca. Dennoch darfst du dich nicht hier im Campo Santo verkriechen. Ich sehe doch, wie du den halben Tag an ihrem Grab sitzt und mit deinem Schicksal haderst. Hätte Moses das getan, wäre das Volk Israels niemals ins Heilige Land gelangt.«

Falko reagierte heftiger, als er es wollte. »Bist du unter die Prediger gegangen, weil du mir mit der Bibel kommst?«

Trotz seines zur Schau getragenen Ärgers spürte er eine starke Sehnsucht, sein Kind zu sehen und in den Armen zu halten. »Wird Pater Luciano mich zu meiner Tochter lassen?«, murmelte er vor sich hin.

Margarete und Hilbrecht blickten einander erleichtert an. »Wenn du ihn nicht fragst, wirst du es niemals wissen«, antwortete sie. »Ich würde vorschlagen, wir reiten morgen gemeinsam hin. Vielleicht können Hilbrecht und ich ein gutes Wort für dich einlegen.«

»Wir sollten auch Frau Edelgunde und Ritter Oskar mitnehmen und nach dem Besuch bei Pater Luciano einen Schluck Wein bei Gaspare trinken!«, setzte Hilbrecht hinzu.

»Du hast es wohl noch immer nicht aufgegeben, Mariangela zu überreden, dir als Geliebte in die Heimat zu folgen?« Falko schüttelte den Kopf über seinen Freund und dessen Vernarrtheit in die hübsche Wirtstochter.

»Warum sollte ich es nicht tun? Ich bin mein eigener Herr und weder meiner Familie noch einem Lehnsherrn Rechenschaft schuldig. Außerdem ist es mir lieber, mit Mariangela zusammenzuleben, als von meinen Schwägerinnen irgendwelche weibliche Verwandte als mögliche Bräute vorgeführt zu bekommen!« Hilbrechts Worte endeten in einem kurzen Lachen, das verriet, wie oft dies schon geschehen war.

Falko winkte ab. »Das werden sie auch weiterhin tun! Vielleicht sogar noch häufiger, weil sie verhindern wollen, dass du zu lange an deiner italienischen Bettmagd hängen bleibst.«

»Ich habe gesagt, dass ich Mariangela heiraten will, auch wenn sie deiner Meinung nach nicht standesgemäß ist.« Diesmal schwang deutlicher Ärger in Hilbrechts Stimme mit.

Falko hob begütigend die Hand. »Wegen mir kannst du das Mädchen heiraten. Es mag allerdings sein, dass es dir schadet, wenn du in die Dienste eines hohen Herrn treten willst.«
»Dann schließe ich mich eben einem Söldnerführer an. Dem ist es gleich, mit welchem Weib ich meine Nächte verbringe, wenn ich nur gut genug kämpfe!« Hilbrechts blitzende Augen ließen keinen Zweifel daran, dass er das Mädchen um jeden Preis haben wollte.
Noch nie hatte Falko seinen Freund so entschlossen gesehen, und er wünschte ihm Glück. Allerdings hatte er Angst davor, dass die Wirtstochter aus Trastevere nur ein Spiel mit Hilbrecht trieb und dieser zuletzt enttäuscht nach Hause zurückkehren musste. »Also gut! Wir reiten morgen hinüber.«
»Wohin, Herr Falko?«, meldete sich da Hilbrechts Knappe Hans.
Obwohl er ebenso wie Frieder einem harschen Tadel entgangen war, haderte er noch immer damit, dass sie beide in der Nacht, in der Francesca ermordet worden war, ihrer eigenen Wege gegangen waren. Doch ihre Herren hatten sie hier in Rom nur wenig benötigt, und so hatten sie sich schließlich von ihren Launen treiben lassen. Das versuchten sie nun, mit doppeltem Eifer vergessen zu machen.
Falko sah den Burschen an und atmete erst einmal durch. »Nach Trastevere!«
»Gott sei Dank!«, rief Hans aus. »Ich komme gerade von dort, weil Jungfer Margarete mir befohlen hatte, saubere Leinenstücke hinzubringen, die als Windeln verwendet werden können. Hochwürden Luciano fordert Euch sowie meinen Herrn und die anderen Herrschaften auf, morgen Vormittag bei ihm zu erscheinen.«
»Hat er gesagt, was er will?« Falko erschrak, da er dachte, es wäre dem Kind etwas geschehen. Dabei hatte er es bis zu

diesem Gespräch völlig aus seinen Gedanken verdrängt gehabt. Nun aber wollte er die Kleine, die doch ein Teil von Francesca und deren letztes Vermächtnis an ihn war, so schnell wie möglich wiedersehen.
Margarete bemerkte seinen besorgten Blick und lächelte. Wie es aussah, lernte der junge Ritter gerade, dass er sich dem Leben stellen musste, auch wenn es den Menschen manchmal den Eindruck vermittelte, als würde alles zu Ende sein.

6.

Am nächsten Tag bewegte sich eine stattliche Kavalkade auf die Kirche Santa Maria in Trastevere zu und hielt vor dem Pfarrhaus an. Während Ritter Oskar seine Frau aus dem Sattel hob, nahmen Hans und Frieder die Zügel der Pferde entgegen, um die Tiere zur Taverne zu bringen.
Margarete wollte schon allein absteigen, sah dann Falko neben sich treten und sprach ihn an. »Wärst du so gefällig, mir vom Pferd zu helfen?«
»Gerne!« Falko trat auf sie zu, fasste sie an der Taille und stellte sie auf den Boden. Genauso hätte er einen Sack Getreide abladen können, durchfuhr es Margarete.
Da trat Pater Luciano aus seinem Haus, begrüßte die Anwesenden fröhlich und bat sie zu aller Überraschung, ihm in die Kirche zu folgen.
»Dort haben wir mehr Platz«, erklärte er lächelnd. »Außerdem kann ich Herrn Hilbrecht ein wenig beiseitenehmen und etwas mit ihm besprechen.«

»Also, ich habe keine Geheimnisse vor meinen Freunden«, erklärte dieser verwundert.
»Wenn das so ist, darfst du dich einen glücklichen Menschen nennen. Aber kommt jetzt! Sonst dauert es noch länger, bis wir bei Gaspare einkehren und Wein trinken können. Das habt ihr doch vor, nicht wahr?« Der Pater schritt eilig voran und öffnete eigenhändig die Kirchenpforte.
Nun fühlten auch Margarete und Falko, dass etwas im Schwange war, und Hilbrechts Hände zuckten nervös.
Pater Luciano musterte ihn und rieb sich unbewusst über die Stirn. Was würde der Herrgott von ihm denken, wenn er jetzt Schicksal spielte? Er schluckte mehrmals, um seine trockene Kehle zu befeuchten, und legte dann Hilbrecht die Hand auf die Schulter.
»Gib mir eine ehrliche Antwort, mein Sohn. Du hast einmal von Leidenschaft für Mariangela ergriffen erklärt, du würdest sie sogar heiraten, damit sie die Deine würde. Stehst du noch zu diesem Wort?«
Da erhellte sich die Miene des jungen Mannes. »Wenn Mariangela mich will, werde ich sie heiraten. Das habe ich erst gestern wieder zu meinen Freunden gesagt.«
»Das stimmt, hochwürdiger Herr!«, sprang Falko seinem Freund bei. »Hilbrecht hat erklärt, er sei eher bereit, sich einem Söldnerheer anzuschließen, um mit Mariangela leben zu können, als auf sie zu verzichten und in die Dienste eines hohen Herrn zu treten.«
»Nun, dann bin ich einverstanden, Herrn Hilbrecht mit dem Mädchen zu vermählen. Mein Sagrestano holt Mariangela bereits!« Pater Luciano klopfte Hilbrecht leutselig auf die Schulter und eilte in die Sakristei, um sich für die Zeremonie umzuziehen.
Die anderen sahen einander fragend an. »Die Kleine muss sich sehr rasch entschieden haben«, rief Ritter Oskar aus.

»Vielleicht hat sie begriffen, dass wir in wenigen Wochen wieder in die Heimat zurückkehren werden und sie Junker Hilbrecht dann niemals wiedersieht. Er ist doch so ein stattlicher Mann!« Edelgunde bedachte Hilbrecht mit einem freundlichen Blick und versprach ihm, sich während der Heimreise um seine junge Frau zu kümmern.
»Margarete wird es auch tun«, setzte sie hinzu und versetzte ihrer Nichte einen leichten Stups.
»Natürlich! Sie ist ein liebes Mädchen. Ihr werdet mit ihr auf jeden Fall besser leben als mit den meisten Frauen, die Euch Eure Schwägerinnen aufhalsen wollen.« Margarete zwinkerte Hilbrecht zu und drehte sich dann zu Falko um. »Ich hoffe, es ist in deinem Sinn, wenn Mariangela zu unserer Reisegruppe stößt?«
»Ich werde, bevor wir Rom verlassen, einen Kamm aus Elfenbein für dich kaufen, damit du die Haare auf deinen Zähnen kämmen kannst«, antwortete Falko empört.
Sie klatschte in die Hände. »Wirklich? Oh, wie schön! Einen Kamm aus Elfenbein habe ich mir schon immer gewünscht.«
Es war gut, dass Mariangela in diesem Augenblick eintrat. Marioza begleitete sie ebenso wie Signora Isotta, die in einen weiten Umhang und einen Schleier gehüllt im hinteren Teil des Kirchenschiffs Platz nahm.
Mariangela wagte es nicht, Hilbrecht anzusehen. Ihre Ziehmutter nahm jedoch seine leuchtenden Augen wahr und die Hände, die er dem Mädchen entgegenstreckte. Dieser Ritter, das fühlte sie, würde Isottas Tochter, die ihr so lieb geworden war wie ein eigenes Kind, gut behandeln. Mit einem Lächeln nickte sie ihrer Herrin zu, die das Ganze aus dem Hintergrund verfolgte, und knickste dann vor Pater Luciano, der gerade im Messgewand aus der Sakristei trat.
»Kommt, kommt, meine Kinder! Wir wollen das Ganze

kurz halten. Herr Oskar, Herr Falko, euch bitte ich, mir zu ministrieren.«
Die beiden traten neben den Pater und halfen diesem während der Trauungszeremonie, so gut sie es vermochten. Schließlich stellte Pater Luciano die Frage, auf die Hilbrecht so lange gewartet hatte.
»Junker Hilbrecht, willst du die Jungfrau Mariangela zu deinem angetrauten Weibe nehmen, sie versorgen und schützen, eure gemeinsamen Kinder als rechtmäßig geboren ansehen und sie so aufziehen, wie es deinem Stand entspricht?«
»Und ob ich das will!«, stieß Hilbrecht heraus und setzte ein »Ja!« hinzu, da der Pater über seine erste Antwort die Stirn runzelte.
Dieser fragte nun auch Mariangela. Sie drehte Hilbrecht den Kopf zu und blickte ihn scheu an. In den letzten Stunden war ihr bewusst geworden, dass sie den jungen Ritter bereits von dem Tag an geliebt hatte, an dem er sie vor Rudolf von Ottmeringen gerettet hatte. Nun fragte sie sich, was er von ihrem Zögern, vor allem aber zu dem Spott sagen würde, mit dem sie ihn seit damals überschüttet hatte.
»Mariangela, ich warte auf deine Antwort!«, mahnte der Pater sie mit sanfter Stimme.
Die junge Frau nahm ihren ganzen Mut zusammen und nickte. »Ja, ich will Herrn Hilbrecht zum Manne nehmen!«
»Damit ist es entschieden. Im Namen des Vaters, des Sohnes und des Heiligen Geistes erkläre ich Herrn Hilbrecht von Hettenheim und Signorina Caterina Maria Angela d'Specchi zu Mann und Frau.«
Kaum hatte Pater Luciano es ausgesprochen, da fuhr Falko herum. »Sagtet Ihr d'Specchi, hochwürdiger Herr?«
Der Pater sah ihn lächelnd an. »Das tat ich! Die Gründe werde ich euch später nennen. Seid jedoch versichert, dass

Dario d'Specchi diesem armen Kind übel mitgespielt hat. Ich danke unserem Herrn Jesus Christus für den Wandel ihres Schicksals. Übrigens hast du, Hilbrecht, keine arme Braut geheiratet. Ich verwahre das Erbe, das ihr zusteht. Mit ihm wirst du in deiner Heimat genug Land kaufen können, um standesgemäß leben zu können.«

Da Hilbrecht so aussah, als begreife er überhaupt nichts mehr, versetzte der Pater ihm einen leichten Backenstreich. »Umarme und küsse deine Braut! Dann kniet ihr beide zusammen vor ihrer Mutter nieder und empfangt ihren Segen.«

Hilbrecht hauchte rasch einen Kuss auf Mariangelas Lippen und wollte dann zu Marioza. Doch diese fasste nach seiner Hand und führte ihn zu der verschleierten Dame im Hintergrund. »Ich habe Mariangela nur aufgezogen. Geboren wurde sie als rechtmäßige Tochter des Signore Dario d'Specchi und der Signora Isotta. Diese Geschichte werde ich Euch später erzählen, damit Ihr wisst, worauf mein Lämmchen alles verzichten musste.«

»Ich werde dir zuhören«, versprach Hilbrecht und kniete dann zusammen mit Mariangela vor Signora Isotta nieder. Diese betrachtete ihn lange und legte dann die Hand auf den Scheitel ihrer Tochter.

»Behandelt sie gut, Herr Hilbrecht. Sie hat Eure Liebe verdient!«

»Das werde ich!«, versprach Hilbrecht, der nicht mehr wusste, wo ihm der Kopf stand. Seine Mariangela sollte die rechtmäßige Tochter eines Edelmanns sein! Wie das zugegangen war, verstand er nicht, aber es bot ihm die Möglichkeit, vor seine Verwandten treten können, ohne sich Vorwürfe anhören zu müssen. Er war sogar in der Lage, für sich und Mariangela eine Heimat zu schaffen und ihr ein Leben zu bieten, das einer Edeldame angemessen war.

Pater Luciano schlug unterdessen das Kirchenbuch von Santa Maria in Trastevere auf und schrieb die eben stattgefundene Trauung ein. »Ich werde auch eine Urkunde darüber ausfertigen, die Herr Hilbrecht und seine Gemahlin mit nach Deutschland nehmen können, ebenso wie den Adelsbrief der jungen Dame.«
Er lächelte zufrieden, denn sein Einfluss im Vatikan hatte sich tatsächlich als groß genug erwiesen, um Mariangela dieses Dokument verschaffen zu können.
Als er die Feder beiseitelegte, wurde seine Miene wieder ernst. »Setzt eure Namen darunter, Herr Oskar und Herr Falko, zum Zeichen, dass ihr die Heirat dieser beiden jungen Menschen bezeugt. Danach gilt es, noch einige wirre Stränge zu glätten, zu einem zu drehen und dabei auf die Empfindlichkeit einer angesehenen Familie in Rom Rücksicht zu nehmen.«
Mit diesen Worten reichte er Oskar von Frammenberg die Feder und trat zurück. Nachdem der Ritter und Falko ihre Namen unter den Eintrag gesetzt hatten, wartete er, bis die Tinte getrocknet war, dann blätterte er etliche Seiten zurück, bis er eine Stelle gefunden hatte, an der noch etwas Platz war, und begann erneut zu schreiben.
Nach zwei Sätzen machte er eine Pause und blickte sich zu Edelgunde und Margarete um. »Wäret Ihr bereit, mir einen Wunsch zu erfüllen, der die Tat ebenso kluger wie verschwiegener Frauen erfordert?«
»Gerne, hochwürdiger Herr«, antwortete Edelgunde und stupste ihre Nichte an. »Sag doch du auch etwas!«
»Ihr könnt auf mich zählen.« Margarete hatte bereits einen Verdacht, worum es gehen könnte, und bedachte Falko mit einem ebenso spöttischen wie mitleidigen Blick.

7.

Als Edelgunde und Margarete im Sommer des letzten Jahres nach Rom gereist waren, hatten sie geglaubt, nach wenigen Wochen wieder in die Heimat zurückkehren zu können. Mittlerweile standen die Bäume in voller Frühjahrsblüte, und die Strahlen der Sonne ließen die klamme Kälte des Winters vergessen, doch an eine Heimreise war immer noch nicht zu denken. Stattdessen ritten die beiden Damen von mehreren Mönchen und Nonnen begleitet nach Süden auf die Albaner Berge zu. Vor ihnen tauchten immer wieder bewaldete Hänge, ausgedehnte Weinberge, kleine Dörfer mit ihren hellroten Dächern und die burgähnlichen Landsitze der adeligen und geistlichen Herren auf.

Ein See kam in Sicht, umgeben von steilen Wänden und so verwunschen aussehend, als würde eine Nixe darin wohnen. Als Margarete ihren Blick darüber schweifen ließ, entdeckte sie im Westen ganz in der Ferne die glitzernden Gestade des Tyrrhenischen Meeres.

Es war ein Bild von einer Eindringlichkeit, wie sie es noch nie erlebt hatte, und sie wandte sich mit leuchtenden Augen zu ihrer Tante um. »Ich bin froh, dass wir hierherkommen konnten. Es ist wunderschön!«

»Das ist es! Und doch wünsche ich mir, auf einem der Hänge am Main zu stehen und auf den Fluss unter mir zu blicken. Am Abend würde ich mir Bratwürste machen lassen und dazu einen Wein trinken, wie er an den Hängen unserer Heimat wächst.«

Edelgunde wischte sich eine Träne aus dem Augenwinkel. Ebenso wie ihr Mann und Falko empfand sie großes Heimweh. Doch vor ihr lag noch eine Aufgabe, die erfüllt werden musste, bevor sie die Reise nach Norden antreten konnten.

»Ich hoffe, wir kommen bald an unser Ziel«, sagte sie seufzend.
»Wir sind gleich da«, antwortete einer der Mönche, die sie begleitet hatten. »Dort vorne seht Ihr bereits das Kloster.«
Die beiden Frauen entdeckten eine burgähnliche Anlage mit hohen Mauern. Besonders einladend wirkte dieser Ort nicht, und doch strebten die Damen geistlicher Orden gerne dorthin, um einige Monate in Ruhe und Abgeschiedenheit verbringen zu können, bevor sie gewisser Lasten ledig wieder in ihre Klöster zurückkehrten.
»Das ist das Kloster der armen Mütter von Bethlehem. Zumindest wird es im Volksmund so genannt«, sagte Margarete.
Dabei wussten die einfachen Leute gar nicht, was dort wirklich vor sich ging. Auch sie und Edelgunde hätten es niemals erfahren, hätte es nicht das heimliche Verhältnis zwischen Falko und Elisabeth gegeben. Margarete fand, dass der junge Mann ihr arge Probleme bereitete. Noch immer verfolgten sie die Geschehnisse jener Nacht, in der ihre Tante die kleine Marie Flavia aus Francescas Leib geschnitten hatte, bis in ihre Träume, und sie hoffte, so etwas niemals wieder erleben zu müssen. Nun aber waren ihre Tante und sie unterwegs, um dabei zu helfen, Falkos zweites Kind ans Licht der Welt zu bringen.
Während sich ihre Gedanken um den jungen Mann und die beiden Frauen drehten, näherten sie sich dem Kloster und hielten vor dem Tor an. Eine Pforte schwang auf, und eine alte Nonne trat heraus. Mit ihrer dunklen Tracht, den scharfen Gesichtszügen und der Habichtnase wirkte sie auf Margarete wie ein Raubvogel.
»Bringt ihr neue Schwestern, die sich hier mit Gott versöhnen wollen?«, fragte die Pförtnerin den Anführer der Mön-

che, ohne Margarete und die anderen Frauen auch nur eines Blickes zu würdigen.

Der Mann schüttelte den Kopf. »Nein! Diese beiden Damen hier wollen eine Freundin besuchen.«

Jetzt erst bequemte sich die Nonne, Margarete und Edelgunde in Augenschein zu nehmen. »Zu wem wollt ihr?«, fragte sie unfreundlich.

»Die Damen wollen Schwester Elisabeth besuchen«, erklärte der Mönch.

»Ach, die Deutsche! Nun gut, sie wird sich freuen, die Stimmen ihrer Heimat zu hören. Sonst habt ihr nichts?«

Jetzt meldete sich eine der Nonnen, die sich der Gruppe angeschlossen hatten. »Eine unserer jungen Schwestern bittet für die nächsten sechs Monate um die Aufnahme in eure Gemeinschaft.« Bei diesen Worten senkte eine ihrer Begleiterinnen den Kopf und wurde schamrot.

Die Pförtnerin des Klosters trat auf sie zu und musterte sie abschätzend. »Hast du genug Geld, um den Eintritt in unser Kloster bezahlen zu können?«

Die junge Schwester nickte verschämt. »Ich habe es! Ich bin Donatella …«

»Deinen weiteren Namen behältst du für dich«, unterbrach die Pförtnerin sie. »Es reicht, wenn wir dich Schwester Donatella nennen. Und jetzt steig ab und komm mit! Die deutschen Damen werden mir ebenfalls folgen. Den anderen sage ich Gott befohlen! Die Pferde der Damen könnt ihr mitnehmen und bei dem Hof dort vorne lassen.« Damit drehte sie sich um, durchschritt die Pforte und wartete, bis Margarete, Edelgunde und die junge Nonne zu ihr aufgeschlossen hatten. Dann schlug sie die Tür so heftig zu, dass es hallte, und legte den Riegel vor.

Auch innerhalb der Umfriedung wirkte die Anlage nicht anheimelnder. Das Hauptgebäude bestand aus einem wuchtigen Wohnturm mit winzigen Fenstern. An den Mauerring gelehnt umgaben mehrere Scheuern, ein paar Ställe und verschiedene Schuppen das Haus, und im hinteren Teil des Klosters arbeiteten Nonnen in dunkelgrauen Gewändern in einem Garten. Auffällig an den Frauen war, dass sie alle gesegneten Leibes zu sein schienen.

Die Schwester Pförtnerin bemerkte Margaretes Blick. »Es gibt überall Sünder und Heilige. Wir sammeln hier die Sünderinnen und geben ihnen die Gelegenheit, wieder zu Gott zurückzufinden. Bei den meisten gelingt es uns, doch manche kehren schon das dritte oder vierte Mal zu uns zurück, weil ihre Fleischeslust stärker ist als ihr Vertrauen in Gott.«

Die Frau klang so verächtlich, dass Margarete sich fragte, ob man sie hierhergeschickt hatte, um die schwangeren Nonnen abzuschrecken. Wahrscheinlich sollten diese nach der Erfahrung hier alles tun, um kein zweites Mal an diesen Ort kommen zu müssen. Sie gab aber keinen der Kommentare ab, die ihr auf der Zunge lagen, sondern folgte der Frau ins Hauptgebäude. Dort übergab die Pförtnerin Edelgunde und sie an eine weitere Nonne. Diese führte sie zu einer kleinen Zelle, in der Elisabeth Schenk zu Limpurg hauste.

Die junge Äbtissin saß über ein Buch gebeugt und las aufmerksam. Erst als Margaretes und Edelgundes Führerin sich räusperte, blickte sie auf.

Ihre Augen weiteten sich, als sie ihre Besucherinnen erkannte, und sie streckte die Hände nach ihnen aus. »Ihr Lieben, ihr habt mich nicht vergessen!«

»Natürlich nicht«, antwortete Edelgunde und gab ihr einen Kuss.

Auch Margarete umarmte ihre Freundin und musterte sie dann. Elisabeth wirkte schwerfällig und vermochte sich kaum auf den Beinen zu halten. Als sie sah, wie ihre Besucherin ihren Bauch musterte, seufzte sie tief.

»Ich werde froh sein, wenn es vorbei ist. Die Schwester Oberin glaubt, dass das Kind noch in dieser Woche zur Welt kommt. Doch sagt, wie geht es euch? Was machen die anderen, was …« Elisabeth brach ab, weil sie nicht direkt nach Falko fragen wollte.
Margarete verstand, was sie bewegte, wollte aber nichts erzählen, solange ihre Führerin dabei war.
Diese blieb nicht lange, sondern forderte die junge Nonne, die in diesem Kloster bleiben wollte, mit einer harschen Handbewegung auf, mit ihr zu kommen. Kurz darauf erschienen mehrere Mägde und brachten zwei Matten und einige Decken.
»Leider vermag ich euch kein besseres Bett anzubieten«, sagte Elisabeth seufzend. »Wer in diesem Kloster weilt, muss sich auf ein karges Leben einrichten. Dennoch bin ich froh, denn hier fragt niemand, wer ich bin und woher ich komme.«
»Ganz kann das nicht stimmen. Immerhin nannte die Pförtnerin dich die Deutsche«, wandte Margarete ein.
»Das konnte ich wirklich nicht verbergen! Doch sonst wird hier sehr darauf geachtet, dass niemand etwas über eine andere Schwester erfährt. Aber jetzt sagt, wie geht es Hochwürden Giso und Hilbrecht und …«
»Falko«, half Margarete aus, weil Elisabeth erneut stockte.
Diese nickte kaum merklich. »Er ist hoffentlich wohlauf?«
Margarete überlegte, was sie ihrer Freundin erzählen konnte, und beschloss, weder Francesca noch deren Tochter zu erwähnen. Sie berichtete von dem geplanten Attentat auf Friedrich und der gescheiterten Entführung des Prinzen Ladislaus.
Ehe die drei Frauen sich's versahen, war der Tag der Dämmerung gewichen. Elisabeth erhob sich schwerfällig, um in der Kapelle an der Abendmesse teilzunehmen.

»Euch bitte ich hierzubleiben, denn es wird nicht gerne gesehen, wenn Fremde dabei sind und die armen Nonnen anstarren, die gleich mir hierherkommen mussten«, setzte sie mit einer um Verzeihung heischenden Geste hinzu.
»Wir bleiben gerne hier. Allerdings hoffe ich, dass es bald etwas zu essen gibt. Reisen macht nämlich hungrig!« Edelgunde rieb sich den Bauch und brachte ihre Nichte zum Lachen.
»So schnell wirst du nicht verschmachten, Tante. Diese Gefahr ist bei mir schon eher gegeben.«
»Ich werde veranlassen, dass man euch etwas bringt. Und nun Gott befohlen!« Elisabeth verließ die kleine Zelle, die gerade genug Platz für ihr eigenes Lager und die beiden Matten für ihre Besucherinnen bot.
Als sie weg war, blickte Margarete ihre Tante fragend an. »Ich weiß nicht, ob es richtig ist, diesen armen Frauen ihre Sünde auf eine solche Weise immer wieder unter die Nase zu reiben.«
Edelgunde schüttelte nachdenklich den Kopf. »So würde ich das nicht sehen! Wenn die Klosterschwestern sich hier wohl fühlen, bekämen sie womöglich Lust, öfter hierherzukommen. Dann gibt es irgendwann mehr Nonnen und Mönche als andere auf der Welt.« Nach diesen Worten setzte sie sich auf die Matte und blickte seufzend zu ihrer Nichte hoch. »Wenn schon die Nonnen sich so karg betten müssen, hätte man es wenigstens für Besucher bequemer einrichten können.«

8.

In den folgenden beiden Tagen hielten Margarete und Edelgunde sich zumeist in Elisabeths Zelle auf. Sie erzählten in allen Einzelheiten, wie der Besuch des Kaisers in Rom abgelaufen war, beschrieben die junge Kaiserin aus Portugal und sprachen über die Heimat, die ihre Freundin vielleicht niemals mehr wiedersehen würde.
Gegen Abend wurde Elisabeth immer stiller und presste sich schließlich die Hand gegen den Leib. »Verzeiht, aber ich bekomme Schmerzen. Ich werde mich wohl besser hinlegen. Margarete, wenn du so lieb sein könntest, eine Magd zu rufen, damit sie mir einen Aufguss bringt, der den Magen beruhigt!«
Edelgunde musterte sie und schüttelte den Kopf. »Da, wo du deine Hand hinhältst, ist nicht der Magen. Ich glaube, die Wehen beginnen. Statt eines Magentrunks sollten wir eher eine Hebamme rufen.«
Bevor Elisabeth etwas darauf antworten konnte, krümmte sie sich unter der nächsten Schmerzwelle. Margarete sprang auf, rannte aus der Kammer und rief die erste Nonne an, die ihr über den Weg lief.
»Meine Tante meint, unsere Freundin würde bald gebären. Wir brauchen die Hebamme!« In ihrer Aufregung sprach sie zuerst Deutsch, wechselte dann aber in das hier gebräuchliche Idiom.
Die Nonne nickte und ging wortlos weiter.
Margarete blickte ihr misstrauisch nach und kehrte nicht gerade beruhigt in Elisabeths Zelle zurück. Ihre Freundin lag ausgestreckt auf dem Bett und presste sich die Hände auf den Bauch. Ihre Schmerzen schienen schlimmer geworden zu sein, denn sie rief immer wieder die Heilige Jungfrau an, ihr beizustehen.

»Du darfst dich nicht aufregen«, beschwor Edelgunde sie. »Es wird alles gut, glaube mir!«
»Das wird es!«, stimmte Margarete ihrer Tante zu und zählte die Minuten, bis die Hebamme erschien.
Es handelte sich um die Nonne, die sie als Pförtnerin begrüßt hatte. Ihre scharfen Gesichtszüge und der abweisende Blick schienen Margarete nicht geeignet, die Gebärende zu beruhigen, und sie hätte die Frau am liebsten ihrer Unfreundlichkeit wegen zurechtgewiesen. Edelgunde jedoch hatte genug Erfahrung, um zu erkennen, dass die Nonne ausgezeichnet ausgebildet war.
Allerdings gab die Hebamme ihre Anweisungen nur im Befehlston und schnauzte Elisabeth ein paarmal an, sich nicht so anzustellen. »Du bist nicht die erste Frau, die ein Kind bekommt, und wirst weiß Gott auch nicht die letzte sein. So der Herr will, wird alles gutgehen. Wenn nicht, so freue dich auf das Himmelreich, wenn es dir nach deiner Läuterung im Fegefeuer endlich offen steht.«
Während Elisabeth eingeschüchtert schwieg, juckte es Margarete in den Fingern, der Frau ein paar Ohrfeigen zu versetzen. Ihre Freundin war so zart und sanft, dass jedes harsche Wort sie erschrecken musste.
Nachdem die Hebamme ihre ersten Vorbereitungen getroffen hatte, kümmerte sie sich nicht mehr um die Schwangere, sondern wandte sich den Besucherinnen zu. »Ihr fragt Euch wahrscheinlich, was die Existenz dieses Klosters berechtigt. Doch selbst wenn alle Nonnen in vollkommener Keuschheit leben würden, könnten trotzdem einige schwanger werden.
Wilde Kriegshaufen legen es oft darauf an, Klöster zu überfallen und den Frauen dort Gewalt anzutun. Das Kloster hier wurde gestiftet, um diesen armen Geschöpfen die Möglichkeit zu geben, in aller Stille und ungesehen von der Welt

ihre Kinder zu bekommen. Auch schickt man uns Mädchen aus guten Familien, die gefehlt haben und nach der Geburt ihrer Kinder in ein Kloster eintreten sollen. Leider gibt es zudem Schwestern, die den Verlockungen von Verführern oder der eigenen Natur erliegen. Sie alle sind uns hier willkommen und kehren nach der Niederkunft entweder in die Klöster zurück, aus denen sie gekommen sind, oder schließen sich anderen Klostergemeinschaften an.«
»Ihr tut ein frommes und barmherziges Werk!«, gab Margarete zu.
Die andere lachte kurz auf. »Wir verhindern nur, dass die Kinder bei ihren Müttern aufwachsen und es nach außen hin erscheint, als ginge es in vielen Klöstern zu wie in Sodom und Gomorrha. Die Säuglinge werden nach der Geburt Ammen übergeben und kommen anschließend in die Obhut von anderen Klöstern, in denen sie zu Dienern und Dienerinnen unseres Herrn Jesus Christus und der Heiligen Jungfrau Maria erzogen werden.« Bei diesen Worten sah die Hebamme Margarete und Edelgunde grimmig an, denn sie hatte erfahren, dass diese Elisabeths Kind mitnehmen würden.
Die Zeit zu reden war jedoch vorbei, denn Elisabeth stieß einen lauten Schrei aus und versuchte, sich aufzurichten.
»Bleib liegen! Es ist doch nur die Fruchtblase geplatzt«, herrschte die Hebamme sie an. »Danke Gott, denn jetzt dauert es nicht mehr lange.«
»Wenn alles gutgeht«, setzte Edelgunde so leise hinzu, dass nur ihre Nichte es hören konnte.
Die Hebamme schien keine Zweifel zu haben, sondern untersuchte Elisabeth und brummte dabei zufrieden vor sich hin. Doch die Gebärende schrie immer wieder vor Schmerzen auf. Schließlich wies die Hebamme Margarete und Edelgunde an, ihre Freundin aufzurichten und festzuhalten, und

machte sich ans Werk. Kurz darauf stieß Elisabeth einen letzten Schmerzensruf aus und sank auf das Bett zurück, während die Nonne das Neugeborene abnabelte.
»Hier! Da Ihr es mitnehmt, könnt Ihr es auch säubern«, sagte sie und reichte den Säugling an Margarete weiter. Sie selbst stellte sich so, dass das Kind Elisabeths Blicken entzogen wurde.
»Es ist nicht erwünscht, dass die Mütter die Kinder zu sehen bekommen«, sagte sie. »Daher werden diese gleich nach der Geburt aus dem Raum gebracht. Die Sünderinnen wissen meist nicht einmal, ob sie einen Sohn oder eine Tochter geboren haben.«
Margarete fand das grausam und reckte den Kopf, um nach Elisabeth zu schauen. Dieser rannen die Tränen über die Wangen, und sie streckte die Arme in einer hilflosen Geste in Richtung des Kindes aus.
»Wenn Ihr das Kind gesäubert habt, werdet Ihr Euch mit Eurer Tante ins Gästehaus des Klosters begeben. Dort wartet schon eine Amme auf Euch. Ich erledige hier den Rest!« Damit war nach Ansicht der Nonne alles gesagt.
So einfach wollte Margarete sich nicht vertreiben lassen. Zusammen mit Edelgunde wusch sie das Kind mit warmem Wasser und rieb es anschießend mit einem Tuch trocken.
»Ist sie nicht hübsch?«, fragte sie ihre Tante.
Diese merkte die Absicht und zwinkerte ihr zu. »Ich habe selten ein schöneres Mädchen gesehen. Es ist wohlgestaltet und scheint Hunger zu haben!«
»Schreien kann es auch!«, setzte Margarete hinzu, als der Säugling zu greinen begann.
»Das haben Kinder so an sich«, erklärte die Hebamme ungerührt und machte eine ungeduldige Handbewegung. »Kommt endlich! Ich habe anderes zu tun, als hier herumzustehen.«

»Ich werde mich wohl von meiner Freundin verabschieden dürfen!«, antwortete Margarete scharf.
Ohne sich um die Nonne zu kümmern, trat sie mit dem Säugling auf dem Arm auf Elisabeth zu. »Möge Gott mit dir sein, meine Liebe!«
Dabei hielt sie das Kleine so, dass ihre Freundin das winzige Gesichtchen sehen konnte.
Elisabeth berührte ihre Tochter mit zwei Fingern und blickte dann wie beseelt zu Margarete auf. »Kümmere dich um mein Kind!«
»Als wäre es mein eigenes!«, versprach Margarete ihr, küsste Elisabeth noch einmal auf die Wange und wandte sich zum Gehen.
»Ich darf ihr nicht einmal einen Namen geben«, hörte sie da Elisabeth flüstern und drehte sich noch einmal um.
»Sie wird Michaela heißen – nach dem heiligen Michael, dem Schutzpatron der Deutschen, und Maria nach der Heiligen Mutter Jesu.«
Margarete wusste, dass dies ein Abschied für immer war. Daher kämpfte auch sie mit den Tränen, die ihrer Freundin in immer größerer Zahl aus den Augen rannen. Bevor sie noch etwas sagen konnte, fasste die Hebamme sie bei der Schulter und schob sie zur Tür hinaus.
Wie versprochen wartete im Gästebereich eine junge Nonne, die erst vor kurzem geboren hatte, in weltlicher Kleidung auf sie. Diese würde sie nach Rom begleiten. Zwar hatte die Frau ihr eigenes Kind hergeben müssen, wie es Sitte war, doch ihr Milchfluss wollte nicht versiegen. Aus diesem Grund sollte sie einer vornehmen Familie in Rom als Amme dienen, und bis dorthin würde sie die kleine Michaela Maria nähren.
Die Frau war scheu und wagte kaum ein Wort zu sagen, nahm aber den Säugling entgegen und legte ihn sich an die

Brust. Obwohl sie lächelte, liefen ihr Tränen über die Wangen, womöglich dachte sie an ihr eigenes Kind, über dessen Schicksal nun andere Menschen bestimmten.

»Mir tut es um Elisabeth leid«, sagte Margarete zu ihrer Tante, während sie zwei Becher mit Wein füllte.

»Sie wird es besser überstehen als die meisten anderen, denn sie weiß ihr Töchterchen in guter Hut. Und doch hast du recht, dass man manchmal an Gottes Gerechtigkeit zweifeln mag, weil er so viel Leid und Tränen zulässt.« Edelgunde wischte sich über die Augen. Dabei sagte sie sich, dass Elisabeth ein besseres Los bevorstand als der jungen Amme. Diese würde nur als Magd in ihr Kloster zurückkehren können. Für die junge Deutsche aber war bereits ein Platz als Stellvertreterin der Äbtissin eines großen Klosters vorgesehen, und sie würde, da diese bereits weit über siebzig Jahre zählte, über kurz oder lang deren Nachfolgerin werden.

Um an etwas anderes zu denken, wies Edelgunde auf die Kleine. »Nun, was meinst du? Wie wird Falko sich als Vater zweier Töchter fühlen?«

»Gewiss nicht sehr wohl! Aber schlimmer wäre es für ihn, wenn er den Kleinen selbst die Windel wechseln müsste.« Margarete lachte und trank ihrer Tante zu. »Auf unsere beiden Kleinen und auf die grauen Haare, die sie ihrem Vater wachsen lassen werden!«

»Du bist wieder einmal arg boshaft«, antwortete Edelgunde kichernd. »Aber ich bin wahrlich auf sein Gesicht gespannt, wenn man ihm beide Mädchen in die Arme legt.«

»Ich glaube nicht, dass Pater Luciano darauf verzichten wird. Immerhin hat er uns befohlen, Elisabeths Kleine sofort zu ihm zu bringen. Wie er letztens sagte, will er Marie Flavias bisherige Amme abfinden und zwei andere Ammen für die beiden suchen, die uns nach Deutschland begleiten werden.«

Bei dem Gedanken an den Reisezug, den sie abgeben würden, musste Margarete lachen. Dann aber fragte sie sich, was zu Hause auf sie warten würde. Es hing davon ab, wer sich mit seinen Vorstellungen durchsetzen würde, der Fürstbischof oder ihr Halbbruder. Bei beiden Möglichkeiten fühlte sie ihr Herz schwer werden.
Nun aber galt es erst einmal, nach Rom zurückzukehren. Der Abschied von dieser kargen Stätte fiel den Frauen leicht, auch wenn es sie schmerzte, dass sie sich nicht richtig von Elisabeth hatten verabschieden dürfen.
Auf dem Weg in die Heilige Stadt wurden Margarete und Edelgunde erneut von Mönchen und Nonnen begleitet. Allerdings merkten sie rasch, wie wenige Gemeinsamkeiten sie mit diesen hatten, und waren froh, als sie schließlich den Tiber überquerten und in Trastevere einritten. Als sie sich Gaspares Taverne näherten, eilten Hilbrecht, Giso und Ritter Oskar ihnen entgegen und umringten die Amme, die das neugeborene Mädchen auf den Armen trug und es angesichts der fremden Männer erschrocken an sich drückte.
»Wie ich sehe, ist das Kind gesund zur Welt gekommen«, rief Giso aus. »Wie geht es der ehrwürdigen Mutter Elisabeth?«
»Sie hat die Niederkunft gut überstanden und wird in einem anderen Kloster ihren Frieden finden. Immerhin weiß sie ihre Tochter in guter Hut«, antwortete Margarete mit einem traurigen Lächeln. »Wo ist Falko?«, fügte sie unwillig hinzu.
»Den hat Pater Luciano zu etlichen Rosenkränzen verurteilt«, erklärte Hilbrecht lachend. »Irgendwie muss er seine Sünden ja abbüßen! Doch nun kommt mit! Der hochwürdige Herr hat uns aufgetragen, auf euch zu warten und das Kind sofort zu ihm zu bringen.«
»Dann tun wir das!« Margarete ließ sich von Hilbrecht aus dem Sattel helfen und trat auf die Amme zu, um ihr das

Kind abzunehmen. Die Frau zuckte auch vor ihr zurück und presste die Kleine so an sich, dass diese zu weinen begann.

»Komm jetzt! Deine Begleiter bringen dich zu der Familie, die um dich gebeten hat. Dort wirst du ein anderes Kind betreuen dürfen, und das musst du nicht so rasch wieder hergeben«, sagte Margarete beschwörend.

Die junge Frau wischte ihre Tränen weg und reichte ihr zögernd das Kind. Dann schlug sie ihren Umhang über das Gesicht und ließ sich von den Mönchen wegführen.

Es tat Margarete weh, das Leid der Amme zu sehen, doch sie konnte ihr nicht helfen. Um nicht selbst auf trübe Gedanken zu kommen, trug sie die kleine Michaela Maria zum Pfarrhaus und wurde von Pater Luciano eingelassen. Dieser betrachtete den Säugling, nickte dann und bat sie, auf ihn zu warten.

Als er wiederkam, trug er Francescas Tochter unter seinem Umhang und legte diese neben den anderen Säugling auf den Tisch. »Gott sei Dank sehen sie einander recht ähnlich«, rief er erleichtert.

Jetzt sah Margarete es auch. Zwar war Marie Flavia, die zu früh ans Licht der Welt gekommen war, etwas kleiner als Michaela Maria und wirkte auch ein wenig dunkler, doch ihre Mienen glichen sich, und jeder, der sie sah, musste sie für Schwestern halten. Nun begriff Margarete, was der Pater vorhatte, sagte aber nichts, während er seinen Sagrestano losschickte, um die beiden ausgesuchten Ammen herzubringen.

»Eine von ihnen hat ihr Kind verloren und kann daher auch den zweiten Säugling ein wenig nähren. Dieser muss seine Amme mit einem kleinen Jungen teilen. Es handelt sich bei beiden Frauen um deutsche Pilgerinnen, die froh sind, sich einer Reisegruppe in die Heimat anschließen zu können. Sie haben versprochen, so lange bei euch zu bleiben, bis die nder sie nicht mehr benötigen.« Pater Luciano lächelte, nn damit hatte er ein weiteres der anstehenden Probleme elöst. Für das nächste schickte er einen Boten nach Rom nd forderte Conte Ercole Orsini und dessen Gemahlin auf, nach Santa Maria in Trastevere zu kommen.

9.

An diesem Abend herrschte eine eigentümliche Stimmung in dem nur von wenigen Kerzen erhellten Kirchenschiff. Pater Luciano hatte darauf bestanden, dass Falko, Margarete und ihre Vertrauten sich jenseits des Lichtkreises in einem Winkel der Kirche aufhielten, an dem sie nicht sofort gesehen werden konnten. Er selbst stand vor dem Altar und schlug eben das Kirchenbuch auf, in dem er alle Heiraten, Geburten und Sterbefälle seiner Gemeinde einzutragen pflegte. Nicht weit von ihm entfernt standen die beiden Ammen mit den ihnen anvertrauten Säuglingen ebenfalls im Schein der Kerzen.

Weder Falko noch die anderen begriffen, was der Pater plante. Für Falko war es eine Qual, hier zu stehen und zu wissen, dass Francescas Eltern jeden Moment erscheinen konnten. Er befürchtete Vorwürfe, ja sogar einen Streit mit Conte Ercole und dessen Gemahlin. Vielleicht …

In dem Augenblick beendete Pater Lucianos Stimme seinen Gedankengang. »Der Sagrestano gibt das Zeichen! Orsini ist also doch gekommen.«

Während der Geistliche erleichtert zu sein schien, wünschte Falko sich an den Nordrand der Alpen, um Francescas Vater nicht begegnen zu müssen.

»Ganz scheint Conte Ercole dem Frieden nicht zu trauen, denn er hat ein halbes Dutzend Waffenknechte bei sich. Hoffentlich sucht er nicht Rache für seine Tochter. Da wir nur zu dritt sind, könnte es haarig werden!« Hilbrecht zählte nur auf Falko, Ritter Oskar und sich und nicht auf die beiden Geistlichen und den Küster.
Um zu zeigen, dass er auf der Seite seiner Freunde kämpfen würde, packte Giso einen Kerzenleuchter aus Messing und hielt ihn wie eine Keule in der Hand. »Wir sind vier und werden doch wohl mit einem alten Mann und sechs Knechten fertig werden!«, sagte er dabei.
»Ich will nicht kämpfen!« Falko atmete tief durch und beobachtete nun, wie zwei von Orsinis Männern vorsichtig in die Kirche blickten. Da sie nur Pater Luciano und die beiden Weiber mit den Säuglingen sahen, legte sich ihr Misstrauen, und sie gaben den Weg für ihren Herrn frei.
Ercole Orsini trat mit seiner tief verschleierten Gemahlin am Arm in die Kirche und sah den Pater an. »Warum habt Ihr mich gerufen?«
Über Pater Lucianos Gesicht huschte ein trauriges Lächeln. »Einst waren wir Freunde, Ercole.«
»Diese Zeit ist lange vorbei. Ihr habt Euch für die Deutschen entschieden!«
»Und Ihr Euch für die Franzosen«, konterte der Pater.
Der Conte machte eine ärgerliche Handbewegung. »Nicht für diese, sondern für Italien!«
»Und doch habt Ihr Euch von dem Vicomte de Promont dazu überreden lassen, ein Attentat auf Kaiser Friedrich zu planen.«
»Wie kommt Ihr darauf?«, fragte Orsini verwirrt. »Der Vicomte war bei mir zu Gast, und ich habe auch mit ihm gesprochen. Doch seit Seine Heiligkeit den Besuch des Königs gutgeheißen hat, habe ich mich aus allen Verwicklungen herausgehalten.«

»Soll ich Euch das wirklich glauben? Immerhin hat Euer Gefolgsmann d'Specchi einen Anschlag auf Friedrich unternommen.« Eine gewisse Enttäuschung schwang in der Stimme des Paters mit. Es klang, als trauere er der einstigen Freundschaft mit dem Mann nach, den er seit seinen Jugendtagen kannte.
»D'Specchi ist tot und sein Sohn ebenfalls. Sie starben nicht durch die Leibwächter des Königs«, antwortete Orsini grimmig.
»Aber genau das geschah mit dem Mann, der Friedrich im Auftrag der d'Specchis töten sollte. Der Attentäter hat sein Verbrechen gestanden, bevor er starb. Solltet Ihr den verhinderten Meuchelmörder nicht für glaubhaft halten, so versichere ich Euch, dass ich dasselbe von Signora Isotta d'Specchi erfahren habe. Sie sagte mir, de Promont habe ihrem Mann versprochen, dass König Karl von Frankreich diesen in den Stand eines Vicomte erheben und sein Sohn eine reiche Erbin als Braut erhalten werde.«
Ercole Orsini trafen diese Worte bis ins Mark. Zuerst wollte er nicht glauben, dass er von den beiden d'Specchis betrogen und sogar verraten worden war. Er erinnerte sich jedoch rasch daran, dass diese sich nach dem ersten heftigen Drängen auf eine Heirat Cirios mit Francesca immer mehr Zeit gelassen hatten, die Ehe zu schließen. Es passte alles zusammen, auch die Tatsache, dass Dario d'Specchi nach dem misslungenen Anschlag auf Kaiser Friedrich zu ihm gekommen war und plötzlich auf eine sofortige Hochzeit gedrungen hatte. Wahrscheinlich hatte ihn die Angst vor der Rache der Deutschen dazu getrieben und wohl auch die vor den Franzosen, welche ihn und seinen Sohn als Versager ansehen mussten. Von der Aufnahme in die Orsini-Sippe hatten sich Vater und Sohn d'Specchi Sicherheit vor ihren Feinden versprochen.

Diese Erkenntnis war bitter, aber der Conte bewahrte Haltung. »Ihr habt meine Gemahlin und mich gewiss nicht rufen lassen, um mit uns über diese d'Specchis zu sprechen!«

»Nein, das habe ich nicht. Ich bitte Euch und Eure Gemahlin, das hier zu lesen!« Während er dies sagte, deutete Pater Luciano auf das Kirchenbuch.

Ercole Orsini trat verwundert näher und richtete seinen Blick auf die aufgeschlagene Seite. »Am siebzehnten August im Jahre des Herrn 1451 erschienen vor mir der Edle Falko Adler, Reichsritter auf Kibitzstein, und die Jungfrau Francesca Orsini, Tochter des Conte Ercole Orsini und seiner Gemahlin Flavia, geborene Carafa, um den Bund der Ehe einzugehen. Als Zeugen unterzeichneten der hochwürdige Herr Giso von Ziegenhain, Ritter Oskar von Frammenberg und Junker Hilbrecht von Hettenheim!«

»Wie kann das sein?«, fragte der Conte und sah Pater Luciano durchdringend an.

Dieser verzog keine Miene, sondern blätterte weiter und zeigte schließlich auf einen anderen Eintrag. »Heute wurde Francesca Adler auf Kibitzstein, Tochter des Conte Ercole Orsini und seiner Gemahlin Flavia, von zwei Töchtern entbunden und verstarb kurz darauf.«

Der Conte starrte auf das Datum und spürte, wie eine kalte Hand nach seinem Herzen griff. »Das ist schon fast einen Monat her!«

»Ich habe so lange gewartet, bis ich sicher sein konnte, dass die Kinder am Leben bleiben würden, denn ich wollte Euren Schmerz und den Eurer Gemahlin nicht aufwühlen. Hier sind die beiden!« Mit einer sanften Bewegung zeigte Pater Luciano auf die Säuglinge.

Während der Conte einen Schritt zurückwich, eilte Flavia zu den Kindern und betrachtete sie mit leuchtenden Augen.

»Wie schön sie sind! Sie sehen fast gleich aus. Nur ist diese hier ein bisschen kleiner!« Ihr Finger wies auf die eigene Enkelin, deren Lebenswillen stark genug gewesen war, die schwere Zeit nach ihrer Geburt zu überstehen.
»Ich finde, damit ist der Ehre Eurer Familie und Eurer Tochter Genüge getan«, sagte Pater Luciano zu Conte Ercole.
Dieser schüttelte verwirrt den Kopf. »Aber wie kann das sein? Weshalb hat Francesca uns nichts gesagt?«
»Vielleicht, weil sie Angst hatte! Sie wusste, wie sehr Ihr die Deutschen verachtet. Doch liebte sie den jungen Ritter und glaubte, er könnte ihr Schutz gegen die unerwünschte Heirat mit Cirio d'Specchi bieten, der, wie wir alle wissen, ein Mörder und Verräter gewesen ist.«
Der Pater lächelte sanft und fasste die Hand seines einstigen Freundes. »Conte Ercole, schließt Frieden mit dem jungen Ritter. Sein Schmerz ist nicht geringer als der Eure.«
Es dauerte einige Augenblicke, bis der Conte sich dazu durchrang. »Dann soll es sein! Aber nur um dieser Kinder willen, die in einer ehrlichen Ehe geboren worden sind.«
Auf einen Wink des Paters trat Falko vor und kniete vor Orsini und dessen Gemahlin nieder. »Ich bedauere, Euch Schmerz bereitet zu haben, und ich beweine die schönste Blume von Rom, an der ich mich nur so kurz erfreuen durfte.«
Diese Worte hatte ihm Pater Luciano in den Mund gelegt, und er sah, dass sie den Orsinis gefielen. Der Conte nickte knapp, während seine Gemahlin erst die Kinder ansah und sich dann zu ihm umdrehte. »Ich würde meine Enkelinnen gerne selbst aufziehen. Überlasst sie mir!«
Falko hörte Margarete im Hintergrund schnauben und sah, dass Giso sich nach vorne schob und ihn mit warnenden Blicken bedachte. Für ihn kam dieser Vorschlag überra-

schend, erschien ihm aber verlockend. Er hatte nach seinem Dafürhalten keine Möglichkeit, sich ordentlich um die beiden Mädchen zu kümmern. In Flavia Orsini hätten sie eine liebevolle Großmutter, unter deren Schutz sie ohne Sorgen aufwachsen konnten. Bei dem Gedanken erinnerte er sich jedoch an seine Mutter, die dann ihre Enkelinnen niemals zu Gesicht bekommen würde, und er schüttelte den Kopf.
»Dann gebt uns wenigstens eines der Kinder«, fuhr Flavia Orsini fort und zeigte auf Elisabeths Tochter, die ihr ein wenig kräftiger erschien als die kleine Marie Flavia. Hätte sie ihre wahre Enkelin gefordert, wäre Falko in Versuchung geraten, ihr das Kind zu überlassen. Er hielt es jedoch für schändlich, ihr das Kind einer anderen Frau unterzuschieben, und schüttelte erneut den Kopf.
»Nein, es geht nicht! Es sind meine Töchter, und es ist meine Pflicht, für sie zu sorgen.«
Während Giso aufatmete und Margaretes Augen freudig aufleuchteten, fühlte Falko sich, als hätte er sich eben zwei Mühlsteine zugleich auf die Schultern geladen, von denen er kaum einen stemmen konnte.
»So sei es!«, erklärte Pater Luciano zufrieden und bat den Conte und dessen Gemahlin, ihm ins Pfarrhaus zu folgen, damit sie die Seelenmessen für ihre Tochter in Auftrag geben konnten. »Ihr werdet gewiss an ihrem Grab beten wollen. Es ist das letzte Grab einer unbekannten Pilgerin auf dem Friedhof des Campo Santo Teutonico und hat noch keinen Stein. Für den werdet Ihr sorgen müssen«, setzte er mit leiser Stimme hinzu.
Während unterdessen im Kirchenschiff Margarete zu den beiden Ammen hinüberging, um nach den Kleinen zu sehen, klopfte Giso Falko auf die Schulter. »Zum Glück hast du mich nicht enttäuscht! Hättest du dich anders entschieden und auch nur eine ihrer Enkelinnen hier zurückgelas-

sen, so wärst du von deiner Mutter durch eure gesamte Burg geprügelt worden.«

»Das weiß ich ja! Aber trotzdem …« Falko brach ab und senkte den Kopf. Nun stand er vor dem Problem, was er mit den Säuglingen anfangen sollte. Mit einem verkrampften Lächeln sah er die Kinder an und seufzte.

»Meine Mutter wird sich gewiss über den Familienzuwachs freuen, aber sie ist schon zu alt, um für die Kleinen sorgen zu können. Zumindest will ich ihr diese Mühe nicht aufladen.«

»Sie brauchen eine Mutter«, sagte Edelgunde bestimmt und versuchte dabei, sich ihre Hintergedanken nicht anmerken zu lassen.

»Aber wo soll ich eine Frau hernehmen, die sich der Töchter einer fremden Mutter annimmt?«, rief Falko aus.

Auf Margaretes Miene zeichneten sich widerstrebende Regungen ab, doch sie verbarg ihre Gefühle zunächst, indem sie sich über eine der beiden Kleinen beugte. Dann aber warf sie den Kopf in den Nacken. »Ich habe Elisabeth und Francesca versprochen, mich um ihre Töchter zu kümmern. Um diese Zusage einzuhalten, bin ich sogar bereit, dich zu heiraten.«

»Du? Aber wieso?« Niemals zuvor war Falko so verdattert gewesen wie in diesem Augenblick.

Während Margarete aussah, als würde sie ihre Worte bereits wieder bedauern, trat Edelgunde zu Falko und strahlte ihn an. »Diese Ehe hat der ehrwürdige Herr Fürstbischof Schenk zu Limpurg bereits im Frühjahr letzten Jahres stiften wollen. Deshalb war Margaretes Bruder …«

»Halbbruder!«, unterbrach Margarete sie.

»Deshalb war Junker Bruno von Reckendorf so zornig auf dich. Er ist sehr stolz auf das Alter seiner Sippe, musst du wissen.« Edelgunde zwinkerte Falko zu und versetzte ihm einen Stoß. »Zögere nicht zu lange. Eine Frau ist keine Kuh, um die man feilschen kann. Entweder du nimmst Margarete, so wie sie ist, oder wir reisen als eigene Gruppe nach Hause, und du kannst sehen, wo du mit deinen Mädchen bleibst!«

»Tante, nein!«, rief Margarete erschrocken. »Ich habe geschworen, für diese beiden Kinder zu sorgen, und das werde ich auch. Ich liebe die Kleinen von ganzem Herzen, vielleicht auch deswegen, weil sie ebenso wie ich Töchter der Sünde sind.«

Sie wischte sich die Tränen aus den Augen und sah Falko seufzend an. »Ich bin acht Monate nach dem Tod des ersten Ehemanns meiner Mutter zur Welt gekommen. Doch er konnte nicht mein Vater sein, denn er lag fast ein halbes Jahr mit einer schweren Verletzung darnieder und starb schließlich daran. Auch hat der zweite Gemahl meiner Mutter mich als sein Kind anerkannt und mir ein gewisses Erbe vermacht. Nach seinem Tod und dem meiner Mutter hat mein Halbbruder die Vormundschaft über mich beansprucht, da ich nach den Regeln der heiligen Kirche doch die Tochter seines Vaters hätte sein können.«

Falko hob abwehrend die Hände. »Erkläre mir das später noch einmal. Jetzt schwirrt mir der Kopf. Ich habe nur verstanden, dass du Reckendorfs Schwester bist!«

»Halbschwester!«, korrigierte Margarete ihn spitz.

»Das hat doch jetzt nichts zu sagen, Falko!«, warf Giso ein. »Hauptsache, du bekommst ein Weib, das sich um deine Kleinen kümmert. Außerdem ist Jungfer Margarete hübsch und wohlgestaltet. Daher kann sie dich auch in dieser Hinsicht zufriedenstellen. Wie tüchtig sie ist, hast du ja bereits erfahren!«

»Wenn du möchtest, kannst du mir mit dem Elfenbeinkamm, den du mir hast schenken wollen, ohne es bisher ge-

tan zu haben, die Haare auf meinen Zähnen kämmen!« Auch in dieser Situation war Margarete die Spottlust nicht abhandengekommen, und sie brachte alle einschließlich Falko zum Lachen.
Giso starrte einige Augenblicke auf das Kirchenbuch, lächelte schließlich und blätterte weiter, bis er die erste freie Seite aufschlug. »Da wir uns in einer Kirche befinden und sowohl das Brautpaar wie auch genügend Zeugen vorhanden sind, können wir zur Trauung schreiten. Hat jemand etwas dagegen einzuwenden?«
»Nein!«, erklärte Margarete, und ihr Blick warnte Falko davor, etwas anderes zu sagen.

10.

Nie hätte Falko gedacht, dass ihm der Abschied von Rom schwerfallen könnte, aber er bemühte sich, seine Gefühle vor seinem Gegenüber zu verbergen. Conte Ercole versuchte ebenfalls, kühl zu erscheinen, aber man sah ihm an, dass er am liebsten ebenso geweint hätte wie seine Gemahlin, die sich über Marie Flavia und Michaela Maria beugte und diese ein letztes Mal küsste.
In ihrer Nähe stand Pater Luciano, der Mariangela seinen Segen gab. Dann kam er auf Falko zu und legte ihm die Hand auf die Schulter. »Ich muss sagen, ich habe mich nicht nur ein Mal schwer über Euch geärgert. Aber trotz all Eurer Fehler seid Ihr stets treu geblieben und habt mich und auch Euren Herrn, den Fürstbischof von Würzburg, nicht enttäuscht. Überbringt Herrn Gottfried Schenk zu Limpurg meine Grüße und sagt ihm, dass Ihr mit eigener Hand den

Mord an unserem gemeinsamen Freund Taddeo Foscarelli gerächt habt.
Conte Ercole hat mir versichert, dass er den Tod des Kardinals nicht gewollt hat. Sein Auftrag an die d'Specchis hatte gelautet, Foscarelli aufzulauern, ihm die Briefe abzunehmen, die dieser bei sich trug, und ihn dann laufen zu lassen. Doch diese miese Ratte Cirio hat ihn kaltblütig umgebracht.«
Der Pater seufzte bei der Erinnerung und wies auf Giso, der ebenfalls kurz davor zu stehen schien, in Tränen auszubrechen. »Ich werde mich Eures Freundes annehmen«, versprach er.
Damit rührte er an einer Wunde in Falkos Herzen. »Warum muss Giso denn in Rom bleiben?«
»Er wird auf Befehl des Fürstbischofs dessen Belange beim Heiligen Stuhl wahrnehmen. Sorgt Euch nicht um ihn. Giso trägt einen klugen Kopf auf den Schultern, und ich habe Freunde in wichtigen Positionen, denen ich ihn bereits empfohlen habe. Sie haben mir versprochen, sich dafür einzusetzen, dass er zum Prälaten ernannt wird. Ihr werdet sehen, Euer Freund macht hier in Rom Karriere.«
»Und wird womöglich noch selber Papst«, versuchte Falko zu spötteln und wischte sich über die feucht werdenden Augen.
»Das vielleicht nicht, aber Bischof und später möglicherweise sogar Kardinal. Doch nun verabschiedet Euch von ihm. Die Zeit verstreicht, und Ihr wollt Rom gewiss nicht erst bei Dunkelheit verlassen.« Pater Luciano versetzte Falko einen aufmunternden Schlag auf die Schulter und ging weiter, um den restlichen Mitgliedern der Reisegruppe Lebewohl zu sagen.
Falko trat auf Giso zu und umarmte ihn. »Ich wünsche dir alles Glück der Welt«, flüsterte er.

»Ich dir auch!« Mit aller Selbstbeherrschung zwang Giso sich ein Lächeln auf und wies nach Norden. »Wenn du wieder in Kibitzstein bist, dann bete ein Vaterunser am Grab meiner Eltern und sage meiner Mutter, dass es mir gutgeht und Michi bald wieder Vater sein wird. Grüße auch meine Schwestern und Dietmar. Wenn Gott will, werden wir uns wiedersehen.«
Nun konnte Giso die Tränen nicht mehr zurückhalten. Auch die anderen weinten, allen voran Mariangela, die alles hinter sich lassen musste, was sie einmal geliebt hatte. Ihre Mutter und ihre Ziehmutter hatten sich bereits in ein abgelegenes Kloster zurückgezogen und ihre Schwestern jeden Kontakt zu ihr abgelehnt. Da auch Gaspares Gedanken mehr einer strammen Nachbarin galten, die er zu heiraten gedachte, war ihr nur Pater Luciano geblieben. Dieser hatte versucht, ihr die Angst vor dem fremden Land im Norden zu nehmen. Aber diese saß tief.
Um nicht immer daran denken zu müssen, was vor ihr lag, hatte sie kurz nach ihrer überraschenden Hochzeit begonnen, die unbekannte Sprache zu erlernen. Dabei hielt sie sich weniger an Margarete und Edelgunde als an die beiden deutschen Ammen. Deren Kenntnisse des römischen Dialekts waren jedoch jämmerlich, und so hatte Hilbrecht die Aufgabe übernommen, seine Frau auf ihre neue Heimat vorzubereiten.
Auch war er es, der neben Ritter Oskar am Tag des Aufbruchs die Übersicht behielt. Gemeinsam führten sie Edelgunde und Margarete zu deren Pferden und hoben sie hinauf. Auf ihr Wort hin nahmen Mariangela und die beiden Ammen in den bereitstehenden Sänften Platz. Schließlich gelang es ihnen auch, Falko dazu zu bewegen, sich von Francescas Eltern zu verabschieden, die noch einmal nach den beiden Mädchen hatten sehen wollen, und ebenfalls auf sein Pferd zu steigen.

»Lebt wohl, Falko Adler, und sagt meinen Enkelinnen, dass sie in unserem Haus stets willkommen sind«, rief Contessa Flavia ihnen noch nach. Dann blieben der Campo Santo Teutonico und der Vatikan hinter der Reisegruppe zurück.

II.

Auch in den nächsten Tagen mussten Hilbrecht und Ritter Oskar die Gruppe führen, weil Falko kaum ansprechbar war. Zu vieles blieb in Rom zurück, was er geliebt hatte, und dazu kam der Abschied von Giso, dem besten Freund seiner Kindertage.

Margarete ließ sich Falkos Schweigen eine Weile gefallen, dann aber stellte sie ihn zur Rede. »Auch wenn du es vergessen haben solltest, gibt es immer noch Aufgaben für dich! Du bist unser Anführer und Reisemarschall, und zudem solltest du dich auch um deine Töchter kümmern. Man könnte fast glauben, sie wären dir lästig.«

Obwohl Falko ihr keine Antwort gab, bewirkten ihre Worte, dass er sich wieder den Notwendigkeiten der Reise zuwandte. Als man ihnen in der nächsten Herberge einen Schuppen als Nachtquartier andrehen wollte, setzte er sich gegen den Wirt durch und sorgte dafür, dass sie die besten Kammern erhielten. Außerdem warf er dem Wirtsknecht, der ihnen zum Brot ranziges Olivenöl servieren wollte, den Ölkrug an den Kopf.

Am nächsten Morgen überraschte Margarete ihn dabei, wie er mit beiden Töchtern in den Armen auf dem Hof stand und diese küsste. »Jetzt ist er wieder normal«, sagte sie zu ihrer Tante und nahm Falko lächelnd die kleine Michaela

Maria ab, die in Gefahr geraten war, ihm aus dem Arm zu rutschen.

Von diesem Tag an ging die Reise ohne größere Ärgernisse vonstatten. Sie passierten Florenz, Bologna und Mailand und erreichten schließlich Bellinzona. Dort mieteten sie Säumer, die sie über den Sankt-Gotthard-Pass bringen sollten. Zu den Männern zählte auch Urs, mit dem Falko vor über einem Jahr in Streit geraten war. Dieser begrüßte ihn grinsend und nahm sich der Gruppe an.

Der Weg bis Flüelen war anstrengend, doch selbst die an der Felswand des Chilchbergs entlangführende Twärrenbrücke schreckte die reiseerfahrenen Mitglieder der Gruppe lange nicht mehr so wie auf dem Hinweg. Dennoch waren alle froh, als sie dem Schöllenental abwärts folgen konnten und die Gefahren des Hochgebirges hinter ihnen zurückblieben. In Flüelen ließ Urs sich nicht lumpen und lud Falko, Hilbrecht und Ritter Oskar zu einem Umtrunk ein, der Margarete, Edelgunde und Mariangela am nächsten Tag drei Jammerlappen als Ehemänner bescherte. Die Frauen enthielten sich zwar jedes bösen Wortes, zwinkerten sich aber lächelnd zu, als sich die Männer während der Fahrt über den Vierwaldstätter See immer wieder über die Bordwand beugten und würgten.

»Wie sagte schon unser Herr Jesus Christus? Wer den Wein nicht verträgt, sollte ihn aus dem Leibe lassen«, flüsterte Margarete den anderen Frauen zu und beschloss, in Luzern zwei Rasttage einzulegen.

Die Erholung tat Falko und seinen Mitstreitern gut, denn als es weiterging, waren sie wieder im Vollbesitz ihrer Kräfte und taten so, als hätten sie niemals eine Schwäche verspürt.

Ihr Weg führte nun beharrlich nordwärts. In Basel mietete Falko mehrere Schiffe, die sie auf dem Rhein nach Mainz bringen sollten. Von dort aus würden sie sich auf kleineren Booten den Main bis Dettelbach hochtreideln lassen und dann nach Kibitzstein reiten.

Als sie auf dem Fluss jene Gegend passierten, in der Rudolf von Ottmeringens Leute Margarete überfallen und deren Leibmagd und die beiden Waffenknechte ermordet hatten, schauderte es die junge Frau trotz des warmen Tages.

»Ich wollte, ihr hättet mich damals nicht zu deiner Verwandten Dagoberta geschickt, Tante«, sagte sie zu Edelgunde.

Diese hob hilflos die Hände und blickte in die Richtung, in der Burg Ottmeringen liegen musste. »Es war Gottes Wille, mein Kind. Daher sollten wir nicht klagen. Er hat unsere Schritte vorherbestimmt.«

»Um Falko Adler zu heiraten, hätte ich nicht bis Rom reisen müssen. Es hätte gereicht, dem Fürstbischof mein Einverständnis mitzuteilen. Herr Gottfried hätte meinen Halbbruder schon dazu gebracht, vor ihm zu kuschen.«

»Du magst Junker Bruno nicht besonders?«, fragte Edelgunde ihre Nichte, obwohl sie die Antwort bereits kannte. Sie wollte jedoch die Geister der Toten vertreiben, die diese um sich zu sehen glaubte.

»Wir haben uns nie besonders nahegestanden. Er hat mich und unsere Mutter verachtet, weil sie mich von einem anderen Mann empfangen hatte, während sein Vater noch lebte.«

»Dennoch hat er die Vormundschaft über dich erstritten?«, fragte Edelgunde verwundert.

»Dazu hat ihn sein Stolz gezwungen. Ich bin doch nur acht Monate nach dem Tod seines Vaters geboren worden. Daher musste er sogar vor sich selbst so tun, als wäre ich wirklich seine Schwester.« Margarete lachte bitter und hieb mit der Hand durch die Luft, als müsse sie eine Fliege oder einen unangenehmen Gedanken vertreiben.

»Was Dagoberta wohl dazu sagen wird, wenn sie hört, dass ihr Sohn in Rom ums Leben gekommen ist?«, fragte sie dann.
»Ihre Worte werden keine Segenswünsche enthalten. Doch das kann uns gleichgültig sein. Nach Rudolfs Tod erbt ihr Schwager die Burg Ottmeringen, und der hasst sie seit dem Tag, an dem sein Bruder sie zur Frau genommen hat. Wie ich ihn kenne, wird er sie in ein abgelegenes Kloster stecken oder ihr gleich eine Hütte im Wald als Witwensitz zuweisen. Die Frau sehen wir gewiss nicht wieder – und darüber bin ich froh.«
Edelgunde schüttelte den Gedanken an ihre Verwandte ab und sah dann ihre Nichte an. »Ich möchte dich etwas fragen: Leben Falko und du wirklich wie ein Ehepaar? Immerhin schläfst du des Nachts immer noch in meiner Kammer.«
»Ich habe ihm gesagt, dass wir damit warten sollen, bis wir zu Hause sind, weil ich nicht auf der Reise schwanger werden will.«
»Und das hat er hingenommen?«, fragte Edelgunde verwundert.
»Nicht gerne! Aber mir ist es lieber, wenn wir das erste Mal in der Heimat das Bett teilen. In Rom und unterwegs ist unser beider Erinnerung an Elisabeth und Francesca noch zu frisch.« Margarete wischte eine Träne weg, die ihr beim Gedanken an die beiden Frauen und deren Schicksal über die Wange lief. Francesca ruhte nun schon seit etlichen Monaten unter der Erde, und die junge Äbtissin würde nie mehr in ihrem Leben die Süße der Liebe erfahren.
Dann aber lachte sie über sich selbst und wies auf den Strom. »Lass uns von etwas anderem reden. Wie lange, glaubst du, werden wir noch bis Mainz brauchen und von dort bis Kibitzstein?«

12.

Es war Sommer am Main. Eigentlich liebte Marie diese Zeit, die ihr das Reißen in den Gliedern erträglich machte, doch in diesem Jahr spürte sie eine Traurigkeit in sich, die selbst der strahlende Glanz der Sonne nicht vertreiben konnte.

Dabei hätte sie allen Grund zur Freude gehabt. Lisa war von einem gesunden Knaben entbunden worden, der prächtig heranwuchs, Trudi würde in weniger als vier Monaten wieder Mutter werden, und auf Kibitzstein gedieh alles nach Wunsch.

Ihre Gedanken galten jedoch dem Sohn, der im letzten Mai nach Rom aufgebrochen war und von dem sie seitdem nichts mehr gehört hatte.

Obwohl sie wusste, dass es nicht leicht war, Briefe über eine so große Entfernung zu schicken, machte sie sich Sorgen um Falko. So lange hätte er nicht ausbleiben sollen. Marie seufzte, stand auf und legte das Kissen auf ihrem Stuhl so zurecht, dass sie bequemer saß, und blickte erneut in die Ferne. Mit einem Mal beschattete sie die Augen. Obwohl sie nicht mehr so gut sah wie früher, erkannte sie, dass sich ein Wanderer Kibitzstein näherte.

In der Hoffnung, dieser könne eine Botschaft von Falko bringen, verließ sie den Altan und stieg über die Treppe nach unten. Es ging nicht mehr so flink wie früher, und sie musste sich an dem Tau festhalten, das als Geländer diente. Unten traf sie auf Hildegard, die eben den Ruf des Türmers gehört hatte.

»Aber Mama!«, sagte diese. »Deswegen hättest du dich nicht die Treppe herabquälen müssen. Ich hätte den Gast schon zu dir geführt.«

Marie lächelte. »Irgendetwas in mir sagt, dass der Mann nicht nur ein Reisender ist, der sich bei uns eine Unterkunft für die Nacht erhofft.«
»Dafür wäre es auch noch ein wenig zu früh. Wir könnten ihn höchstens zum Mittagessen einladen.« Hildegard streckte ihrer Ziehmutter den Arm hin, damit diese sich an ihr festhalten konnte, und führte sie in den Hof.
Unterdessen hatte der Fremde die Burg erreicht und blieb vor dem Tor stehen. Der Türmer blickte zu ihm hinab und wusste nicht, ob er ihn einlassen sollte.
»Wer ist es?«, rief Marie zu ihm hoch.
»Nur ein Bettler! Der Kerl sieht übel aus. Besser, wir schicken ihn weiter«, rief der Mann vom Turm herab.
Marie schüttelte den Kopf. »Gott hat uns im letzten Jahr mit einer guten Ernte gesegnet, und auch heuer stehen Korn und Wein gut. Daher ist es unsere Pflicht, Mitleid mit den Armen zu haben.«
»Wenn Ihr meint! Aber was ist, wenn er krank ist?«
»Dann wird Gott seine schützende Hand über uns halten.« Diesmal klang Marie harsch, denn sie mochte es nicht, wenn die Knechte ihre Entscheidungen in Frage stellten.
Es wird Zeit, dass der Junge wieder zurückkommt, dachte sie, während der Türmer von seinem Aussichtsposten herabstieg und die kleine Pforte öffnete, die im Burgtor eingelassen war.
Der Fremde, der hereinwankte, bot ein Bild des Elends. Sein Kittel war an vielen Stellen zerrissen, Haar und Bart waren verfilzt, und er sah so mager aus, als wäre er am Verhungern. Auf seinen Stab gestützt, kam er auf die beiden Frauen zu und starrte sie an, als könne er nicht glauben, sie vor sich zu sehen. Schließlich sank er vor Hildegard auf die Knie, nestelte unter seinem Kittel herum und brachte eine große braune Muschel zum Vorschein.

»Hier, Herrin! Ich habe das Ziel meiner Wanderschaft erreicht!«, flüsterte er und sank ohnmächtig nieder.

»Er ist wirklich krank«, rief der Torwächter und wich vor ihm zurück.

»Du bist ein Narr!«, schalt ihn Marie. »Der Mann ist erschöpft vom langen Weg. Ich frage mich nur, wer es sein kann.«

Hildegard betrachtete den Liegenden und rieb sich die Schläfen. »Du magst mich für verrückt halten, Mama, aber könnte es nicht der Junker von Reckendorf sein?«

Marie lachte auf. »Reckendorf würde hier nur hoch zu Ross und mit mindestens einem Dutzend Begleitern erscheinen. Wieso denkst du überhaupt an ihn?«

»Mir ist in den vergangenen Monaten einiges durch den Kopf gegangen, Mama, auch über Reckendorf. Zwar war ich seine Gefangene, und er hat versucht, mich zu demütigen. Doch er hat mir weder selbst Gewalt angetan noch mich – wie von diesem elenden Bertschmann gefordert – seinen Männern überlassen.«

»Bist du ihm dafür vielleicht noch dankbar?« Marie blies verächtlich die Luft durch die Nase, musste sich aber selbst sagen, dass Reckendorf ihr dadurch weiteren Schmerz erspart hatte. Doch sie mochte nicht glauben, dass dieser lumpige Bettler vor ihren Füßen der überstolze Edelmann sein sollte.

»Die Mägde sollen sich um ihn kümmern. Als Erstes hat er ein Bad dringend nötig. Sie sollen ihm auch Wein geben, damit er wieder zu Kräften kommt, und eine Hühnerbrühe. Ich werde später nach ihm sehen, ob er eine Arznei braucht.« Mit diesen Worten drehte Marie sich um und kehrte in den Palas der Burg zurück.

Hildegard rief zwei Frauen zu sich und befahl ihnen, den Bewusstlosen in die Waschstube zu bringen. »Badet ihn und flößt ihm ein wenig Wein ein«, befahl sie und eilte davon, um einen Kittel zu holen, den der Mann statt des zerrissenen anziehen konnte. Unterwegs besorgte sie sich auch noch eine Schere und ein Schermesser.

Als sie in die Waschkammer kam, hatten die Mägde den Mann bereits entkleidet und in einen Bottich gesteckt. Eine von beiden sah Hildegard spöttisch an.

»Was wollt Ihr hier? Für eine Jungfer ist dieser Anblick nichts!«

Ihre Freundin kicherte, und auch um Hildegards Lippen zuckte es verdächtig. »Und wie steht es um euch beide?«, fragte sie.

»Ob ich noch Jungfrau bin oder nicht, will ich lieber für mich behalten!« Die Magd zwinkerte Hildegard zu und schüttete etwas von dem duftenden Kräuteraufguss ins Badewasser, da der Fremde streng roch.

Während die andere Frau ihr half, den Mann zu waschen, rückte Hildegard seinem Bart zu Leibe. Es war eine harte Arbeit, denn die Haare waren verfilzt, und sie entdeckte Läuse darin.

»Ich glaube, der Kerl hat sich seit Wochen nicht mehr gewaschen«, sagte die vorlaute Magd kopfschüttelnd.

»Viel zu essen hat er in der Zeit auch nicht bekommen«, setzte ihre Gefährtin mit Blick auf die hervortretenden Rippen des Fremden hinzu.

Das warme Wasser und die leichte Massage durch das Waschen weckten den Mann, und er schlug die Augen auf. Als er Hildegard über sich gebeugt sah, atmete er erleichtert auf. »Es war also kein Trug! Ich habe Kibitzstein erreicht.«

»Das hast du, und du kannst froh sein, dass du hierhergekommen bist. Anderswo hätten sie einen so verlausten Kerl wie dich nicht über die Schwelle gelassen«, beschied

ihn die Magd und drückte ihm das Seifenstück in die Hand. »An einer gewissen Stelle kannst du dich selber waschen!«
»Zuerst soll er einen Schluck Wein erhalten«, tadelte Hildegard sie und begann, die Wangen des Mannes mit dem Schermesser zu bearbeiten. Derweil eilte eine der Mägde davon und kam mit einem Becher des sauren Weines zurück, der zum Kochen verwendet wurde, weil ihn sogar die meisten Mägde verschmähten.
Reckendorf trank jedoch wie ein Verdurstender und reichte den Becher mit einem »Vergelt's Gott« zurück.
»Wie ich sehe, hat die Pilgerreise nach Santiago Euch Demut gelehrt«, spottete Hildegard.
Die beiden Mägde riss es bei dieser höflichen Anrede.
»Sagt bloß, das ist ein Herr von Stand, Jungfer?«, fragte eine.
»Dieser Mann hier ist Junker Bruno von Reckendorf, der uns allen in bester Erinnerung geblieben ist«, erklärte Hildegard mit leichtem Spott.
»Was? Der! Und für den verschwende ich auch noch unsere gute Seife!« Die Magd hob den Lappen, mit dem sie Reckendorf gewaschen hatte, und sah aus, als wolle sie ihm diesen ins Gesicht schlagen.
Hildegard verhinderte es, indem sie den Arm der Frau packte. »Lass das! Es wäre eine zu billige Rache. Außerdem wirkt der Herr nicht, als wäre er derzeit ein würdiger Gegner. Lassen wir daher Mitleid walten.«
»Ihr beschämt mich, Herrin!« Reckendorf senkte den Kopf und wäre durch diese abrupte Bewegung beinahe eines Ohres verlustig gegangen. Im letzten Augenblick zog Hildegard ihr Rasiermesser zurück und fuhr ihn zornig an. »Könnt Ihr nicht achtgeben? Wenn Euch hier etwas geschieht, heißt es gleich, wir hätten es aus Rache getan.«
»Verzeiht!« Erschrocken hielt Reckendorf still, bis sie ihm

die Bartstoppeln abgeschabt hatte. Doch als sie mit dem Kopf fortfahren wollte, brachte er einen Einwand. »Ihr wollt mich doch nicht etwa zum Mönch scheren?«
»Zu überlegen wäre es«, spöttelte Hildegard. »Aber mir geht es mehr um die Begleiter, die Ihr Euch unterwegs angelacht habt. Auf Kibitzstein mögen wir keine Läuse!«
Reckendorf atmete einmal tief durch und hielt ihr dann den Kopf hin. »Macht, was Ihr für richtig erachtet. Ich hoffe nur, Ihr habt hinterher eine Kappe für mich.«
»Ihr seid ja immer noch eitel! Mich interessiert jedoch mehr, wie Ihr in diese Lage geraten seid. Immerhin habt Ihr im letzten Jahr Würzburg mit einer stattlichen Schar und einer gut gefüllten Reisekasse verlassen.«
Während Hildegard dem Junker die zottigen Haare abschnitt und dabei peinlich darauf achtete, jede Laus und jede Nisse zu erwischen, begann Bruno von Reckendorf von seiner Reise zu berichten.
»Zu Beginn war es auch so, wie Ihr eben gesagt habt. Doch im Süden Frankreichs hat mich ein Fieber so heftig gepackt, dass ich vom Pferd gesunken bin. Daraufhin haben Bertschmann und meine Knechte mich ausgeraubt und bis auf die Haut entkleidet. Ich habe sie nie wiedergesehen. Brave Leute haben mich in ein Kloster gebracht, in dem ich gesund gepflegt worden bin. Den weiteren Weg habe ich als Bettler zurücklegen und mich von dem ernähren müssen, was mildtätige Menschen mir zukommen ließen.«
»Besonders mildtätig scheinen die Leute auf dem letzten Teil Eures Weges nicht gewesen zu sein, da Ihr, mit Verlaub gesagt, arg verlottert ausseht.« Hildegards Stimme klang kühl, doch das galt weniger dem Junker als jenen, die ihn ohne jedes christliche Mitleid von ihren Schwellen vertrieben hatten.
Der Junker blickte zu Boden, um seine Scham zu verbergen.

»Es war die Strafe für das, was ich Euch angetan habe. Ich habe Euch hungern lassen und in Lumpen gekleidet. Der Herrgott hat es mir vergolten, indem er mich vor Hunger fast hat verzweifeln lassen. Zudem wurde mir bis auf einen stinkenden Kittel alles genommen, mit dem ich meine Blöße hätte bedecken können. Der Herr hat meinen Stolz niedergeworfen, bis ich das Brot aus dem Staub aufgehoben habe, in den es geworfen wurde, und es wie ein Tier verschlungen habe!«

Die Tränen, die Reckendorf über die Wangen strömten, waren echt, und Hildegard fühlte, wie schwer ihm der Weg gefallen sein musste. »Weshalb seid Ihr bis hierher nach Kibitzstein gegangen und habt nicht in Würzburg oder auf Euren eigenen Besitzungen haltgemacht?«, fragte sie. »Wolltet Ihr nicht, dass andere Euch so sehen?«

»Ich habe gegen Euch gesündigt und glaube, dass nur Ihr mich von meiner schweren Schuld erlösen könnt!« Reckendorf atmete tief durch, denn in den letzten Wochen hatte er ständig Hildegard vor seinem inneren Auge gesehen, wie sie hungrig und in schmutzigen, zerrissenen Kleidern vor ihm gestanden hatte. Sein Schicksal, so war er überzeugt, war die Strafe für seine Schuld.

»Sogar Bertschmann und meine ungetreuen Knechte waren ein Werkzeug des Herrn! Deswegen hege ich auch keinen Groll gegen sie. Mögen sie dort, wo sie jetzt sind, glücklich werden oder verderben. Was aus ihnen wird, liegt in Gottes Hand. Ich habe meinen Weg nach Santiago bewältigt und dabei zu mir selbst gefunden!« Ein Lächeln erschien auf Reckendorfs Gesicht und verlieh seinem ausgezehrten Äußeren einen angenehmen Ausdruck.

Hildegard betrachtete ihn eine Weile und erwiderte das Lächeln. »Ich spreche Euch frei, Junker Bruno! Geht zum Fürstbischof und sagt ihm, dass Euch verziehen ist.«

Reckendorf schien das als Aufforderung anzusehen, aus dem Schaff zu steigen, doch Hildegard hinderte ihn daran. »In Eurem Zustand könnt Ihr nicht fort! Ihr müsst Euch erst erholen!«

13.

Eine Stunde später saß Junker Bruno am Tisch und löffelte seine Hühnersuppe. Obwohl der Hunger in seinen Eingeweiden wütete, aß er manierlich, um Hildegard und Marie nicht das Bild eines Gierhalses zu bieten. Die Frauen hatten ihm Kleidung gegeben, die Falko zurückgelassen hatte, und die Kappe, die seinen kahl geschorenen Kopf bedecken sollte, lag nun neben ihm auf der Bank.

»Ich hoffe, es schmeckt Euch«, sagte Hildegard, der die Brühe arg gewöhnlich vorkam.

»Und wie es schmeckt, Jungfer Hildegard! Ich fühle mich wie der verlorene Sohn, der zum Vater zurückkehrt …«

»Erwartet aber nicht, dass ich ein Kalb für Euch schlachte«, unterbrach Marie ihn herb.

Sie wusste noch nicht, was sie mit diesem Besucher anfangen sollte. Immerhin hatte Reckendorf ihren Sohn vor allen Leuten beleidigt und zum Zweikampf herausgefordert und dann sie und ihre Töchter heimtückisch überfallen.

Der Junker spürte ihre Abneigung und kämpfte erneut mit seinem schlechten Gewissen. »Ich habe schändlich an Euch und den Euren gehandelt, Frau Marie, und kann Euch nur bitten, mir zu verzeihen. Mein Stolz hat mich blind werden lassen.«

»Ihr habt uns doch nicht ohne Grund so bekämpft! Was

hattet Ihr eigentlich gegen unsere Sippe?«, wollte Hildegard wissen.
»Ihr erspart es mir nicht, mich bis zum Letzten zu demütigen«, antwortete der Junker leise. »Doch ich fühle, dass ich auch das ertragen muss. Es ging um meine Schwester Margarete. Herr Gottfried Schenk zu Limpurg wollte eine Ehe zwischen ihr und Eurem Sohn stiften. Aber mein übermäßiger Stolz auf das Alter meiner Familie hat mich blind gemacht und mich dazu verführt, mich mit allen Mitteln gegen diese Heirat zu sträuben. Ich habe Margarete sogar einem anderen Mann als Weib versprochen, aber dieser hat sich als unwürdig erwiesen.«
»Meint Ihr Bertschmann?«, warf Hildegard ein. »Dieser Mann war der böse Geist hinter all Euren Taten. Ich rechne es Euch noch heute hoch an, dass Ihr mich nicht diesem Scheusal überlassen habt.«
Marie fand, dass ihre Stieftochter etwas zu gnädig mit Reckendorf umging und dessen Taten noch entschuldigte. Da sie jedoch keinen Streit provozieren wollte, sagte sie sich, dass der Junker in spätestens zwei Wochen in der Lage sein würde, nach Würzburg zu reisen. Dann war sie ihn los.

14.

Die Zeit verstrich, und Marie begriff, dass ihre Schätzung etwas voreilig gewesen war, denn Reckendorf lebte bereits seit vier Wochen auf Kibitzstein und deutete mit keinem Wort und keiner Geste an, dass er die Burg bald verlassen wolle. Gerade befand er sich mit Hildegard im Garten, um Pflaumen zu ernten. Das ging nicht ohne fröhli-

che Rufe und Lachen ab, und etliche der süßen Früchte landeten nicht im Korb, sondern in den Mündern der beiden.
Seit seiner Kindheit war Reckendorf nicht mehr auf einen Baum geklettert, um Früchte zu naschen. Jetzt genoss er es in vollen Zügen, die schönsten und saftigsten Pflaumen für Hildegard zu pflücken und sie ihr zu reichen. »Diese Pflaumen sind ausgezeichnet! Solche gibt es in meinen Gärten nicht«, erklärte er ihr.
Hildegard blickte zur Burg hinüber und wies auf den Söller, auf dem ihre Ziehmutter in der warmen Sonne saß. »Diese Bäume hat Mama von sehr weit kommen lassen und hier gepflanzt. Wir haben auch anderes Obst, doch das ist noch nicht reif. Ihr müsstet einmal die Pfirsiche kosten, die wir im Weinberg ziehen! Auch diese Bäume hat Mama auf ihren Reisen entdeckt.«
»Eure Mutter war wohl oft auf Reisen?«, fragte Junker Bruno interessiert.
»Gelegentlich erzählt sie davon. Einiges habe ich von der Ziegenbäuerin gehört oder von Anni, der jetzigen Frau von Ziegenhain, und von der Mohrin Alika, die in Magoldsheim bei meiner Schwester Trudi lebt. Sie alle sagen, sie hätten meiner Mutter sehr viel zu verdanken, teilweise sogar ihr Leben.«
Hildegard berichtete ein paar Begebenheiten, die man ihr erzählt hatte. Von ihr erfuhr Reckendorf nun, dass Marie Adler nicht nur in Böhmen und Venedig gewesen war, sondern sogar in den fernen Ländern der Russen und in Konstantinopel. Dabei musste sie Gefahren überstanden haben, gegen die ihm die Pilgerfahrt nach Santiago de Compostela unbedeutend erschien.
»Ihr liebt Eure Ziehmutter sehr?«, fragte er nach einer Weile.

Hildegard nickte heftig. »Ja, das tu ich! Sie hat mir so viel Liebe geschenkt und weder mir noch meiner Ziehschwester Lisa die eigenen Kinder vorgezogen. Wenn Trudi versucht hat, ihren Rang als Erstgeborene durchzusetzen, ist sie von der Mutter oft genug zurechtgewiesen oder sogar bestraft worden. Nicht, dass Trudi böse zu mir und Lisa gewesen wäre! Das war sie ganz gewiss nicht. Aber unsere Mutter hat keinerlei Ungerechtigkeit dulden wollen.«

»Ich kenne meine Mutter kaum«, antwortete Reckendorf bedrückt. »Ich war sechs Jahre alt, als mein Vater starb und sie ihrem zweiten Mann auf dessen Burg gefolgt ist. Aber auch vorher bin ich von Ammen und Kindermägden aufgezogen worden. Später habe ich meine Mutter nur noch bei Festlichkeiten in Würzburg oder Aschaffenburg getroffen, konnte jedoch nie mehr als einen kurzen Gruß mit ihr wechseln.«

»Wie schrecklich!«, flüsterte Hildegard mitleidig. »Das muss schlimm für Euch gewesen sein.«

»Ich kannte es nicht anders. Erst später habe ich erfahren, dass es Mütter gibt, die ihre Söhne lieben. Vielleicht hat sie das sogar getan, wer weiß! Aber ich war zu verletzt, weil sie mich verlassen hat und kurz darauf meine Halbschwester geboren wurde.«

»Das Mädchen, das der Fürstbischof mit meinem Bruder verheiraten wollte?«

Junker Bruno nickte. »Ja, Margarete.«

»Liebt Ihr Eure Schwester?«, fragte Hildegard weiter.

Ein bitteres Lachen erklang. »Ich habe sie vor dem Tod unserer Mutter kein einziges Mal gesehen! Danach gab es nur zwei Begegnungen, die erste an jenem Tag, an dem ich ihr mitgeteilt habe, dass mir die Vormundschaft übertragen worden sei, und die zweite, als sie mich um Erlaubnis gebeten hat, zusammen mit ihrer Tante Edelgunde von Frammenberg eine Pilgerreise nach Rom unternehmen zu dürfen. Ich hatte die Vormundschaft über sie nur deswegen gefordert, weil sie nach kirchlichem Recht als Tochter meines Vaters galt und ich sie so verheiraten wollte, wie es am besten in meine Pläne passte.«

»Eine Heirat mit meinem Bruder gehörte wohl nicht dazu?« Hildegard sah, wie der Junker blass wurde. »Vorsicht, fallt mir nicht vom Baum!«

»Keine Sorge, ich halte mich fest!« Junker Bruno brauchte dennoch beide Hände, so sehr hatte ihn ihre Bemerkung getroffen.

Nun fragte er sich, welcher Teufel ihn damals geritten hatte, Falko Adler herauszufordern. Auch wenn dessen Adel noch jung war, spielte der Kibitzsteiner bereits eine gewichtige Rolle in dieser Gegend und war, wie er mittlerweile erfahren hatte, kaum weniger wohlhabend, als er selbst es vor dem Urteil des Fürstbischofs gewesen war. Mittlerweile konnte er nur noch neidisch zum Reichtum der Kibitzsteiner aufschauen.

»Wir sollten weiterpflücken! Die Mägde sollen heute noch anfangen, Mus zu machen. Doch mit den paar Pflaumen, die wir bisher in meinen Korb gelegt haben, lohnt sich das nicht«, mahnte Hildegard.

Sofort sammelte der Junker weitere Pflaumen, und diesmal wanderten diese nicht mehr in seinen oder Hildegards Mund.

»Wisst Ihr, dass Ihr sehr tüchtig seid? Der Mann, der Euch einmal zum Weib bekommt, kann sich glücklich schätzen«, setzte Reckendorf das kurz eingeschlafene Gespräch fort.

Hildegard antwortete mit einem Lachen. »Wer weiß, ob ich überhaupt einmal heiraten werde. Vielleicht gehe ich ins Kloster. Dann könnte ich in ein paar Jahren sogar die Äbtissin von Hilgertshausen werden.«

»Beim Himmel, das dürft Ihr nicht tun! Es mangelt Euch doch gewiss nicht an Freiern?«, fragte der Junker erschrocken.
»Sicher gab es den einen oder anderen, doch keiner hat meiner Mutter und mir gefallen«, antwortete Hildegard leichthin.
»Ich würde mir eine Herrin wie Euch wünschen!«, entfuhr es dem Junker.
Erstaunt blickte Hildegard zu ihm hoch. »Ihr würdet mich heiraten wollen?«
Zu ihrer Überraschung nickte der Junker. »Während meiner Pilgerfahrt habe ich stets Euer Bild im Herzen getragen, und wenn ich schwach und elend geworden bin, hat mir der Gedanke an Euch die Kraft geschenkt, weiterzugehen. Ich wollte Euch beweisen, dass ich für meine Schuld einstehe. Außerdem habe ich gesehen, wie Eure Familie hier auf Kibitzstein lebt. So eine Liebe zueinander habe ich nie kennengelernt, und ich beneide Euch darum.«
Reckendorf pflückte die letzte Pflaume in seiner Reichweite, stieg dann vom Baum und fasste nach Hildegards Hand. »Wäre der Gedanke, mein Weib zu werden, so schrecklich für Euch?«
Hildegard schüttelte den Kopf. »Nein! Aber was wird meine Mutter dazu sagen?«
»Wenn sie Euch liebt, wird sie Euch ihren Segen geben, und sie liebt Euch doch!« Mit einer zärtlichen Geste strich Junker Bruno ihr über die Wange und zog sie an sich. »Ich liebe Euch aus tiefstem Herzen!«

15.

Marie sah von ihrem Platz auf dem Altan aus zu, wie Hildegard und Reckendorf Pflaumen pflückten und eifrig miteinander redeten. Bei diesem Anblick seufzte sie, denn sie hatte Angst um Hildegard, die immer offener zeigte, wie sehr ihr der Junker gefiel. Das Mädchen war immer das scheueste ihrer Kinder gewesen, und sie wollte ihm die Enttäuschung ersparen, die sie erleben musste, wenn Reckendorf nur mit ihr tändelte und später nichts mehr von sich hören ließ. Bei ihrer Tochter Trudi war es so gewesen, und sie wusste nicht, ob sie Reckendorf besser einschätzen sollte als den Junker von Gressingen, den sie nie gemocht und der sich schließlich als Eidbrecher und Mörder erwiesen hatte.

»Es ist das Beste, wenn er bald geht«, sagte sie zu niemand anderem als sich selbst.

Sie war sogar bereit, ihm ein Pferd zur Verfügung zu stellen. Doch bislang hatte er alle ihre Hinweise, der Fürstbischof warte gewiss auf ihn, ebenso überhört wie Hildegard ihre Warnungen, dem jungen Mann nicht zu viele Freiheiten zu erlauben.

Gerade fassten die beiden sich an den Händen, und für einige Augenblicke sah es so aus, als wollten sie sich umarmen. Maries Unbehagen wuchs, und sie überlegte, ob sie Bruno von Reckendorf nicht etwas deutlicher machen sollte, dass er auf Kibitzstein nicht länger willkommen war.

Da wurde ihr Blick von einer Reisegruppe angezogen, die aus Richtung Dettelbach auf ihre Burg zukam. Sie zählte mindestens sieben Reiter und Reiterinnen, mehrere Sänften, ein gutes Dutzend bewaffneter Knechte zu Fuß und drei

vollbeladene Ochsenkarren, deren Gespanne von weiteren Knechten geführt wurden.
Obwohl es sich um Händler handeln konnte, die von Burg zu Burg zogen, erfasste sie auf einmal eine seltsame Erregung. Sie stemmte sich aus ihrem Stuhl hoch und trat an die Brüstung des Söllers. Wenn ich doch nur besser sehen könnte, dachte sie verärgert und kniff die Augen zusammen. Der Schopf des vordersten Reiters leuchtete hell, und er trug ein grünes Gewand, die Farbe, die ihr Sohn am meisten mochte.
»Falko!«
Marie griff sich ans Herz, das auf einmal wild in ihrer Brust hüpfte, und eilte, so rasch sie es vermochte, die Treppe hinab. Bevor eine der Mägde kommen und ihr helfen konnte, hatte sie den Hof erreicht.
»Macht das Tor auf!«, rief sie, während der Türmer noch mit sich rang, ob er nun Freunde vor sich sah oder Fremde, die auf Übles sannen. Auf den Befehl seiner Herrin stieg er langsam von seinem Turm herab, öffnete erst einmal die Fußgängerpforte und sah hinaus.
»Es ist tatsächlich der junge Herr! Rasch, helft mir!« Der Türmer winkte ein paar Knechte heran und öffnete mit diesen zusammen die beiden schweren Torflügel.
Jetzt konnte auch Marie hinaussehen, doch Freudentränen verschleierten ihren Blick. Sie lief Falko entgegen und fasste den Zügel seines Pferdes. »Dem Himmel sei Dank! Du bist zurückgekehrt!«

16.

Als Margarete die alte Frau entdeckte, die aus dem Burgtor trat, zügelte sie ihr Pferd und blieb etwas zurück. Falko aber sprang aus dem Sattel und ließ sein Pferd laufen, um die Mutter zu umarmen. Sein Knappe Frieder fing das Tier ein und wusste nicht so recht, ob er an Falko vorbei in die Burg reiten oder auf der Stelle verharren sollte. Auch die anderen blieben stehen und sahen zu, wie Mutter und Sohn sich begrüßten.

Marie weinte vor Freude, und Falko kämpfte ebenfalls gegen die Tränen an. Gleichzeitig fühlte er sich wie ein kleiner Junge, der etwas ausgefressen hatte, denn er hatte seiner Mutter so einiges zu beichten.

Sie strich ihm zärtlich über die Wange und lachte unter Schluchzern. »Es ist schön, dass du wieder hier bist. Zeit genug hast du dir ja gelassen!«

»Es war wegen Giso, weißt du. Ich musste ihn doch unterstützen, den Besuch König Friedrichs in Rom vorzubereiten.« Obwohl es stimmte, kam es Falko wie eine Ausrede vor, und er war froh, Hildegard zu sehen, die eben mit raschen Schritten näher kam. Als er jedoch ihren Begleiter erkannte, spannten sich die Muskeln über seinen Wangenknochen.

»Was macht Reckendorf hier?«

»Er ist gekommen, uns um Verzeihung für den Ärger zu bitten, den er dir und uns bereitet hat«, erklärte Marie und überlegte verzweifelt, wie sie Falko daran hindern konnte, dem Gast unverzüglich an den Kragen zu gehen.

Unterdessen hatte Reckendorf die Gruppe erreicht und blieb vor Falko stehen. Er sah nicht gerade zuversichtlich aus, als er den Kopf senkte und sich zum Sprechen zwang.

»Ich habe übel an Euch und Eurer Sippe gehandelt, Herr auf Kibitzstein, indem ich Euch geschmäht, Eure Mutter und Eure Schwestern auf der Straße überfallen und Hildegard geraubt habe.«
»Er hat sie kurz darauf wieder verloren, weil Trudi und ich als Gauklerinnen verkleidet Jossis Leute in seine Burg begleitet und ihn dort gefesselt zurückgelassen haben«, warf Marie rasch ein.
»Junker Bruno hat damals kein besonders heldenhaftes Bild geboten!« Hildegard kicherte bei der Erinnerung und linderte damit Falkos Anspannung.
Um ihn endgültig zu beruhigen, erzählte sie kurz, wie es Reckendorf danach ergangen war, und schloss mit beschwörenden Worten. »Junker Bruno musste sich als Bettler bis nach Santiago und zurück durchschlagen! Du hättest ihn sehen sollen, wie er hier ankam. Er war halb verhungert und in Fetzen gekleidet.«
Falko zog die Mundwinkel herab. »Aber jetzt trägt er mein bestes Wams, das ich extra zurückgelassen hatte, weil es mir für die Reise zu schade erschien.«
»Wir konnten den Junker doch nicht nackt herumlaufen lassen«, erklärte seine Mutter. »Ich werde dir ein neues Wams nähen lassen. Also gib Ruhe! Wir haben uns mit Junker Bruno versöhnt.«
Falko musterte seinen ehemaligen Gegner und spürte, dass kein aufgeblasener Jüngling mehr vor ihm stand, sondern ein Mann, der auf dem langen Weg nach Spanien und zurück Bescheidenheit gelernt hatte.
»Wenn du es sagst, Mutter, dann soll es mir recht sein.«
»Ich sage es!«
»Hoffentlich können wir trotz allem Freunde werden – und vielleicht noch mehr!« Junker Brunos Blick wanderte zu Hildegard, die bei diesen Worten errötete.

Marie nahm beider Reaktionen wahr und fühlte Erleichterung in sich aufsteigen. Wie es aussah, war Reckendorf doch ein Edelmann. Nun ließ sie ihren Blick über Falkos Begleiter schweifen, die geduldig gewartet hatten. Außer Hilbrecht und den beiden Knappen kannte sie niemanden und wandte sich auffordernd an ihren Sohn.

»Willst du uns deine Gäste nicht vorstellen?«

Unwillkürlich zog Falko den Kopf ein und zeigte als Erstes auf Mariangela, die aus ihrer Sänfte ausgestiegen war und sich eng an Hilbrecht schmiegte. »Die junge Dame ist Hilbrechts Gemahlin Caterina Maria Angela, eine geborene d'Specchi aus Rom. Hilbrecht will sich mit ihrer Mitgift in unserer Nähe Besitz ankaufen!«

»Das würde mir gefallen«, antwortete Marie und lächelte der jungen Frau zu.

Diese knickste und sah etwas ängstlich zu ihr hoch. »Ihr könnt Mariangela sagen.«

»Ich freue mich, dich kennenzulernen!« Marie schloss die einstige Wirtstochter aus Trastevere in die Arme und küsste sie auf die Wangen. »Hilbrecht ist ein guter Mann«, fügte sie hinzu.

»Das bin ich wirklich«, antwortete dieser und warf sich stolz in die Brust.

Unterdessen überflog Maries Blick den Rest der Gruppe. »Du bist mit einer großen Zahl an Freunden erschienen. Sie alle sind mir als Gäste willkommen. Kommt nun herein! Ich lasse euch gleich eine kleine Mahlzeit auftischen, denn ihr werdet hungrig sein.«

Falko musste ein Lächeln verbergen, denn seine Mutter hatte sich während seiner Abwesenheit nicht geändert. Doch bevor sie sich frisch machten und zu Tisch gingen, wollte er ihr noch die übrigen Mitglieder seiner Reisegruppe vorstellen.

»Dies sind Ritter Oskar von Frammenberg und seine Gemahlin Edelgunde!«

»Euer Sohn hat uns aus einer üblen Klemme geholfen und uns auf der Reise nach Rom und zurück Schutz geboten«, rief Edelgunde lachend und stieg aus dem Sattel. Falko war sofort bei ihr, um ihr zu helfen.

»Ihr könnt stolz auf ihn sein!«, setzte sie noch hinzu und brachte Falko nicht nur mit ihrem Gewicht zum Schwitzen. Marie umarmte auch diesen Gast und danach Ritter Oskar, der ebenfalls vom Pferd gestiegen war. Zuletzt saß nur noch Margarete im Sattel, und auf die richtete Marie nun ihre Aufmerksamkeit.

Neben ihr schrie Reckendorf vor Überraschung auf. »Margarete, du?«

»Wer ist das?«, fragte Hildegard mit einer gewissen Schärfe.

»Meine Schwester Margarete, von der ich dir erzählt habe.«

»Halbschwester!«, wies Margarete Junker Bruno zurecht.

Überrascht musterte Marie die junge Frau, die Gottfried Schenk zu Limpurg als Ehefrau ihres Sohnes ins Auge gefasst hatte. Hübsch sah sie ja aus, doch wenn sie ebenso überstolz war wie ihr Bruder im letzten Jahr, so erschien es ihr besser, wenn aus dieser Heirat nichts würde.

Nun begriff Margarete, dass sie hoch zu Ross auf ihre Schwiegermutter hinabschaute, und stieg so eilig aus dem Sattel, dass keiner der Männer ihr zu Hilfe kommen konnte. Noch in der gleichen Bewegung knickste sie vor Marie und behielt diese demütige Haltung bei.

»Seid mir willkommen«, begrüßte Falkos Mutter sie in einem Ton, der weder ablehnend noch herzlich genannt werden konnte.

»Ich danke Euch, Frau Marie! Ihr werdet Euch sicher fragen, wie ich zu Eurem Sohn gekommen bin, doch er hat mich im Elsass aus der Hand übler Räuber befreit, denen meine Leibmagd und meine Knechte bereits zum Opfer gefallen waren. Unerschrocken ist er gegen sechs Schurken angeritten und hat sie besiegt. Auch in Rom hat er Seiner Majestät dem Kaiser wertvolle Dienste erwiesen und soll, wie ich gehört habe, bald zum Reichsfreiherrn ernannt werden.« Ihre Worte waren vor allem gedacht, die eigene Nervosität zu besiegen und gleichzeitig den eigenen Bruder zumindest indirekt zu ohrfeigen.

Doch dieser reagierte ganz anders, als Margarete es sich vorgestellt hatte.

Bleich geworden, fasste Junker Bruno nach Falkos rechter Hand. »Ich danke Jesus Christus, unserem Herrn, dass er Euch meiner Schwester zu Hilfe geschickt hat. Ich stehe immer tiefer in Eurer Schuld!«

»Leider musste Euer Sohn in Rom großes Leid ertragen«, fuhr Margarete fort. »Seine erste Gemahlin starb bei der Geburt ihrer … Töchter.« Mit einer leichten Verzögerung gelang es Margarete, das verräterische Wort Tochter zu vermeiden.

Marie riss es förmlich herum. »Du hast in Rom geheiratet?«

Falko senkte den Kopf, damit sie sein Mienenspiel nicht sehen konnte. Auch ihm war klar, dass Pater Luciano das Kirchenbuch von Santa Maria in Trastevere mit falschen Eintragungen versehen hatte, um Francescas Ehre wie auch die von Elisabeth und damit zwangsweise auch die seine zu schützen. Seine beiden Töchter galten durch die Fälschung als ehelich geboren und nicht als Bastarde und würden einmal standesgemäße Ehen schließen können.

Unterdessen hatte Margarete die beiden Ammen zu sich gerufen und nahm ihnen die Mädchen ab. »Das hier«, sagte sie lächelnd, »ist Marie Flavia. Sie ist die Ältere. Und das ist Michaela Maria.«

Während Falko froh war, dass sich die Aufmerksamkeit seiner Mutter auf die Kinder richtete, überlegte Margarete, wie sie fortfahren sollte. Da kam ihr ein Gedanke, und sie küsste beide Säuglinge, bevor sie diese an deren Großmutter weiterreichte. »Ich habe ihrer Mutter geschworen, sie zu lieben wie mein eigen Fleisch und Blut!«

Bei dem Satz fühlte Falko, dass er nicht länger schweigen durfte. »Weißt du, Mama«, begann er vorsichtig. »Damit will Margarete sagen, dass sie, um diesen Schwur zu erfüllen, mein Weib geworden ist. Wir haben uns kurz vor unserer Abreise in Rom in einer stillen Zeremonie vermählt.«

»Ihr habt geheiratet!« Junker Bruno umarmte den völlig überraschten Falko und anschließend seine Schwester. »Damit hat unser Heiland mir auch diese Last von den Schultern genommen, denn ich wäre mir sonst immer wie ein Rebell gegen unseren ehrwürdigen Fürstbischof vorgekommen.«

»Nun wird er Euch bestimmt wieder in Gnaden aufnehmen«, warf Hildegard strahlend ein.

Obwohl Marie sich für ihre jüngste Tochter freute, galt ihre Aufmerksamkeit mehr den angeblichen Zwillingen. Sie betrachtete die beiden mit einem weichen Blick, reichte sie dann aber wieder an Margarete zurück.

»Kommt nun endlich! Lasst uns in den Palas gehen und uns bei einem Becher Wein unterhalten. Ich bin neugierig zu erfahren, was ihr unterwegs alles erlebt habt. Auch glaube ich, dass die kleine Michaela frische Windeln braucht.«

Mit diesen Worten brachte sie die anderen zum Lachen. Falko bot ihr den Arm, um sie zu stützen. Margarete übergab die Kinder kurzerhand an Hildegard und Mariangela und trat an Falkos andere Seite.

»Das ist also deine Heimat. Sie ist wunderschön!«, sagte sie und hatte das Herz ihrer Schwiegermutter gewonnen.

17.

Einige Zeit später saßen sie im Saal der Burg zusammen und lauschten den Schilderungen, die Hilbrecht von sich gab. Auch wenn er sich vorerst auf einige lustige Anekdoten beschränkte, erfuhren die Daheimgebliebenen doch, wie gefährlich die Reise und der Aufenthalt in Rom gewesen sein mussten.

Maries Gedanken galten jedoch weniger der Vergangenheit als der Gegenwart. Als Hilbrecht eine Pause machte, um zu trinken, klatschte sie leicht mit der Hand auf den Tisch, um die Aufmerksamkeit auf sich zu ziehen. »Ich werde heute noch Boten zu Trudi und Lisa schicken sowie zu unseren Nachbarn und alle zu einem Fest einladen. Wir haben viel zu feiern, nämlich die Rückkehr meines Sohnes, die Ehefrau, die er mitgebracht hat, und unsere beiden Lieblinge in der Wiege! Ein paar Tage später werden wir uns alle nach Würzburg begeben und dem Herrn Fürstbischof unsere Aufwartung machen. Das dürfte doch auch in Eurem Sinne sein.« Das Letzte sagte sie zu Falko und Margarete, die sofort zustimmten.

Ihr Sohn freute sich sichtlich, wieder zu Hause zu sein, und seine Frau sah sich zufrieden um. Falkos Elternhaus strahlte eine Geborgenheit aus, die sie in ihrem bisherigen Leben vermisst hatte.

Hildegards Frage riss sie aus ihren Betrachtungen. »Wann hast du gewusst, dass du Falko heiraten wirst?«

»Ich habe ihn von dem Augenblick an … nun, zumindest gemocht, in dem er mir mit blankem Schwert in der Hand zu Hilfe geeilt ist. Als er dann die Liebe der schönen Francesca errungen hat, bin ich vor Eifersucht fast zersprungen.«

Margarete sagte dies mit einem so sanften Lächeln, dass Fal-

ko sich fragte, ob er sich all die kleinen Bosheiten und Sticheleien von ihrer Seite nur eingebildet hatte. Oder waren diese tatsächlich Ausdruck ihrer Eifersucht gewesen? Unsicher sah er seine Frau an und stellte fest, dass sie sehr glücklich und gelöst wirkte. Sie unterhielt sich glänzend mit seiner Mutter und bedachte die beiden Mädchen in ihrer Wiege immer wieder mit liebevollen Blicken. In der Hinsicht konnte er nicht klagen. Doch eine Ehe bestand aus mehr, und das hatte seine Angetraute ihm bislang verweigert.
Margarete las ihm diesen Gedanken von der Stirn ab und nahm die erste Gelegenheit wahr, ihn zum Fenster zu führen, um unter vier Augen mit ihm zu sprechen. Sinnend blickte sie ins Freie hinaus. »Es ist wirklich schön hier, doch noch schöner wird es sein, wenn unsere Töchter einmal fröhlich herumtollen und ihren Brüdern Kränze flechten werden.«
»Dazu müssten wir Söhne haben«, wandte Falko ein.
»Ich habe gesagt, dass wir mit gewissen Dingen warten sollen, bis wir zu Hause sind. Das sind wir jetzt, und ich möchte, dass wir in dieser Nacht nicht mehr in verschiedenen Betten schlafen.« Noch während Margarete es sagte, spürte sie, wie das Verlangen nach seiner Nähe in ihr aufstieg, und lehnte sich gegen ihn.
Falko lächelte erfreut. »Sollen wir wirklich bis zur Nacht warten? Ich wollte mir eben mein Zimmer ansehen, in dem wir einige Veränderungen vornehmen müssen. Dabei sollst du mir raten! Außerdem ist das Bett recht breit, und wir können die Kammer verriegeln.«
Margarete dachte einen Moment nach und nickte dann. »Worauf warten wir noch? Die Gäste können sich auch ohne uns unterhalten!« Sie hatte das letzte Wort noch nicht ausgesprochen, da führte Falko sie aus dem Saal.
Marie blickte den beiden nach und lächelte. Es war nun ein-

mal das Recht der Jugend, die gegenseitige Nähe zu suchen. Auch würde es schön sein, wenn nach einer Marie und einer Michaela ein kleiner Michel in der Wiege liegen würde. Der Gedanke veranlasste sie, neben das Bettchen zu treten, in dem ihre Enkeltöchter lagen. Auch wenn ihre Augen auf die Entfernung nicht mehr viel zu erkennen vermochten, sah sie in der Nähe noch gut genug, um die Ähnlichkeit zu ihrem Sohn bei beiden Kindern feststellen zu können.

Doch als sie nach Spuren der Mutter suchte, um sich ein Bild von dieser zu machen, schüttelte sie verwundert den Kopf. Michaela war etwas größer als ihre Schwester, hatte eine hellere Hautfarbe, und ihre Haare schimmerten fast weiß. Auch lag sie ruhig da und schien verträumt zu lächeln, während Marie, deren Haut dunkler und deren Haare eher rötlich waren, die Frau über ihr mit missmutiger Miene betrachtete und dabei energisch die Hände ausstreckte.

»Ich glaube, sie will gestillt werden«, sagte die Amme, die für sie verantwortlich war. »Marie kann zornig werden, wenn man sie warten lässt!«

»Dann tu deine Pflicht!«, forderte Marie sie auf und sah zu, wie die Frau eine Brust entblößte und die Kleine anlegte. Diese schnappte sofort nach der Brustwarze und begann schmatzend zu saugen.

Nun hob die andere Amme auch Michaela aus der Wiege, um diese zu stillen. Es war ein friedliches Bild, als die beiden Kleinen ihre Mahlzeit genossen, und doch rieb Marie sich über die Stirn. Obwohl die Kinder sich ähnlich sahen, unterschieden sie sich stärker, als es bei Zwillingen gewöhnlich der Fall war. Marie konnte nicht sagen, woran das lag, war aber überzeugt, einem Geheimnis auf der Spur zu sein. Mit dem Gefühl, dass Falko ihr einiges unter vier Augen zu berichten hatte, kehrte sie an ihren Platz an der Stirnseite des Tisches zurück. Sie bedauerte fast, dass sie an diesem Abend keine Zeit finden würde, ihrem Sohn Fragen zu stellen, denn sie musste sich um die Gäste kümmern. Daher freute sie sich einfach, dass ihre Enkelinnen gesund waren und ihr Sohn eine Frau gefunden hatte, die auch ihren Vorstellungen entsprach.

»Es steht alles gut auf Kibitzstein«, sagte sie leise und richtete ihren Blick durch das Fenster gen Himmel. Dort warteten diejenigen auf sie, die ihr auf ihrem Lebensweg bereits vorausgegangen waren. Auch sie würde irgendwann diese Welt verlassen müssen, doch sie war nicht traurig darüber. Sie hatte noch einmal Glück und Freude erfahren und konnte ihr Werk beruhigt in jüngere Hände legen.

ANHANG

Geschichtlicher Überblick

Im Jahr 1440 wurde Friedrich III., Herzog von Innerösterreich, zum deutschen König gewählt. Seine Macht aber konnte sich weder mit der seines Vorgängers Albrecht II. noch mit der dessen Schwiegervaters Sigismund messen. Obwohl Friedrich den Familiengesetzen der Habsburger zufolge das Haupt der Familie sein sollte, machte ihm sein Bruder Albrecht IV., Herzog von Oberösterreich, die Herrschaft in seinen ererbten Landen streitig. Ein zweites, noch schwerwiegenderes Problem stellte Friedrichs Vormundschaft für Ladislaus, den Sohn Albrechts II. und Enkel Kaiser Sigismunds, dar. Von seinem Vater hatte Ladislaus Niederösterreich geerbt, von Mutter Elisabeth die Kronen Böhmens und Ungarns.

Die drei Länder waren jedoch nicht bereit, sich Friedrich zu unterstellen. In Böhmen setzte die Ständeversammlung Georg Podiebrad als Reichsverweser für den minderjährigen Ladislaus ein, und in Ungarn wurde Janos Hunyadi als dessen Stellvertreter bestimmt. Beide forderten von Friedrich die Auslieferung des jungen Ladislaus, und auch die Ständeversammlung in Niederösterreich pochte auf ihre Unabhängigkeit von Friedrich.

Gezwungen, sich immer wieder den Angriffen seines Bruders und der Reichsverweser Böhmens und Ungarns zu erwehren, blieb Friedrich weder die Zeit noch die Kraft, seine Aufgaben als gewählter deutscher König zu erfüllen. In den Jahren seiner Regentschaft erschlafften die Bande, die das Heilige Römische Reich zusammenhielten. Die Territorialstaaten Brandenburg-Preußen, Sachsen und Bayern, die

später größere Bedeutung erlangten, und einige andere verselbständigten sich immer mehr. Zwar blieb das Ansehen des Königs als Oberhaupt des Reiches erhalten, doch tatsächliche Macht übte dieser kaum mehr aus.
Um sein Ansehen zu mehren und zu verhindern, dass die Kurfürsten ihn absetzten und einen anderen zum deutschen König wählten, strebte Friedrich III. nach der römischen Kaiserwürde. Hauptsächlich war es seinem Sekretär Enea Silvio Piccolomini, dem späteren Papst Pius II., zu verdanken, dass das jahrhundertelang zerrüttete Verhältnis zwischen Papsttum und dem Reich sich besserte und Friedrichs Wunsch, in Rom zum Kaiser gekrönt zu werden, in Erfüllung ging.
Zunächst schlug diesem Vorhaben jedoch Ablehnung entgegen. Papst Nikolaus V. ließ sogar die Stadtmauern Roms und die Befestigungen des Vatikans ausbessern, um zu verhindern, dass Friedrich III. seine Kaiserkrönung durch militärische Gewalt erzwang.
Schon bald aber begriff der Papst, dass Friedrich niemals in der Lage sein würde, sich mit Heeresmacht durchzusetzen, und es begannen langwierige Verhandlungen, die dem Heiligen Stuhl weitgehende Rechte im Reich einräumten. Im Gegenzug erklärte Nikolaus sich bereit, König Friedrich in Rom mit der portugiesischen Prinzessin Leonore zu vermählen und ihn im Anschluss daran zum Kaiser zu krönen. Friedrichs Italienzug war wenig imponierend. Außer seinem Bruder Albrecht und dem böhmischen und ungarischen Erbprinzen Ladislaus begleitete ihn kein einziger der Reichsfürsten. Auch sah Friedrich sich nicht imstande, die Geschenke, die er während dieser Reise erhielt, durch eigene Gaben zu erwidern. Das Streuen von Münzen beim Einzug in die einzelnen Städte unterblieb ebenfalls, so dass Friedrich in Italien rasch den Beinamen »Geizhals« erhielt.

Trotzdem gelang es ihm, seine Pläne zu verwirklichen und sich allen Widerständen zum Trotz zum Kaiser krönen zu lassen. Während seines Besuchs in Neapel beim Onkel seiner Ehefrau unternahm Kaspar Wendel den Versuch, Prinz Ladislaus aus Rom zu entführen, doch dieses Vorhaben scheiterte.

Für Friedrich brachte die Kaiserkrone zwar einen Prestigegewinn, doch er hatte sich noch viele Jahre seiner Feinde zu erwehren. Ihm blieb schließlich nichts anderes übrig, als Ladislaus aus seiner Vormundschaft zu entlassen und nach Böhmen zu schicken. Zwar starb der junge Regent nach kurzer Herrschaft, doch Böhmen und Ungarn blieben dem Haus Habsburg fürs Erste verloren. Dafür aber gelang es Friedrich, die Habsburger Besitzungen in Österreich, der Steiermark, Tirol und der Vorlande (Gebiete im heutigen Baden-Württemberg, Elsass und Bayern) nach dem Tod von Ladislaus, dem seines Bruders Albrecht und dem Aussterben der Tiroler Linie unter seiner Herrschaft zu vereinen. Eine geschickte Heirat seines Sohnes Maximilian mit der Erbin von Burgund schuf die Bedingungen für den endgültigen Aufstieg der Habsburger zu einer der bestimmenden Dynastien in Europa.

Iny und Elmar Lorentz

Die Personen

Der Reisezug

Adler auf Kibitzstein, Falko: Maries Sohn
von Birkenfeld, Margarete: Rompilgerin
Euphemia: Nonne
Eusebia: Nonne
von Frammenberg, Edelgunde: Rompilgerin
von Frammenberg, Oskar: Edelgundes Ehemann
Frieder: Falkos Knappe
Giso: Priester
Hans: Hilbrechts Knappe
von Hettenheim, Hilbrecht: Junker
Mia: Magd der Frammenberger
Schenk zu Limpurg, Elisabeth: Äbtissin

Franken

Adler auf Kibitzstein, Hildegard: Maries Stieftochter
Adler, Hiltrud: Maries Tochter, Ehefrau Peter von Eichenlohs
Adler auf Kibitzstein, Marie: Die Witwe auf Kibitzstein
Bertschmann, Siffer: Reckendorfs Kastellan
von Eichenloh, Peter: Hiltruds Ehemann
von Henneberg, Otto: Lisas Ehemann
von Henneberg, Lisa: Maries Ziehtochter, Ehefrau Ottos von Henneberg
Jossi Jossan: Gaukleranführer

Kunner: Waffenknecht auf Kibitzstein
von Reckendorf, Bruno: Burgherr in Franken

Rom

Annunzia: Zofe Francesca Orsinis
Caraciolo, Antonio: Graf aus Neapel
de Promont: Edelmann aus Frankreich
d'Specchi, Cirio: Sohn und jüngstes Kind d'Specchis
d'Specchi, Clementina: zweite Tochter d'Specchis
d'Specchi, Concettina: dritte Tochter d'Specchis
d'Specchi, Cristina: vierte Tochter d'Specchis
d'Specchi, Dario: Edelmann in Rom
d'Specchi, Isotta: d'Specchis Ehefrau
Gaspare: Gastwirt in Trastevere
Foscarelli, Taddeo: Kardinal in Rom
Gianni: Römer
Iracondia, Celestina, geb. d'Specchi: älteste Tochter d'Specchis
Lina: Magd bei Ercole Orsini
Luciano: Pfarrer von Santa Maria in Trastevere
Mariangela: Wirtstochter in Trastevere
Marioza: Gaspares Ehefrau
Muffel, Nikolaus: Kaufherr aus Nürnberg
Orsini, Ercole: Conte in Rom
Orsini, Flavia: Ehefrau Ercole Orsinis
Orsini, Francesca: Conte Orsinis Tochter
Renzo: Römer
von Ziegenhain, Michel: Ritter im Gefolge des Kaisers

Weitere Personen

Urs: Säumer aus Flüelen
von Ottmeringen, Rudolf: Burgherr im Sundgau
von Ottmeringen, Dagoberta: Junker Rudolfs Mutter

Geschichtliche Personen

Eleonore Helena von Portugal (1436-1467): heiratet am 16. März 1452 in Rom Friedrich III
Friedrich III. (1415-1493): Kaiser des Heiligen Römischen Reiches Deutscher Nation
Kaspar Wenzel: Erzieher von Ladislaus
Ladislaus (1440-1457): Sohn Albrechts II. und Enkel Kaiser Sigismunds
Orsini, Latino (1411-1477): Kardinal in Rom
Schenk zu Limpurg, Gottfried: Fürstbischof von Würzburg

Glossar

Amtmann: vom Landesherrn eingesetzter Verwalter eines Amtsbezirks, der für die öffentliche Sicherheit zu sorgen hat und die Steuern eintreibt
Angster: kleine Münze in Teilen der damaligen Schweiz
Birett: Kopfbedeckung von Geistlichen
Bruche: kurze Männerhosen, an denen die in jener Zeit modischen hautengen Strümpfe festgebunden wurden
Buhle: Geliebte
Buhurt: Kampf zweier Gruppen bei einem Turnier; im Gegensatz zum Tjost, bei dem nur zwei Kämpfer gegeneinander anreiten
Camerlengo: hoher kirchlicher Würdenträger am Heiligen Stuhl
Danaro: kleine Münze, Pfennig
Deutsche Meile: ca. 7,42 Kilometer
Dukaten: Goldmünze, ursprünglich aus Venedig
Eidam: Schwiegersohn
Gigliato: Silbermünze in Italien
Grosso: Silbermünze in Italien
Klafter: Entfernungseinheit, ca. 1,75 Meter
Klausnerin: Einsiedlerin
Nobildonna: niedriger weiblicher Adelsrang in Italien
Palas: Wohngebäude einer Burg
Ragazza: Mädchen
Rappen: Schweizer Münze, zwei Angster wert
Reisige: Waffenknecht
Sagrestano: Küster/Mesner einer Kirche
Säumer: Transporteur von Waren über die Alpenpässe
Schulze: Dorfvorsteher

Signore: Anrede eines italienischen Adeligen niederen Ranges
Signorina: Anrede einer italienischen Adeligen niederen Ranges
Tjost: ritterlicher Zweikampf bei einem Turnier
Tort antun: jemanden kränken oder schädigen
Via Gregoriana: heute Via Merulana

Iny Lorentz

Die Kastellanin

Roman

Marie lebt zufrieden mit ihrem Ehemann Michel Adler, den sie innig liebt. Ihr Glück scheint vollkommen, als sie ein Kind von ihm erwartet. Doch dann muss Michel im Auftrag seines Pfalzgrafen in den Kampf gegen die aufständischen Hussiten ziehen. Er beweist so viel Mut, dass er zum Ritter geschlagen wird – und verschwindet nach einem grausamen Gemetzel spurlos. Nachdem er für tot erklärt wird, ist Marie ganz allein auf sich gestellt und sieht sich täglich neuen Demütigungen und Beleidigungen ausgesetzt. Schließlich bleibt ihr nur ein Ausweg: Sie muss von ihrer Burg fliehen. Marie hat die Hoffnung nicht aufgegeben, dass Michel noch leben könnte, und schließt sich als Marketenderin einem neuen Heerzug an. Es beginnt das Abenteuer ihres Lebens. Wird sie den geliebten Mann jemals wiederfinden?

So lebendig, aufregend, schmutzig und erotisch, wie das Mittelalter selbst es war!

Knaur

Iny Lorentz

Die Wanderhure

Roman

Konstanz im Jahre 1410: Als der Grafensohn Ruppert um die Hand der schönen Bürgerstochter Marie anhält, kann ihr Vater sein Glück kaum fassen. Er ahnt nicht, dass es dem adeligen Bewerber nur um das Vermögen seiner künftigen Braut geht und dass er dafür vor keinem Verbrechen zurückscheut. Marie und ihr Vater werden Opfer einer durchtriebenen Intrige, die das Mädchen zur Stadt hinaustreibt. Für Marie gibt es nur zwei Möglichkeiten: Selbstmord zu begehen oder ihr Leben fortan als »Wanderhure« zu fristen. Mit Hilfe der erfahrenen Dirne Hiltrud entscheidet sie sich für die zweite und wird bald zu einer begehrten Hure. Dabei verliert Marie jedoch ihr wichtigstes Ziel nicht aus den Augen: Sie will sich an ihrem verräterischen Ex-Bräutigam rächen!

So lebendig, aufregend, schmutzig und erotisch, wie das Mittelalter selbst es war!

Knaur

Iny Lorentz

Das Vermächtnis der Wanderhure

Roman

Als Maries Todfeindin Hulda erfährt, dass ihre Rivalin wieder schwanger ist, schmiedet sie einen perfiden Plan: Marie soll entführt und für tot erklärt werden. Zunächst scheint der Plan zu gelingen, und Michel, Maries Mann, trauert tief um die Liebe seines Lebens. Bald bedrängen ihn Hulda und ihre Verbündeten, sich wieder zu verheiraten. Marie ist währenddessen als Sklavin verkauft und verschleppt worden. Nur unter großen Gefahren für sich und ihr Kind und unter Einsatz ihres Lebens gelingt es ihr, den Weg in die Heimat zurückzufinden. Dort muss sie entdecken, dass Michel nicht mehr frei ist.

KNAUR

Iny Lorentz

Die Tochter der Wanderhure

Roman

Mehr als zwölf Jahre sind vergangen, seit Marie ihre letzten Abenteuer bestehen musste. Trudi, die älteste Tochter von Marie und Michel, ist der ganze Stolz ihrer Eltern und träumt von der großen Liebe. Doch auf der Hochzeit von Trudis Freundin geschieht das Entsetzliche: Michel wird ermordet! Marie und Trudi verdächtigen sofort den Söldnerführer Peter von Eichenloh, mit dem Trudi heftig aneinandergeraten ist. Diesem gelingt es jedoch, sich von der Tat reinzuwaschen. Maries Lage wird nach dem Tod ihres geliebten Mannes immer schwieriger, denn niemand traut ihr zu, Kibitzstein erhalten zu können, und diejenigen, die sie bisher für Freunde hielt, erweisen sich nun als habgierige Neider. Allein König Friedrich könnte noch helfen, und so macht sich Trudi heimlich auf den Weg, um seine Unterstützung zu erbitten – ausgerechnet mit Hilfe des Mannes, den sie für den Mörder ihres Vaters hält …

»Mittelalter erwacht zum Leben.« Bild am Sonntag

Knaur